NICOLE PETERS

Land im Nebel

Geteiltes Rheinland Europa im ersten Koalitionskrieg. Das revolutionäre Frankreich hat die Vorherrschaft im linksseitigen Rheinland erlangt. Ein Bündnis aus Preußen, Österreich und kleineren deutschen Staaten stellt sich den Expansionsbestrebungen der Franzosen entgegen. Das Herzogtum Berg wird zum Kriegsschauplatz. Auch das bisher so ungezwungene Leben der naturverbundenen Johanna von Attenbach gerät aus den Fugen. Ihrer Mutter ist Johannas freundschaftlicher Umgang mit den Pächtern und Bürgerlichen ein Dorn im Auge. Sie hofft, die Tochter mit dem Sohn des Grafen von Hatzfeld standesgemäß zu verheiraten. Johanna aber denkt nicht daran, ihre Freiheit aufzugeben. Sie mischt sich lieber in die Bewirtschaftung des Familiengutes ein, das ihr Vater durch sein Engagement im Kampf gegen die Revolutionstruppen immer mehr vernachlässigt. Als im nahe gelegenen Kloster Bödingen der junge Franzose Henri auftaucht, stürzt er Johanna in ein Gefühlschaos. Bald kann sie sich keine Zukunft ohne den Fremden vorstellen, doch ein Leben mit ihm scheint aus vielen Gründen unmöglich.

Nicole Peters wurde 1968 am Niederrhein geboren. Das Studium der Geografie führte sie nach Bonn, wo sie anschließend im Lektorat eines Verlags arbeitete. Heute lebt und arbeitet sie mit ihrem Mann in Hennef an der Sieg, weiterhin nicht weit vom Rhein. Sie ist Mitglied der »Literaturwerkstatt Hennef« und der »Mörderischen Schwestern«. Der Gewinn bei einem Schreibwettbewerb mit Nele Neuhaus im Jahr 2016 motivierte sie, mit ihren Werken an die Öffentlichkeit zu treten. Ihr Wunsch, die Geschichten hinter den Toren alter Gemäuer zu ergründen, hat sie zu ihrem ersten historischen Roman inspiriert.

NICOLE PETERS

Land im Nebel

Historischer Roman

GMEINER SPANNUNG

Immer informiert

Spannung pur – mit unserem Newsletter informieren wir Sie regelmäßig über Wissenswertes aus unserer Bücherwelt.

Gefällt mir!

Facebook: @Gmeiner.Verlag
Instagram: @gmeinerverlag
Twitter: @GmeinerVerlag

Besuchen Sie uns im Internet:
www.gmeiner-verlag.de

Im Ehnried 5, 88605 Meßkirch
Telefon 07575/2095-0
info@gmeiner-verlag.de

1. Auflage 2018

Lektorat: Dominika Sobecki
Herstellung: Mirjam Hecht
Umschlaggestaltung: U.O.R.G. Lutz Eberle, Stuttgart
unter Verwendung der Bilder von: © Sopotnickii / shutterstock und https://de.wikipedia.org/wiki/Datei:Caspar_David_Friedrich_-_Tageszeitenzyklus,_Der_Morgen_(1821-22).jpg
Druck: CPI books GmbH, Leck
Printed in Germany
ISBN 978-3-8392-2319-2

Wenn das Schicksal ruft: »Le jeu est fait, messieurs!«, so achten das die wenigsten. Erst wenn sie hören: »Rien ne va plus!«, bekommen sie Lust, aber zu spät.

Ludwig Börne

Prolog

Er spürte keinen Schmerz, aber das wunderte ihn nicht. Schmerz entstand durch Angst und Angst durch die Gefahr, etwas zu verlieren.

Er besaß nichts mehr, das es zu verlieren gab. Nur sein Leben. Und das gab er gern fort.

Nein, er spürte keinen Schmerz. Doch der Aufprall hatte Spuren hinterlassen. Ein Rinnsal lief über seine Stirn und die Wange hinunter, wie Tränen, die dort hätten strömen müssen. Er hatte nicht weinen können. Weder als er die Nachricht erhalten hatte noch in den Monaten danach. Zu tief empfand er die Schuld, selbst noch am Leben zu sein. Sie hatte alle anderen Gefühle erstickt. Schuld übertrumpfte Trauer.

Der Schleier in seinem Kopf dämpfte diese Schuldgefühle nun, so wie der morgendliche Nebel die Landschaft um ihn herum weichgezeichnet hatte. Und erst jetzt, da das Leben aus ihm wich, füllten sich seine Augen, und die Tränen vermischten sich mit dem Blut, das unvermindert aus seiner Kopfwunde rann.

Es war Zeit, nach Hause zurückzukehren. Zurück in den Schoß seiner Familie.

1.

Rechtsrheinisch bei Bonn, September 1796

Seine Fusssohlen schmerzten. Die weichen Sandalen der Kirchenmänner taugten nicht für lange Märsche.

Henri Benoît de Montfort blickte hinunter ins Tal, in dem ein kleiner Fluss seine kurvige Bahn zog. Am Hang lag eine Schenke. Zu dieser späten Nachmittagsstunde schien sie schon gefüllt zu sein. Die Tür stand offen und die Geräusche lärmenden Treibens schallten hinaus und hinunter ins Tal. Ein Pferd stand vor der Gaststätte angebunden, keiner der derben Ackergäule, sondern ein edles Reitpferd. Sollte er es trotzdem wagen einzutreten?

Er fühlte sich alt, älter jedenfalls als die 25 Jahre, die er zählte. Es schien ein ganzes Leben vorübergezogen zu sein, seit er Paris verlassen hatte. Hier stand ein müder Mann in Mönchskleidung, der sich nichts sehnlicher wünschte, als seine Knochen ein wenig in dieser Schenke auszuruhen. Und zu vergessen. Denn seine Erinnerungen schmerzten ihn noch viel mehr als seine Sohlen.

Henri griff unter seine Kutte und fingerte nach Münzen. Für einen Augenblick mochte es auf einen Fremden wirken, als ruhte seine Hand auf dem Kruzifix. Doch sie hatte sich auf den Brief gelegt, den er unter seiner Kleidung verborgen hielt.

Ein Ruck ging durch seinen Körper, als er sich aus seinen Gedanken riss. Er schob seine Hand an dem Papier vorbei und zog zwei Silbergroschen hervor. Für ein Bier oder einen Würzwein würde es noch reichen. Für eine Mahlzeit wohl nicht. Aber vielleicht würde er im Gasthaus mehr über diese Gegend erfahren, in die ihn seine wunden Füße getragen hatten.

Der kühle Wind, der ihm nun in den Rücken blies, gab den Ausschlag, und er trat in die Gaststube.

»Geh und hol mir noch einen Becher von diesem Gebräu, Dirne.« Obwohl die Kleidung des Mannes zerknittert war, wies sie auf seine edle Herkunft hin. Das weiße Hemd war aus dem Hosenbund gerutscht. Es hing hinunter bis zum staubigen Boden, sodass es dort einen grauen Schleier angenommen hatte und an Helligkeit fast nicht mehr mit den strahlend weißblonden Haaren mithalten konnte. Das vom Bier rötlich verfärbte Gesicht des Mannes glänzte in dunklem Kontrast dazu und verlieh ihm ein gehetztes Aussehen. Der von ihm wegeilenden Magd hieb er mit einer Reitpeitsche auf das Gesäß.

»Dann gibt es auch eine mächtige Belohnung für dich.« Er fasste sich in den Schritt und zog seine Oberlippe zu einem hämischen Grinsen in die Höhe.

Bei seinem Anblick machte Henri fast auf selbem Fuße wieder kehrt. Er hatte gehofft, so etwas endgültig hinter sich gelassen zu haben. Aber auf dieser Seite des Rheins gab es all die verhassten alten Strukturen noch.

»Lass ihn, Anna, und bediene doch unseren neuen Gast. Ich kümmere mich selbst um den Herrn.« Der Wirt war in die Schankstube getreten und zog die Magd hinter den Tresen. Dem Neuankömmling nickte er kurz zu und begann hastig ein frisches Bier zu zapfen.

Neben dem unmanierlichen Gast in der einen Ecke der Schenke waren drei kräftige Landmänner anwesend, die einen Tisch in der anderen Ecke besetzten, nicht weniger lärmend als der Edle, denn sie waren in ein Würfelspiel vertieft.

Erst nachdem sein Blick durch den ganzen Gastraum

gewandert war, trat Henri an die Theke. Die Anwesenheit des Edlen versuchte er zu vergessen.

»Was kann ich Ihnen bringen, Pater?« Die Magd war noch ein junges Ding, aber schon mit vollen Rundungen.

Henri legte die zwei Silbergroschen auf den Tresen. Er kräuselte die Stirn, sodass sein dunkler Haarschopf sich tief ins Gesicht zog.

»Wein«, stieß er hervor. »Bitte.«

»Die zwei Groschen reichen aber nur für einen Becher. Ist das recht?«

Er nickte. Das Mädchen langte unter den Tresen und holte eine Karaffe samt Becher hervor, den sie vor ihn auf das glatt polierte Holz stellte. Sie schenkte ein.

»Sie sind wohl nicht von hier, Pater?«, fragte sie.

»Nein, Madame.«

»Ha, Madame!«, schallte es plötzlich direkt in sein Ohr. Der Edelmann hatte sich unbemerkt und für seinen Zustand erstaunlich leise von seinem Tisch erhoben und lehnte nun neben ihm an der Theke. »Da tut Ihr der Dirne aber zu viel der Ehre an. Aber so seid ihr Pfaffen, was?« Er schlug Henri kumpelhaft auf den Rücken. Dem Franzosen stellten sich alle Nackenhaare auf. Warum hatte der Mann nicht einfach in der Ecke sitzen bleiben können?

Der Wirt kam herbeigeeilt.

»Herr von Hatzfeld. So nehmen Sie doch wieder Platz. Ich bringe Ihnen das Bier.«

»Hatte ich nicht Anna darum gebeten?«, fuhr von Hatzfeld den Wirt an.

»Es ist schon gut.« Das Mädchen ging dazwischen. »Ich übernehme das. Entschuldigen Sie mich bitte, Pater. Ich bin dann sofort wieder bei Ihnen.«

»Pas de problème«, rutschte es Henri heraus. Im gleichen Atemzug erkannte er seinen Fehler.

Der Edelmann wirbelte zu ihm herum.

»Ein Franzose? Und da wollte ich gerade mit dem frommen Mann anstoßen.« Er spie aus. »Seit wann schenkt ihr hier an dieses Pack aus?« Mit einem Schwung seines Arms stieß er die Weinkaraffe von der Theke. Henri griff automatisch an seine Taille, dorthin, wo vor noch nicht allzu langer Zeit sein Säbel gewesen war. Zuckte zurück, als er sich seiner Reaktion bewusst wurde. Das alles musste er hinter sich lassen. Hier war er ein anderer. Hier war er ein Nichts.

Der Wirt hielt Anna den vollen Bierkrug entgegen. Das Mädchen flog um die Theke, den Krug in der einen Hand, hakte sie sich mit dem anderen Arm bei dem aufgebrachten Edelmann unter.

»Herr von Hatzfeld, Sie hatten mir doch eine Belohnung versprochen, wenn ich Ihnen etwas Neues zu trinken bringe.«

Der Edle warf den Kopf zurück und lachte aus vollem Halse.

»Das ist mein Mädchen. Du weißt ja doch, was gut ist.« Er ließ sich von der Magd zurück an seinen Tisch führen. Den Franzosen schien er schon wieder vergessen zu haben. Henri hatte die ganze Zeit die Luft angehalten und ließ sie nun langsam entweichen. Niemand hatte seine Reaktion bemerkt. Er musste sich auf sein neues Dasein besinnen. Immer. Er war nur ein unbedeutender Franziskaner, den die Republik aus seiner Heimat vertrieben hatte. Und in gewisser Weise stimmte das ja auch.

Die drei Landmänner nahmen ihr Würfelspiel wieder auf. Der Wirt wandte sich an den Franzosen: »Es tut mir sehr leid, Pater, aber es ist wohl besser, wenn Sie gehen. Mit dem Herrn von Hatzfeld ist nicht zu spaßen. Und ich kann es mir leider nicht leisten, ihn vor die Tür zu setzen.«

Henri nickte. »Ich verstehe.«

»Hier nehmen Sie die Groschen wieder zurück.«

»Ah non.« Er winkte ab. »Es ist gut. Der Wein ist verschüttet. Es steht Ihnen zu«, sprach er schon beim Hinausgehen.

Tief atmete Henri die frische Luft ein, als er wieder vor die Tür trat. Auch hier war also kein Platz für ihn. In seinem Rücken spürte er noch die Wärme des Wirtshauses. Er zog die Schultern zusammen, um sich gegen die aufkommende Kälte zu wappnen, und setzte seine Wanderung flussaufwärts fort.

2.

»Vater, warten Sie, ich habe eine Bitte.« Johanna lief auf den Mann zu, der soeben auf den Hof geritten war. Sie hielt noch den Strauß Pfefferminzkraut in der Hand, den sie geerntet hatte. Der Freiherr von Hallberg-Broich und Attenbach führte die Schecke, mit der er gekommen war, in den Stall und kam mit seinem Rappen wieder hinaus. Wohl wollte er sofort wieder fort. Bevor er aber verschwand, wollte Johanna die Chance nutzen, um ihren Vater auf die Pauls anzusprechen. Doch der Freiherr brummte seiner Tochter nur etwas Unverständliches als Antwort zurück, so als würde er eine lästige Fliege von seinem Arm verscheuchen.

Johanna ließ sich nicht entmutigen. Sie strich mit der freien Hand eine Strähne ihres langen schwarzen Haars fort, die der auffrischende Wind ihr ins Gesicht geweht hatte. Dabei spürte sie die Blicke ihrer Mutter Caroline in ihrem Rücken. Auch diese hatte wohl gehört, wie der Freiherr in den Hof geritten war, denn nun stand sie am Fenster des Salons und blickte hinunter in den Hof. Johanna wusste genau, was die Freifrau in diesem Augenblick dachte. Johanna trug das Haar offen, was die Mutter missbilligte. Gegenüber ihrem Gatten aber war sie unterwürfig und würde ihm nie irgendetwas vorhalten, obgleich ihr dessen Gebaren ebenfalls widerstrebte. Er trug sein leicht ergrautes Haar zwar der Mode entsprechend halblang, jedoch war es derart zerzaust, dass ein kurzgeschorener Kopf ihm besser zu Gesicht gestanden hätte. Seine Reitkleidung war abgenutzt, die enge dunkle Hose war an den Knien nur hauchdünn. Als der Freiherr sich bückte, um die Schnallen des Sattels unter dem Bauch des Pferdes zusammenzuführen, sah Johanna, dass der lange Rock ein kleines Loch am Gesäß entblößte. Sie musste schmunzeln. Zum Glück konnte ihre Mutter das aus der Entfernung wohl nicht sehen. Später würde es wieder Johanna sein, die anstelle ihres Vaters Vorhaltungen zu hören bekam, welche sich die Freifrau nicht getraute, ihrem Mann ins Gesicht zu sagen. *»Die meiste Zeit seines Lebens hat er wohl auf dem Rücken eines Pferdes verbracht«*, rezitierte Johanna in Gedanken. *»In Jülich hätte sich niemand der Herrschaften mit solchen Tätigkeiten die Hände schmutzig gemacht. Eine ganze Heerschar* *von Stallknechten und Pferdeburschen hatte sich um die Tiere gekümmert.«* Sie konnte die Sprüche ihrer Mutter im Schlaf nachsagen. Ohnehin war in den Augen ihrer Mutter im Haus Broich, dem Familiensitz derer von Hallberg-Broich, alles besser. Ständig gab es Gesellschaften, Bälle, und zu Pferde ritt man nur zur Jagd, ansonsten benutzte man natürlich die Kutsche.

Johanna war all das zuwider. Nur als kleines Mädchen war sie einmal dort gewesen, mit ihrer Mutter, als der Freiherr wieder einmal zu einer längeren Reise fort war. Aber sie war so klein gewesen, dass sie nur ein Gefühl und keine konkreten Erinnerungen damit verband. Und das Gefühl war eines von Enge und Gefangensein. Mit der Haarsträhne strich sie die Gedanken an die Mutter beiseite und versuchte erneut die Aufmerksamkeit des Vaters zu erlangen.

»Es ist wegen des Brandes bei der Familie Pauls. Das, was die plündernden Franzosen ihnen im Sommer noch gelassen haben, ist jetzt durch den Brand vernichtet. Die ganze Sommerernte ist verloren. Sie können die Pacht nicht leisten.«

»Lass mich damit zufrieden. Ich habe Wichtigeres zu tun, als mich um die Pächter zu kümmern.«

»Aber wenn wir den Pauls nur dieses eine Jahr die Pacht erlassen würden …«

»Papperlapapp. Die Franzosen, wie im Übrigen auch die Österreicher, haben sich auch bei uns bedient. Selbst vor Schloss Allner haben sie keinen Halt gemacht, nicht wahr?« Mit einem Ruck zog er die Sattelschnalle fest. Das Pferd warf den Kopf nach hinten.

»Unsere Lager sind aber wieder voll.« Johanna wedelte demonstrativ mit dem Pfefferminzstrauß, obwohl sie mit dem eben Gesagten natürlich nicht ihre Kräutervorräte meinte, sondern die Säcke voll Getreidesaat und Mehl, die in der Scheune lagerten.

»Was kümmert dich das überhaupt? Kannst du nicht mit deiner Mutter zusammen nähen oder einer Lektüre frönen oder was das Weibsvolk sonst noch zu seinem Zeitvertreib macht?«

Sie schob ihr Kinn nach vorne. »Als ob ich mir je etwas aus Nähen gemacht hätte, Vater. Das wissen Sie genau. Warum hätten Sie mir sonst damals den Thadaeus als Lehrer geschickt? Sicher nicht, damit ich bei ihm den Kreuzstich lerne.«

Der Freiherr lachte schallend, sodass es über den Hof tönte. »Ja, ja. Da bin ich wohl selbst schuld. Aber um so etwas wie die Pachten hat sich der Tenhagen zu kümmern, sonst säuft der nur. Und dafür hab ich ihn nicht eingestellt.«

»Aber Tenhagen tut nur das, was Sie ihm sagen, Vater. Bitte überlegen Sie es sich doch noch einmal. Welchen Nutzen hätten wir davon, wenn die Pauls den Winter darben müssten?« Sie brauchte eine Entscheidung von ihrem Vater, die sie dem Verwalter vorhalten konnte.

»Papperlapapp.« Der Freiherr saß auf. Das Pferd scheute kurz, ließ sich aber schnell bändigen.

Er konnte jetzt doch nicht einfach davonreiten. In solchen Momenten verstand sie ihre Mutter. Wie konnte er alles um sich herum einfach vergessen und sich auf und davon machen? Weder seine Familie noch sein Besitz schienen ihn zu interessieren. Nur das Kriegsgeschäft.

»Vater!« Sie warf den Pfefferminzstrauß auf den Boden, sodass der Hengst erneut scheute. »So können Sie mich nicht stehen lassen.«

Attenbach ließ wieder sein Lachen erklingen.

»Das ist meine Tochter. Sprich selbst mit Tenhagen. Wenn du ihn überzeugen kannst, soll es mir recht sein.« Mit diesen Worten ritt er vom Hof.

Johanna sah ihrem Vater nach, wie er zur Furt der Sieg hinunterritt. Im Grunde hatte er sein Einverständnis für einen Pachterlass gegeben. Sie musste nur den Verwalter davon überzeugen. Ja, nur.

Ihr Blick fiel auf die Ruine der Burg Blankenberg, die im Osten über dem Rittersitz Attenbach auf einem Hügel thronte. Gleichzeitig wusste sie, ohne sich umzudrehen, dass ihre Mutter noch am Fenster stehen musste. Nein, sie hatte keine Lust, Caroline jetzt Rede und Antwort zu stehen und sich über den Freiherrn ausfragen zu lassen. Ohnehin würde sie die Fragen nicht beantworten können. Wo war er gewesen, wo ist er wieder hin? Hatte er sich der österreichischen Armee angeschlossen, um gegen die Franzosen zu kämpfen, die schon wieder über den Rhein gekommen waren? Warum ist er nicht wenigstens hineingekommen und hat sich saubere Kleidung angezogen?

Sie konnte es nicht mehr hören. Und zum Schluss würde alles wieder in Vorwürfe ihr gegenüber münden und in die für ihre Mutter alles überstrahlende Lösung, gleichzeitig das, was Johanna am meisten fürchtete – es musste ein Ehemann für sie gefunden werden! Und dann würde sie sich dieselbe Leier anhören, mit der ihr die Mutter seit Herbst des vergangenen Jahres in den Ohren lag: Schloss Allner und sein neuer Besitzer Franz Ludwig Graf von Hatzfeld. Was für eine Fügung des Schicksals, dass er einen unverheirateten Sohn hatte, der genau in dem richtigen Alter für ihre Johanna war.

Nein. Sie hatte jetzt keine Muße für so etwas. Hatte sie das je? Ihr Blick fiel wieder auf die Burgruine, und ihr Entschluss stand fest. Sie würde ihrem Freund dem Apotheker von Blankenberg einen Besuch abstatten.

3.

Die Lautstärke des Gefechts schmerzte in seinen Ohren. Kugeln peitschten durch die Luft. Wegen des beißenden Pulvergeruchs fiel ihm das Atmen schwer. Überall war Rauch. Er versuchte seine Familie zu erreichen, doch irgendetwas zerrte an ihm. Die brennenden Felder rückten immer weiter von ihm ab, wurden kleiner und kleiner. Er versuchte sich loszureißen. Er musste zurück. Sein Platz war dort.

Ein Schrei weckte ihn.

Sein ganzer Körper zuckte, als er aus dem Traum hochschreckte. Henri versuchte sich zu orientieren. Sein Blick fiel auf die Landschaft vor ihm. Saftig grüne Hänge mit Obstbäumen schmiegten sich an den sich im Tal schlängelnden Fluss. Nach der Schenke hatte sich der Weg vom Ufer entfernt und bergan geführt. Hier oben zog sich Wein in Reihen entlang der Hänge bis nah an die abfallenden Kanten.

Wieder ein Schrei! Träumte er immer noch? Doch es war nur ein Greifvogel, der über dem Tal seine Kreise zog. Der Franzose hatte seinen wunden Sohlen eine Ruhepause gegönnt und sich an den Fuß einer mächtigen Eiche gesetzt. Er musste eingeschlafen sein. Der Baum ächzte. Seine Äste wurden im nun auflebenden Wind hin und her gebogen. Ein treffendes Bild für seine Gemütsverfassung, denn auch er fühlte sich hilflos dem Strom der Ereignisse ausgesetzt. Anders als der Baum aber, der fest in der Erde wurzelte, blieb er heimatlos.

Doch was spielte es noch für eine Rolle? Seine Heimat existierte nicht mehr. Und sein Paris und die Revolutionsarmee waren für ihren Untergang verantwortlich. Henri versuchte mit jedem Kilometer, den er hinter sich brachte, dem vergangenen Schrecken zu entfliehen, doch seine Schuldgefühle holten ihn immer wieder ein. Erinnerungen verblassten nicht mit der Entfernung wie Farben am Horizont. Jeder Gedanke brachte den Schmerz zurück. Und diese Gegend erinnerte ihn mit ihren Weinhängen und Obstwiesen wieder an die Vendée seiner Kindheit.

Nach seiner Desertation – er kniff die Augen zusammen, denn das Wort nur zu denken tat weh –, nach seiner Flucht aus Düsseldorf, war er ziellos umhergeirrt. Er hatte die Franzosenstädte Köln und Bonn, die jenseits des Rheins am Ufer thronten, passiert. Er versuchte sich an die Karten zu erinnern, die sein Kommandant General Jean-Baptiste Jourdan in jedem seiner Quartiere ausgebreitet hatte. Ihnen zufolge musste Henri sich jetzt im Herzogtum Berg befinden.

Wie weit musste er noch ziehen, um die Zeit in Paris, die falschen Entscheidungen, die ihn nach Düsseldorf statt zurück in die Heimat geführt hatten, vergessen zu können? Wäre er doch nur mit Rochejaquelein gegangen. Doch dafür war es längst zu spät.

Le temps adoucit tout.[1] Die Hoffnung blieb ihm, dass Voltaire recht behielt und die Zeit den Schmerz und die Schuld heilen würde, da es die Entfernung nicht tat. Die Worte des großen Denkers gaben ihm nun die Kraft, sich von seinem notdürftigen Rastplatz zu erheben und weiterzugehen. Er musste eine Unterkunft für die Nacht finden.

Aus der Nähe drang, mit dem böigen Wind auf- und abschwellend, das Geräusch von Kirchenglocken zu ihm herüber, das die Dorfbewohner in den abendlichen Gottesdienst rief. Auch Henri folgte dem Ruf der Glocken. Vielleicht würde er dort einen Unterschlupf finden. Er hatte die verhasste Uniform gegen die Mönchskutte der Franziskaner eingetauscht, die er jetzt trug. Eine Verkleidung, die noch weniger zu ihm passte als die Uniform, welche er nur auf Wunsch seines Vaters überhaupt angelegt hatte. Jetzt musste er lernen, sich in der Kutte zu bewegen, als wäre sie ihm angeboren. Wenn er hier überleben wollte. Ja, wenn.

Henri folgte dem Weg, den er, um Rast zu machen, verlassen hatte. In seinem Rücken wärmte ihn die untergehende Sonne nur zaghaft. Nach ein paar Wegminuten kam er um eine Biegung und konnte vor sich liegend den Kirchturm ausmachen, der sich über eine kleine Ansammlung von Fachwerkhäusern und Gehöften erhob. Keine Menschenseele war zu sehen. Vermutlich hatten sich alle Dorfbewohner schon in der Kirche versammelt. Es war der siebte Tag der Woche.

Der Franzose bog in den mit Kopfstein gepflasterten Kirchweg ein. Eine hohe Mauer umgab das Gotteshaus. Ein offen stehendes Tor lud ihn zum Eintreten ein. Rechts der Kirche schlossen sich die Gebäude eines Klosters an. Die Kirche war für ein so abgelegenes kleines Dorf recht stattlich. Er hätte sich besser zuvor informiert. Seine Unwissenheit über die Bedeutung des Gotteshauses konnte ihn von einem auf den anderen Moment enttarnen.

Aus der Kirche erklang nun, nachdem das Glockengeläut verstummt war, Gesang. Henri passierte die Eingangspforte. Er hatte nicht vor, hineinzugehen und den Gottesdienst zu stören. Innerhalb eines Gotteshauses hatte er sich noch nie wohlgefühlt. Schon als Kind war er sich dort wie ein Eindringling vorgekommen, auch wenn er es immer bedauert hatte, nicht glauben zu können.

Er durchschritt den Hof. Fast unmittelbar an die Kirche schloss sich ein Klostergebäude an. Ein gusseisernes Tor in einem kurzen Mauerstück gab den Blick in den inneren Klosterhof frei. Von einem Kreuzgang umrundet barg er einen Kräutergarten. Inmitten der duftenden Kräuter arbeitete in gebückter Haltung ein Mönch. Er trug eine schwarze Kutte. *Keine braune Kutte, keine Franziskaner,* stellte Henri erleichtert fest. Vermutlich ein Augustiner-Kloster. Henri überlegte noch, ob er den Mönch ansprechen oder bis nach der Messe warten sollte, da richtete sich der rundliche Mann mit von der Abendsonne erhitztem Gesicht auf. Er blinzelte gegen die Sonne und sah Henri am Tor stehen. Unschlüssig nickte der Franzose zum Gruße. Der Mönch deutete ihm an, zum Eingang des Klosters zu gehen, machte dann selbst kehrt und verschwand durch eine Tür in das Gebäude.

Henri folgte der Klostermauer bis zum vorspringenden Gebäudeeingang, einer hohen und reich verzierten Holztür mit zwei Flügeln. Hier unterteilten Säulen die Fassade in gleichmäßige Fensterfelder. Auf der mittleren Säule thronte eine Madonna-Figur mit Jesuskind. All diese Pracht deutete auf großen Wohlstand des Klosters hin. Voltaire blitzte wieder in seinen Gedanken auf und mit ihm sein schlechtes Gewissen. Taugt ein Mönch nicht nur, um den Lebensunterhalt seiner Landsleute zu verzehren?[2] Plötzlich wollte er wieder weg von hier. Ein ungutes Gefühl wie zuvor in der Schenke befiel ihn. War er denn so weit von seinen Überzeugungen abgerückt, dass er die Hilfe dieser Verbrecher annehmen würde, die nur auf Kosten anderer lebten? Schon wollte er kehrtmachen, da öffnete sich das Tor und der soeben verschwundene Mönch tauchte wieder auf.

»Werter Bruder, tretet doch näher. Ihr habt Glück, eigentlich wäre ich auch in der Messe. Wisst Ihr, ich liebe die Choräle und habe, in aller Bescheidenheit«, er hob die Augenbrauen bis fast zu seinem dünnen Haaransatz, »eine gute Singstimme, aber die Suppe muss auch gekocht werden. Wie ist denn Euer werter Name und was können wir für Euch tun?«

Die sonore Stimme verstummte und machte Platz für ein breites Grinsen. Henri hatte nicht alles verstanden. Sein Deutsch war dank seiner Liebe zur deutschen Dichtkunst zwar passabel, jedoch hatte er von seinem gemütlich wirkenden Gegenüber nicht einen solchen Redefluss erwartet.

»Mein Name ist Henri«, begann er zögernd. Er würde sich einfach entschuldigen und auf dem Fuße kehrtmachen. Es würde sich schon in irgendeinem Stall ein Platz für ihn finden, wo er die Nacht verbringen konnte. Doch sein Gegenüber blickte ihn mit so herzlicher Erwartung an, dass er es nicht fertigbrachte, ihn zu enttäuschen. Also begann er, anstatt sich zu verabschieden, seine erfundene Geschichte zu erzählen.

»Unser Kloster ist vor einem Jahr fermé, ah, comment dit-on? Oui, geschlossen worden. Ich versuche eines unserer Klöster in Autriche zu erreichen.« Er hatte lang nicht mehr so viele Worte hintereinander gesprochen. Noch dazu in dieser harten Sprache, die anscheinend nur in den Werken von Goethe und Schiller poetisch klingen wollte. Mühsam fuhr er fort: »Ich wäre sehr dankbar, wenn ich ein wenig Brot bekäme und eine Schlafstelle?«

»Oh, warum habt Ihr das nicht gleich gesagt, ein vertriebener Franzmann seid Ihr also. Nun tretet schon ein. Ich kann aber nicht entscheiden, ob wir ein Bett für Euch frei haben, es sind schwierige Zeiten.«

Das Gesicht des Mönchs verfärbte sich noch ein wenig mehr ins Rötliche. »Verzeiht mir, das brauche ich Euch ja wohl nicht zu erzählen. Ja, wie dem auch sei, Brot und Suppe bekommt Ihr auf jeden Fall. Das kann ich sehr wohl bestimmen, schließlich bin ich es, der hier tagtäglich Speis und Trank auf den Tisch bringt.« Nickend deutete er Henri an einzutreten. Er ging voraus, beide Hände wie zum Gebet verschränkt auf seinen vorstehenden Bauch gelegt. Dabei redete er ohne Unterbrechung weiter: »Euer Kloster ist geschlossen worden, das ist schlimm. Hier sind die Franzmannen auch schon angekommen. Siegburg halten sie besetzt, seitdem sie im August schon wieder den Rhein überschritten haben. Wir fürchten ein wenig um unsere eigene Existenz. Man hört ja so einiges. Was sie in Bonn und Köln mit den Kirchen gemacht haben.«

Wir haben ihre Reichtümer eurem Volk zurückgegeben, dachte Henri.

Der massige Kopf des Augustiners bewegte sich im Gleichzug mit seinen Schritten hin und her. »Es sind wahrlich schwierige Zeiten für gottesfürchtige Menschen.«

Der Mönch blickte sich nach seinem Besucher um. Henri ließ ihn reden. Was ging ihn das alles noch an? Er wusste längst nicht mehr, was richtig war oder falsch, gut oder böse.

»Ich bin übrigens Bruder Ignatius. Kommt nur weiter, wir setzen uns erst einmal in meine Küche. Die Messe wird gleich vorüber sein, dann sehen wir weiter.«

Ein großer Ofen dominierte eine Hälfte des Raums. Auf dem Feuer dampfte ein einzelner gusseiserner Kessel und verströmte einen würzigen Duft. Die Mitte beherrschte ein gemauerter Arbeitsbereich mit Regalen voller Holzkisten und irdener Gefäße, die verschiedenste Lebensmittel enthielten. Kartoffeln, Äpfel, eingelegte Gurken. Auf einem Tisch standen in scheinbarer Unordnung mehrere Gefäße. Eines quoll über vor Mehl, welches seine Spuren über die gesamte Arbeitsplatte verteilt hatte. Öl- und Weinflaschen trotzten dem Mehlstaub wie aus tiefliegendem Nebel herausragende Kirchtürme. Von einem Gitter über dem Tisch hingen Töpfe und getrocknete Kräuter hinab. Ein geräucherter Schinken verbreite einen würzigen Duft, gleich daneben war ein gerupftes Huhn zu sehen. Wie Henri vermutet hatte, mangelte es diesem Kloster an nichts.

Der Küchenmeister unterbrach Henris Begutachtung mit einem Räuspern.

»Ah, Ihr wundert Euch bestimmt über das Huhn und warum es noch nicht in der Suppe schmort. Sicher kennt Ihr Euch gut in der Küche aus. Man sagt den Franzosen ja eine gute Hand beim Kochen nach. Also, das Huhn hängt dort schon für die Suppe morgen. Nach dem Komplet[3] ist vor dem Komplet, wie mein Lehrmeister immer zu sagen pflegte.« Er blickte den Franzosen erwartungsvoll an. Doch Henri hatte nur mit einem Ohr zugehört. Er ließ seinen Blick vom Huhn zu der Tür wandern, die in den Kräutergarten führte. Sie stand offen. Die Sonne warf ihre letzten Strahlen in den behaglichen Raum hinein.

»Ach, ich rede und rede, aber Ihr seht erschöpft aus. Sicher wollt Ihr Euch erst einmal setzen.« Ignatius deutete auf einen Schemel.

»Seid Ihr weit gewandert? Das Laufen ist ja nicht meine Sache«, der Mönch klopfte sich auf den Bauch, »ich trage zu viel mit mir herum. Das kommt vom Kochen, wisst Ihr. Also, ich muss ja immer zu probieren, was ich meinen Brüdern auftische. Sonst hole ich mir wieder einen Rüffel von Pater Markus ein. Der ist nämlich schlimmer, als es mein alter Vater je war, wenn die Mutter einmal etwas anbrennen ließ. Das könnt Ihr mir glauben. Aber was rede ich wieder. Setzt Euch doch.«

Henri nahm das Angebot gern an.

»Oui, eine große Strecke bin ich heute gelaufen. Merci bien, habt Dank für Eure Güte.«

Jetzt, da er sich hingesetzt hatte und die wohlige Wärme der Küche ihn umfing, stieg tatsächlich eine große Müdigkeit in Henri auf. Und nicht zuletzt die herzliche Art des Ignatius ließ ihn hoffen, dass er hier für ein paar Tage Unterschlupf finden könnte, ohne dabei sein aufflackerndes Gewissen allzu sehr zu belasten. Doch die Ruhe mochte auch trügerisch sein. So freundlich wie der Küchenmeister war ihm bisher noch niemand in dieser Gegend begegnet. Er dachte an den Aufruhr, den er unbeabsichtigt in der Schenke verursacht hatte. Zu viel Unfrieden hatten seine Landsmänner schon hierher gebracht. Mais, examine-t-on ce qu'on désire? – Ach, prüft man denn, was man sich wünscht?[4] Nein, zumindest für eine Nacht würde er die Vorsicht vergessen und sich dem Lauf der Dinge hingeben.

4.

Ignatius war auf dem Weg zu seinem Abt, Prior Gottfried Oettershagen. Die Messe war inzwischen beendet. Der Abt pflegte nach der Messe einen kleinen Stärkungstrunk in seinen Gemächern zu nehmen, bevor er zu den anderen Fratres in den Speisesaal zum gemeinsamen Abendbrot kam. Diesen Trunk, einen kräftigen roten Wein in einer kleinen Karaffe samt Glas, brachte Ignatius ihm nun. Bei dieser Gelegenheit konnte er Prior Gottbried von dem Neuankömmling erzählen. Henri hatte Ignatius geholfen, den Tisch im Speisesaal zu decken. Er hatte Ignatius gebeten, bei seinem Prior anzufragen, ob er einige Tage im Kloster Unterkunft finden könne. Henri bot auch gern seine Hilfe bei den täglichen Arbeiten an. Es gäbe doch sicher immer genug zu tun.

Der Franzose war zwar nicht sehr redselig, aber ein sehr angenehmer Zuhörer. Ignatius konnte auch gut ein wenig Hilfe und vor allem Gesellschaft gebrauchen. Der rundliche Mönch war ganz allein für Küche und Garten verantwortlich, während seine Brüder sich dem geistigen Studium widmeten, die Klosterländereien verwalteten, die Schule betrieben und sich um das Seelenheil der Gemeinde kümmerten. Ignatius war sich seiner geringen Stellung unter den Mönchen sehr wohl bewusst, aber er hatte es hier im Kloster immer noch besser getroffen als seine Geschwister, denn er stammte aus einer sehr armen und großen Bauernfamilie aus einem der Nachbardörfer. Als jüngstes Kind seiner Eltern hatte er die Chance bekommen, hier auf die von den Mönchen betriebene Schule zu gehen, und war durch sein ernsthaftes Interesse an der Lehre Gottes aufgefallen. Als er das entsprechende Alter erreicht hatte, bat er darum, im Kloster aufgenommen zu werden. Da seine Eltern keine Mitgift zahlen konnten, war er nur durch die Fürsprache seines damaligen Lehrers, der inzwischen als Prior dem Kloster vorstand, aufgenommen worden.

Ignatius hatte keuchend die große hölzerne Treppe in das obere Stockwerk erklommen. Hier lagen die Gemächer der Chorherren und am Ende des langen Ganges das des Priors. Bevor er dessen Zimmer erreichte, öffnete sich eine Tür zu seiner linken Seite. Bruder Markus trat heraus und ließ seine Kammertür laut zufallen. Er kam auf Ignatius zu, der sich wegen des schmalen Ganges gegen die Wand drücken musste, um Markus vorbeizulassen.

»Jetzt erst bringst du dem Prior seinen Trunk?«

Bevor Ignatius etwas erwidern konnte, fuhr Markus fort: »Richte ihm aus, dass ich ihn nach dem Abendbrot noch zu sprechen gedenke.« Ohne eine Antwort abzuwarten, verschwand er den Gang hinunter.

Der ist ja in übler Stimmung. Kopfschüttelnd setzte Ignatius seinen Weg fort. Bruder Markus war trotz seiner jungen Jahre bereits der Stellvertreter des Priors. Ihm unterstand zudem die wirtschaftliche Verwaltung des Klosters und der dem Kloster zugehörigen Gehöfte. Nach Prior Gottbried war er der Mächtigste unter den Fratres. Ignatius mochte ihn nicht. Er war adeliger Abstammung, ein Sohn des Grafen von Hatzfeld. Die gewöhnlichen Mönche, allen voran Ignatius, ließ er ihre niedere Stellung spüren. Zwar geboten die Regeln der Augustiner, mit Eintritt in das Kloster privaten Besitz und Herkunft hinter sich zu lassen. Das war für Pater Markus aber kein Grund, sich nicht wie der Papst persönlich aufzuführen. Er war ehrgeizig, und es wurde allgemein erwartet, dass er Prior Gottbried nachfolgen würde, sollte dieser sterben. Und nicht zuletzt deshalb machte sich Ignatius Sorgen um seinen Prior, dessen Gesundheit in letzter Zeit doch sehr angegriffen war.

Besonders Ignatius hatte unter Markus zu leiden, da er unter den anderen Mönchen, die fast ausschließlich aus höherer Bürgerschaft und Adel stammten, ein Außenseiter war. Es gab da noch Bruder Edrik, der für das Weingut des Klosters verantwortlich war. Auch Edrik war niederer Herkunft wie Ignatius selbst. Aber Edrik konnte den Klostermauern leichter entfliehen, wenn er zu den Weinfeldern und dem Hardthof, zu seiner täglichen Arbeit unterwegs war. Er brauchte auch keine Entschuldigung, wenn er den

Messen fernblieb. Nur zum gemeinsamen Abendessen, der Coena, war er regelmäßig zurück. Aber während des Essens war Schweigen geboten. So konnte der eigentlich so gesellige Ignatius nur nach der Coena einen kurzen Plausch mit Edrik halten.

Gegen ein wenig Gesellschaft von Henri hätte er wahrlich nichts einzuwenden. Die gnädige Mutter Maria musste ihn geschickt haben, dachte er, als er die Tür zu den Gemächern des Priors erreichte. Er klopfte. Der Abt rief ihn herein. Er blickte noch einmal den Gang runter, um sich zu vergewissern, dass Markus nicht mehr in der Nähe war, richtete seine Augen dann nach oben und flüsterte: »Heilige Maria, wenn Dich meine Choräle so erfreuen, wie es immer alle sagen, dann lass mich jetzt bitte die richtigen Worte finden.« Noch einmal sog er kräftig die Luft ein und öffnete die Tür.

»Ich bringe Euren Abendtrunk, Vater.«

Prior Gottbried von Oettershagen saß in seinem Lehnstuhl am Fenster, welches die Weinhänge hinter dem Kloster überblickte.

»Ja, danke, Ignatius, stell ihn hier ab.« Der Prior deutete auf einen kleinen runden Tisch neben sich.

Ignatius tat, wie geheißen. »Vater, darf ich sprechen? Ich habe eine Bitte vorzubringen.«

»Nur zu, Ignatius, was hast du auf dem Herzen?«, brummte Gottbried, der schon recht schläfrig schien. Ignatius erkannte, dass der Prior wirklich sehr alt geworden war. Er hatte verschiedenste Leiden, unter anderem eine Arthritis. So brannte in seinen Gemächern auch schon der Kamin, obwohl die Tage noch warm waren. Ignatius sorgte sich wieder um seinen Prior. Nun aber hatte er zuerst ein anderes Anliegen. Er warf einen kurzen Blick auf das Maria-Bildnis, das an der Wand hinter dem Prior prangte, und senkte dann seinen Blick zu Boden.

»Wir haben einen Gast, der hier während der Messe ankam. Ein Bruder der Franziskaner aus Frankreich. Sein Kloster ist zerstört und er ist hier auf der Durchreise. Er bittet um Unterkunft für einige Tage.« Erst jetzt wagte er, wieder aufzublicken.

Der Abt hatte sich im Stuhl aufgerichtet und langte nach dem Wein, schwenkte das Glas und hielt es sich dann unter die Nase. »Ein französischer Mönch, sagst du?«

Ignatius brachte kein Wort heraus, nickte nur.

Der Abt nahm einen Schluck. »Eine vortreffliche Wahl, Ignatius. Das ist ein wirklich guter Tropfen. Ich wünschte, unser Wein hätte nur annähernd diese Qualität.« Gottbried nahm einen weiteren Schluck.

Ignatius trat von einem Bein auf das andere. Als kein weiteres Wort von seinem Prior kam, fasste er sich ein Herz.

»Vater Abt, was ist mit unserem Gast?«

»Ah, der Franzose. Gute Weine haben sie ja.« Er hielt das Glas vor das Fenster und betrachtete die rote Flüssigkeit im Licht. »Schick ihn mir einmal her. Mich würde seine Meinung zu diesem Wein interessieren. Und dann kann er seine Bitte auch gleich selbst vorbringen.«

»Kann er also bleiben?«, platzte Ignatius heraus.

Der Abt schmunzelte. »Nun, ich sehe keine Einwände, ihm für einige Tage Unterschlupf zu gewähren.«

Das war ja prächtig. Jetzt müsste er nur eins erreichen. Wie sollte er es anstellen? Er runzelte die Stirn, suchte nach Worten. »Henri, also Bruder Henri, meine ich. Das ist der Franziskaner, der Franzose. Also, er heißt Henri.«

»Ignatius, bitte, ich hab es ja verstanden. Ich bin noch nicht senil, mich plagt lediglich eine Arthritis. Unser Gast heißt also Henri.«

Ignatius fühlte, wie ihm die Röte ins Gesicht stieg. »Ja, Henri. Also, er hat angeboten, uns bei der Arbeit zu helfen, während er hier ist, und da dachte ich, also ich dachte, dass er vielleicht mir in der Küche und im Garten helfen könnte.«

»Ja, ja, Ignatius«, erwiderte Gottbried mit einem Schmunzeln, »warum auch nicht, vielleicht kann er uns ja ein paar delikate französische Speisen bereiten.« Er prostete Ignatius zu und nahm noch einen Schluck. »Nun, dann schick ihn mal zu mir.«

»Ja, sofort. Bin schon unterwegs.« Der beleibte Mönch eilte zur Küche zurück, so schnell er konnte. Das war doch ganz gut gelaufen, fand er.

Ignatius hatte Henri noch zum Prior geführt und brachte nun die Suppe für das Abendessen in den Speisesaal. Die Fratres hatten sich schon dort versammelt. Allen voran Pater Markus, der immer wieder ungeduldige Blicke zur hinteren Tür warf, durch die üblicherweise der Prior das Refektorium betrat.

»Hm, das riecht gut, Ignatius«, rief einer der anderen Mönche, es war Bruder Cornelius, der Leiter der Bibliothek, als er mit dem Suppentopf an ihm vorbeiging.

Markus dagegen äußerte sich immer noch übellaunig.

»Du bist wirklich spät heute. Wir verpassen noch die rechte Zeit für das Abendgebet. Was dauert denn so lange?«

Ignatius, immer bedacht, den Abt vor Pater Markus in Schutz zu nehmen, wollte gerade von dem neuen Gast und dem Grund für die Verspätung erzählen, als sich die hintere Tür des Speisesaals öffnete und der Prior zusammen mit Henri eintrat.

5.

Es war noch früh am Nachmittag. Johanna sammelte den eben geernteten Pfefferminzstrauß wieder auf, den sie wütend ihrem Vater vor die Füße geworfen hatte und der nun verstreut im Hof lag. Es würde sie einige Mühe kosten, den Verwalter Horst Tenhagen zu überzeugen, der Familie Pauls die Pacht zu erlassen. Hinter ihrem Rücken hörte sie die Stalltüre knarren. Erschrocken drehte sie sich um.

»Ach, Franz. Du bist es.« Sie hatte den Stallburschen ganz vergessen. Er hatte ja noch Magda versorgt, die scheckige Mähre, mit der ihr Vater zuvor nach einigen Tagen Abwesenheit zurückgekehrt war. Nur um gleich wieder zu verschwinden.

»Ist wohl nicht so gut gelaufen, hm?«

»Hast du alles gehört?«

Franz war der Sohn des Verwalters Tenhagen und seiner Frau Gudrun, die als Magd ebenfalls auf Gut Attenbach arbeitete. Die ganze Familie bewohnte eines der Nebengebäude des Ritterguts.

»Ja.« Der Junge nickte. »Wird schwer werden. Mit meinem Vater, mein ich.«

Johanna wusste, was er meinte. So gut sie sich mit seinem Sohn verstand, Tenhagen war ein mürrischer Kerl, dem sie, wo es nur ging, aus dem Weg ging. Alles, was er tat, war, sich streng an die vor Jahren vom Vater aufgestellten Verwalterpflichten zu halten. Nur auf dessen ausdrücklichen Wunsch machte er sich an irgendwelche außergewöhnlichen Tätigkeiten. Und da sich der Freiherr nur sehr selten in die aktuelle Gutsführung einmischte, lief seit Jahren alles nach denselben Regeln. Ein Pachterlass für eine Familie, sollten die Umstände noch so schwierig sein, würde daher nur sehr schwer durchzusetzen sein. Sie müsste sich wirklich etwas einfallen lassen, wenn sie den Pauls helfen wollte.

»Was meinst du, könnte deine Mutter vielleicht ein gutes Wort einlegen?«

Der Junge verdrehte die Augen. »Nee, die hält sich bei so was lieber raus. Darum hab ich es Ihnen ja gesagt.«

Da hatte er natürlich recht. Franz war es gewesen, der ihr von dem Brand bei den Pauls erzählt hatte. Er ging mit Thomas Pauls, dem jüngsten Sprössling der Familie, gemeinsam in die Schule nach Blankenberg. Die Tage, da sie regelmäßiger Gast bei den Pauls war, waren vorbei. Dennoch hatte es ihr einen Stich versetzt, dass die Pauls nicht zu ihr gekommen waren. Zumindest Reinhard hätte etwas sagen können.

»Na ja. Ich werde mir schon etwas einfallen lassen.« Aber heute konnte sie in dieser Sache ohnehin nichts mehr ausrichten. Tenhagen war mit der Kutsche weggefahren, um Vorräte zu kaufen.

Sie kamen zu ihrem Holzschuppen, wo Johanna die eingesammelte Pfefferminze zum Trocknen aufhängen wollte. Franz hatte ihr den Schuppen gebaut.

»Kommst du mal kurz mit rein?«, fragte sie den Jungen. »Ich brauche noch einen Tisch im Schuppen, auf dem ich Tinkturen und Salben mischen kann. So wie den, der beim Apotheker in Blankenberg steht.«

Franz folgte ihr in den Schuppen, der voller Kräutersträuße hing. Besonders der frische Lavendel verbreitete einen wohligen Duft.

»Ich war aber noch nie da.«

»Wo denn?«

»Beim Apotheker.«

»Ach, natürlich. Entschuldige. Pass auf, ich zeig es dir.« Sie zog Franz mit sich in den hinteren Teil des Schuppens, wo durch ein Fenster Licht hineinfiel. »Hier, direkt unter dem Fenster, müsste der Tisch hin. Am besten ein Brett die ganze Wand entlang. Dann hätte ich genug Platz, um die Tiegel und Flaschen aufzubewahren.«

Sie zeigte mit der Hand, in der sie noch immer den Pfefferminzstrauß hielt, von einer Ecke in die andere. »Meinst du, das bekommst du hin?«

»Klar. Mach ich.«

»Ich könnte dich auch zum Apotheker mitnehmen. Ich will sowieso gleich noch zu ihm. Dann könntest du es dir ansehen.«

»Weiß nicht.«

In diesem Moment ertönte die Stimme von Gudrun und schallte über den Hof: »Fraaanz, Essen steht auf dem Tisch!«

Der Junge blickte Johanna fragend an.

»Geh schon.«

»Das mit dem Tisch bekomm ich auch so hin«, rief er ihr noch zu.

»Das weiß ich doch.« Man musste sich ja nur den Schuppen angucken. Der Franz hatte wirklich Talent im Umgang mit Holz.

Johanna nahm einen Leinenstrick, band die Pfefferminze zusammen und wollte sie neben die anderen Sträuße hängen, da hielt sie inne. Sie wollte wirklich zum Apotheker nach Blankenberg hoch. Zwar konnte man die getrockneten Pfefferminzblätter schon vielfältig verwenden. Vor allem ließ sich hieraus ein Tee bereiten, der bei Erkältungen und Magenleiden hilfreich war. Aber davon hatte sie schon reichlich. Was ihr fehlte, war eine Salbe, die, äußerlich angewendet, wohltuend bei Kopfschmerz war. Doch um diese zuzubereiten, bräuchte sie Fett, und das bekam sie, mit vielen guten Ratschlägen, bei Heinrich Katen, dem Apotheker. Seit Heinrich in Blankenberg vor drei Jahren seine Apotheke eröffnet hatte, war er ihr ein guter Freund geworden. Sie war dem Apotheker auch keine Konkurrenz, wenn sie einige der Bauern mit ihren Mitteln versorgte, denn diese konnten die teure Medizin aus der Apotheke nicht bezahlen.

Johanna huschte leise, um ihrer Mutter nicht zu begegnen, ins Haus und zog sich ihre Reitkleider an. Die Freifrau sah es nicht gern, dass ihre Tochter in einem solchen Aufzug an einem Sonntag in die Stadt ritt und sich nicht in der Kutsche fahren ließ. Wie dumm, wer sollte sie denn schon fahren? Sie hatten ja gar keinen Kutscher. Und Tenhagen, der für die wenigen Anlässe im Jahr, bei denen sie die Kutsche benötigten, als Kutscher herhalten musste, würde sie bestimmt nicht bitten. Außerdem war er ja gar nicht da. Zum Glück hatte sie Argos. Der schwarze Hengst war ein Geschenk ihres Vaters gewesen. Sie hatte das Fohlen nach dem alten Hund aus Homers »Odyssee« benannt, und der Rappe war ihr ein genauso treuer Freund geworden, wie es der Hund für Odysseus war. Ohne ihn wäre sie, wie ihre Mutter, ständig ans Haus gefesselt.

Unbemerkt schlüpfte sie wieder hinaus und lief zum Stall. »Komm mein Treuer«, sprach sie zu ihrem Pferd, »wir werden noch einen kleinen Ausflug machen.«

Argos antwortete mit einem Schnauben.

»Ja, du freust dich auch, nicht wahr?«

Ihre gute Laune wiedergefunden, sattelte Johanna ihr Ross und sprang rittlings in seinen Sattel, den Damensitz zum Teufel schickend. Sie ritt auf direktem Wege, entgegen der von ihrem Vater kurz zuvor eingeschlagen Richtung, hoch zur alten Burganlage. Diese ragte vor ihr im Sonnenlicht zerfallen auf dem Felsvorsprung von Blankenberg auf. Auf dem steilen Weg hoch in die mittelalterliche Stadtanlage traf sie einen jungen Burschen, der Brennholz schleppte. Es war Thomas, jüngster Spross der Familie Pauls.

»Thomas, komm, spring auf, du kannst mit mir hochreiten«, rief sie ihm von hinten zu.

Thomas drehte sich um und sein Gesicht erhellte sich. Johanna half ihm zu sich aufs Pferd.

»Vielen Dank auch, Herrin.«

»Ach, Thomas, du sollst mich doch nicht so nennen. Du weißt genau, wie ich heiße.«

»Ja, danke … Johanna«, antwortete der Junge schüchtern.

»Halt dich gut fest.«

Thomas schlang die Arme um sie und sie wies Argos an, in den Trab zu gehen.

Die Kinder, die in die Schule von Blankenberg gehen durften, mussten ein kleines Schulgeld zahlen und für Brennholz sorgen, damit das Schulhaus beheizt werden konnte. Johanna wusste, dass dies für die armen Pächterfamilien eine große Anstrengung bedeutete. Nach dem Brand fiel dies der Familie Pauls wohl besonders schwer. Sie war froh, dass sie Thomas in diesem Fall wenigstens beim Holzanliefern helfen konnte. Der Erlass der Pachtzahlung war ihre Idee, sie hatte der Familie hierüber jedoch noch nichts gesagt, da sie nicht wusste, ob sie es tatsächlich würde durchsetzen können.

Sie hatte Thomas schon als Säugling gekannt, denn seine älteren Geschwister waren ihre Spielgefährten in Kindertagen gewesen. Irmgard, Mechthild und Reinhard sah sie aber immer seltener, je älter sie wurden. Die Schwestern waren inzwischen verheiratet und lebten in weiter entfernten Dörfern. Reinhard hatte nach dem Tod des Vaters den Hof übernommen und war von früh bis spät auf den Feldern. Vielleicht war er deshalb nicht zu ihr gekommen, um sie um Hilfe zu bitten.

»Wie ist es euch nach dem Brand ergangen?«, fragte sie den Jungen.

»Wir haben angefangen, die Scheune wieder aufzubauen, müssen aber erst mehr Bauholz beschaffen. Ist ja alles weggebrannt. Das wird ganz schön teuer«, berichtete der Junge. »Und unser ganzes neues Saatgut ist auch verbrannt. Das war auch in der Scheune gelagert. Nun können wir nicht mal für das nächste Jahr neu einsähen.«

»Zumindest das könnte ich euch besorgen. Ich bin sicher, dass unser Lager voll ist.« *Und wenn der Tenhagen das nicht rausrückt, dann hole ich es selbst.*

»Komm doch morgen nach der Schule vorbei und bring den Handkarren mit. Dann besorgen wir einen Sack Winterroggensaat für euch.«

»Potz Blitz«, rief Thomas aus. »Reinhard wird sich zwar anstellen, etwas von dir geschenkt zu bekommen, aber Mutter wird ihm schon die Ohren lang ziehen, wenn er es nicht nimmt.«

Nachdem sie an den Ruinen der Burganlage vorbeigeritten waren, erreichten Johanna und Thomas schon bald den Marktplatz von Blankenberg. Hier sprang der Junge vom Pferd.

»Noch mal vielen Dank, Jo!«, rief er, keine Spur mehr von Schüchternheit. »Meine Mutter wird sich neue Gebete für dich einfallen lassen müssen. Die alten werden ihr nicht ausreichen.«

Johanna musste herzlich lachen. Sie genoss es, wenn sie nicht wie eine Dame behandelt wurde. »Lass so etwas nur nicht den Pfarrer hören«, rief sie ihm hinterher. Doch das Lachen stockte ihr, als sie hinüber zur Apotheke blickte. Die Apotheke von Heinrich Katen lag direkt neben der Kirche, und vor dem Haus des Apothekers stand die Kutsche des Grafen von Hatzfeld, unverkennbar bespannt mit den beiden weißen Stuten. Johanna hoffte inständig, dass nicht der Sohn des Grafen dort vorgefahren war. Ihr Zukünftiger, wenn es nach ihrer Mutter ging. Johanna kräuselte die Nase bei diesem Gedanken. Sie war ihm zwar bisher noch nicht begegnet, aber wie man überall mit vorgehaltener Hand erzählte, war er ein aufbrausender, arroganter Schönling, der sich vor allem bei den Pächtern seines Vaters in kurzer Zeit sehr unbeliebt gemacht hatte. Wie man sagte, interessierte er sich einzig und allein für die Jagd.

Johanna saß ab und band ihr Pferd hinter der Kutsche an einem Holzpfahl an. Sie würde sich jedenfalls nicht von einem von Hatzfeld hindern lassen, ihren vorabendlichen Besuch beim Apotheker abzuhalten. Beherzt stieß sie die Eingangstür auf. Die vertraute Glocke ertönte, verkündete ihr Eintreten – und unterbrach einen heftigen Wortwechsel zwischen dem Apotheker und Hermann Josef von Hatzfeld.

6.

Henri betrat hinter dem Prior Gottbried das Refektorium. Die Fratres hatten sich schon alle an der langen Tafel versammelt. Die Suppe dampfte bereits in den Tellern.

»Habt Nachsicht mit eurem alten Prior für die Verspätung.« Gottbried nickte den Versammelten zu. »Bevor wir das Dankgebet sprechen, möchte ich euch einen Gast unserer Abtei vorstellen.«

Henri war an der Tür zurückgeblieben und blickte in den lang gezogenen hellen Raum hinein. Er sah Ignatius am Ende der Tafel sitzen und ihm zunicken. Der Prior winkte Henri zu sich.

»Frater Henri erbittet einige Tage Obdach bei uns, die ich ihm gern gewähre.«

Am Kopf der Tafel saß, ihnen den Rücken zugewandt, ein blonder Mönch, der sich nun umwandte und ansetzte, etwas zu erwidern. Doch der Prior gebot ihm mit einer besänftigend erhobenen Hand Einhalt.

»Ich ahne, was Ihr sagen wollt, Bruder Markus, aber bedenkt, dass in den schwierigen Zeiten die Ordensbrüder aller Richtungen Eintracht zeigen sollten. Auch wenn die Lehren der Franziskaner in einigen wesentlichen Punkten von unseren abweichen, möchte ich Bruder Henri hier willkommen heißen. Um es mit den Worten unseres Herrn zu sagen: ›Hoc est praeceptum meum, ut diligatis invicem.‹[5] Das schließt auch unsere Franziskanischen Brüder ein.«

Henri, der dank seiner Schulausbildung in dem Pariser Collège Louis-le-Grand des Lateinischen mächtig war, konnten diese Worte nicht beruhigen. Dieses ist mein Gebot, dass ihr einander liebt. Die Klerikalen hielten sich nicht an ihre eigenen Gebote. War nicht das einer der Gründe gewesen, die die Massen des französischen Volkes dazu bewogen hatten, sich gegen die Oberen zu erheben? Doch diesen Pater Markus schienen die Worte des Priors zu besänftigen, denn er senkte seinen Blick wieder auf den Teller vor sich.

»Macht doch ein wenig Raum, Markus. Unser Gast soll an meiner Seite sitzen.« Der Prior legte seine Hand auf Markus' Schulter. Dann richtete er sich an Ignatius am anderen Ende der Tafel: »Einen Stuhl für unsren Gast bitte, Ignatius.«

Henri war unwohl zu Mute. Er hatte nicht erwartet, mit so viel Aufsehen in die Gemeinschaft der Mönche eingeführt zu werden. Stattdessen hatte er gehofft, dass er nur mit anderen Laienbrüdern wie Ignatius bei seinem Aufenthalt zusammentraf. Doch Ignatius hatte ihn direkt beim Prior vorstellig werden lassen und um – wie es nun erschien – längere Aufnahme für ihn gebeten. Offenbar bestand das Kloster auch hauptsächlich aus den eigentlichen Chorherren, und diese hatten ihre Augen gerade alle auf ihn gerichtet. Insgesamt waren neun Mönche an der langen Tafel versammelt. Jeweils vier an jeder Seite und der vom Prior soeben angesprochene Frater Markus am Kopfende neben einem leeren Stuhl, offenbar der Platz des Priors selbst. Markus hatte sich inzwischen erhoben und rückte seinen Stuhl vom Kopf der langen Speisetafel weg. Unter seinen weißblonden Haaren sprühten blaue Augen Blitze in Henris Richtung und riefen ihm den Edelmann aus dem Wirtshaus in Erinnerung. Dieser Mönch hatte eine nicht zu übersehende Ähnlichkeit mit dem Rüpel. Zum Glück erschien in diesem Augenblick Ignatius freundliches Gesicht. Er trug, wie vom Prior angewiesen, einen weiteren Stuhl herbei und platzierte ihn neben dem des Priors am Ende der Tafel, bevor er wieder nach hinten verschwand.

Der Prior deutete Henri an, neben ihm Platz zu nehmen. Henri willigte dankbar ein, in der Hoffnung, dass sich nunmehr der Aufruhr legen würde und sich die Aufmerksamkeit aller wieder auf die Suppe richten konnten. Der würzige Duft stieg ihm schon in die Nase. Doch der Prior war noch nicht fertig.

»Frater Henri, beginnt doch zur Begrüßung heute das Abendgebet, bevor wir uns an Gottes Gaben laben, die Ignatius uns wieder so hervorragend zubereitet hat.«

Henri schluckte. Das durfte doch nicht wahr sein! Prior Gottbried verstand sein Zögern wohl falsch und munterte ihn auf.

»Sprecht ruhig in eurer Muttersprache, nur zu.«

Markus' Augenbrauen zuckten in die Höhe.

Henri räusperte sich, doch der Blondschopf kam ihm zuvor: »Vater Abt, das geht zu weit …«

»Es ist gut, Pater Markus, lasst ihn nur machen«, unterbrach der Abt ihn. »Gottes Worte sind uns in jeder Sprache heilig.« Er deutete Henri an zu beginnen.

Die versammelten Brüder erhoben sich allesamt von den Sitzen und richteten ihre Augen auf die vor ihnen stehenden Teller, bis auf den neben Henri stehenden Markus, der entsetzt den Abt anstarrte. Henri räusperte sich ein weiteres Mal und begann mit dem bekanntesten christlichen Gebet, welches auch er als Kind verinnerlicht hatte. Er hoffte inständig, dass es ein für diesen Anlass passendes Gebet war.

»Notre Père qui es aux cieux! Que ton nom soit sanctifié …«

Weiter kam er nicht, denn Markus unterbrach ihn schroff, schob lautstark seinen Stuhl zurück und richtete sich wild gestikulierend an den Abt.

»Ein Franzose? Ihr gebt einem Franzosen bei uns Unterkunft! Das kann nicht Euer Ernst sein. Ihr könnt nicht vergessen haben, dass wir vor nicht einmal einem halben Jahr mit unseren ganzen Besitztümern vor ihnen fliehen mussten.«

»Und Ihr scheint vergessen zu haben, dass wir mit Ausnahme des Completoriums im Refektorium[6] Stillschweigen bewahren, Frater Markus.« Der Prior sprach in ruhigem Ton, doch Markus beruhigte sich nicht.

»Wollt Ihr die ganze Abtei in Gefahr bringen?« Er blickte den Abt herausfordernd an, die hellen Augenbrauen noch weiter heraufgezogen als zuvor. Fast verschwanden sie unter dem tief in die Stirn fallenden Haaransatz. Sein sonst fahles Gesicht war heftig errötet. Henri fühlte sich wie eine Möwe zwischen West- und Nordwind. Hilfe suchend blickte er zu Ignatius am anderen Ende der Tafel. Doch die Augen aller Mönche waren auf ihre beiden obersten Mitglieder gerichtet. Die Luft knisterte, die Worte von Markus halten in der Stille nach.

»Genug!« Der Blick, den Prior Gottbried diesem einen Wort hinterherschickte, sprach von solcher Autorität, dass Markus ihm nur kurz standhielt. Er senkte sein Haupt und faltete die Hände zum Gebet.

Es folgte eine kurze Stille.

»Fahrt doch bitte fort, Henri. Das Vaterunser klingt in Eurer Sprache besonders erhaben.« Da sprach wieder der gütige Abt, die soeben aufgeblitzte Autorität des Mannes war verflogen. Henri aber schien es als waberte sie noch unter der hohen Decke des Saals, bereit jeden Moment wieder hinabzufahren.

Mit gedämpfter Stimme fuhr er im Gebet fort.

Als er mit dem »Amen« geendet hatte, blickte er auf. Alle Mönche nahmen Platz. Niemand wagte mehr die Stille zu unterbrechen. Nur noch das Klappern der Löffel in den Suppenschalen war zu hören. Die weitere Mahlzeit verlief in völligem Schweigen.

Nachdem alle ihre Teller geleert hatten, sprach der Prior weitere Gebete. Dann wünschte er ihnen eine gute Nacht. Die Mönche begannen das Refektorium zu verlassen. Henri sah, wie einige ihre Köpfe zusammensteckten und sich noch einmal zu ihm umdrehten. Markus hatte sich ebenfalls von der Tafel erhoben, entfernte sich aber noch nicht. Der Abt rief Ignatius zu sich.

»Weist bitte unserem Gast eine Kammer zu, Ignatius, und klärt ihn über seine Pflichten auf.« Dem Franzosen legte er eine Hand auf die Schulter und zog ihn noch einmal in eine Unterhaltung. »Henri, auch Euch wünsche ich eine gesegnete Nacht. Selbst wenn es vielleicht nicht den Anschein hat, Ihr seid hier willkommen. Morgen Abend wünsche ich, dass Ihr mir meinen Abendtrunk nach der Messe bringt. Dann können wir unsere kleine Konversation bezüglich Eurer exzellenten Weinkenntnisse fortsetzen. Ich habe da so eine Idee, wie Ihr uns helfen könntet. Unsere klostereigenen Weinhänge sind mit den Jahren doch ein wenig heruntergekommen und benötigen eine erfahrene Hand.« Er wartete keine Antwort ab, sondern deutete Henri mit einer Handbewegung an, dass er sich nun in Ignatius' Hände begeben sollte. Dann wandte er sich zur Tür.

Pater Markus folgte dem Prior. »Vater Gottbried, auf ein Wort.«

Seufzend deutete der Prior Markus mit einem Nicken an, ihm zu folgen, und gemeinsam verließen die beiden den Speisesaal durch die hintere Tür.

Dieser Machtkampf war noch nicht ausgestanden und Henri war der Auslöser gewesen. Nein, hier würde es ihn nicht lange halten. Den Worten des Priors zum Trotz zeigte sich deutlich, dass ein Franzose nicht willkommen war.

Vielleicht sollte er wirklich nach Österreich gehen. Diese Lande hier waren vor den Überfällen seiner Landsleute nicht sicher. Der Rückschlag im Juli hatte die Sambre-et-Meuse-Armee nicht davon abgehalten, erneut auf die rechte Rheinseite vorzustoßen. Erst vor einem Monat hatten sie ihren Feldzug wieder aufgenommen. Die Kämpfe hatten sich momentan in die Gegend um Frankfurt verlagert. Aber es schien ihm, dass nur noch die Österreicher sich aufbäumten. Das Rheinland, egal auf welcher Seite des Flusses, war nicht mehr sicher für ihn.

Das Refektorium hatte sich indes geleert. Und auch Ignatius stand an der vorderen Tür nur noch mit einem Bein im Saal. Er winkte Henri zu, ihm nachzufolgen.

»Henri«, sprach Ignatius als sie den Saal verlassen hatten, »ich habe Bruder Edrik gerade von Euch erzählt, wie Ihr heute hier aufgetaucht seid, während alle in der Messe waren.« Er deutete auf einen drahtigen Mönch mit sonnengegerbter Haut neben ihm.

»Das ist Bruder Edrik.« Er zog den Hageren ein Stück näher. »Er kümmert sich um unseren Klosterhof auf der Hardt. Ihr müsst wissen, Edrik ist unser Rentmeister und Weinbergaufseher – alles in einer Person.«

Edrik nickte Henri zu. Im Gegensatz zu dem immer strahlenden Ignatius wirkte der größere Mönch mit schmalem, kantigem Gesicht ernsthaft. Seine dunklen Augen aber waren hellwach und blickten Henri aufmerksam an. Jedes seiner Worte schien er sorgsam zu wählen.

»Seid gegrüßt, Bruder. Ich kam nicht umhin, das Interesse unseres Priors an Euren Kenntnissen im Weinbau zu bemerken.«

Als Henri ihm nicht direkt antwortete, fuhr Edrik fort: »Vielleicht möchtet Ihr morgen mit mir einen Rundgang durch unsere Weinhänge machen?«

Henri gefiel die Idee. Aber er musste wohl klarstellen, dass er nicht vorhatte, hier länger als nötig zu verweilen.

»Oui, mais …«, er suchte nach den richtigen Worten, »… ich kenne mich gar nicht gut aus. Meine Familie hat Weinanbau betrieben, aber ich bin früh … entrer au couvent – ins Kloster – gegangen.«

»Aber dann liegt Euch der Weinanbau doch im Blut. Sicher werden Euch unsere Hänge gefallen, nicht wahr, Edrik?« Ignatius hatte die Unterhaltung wieder übernommen, während er den Hageren eindringlich anblickte und ihm sogar einen leichten Stoß mit dem Ellbogen versetzte. Edrik rang sich gegenüber Ignatius ein Lächeln ab und wandte sich wieder an Henri.

»Ich hole Euch morgen nach der Prim ab, dann zeige ich Euch alles.« Henri nickte ihm zu. Das schien ihm zu genügen, denn er ließ sie ohne ein weiteres Wort stehen. Seine Schritte entfernten sich schnell und hallten durch den Flur. Sie blickten im nach bis er um eine Ecke bog. Henri und Ignatius waren allein.

»Ihr müsst Edrik seine Düsterkeit verzeihen, Henri. In seinem Kern ist er eine gute Seele. Aber als er die Bewirtschaftung des Hardt-Hofes übernommen hat, musste er ganz allein sehen, wie er zurechtkommt mit dem Weinbau. Alles hat er aus Büchern. Denn der Rentmeister von Blankenberg gibt nicht viel von seinen Geheimnissen preis. Bildet sich aber wer weiß was ein, nur weil der Blankenberger Wein einst bis nach Düsseldorf gebracht wurde, bevor die Franzen …« Ignatius unterbrach sich.

»Schon gut, sprecht nur weiter. Bevor die Franzosen Düsseldorf besetzt haben. Das aber waren die Revolutionstruppen, nicht die Franziskaner.« *Und ich war dabei,* dachte er.

Ignatius aber nahm nichts von seiner Zerrissenheit wahr,

sondern plapperte munter weiter: »Jedenfalls schützt Edrik seine Reben wie eine Glucke ihr Küken.«

Es war Henri auch aus einem anderen Grund ein wenig unbehaglich bei dem Gedanken an die Besichtigung der Weinhänge. Er befürchtete, das Weingut könnte zu viele Erinnerungen an die Heimat in ihm wecken. Er wusste nicht, ob er das ertragen konnte. Seine Familie hatte tatsächlich Weinbau betrieben. *Ob Jérôme wohl noch dort ist und sich um das Gut kümmert?* Er erinnerte sich an die Feste, die jedes Jahr nach der Lese stattgefunden hatten. Was für ein Spaß war es gewesen, als auch er und seine Schwester helfen durften, die Trauben in den riesigen Bottichen mit den Füßen zu treten. Einen kleinen Teil der Lese hatten sie der alten Tradition folgend bearbeitet, auch wenn der Großteil der Lese schon mit den großen hölzernen Baumpressen gekeltert wurde. Lange hatte er daran nicht mehr gedacht. Und es setzte ihm sofort einen Stich ins Herz. Unbewusst glitt seine Hand an die Stelle, wo ihr Brief verborgen war.

Ignatius legte ihm eine Hand auf die Schulter.

»Bruder, es ist spät geworden und Ihr seht sehr müde aus. Ich zeige Euch wohl jetzt besser Eure Zelle.«

Er folgte dem rundlichen Mönch dankbar. Sie liefen vom Refektorium aus zunächst den langen Gang entlang, der an der Küche vorbeiführte. Hinter der Küche bog der Gang nach links ab und es öffnete sich ein weiterer Flügel. Hier befanden sich zur einen Seite mehrere Holztüren, zum inneren Hof der Abtei mehrere Fenster, dahinter der Kräutergarten. An der letzten Tür im Gang blieb Ignatius stehen, öffnete sie und deutete Henri an einzutreten.

Vor sich fand Henri eine einfache, saubere Kammer. Der größte Teil der Zelle wurde von einer Bettstatt mit groben Leinendecken eingenommen. Neben dem Bett befand sich ein Holzschemel, an der dem Bett gegenüberliegenden Wand eine hölzerne Truhe mit Eisenbeschlag. Ein kleines vergittertes Fenster öffnete sich in Richtung eines Friedhofs.

Nachdem Ignatius ihn alleine gelassen hatte, fiel der Franzose müde auf die mit Stroh gefüllte Matratze. Durch die dicken steinernen Klostermauern drang kein Laut in die Kammer, und dieses eine Mal entglitt Henri sofort in einen tiefen traumlosen Schlaf.

7.

ALS JOHANNA DIE APOTHEKE BETRAT, verstummten die beiden Männer. Der kleine Heinrich Katen blickte seiner soeben eingetretenen Kundin mit hochrotem Kopf entgegen. Hermann Josef von Hatzfeld, ältester Sohn des Grafen von Hatzfeld, blickte sich ruckartig ob der Störung um. Er hob seinen Zylinder. Helles, kurz geschnittenes Haar blitzte darunter hervor.

Johanna war ihm zuvor noch nicht begegnet, doch draußen stand unverkennbar die Kutsche des Grafen von

Hatzfeld, und dies war weder der Graf selbst noch sein zweitältester Sohn, der die Mönchstracht gewählt hatte.

Nun, da sie den Grafensohn zum ersten Mal leibhaftig vor sich stehen sah, kam sie nicht umhin zu bemerken, dass er hoch gewachsen, in seinem Frack, dem edlen weißen Hemd mit hohem Kragen und den glänzend polierten schwarzen Reitstiefeln einen einnehmenden Eindruck machte. Seine vornehm helle Haut und der leuchtend blonde Haarschopf verliehen ihm gar eine strahlende Aura. Der kurze Anflug von Bewunderung verflüchtigte sich aber sofort, als er sich mit erhobener Stimme wieder an Heinrich Katen wandte.

»Ich verlange jetzt mein Geld zurück, Herr Katen. Zwingen Sie mich nicht zu härteren Maßnahmen.«

Der Apotheker tupfte sich erst mit einem Tuch die Stirn und griff dann unter die Ladentheke.

»Also gut, Herr von Hatzfeld. Unter der Bedingung, dass hiernach keine schlechte Rede über meine Arznei mehr folgt, nehmen Sie in Herrgotts Namen das Geld.« Seine Worte unterstützend schmetterte er einen Reichstaler auf die Ladentheke.

Von Hatzfeld steckte sich das Geldstück in die Jacke. »Katen, Sie sind wahrlich nicht in der Position, Bedingungen zu stellen. Guten Tag.« Er machte auf dem Stiefelabsatz kehrt, hob im Vorübergehen erneut seinen Zylinder gegenüber Johanna und verließ die Apotheke. Kurz darauf setzte sich die Kutsche mit lautem Getöse und Peitschenhieben in Bewegung.

»Was war denn das für ein Auftritt?« Johanna ging zu Heinrich Katen hinter die Ladentheke. Der hatte sich auf einen Holzschemel niedergelassen, der ihm normalerweise dazu diente, die Arzneiflaschen in den höher gelegenen Regalbereichen zu erreichen. Sie schenkte ihm ein Gläschen von einer hochprozentigen Mischung ein, die der kleine Mann in einem Schrank unter der Ladentheke aufbewahrte.

»Hier, trink erst einmal einen Schluck. Und dann erzähl, was war denn los?«

»Ach, Johanna, will dich deine Mutter wirklich mit diesem Mann verheiraten?« Er nahm einen kräftigen Schluck. »Ich hab ihm direkt gesagt, dass es nicht damit getan ist, meine Heilsalbe einfach auf eine offene Wunde zu streichen. Aber er wusste es ja besser.«

Heinrich erzählte, dass offenbar einer der Jagdhunde des jungen Herrn von Hatzfeld in die Falle eines Wilderers getreten war. Um die tiefe Risswunde am Bein des Tieres zu versorgen, wollte er eine Salbe vom Apotheker.

»Womöglich war das Bein des armen Tieres sogar gebrochen, hab ich ihm noch gesagt. Und jetzt steht er hier ein paar Tage später und sagt, meine Salbe sei das reinste Gift, das Tier wäre elendig verreckt und er wolle sein Geld zurück.« Er nahm den letzten Schluck des Hochprozentigen. »Du hast es ja gesehen, Johanna. Ich hab ihm das Geld schließlich zurückgegeben.«

Johanna schenkte ihrem Freund noch mal ein.

»Armer Heinrich, du hättest ihm nicht so leicht nachgeben sollen. Auch der Sohn eines Grafen kann sich nicht einfach über alle Regeln hinwegsetzen. Und wenn er noch so eine imposante Erscheinung ist.«

Der Apotheker schüttelte den Kopf.

»Aber was hätte ich denn machen sollen, Johanna? Der werte Herr schickt mir doch den Landdinger[7] auf den Hals. So kann ich froh sein, wenn er nicht überall von meiner angeblich giftigen Medizin herumerzählt.«

»Keine Angst, mein lieber Heinrich, das werde ich schon zu verhindern wissen. Für deine Salben und Tinkturen lege ich meine Hand ins Feuer. Außerdem hat sich mittlerweile schon herumgesprochen, dass er eine zu hohe Meinung von sich hat. Ich gebe ja zu, dass er ganz überzeugend wirken kann, wenn er so vor einem steht. Aber wenn er dann weg ist, reden die Leute ganz anders von ihm und glauben nicht alles, was er erzählt. Bis auf meine Mutter vielleicht.«

Mit ihrer letzten Bemerkung rang sie dem Apotheker dann doch wieder ein Lächeln ab.

»Ach, Johanna, du bringst die Welt wirklich zum Leuchten. Lass uns die Sache einfach vergessen. Es wird schon nichts mehr nachkommen. Was führt dich denn überhaupt zu mir?«

»Ich bringe frisch geerntete Kräuter, und vielleicht bekomme ich ja im Austausch etwas von deiner vorzüglichen Fettgrundlage für die Salben«, antwortete Johanna, froh, dass der Apotheker zu seiner gewohnt fröhlichen Art zurückgefunden hatte.

Sie holte den Pfefferminzstrauß aus ihrer Satteltasche, und dann versanken die beiden endlich in ihre Lieblingsbeschäftigung und tauschten sich über die verschiedenen Mischungsverhältnisse der Arzneien aus. Wie lange musste jene Kräuter-Fettmischung erwärmt werden und wie hoch durfte die Temperatur werden, um zu vermeiden, dass die Wirkstoffe der Kräuter zerstört wurden. Hierüber vergaßen die beiden fürs Erste die unerfreuliche Begegnung mit dem Grafensohn.

8.

Er hatte die Männer bereits einige Zeit beobachtet. Es waren drei, wenn man den Halbwüchsigen als vollen Mann zählte. Schon in Mondorf waren sie ihm aufgefallen. Zu einer Zeit, in der alle – ob Bürger oder Bauer – dem Ruf der Glocken in die Kirche gefolgt waren, hatten sie am Brunnen gelungert. Der Lange mit dem schütteren Haar schien ihr Anführer zu sein. Nachdem der Dorfplatz menschenleer war, hatte er den anderen, ebenso hageren, aber kleineren Mann und den Jungen, es mochte sein Sohn sein, wachgerüttelt. Ohne Worte zu wechseln, hatten sie das Dorf über die Hauptstraße verlassen. Der Lange voran, gefolgt von dem Jungen. Den Abschluss bildete der kleinere der beiden Männer. Er humpelte und stützte sich beim Gehen auf einen Stock. Erstaunlich behände folgte er den beiden anderen.

Der Beobachter hatte die Ruhe im Dorf zur sonntäglichen Kirchenstunde genutzt, um seinen eigenen Erkundungen nachzugehen. Nachdem er diese erledigt hatte, verließ er Mondorf auf gleichem Weg wie die drei zuvor. Nicht weit vom Dorf entfernt bereiteten sie ihren Hinterhalt vor. Der Beobachter hatte sie gehört, bevor er sie sah. Die beiden Männer brüllten sich an. Der Lange krächzte wie ein alter Rabe. Offenbar waren sie sich uneinig über die geeignete Stelle. Der Beobachter band sein Pferd in sicherer Entfernung an und näherte sich ihnen zu Fuß durch den Wald. Er wollte den Männern nicht begegnen. Er wollte von niemandem hier gesehen werden. So musste er wohl oder übel warten, bis sie wieder verschwunden waren. Sie hatten sich wohl geeinigt, denn als er auf ihrer Höhe des Weges ankam, spannten sie gerade ein Seil quer über den Waldweg und bedeckten es mit Erde. In einem Gebüsch am Wegesrand legten sie sich auf die Lauer. Jeder der Erwachsenen auf einer Seite. Der Junge kauerte etwas abseits.

Ihrer hageren Gestalt und der abgewetzten Kleidung nach zu urteilen waren sie vor allem auf Essbares aus. Wenn sie Glück hatten, würden sie ein paar Münzen ergattern. Er hätte sie meiden können, indem er einen Bogen um sie schlug, mitten durch den Wald. Doch die Bäume standen hier besonders dicht und der Boden war vom Regen der letzten Tage schon auf dem Pfad uneben und matschig. So lehnte er sich an einen Baum und wartete darauf, dass die Wegelagerer ihr Werk verrichteten. Er hoffte nur, dass sie einen der Franzen erwischten.

Nach einiger Zeit hörte er, wie sich ein Reiter näherte. Auch die beiden Männer waren aufgestanden, hielten jeder ein Ende des Seils in den Händen. Im Galopp peitschten und schmatzten die Hufe des sich nähernden Pferdes im nassen Geläuf. Rot und blau blitzte es zwischen den Blättern auf. Ein französischer Kurier.

Die Männer zogen an dem Seil. Das Pferd stieg hoch. Sein langes, schrilles Wiehern fuhr dem Beobachter durch den Körper. Der Reiter fiel rücklings und schlug mit einem dumpfen Schlag auf. Der Hinkende lief zuerst zu ihm, seinen Stock in der Hand. Er schlug auf den reglos am Boden liegenden Franzosen ein.

Der Beobachter wandte sich ab.

Dumpfe Schläge, Wiehern, Stöhnen und das Krächzen des Langen vermischten sich zu einer Symphonie des Todes. Die Geräuschkulisse des Krieges.

Wäre er gottesfürchtig, hätte er vielleicht sogar ein Gebet für den Kurier gesprochen, denn er hegte keinen Hass auf die Franzosen. Doch sie hatten den Krieg hierher gebracht.

Das war es, was sie erwartete. Auch wenn die Wegelagerer sicher keine so hehren Beweggründe hatten wie die Verteidigung ihres Vaterlandes. Er machte sich nichts vor. Sie hätten ihm dasselbe angetan, wäre er in ihre Falle getappt.

Das Getöse verebbte so schnell, wie es begonnen hatte. Die Geräusche des Waldes gewannen wieder die Oberhand. Ein Specht malträtierte einen Baumstamm. Der Ruf eines Käuzchens kündigte die Dämmerung an. Der Windhauch, der die Blätterkronen zum Flüstern brachte, strich auch dem Beobachter übers Gesicht, kräuselte sich in seinen Bartstoppeln.

Der Halbwüchsige hatte das Pferd gebändigt. Er hielt es an den Zügeln und sprach beruhigend auf das Tier ein, während sich die beiden Männer an den Satteltaschen zu schaffen machten. Sie zogen ein Bündel Briefe nach dem anderen heraus, durchblätterten sie kurz und warfen sie achtlos zu Boden. Dann reckte der Lange einen Lederbeutel in die Höhe und schüttelte ihn. Münzen klimperten. Der Hinkende stieß einen Jubelschrei aus und der Wald verstummte wieder für einen Moment.

»Lasst uns hier verschwinden«, krächzte der Anführer.

Der Junge packte die Zügel des Pferdes fester und zog. Es sträubte sich kurz, folgte dann aber seinem neuen Herrn. Sie verfielen in einen leichten Laufschritt und der Hinkende fiel wieder zurück. An den am Boden liegenden Mann verschwendete keiner von ihnen noch einen Blick.

Der Beobachter wartete bis ihre Schritte ganz verklungen waren. Erst jetzt verließ er seine Deckung und lief zu dem Kurier, um zu sehen, ob er noch was für ihn tun konnte. Vielleicht war ihm ja noch eine Information zu entlocken. Doch schon aus einiger Entfernung sagte ihm der Anblick des zertrümmerten Schädels, dass der Mann seinen letzten Atemzug getan hatte.

Er zog den Leichnam zum Wegesrand und bedeckte ihn notdürftig mit Blattwerk. Eine Ehrerbietung, die er jedem Krieger angedeihen lassen würde, egal, welcher Armee er angehörte. Dann begab er sich wieder auf den Weg und sammelte die Papiere ein, die die Wegelagerer so achtlos weggeworfen hatten.

9.

NAHES GLOCKENGELÄUT LIESS HENRI aus tiefem Schlaf hochschrecken. Im ersten Moment war er orientierungslos. Aber durch die kleine Fensteröffnung drang bereits Tageslicht, und der Franzose entsann sich bei einem Blick durch die kleine Klosterzelle, wo er sich befand. Er hatte lange nicht mehr so gut geschlafen. Kein Traum hatte seinen Schlaf getrübt. Erst der nun alles übertönende Glockenschlag hatte ihn unsanft geweckt. Er stand auf, und in diesem Moment öffnete sich die Kammertür. Ignatius Kopf lugte hinein.

»Henri, seid Ihr erwacht? Wir müssen hinüber zur Kirche! Die Prim beginnt jeden Moment!«, brüllte er, um das Glockengeläut zu übertönen.

»Oui, oui.« Henri nickte ihm zu. Er versuchte erst gar nicht, es ihm stimmlich gleichzutun.

Neben seinem Bett, auf dem Hocker stand eine irdene Schale mit Wasser. Er wusch sich durchs Gesicht und begleitete Ignatius dann hinaus.

Der Franzose folgte dem breiten Rücken des Mönches durch den Kräutergarten zum gegenüberliegenden Gotteshaus. Henri sah nun, dass der Kirchturm genau oberhalb seiner Kammer aufragte, was die enorme Lautstärke des Glockengeläuts erklärte.

Die Kirche war nicht übermäßig groß, jedoch alt. Ein Langschiff mit mehreren gotischen Bögen, die sich hoch aufstrebend jeweils in einer Rosette vereinigten, mündete in einen zentralen Chorbereich. Beiderseits davon lagen zwei kleinere Seitenschiffe. Als sie die Kirche betraten, waren die übrigen Fratres, deren Gesichter er am Abend im Speisesaal gesehen hatte, schon im Chorbereich versammelt. Ein prächtiges zentrales Chorfenster zeigte, alles überspannend, Jesus am Kreuze vor einem tief dunkelblauen Himmel. Im Halbkreis vor einem mächtigen steinernen Altar hatten sich die Fratres versammelt.

Ignatius deutete Henri an, ihm zu folgen. Prior Gottbried begrüßte sie mit einem Nicken, als sich die beiden Nachzügler dort einreihten. Nachdem das Glockengeläut geendet hatte, begann Pater Markus das Morgengebet mit einem Psalm. Danach wurde ein gemeinsames lateinisches Gebet gesprochen, welches der Maria gewidmet war. Henri kannte das Gebet nicht, versuchte dennoch die Worte mitzusprechen, da er sich von Markus scharf beobachtet fühlte.

Henri war alles andere als wohl in seiner Kutte, und er fragte sich, ob seine Unkenntnis dieses Mariagebetes sein Possenspiel für alle deutlich werden ließ. Er malte sich die Reaktion von Markus aus, wenn Henri je als Deserteur entlarvt würde. Der übellaunige Mönch war ja schon um die Sicherheit der Abtei besorgt, wenn sie einem vertriebenen französischen Mönch Unterschlupf bot. Dieser Mann durfte nie erfahren, wie sehr er mit seinen Befürchtungen recht hatte. Denn Henri zweifelte nicht daran, dass Markus ihn, ohne Rücksicht auf Folgen für die Abtei oder ihren Prior, ausliefern würde. Vielleicht käme das seinem Ehrgeiz ja gerade entgegen. So quälte sich Henri durch den Rest der Prim, die mit einer kurzen Hymne endete, bei der Ignatius den Sologesang übernahm. Seine Freude hieran war deutlich aus seiner volltönenden Stimme herauszuhören. Trotz dieses Lichtblicks war Henri erneut bewusst geworden, dass er hier nicht lange unentdeckt verweilen konnte. Er wollte noch an diesem Abend dem Prior mitteilen, dass er am nächsten Tage weiterziehen müsse.

Nach dem Segen für den Tag, den der Prior aussprach, endete die Prim, und Henri war dankbar, dass Bruder Edrik direkt im Anschluss auf ihn und Ignatius zukam. Markus warf ihm im Vorbeigehen zwar noch einen misstrauischen Blick hinterher, verließ die Kirche aber mit dem Prior. Ignatius, Edrik und Henri folgten zusammen mit den anderen Brüdern. Frater Cornelius verschloss die Pforte und machte sich auf den Weg zur Bibliothek. Mit seinem Zwicker und dem für die Mönche untypischen rötlichen Vollbart erinnerte Cornelius Henri sehr an seinen Professor für Latein am Collège Louis-le-Grand, auch wenn er viel jünger war als dieser.

Die anderen Mönche gingen nun ihrem Tagwerk nach. Ignatius verabschiedete sich in Richtung Kräutergarten und Küche.

»Wir sehen uns zur Sext wieder, dann gibt es eine Mittagsspeise im Refektorium. Danach könnt Ihr mir in der Küche behilflich sein, Henri. Nun aber gebe ich Euch in die Hände meines wortkargen Bruders.« Er warf Edrik einen vielsagenden Blick zu. Der brummte nur zu Antwort und winkte dem Franzosen, ihm zu folgen.

Sie umrundeten die Kirche und folgten den Klostermauern auf der Seite, auf der sich auch seine Kammer befand. Sie betraten einen Innenhof, der sich hinter dem Hauptgebäude des Klosters anschloss. Die Gebäude hier waren, im Gegensatz zu dem aus massivem Stein gebauten Hauptkloster, in einfacherem Fachwerk errichtet worden. Edrik führte ihn in eine der Scheunen.

»Das hier ist unser Kelterhaus.«

Das Zentrum der länglichen Scheune bildete die Presse in Form einer Baumkelter. Die Länge des Stammes, der als Hebel fungierte, erschien ihm zwar etwas geringer, aber dem Prinzip nach war sie der Kelter auf dem Gut seiner Familie nicht unähnlich. Henri driftete mit seinen Gedanken in seine Kindheit zurück. In dem großen Pressbottich hatte sich seine Schwester gern versteckt, wenn sie den Neckereien ihres großen Bruders und dessen Freundes und Namensvetterns Henri du Vergier, dem späteren Comte de la Rochejaquelein, entkommen wollte. Wie unbeschwert war jene Kindheit gewesen.

Nun war Henri der Einzige, der sich noch daran erinnern konnte. Das helle Lachen seiner Schwester erfüllte plötzlich den Raum. Henri griff sich an die Brust.

Doch die Erinnerung verflüchtigte sich als er Edrik grummeln hörte: »Nun, was sagt Ihr?«

Henri antwortete mit den Worten, die er so oft vom alten Jérôme, ihrem Gutsverwalter, gehört hatte.

»Die Güte des Weins bestimmt sich durch zwei Dinge: die Qualität des Rebstocks und die rechte Lagerung. Die Keltervorrichtungen sind jedenfalls gut.«

Edriks Stimme wurde weicher, als er auf die Reben zu sprechen kam. »Wisst Ihr, es ist gut, einmal eine Kennermeinung zu hören, Henri.«

Henri winkte ab. »Ich bin wirklich kein Kenner. Ich kann nur den Vergleich zum Weingut meiner Familie ziehen.«

»Ihr seid zu bescheiden, guter Mann. Eure Worte strafen Euch Lügen.«

Edrik schritt voran und deutete Henri mit einem Wink an, ihm zu folgen. »Wir lagern den Wein im Haupthaus in unserem Wein- und Vorratskeller. Aber mich würde zuerst Eure Meinung zu meinen Rebstöcken interessieren. Wollen wir uns die Hänge ansehen?«

»Gern.« Henri war dankbar, den Klostermauern für einige Zeit entkommen zu können.

»Lasst uns durch das Dorf gehen.« Edrik führte den Franzosen wieder zum Haupttor und hinaus.

Gegenüber der Kirche lag ein stattliches zweigeschossiges Wirtshaus mit einer beachtlichen Anzahl an Fenstern im oberen Geschoss.

»Das ist das Gasthaus Breuer. Es dient uns als Pilgerheim.« Edrik deutete auf das Gebäude.

Henri nickte interessiert. Und der bisher so wortkarge Mönch erzählte weiter.

»Zum Kompassionsfest erwarten wir jedes Jahr eine große Anzahl von Pilgern. Unsere Wallfahrtskirche hat einen beachtlichen Ruf über die Landesgrenzen hinaus. Sicher hat dies auch Euch zu uns geführt.«

»Non, dem ist nicht so. Ich gebe zu, nur Euer Glockengeläut lockte mich an, in der Hoffnung auf eine freundliche Unterkunft und etwas Erholung nach einer langen Wanderung. Und die habe ich gefunden. Ich bin sehr dankbar.«

Die beiden Männer ließen das Wirtshaus rechts liegen und folgten der Straße weiter, die auf einen Brunnen zu und dann aus dem Ort hinausführte. Hier, nah an der Kirche, war der Weg mit grobem Pflaster belegt. Das allein sprach von einigem Wohlstand.

»Nun, das sollte doch selbstverständlich sein, nicht wahr?« Edrik sprach, ohne eine Miene zu verziehen, doch seiner Stimme fehlte die Begeisterung, die sich zeigte, wenn er über seinen Wein redete. »Leider sieht das nicht jeder so. Unsere Besitztümer sind nicht gering und die Pilger bringen viel Reichtum für unsere Abtei. Manch einer meint, wir müssten die Besitztümer der Kirche besser schützen.«

Henri schwieg.

»Was soll ich Euch auch mit unseren Sorgen belasten. Erzählt doch von Euch. Aus welchem Kloster kommt Ihr? Habt Ihr dort auch Euren eigenen Wein angebaut?«

»Kein so bedeutendes Kloster wie Eures. Ihr werdet es nicht kennen. Und nein, kein Weinanbau.«

Sie kamen an dem Dorfbrunnen vorbei. Mehrere Mägde, in grobe Leinenkleider und Hauben gekleidet, füllten ihre Eimer. Eine der jungen Frauen kam ihnen mit zwei bereits gefüllten Eimern entgegen.

»Guten Tag, Bruder Edrik.«

»Fräulein Christine«, grüßte Edrik, blieb aber nicht stehen. Das Mädchen rief ihnen hinterher.

»Wie wäre es denn heute am Feierabend mit einem kleinen Trunk im Wirtshaus? Ihr müsst Euren eigenen Wein doch auch selbst einmal genießen. Und Euren neuen Bruder bringt Ihr am besten gleich mit.«

Henri meinte zu erkennen, dass dem hageren Mönch eine leichte Röte ins Gesicht stieg. Er antwortete der Magd aber nicht unfreundlich: »Aber Fräulein Christine, beim Dienste an Gott gibt es keinen Feierabend.«

Kichernd lief das Mädchen weiter und verschwand im Hinterhof des Wirtshauses.

»Das Kloster scheint recht guten Kontakt zum Dorf zu pflegen«, stellte Henri fest.

»Das Dorf lebt ganz gut von den Pilgern, die unsere Kirche besuchen. Wir indes sind auf die Dorfbewohner angewiesen, die den Pilgern Unterkunft anbieten, vor allem während des Kompassionsfestes. Da unsere Kirche der schmerzhaften Mutter Maria geweiht ist, hat das Fest der sieben Schmerzen Marias in unserem Bödingen sehr große Bedeutung und wird mit einer großen Prozession begangen. Alle im Dorf nehmen teil.«

Die Straße führte aus dem kleinen Weiler heraus und zur Rechten erstreckten sich bereits die langen ordentlichen Reihen des Weinhanges, die Henri schon bei seiner Ankunft bewundert hatte. Nach kurzer Wegstrecke erreichten sie den Hof, der im Wesentlichen aus einer großen Scheune bestand. Sie beherbergte mehrere Pferdekarren, zahlreiche Körbe für die Lese und Werkzeug und Materialen für die Bearbeitung der Weinhänge.

»Ihr bearbeitete die Hänge ganz allein?«, fragte Henri.

»Für die größeren Bodenarbeiten und natürlich für die Lese bekomme ich Hilfsarbeiter. Unsere Pächter können sich ein wenig verdienen oder einen Teil ihrer Pacht ableisten. Aber alles Übrige mache ich allein, ja.«

Henri nickte anerkennend.

»Kommt, ich zeige Euch die Reben.« Edrik ging voran.

Die beiden verließen den gepflasterten Hof. Der Weinhang schloss sich unmittelbar an. Die langen Reihen der Rebstöcke zogen sich den Hang entlang. Hier oben neigte er sich nur leicht, fiel aber zum Fluss hin steil ab. Sie betraten den Pfad zwischen zweien der Reihen. Die Trauben hingen schon schwer an den zarten Pflanzen. Die Stöcke waren deshalb zur Unterstützung mit Strohbinden befestigt. Henri kniete sich hin und umfasste den unteren Stamm eines Rebstocks.

»Die Stöcke sind kräftig, vielleicht könnten sie ein wenig mehr Luft vertragen. Habt ihr im Sommer ein zweites Mal den Hang umgegraben? Der Boden erscheint mir recht verdichtet.«

»Nein, nur ein Mal vor dem Winter nach der Lese«, antwortete Edrik. »Mir fehlen die Hände für mehr.«

Henri erhob sich wieder.

»Nun, es scheint den Pflanzen nicht geschadet zu haben, aber wenn Ihr es ermöglichen könnt, solltet Ihr nächstes Jahr versuchen, zweimal umzugraben.«

»Der Rentmeister von Blankenberg sagte mir nichts davon. Wisst Ihr, deshalb ist es gut, einmal eine weitere Meinung zu hören. Das Amt Blankenberg schätzt seine Weine so hoch, sie teilen ihr Wissen nicht …«

Der Franzose griff sich an die Brust und wandte sich plötzlich von dem Mönch ab.

»Frater Henri, was …?«

Henri hörte ihn nicht mehr, denn er sah das Mädchen. Ihr helles Sommerkleid wehte frech im Wind als sie den staubigen Weg zwischen den zwei Rebreihen entlanglief. Sie drehte sich im Laufen zu ihm um, und eine Strähne ihres langen dunklen Haars blieb in ihrem zum Lachen geöffneten Mund hängen. Sie strich das Haar mit einer Hand hinter ihr Ohr, winkte ihm, ihr zu folgen, bevor sie am Ende der Reihe nach rechts abbog und hinter den Weinreben verschwand.

»Jehanne«, flüsterte Henri und lief ihr nach.

Edrik verstummte und blickte ihm hinterher. *Franzen,* dachte er, *ein wenig verrückt scheinen sie alle zu sein, selbst wenn sie Männer Gottes sind. Dann will ich ihn mal wieder einfangen.*

10.

Bevor Thomas heute Nachmittag kam, um sich die Saat abzuholen, wollte Johanna unbedingt mit Tenhagen wegen der Pacht sprechen. Vielleicht konnte sie dem Jungen ja neben dem Saatgut noch eine gute Nachricht für seine Familie mit auf den Weg geben.

Sie war zeitig aufgestanden. Wie Franz schon gesagt hatte, würde es nicht leicht werden, seinen Vater zu überzeugen. Nicht nur seine eigene Familie hatte Respekt vor seinen Launen. Nur ein Wort am falschen Platz … Aber was maßte er sich an. Sie war schließlich die Tochter seines Herrn.

Vielleicht würde es Wirkung zeigen, wenn sie ihre herrschaftliche Position einmal zur Schau tragen würde. Er sollte merken, dass sie nicht das dumme Mädchen war, für das er sie hielt. Deshalb kleidete sie sich statt in ihre übliche einfache Reitkleidung in ein standesgemäßes, bis zum Boden reichendes Chemisenkleid mit leichtem Blumenmuster und legte eine Kette mit Kreuzanhänger an. Sogar ihre Haare steckte sie sorgsam hoch. Sie betrachtete ihr Spiegelbild. *Wenn er mich in diesem Aufzug überhaupt erkennt, müsste es Wirkung zeigen.*

Jetzt hieß es, sich auch der Kleidung entsprechend zu verhalten. Sie schritt ein paar Mal vor dem Spiegel auf und ab und beobachtete ihren Gang. *Mutter wäre stolz auf mich, wenn sie mich so sehen würde. Aber dazu soll es nicht kommen, sonst denkt sie umso mehr, dass es Zeit sei, mich zu verheiraten.* So lief sie leise die Treppe hinunter, um die Dame des Hauses, die wohl noch schlafend in ihrem Zimmer weilte, nicht zu wecken.

Der Duft frisch gebackenen Brotes drang ihr in die Nase. *Ich könnte ja an Sigrid meinen herrschaftlichen Ton üben.* Sie grinste, zwang sich aber schnell wieder eine ernste Miene aufzusetzen, um sich nicht sofort zu verraten.

Die Küche lag rechts vor dem Hofausgang. Ohne zu klopfen, stieß sie die Tür auf. Die Köchin hatte ihr den breiten Rücken zugewandt, während sie mit einem langen hölzernen Scheffel ein Brot nach dem anderen aus dem Ofen zog und auf die Ablage daneben zum Auskühlen legte. Sie hatte Johannas Eintreten nicht bemerkt.

Johanna räusperte sich und versuchte die Stimme ihrer Mutter zu imitieren: »Sigrid, wo bleibt denn der Morgentee? Der Tisch im Speisesaal ist auch noch nicht gedeckt.«

Die Köchin fuhr erschrocken herum. Doch als sie Johanna in der Tür stehen sah, wurden ihre Züge weich. Sie schob ihr heruntergerutschtes Kopftuch mit der Rückseite der linken Hand in die Höhe und wischte sich einen Schweißtropfen weg. In der Rechten hielt sie noch immer den Brotscheffel.

»Ach, Sie sind es, Fräulein Johanna. Jetzt haben Sie mir aber einen gehörigen Schrecken eingejagt.«

»Was soll das heißen?« Johanna war noch nicht bereit, das Spiel aufzugeben. »Es ist mir durchaus ernst. Ich erwarte meinen Tee in fünf Minuten am Tisch im Salon. Und in Zukunft dulde ich einen solchen Ton mir gegenüber nicht mehr. Ist das deutlich geworden, Sigrid?«

Das gerade noch erhitzte runde Gesicht der Köchin war kreidebleich geworden. »Ich, ich verstehe nicht«, stotterte die Arme. »Aber ja natürlich, meine Dame. Ich kümmere mich um den Tee.«

Nun konnte Johanna nicht mehr an sich halten. Lachend rannte sie zu Sigrid und schlang ihre Arme um sie. »Es tut mir leid, arme Sigrid. Es war doch nur Spaß. Wie findest du mein Kleid? Habe ich dich beeindruckt? So sag doch etwas.«

»Oh, Fräulein Johanna, so dürfen Sie mich nicht noch mal erschrecken. Ich bin auch nicht mehr die Jüngste. Was haben Sie denn nur wieder für Streiche im Sinn? Ich dachte wirklich, dass Sie aus diesem Alter herausgewachsen sind.«

»Du hörst dich ja an wie meine Mutter. Wenn es dir anders lieber ist …«

»Bloß nicht. Eine Dame von der strengen Sorte im Hause ist schon genug.« Kopfschüttelnd wandte sich die Köchin wieder dem Ofen zu und holte das letzte Brot heraus. »Sehen Sie nur, jetzt wäre es beinahe verbrannt. Ganz dunkel ist es geworden.«

»Lass mich mal sehen, Sigrid. Ach, ist doch gar nicht schlimm. Darf ich ein Stück probieren?«

Das erinnerte die gutmütige Köchin doch wieder sehr an das kleine Mädchen, das so oft schon früh am Morgen, während die Herrschaften noch schliefen, in die Küche gehuscht war, um ihr bei den Küchenarbeiten zur Hand zu gehen und die ein oder andere Leckerei für sich abzuzweigen.

»Was haben Sie denn vor, meine kleine Dame, dass Sie sich so fein herausgeputzt haben?« Sigrid schnitt ein dickes Stück von dem warmen Brot ab und reichte es Johanna. Die biss genussvoll zu und erzählte Sigrid von ihrem Vorhaben beim Verwalter um Pachterlass für die Familie Pauls zu bitten.

»Da warten Sie am besten, bis die Gudrun hier ist. Vor seiner Frau wird er sich keine Blöße geben. Auch so wird es schwer genug. Gudrun hat mir anvertraut, dass es mit dem Trinken immer schlimmer wird.«

»Weiß Vater davon?« Die alte Köchin liebte es zu klönen, und Johanna war immer wieder überrascht, wie gut sie über alles und jeden Bescheid wusste.

Die mütterliche Freundin senkte ihre Stimme. »Ihr Vater weiß bestimmt davon. Gudrun sagt nämlich, dass die beiden manchmal nachts zusammen fortreiten. Der Franz muss sich dann um die armen Pferde kümmern, die am Morgen immer ganz erschöpft sind.«

»Warum erzählt mir denn niemand davon?«

Die Köchin zuckte mit den Schultern und kümmerte sich darum, den Ofen auszukehren. Johanna biss gedankenverloren in das Stück Brot, das Sigrid ihr abgeschnitten hatte.

Der Koalitionskrieg hatte sich im Kampf um die Frankfurter Straße auch in das Gebiet um Uckerath ausgeweitet und die durchziehenden Truppen beider Lager verursachten der Bevölkerung viel Leid. Viele Vorräte wurden gestohlen oder einfach beschlagnahmt. Immer wieder gab es aber auch Deserteure auf beiden Seiten, die vagabundierend umherzogen. Erst im Sommer waren zwei desertierte Österreicher in Bödingen erwischt worden. Den einen hatten sie am Driesch, dem Waldstück unterhalb von Bödingen auf dem Weg zur Halberger Mühle, hingerichtet, der andere war auf der Flucht bei Lauthausen in der Sieg ertrunken. Vielleicht, so überlegte sie, zogen ihr Vater und Tenhagen ja nachts aus, um die Gegend zu patrouillieren. Sie hatte den Freiherrn schon öfter schimpfen hören, dass die Straßen besser gesichert werden mussten, besonders seit die Franzosen im August erneut die Sieg überquert hatten und sogar Siegburg besetzt hielten. Die Kämpfe hatten sich zwar weiter nach Süden verlagert, wo die Österreicher sich ihnen entgegenstellten, aber immer wieder hörte man – je nachdem, wie der Wind stand – die Kanonen wie ein fernes Donnergrollen.

Johannas Gedanken wurden unterbrochen, als sie Gudrun mit frischer Milch und Eiern über den Hof kommen sah. Sie fasste sich ein Herz und verdrängte den Gedanken an die Franzosen. Sie musste sich jetzt einem anderen Gegner stellen, und wenn sie es nicht gleich hinter sich brachte, verlor sie noch den Mut.

Sigrid nickte ihr aufmunternd zu. »Er wird Sie schon nicht auffressen.«

Johanna versuchte ihre herrschaftliche Miene wiederzugewinnen und nahm die Klinke der Küchentür von Gudrun entgegen.

»Guten Morgen, Fräulein Johanna.« Die Magd warf ihr einen erstaunten Blick zu. »Was sind Sie heute schön gekleidet.«

»Guten Morgen, Gudrun«, antwortete Johanna knapp und machte sich entschlossen auf den Weg über den Hof zu Horst Tenhagen.

Das kleine Fachwerkhaus der Tenhagens bildete die Verlängerung der Pferdeställe und war von jeher die Unterkunft für die Dienstboten des Rittersitzes gewesen. Als der Verwalter Tenhagen sich mit der Magd Gudrun verheiratet hatte, hatten sie das Haus allein übernommen, und das wenige übrige Hauspersonal war im Erdgeschoss des Herrenhauses untergebracht worden. Zu dieser Zeit war das neben der Köchin noch Johannas Hauslehrer Thadaeus gewesen.

Johanna strich sich ihr Kleid noch einmal glatt und klopfte.

»Wer ist da?«

Johanna trat ein. Die Tür öffnete sich in die Küche. Tenhagen und sein Sohn Franz saßen noch zu Tisch.

»Guten Morgen, Herr Tenhagen, Franz.«

»Morgen, Johanna. Ist etwas Besonderes heute? Soll ich die Kutsche bereit machen?«, fragte Franz.

»Nein, nein, Franz, ist schon gut. Ich muss nur mit deinem Vater reden. Herr Tenhagen, hätten Sie kurz Zeit für mich?« Sie versuchte wie zuvor die Stimme ihrer Mutter nachzuahmen.

Tenhagen war offenbar aber nicht beeindruckt. »Was stehen Sie denn dann da herum? Hereinkommen und Türe schließen. Die ganze Wärme zieht ja raus.«

Das lief noch nicht nach ihrer Vorstellung. Johanna schloss die Tür und versuchte noch einen Anlauf, um die Oberhand in diesem Gespräch zu behalten. »Herr Tenhagen, ich bitte doch einen höflicheren Ton mir gegenüber anzuschlagen. Ich habe ein Anliegen, das die Geschäfte des Gutes anbelangt. Ich erwarte hier Ihr Entgegenkommen.«

Franz, der gerade einen Löffel voller Haferbrei in den Mund geschoben hatte, blickte erstaunt auf, den Löffel behielt er im Mund. Johanna verkniff sich ein Schmunzeln. Sie fasste neuen Mut. Zumindest auf Franz machte ihre Vorstellung Eindruck.

»Franz, los raus mit dir«, sagte Tenhagen. »Mach den Gaul des Freiherrn fertig. Der Herr will gleich nach Schloss Allner reiten.« Die ganze Zeit über ließ er Johanna nicht aus den Augen. Franz ließ den Löffel fallen und verschwand nach draußen.

»Und nun zu Ihnen, Fräulein Johanna. Worum geht es? Ihr Vater hat mir nichts aufgetragen.«

Johanna streckte ihr Kinn nach vorne. Sie würde sich nicht von ihm einschüchtern lassen. »Nun, aber mir hat er in dieser Sache freie Hand gelassen, Herr Tenhagen. Es geht mir um die Familie Pauls. Sicher haben Sie erfahren, dass die Scheune mit der Ernte abgebrannt ist.«

»Passiert eben, so was. Da lässt sich nichts machen.«

»In diesem Fall lässt sich doch etwas machen. Wir sollten den Pauls diesen Herbst die Pacht erlassen, meine ich.« Johanna folgte mit ihrem Blick Tenhagen. Der stand, statt zu antworten, auf und schlurfte zum Kamin. Er langte nach seiner Pfeife, die auf dem Sims lag, und begann sie zu stopfen.

»Herr Tenhagen, haben Sie nichts zu sagen?«

»Ich höre das weiche Herz eines Frauenzimmers reden. Ich kann mir solchen Großmut nicht leisten. Ein Pachterlass kommt nicht infrage. Seit die Franzen uns regelmäßig schröpfen, brauchen wir jedes einzelne Korn.« Er zündete seine Pfeife an und nahm geräuschvoll ein paar paffende Züge.

»Ach ja? Ich kann nicht sehen, dass wir zu wenig haben.« Sie deutete auf den Tisch, auf dem der Topf Hafergrütze noch halb gefüllt war. »Herr Tenhagen, ich wünsche einen Blick in die Bücher zu werfen, um zu sehen, ob es wirklich so schlecht um uns steht, dass wir nicht den Verlust einer Pacht verkraften könnten. Zumindest ein Aufschub wäre doch sicherlich möglich.«

Er paffte ein paar Züge und ließ sich mit seiner Antwort Zeit. »Sie wollen sich sicherlich nicht mit Zahlenreihen langweilen.«

»Ich fände es durchaus interessant, die Bücher zu sehen. Wozu hat mich mein Vater die ganze Mathematik lernen lassen, wenn ich sie nicht auch einmal anwenden kann.« *Auf dem Gebiet übertrumpfe ich dich, Tenhagen.*

Tenhagen wandte sich ab, nahm sich erneut den Stopfer vom Kaminsims und stocherte in seiner Pfeife. Johanna wartete. Sie hatte einen wunden Punkt getroffen. Das merkte man ihm deutlich an.

Er sprach an den Kamin gerichtet: »Also, die Bücher habe ich gerade zur Prüfung weggegeben.« Endlich drehte er sich wieder zu ihr um. »Aber Sie haben da eine gute Idee gehabt. Vielleicht wäre ja ein Aufschub bis ins nächste Frühjahr tatsächlich möglich. Lassen Sie mich darüber nachdenken. Ich gebe Ihnen Bescheid.«

Das war ja eine imposante Kehrtwendung, die er so plötzlich vollzogen hatte. Vielleicht sollte sie ihrem Vater bei Gelegenheit einmal einen Hinweis geben, dem Tenhagen etwas genauer auf die Finger zu schauen. Erst einmal war sie aber sehr mit sich zufrieden.

»Also gut, Herr Tenhagen. Ich erwarte Ihre Nachricht bald.«

Sie verabschiedete sich. Franz hatte derweil das Pferd ihres Vaters gesattelt und auf den Hof geführt. Tenhagen hatte ja davon gesprochen, dass ihr Vater nach Schloss Allner reiten wollte. Vielleicht könnte sie an diesem Morgen ja noch etwas anderes erledigen.

»Weib, sorg dafür, dass das Essen heute Abend später aufgetischt wird. Und sag Sigrid, sie soll eine ordentliche Portion machen, von dem, was immer sie machen wird. Wir haben Gesellschaft.« Theodor von Attenbach herrschte seine Ehefrau an, während er sich seine Reitkleider überstreifte. »Ich mache mich auf den Weg zu von Hatzfeld. Das wird einige Zeit in Anspruch nehmen.«

»Nach Schloss Allner?« Carolines Augen begannen zu leuchten und sie wagte ein Lächeln. »Werden Sie den jungen Herrn von Hatzfeld zu uns einladen? Das wäre ja wundervoll.« Sie ging auf ihren Gatten zu, legte ihre Hand zärtlich auf seinen Arm. Doch Attenbach schob sie fort.

»Papperlapapp, der Schnösel interessiert mich nicht, nicht wahr? Tu einfach, was ich sage, und zerbrich dir nicht dein edles Köpfchen. Ich hab nur was mit Tenhagen zu besprechen.« Er ließ seine Frau stehen, rauschte die Treppe hinunter und griff nach seinem Reitmantel, gerade als Johanna vom Hof aus in den Flur hineingestürmt kam.

»Vater, Franz sagte, Sie würden nach Schloss Allner reiten. Kann ich mitkommen? Ich möchte mit Hermann Josef von Hatzfeld sprechen. Es gab da einen Streit mit Heinrich Katen. Da möchte ich etwas klarstellen.«

Bevor der Freiherr antworten konnte, sprach Caroline, die, noch in ihren Morgenmantel gekleidet, ebenfalls die Treppe hinunterkam.

»Aber Johanna, das geht doch nicht, du kannst nicht einfach ohne gehörige Einladung bei dem jungen Herrn von Hatzfeld vorsprechen.«

»Warum denn nicht, Mama? Er hat doch Ohren, um zu hören, und muss sich nicht erst ein Hörrohr fertigen lassen.«

Der Freiherr lachte schallend. »Ganz recht, Johanna. Lass Argos schnell satteln. Du kannst mich begleiten.«

»Aber Johanna, dein Kleid«, versuchte Caroline ihre Tochter weiterhin von ihrem Vorhaben abzubringen. Doch Johanna scherte sich nicht darum. Es blieb keine Zeit, das Kleid zu wechseln. Im Stall hieß sie daher Franz an, den Damensattel aufzulegen. Mit dem Kleid blieb ihr nichts anderes übrig. Dann folgte sie ihrem Vater, der schon ungeduldig auf seinem Pferd saß und losritt, sobald sie aus dem Stall trat.

Den ersten Teil des Weges ritten Vater und Tochter schweigend die Sieg entlang Richtung Allner. Es war eigentlich nicht die Art des Freiherrn. Er erzählte ständig ihr und jedem, der es sonst noch hören wollte, volltönende Geschichten über seine Reisen. In letzter Zeit erschien er ihr aber sehr in sich gekehrt, und was Johanna von Sigrid über seine nächtlichen Ausritte gehört hatte, machte sie ebenfalls nachdenklich. Auch dass ihr Vater eine Aufwartung im Schloss Allner machte, war ungewöhnlich. Johanna hoffte inständig, dass es nichts mit einer zu arrangierenden Ehe zu tun hatte. Sie beschloss daher das Schweigen zu brechen. »Vater, warum wollen Sie denn bei dem Grafen vorsprechen? Sicherlich doch nicht wegen des kommenden Herbstballs.« Sie klopfte Argos auf den Nacken und stellte die Frage ganz beiläufig, so als wolle sie nur Konversation betreiben.

Freiherr Theodor blickte zu seiner Tochter hinüber. Für einen Augenblick schien er überrascht, sie neben sich zu sehen. »Ja, ja, der Ball verlangt einige Vorbereitung. Die Auswahl der Gäste wird entscheidend sein.«

Jetzt war es Johanna, die überrascht die Augen aufriss. Nie zuvor war ihr Vater an Bällen interessiert gewesen. Erst recht nicht an der Auswahl der Gäste. Die am Vorabend stattfindende Jagdgesellschaft ja, aber der Ball? »Vater? Sie wollen mich doch nicht etwa verheiraten?« Sie hielt die Luft an.

»Verheiraten, wie kommst du denn darauf? Für solche Dinge ist deine Mutter zuständig. Und von allem anderen halte lieber dein neugieriges Köpfchen fern. Von Politik verstehst du nichts.«

»Politik? Wer hat was von Politik gesagt?«

»Tochter, ich sag es nur noch ein Mal: Halte dich da raus. Das ist nichts für Frauenzimmer.«

»Aber Vater, warum sollte mich das nicht interessieren? Erst schicken Sie mir Hauslehrer, die mich in allem unterrichten, und jetzt soll ich mich raushalten, wenn es um wichtige Dinge geht. Ich bin nicht dumm, dafür haben Sie selbst gesorgt. Es wäre zum Beispiel nicht schlecht, wenn Sie dem Tenhagen einmal mehr auf die Hände schauen würden. Mit den Büchern scheint etwas nicht zu stimmen.«

»Genug, Johanna. Hier geht es um ganz andere Dinge als um die Bewirtschaftung eines Gutes.« Er gab seinem Pferd die Sporen und ritt ein Stück voraus. Diese Unterhaltung war offensichtlich beendet.

Johanna brachte Argos ebenfalls in leichten Galopp, schloss aber nicht mehr zu ihrem Vater auf. Sie hatte über den Rest des Weges genug mit ihren Gedanken zu tun. Sie wusste, wie viele Freiheiten ihr Vater ihr ließ. Gleichzeitig aber war ihre Neugier geweckt. Was mochte da in einigen Wochen auf dem Ball vor sich gehen, und was mussten ihr Vater und Graf von Hatzfeld vorbereiten? Sie wusste, der Graf war ein hoher Offizier in der preußischen Armee. Sicher hatte es also etwas mit der drohenden Gefahr zu tun, die von den Franzosen ausging. Die Grenze war immer näher gerückt. Bonn und Köln waren schon Französisch. Und in Düsseldorf hatten sie bereits den Rhein überquert. Bis nach Uckerath waren die Franzosen schon vorgerückt, nur ein überraschender Angriff des österreichischen Heeres vor einigen Monaten hatte sie wieder zurückgedrängt. Was sie nicht daran gehindert hatte, vor einem Monat erneut einen Vormarsch zu wagen. Seitdem hielten sie Siegburg besetzt. Wollte sich ihr Vater etwa der vereinten preußischen und österreichischen Armee anschließen?

Schweigend und jeder in seinen eigenen Gedanken versunken erreichten Vater und Tochter die Brücke bei Schloss Allner. Von hier aus waren die beiden Türme des Schlosses bereits zu sehen. Ihre Spitzen ragten aus dem Schlosswald heraus. Die Bäume auf der Anhöhe, die sich an der Sieg erhob und Schloss Allner, den Sitz des Grafen von Hatzfeld, beherbergte, begannen sich schon leicht zu verfärben. Der Wald zog sich auf der rechten Seite der Sieghöhen bis nach Bödingen und noch darüber hinaus fort. Dort würde in einigen Wochen zur ersten großen Herbstjagd geblasen. Und am darauffolgenden Tag würde der Ball stattfinden, dem Johanna nun, ganz entgegen ihrer Art, entgegenfieberte. Denn irgendetwas heckte ihr Vater aus, und das war sicherlich kein neuartiger Tanzschritt.

11.

Montfort, 11. Frimaire IV
(2. Dezember 1795)

Mon chèr frère,
Vater war gestern hier. Die Kämpfe haben wieder begonnen. Vater hat sich Charette angeschlossen. Aber seit Rochejaqueleins Tod ist alles anders. Erinnerst Du Dich noch an den süßen Henri, wie er sich zierte mit den nackten Füßen den Wein zu treten? Und dann war er plötzlich unser Anführer, er hat alle mit seiner Energie und seinem Mut mitgerissen. Ohne ihn sind wir keine Einheit mehr.

…

Sie haben alles in Brand gesteckt. Wie durch ein Wunder haben unsere Weinhänge nichts abbekommen und auch Montfort ist noch unberührt. Noch. Aber auch in Vaters Augen habe ich keine Hoffnung mehr gesehen. Es wird kein gutes Ende nehmen. Charette hat nicht Rochejaqueleins Stärke. Dennoch ist Vater gleich wieder weg. Er hat nur einige Vorräte geholt und George hat er auch mitgenommen. Du kennst ihn nur als kleinen Jungen, aber inzwischen ist er kräftig und voller Tatendrang. Seine Mutter hat ihn angefleht, nicht zu gehen, aber er ließ sich nicht davon abbringen. Nun weint sie sich die Augen aus. Jérôme ist der einzige der Männer, der noch hier ist. Es ist so still hier geworden. Du würdest Montfort nicht wiedererkennen. Nur weinende Frauen über-

all. Ich wünschte, ich könnte auch mit Vater gehen, nur um irgendetwas zu tun. Ich fühle mich so nutzlos. Mutter hält sich prächtig. Sie versammelt jeden Abend alle im großen Saal, wo wir gemeinsam essen und beten.
Ich vermisse Dich unendlich. Aber unterstehe Dich zu kommen. Es ist gut zu wissen, dass wenigstens Du in Sicherheit bist. Hier wartet nur der Tod.
Für immer
Deine Jehanne

ALS EDRIK IHN FAND, saß Henri am Rand des Weinhangs, seinen Blick starr in die Ferne gerichtet. Er hatte den Brief seiner Schwester wohl zum hundertsten Mal gelesen.

Die Reihen der Weinreben öffneten sich hier und gingen in eine lichte Apfelwiese über, bevor der Hang zu steil für die Bewirtschaftung wurde. Unten im Tal zog die Sieg ihre Mäander. Es hatte einige Zeit keine Regenfälle mehr gegeben, sodass sie friedlich auf ihre Mündung im Rhein zuströmte.

Henri hörte den hageren Mönch schon, bevor der sprach. Zwar setzte Edrik die Füße tonlos in den weichen Boden, aber seine Kutte schleifte an den Strohbinden der Reben entlang. *»Das Gehör eines Soldaten hast du«*, hatte sein Vater immer gesagt. *»Zu schade, um es in Bibliotheken und Gerichtssälen zu vergeuden, wo entweder totale Ruhe oder lautstarkes Gezeter herrscht.«*

»Da seid Ihr ja«, sagte der Hagere in seiner kurz angebundenen Art, so als sei nichts geschehen.

Henri löste sich aus seiner Erstarrung und verbarg den Brief seiner Schwester, den er noch in der Hand gehalten hatte, wieder unter der Kutte. Er hatte eine Entscheidung getroffen. Die Weinhänge, die Landschaft, alles hier erinnerte ihn an die Heimat. So deutlich wie gerade war ihm die Schwester noch nie erschienen, und vor allem nicht während des helllichten Tages. Bisher war sie ihm nur in seine Träume gefolgt. So eine Erscheinung, das war neu. Er war sich sicher, dass dies durch die Erinnerungen an seine Kindheit ausgelöst worden war. Auch deshalb musste er weg von hier.

Was musste Edrik von ihm denken? Er war ein Mann, der schwierig zu durchschauen war. Er besaß eine natürliche Vorsicht. Ihm war nicht wohl dabei, dass gerade dieser Mönch seinen Auftritt miterlebt hatte. Was hatte er überhaupt alles getan oder gesprochen? Richtig zu Verstand war er erst wieder hier, an diesem Platz gekommen. Er hatte seine Schwester gesehen. Seine Schwester als kleines Mädchen. Das allein hätte ihm doch schon bedeuten müssen, dass es ein Trugbild sein musste. Dennoch war er ihr gefolgt. Reihe um Reihe der Weinreben war er entlanggelaufen, auch als er sie nicht mehr sehen konnte. Dann war er ihrem hellen Lachen gefolgt, bis er auch das nicht mehr hörte. Als die Reihen sich lichteten und den Blick auf das Tal freigaben, waren seine Sinne plötzlich wieder klar geworden. Doch was war das gewesen, dem er hinterhergelaufen war, ein Trugbild, ein Geist, oder war da vielleicht wirklich ein Mädchen gewesen? Er hatte keine Erklärung. Dennoch, irgendetwas musste er nun Edrik sagen.

Henri stand auf und ging auf den Mönch zu. »Pardon. Verzeiht mir, dass ich Euch stehen ließ, mais …«, ihm fehlten die Worte. Doch Edrik machte es ihm unerwartet leicht.

»Es ist schon gut, Ihr müsst Euch nicht entschuldigen«, sagte er. »Und was immer es ist, ich will es gar nicht hören.«

Henri blickte ihn erstaunt an.

Edrik zuckte mit den Schultern. »Ich bin kein guter Zuhörer. Wenn ich Euch aber einen Rat geben darf, nehmt Euch in Acht. Lasst so etwas – was auch immer es war – niemanden sonst miterleben.«

»Wie meint Ihr das?«

»Ist das nicht offensichtlich? Vielleicht seht ihr Franziskaner das nicht so streng, aber bei uns spricht man bei solcherlei Vorkommnissen schnell von einer …«, er blickte sich nach allen Seiten um, bevor er leiser fortfuhr, »… Besessenheit. Insbesondere, wenn jemand nicht gern gesehen ist, mag sich so eine unerwartete Gelegenheit auftun, ihn loszuwerden.«

»Ihr sprecht von Pater Markus, n'est-ce pas?«, sagte Henri mehr zu sich selbst als zu Edrik. Und dies festigte seinen Entschluss nur noch mehr. »Macht Euch keine Sorgen, Edrik. Ich werde abreisen. Schon morgen in aller Frühe.«

Der hagere Mönch blickte erstaunlich betrübt, sein Tonfall aber blieb nüchtern. »Ja, das wird wohl das Beste sein. Versteht mich nicht falsch. Ich habe Eure Gesellschaft durchaus genossen. Es tat gut, einmal eine wohlgemeinte Meinung über meinen Wein zu hören.« Er wandte sich zum Gehen, und beide betraten wieder einen der Pfade zwischen den Reben. »Ignatius wird sehr traurig sein.«

Der immer freundliche Ignatius hatte offenbar eine Gabe, auch bei einem so verschlossenen Ordensbruder wie Edrik den weichen Kern hervorzukehren, stellte Henri fest. »Habt ein Auge auf ihn.«

Edrik versicherte es ihm mit einem Nicken. »Ihr solltet nun wieder zurück zur Abtei gehen. Findet Ihr allein den Weg zurück?«

»Bien sûr.« Zum Abschied, der wohl einer auf immer war, umfassten sie einander kurz an den Armen. Dann machte sich der Franzose auf den kurzen Weg zurück zum Kloster. Dort wartete nun eine weitere Verabschiedung auf ihn, die ihm um Einiges schwerer fallen würde.

12.

Hermann Josef von Hatzfeld lief die ausladende Treppe zu Schloss Allner hoch, indem er immer zwei Stufen auf einmal nahm und dabei stille Verwünschungen ausstieß. *Zum Henker, immer bin ich der Letzte, der von irgendetwas erfährt. Selbst mein ach so gottesfürchtiger Bruder weilt schon im Schloss. Nur gut, dass ich mich auf meine Lakaien verlassen kann.*

Wenn Ferdinand nicht die Pferde des Freiherrn von Attenbach entgegengenommen hätte, wäre er wohl ganz von diesem Treffen ausgeschlossen worden. Aber warum sein klerikaler Bruder eigens dazu geladen wurde und er nicht, war ihm schleierhaft. Er würde seinen Vater noch zur Rede stellen. Er war schließlich sein Erbe und noch dazu nicht der Kirche verpflichtet wie sein Bruder. Da sollte es doch ihm gebühren, zu geheimen Treffen geladen zu werden.

Er betrat das Schloss. Doch bevor er auf den Salon zueilen konnte, wo er die Gruppe vermutete, hielt ihn der Haushofmeister in der Eingangshalle zurück.

»Was zum Henker ist denn, Nagel? Sie sehen doch, ich habe es eilig.«

»Verzeihen Sie, Herr, aber eine Dame wartet auf Sie im kleinen Salon.«

Hermann Josef zog seine rechte Augenbraue hoch. »Eine Dame, wer mag das sein?«

»Das Fräulein Johanna, die Tochter des Freiherrn zu Attenbach, Herr.«

»Was! Ein Frauenzimmer hat der Freiherr zu der Unterredung mitgebracht?«, spie Hermann Josef aus. Das ging zu weit – und ihn ließ man außen vor.

»Nein, nein, Herr. Sie ist nicht bei den Herrschaften, sie bat ausdrücklich darum, den jungen Herrn von Hatzfeld zu sprechen.«

Hermann Josef hob seine Hand zum Mund und legte den Daumen auf die Unterlippe.

Haushofmeister Nagel räusperte sich. »Also Sie, Herr. Das Fräulein Johanna bat darum, Sie zu sprechen.«

»Ja doch, Nagel, ich weiß schon, wer ich bin. Sagt der Frau, sie soll warten. Ich bin auf dem Weg zur Unterredung. Wo sind sie?«

»Gewiss, im Arbeitszimmer des Grafen.«

Wortlos reichte Hermann Josef von Hatzfeld dem Haushofmeister seinen Hut und eilte die prunkvolle Treppe in das erste Obergeschoss hinauf. Vor dem Arbeitszimmer seines Vaters hielt er kurz inne, zog sich den Gehrock zurecht. Dann öffnete er die Tür.

Sobald man den großzügigen Raum betrat, fiel der Blick unweigerlich auf das hinter dem Sekretär prangende Wappen derer von Hatzfeld, den Helm einer Prunkrüstung mit gelbem Schmuck. Hermann Josef war diesen imposanten Anblick gewohnt. Er wandte sich sofort dem ovalen Besprechungstisch links im Raum zu, denn von dort tönte lautes Gezeter. Um den Tisch hatte sich eine bunt gemischte Runde gruppiert. Der Freiherr von Attenbach lärmte ungehobelt und zog alle Aufmerksamkeit auf sich. Dabei hätte er auch eine dahergelaufene Kanaille sein können. In einen abgewetzten dunklen Reitrock gekleidet zeterte und fuchtelte er, als ob er geradewegs einer Schenke entstiegen wäre, wo er zu viel Wein zu sich genommen hatte.

»Ja, glaubt Ihr allen Ernstes, die Franzen würden dauerhaft vor dem Rhein haltmachen? Es ist nur eine Frage der

Zeit, bis sie den Rubikon überschreiten. Düsseldorf war erst der Anfang. Habt Ihr denn alle den Vormarsch vom Sommer vergessen? Wie nah wollt Ihr sie noch kommen lassen? Ist Siegburg nicht genug?«

Hermann Josefs Vater, Franz Ludwig Graf von Hatzfeld, strahlte mit seiner aufrechten Haltung und in hochgeschlossenem Hemdkragen, Weste und Gehrock gediegene Autorität aus und schien wenig von Attenbach beeindruckt. »Ruhig Blut, Attenbach, glauben Sie im Ernst, wir könnten die Belagerung unseres Schlosses vergessen haben? Sie brauchen sich doch nur umzuschauen. Die Zerstörungen sind noch allen Ortes zu sehen. Wäre nicht unser fähiger Sauer hier gewesen, unter dessen Aufsicht alles wieder aufgebaut wurde, könnten wir nun nicht hier sitzen.«

Unser fähiger Sauer, ha! Wenn ich das schon wieder höre. Den hat Vater natürlich hinzugerufen, macht ja keinen Schritt ohne den Mann, dachte Hermann Josef. Der vom Grafen so hoch geschätzte Rentmeister Bernhard Sauer saß direkt neben seinem Vater. Der hoch gewachsene Mann trug eines seiner steifen weißen Hemden und hatte wie üblich eine strenge Miene aufgezogen. Einen gänzlichen Kontrast dazu bildeten Hermann Josefs Bruder und der Prior Oettershagen in ihren schlichten schwarzen Mönchskutten.

Alle fünf richteten ihren Blick nur kurz auf Hermann Josef, als er den Raum betrat. Sein Vater winkte ihm zu, sich an den Tisch zu setzen. Noch während er sich neben seinem Bruder platzierte, lärmte von Attenbach weiter: »Sie verlassen sich zu sehr auf Ihre Leute, Graf. Besser wäre es, wenn Sie die Dinge einmal selbst in die Hand nähmen, nicht wahr. Helfen Sie mir, die Franzosen zu stoppen.«

Der Prior versuchte einzugreifen und legte eine beruhigende Hand auf den wild fuchtelnden Arm des Freiherrn. »Aber Graf von Hatzfeld tut doch das Seinige. Sicherlich steht er mit den uns verbündeten Ländern in engem Kontakt, um uns hier zu unterstützen.«

Attenbach entzog ihm seinen Arm, nahm stattdessen einen Haufen geöffneter Briefe und Papiere in die Hand und warf sie wie einen Fehdehandschuh vor den Grafen auf den Tisch. »Pah, alles Gerede. Falls Sie noch weiterer Beweise bedürfen, rate ich die Lektüre dieser Depeschen an, die mir in die Hände gefallen sind.«

Der Graf übersah diese Offerte geflissentlich. Er versuchte das Gespräch wieder in ruhigere Bahnen zu lenken. »Ich bin ja Ihrer Meinung, doch wir sollten jetzt nicht von dem bereits gefassten Plan abweichen.«

Attenbach hob erneut seine Stimme, doch Graf Franz Ludwig ließ ihn nicht mehr zu Wort kommen. »Nein, nein, mein lieber Attenbach, es ist ohnehin keine unmittelbare Eile geboten. Die Österreicher beschäftigen die Franzosen doch noch im Süden.«

Der Freiherr fuhr dazwischen: »Von wegen, lest die Depeschen. Auf dem Rückzug sind die Franzen, aus Würzburg sind sie längst vertrieben und Mainz ist entsetzt. Sie stehen bald wieder vor unserer Tür.«

Attenbach ereiferte sich so, dass er geiferte. Hermann Josef lehnte sich angewidert weiter zurück.

»Und was ist mit Siegburg? Sie sitzen da, wie ein Dorn in unserem Fleisch. Und ein Dorn kann sich entzünden. Wir müssen sie dazu zwingen, dass sie sich ganz von dieser Rheinseite zurückziehen. Die Stunde ist günstig. Die Österreicher haben sie empfindlich getroffen. Sehen wir zu, dass wir sie jetzt auch aus Siegburg vertreiben.«

»Nein, Attenbach. Wir haben noch Zeit. Wir werden warten und unsere Kräfte sammeln. Bevor wir irgendetwas überstürzt unternehmen, werden wir den Ball abwarten und uns gemeinsam mit Ihren Jülichern und den Preußischen Abgesandten besprechen, hören Sie. Das ist mein letztes Wort in dieser Sache.«

Doch der Freiherr palaverte weiter: »Meine Jülicher, pah! Die haben auf ihrem eigenen Besitz ja nichts mehr zu sagen, seitdem die Franzosen sich auf der ganzen linken Rheinseite breitgemacht haben. Das ist es ja gerade, was ich vermeiden will. Meine Familie hat bereits am eigenen Leib zu spüren bekommen, was passiert, wenn man sich ihnen nicht sofort in den Weg stellt.«

Graf von Hatzfeld kniff die Augen zusammen und deutete mit einem Finger auf Attenbach. »Ich sage es noch ein letztes Mal, Attenbach. Ich bin auf Ihrer Seite, aber wir bleiben bei unserem Plan. Bis zum Ball wünsche ich keine Eigenmächtigkeiten mehr. Das zieht nur unnötig die Aufmerksamkeit auf uns. Verstanden?«

»Der Ball, Papperlapapp«, grummelte der Freiherr vor sich hin.

Doch Graf von Hatzfeld ging nicht mehr auf ihn ein. Stattdessen wies er Sauer an, die Papiere, die Attenbach vor ihm auf dem Tisch verstreut hatte, einzusammeln und richtete sich selbst an seinen Erstgeborenen. Der zuckte bei der Erwähnung seines Namens zusammen.

»Sag, Hermann, wie weit steht es mit den Vorbereitungen zur Jagd? Nun, da wir auch unseren Prior hier haben, könnten wir die Routen festlegen.«

Noch einmal aber zog Attenbach die Aufmerksamkeit auf sich. Er sprang auf. »Lesen Sie die Depeschen, Graf. Dann sprechen wir uns wieder.« Sodann stürmte er aus dem Zimmer.

Als die Tür hinter ihm zuknallte, ging ein Aufatmen durch die Runde. Die weiteren Gespräche verliefen in deutlich ruhigeren Bahnen. Hermann Josef konnte auch endlich etwas beitragen, denn er nahm die Frage seines Vaters auf, und fortan besprach man die Vorbereitung der Jagdgesellschaft, die traditionell vor dem Herbstball stattfinden sollte. Mit ihrer Organisation hatte der Graf seinen ältesten Sohn beauftragt, und so konnte Hermann Josef jetzt noch wenige Kleinigkeiten bezüglich der Nutzung des Waldes für die Jagd mit dem Prior besprechen. Auch wenn sein Bruder durch seine Mönchsweihe dafür verantwortlich war, dass sich das Kloster Bödingen und die von Hatzfelds nun den Besitz des Waldes teilten, vermied Hermann Josef es, seinen Bruder Markus mit in dieses Gespräch einzubeziehen. Denn der hatte die Angewohnheit, sich ihm gegenüber aufzuspielen, als sei er der Ältere von beiden.

Nachdem die Jagdangelegenheiten geklärt waren, brachen auch die beiden Mönche auf. Und auch Sauer wurde vom Grafen entlassen. Als Hermann Josef ihnen folgen wollte, hielt ihn sein Vater zurück.

»Warte einen Augenblick bitte, Hermann.« Graf Franz Ludwig hatte sich erhoben und setzte sich an seinen wuchtigen Schreibtisch. »Setz dich noch kurz zu mir.« Er deutete auf den Platz ihm gegenüber.

Warum hatten sie denn nicht an dem Besprechungstisch sitzen bleiben können? Das hätte zumindest einen Hauch von Gleichberechtigung vermittelt. Sofort fühlte Hermann Josef sich wieder wie ein kleiner Junge, der zu seinem Vater zitiert wurde, um sich eine Schelte einzuholen. Dabei war eigentlich er es, der sich beschweren wollte, weil er nicht von vornherein auch zu dieser Besprechung gerufen worden war.

»Da du ja nun mit eigenen Augen sehen konntest, dass der Freiherr von Attenbach uns einige Probleme bereitet, habe ich eine Aufgabe für dich.«

War das nun eine versteckte Beschuldigung, dass er unangemeldet zur Besprechung dazugestoßen war? »Vater, ich verstehe wirklich nicht, warum Sie mich nicht gerufen haben. Selbst mein frommer Bruder war ja offensichtlich geladen.«

»Fühl dich bitte nicht sofort wieder angegriffen. Der Freiherr kam unangemeldet, dies hier war keine angekündigte Besprechung. Und ich bin froh, dass du dazugestoßen bist. Jetzt hör mir zu.«

»Ja, Vater, entschuldigen Sie.«

»Schon gut. Von Attenbach ist ein schwieriger Mann, und ich traue ihm keinen Deut über den Weg. Er wird wieder eigenmächtig die Dinge in die Hand nehmen wollen, womöglich noch eine dieser Postkutschen überfallen. Ich brauche jemanden, der ihn für mich im Auge behält, zumindest bis zum Ball, bis wir ein gemeinsames Vorgehen wegen der Franzosen vor unseren Grenzen beschließen.«

»Der von Attenbach ist für die Postkutschenüberfälle verantwortlich?« Hermann Josef hatte sich bisher nicht viel darum geschert, waren es doch vor allem die Postkutschen der Republik Frankreich auf ihrem Weg nach Düsseldorf, die von den Überfällen betroffen waren.

»Was glaubst du, wie er an diese Depeschen hier gekommen ist?« Der Graf hatte die Briefe an sich genommen, um sie in Ruhe zu studieren, da er nun schon in ihren Besitz gelangt war.

»Aber was kann ich tun, soll ich den Freiherrn beobachten lassen? Ich könnte den Ferdinand und seine Jäger abstellen.«

»Nein, Hermann. Der Freiherr ist kein Schwachkopf, er würde das sofort merken. Und außerdem sollte nichts, was du in diesen vier Wänden heute gehört hast, an jemand Außenstehenden dringen. Was ich brauche, ist dein Gespür für das weibliche Geschlecht. Das hast du doch?«

»Ich verstehe nicht, Vater.«

»Freiherr von Attenbach hat eine Tochter. Sie soll gar nicht einmal ohne Reize sein. Es dürfte dir also nicht schwerfallen, sich ein wenig um sie zu bemühen.«

»Die Hexe? Vater, das kann nicht Ihr Ernst sein. Sie soll dem Benehmen nach in nichts ihrem Vater nachstehen.«

»Na, so schlimm wird sie schon nicht sein. Kümmere dich um sie. Lade sie zum Ball ein, trage dich in ihre Tanzkarte ein oder was immer man heutzutage macht. So kannst du im Rittersitz zum Vertrauten werden und deine Augen und Ohren offen halten.«

»Nun gut, Vater. Solange ich sie nicht ehelichen muss, werde ich mich ein wenig mit ihr vergnügen.«

»Aber benimm dich und behandele sie wie eine Dame. Du sollst nicht wieder hochkant hinausgeworfen werden, wenn du schon einen Fuß in seine Tür gesetzt hast, hörst du!«

»Vater, Sie können sich auf mich verlassen.«

»Das hoffe ich. Und nun geh. Ich habe einiges an Lektüre vor mir.«

Hermann Josef verließ das Arbeitszimmer seines Vaters, aber er machte sich nicht auf direktem Weg zu Attenbachs Tochter, obwohl sie ja wohl, wie Nagel sagte, im kleinen Salon auf ihn wartete. Wenn er eines von den Weibsbildern wusste, dann, dass man sie warten lassen musste, um ihre Aufmerksamkeit zu erlangen.

13.

Johanna trieb ihr Pferd in den Galopp, als sie die Brücke von Schloss Allner überquert hatte, und hoffte, der Wind würde ihre bitteren Gefühle wegwehen. Sie stieß Verwünschungen auf den Damensattel aus, den sie wegen ihres Kleides hatte wählen müssen. Sie stieß Verwünschungen gegen den Verwalter Tenhagen aus, der Schuld daran war, dass sie überhaupt dieses Kleid trug. Und sie fluchte auf von Hatzfeld. Bestimmt zwei Stunden hatte sie im Salon auf Schloss Allner Tee trinkend gewartet, nur um dann von einem Diener zu hören, dass der junge Herr von Hatzfeld nun doch nicht abkömmlich sei. Er solle ihr aber ausrichten, dass der junge Herr ihr gern in ein paar Tagen auf Gut Attenbach seine Aufwartung machen werde.

Pah, Aufwartung! Was denkt er, warum ich ihn sprechen wollte. Etwa damit er sich in meine Tanzkarte für den Ball eintragen kann? Es blieb ihr nichts anderes übrig, als sich damit abzufinden. Vorerst. Sie würde diesen Menschen wegen seines Benehmens dem Apotheker gegenüber schon noch zur Rede stellen. Und wenn er ihr dafür erst seine Aufwartung machen musste, bitte sehr.

Sie ritt entlang der Sieg, als wäre der Leibhaftige hinter ihr her. Der Gedanke an das Bild, das sie abgab, brachte ein Lächeln zurück auf ihr Gesicht. Ihre Haare hingen in Strähnen aus ihrer Hochsteckfrisur. Aber der Ritt ließ ihren Zorn verfliegen. Sie zügelte Argos, ließ ihn in leichtem Trab gehen. Nun drang auch allmählich das friedliche Plätschern des Flusses zu ihr, und sie begann die Welt um sich herum wieder wahrzunehmen. Das Ufer schmiegte sich an dieser Stelle sanft an die Sieg. Auf der anderen Seite des Flusses lag Lauthausen. Glockengeläut schallte von Bödingen in das Siegtal hinunter. Mittag. Ihr blieb noch genug Zeit, bis Thomas nach Attenbach kam, um das Saatgut zu holen. Sie tat einen tiefen Atemzug. Ihr Kopf war wieder frei nach der stickigen Wärme im kleinen Salon von Schloss Allner.

»Was meinst du, Argos, sollen wir eine kleine Pause machen? Meine Füße könnten jedenfalls ein kühles Bad gebrauchen.« Sie klopfte dem Hengst auf den Nacken und hieß ihn an, im Schritt zur Sieg hinunterzugehen. Fast wie ein kleiner Strand breitete sich hier ein Streifen Sand am Ufer aus. Die kleinen Kiesel darin glitzerten in der Sonne.

Sie stieg ab. Argos steuerte auf das Wasser zu und trank. Johanna setzte sich auf ein großes Stück Treibholz, wohl ein Überbleibsel des letzten Hochwassers, und seufzte wohlig, als sie ihre Füße aus den engen Schlupfschuhen befreite. Sie watete mit bloßen Füßen in das Wasser. Die feinen Kiesel kitzelten ihre Füße. Wie wunderbar erfrischend. Den Rock hochgezogen stand sie dort und genoss, wie das Wasser um ihre Knöchel plätscherte und ab und an bei einer kleinen Welle die Waden hoch spritzte.

Der Dorfkern von Lauthausen auf der anderen Uferseite lag um diese Zeit verschlafen da. Lauthausen barg nur eine kleine Kapelle, den Kirchgang machte man nach Bödingen hoch. An den Hängen über dem Dorf zogen sich Reihe um Reihe Weinreben entlang. Schloss Allner und das Bödinger Kloster teilten sich neben den Wäldern auch den Besitz an den Weinhängen.

Johanna schloss die Augen. Sie wollte nicht wieder an von Hatzfeld erinnert werden, und wenn es nur durch den Anblick der Besitztümer seiner Familie war. Als Argos genug getrunken hatte, trabte er vom Ufer weg und fraß vom saftigen Grün der Auenwiese. Johanna watete weiter ins Wasser und genoss die Geräusche um sie herum. Vogelzwitschern, das Plätschern des Wassers, sanfter Wind ließ die Blätter der Auenbäume rauschen.

Plötzlich wieherte Argos hinter ihr. Er schlug so heftig mit seinem Kopf hin und her, dass das Zaumzeug klirrte. Johanna wirbelte herum und sah einen zerlumpten Mann bei ihrem Pferd. Er hatte die Zügel gegriffen und versuchte aufzusteigen. Argos drehte sein Hinterteil fort, der Mann zog an den Zügeln, um das Tier wieder zu sich zu drehen. Dann schaffte er es, seinen Fuß in den Steigbügel zu stellen und sich auf den Rücken des Pferdes zu wuchten. Argos stieg hoch. Wegen des Damensattels – Johanna hatte nicht geglaubt, einmal für ihn dankbar zu sein – fand der Lump keinen festen Sitz, Argos sieg erneut hoch, der Mann konnte sich nicht mehr halten und stürzte vom Pferd.

Jetzt erst befreite sich Johanna aus ihrer Starre und rannte barfuß durch den Sand zu Argos, der dazu ansetzte durchzugehen. Sie spürte einen plötzlichen scharfen Schmerz im rechten Fuß, der sie stolpern ließ, aber sie fing sich, die Augen weiterhin auf ihr Pferd gerichtet. Sie erreichte Argos humpelnd. Der Mann rollte weg, um dem Pferd auszuweichen.

»Ruhig, Argos.« Sie klopfte dem Tier kurz auf den Hals, stieg auf und ritt ein Stück fort. Der Lump richtete sich auf und lief seinerseits ein Stück fort vom Ufer. Er schien sich beim Sturz nicht verletzt zu haben. Doch als Johanna sein Gesicht sah, fuhr ihr ein erneuter Schreck durch die Glieder. Nicht nur war er abgemagert und zerlumpt, sondern sein Gesicht war völlig entstellt. Eine entzündete nässende Schnittwunde zog sich von unterhalb des rechten Auges über die Nase bis hinunter zu seinem Hals. Das musste schrecklich schmerzen, schoss es Johanna durch den Kopf.

Der Mann schien völlig entkräftet. Selbst mit einem normalen Sattel hätte er sich niemals auf dem Rücken des Pferdes halten können. Auch rannte er nicht fort, sondern blieb stehen und blickte zu ihr. Er atmete kurz und stoßweise. Johanna hieß Argos an, stehen zu bleiben.

»Wer sind Sie?«, rief sie.

Er antworte nicht. Der Mann trug die Reste einer Uniform. Aber keine Waffe. Sein wohl ehemals weißes Hemd hing zerfetzt über dunklen Kniehosen. Er trug Stiefel, aber keine Weste mehr. Ob Österreicher, Preuße oder Franzose war deshalb schwer zu sagen. Das Haar trug er kurz geschnitten.

»Tu est Français?«, fragte sie.

Er wandte sich ab.

»Warten Sie. Sie sind verletzt.« Sie sollte ihn wohl besser ziehen lassen, schließlich hatte er ihr Pferd stehlen wollen. Und ihre Fußwunde machte sich auch bemerkbar. Sie war in etwas Spitzes getreten, wahrscheinlich ein scharfer Stein, und sie spürte, dass sie blutete. Aber der Mann sah so elend aus. Und nun lief er fort, zu einer umgestürzten und teilweise bis in das Wasser hineinragenden Weide, von kleineren Sträuchern umgeben.

Johanna saß ab und lief wieder zum Wasser. Argos' Zügel hielt sie die ganze Zeit fest im Griff. Sie tauchte den verletzten Fuß in den Fluss. Ein rotes Rinnsal wurde mit der Strömung fortgeschwemmt. Sie nahm ihre Schuhe, biss die Zähne zusammen, als sie mit dem verletzten Fuß hineinschlüpfte. Die Schuhe lagen so eng an, dass sie die Blutung wohl vorerst eindämmen würden.

Der Soldat war inzwischen nicht mehr zu sehen. Er war im Gehölz verschwunden. Sie sollte einfach fortreiten, blickte an sich herunter. Sigrid würde einen gehörigen Schreck bekommen, wenn sie sie so sah. Das Kleid war völlig dahin, nass und voller Schlamm. Das kam also davon, wenn sie sich schick machte. Und ihre Mutter, sollte sie es je erfahren, würde sie nicht mehr allein fort lassen, wo doch überall Desertierte aller Couleur lauerten. Nun, so unrecht hätte Caroline wohl mit ihren Befürchtungen nicht. Doch Johanna humpelte weiter. Was war ein verdrecktes Kleid gegen die fürchterliche Wunde dieses Kerls. Sie würde ohnehin eine Salbe anrühren müssen, um ihren eigenen Fuß zu versorgen.

Johanna erreichte das Gehölz, lugte unter einen vorstehenden Ast. Dort saß er verkrochen in einem Unterschlupf, den er sich mit Ästen und einem Baumstamm gebaut hatte. Seine Jacke lag dort und ein Lederrucksack, eine Trinkflasche. Ein Gewehr oder Schwert sah sie nicht. Der Soldat wich weiter zurück.

Sie konnte ihn so nicht hier lassen. In Gedanken ging sie ihren Kräutervorrat durch: Schafgarbenkraut, Kamillenblüten, Thymian und Ringelblumenblüten. Das dürfte reichen, um daraus eine Salbe zu rühren. Johanniskrautöl wäre ideal, aber das müsste sie erst beim Apotheker besorgen. Zunächst sollte eine Mischung aus den Kräutern ausreichen, die sie vorrätig hatte.

»Tu est Français?«, versuchte sie es noch einmal. Diesmal nickte er.

»Gehen Sie, verraten Sie mich nicht«, wisperte er. Es klang zwar französisch, erinnerte aber eher an das Krächzen eines Raben. Vielleicht hatte seine Kehle auch etwas bei der Verwundung abbekommen.

»Das werde ich nicht.« Sie deutete auf sein Gesicht. »Mais votre blessure … nécessite d'un traitement. Ihre Wunde braucht eine Behandlung. Ich kann sie versorgen. Kommen Sie mit mir.«

»Non«, krächzte er und schüttelte den Kopf.

Ob er wohl schon seit der Schlacht von Kircheib hier war? Die Franzosen hatten dort bei ihrem letzten Vorstoß im Juni ein großes Feldlager errichtet. Und die Österreicher hatten das Lager überraschend in der Nacht angegriffen. Die ganze französische Truppe musste sich daraufhin wieder nach Düsseldorf zurückziehen, und es waren zahlreiche Tote zu beklagen gewesen. Bei dem Rückzug hatten viele der teilweise verletzten und geschwächten Soldaten sich auch an den Vorräten der Bevölkerung hier vergriffen. Aber die Wunde des Mannes sah noch nicht so alt aus. Außerdem hätte er sich doch inzwischen bis Siegburg durchschlagen können, das die Franzosen seit dem erneuten Vorstoß besetzt hielten. Aber vielleicht war er desertiert und konnte nicht mehr zurück? Was auch immer, Johanna wollte ihm helfen.

»Ich komme zurück und bringe Ihnen Medizin und etwas zu essen.«

Sie war fest entschlossen. Dennoch war sie froh, als sie erst einmal wieder sicher im Sattel saß. Sie beugte sich hinunter und schlang die Arme um Argos' Hals, bevor sie sich auf den Heimweg machte.

14.

Ignatius' Gesicht war vor Aufregung gerötet. Nach dem Frühgebet war er zurück in die Abtei gegangen. Das Feuer im Steinofen hatte er bereits vor der Messe angefacht. Nun schürte er das Kochfeuer unter dem Herdofen an. Aus dem Brunnen im Kräutergarten schöpfte er Wasser und füllte damit den großen gusseisernen Topf und setzte eine delikate Brühe an. Er hatte sich am Morgen extra eines der fetten Schlachthühner ausgesucht, das bereits fertig gerupft und ausgenommen von der Decke hing und nun der Brühe Kraft geben sollte. Henri würden nur die besten Zutaten zur Verfügung stehen. Der Vater Abt sollte schmecken, dass der Franzose beim Kochen die Finger im Spiel hatte, damit er ja nicht auf die Idee kam, den Neuankömmling wieder aus der Küche abzuziehen. Sicher konnte Bruder Edrik die Weinbaukenntnisse des Franzosen auch gut gebrauchen, doch es sollte reichen, wenn Henri ihm ab und zu einen Ratschlag gab. Seit Honoratius' Tod war es viel zu still hier in seinem Wirkungsbereich, und er wollte sich die Aussicht auf Gesellschaft nicht so schnell wieder entgleiten lassen.

Ignatius begab sich daran, den Teig für das Brot zu kneten. Wenn sein neuer Bruder vom Ausflug auf den Hardthof wiederkam, wollte er mit ihm in die Vorratskammer gehen, damit er selbst aussuchen konnte, was aufgetischt würde. Er hoffte, von ihm so viel zu erfahren. Die Franzosen waren schließlich allerorts bekannt für ihre Kochkünste.

Die Vorratskammer war zu dieser Zeit des Jahres schon prall gefüllt. Nach und nach wurde die Ernte eingefahren. Gerade erst vor einer Woche waren von der klostereigenen Mühle in Halberg Säcke voller Weizen- und Roggenmehl gebracht worden. Das Mehl hatte er bereits in seinem Brotteig verarbeitet, da er wusste, dass die Franzosen das feine Weizenbrot bevorzugten. Das derbe Brot aus Roggen, Gerste und verschiedenen Schroten war nichts für den heutigen Tag. So hatte er gleiche Teile von feinem Roggen- und Weizenmehl zusammengeführt, mit Sauerteig, Salz und Wasser versetzt und ordentlich geknetet. Jetzt ließ er den Teig ein wenig ruhen.

Der Müller in Halberg, Peter Wilhelm Marqua, war sein Onkel. Vor ein paar Tagen erst hatte der Ohm ihm mit dem Fuhrwerk zehn Malter Mehl gebracht. Der Müller hatte erzählt, dass das Getreide dieses Jahr eine sehr gute Qualität hatte. Obwohl Ignatius nun schon so lange im Kloster war, spottete seine Familie immer noch, dass er sich nur noch mit gelehrten Schriften auskenne und seine Wurzeln verloren hätte. Sein Ohm war da keine Ausnahme. »Soll gedeihen Korn und Wein, muss im Juni Regen sein.« Als ob er das nicht mehr wüsste. Mit Bauernweisheiten war er in seiner Kindheit schließlich reichlich gesegnet gewesen. Und außerdem hatte seine Familie überhaupt kein Verständnis für die Arbeiten, die die Abtei leistete. *Als ob wir den ganzen Tag nur beten und singen und es uns ansonsten gut gehen lassen,* dachte er.

Dem Kloster gehörten an die zwanzig Höfe und Güter, die im ganzen Herzogtum verteilt waren. Hinzu kam der selbst betriebene Hof auf der Hardt, der ausschließlich dem Weinbau diente. Zum Kloster zugehörig waren zudem die beiden Mühlen in Halberg und Oberauel und ein großes Waldgebiet, welches sich unmittelbar den Wäldern von Schloss Allner anschloss. Es war das Erbe von Markus, das er mit seinem Eintritt ins Kloster mitgebracht hatte. Gerade erst heute Morgen waren der Abt und Pater Markus zum

Grafen von Hatzfeld aufgebrochen, um die Nutzung des Waldes für die bevorstehende große Jagdgesellschaft zu besprechen. Neben dem Weinanbau waren der Wald und die Holzwirtschaft ein Steckenpferd des Priors. Jedenfalls verlangte der ganze Klosterbesitz eine Menge an Verwaltung, und schließlich musste auch alles berechnet werden – die Größe der Abgaben für jeden Hof –, um die Wirtschaftlichkeit zu gewährleisten. Für den Unterhalt der Kirche und der vielen Pilger, die nach Maria Bödingen kamen, und auch für die Schule waren diese Einnahmen wichtig. Deshalb sollte der Onkel sich wirklich zurückhalten, wenn er abfällig über die Chorherren sprach. Er gehörte doch selbst praktisch dem Kloster an, da er die Halberger Mühle betrieb. Er sollte es also besser wissen. Von seinem Handwerk aber verstand der Müller etwas, und das frische Mehl war bestimmt gut geeignet, um feines französisches Brot zu backen, dachte Ignatius sich und rieb sich über den Bauch. Schon meinte er, den Geschmack des Brotes auf seiner Zunge zu spüren.

Der stämmige Mönch kontrollierte das Feuer im Ofen. Inzwischen waren die Holzscheite zu einem dicken Glutteppich verbrannt. Der Ofen war nun heiß genug für die Brote, also formte Ignatius acht Laibe aus dem vorbereiteten Teig. Dann kehrte er den Ofen aus. Zuletzt nahm er ein nasses Tuch, um auch den Rest der Asche auszukehren. Mit einem langen hölzernen Scheffel schob er die Brotlaibe einzeln in den heißen Ofen. Gerade als er die gusseiserne Tür geschlossen hatte, betrat der Franzose die Küche.

»Henri, Ihr kommt gerade rechtzeitig. Ich habe schon die Brote eingeschlossen. Ganz besondere.« Er zog die Augenbrauen in die Höhe.

Der Franzose schritt durch den Raum und ging hinüber zur Hoftür der Küche. »Ah, wie es duftet. Ihr seid ja ein wahrer Bäcker, Ignatius.« Er öffnete die Tür zum Kräutergarten. »Es ist Euch doch recht? Es ist so heiß hier mit den vielen Kochfeuern.«

»Ja, aber sicher. Ich habe mich so daran gewöhnt, dass ich es nicht mehr bemerke. Obwohl mir bestimmt das Wasser herunterläuft und meine Pausbacken etwas anderes sagen, oder etwa nicht?« Lachend griff er nach einem Leinentuch, tauchte es in den Wassereimer und wischte sich durchs Gesicht.

»Aber nun schaut, was schon auf dem Kochfeuer steht.« Übermütig zog er den Franzosen am Ärmel zur Kochstelle und öffnete den Deckel des Topfes. Henri strömte ein verlockender Duft entgegen.

»Jetzt lasst uns zur Vorratskammer gehen. Dort könnt Ihr wählen, was wir für ein Gericht bereiten.«

»Frère, wartet doch. Ich muss Euch zuerst etwas sagen.« Doch Ignatius winkte ab. Er eilte voraus, hinaus auf den Flur und durch eine weitere Tür gegenüber der Küche. Dort hielt er an und winkte Henri ungeduldig ihm zu folgen. Der Franzose ergab sich und ging ihm nach.

»Die Tür zur Vorratskammer darf nicht lange offen stehen, damit die Kühle drinnen bleibt.« Als Henri den Raum betreten hatte, schloss Ignatius die schwere Tür schnell wieder. Die Vorratskammer, wie Ignatius sie liebevoll betitelt hatte, bestand in Wirklichkeit aus drei aufeinanderfolgenden Räumen, die in einem tiefer liegenden fensterlosen Gewölbe endeten. Auf den ersten Blick erkannte Henri die reiche Fülle, die sich vor ihm auftat. Im vorderen Bereich standen zahlreiche Regalwände, in denen allerlei irdene Gefäße verschiedenster Größe standen. So unterschiedlich die Gefäße, so unterschiedlich war ihr Inhalt. Es gab dort verschiedene Öle, Salz, Gewürze aller Art, sogar einen beachtlichen Vorrat an Zucker, echtem Kaffee und Tee. In der Mitte der Raumflucht lagerten Kisten voller Äpfel und Birnen,

Gemüse, Kartoffeln und zahlreiche Malter Getreide und Mehl. Es gab schmale Fensterluken unterhalb der Decke. Zum hinteren Teil fiel der Boden ab, und hier lagerte unterhalb dicker Gewölbemauern der Wein in großen Fässern. Unter einem der hinteren Gewölbe hing zudem frisches Fleisch an großen Haken sowie mehrere große Räucherschinken. In einem weiteren Regal lagerten mehrere Rollen Käse. Diese Fülle an Lebensmitteln spiegelte viel mehr noch als die prunkvollen Bilder und Kreuze, die er in der Kirche gesehen hatte, den Reichtum des Klosters wider. Sie standen in so krassem Gegensatz zu den ärmlichen Lebensverhältnissen, die Henri bei der Landbevölkerung gesehen hatte, dass in ihm die Flamme der Revolution wieder aufkeimte. In diesem einen Punkt hielt er es nicht mit dem von ihm so geschätzten Voltaire. Es würde zwar nie eine vollkommene Gleichheit im Besitz geben, aber es durfte nicht der Status eines Menschen entscheiden, ob er reich oder arm war. Und hier bekam er es wieder vor Augen geführt, warum er sich nicht dem Aufstand der Vendée hatte anschließen können. Er hätte seine Ideale verraten. Er hatte diese Ideale seiner Familie vorgezogen. Wer hätte auch damit rechnen können, dass die Revolutionsarmee so brutal gegen die Aufständischen vorgehen würde. Sie hatten einen ganzen Landstrich ausgemerzt. Hätte er sich anders entschieden, wenn er davon gewusst hätte? Vor der Antwort auf diese Frage fürchtete er sich. Er hätte seiner Heimat, seiner Familie beistehen sollen. Stattdessen hatte er Befehle befolgt. War einer Entscheidung ausgewichen und nach Düsseldorf stationiert worden. Wie sollte er je mit der Schuld leben?

»Henri, was ist mit Euch? Ihr seht plötzlich blass aus. Ist Euch nicht wohl?« Ignatius riss den Franzosen aus seiner Starre. »Und ich plappere wieder rum und höre nicht auf Euch. Hier, setzt Euch erst einmal.« Er rückte einen Schemel heran, auf den er den Franzosen platzierte. »Und nun erzählt erst einmal, was Ihr mir schon die ganze Zeit sagen wolltet.«

Henri setzte an, Ignatius reinen Wein einzuschenken, der aber ließ ihn trotz seiner Aufforderung immer noch nicht zu Wort kommen.

»Ach, Ihr müsst es gar nicht sagen, Henri. Ich weiß schon, Ihr könnt nicht kochen. Ich weiß auch nicht, warum ich das annahm. Den Franzen eilt der Ruf guter Küche eben voraus. Das ist es wohl.«

Henri versuchte es erneut. »Non, mein Freund, mais …«

»Das macht gar nichts, ich habe schon ein gutes Essen überlegt. Ihr braucht mir nur noch ein wenig zur Hand gehen. Wir werden zwei Gänge bereiten. Zuerst die Suppe, ich werde sie mit Zwiebeln machen. Ist das nicht ein gutes französisches Gericht? Oignons. Das sagt ihr doch dazu, oder? Und dann noch etwas, wozu ich das Huhn verwenden kann. Was meint Ihr?«

»Ignatius!« Henri erhob sich von seinem Schemel und fasste dem Mönch an die breiten Oberarme, um seinem Redefluss endlich Einhalt zu gebieten. Ein so massiger Körper barg eine so weiche Seele. Aber es ließ sich nicht länger umgehen, sonst würde der Gute ihm ewig ausweichen, und er wollte sich nicht davonschleichen, ohne ein Lebewohl zu sagen. Niemals mehr wollte er sich einfach davonschleichen.

»Ich werde morgen früh das Kloster verlassen.« Henri spürte förmlich, wie der Körper des Mannes erschlaffte, und er musste nun seinerseits schnell den Schemel herbeiziehen, um Ignatius einen Halt geben zu können.

»Aber, wenn die Küche nichts für Euch ist«, setzte der Mönch zaghaft an, doch diesmal unterbrach Henri ihn.

»Ihr wisst, dass es nicht das ist, n'est-ce pas?«

Ignatius blickte ihn mit seinen braunen Augen an, die sonst immer lachten, und nickte traurig. Henri wurde das

Herz schwer, den in der kurzen Zeit so lieb gewonnenen Mann niedergeschlagen zu sehen. Er versuchte zu erklären, was er nicht erklären konnte. Die Wahrheit würde den gutmütigen Mann noch mehr enttäuschen. »Ihr müsst mir einfach glauben, dass es besser ist, wenn ich gehe.«

Ignatius klopfte sich auf die Schenkel und stand auf. »Nun, wenn Ihr schon gehen müsst, dann sollt Ihr Euch wohlgenährt auf den Weg machen. Lasst uns ein Festessen zaubern. Daran sollt Ihr noch lange zurückdenken, wenn Ihr auf Eurer Wanderschaft karge Mahlzeiten verspeisen müsst, mein Freund. Und vielleicht kommt Ihr ganz schnell wieder zurück.«

Wenn er nur gewusst hätte, wie recht er damit hatte.

15.

Als Johanna nach Attenbach zurückkam, war Thomas schon da. Er hatte es sich auf dem Handkarren bequem gemacht und war wohl eingeschlafen. Vom Hufschlag im Kiesbett des Hofes wurde er wach und sprang auf.

»Hallo«, begrüßte er sie gähnend.

»Thomas.« Johanna hatte ihn vergessen. »Bist du schon lange hier?«

»Eine Weile.«

»Entschuldige, ich hatte nicht vor, so lange weg zu sein. Ich wurde aufgehalten. Zweimal.« Sie stieg vom Pferd und brachte es zum Stall.

»Du humpelst ja. Was ist passiert?«

»Erzähl ich dir sofort. Ist Franz noch nicht da? Heute könnte ich ihn mal gebrauchen, dass er sich um das Pferd kümmert.«

»Nee, der musste dem Lehrer Orth noch helfen. Im Garten. Lehrer Weber hat sich ja überhaupt nicht drum gekümmert.«

»Wie ist er denn, der neue Lehrer?« Johanna, die selbst immer nur durch Hauslehrer unterrichtet worden war, erinnerte sich daran, wie gern sie früher mit ihrer Freundin in die öffentliche Schule nach Blankenberg gegangen wäre. Und Mechthild hatte ihr immer haarklein alles vom Lehrer und dem Unterricht erzählen müssen.

»Och, ganz in Ordnung. Er macht viel mehr im Lesen und Schreiben mit uns, sogar Latein. Dafür weniger Gebetskram. Obwohl er ja auch Küster ist, genauso wie es der Weber war.« Er zuckte mit den Schultern. »Mir ist's recht.«

»Ja, das glaube ich.« Johanna erinnerte sich noch gut an ihren ersten Hauslehrer, einen alten Pastor, dessen Unterricht sich sehr auf die Glaubenslehre und Sittsamkeit der Frau gerichtet hatte. Und sie erinnerte sich an den lieben Thadaeus Hausmann, der ihr mehr als ein Lehrer geworden war. Noch heute stand sie in regem Briefkontakt mit ihm. Sie freute sich für die Kinder. Sie schienen es mit dem neuen Lehrer in Blankenberg gut getroffen zu haben.

»Komm mit in den Schuppen, vielleicht kannst du mir helfen, bevor ich dir das Saatgut mitgebe.«

Sie hatte Tenhagen gar nicht mehr auf die Winterroggensaat angesprochen, bezweifelte aber, dass er es bemerken würde, wenn einer der Säcke fehlte. Nach ihrem Diskurs heute Morgen war sie überzeugt davon, dass er es mit der Buchhaltung wohl nicht allzu genau nahm und bestimmt nicht die einzelnen Saatgutsäcke durchgezählt hatte. Zuvor musste sie aber erst mal ihren Fuß versorgen. Er begann heftiger zu schmerzen. Hoffentlich steckte nicht noch ein Dorn oder Splitter in der Wunde.

Thomas folgte ihr in ihren Kräuterverschlag. Sie ließ sich auf den Schemel fallen und nahm sich vorsichtig den Schuh vom verletzten Fuß.

»Oh, Mann, das sieht aber nicht gut aus.« Thomas beobachtete sie, hielt aber Abstand.

»Komm her, hilf mir mal. Du musst schauen, ob noch etwas in der Wunde steckt.«

»Ich weiß nicht. So was macht bei uns immer Mutter.«

»Jetzt stellt dich nicht so an. Nimm eins von den Tüchern da drüben und tupfe die Wunde erst einmal sauber.«

Thomas verdrehte die Augen.

»Nun komm schon. Du sollst nur gucken, ob nichts drin steckt. Den Rest mach ich selbst.«

»Na gut.«

Thomas half ihr die Wunde zu säubern. Es befand sich kein Rückstand darin. Sie rührte eine große Menge Wundsalbe an und versorgte ihren Fuß. Die Blutung hatte zum Glück nachgelassen. Danach legte sie einen Verband an. Die übrige Salbe verteilte sie auf zwei Tiegel, den kleineren würde sie für sich behalten. Den anderen steckte sie sich in die Rocktasche.

Thomas und Johanna verließen den Schuppen. Auf dem

Gut war alles ruhig. Niemand war zu sehen. Um diese Zeit waren Gudrun und Sigrid wohl bereits mit der Bereitung der Abendspeise beschäftigt. Neben dem ihres Vaters fehlte ein weiteres der Pferde im Stall, also war Tenhagen wohl ebenfalls ausgeritten. Vielleicht, um irgendwo eine Pacht einzutreiben. Hoffentlich nicht bei den Pauls. Das würde dem Fass den Boden ausschlagen.

»Thomas, hast du noch etwas Zeit?«

Sie waren am Wirtschaftsgebäude angelangt, um das Saatgut zu holen.

»Weiß nicht. Reinhard meinte, ich soll mich beeilen. Er braucht mich für die Bauarbeiten an unserer Scheune.«

Dicht gefolgt von dem Jungen, der den Handkarren hinter sich herzog, betrat Johanna das schummrige Gebäudeinnere. Nur durch ein paar Holzspalte und das geöffnete Tor fiel Licht hinein. In den vereinzelten Sonnenstrahlen leuchtete aufgewirbelter Holzstaub.

»Und was wäre, wenn du nicht nur mit dem Saatgut nach Hause kommst, sondern mit einer zusätzlichen Arbeitskraft?«

»Das können wir uns doch nicht leisten.«

»Es wäre ein Arbeiter, der ohne Lohn arbeitet. Er braucht nur einen Unterschlupf und eine Mahlzeit am Tag.«

»Weiß nicht. Wer soll das denn sein?«

Johanna erzählte Thomas von dem französischen Soldaten, der ihr Pferd hatte stehlen wollen, von seiner Gesichtswunde und dass sie ihm helfen wollte.

»Nee. Das erlaubt Mutter niemals. Der beklaut uns doch im Schlaf oder schlimmer.«

»Das glaube ich nicht. Wenn du ihn erst einmal siehst, wirst du auch Mitleid mit ihm bekommen.«

Gemeinsam hievten sie einen der Saatgutsäcke auf den Handkarren.

»Aber allein traust du dich nicht zu ihm.« Thomas klopfte sich die Hände an seiner Hose ab und blickte sie an.

Johanna sog scharf die Luft ein, konnte ihren ernsten Gesichtsausdruck aber nicht halten und lachte los. »Da hast du wohl recht.«

Thomas zeigte ihr ein breites Grinsen.

»Also gut, was hältst du davon, wenn wir zusammen zu ihm gehen, ich gebe ihm die Salbe für seine Wunde, und dann entscheidest du, was weiter passiert. Vielleicht will er ja auch bleiben, wo er ist.«

»Na gut. Aber du weißt schon, dass Mutter das letzte Wort haben wird.«

Johanna stimmte ihm zu. Aber einen Versuch wäre es wert. Jetzt musste sie nur noch schnell etwas anderes anziehen und das verschmutzte Kleid zu Gudrun bringen, ohne dass Sigrid oder ihre Mutter sie so sahen. Sie bat Thomas, derweil Argos neu zu satteln, auch wenn der Damensattel durchaus seine Vorteile haben konnte, wie sich gezeigt hatte.

Sie fanden den Mann dort, wo Johanna ihn zurückgelassen hatte. Zuerst war er zurückhaltend, doch als Johanna etwas von der Salbe Thomas auf die Wange schmierte, gewann er Vertrauen und ließ sich von ihr verarzten.

»Wie heißen Sie?«

»Comment?« Ein Krächzen. Johanna erkannte nun, dass die Wunde des Mannes bis zum Hals, über seinen Kehlkopf lief. Deshalb vermutlich die Probleme beim Sprechen. Das zu behandeln, überstieg ihre Fähigkeiten. Hier wäre ein echter Medikus von Nöten. Sie konnte nur die Wundentzündung lindern.

»Votre nom. Je m'appelle Johanna. Ich heiße Johanna.«

»Charles. Wyk.«

Sie rieb die Wunde großzügig mit der Salbe ein und versuchte den Mann dabei mit einem Gespräch abzulenken, denn er zuckte bei jeder Berührung mit den Augen. Die Haut rund um den Schnitt fühlte sich zudem heiß an. Sie hoffte, die Salbe würde reichen, um die Entzündung einzudämmen.

»Gut, Charles. Woher kommen Sie?«

»France.«

»Ja, woher in Frankreich? Paris?«

»Reims.«

Das Reden lenkte von den Schmerzen ab. Sie hatte sich bei Behandlung von Mensch und Tier gleichermaßen das ständige beruhigende Einreden auf den Patienten von den Doktoren abgeschaut. Eigentlich vom Apotheker.

Bis sie die Wunde fertig versorgt hatte, erfuhr sie, dass Charles sich die Verletzung vor einigen Tagen in einem Scharmützel bei Altenkirchen zugezogen hatte. Er hatte nicht mehr mit seiner Truppe mithalten können und war zurückgefallen. Er hätte versuchen müssen, wieder in seine Reihen zu gelangen. So galt er als Deserteur, und was ihn erwartete, wenn er erwischt wurde, war unstreitig der Tod. Das erklärte auch, warum der Mann sich verborgen hielt. Warum er nicht einfach nach Siegburg gehen und sich den Franzosen dort anschließen konnte.

Aber Johanna erfuhr auch, dass die Franzosen sich auf dem Rückzug befanden und vermutlich bald wieder hier durchziehen würden.

»Dann können Sie aber nicht hier bleiben, Charles.«

Er öffnete die Hände, zog die Schultern hoch.

Johanna zog Thomas heran. »Sie könnten mit zu den Pauls gehen, bis Sie wieder gesund sind.«

Der Junge nickte. »Ja, Sie können uns auch helfen.« Thomas, der kein Französisch sprach, deutete mit den Händen an, wie er mit einem Hammer einen Nagel in die Wand schlug.

Wyk blickte Johanna an, und sie erklärte ihm, dass die Pauls eine helfende Hand beim Wiederaufbau ihrer Scheune gebrauchen könnten.

Der Mann verzog den Mund zu einem Lachen, nur eine Seite bewegte sich nach oben, aber es war deutlich, dass ihn diese Aussicht erfreute. Er deutete mit dem Finger auf sich. »Charpentier.«

»Aber das ist ja hervorragend.« Johanna klatschte in die Hände. »Thomas, er ist ein Schreiner.«

»Ist nicht wahr!«

»Doch, ein Schreiner. Jetzt kann selbst deine Mutter nichts mehr dagegen haben.«

»Das stimmt. Und wenn die Franzosen auf dem Rückzug sind, können wir jede Hand gebrauchen, um alles in Sicherheit zu bringen. Zumindest das, was noch da ist.«

»Dann ist es beschlossen.«

16.

Früh an diesem Morgen brach Henri auf. Noch am Abend hatte er sich vom Prior verabschiedet und Ignatius hatte ihm noch einen Vorrat an Käse, Brot und getrocknetem Schinken für seine Reise gepackt. Nach der ersten Enttäuschung ob seiner so schellen Abreise, hatte der beleibte Mönch doch erstaunlich schnell wieder zu seinem fröhlichen Naturell zurückgefunden. Dennoch vermied Henri einen gefühlsreichen Abschied, indem er sich früh auf den Weg machte, während die Mönche sich zum Morgengebet in der Kirche versammelten.

Die Sonne war noch nicht aufgegangen. Sie würde es auch schwer haben, sich durch den dichten Nebel zu kämpfen, der sich über die Kirchensiedlung gelegt hatte. Schon als der Franzose vom Kloster aus noch einmal das Weingut an der Hardt passierte, hatte sich die Nässe, die in der Luft lag, in seinen Haaren verfangen und sich ihm auf das Gesicht gelegt. Er hatte auf einen alten Pilgerweg gewechselt, der hinunter zum Fluss führte. Unten im Tal würde der Nebel vermutlich noch dichter sein. Im dortigen Weiler Oberauel, dessen Beginn durch eine Kapelle erkennbar wäre, befand sich auch eine dem Kloster zugehörige Mühle. Ignatius hatte ihn mit einem Botengang dorthin betraut. Anschließend wollte der Franzose mit der Fähre über den Fluss setzen und die Poststraße nach Süden nehmen, die ihn vielleicht am Ende bis nach Österreich führte. Dennoch hatte er kein festes Ziel. Er wollte vorerst nur die Rheingegend verlassen. Die Republik streckte schon zu sehr ihre Finger in diese Region.

Bevor er Oberauel erreichte, führte ihn der Alte Weg zunächst durch ein kleines Waldstück mit steilen Abhängen. In den Schluchten waberte der Dunst. Er konnte kaum ausmachen, wohin er seinen nächsten Schritt setzte. Als er die Streuobstwiesen hinter dem Wald erreichte, lichtete sich der Himmel und Henri konnte einen Blick ins Tal werfen. Über dem Fluss schwebten träge Nebelschwaden. Es war kein Laut zu hören. Selbst das Knirschen des Kieses unter seinen Sohlen klang gedämpft.

Als er das Hufgeklapper hinter sich wahrnahm, war es bereits zu spät.

»Attention, père!«, schallte es in seinen Ohren und er wurde zur Seite in die Dornenbüsche geschleudert. Wie passend, dass auch er durch seine Landsmänner den Tod fand, dachte er noch. Er spürte, wie sein Kopf heftig aufschlug, bevor Dunkelheit ihn umfing.

Johanna liebte diese Zeit des Jahres. Die Natur war so reich an Gaben, die Luft war frisch, und doch war die Wärme des Sommers noch nicht vergangen. Am Morgen, als sie zu den Pauls geritten war, um zu sehen, wie sich der Wyk eingelebt hatte, lag die Aue noch in dichtem Nebel. Jetzt aber hatte die Sonne wieder die Oberhand gewonnen und ließ die Schmetterlinge tanzen. Auch sie genossen noch die letzten warmen Tage. Wie Tänzerinnen in weißen Kleidern umschwebten sie den Lavendel. Ihr Vater hatte die Sträucher einst aus Frankreich mitgebracht, und nun säumten sie das Haus in langen Reihen.

Argos pochte fertig gesattelt und ungeduldig mit seinen Hufen, fast, als ob er sie aufforderte sich zu beeilen. Johanna wollte die herrenlosen Brombeersträucher in der Umgebung ernten und war noch einmal zurück in ihren Holzverschlag geeilt, um den Sattelkorb zu holen. Gestern Abend hatte sie nur mit ihrer Mutter gespeist. Sie hatte nicht mehr gehört, wie ihr Vater nach Hause gekommen war. Offensichtlich hatte die ominöse Besprechung auf Schloss Allner noch länger als erwartet gedauert und die Befürchtungen ihrer Mutter wegen des gemeinsamen Abendessens mit Tenhagen waren somit ganz unnötig gewesen. Stattdessen war es ein harmonischer Abend zu zweit gewesen. Caroline war, wie immer, wenn ihr Ehemann nicht anwesend war, viel ruhigeren Gemüts gewesen. Im Gespräch waren sie darauf gekommen, dass Sigrid schon lange keinen ihrer leckeren Kuchen mehr gebacken hatte. Gäste waren nicht häufig auf Attenbach. Aber warum sollten sie sich nicht einmal frisches Gebäck nur für die Familie gönnen. Für Johanna war es der Anlass, frische Zutaten zu besorgen. Und den säuerlichen Geschmack von Brombeeren in der Süße eines Kuchens liebte sie besonders. Außerdem hatte sie so einen Vorwand, erneut auszureiten und dem Paulshof einen Besuch abzustatten.

Mutter Pauls war nicht sehr begeistert gewesen, den Wyk zu beherbergen. Als sie aber hörte, dass er Schreiner sei und so beim Aufbau der Scheune mithelfen könne, hatte sie nicht mehr ablehnen können. Dennoch spürte Johanna noch ihren ablehnenden Blick auf sich, als sie jetzt den Weg hinunter zur Furt ritt. Die Sieg führte nicht allzu viel Wasser, und für ihren Rappen war die Überquerung ein Katzensprung. Dass sie auf die Fähre angewiesen war, lag schon lange zurück. Fünf Jahre. Damals hatte ihr Vater ihr Argos geschenkt.

Das Fährboot lag auf der anderen Seite des Flusses. An diesem Ufer war eine kleine Glocke an einem Holzstamm befestigt, um die Fähre beziehungsweise den Fährmann zu rufen. Der war gleichzeitig der Müller von Oberauel.

Argos stakste sicher durch die Sieg. Bei Niedrigwasser kannte er jeden Tritt, besser als sie selbst. Nach der schmalen Auenweide erreichten sie eine Kapelle, die den Anfang des Pilgerpfads hoch nach Bödingen bildete. Der Weg führte steil bergauf und Johanna hieß Argos an, in Trab zu gehen. Ihr schwarzes Haar, das sie zu einem Zopf gebändigt hatte, wie auch der Schweif des Pferdes schwangen im Einklang auf dem Weg bergan.

An den Hügeln hier lagen einige der kräftigsten Brombeersträucher der Umgebung. Als sie diese erreicht hatte, saß sie ab, nahm den Korb vom Sattel des Pferdes und legte ihn sich über eine Schulter. Argos entließ sie mit einem Klaps auf die Streuobstwiese.

Die Beeren waren dick und reif, und so begann sich ihr Korb rasch zu füllen. Immer wieder naschte sie auch ein paar der saftigen Früchte und ihre Lippen nahmen zunehmend eine rötliche Färbung an. Die Büsche wanden sich am Weg entlang, dem sie folgte, bis sie plötzlich mit dem Fuß gegen ein Hindernis stieß. Johanna hielt es zunächst für einen alten knorrigen Ast. Doch mit einem Mal stockte ihr der Atem. Sie war gegen den Fuß eines im Dornengestrüpp liegenden Mannes gestoßen. Seiner Kleidung nach zu urteilen war er ein Mönch. Er blutete stark aus einer klaffenden Kopfwunde. Sie kniete sich neben ihn und fühlte seinen Puls. Er lebte.

»Es ist alles in Ordnung. Ich werde Ihnen helfen. Können Sie mich hören?« Sie berührte ihn sanft an der Schulter.

Er stöhnte. »Je viens.«

Noch einer, dachte sie. Erst gestern hatte sie den Wyk gefunden oder eigentlich ja er sie. Und jetzt lag hier noch ein verletzter Franzose.

»Alles wird wieder gut. Ça va aller.« Sie nahm seinen Arm und versuchte ihn aufzurichten, um ihn aus dem Gestrüpp zu ziehen. Doch die Dornen der Brombeersträucher hatten sich tief in seine Kutte festgekrallt und jede Bewegung ließ sie tiefer eindringen.

»Wie soll ich Sie denn da nur rausbekommen?« Sie streichelte seine Hand und überlegte, wie sie ihm helfen konnte. Seine Finger waren feingliedrig, aber auf der Handfläche trug er Schwielen. Wie die Hand eines Schwertkämpfers, weniger die eines Mönchs. Aber was wusste sie schon von Männerhänden? Ihr Blick wanderte über seinen Körper. Er schien muskulös, soweit sie es ausmachen konnte. Diese Kutten ließen nicht viel durchblicken. Wie ein Mönch sah er trotzdem nicht aus, verglichen mit denen, die sie kannte.

Und sein Gesicht? Glatte blasse Haut, über die sich das Blut aus der Kopfwunde zog, vermischt mit seinen Tränen. Das, mehr als alles andere, ließ heftiges Mitleid in ihr aufwallen. Sie fühlte sich zu diesem Fremden hingezogen, wollte ihn halten, trösten. Der starke Unterkiefer des Mannes verlor durch ein Grübchen am Kinn seine Schärfe. Seine Wangen waren leicht eingefallen. Falten, die sich um seinen Mund legten und bis zur geraden Nase hochzogen, zeugten entweder von großen Sorgen oder aber vielem Lachen. Die schwarzen Haare trug er kurz geschoren und seine Augen blitzten tiefgrün.

Seine Augen!

Er hatte sie weit aufgerissen und er blickte sie direkt an. Sofort stieg Johanna die Röte ins Gesicht.

Henri spürte keinen Schmerz. Nicht an seiner Stirn, von wo sich das Blut warm über sein Gesicht ausbreitete. Aber irgendetwas holte ihn dennoch zurück. Sein ganzer Körper wurde von Nadelstichen drangsaliert. War das das Fegefeuer? Seine Augenlider waren schwer und feucht von Tränen, dennoch zwang er sich sie zu öffnen. Was oder besser wen er dann sah, ließ ihn erstarren.

»Jehanne?«, entfuhr es ihm. Nein, das war unmöglich. Er musste wirklich gestorben sein und war im Tod endlich wieder mit seiner Schwester vereint. Ja, so musste es sein, ihr

Mund war blutverschmiert. Vielleicht war das seine zweite Chance? Ein Spiel Gottes oder des Teufels, um zu prüfen, ob er seiner Schwester jetzt beistehen würde. Er versuchte, sich aufzurichten. Stützte sich auf. Stechender Schmerz fuhr ihm in die Hand, er sackte wieder zusammen. Wieso fühlte er Schmerz, wenn er doch tot war? Das musste die Hölle sein. Aber nein. Seine Schwester könnte niemals in der Hölle sein. Schwindel überkam ihm, er presste die Augen zu, um ihn zu verdrängen.

»Langsam. Lentement! Es hat Sie ganz schön erwischt. Das würde auch Ihrer Jehanne nicht gefallen. Wir müssen Sie erst einmal von diesen Dornen befreien.« Johanna verfiel schon wieder in diese Mediziner-Säuselei. Sie versuchte aber nicht nur den Patienten zu beruhigen, sondern verdrängte gleichzeitig auch ihre eigene Scham. Schließlich hatte er sie dabei ertappt, wie sie ihn gemustert hatte. Was machte das schon? Bestimmt hatte er es gar nicht gemerkt, in seiner Verfassung. Der Mann hörte auf zu zappeln und öffnete auch wieder seine Augen. Schnell senkte sie ihren Blick. Sie wollte sich nicht noch einmal bloßstellen, nur für den Fall, und sie nahm es als ein gutes Zeichen, seinen Zustand betreffend, dass er auf sie reagierte.

Henri verhielt sich ganz ruhig. Dies war nicht seine Schwester, das sah er jetzt. Die äußerliche Ähnlichkeit war da, ja, jedoch diese Frau war nicht so sanft, nicht so verletzlich. Aber eine Schönheit, das war sie. Eine wilde, ungezähmte Schönheit. Ihre schwarzen langen Haare zerzaust, aber zurückgebunden, sodass ihre hohen Wangenknochen nicht verdeckt waren. Ihre großen dunklen Augen blickten voller Autorität.

»Verstehen Sie mich überhaupt? Vous me comprenez?« Der Mann starrte sie mit weit aufgerissenen Augen an, als wäre sie ein Geist.

Dass er sich nicht rührte, erleichterte es ihr, ihn von den Dornen zu befreien.

»So, das haben wir gleich. Gut dass ich mein Messer heute Morgen noch geschärft habe.« Johanna musste lächeln. Wenn er sie verstand, würde er jetzt bestimmt ein paar Ängste ausstehen. »Das geht durch wie durch Butter.«

Ja, ihre Worte zeigten Wirkung. Sein Blick löste sich von ihrem Antlitz und richtete sich auf ihre Hände und das Messer. Und sie atmete tief durch. Warum nur fühlte sie sich so unsicher, wenn er sie anblickte? Während sie die Kutte nach und nach aus den Dornen schnitt, sprach sie unaufhörlich weiter. »Wie fühlen Sie sich? Comment allez-vous? Avez-vous des douleurs?«

Er sollte besser achtgeben. Wer weiß, vielleicht war sie es ja, die ihn überhaupt in diese Lage gebracht hatte. Vielleicht war sie ja eine Verrückte, ihr blutverschmierter Mund verzog sich zu einem Grinsen, und wie sie mit dem Messer hantierte. Außerdem begann nun sein Schädel zu pochen. Jedes der Worte dieser Frau hallte schmerzhaft nach. Und sie hörte nicht auf, auf ihn einzureden.

»Wenn Sie wollen, können Sie sich erheben. Die Dornen jedenfalls werden Sie nicht mehr hindern.«

War das eine Falle? Sie hielt ihm ihre Hand hin. Es war erstaunlich. Sie sah aus wie eine sanfte Schönheit, und dennoch entwichen ihren sinnlichen vollen Lippen Worte, die ihn eher an einen Bauernburschen denken ließen, der Kühe vor sich her zurück in den Stall treibt. Die Ähnlichkeit mit seiner Schwester verschwand, sobald sie den Mund aufmachte. Wer war diese Frau? Alles drehte sich. Konnte er ihr trauen? Er versuchte nach ihrer Hand zu greifen. Was blieb ihm schon übrig. Beim ersten Versuch griff er daneben. Wenn sein Kopf nur nicht so dröhnen würde. Der zweite Versuch gelang. Er sollte ihr antworten, presste ein paar Worte hinaus.

»Merci … oui, ja, … ich verstehe Sie.«

»Er versteht mich, das ist hilfreich.« Lächelte sie ihn an, oder verlachte sie ihn etwa?

»Dann hören Sie zu. Sie haben eine schlimme Kopfwunde. Sie muss dringend versorgt werden. Wo kann ich Sie hinbringen?«

Er spürte, wie sie an seinem Arm zog. Er spannte die Muskeln an, versuchte sich an ihr hochzuziehen. Sie umschloss auch mit der zweiten Hand die seine. Es fühlte sich gut an, richtig. Sie war keine Gefahr für ihn. Sie wollte ihm helfen.

Johanna nahm ihre zweite Hand zu Hilfe, umfasste seinen Arm und zog. Sie spürte seine angespannten Armmuskeln, und mit gemeinsamer Kraft schafften sie es, ihn hochzuziehen. Doch er richtete sich dabei wohl zu schnell auf, wurde plötzlich schwer wie ein nasser Sack Mehl und fiel erneut zurück. Johanna konnte den Fall nur mildern, nicht aufhalten. Sie rollte die Augen.

»Na, man hat mir ja schon immer ein umwerfendes Wesen nachgesagt.« Allein und ohne seine Hilfe würde sie es nicht schaffen. »Das wird ein ganz schönes Stück Arbeit, was ich mir da mit dir aufgehalst habe.«

Johanna pfiff nach ihrem Pferd. »Argos, komm her, du musst mir helfen.« Johanna befestigte Argos Zügel am Gürtel der Kutte des Mannes. Sie selbst nahm seinen Kopf und griff ihm unter die Schultern. »Los, zurück, Argos.« Das Tier setzte sich rückwärts in Bewegung, und so schafften sie es gemeinsam, den bewusstlosen Mann aus dem Gebüsch zu ziehen. Sie konnte dabei nicht verhindern, dass die Dornen die Kutte einrissen und wohl weitere Kratzspuren auf seinem schon geschundenen Körper hinterließen. Nun, da er auf dem Weg lag, kümmerte sie sich aber zuerst um seine klaffende Kopfwunde. Sie holte ein sauberes Tuch, welches sie immer in Argos' Satteltasche mitführte, und band es fest um den Kopf des Fremden. Sie nutzte die Gelegenheit, nunmehr unbeobachtet erneut das Gesicht des Mannes zu studieren. Sie wischte die mit Blut vermischten Tränen fort. Nicht nur wegen der Tränen hatte er etwas Trauriges an sich. Er wirkte nicht entspannt, wie es üblicherweise bei Bewusstlosigkeit oder Schlaf der Fall war. Über seiner Nasenwurzel hatte sich eine tiefe Falte eingegraben. Sein dunkles Haar war verklebt von Blut. Aber seine Augen waren von einem lebhaften Grün gewesen. Und irgendwie passte diese Mönchskutte nicht zu dem Mann. Sie hatte seine kräftigen sehnigen Arme gefühlt. Die Schwielen an seiner Hand.

»Was ist mit dir geschehen, hm?« Sie strich ihm sanft über die Wange und das Kinn. Wieder überkam sie das Verlangen, ihn in ihren Armen zu wiegen, ihm Trost zu spenden und ihn vergessen zu lassen, was ihn quälte.

Nur widerwillig löste Johanna sich von seinem Anblick. Sie musste versuchen, ihn auf das Pferd zu heben. Vielleicht kam er vom Kloster oben in Bödingen. Zumindest würden die Augustiner dort wissen, was mit ihm zu tun sei. Sie stand auf und führte Argos seitlich neben den Mann. »Runter mit dir.«

Als sie den Fremden auf das Pferd zog, löste sich seine Kutte und ein Papier glitt auf den Boden. Johanna hob es auf. Es war ein Brief. Neugierig warf sie einen Blick darauf:

Sous-Lieutenant
Henri Benoît de Montfort
Armée de Sambre-et-Meuse
Division Bonnard
Batallion II

Ihr Gefühl hatte sie nicht getrogen. Sie blickte zu dem Mann, der nun bäuchlings über dem Sattel hing. Ein Mönch war das jedenfalls keiner. Die Gegend schien ja inzwischen von untergetauchten französischen Soldaten überschwemmt zu werden. Und irgendwie landeten sie alle in ihrer Pflege. Der Traurige aber war wohl sogar ein Offizier, Sous-Lieutenant. Sie steckte den Brief in ihre Satteltasche. Beim besten Willen konnte sie ihn nicht zurück in die Kutte stecken, ohne dass er erneut herausfiel. Außerdem scheute sie sich davor, seine Kleidung nach einer darunter verborgenen Tasche zu durchsuchen. Mönch oder keiner, die Vorstellung, seine nackte Haut dabei berühren zu müssen, hielt sie davon ab. *Eine feine Doktorin bist du,* dachte sie und schüttelte den Kopf.

»Argos. Hoch mit dir.« Das Schwierigste war geschafft. Johanna führte das Pferd und seine menschliche Last den Weg hinauf zum Bödinger Kloster.

17.

In seinem Kopf hämmerte es. Vorsichtig öffnete er die Augen und blinzelte. Ein Stich fuhr ihm in den Kopf. Langsam gewöhnten sich seine Augen an das Licht. Er sah die weiße, von massiven Holzbalken getragene Decke seiner Zelle im Kloster Bödingen. Er lag weich und tastete nach dem Untergrund. Ja, er lag auf seiner Bettstatt innerhalb der Mauern des Klosters. Er konnte sich jedoch nicht erinnern, wie er wieder hierhergekommen war. Die kühle Stille hier war angenehm, doch der dumpfe Schmerz verursachte ihm Übelkeit, sobald er seinen Kopf bewegte. Vorsichtig tastete er mit einer Hand nach oben. An der Stirn traf er auf ein Tuch, das rund um seinen Schädel gewickelt war.

Was war geschehen? Er schloss die Augen, versuchte sich zu erinnern. Er war den Alten Weg hinuntergelaufen. Dann hatte er Reiter hinter sich gehört. Dann – nichts mehr. Plötzlich blitzte das Bild einer dunkelhaarigen Schönen in seiner Erinnerung auf. Ja, da war eine Frau gewesen. Oder nicht? War sie wirklich da gewesen? In letzter Zeit konnte er sich nicht auf seine Wahrnehmung verlassen. Und diese Frau. Hatte sie nicht ausgesehen wie seine Schwester? Sie war wie Jehanne gewesen und doch ganz anders. Er musste es herausfinden. Das schien ihm sehr wichtig zu sein. Er musste herausfinden, ob sie ebenfalls nur ein Trugbild gewesen war, wie das Mädchen zwischen den Weinreben.

Henri versuchte sich aufzurichten, da knarzte die schwere Tür zu seiner Kammer und öffnete sich. Bruder Ignatius kam herein. Er trug eine Waschschüssel und, über seinen Arm gehängt, Leinentücher. Als sein Blick auf Henri fiel, breitete sich ein Lächeln auf seinem Gesicht aus. »Bruder Henri, Ihr seid erwacht. Was für eine Erleichterung. Gott sei's gedankt.« Der Mönch hob seinen runden Kopf kurz gen Himmel.

»Aber, aber, schön liegen bleiben. Ihr dürft Euch nicht anstrengen. Euer Kopf ist mächtig erschüttert worden, und Ihr braucht noch viel Ruhe.« Er stellte die Schüssel auf den Schemel neben das Bett und legte die Tücher ab. Er half Henri sich etwas aufzurichten und drückte ihm das Kissen unter den Rücken. »So ist es besser.«

Bruder Ignatius trug neben seiner erheblichen Leibesfülle wirklich viel Liebenswürdigkeit und Hilfsbereitschaft durchs Leben, wie Henri erneut feststellen musste. Er hätte nicht gedacht, dass er dieses freundliche Gesicht jemals wiedersehen würde. »Wie bin ich hergekommen?« Sein Mund war trocken und es bereitete ihm Mühe zu sprechen. »Ich erinnere mich nicht.«

»Oh, lieber Henri. Ihr liegt hier schon seit über einem Tag, völlig reglos. Einen mächtigen Schlag habt Ihr da wohl abbekommen. Wir haben uns große Sorgen gemacht, dass Ihr nicht wieder aufwachen würdet. Da kommt es vor, dass man Erinnerungslücken hat. Solche Dinge geschehen. Erst letzten Winter, als der alte Ruprecht von Lauthausen auf dem eisglatten Weg zum Gasthaus ausrutschte …«

Henri ergriff Ignatius' Arm, um dem redseligen Mönch Einhalt zu gebieten. Er musste wissen, was passiert war, nachdem diese Frau aufgetaucht war. »Ignatius, bitte.« Er befeuchtete seine Lippen. »Sagt mir doch, wie ich wieder hierhergekommen bin.«

»Ja, aber natürlich. Das Fräulein Johanna hat Euch doch gebracht«, antwortete Ignatius wie selbstverständlich. »Aber was ist Euch denn überhaupt passiert, wie kam es zu dieser Verletzung? Die Johanna konnte uns nichts darüber berichten. Sie hat Euch nur gefunden, auf dem Alten Weg, und dann hierher gebracht.«

Es gab sie also wirklich. Kein Trugbild. Johanna hieß die Schöne. Sogar ihr Name ähnelte dem seiner Schwester. »Und über einen Tag war ich bewusstlos?«

»Ja, ein Glück seid Ihr nun erwacht. Ich habe schon von Dingen gehört.« Er rollte mit den Augen. »Bei solch schweren Kopfwunden gab es einige, die nie mehr erwacht sind. Aber sagt, könnt Ihr Euch an gar nichts erinnern?« Ignatius füllte einen Becher mit Wasser aus einer Karaffe und reichte ihn Henri. Gierig trank der den Becher.

Jetzt fiel dem Franzosen das Sprechen leichter. »Da waren Reiter hinter mir.« Henri machte eine Pause und trank erneut, nachdem Ignatius den Becher wieder aufgefüllt hatte. »Danach erinnere ich mich erst wieder an diese Frau, Johanna sagt Ihr?« Er versuchte unbeteiligt zu wirken.

»Ja, ein feines Mädchen ist sie. Aber habt Ihr denn jemanden erkennen können von den Reitern? Sicherlich waren es Franzosen? Sie benehmen sich ja, als gehöre Ihnen die Welt. Ich meine, nur die Soldaten natürlich, nicht Ihr …« Ignatius' Gesicht nahm eine leicht rötliche Färbung an, wie immer, wenn ihm etwas unangenehm war.

Henri merkte es nicht. Er versuchte sich zu erinnern. »Es ging so schnell. Ich konnte niemanden erkennen. Aber es könnte sein, dass sie Französisch sprachen.«

Ignatius nickte. »Das würde passen. Sie sind wieder hier durchgezogen. Die französische Armee. In der Nacht. Richtung Süden. Mein Ohm, der Müller, hat sie gesehen.« Er nahm den leeren Becher von Henri. »Nun denn, es ist ja noch einmal gut gegangen. Lasst mich nun Euren Dickschädel neu verbinden. Und die ganzen Kratzer und Schürfwunden.«

Erst jetzt merkte Henri, dass er seine Kutte nicht mehr trug, sondern ein helles Leinenhemd. Er dachte an das, was in der Kutte verborgen war. Der Brief seiner Schwester!

»Ignatius, wo ist meine Kutte?«

Der Mönch tastete mit seinen fleischigen Fingern an Henris Kopf und versuchte den Verband zu lösen. »So haltet doch einmal still.«

Henri schob die tastenden Hände von sich fort. Er brauchte erst eine Antwort. »Ignatius, die Kutte?«

»Ihr seid ja ein noch störrischerer Patient als der Prior.« Er seufzte. »Eure Kutte hab ich an mich genommen. Sie muss doch genäht werden. Ganz zerrissen von den Dornen ist sie. Und jetzt lasst mich Euren Schädel neu verbinden.«

Henri sackte zurück. Zumindest schien seine Kutte und deren wertvoller Inhalt bei dem guten Ignatius sicher aufgehoben. Der Brief sollte nur nicht in die falschen Hände geraten. Aber sicherlich würde sich ein Bruder Markus nicht mit dem Nähen abgeben.

Ignatius plapperte unterdessen fröhlich weiter. Seine Erleichterung, dass Henri wieder aufgewacht war, hatte neue Energie in ihm freigesetzt, nachdem er eine durchwachte Nacht an seinem Krankenbett verbracht hatte. »Ihr könnt wirklich von Glück reden, dass das Fräulein Johanna Euch gefunden hat. Nicht auszudenken, wenn Ihr dort länger in den Büschen gelegen hättet.«

So verschwommen Henris Erinnerungen an die Reiter waren, so klar hatte er das Bild der Frau noch vor Augen. Er musste mehr über sie erfahren.

»Wer ist diese Frau denn eigentlich?«

Ignatius hantierte an dem Verband. »Oh, das schöne Fräulein Johanna ist die Tochter des Freiherrn von Hallberg-Broich, der das alte Rittergut Attenbach unten auf der anderen Seite von Oberauel an der Sieg bewohnt. Verwunderlicher Mann, der Freiherr, und dann so eine schöne Tochter. Wir sehen eigentlich nicht allzu viel von den Menschen jenseits der Sieg, denn für die tägliche Seelsorge ist das Kirchspiel von Blankenberg zuständig. Ich kenne das Fräulein Johanna aber, weil sie ein- oder zweimal hier war und sich unseren Kräutergarten angesehen hat. Sie versteht sehr viel von Kräutern.«

Mit seinen fleischigen, aber geschickten Händen schmierte der Mönch nun eine Salbe auf Henris Kopfwunde und nahm dann eines der frischen Tücher, um einen neuen Verband anzulegen. Dabei erzählte er weiter: »Ihr müsst mächtigen Eindruck auf sie gemacht haben, denn sie war heut Morgen noch hier, um sich nach Eurem Befinden zu erkundigen. Sie hat sogar diese Salbe für Euch dagelassen.« Ignatius deutete auf den kleinen Bottich, der auf der Truhe stand und dessen Inhalt er soeben schon an Henris Kopfwunde erprobt hatte. Dann begann er mit der gleichen Salbe auch die Kratzwunden an Henris Armen und Oberkörper einzureiben. Hierbei schwieg er, was Henri begrüßte, da sein Kopf wieder heftiger zu pochen begann. Er wurde schläfrig.

»So, nun ruht Euch ein wenig aus, Henri. Ich komme gleich zurück. Ich hab eine schöne kräftige Brühe auf dem Ofen stehen. Die wird Euch guttun.«

Ignatius verließ die Kammer und ließ Henri mit seinen Gedanken allein. Die Frau – Johanna – hatte ihm eine Salbe gebracht. Vielleicht würde sie ja noch einmal kommen. Er würde sie gern wiedersehen. Sehr gern. Gedankenverloren berührte er seine Brust, dort, wo normalerweise der Brief seiner Schwester verborgen war. Dann schlief er erneut ein.

Später kam Ignatius wieder und verabreichte Henri die angekündigte Suppe. Er brachte auch Henris Kutte und legte sie in die Truhe, ohne dass Henri nach dem Brief hätte sehen können. Sein Kopfschmerz und die Müdigkeit ließen ihn in einen tiefen Schlaf fallen, aus dem er erst am nächsten Morgen erwachte.

18.

Abrupt wurde Johanna wach. Grüne Augen hatten sie eben noch ganz aus der Nähe angeblickt. Aber als sie die ihren öffnete, war dort niemand neben dem Bett, erst recht nicht der traurig dreinblickende falsche Mönch.

Es musste noch mitten in der Nacht sein. Der volle Mond am sternenklaren Himmel warf ein milchiges Licht in ihr Zimmer. Johanna schlug die Decke zurück und ging zum Fenster, um der Nacht zu lauschen. *Warum taucht er in meinen Träumen auf?* Noch nie hatte sie von einem Mann geträumt, nicht auf diese Weise. Ihr war bislang auch niemand begegnet, bei dem sie es sich vorstellen konnte, mit ihm in einer Ehe verbunden, nein, gebunden zu sein. Sie war gar nicht romantisch veranlagt. Die modischen Romane, die ihre Mutter regelrecht verschlang, mochte sie nicht leiden. Sie alle zeugten doch nur von den Fesseln, die den Frauen in der Ehe auferlegt wurden. Sie wollte ihre Freiheit behalten, ihr Schicksal selbst bestimmen, sich nicht von einem Ehemann an das Haus binden lassen. Sie würde ersticken, wenn sie so leben müsste, wie ihre Mutter es tat. Und endeten die Geschichten von der wahren Liebe, die gegen die Zwänge der Gesellschaft aufbegehrte, nicht immer tragisch? Dieser bei allen so geschätzte Roman »Die Leiden des jungen Werther« zum Beispiel. Sie konnte sich nicht vorstellen, dass sie einer solchen Liebe verfallen könnte, die darin gipfelte, sich aus Verzweiflung das Leben zu nehmen.

Und man stelle sich vor, sie wäre in einer Ehe mit von Hatzfeld gebunden. Sie hatte gerade erst vor Augen geführt bekommen, wie sehr er auf einen Meinungsaustausch mit einer Frau erpicht war – gar nicht. Er hatte sie einfach in seinem Salon sitzen lassen. Wie viele Freiheiten genoss sie dagegen jetzt. Ihr Vater ließ sie zwar auch nicht teilhaben an der Politik, wie er es ausdrückte. Er legte ihr aber auch keine Steine in den Weg, verbot nicht, dass sie sich selbst ein Bild machte von den Dingen. Ja, er ermunterte ihren natürlichen Wissenshunger sogar. Der gute Thadaeus, den ihr Vater vor Jahren als Hauslehrer für sie bestimmt hatte, hatte sie nicht nur im Lesen und Schreiben in Deutsch und Französisch unterrichtet, sondern ihr auch die Politik, die Revolution und sogar das Wirtschaften nahegebracht. Und ihr Vater ließ ihr auch jedes Mal die »Rheinische Rundschau« auf der Tafel im Salon liegen, wenn er sie gelesen hatte. Es war darüber nie ein Wort verloren worden. Es war mehr eine stille Übereinkunft zwischen ihnen.

Kein Mann konnte es wert sein, dass sie diese Freiheiten aufgab. Nicht einmal Männer, die sie wirklich gern mochte. Bei dem Gedanken daran, dem Apotheker Katen oder gar Reinhard Pauls einen Kuss zu geben oder schöne Worte zu machen, schlich sich ein Lächeln auf ihre Lippen. Sie waren doch eher wie Brüder für sie. Sie war für die Liebe einfach nicht geschaffen. So hatte sie zumindest bisher immer gedacht.

Was war es also, das sie ständig an diesen Mann denken ließ? Sie kannte ihn doch überhaupt nicht. Vielleicht war er gar so arrogant wie von Hatzfeld? Mit der Ehrlichkeit schien er es auch nicht zu halten. Warum sonst sollte er in Mönchskleidung umherlaufen und sich für jemanden ausgeben, der er nicht war? Wenn ein Mann sie gewinnen wollte, dann musste er vom Schlage eines Paris sein. Ein aufrechter, mutiger Mann, der für seine Ideale einstand und sich Gefahren stellen würde, auch wenn es den Tod bedeutete. Der sogar einen Krieg für die Frau, die er liebte, heraufbeschwor. Ihr meist geschätzter Dichter hatte ihr Mannesbild geprägt. Niemand würde je diesem Bild gerecht werden können.

Gedankenverloren öffnete sie die Schublade an ihrem Kabinettschrank und holte seinen Brief heraus. Ein schwacher Duft nach Parfüm haftete dem Papier noch an. Und hatte er in seinem Delirium nicht auch diesen Frauennamen ausgesprochen? Jehanne. Vergeben war er also auch. Oh, sie wünschte, sie könnte diese grünen Augen endlich vergessen. *Was ist nur mit mir los?* Und sie war auch noch so unbedacht gewesen und hatte sich heute früh im Kloster nach ihm erkundigt. Er hatte sein Bewusstsein noch nicht wiedererlangt. Solche Kopfwunden konnten ein schlimmes Ende bedeuten. Da – schon wieder dieses Gefühl, sie machte sich schon wieder Sorgen um ihn. »Ach, genug, du törichtes Weib«, schalt sie sich. Das führte ja zu nichts. Sie würde sich einfach wieder hinlegen und weiterschlafen. Am Morgen würde sie zum Kloster reiten, unter dem Vorwand, dem Verletzten neue Salbe zu bringen, und ihm diesen Brief zurückgeben. Danach würde sie ihn einfach für immer vergessen.

Gerade als sie sich vom Fenster abwenden und zurück in das warme Bett kriechen wollte, nahm sie draußen eine Bewegung wahr. Die Stalltür öffnete sich und der Freiherr führte sein Pferd heraus. Sie duckte sich, nur ihr Kopf lugte noch über das Fenstersims hinaus. Hinter ihrem Vater folgte Tenhagen. Beide bemühten sich, die Pferde möglichst geräuschlos vom Hof zu führen.

Wenn sie ihnen folgte, konnte sie vielleicht herausfinden, was hier vor sich ging. Geschwind schlüpfte sie in ihre Reithose und warf sich ihren dunklen Umhang über das Nachtgewand. Dann huschte sie durch den oberen Korridor des Hauses auf die andere Seite in den Salon, um zu sehen, in welche Richtung die nächtlichen Reiter sich entfernten. Sie ritten hinunter zur Sieg und schlugen dann denselben Pfad ein, den Johanna zwei Tage zuvor gemeinsam mit ihrem Vater bis nach Allner geritten war. Johanna eilte zurück durch den Salon in den Flur. Sie lief so schnell um die Ecke, dass sie beinahe mit ihrer Mutter zusammenstieß, die mit einem Male im Nachtgewand vor ihr stand.

»Oh!«, war alles, was sie rausbekam.

Die Freifrau schien gar nicht überrascht, ihre Tochter hier mitten in der Nacht anzutreffen. »Du gehst sofort wieder auf dein Zimmer, Johanna!«

»Aber ich muss …«, begann Johanna, doch Caroline schnitt ihr das Wort ab: »Du musst gar nichts.«

»Mutter, es ist aber wichtig, ich muss wissen, was los ist!«

»Nein, das musst du nicht, mein Kind. Manchmal ist es einfach besser, seine Augen zu verschließen und Dinge geschehen zu lassen.«

»Ich verstehe dich nicht. Wie kann dich das so unbetroffen lassen, was Vater macht.«

Caroline senkte ihre Stimme. Blickte traurig. »Du musst mich nicht verstehen. Ich bitte dich nur, mir dieses eine Mal zu gehorchen. Es ist viel zu gefährlich. Denk nur an die Soldaten, die überall herumlungern.«

Johanna war überrascht von ihrer plötzlichen Sanftheit. Und sie hatte ja auch recht. Auch wenn Wyk und dieser falsche Mönch sich nicht als Bedrohung für sie herausgestellt hatten. Vielleicht hatte sie bisher nur Glück gehabt. Johanna gab nach. Ohnehin war der Vorsprung der Reiter nun zu groß, um ihnen noch folgen zu können. Wozu sich also unnütz gegen die Mutter auflehnen? Aber ihre Neugier war geweckt. »Mutter, weißt du denn etwas? Bitte sagt es mir doch. Wohin ist Vater geritten?«

»Ich weiß, dass mir dein Wohl am Herzen liegt, Tochter. Und wann dein Vater sein Wissen mit uns teilt, bleibt ihm überlassen. Solange er das nicht tut, soll es uns nicht belasten.«

»Du weißt also auch nichts.« Johanna verzog den Mund.

Caroline schlug die Augen nieder. »Geh wieder schlafen. Du solltest morgen ausgeruht sein. Wir erwarten hohen Besuch.«

»Was für Besuch? Ich habe keine Zeit.« Schnell überlegte sie eine Ausrede. »Ich habe dem Apotheker versprochen, ein bestimmtes Kraut für ihn zu besorgen, welches dieses Jahr nur im Klostergarten von Bödingen zu wachsen scheint.«

»Nun, das wird einen Tag warten müssen. Der junge Herr von Hatzfeld wird morgen zum Tee bei uns vorstellig werden. Ein Diener kam heute mit einer Nachricht. Wärest du nicht schon wieder unterwegs gewesen, hätte er dir den Brief selbst geben können. Er ist nämlich an dich gerichtet!«

Na, das sieht ihm ähnlich, dachte Johanna. *Wenn der werte Herr ruft, müssen alle springen, ob Pferd, Diener oder Weib.* Sie presste die Lippen aufeinander. Aber gut, sie hatte ohnehin ja noch etwas mit von Hatzfeld zu klären. Der falsche Mönch musste noch einen Tag auf seinen Brief warten.

»Dann kann ich ihn wohl nicht versetzen«, klagte sie und ließ ihre Mutter im Flur stehen.

Caroline zog sich das Nachtgewand enger um die trotz ihres Alters immer noch schlanke Taille. Sie hoffte inständig, dass sich ihre Tochter morgen benehmen und den Grafensohn nicht vor den Kopf stoßen würde. Sie setzte große Hoffnungen in den jungen Herrn von Hatzfeld. Ihre Tochter sollte es mit ihrem Ehemann besser treffen als sie. Denn was man auch von dem Grafensohn erzählte, er war keiner, dem man ständiges Reisen nachsagte. Sie rieb sich die Augen. Als sie sicher war, dass sich die Tür ihrer Tochter für den Rest der Nacht nicht mehr öffnen würde, zog sie sich zurück in ihr leeres Bett.

19.

DAS ALLMORGENDLICHE GLOCKENGELÄUT weckte den Franzosen. Es hämmerte noch mehr als zuvor in seinem Schädel. Instinktiv führte er seine Hand zum Kopf und traf auf den Verband. Was war geschehen? Oh, dieses Geläut war terrible. Es war kein Wunder, dass man hier nicht richtig denken konnte. Er richtete sich auf. Schwindel überkam ihn. Doch als er in der Bewegung innehielt, konnte er erfolgreich die aufkommende Übelkeit unterdrücken.

Eine Weile verharrte er so, langsam kam die Erinnerung zurück. Henri blickte sich um. Auf dem Schemel neben seinem Bett fand er eine mit Wasser gefüllte Karaffe und einen Becher. Dankbar für Ignatius' Fürsorge leerte er den Becher. Die Kühle des Wassers durchströmte seine Kehle und ein erfrischender Schauer durchlief ihn. Der Mönch hatte auch frisches Verbandsmaterial auf der Truhe bereitgelegt.

Die Truhe. Irgendetwas hatte es mit dieser Truhe auf sich. Ach, dieses Glockengeläut hallte noch in seinem Kopf nach, obwohl es inzwischen verklungen war. Bien sûr. Jetzt erinnerte er sich. Ignatius hatte seine Kutte in die Truhe gelegt. Das war es. Er musste nachsehen, ob sich Jehannes Brief noch in der verborgenen Tasche befand. Er fühlte sich zwar noch schwach, aber bis zur gegenüberliegenden Wand mochten seine Beine ihn wohl tragen. »Niemand weiß, wie weit seine Kräfte gehen, bis er sie versucht hat«[8], zitierte er in Gedanken und wunderte sich über die Irrungen und Wirrungen seines Verstandes. Es bereitete ihm keine Mühe, sich an Goethes Worte zu erinnern, die vorangegangenen Tage aber waren nur schemenhafte Erinnerungsfetzen für ihn. Dennoch musste er seinem Verstand zugutehalten, dass das Zitat des großen Deutschen sehr treffend für seine Situation war. Lieber früher als später wollte er wieder auf die Beine kommen. Er konnte den Bödinger Augustinern und vor allem dem gutmütigen Ignatius nicht länger zur Last fallen.

Also will ich meine Kräfte versuchen. Henri schlug die Decke zur Seite und schob seine Beine über den Rand des Bettes. Er stützte sich mit den Händen an der Bettkante ab und gab langsam mehr Gewicht auf seine Füße, richtete sich auf. Das war doch gar nicht so schwierig gewesen. Er verharrte eine Weile, um zu sehen, ob ihn erneut Schwindel überkam. *Alles in Ordnung.* Er ging auf die Truhe zu. Der Boden schien mit jedem Schritt unter ihm nachzugeben. Fast als ob er inmitten eines mit Trauben gefüllten Kelterfasses wandelte. Doch nach wenigen Schritten erreichte er die Truhe, an der er sich erleichtert abstützen konnte. Er ging auf die Knie, legte das Verbandsmaterial auf den Boden und öffnete den schweren Deckel. Da lag sie, seine Kutte, fein säuberlich zusammengelegt. Er griff danach. Tastete nach der Innentasche auf der linken Seite des rauen Linnens, dort wo sich der Brief seiner Schwester verbarg. Doch seine Hände fühlten – nichts. Hastig stand er mitsamt der Kutte in den Händen auf und breitete diese vollständig aus. Nein, die Tasche war leer. Der Brief fand sich nirgends. Vielleicht war er herausgefallen. Er bückte sich erneut über die Truhe, um dort nachzusehen. Plötzlich verdunkelte sich seine Sicht. Ein heftiger Schwindel befiel ihn. Schwankend griff er nach dem Rand der Truhe, um sich zu stützen. Doch sein Griff ging in die Leere. Er stürzte, spürte wie sein Kopf auf die Kante der Truhe traf.

Schwärze.

Ignatius fand ihn auf dem Steinfußboden liegend. Die Hand des Franzosen umklammerte fest die Kutte.

»O Maria hilf, o Maria hilf!« Der Mönch kniete sich neben den leblosen Körper nieder. »Henri, werter Bruder. Was habt Ihr nur wieder angerichtet? Kann man Euch denn nicht einen Moment aus den Augen lassen?« Er nahm den Verbandsstoff, der neben der Truhe auf dem Boden lag, und befeuchtete ihn mit dem Wasser aus der Karaffe. Behutsam fuhr er damit durch Henris Gesicht und über seine Stirn. Der

Franzose regte sich nicht. Nur mit einiger Mühe konnte der Mönch Henris Hand von dem Stoff der Kutte lösen. Dann hievte er den von der Bewusstlosigkeit schweren Körper auf das Bett zurück. Er war es gewohnt, die Mehlsäcke umzuwuchten. Da machte ihm niemand etwas vor. *Na gut, der Ohm Marqua vielleicht,* dachte er.

»Ich werde dir jetzt den Verband wechseln, mein Freund. Und dann musst du mir versprechen, dass du wieder zu dir kommst.« Während er Henri versorgte, sprach Ignatius leise weiter, wie er es mit einem Kind getan hätte. Die schmerzensreiche Maria hatte den Franzosen nun schon zum zweiten Mal in seine Obhut geführt. Das hier war sicher eine Prüfung für ihn.

»Ich habe dir extra ein fettes Huhn geschlachtet und eine kräftige Suppe daraus gekocht. Die wird dir guttun.« Als er den Verband gewechselt und die Wunden mit Johannas Salbe versorgt hatte, kniete er sich vor das Bett und begann zu beten:

Hilf, Maria, hilf
Ich komm in großer Not
Hilf, Maria, hilf
Erfleh' mir Kraft von Gott
Hilf jetzt und einst im Tod
Hilf, Maria hilf

Er hielt inne. »Natürlich. Warum bin ich denn nicht gleich darauf gekommen. Danke Maria, gesegnet seist Du. Das Riechsalz!« Er klatschte in die Hände. Schneller, als seine Körperfülle es vermuten ließ, verschwand er aus der Kammer und kam mit einem Glasfläschchen zurück. Er öffnete es und hielt es dem Bewusstlosen unter die Nase. Sofort zeigte der eine Reaktion. Henri bewegte seinen Kopf weg von der Flasche. Ignatius hielt sie ihm erneut unter die Nase, und nun schlug der Franzose seine Augen auf.

»Gott sei's gedankt! Maria sei's gedankt!«, lobte Ignatius.

Henri kniff die Augen zusammen, als würde er dem Teufel persönlich gegenüberstehen. Wie von Sinnen richtete er sich auf, krallte sich mit den Händen an der Kutte des erschrockenen Mönches fest.

»Wo ist er? Wo hast du ihn versteckt?«

20.

Was für ein wunderbarer Tag. Johanna konnte es selbst nicht glauben, aber der Morgen hatte so unverhofft gut angefangen, dass sie sogar Gefallen daran fand, ein passendes Kleid für den Tee mit Hermann Josef von Hatzfeld auszusuchen.

Willig ließ sie Gudrun gewähren, während die ihr nacheinander unter den wachsamen Augen ihrer Mutter verschiedene Kleider anzuziehen half.

»Das ist es, gnädiges Fräulein. Vor diesem hellen Grün leuchten Ihre schwarzen Haare. Das wird dem jungen Herrn gefallen.« Gudrun kicherte, und Johanna drehte sich vor ihrem Spiegel, was sogar ihrer Mutter ein Lächeln abgewann. Johanna ließ Caroline in dem Glauben, dass sie sich auf den Besuch freute. Doch der Tee und die Aussicht, den Grafensohn zu treffen, waren gewiss nicht der Grund für ihre Ausgelassenheit.

Heute Morgen war sie nach dem Frühstück in ihren Kräuterschuppen gegangen, um getrockneten Baldrian zu holen. Das Kraut wollte sie Sigrid bringen, damit diese einen beruhigenden Tee für den Nachmittag aufbrühen konnte. Gerade als sie wieder aus ihrem Verschlag hinaustrat, kamen die nächtlichen Reiter heim: Ihr Vater und Tenhagen. Der Freiherr hatte sie gar nicht bemerkt, so schnell verschwand er im Haus, nachdem er sein Pferd in die Obhut von Tenhagens Sohn gegeben hatte. Bevor sie ihrem Vater ins Haus folgen konnte, stellte sich ihr Tenhagen in den Weg. Sie fürchtete schon Schlimmes. Womöglich hatte er sich auf dem nächtlichen Ritt mit dem Freiherrn verständigt und würde sie nun zurechtweisen. Doch das Gegenteil war der Fall. Er stellte sich zwar breitbeinig vor sie hin, schnurrte dann aber wie ein Kätzchen. Er hätte es sich überlegt und sei zu dem Schluss gekommen, dass ein Pachtaufschub bis nach der nächsten Ernte für die Pauls Sinn ergab. Ob es ihr recht sei, es dem Pächter auszurichten. Johanna war kurz versucht, dem Mann um den Hals zu fallen, besann sich aber. Was seinen Sinneswandel hervorgerufen hatte, wollte sie auch nicht weiter hinterfragen. Die Hauptsache war, dass sie es tatsächlich geschafft hatte, den Pauls zu helfen. Sie barst vor Stolz. Als Tenhagen im Nebenhaus verschwunden war, brach die Freude aus ihr heraus, sie rannte zu Sigrid in die Küche und erzählte ihr von ihrem Erfolg. Am liebsten wäre sie sofort zum Hof der Pauls geeilt, um ihnen die frohe Kunde zu bringen. Doch Sigrid erinnerte sie an den hohen Besuch, der vor der Tür stand. »Und außerdem willst du doch wohl nicht meinen Brombeerkuchen verpassen.«

»Du könntest mich ja auch jetzt schon probieren lassen«, scherzte Johanna und umarmte die beleibte Köchin.

Ja, heute könnte sie die ganze Welt umarmen. Vielleicht sogar Hatzfeld. Das grüne Chemisenkleid stand ihr wirklich gut zu Gesicht. »Mutter, was meinst du?«

»Eine gute Wahl, mein Kind.« Caroline wandte sich an Gudrun. »Mach ihr noch die Haare. Der Herr von Hatzfeld wird gleich da sein. Ich werde nachsehen, ob Sigrid alles zum Tee bereitet hat.«

Kurze Zeit später saßen Mutter und Tochter im Salon am gedeckten Tisch, in dessen Mitte die wunderbare Brombeertorte thronte. Johanna rutschte ungeduldig auf ihrem Fauteuil hin und her. Die Nadeln in ihrem Haar stachen unaufhörlich. Sie würde sich nie an solche Hochsteckfrisuren gewöhnen.

Endlich hatte das Warten ein Ende. Die beiden Frauen hörten forsche Schritte im Gang, die sich schnell näherten.

»Hier entlang, Herr.« Sigrid öffnete die Tür. Stattlich gekleidet in einen langen schwarzen Rock und enge helle Hosen betrat Hermann Josef von Hatzfeld den Salon. Caroline erhob sich und ging dem Grafensohn entgegen.

»Werter Herr von Hatzfeld. Darf ich Sie auf Gut Attenbach willkommen heißen? Sie ehren uns sehr mit Ihrem Besuch.«

»Vielen Dank, meine Dame.« Von Hatzfeld nahm seinen Zylinder und gab ihn in die Hände von Sigrid, die im Türrahmen stehen geblieben war.

»Sigrid, bring uns doch den Tee«, sagte Caroline.

»Sehr wohl.« Mit einem Knicks, der für die Köchin ebenso ungewöhnlich war wie für Johanna die hochgesteckten Haare, verließ sie den Salon und schloss die Tür hinter sich.

Von Hatzfeld ging auf die Freifrau zu, nahm ihre Hand und deutete einen Handkuss an.

Auch Johanna war aufgestanden.

»Da mein Gatte uns noch nicht beehren kann, erlauben sie mir, Ihnen meine Tochter Johanna vorzustellen.«

»Fräulein Johanna.«

Johanna senkte die Augen und hielt ihm die Hand hin, die er in seine nahm. Er führte sie an den Mund und deutete einen Begrüßungskuss an. Sie spürte seinen warmen Atem. Vielleicht hätte sie doch besser die feinen Handschuhe angezogen. Sie musste feststellen, dass sie durchaus einen praktischen Nutzen hatten. So sehr von Hatzfeld sich jetzt auch von seiner charmanten Seite zeigte, konnte sie nicht verhindern, dass vor ihrem inneren Auge das von Zorn verzerrte Gesicht aufblitzte, das er beim Apotheker gezeigt hatte.

»Sind wir uns nicht schon einmal begegnet?« Er zog eine seiner Brauen nach oben, die wie helle Mondsicheln über seinen kleinen Augen prangten. »Ja, natürlich. Das Mädchen beim Apotheker.«

Nun, wenn er sie so direkt darauf ansprach, konnte sie das auch. Doch in diesem Moment kam Sigrid herein und brachte den Tee.

Die Herrschaften setzten sich und die Köchin füllte die Tassen und trug den Kuchen auf. Als Sigrid den Salon wieder verlassen hatte, versuchte Johanna die Unterhaltung an dem Punkt aufzunehmen, an dem sie unterbrochen worden war. Doch von Hatzfeld kam ihr zuvor. Dabei richtete er das Wort nicht an sie, sondern an ihre Mutter. Sie fühlte Zorn in sich aufsteigen und nahm schnell einen Schluck vom Baldriantee.

»Verehrte Caroline.« Die Sichelmonde über seinen Augen kräuselten sich. »Verzeihen Sie die vertrauliche Anrede.

Aber ich darf, glaube ich, in Zukunft doch auf ein Zusammenrücken unserer Familien hoffen.«

Dass ihre Mutter nicht vor Freude juchzte, wunderte Johanna. Sie selbst atmete vor Schreck zu viel Luft ein, verschluckte sich an einem Kuchenkrümel und unterbrach Hatzfeld durch einen Hustenanfall. Er besaß zumindest den Anstand zu warten, bis sie sich erholt hatte, bevor er weiterredete.

»Also, Caroline, der Grund meines Kommens ist natürlich der anstehende Herbstball auf Schloss Allner. Ich hatte gehofft, mich in die Tanzkarte Ihrer Tochter eintragen zu können.« Er setzte ein zufriedenes Lächeln auf und drehte sich dann endlich auch einmal zu ihr. »Am liebsten gleich mehrfach. Nun, da ich mit eigenen Augen sehe, dass Sie trotz aller Unkenrufe …«, Caroline setzte ihre Tasse geräuschvoll auf und blickte erschrocken zum Grafensohn. Der nutzte die Gelegenheit, seine Worte sogar noch einmal zu wiederholen, »… also trotz aller Unkenrufe eine durchaus entzückende Erscheinung sind, wäre es mir sogar eine große Freude.«

Unverschämt! Was hatte er denn erwartet? Eine dicke Warze am Kinn und schwarze Zähne? Natürlich wusste sie, dass in ihren Kreisen einige die Nase über sie rümpften, wegen ihres Kräutergartens und ihres Umgangs mit den Pächterfamilien. Vor allem einige der Damen. Ihr das aber so direkt ins Gesicht zu sagen brauchte schon ein gewisses Maß an Arroganz. Oder wollte er sie provozieren? Aber sie würde ihm den Gefallen nicht tun. Sie ging einfach über diese unverschämte Rede hinweg und nutzte die Chance, um ihr eigenes Anliegen vorzubringen. »Vielen Dank, Herr von Hatzfeld, dass Sie das Wort auch einmal an mich richten.« Besser noch einen Schluck Tee. »Bevor ich Ihre Frage bezüglich meiner Tanzkarte beantworte, möchte ich mich meinerseits mit einer Bitte an Sie richten.«

Caroline versuchte derweil mit einigem Augenrollen Johanna zur Mäßigung anzuhalten und machte dabei ein so komisches Gesicht, dass Johanna ein aufkommendes Schmunzeln unterdrücken musste. Doch ihre folgenden Worte sollten nicht die nötige Ernsthaftigkeit entbehren: »Wie Sie richtig bemerkten, sind wir uns bereits einmal begegnet, und diese Begegnung ist auch der Grund meines Ansinnens.«

»So? Ich höre.«

»Es geht um meinen guten Freund, den Apotheker Katen.«

»Guter Freund, wie darf ich das verstehen?«

»Sie dürfen das genau so verstehen, wie ich es gesagt habe, Herr von Hatzfeld.« Johanna bezweifelte, dass solch ein Mensch überhaupt jemanden seinen Freund nennen konnte. Er liebte vermutlich nur seine eigene fabelhafte Erscheinung.

»Also, wenn ich nun mein Anliegen vortragen darf.« Diesmal blieb er eine direkte Erwiderung schuldig, zog nur erwartungsvoll – oder belustigt – eine Braue hoch. Schnell fuhr sie fort, bevor sie noch der Mut verließ: »Ich möchte Sie darauf hinweisen, dass Sie den Herrn Katen ungerecht behandelt haben. Für seine Arzneien lege ich die Hand ins Feuer. Es stand Ihnen nicht zu, ihn so zu behandeln, wie Sie es getan haben.«

»Johanna!« Ihre Mutter hatte plötzlich die Sprache wiedergefunden. »Entschuldige dich sofort bei Herrn von Hatzfeld.«

»Schon gut, Caroline. Ich bin durchaus in der Lage, selbst für mich zu sprechen.« Er besaß die Frechheit, eine Hand auf Carolines Arm zu legen.

»Fräulein Johanna, so leid es mir tut, aber ihre hohe Meinung von dem Apotheker geht offensichtlich fehl. Diese Teufelstinktur, die er mir verkauft hat, hat meinen Leithund vergiftet.«

Mit dieser Argumentation hatte Johanna gerechnet, denn es war ja die gleiche, die er auch dem Apotheker aufgebunden hatte. Hierauf war sie vorbereitet. In der folgenden Unterhaltung legte sie ihm dar, dass es mit der Behandlung von Verletzungen und Krankheiten bei Tieren gar nicht so viel anders sei als bei den Menschen und dass sie selbst schon so manchem verletzten Tier wieder auf die Beine geholfen hatte.

Von Hatzfeld hörte ihr zu, ohne sie noch einmal zu unterbrechen. Lediglich an seinen tanzenden Augenbrauen konnte sie eine Reaktion auf ihre Ausführungen ablesen.

»Die einmalige Anwendung einer Salbe, sollte sie noch so wirksam sein, kann keine direkte Besserung bringen. Vor allem, wenn tieferliegende Verletzungen gegeben sind, wie zum Beispiel ein Knochenbruch. Ich biete ihnen an, mir ihre Hunde das nächste Mal anzusehen, wenn sie bei der Jagd eine Verletzung davontragen. Ich habe wie gesagt einige Erfahrung mit der Behandlung von Tieren.« Sie machte eine Pause, nahm noch einen Schluck Tee. Das viele Reden hatte ihren Mund trocken gemacht. »Nur wenn sie erlauben, natürlich.« *Warum sagt er denn nichts?*

Von Hatzfeld leerte seine Tasse. »Ich glaube nicht, dass ich ein Frauenzimmer je habe so viel reden hören.«

»Dann wurde es aber Zeit«, platzte es ihr heraus.

Von Hatzfeld lachte lauthals.

Ihrer Mutter sprang auf, ging zur Anrichte und klingelte mit der Schelle. »Ich lasse uns noch etwas Tee kommen.«

»Nein, danke, Caroline. Das ist nicht nötig.« Er stand auf. »Ich fürchte, ich habe Sie schon zu lange aufgehalten.«

Wollte er jetzt einfach so gehen? Johanna stand ebenfalls auf. »Haben Sie denn gar nichts dazu zu sagen?«

»Machen Sie sich mal keine Sorgen, Teuerste. Ich habe mein Geld zurückbekommen, damit ist die Sache für mich erledigt.«

»Geben Sie mir Ihr Wort darauf.«

»Johanna!«, tadelte ihre Mutter.

»Schon gut, verehrte Caroline. Sie soll mein Wort bekommen.« Von Hatzfeld blickte Johanna an. »Wenn Sie mir versprechen, beim Tanzen mit weniger Worten auszukommen.«

»Dann steht Ihre Einladung für den Ball noch?« Carolines Stimme war nicht mehr als ein Piepsen.

»Ja, ich bin mir nur gar nicht sicher, ob Ihrem Fräulein Tochter daran liegt.«

»Aber natürlich will sie das.«

Johanna selbst fehlten alle weiteren Worte. Der Mann war ihr unheimlich. Sie nickte nur wortlos.

»Dann empfehle ich mich. Die Damen.«

»Immerhin hat er sich noch dreimal auf deiner Tanzkarte eingetragen«, sagte ihre Mutter.

»Na, dann ist ja alles gut.« Johanna schürzte die Lippen.

»Ja, es hätte schlimmer laufen können. Offensichtlich kann der Herr etwas mit einem aufmüpfigen Frauenzimmer anfangen und fühlt sich nicht gleich verschreckt. Du kannst von Glück sprechen. Ich kenne nicht viele Herren, die sich das gefallen lassen.«

»Wenigstens du bist zufrieden. Können wir dann das Thema ›von Hatzfeld‹ für heute begraben?«

»Ja, ja. Wie du willst.« Ihre Mutter schüttelte missbilligend den Kopf, aber ein Lächeln umspielte ihren Mund. Sie nahm ihre Lektüre zur Hand und setzte sich auf ihren Sessel am Fenster. Sigrid räumte den Tisch ab und blickte Johanna fragend an. Johanna würde der Köchin später berichten. Fürs Erste hatte sie wahrlich genug geredet.

Es war bereits spät geworden, außerdem hatte es angefangen kräftig zu regnen. Johanna verschob alle weiteren

Ausflüge. Der falsche Franziskaner würde noch einen Tag mehr auf seinen Brief warten müssen und die Pauls ahnten nichts von dem Pachtaufschub. Auch wenn Johanna sich schon darauf freute, ihnen diese gute Nachricht zu überbringen, würde es bis morgen warten können.

Sie blieb mit ihrer endlich einmal zufriedenen Mutter im Salon und blätterte in der »Rheinische Rundschau«, die der Vater auf dem Sekretär hatte liegen lassen.

»Mutter, sieh nur. Es hat schon wieder einen Überfall auf eine der französischen Kurierkutschen gegeben. Diesmal kurz vor der Poststation in Uckerath.«

Caroline blickte von ihrem Buch auf. »Die Reisewege werden wirklich immer unsicherer. Hoffentlich lassen sich die Verwandten aus Jülich nicht davon abhalten, auf den Herbstball zu kommen.«

Johanna störte die Lektüre ihrer Mutter nicht weiter. Alles wofür sie sich zu interessieren schien, war der anstehende Ball. Missmutig blätterte sie weiter in der Zeitung.

21.

An diesem Morgen schien die Sonne von einem klaren Himmel. Ignatius genoss ihre wärmende Berührung. Der Dunst der letzten Tage hatte sich endlich verzogen. Der Boden war durch den nächtlichen Regen aufgeweicht und ließ sich gut bearbeiten. Der Mönch nutzte dies, um die Kräuter- und Gemüsebeete von ungewünschtem Bewuchs zu befreien.

Als er Henri heute Morgen aufgesucht hatte, war sein Verstand wieder klarer gewesen. Dennoch war Ignatius beim Gedanken an den Anfall des Franzosen gestern immer noch mulmig zumute. Es war ganz so, als ob der Teufel in ihn gefahren wäre. Was sollte das Gerede von einem gestohlenen Brief? Und dann auch noch ihm die Schuld zuzuweisen. Das hatte selbst Ignatius' so freundliches Gemüt belastet. Und er hatte doch gedacht einen Freund in dem Franzosen gefunden zu haben. Sicher, Henri hatte sich entschuldigt, und natürlich musste die erneute Erschütterung seines Kopfes der Grund für sein Verhalten sein. Doch einen bitteren Nachgeschmack hatte der Gedanke an den Vorfall immer noch. Ignatius musste sich eingestehen, dass er Henri gar nicht richtig kannte. Wieder einmal war er zu unvorsichtig und vertrauensselig gewesen. Er konnte sich nun einmal einfach nichts Schlechtes in einem Menschen vorstellen. Edrik hatte ihn schon oft ermahnt, sich Fremden gegenüber zurückhaltender zu zeigen. Aber so lehrten es doch die Schriften des Klosters Bödingen, die Ignatius so verinnerlicht hatte:

Die wahre Brüderlichkeit achtet den frommen Bruder und weist den nachlässigen zurecht; sie ist gefällig dem Anwesenden und nörgelt nicht über den Abwesenden; sie zollt dem Hochbetagten Anerkennung und lässt den Kranken nicht im Stich; sie reizt nicht den Versöhnten und begegnet mit Ehrfurcht dem Bejahrten.[9]

Manchmal verlangten die Klosterregeln wirklich viel, und in diesen Momenten sehnte er sich nach dem einfachen Leben seiner Kindheit zurück. Dem Unken seines Ohms, des Müllers, zum Trotz war er nämlich im Grunde seines Herzens immer noch ein Bauernjunge. Den Boden zu bestellen und die Tiere zu versorgen, das waren Arbeiten, die er verstand. Die Seele des Menschen oder gar Gottes Wege zu ergründen, da scheiterte er regelmäßig, mochte er auch noch so viel in der Bibel lesen und im Gebet Zwiegespräch mit seinem Schöpfer halten. Mer kann en Äsel an de Bach triefen, evver net machen, dat e süff.[10] Er hackte kräftig auf eine Kornblume ein, die zwar schön anzuschauen war, aber dem Gemüse den Raum stahl. Ja, hier im Klostergarten und in der Küche war er schon richtig aufgehoben.

»Bruder Ignatius.«

Er blickte hoch und sah das Fräulein Johanna vor der Klostermauer stehen. Genau dort, wo er auch Henri zum ersten Mal erblickt hatte. *Nun ist aber gut, du altes Schandmaul.* Der arme Mann ist krank. Das kannst du ihm doch nicht vorwerfen. *Im Gegenteil, die gute Mutter Maria hat ihn in meine Obhut gegeben. Wenn es allzu leicht wäre, wäre es wohl keine Prüfung.*

Er lief Johanna entgegen. So ohne Weiteres war es Frauen verwehrt, die inneren Klostermauern zu betreten.

»Fräulein Johanna, sind Sie wieder auf der Suche nach

einem ganz bestimmten Kraut? Der Ginseng hat sich dieses Jahr prächtig entwickelt.«

»Nein, Bruder Ignatius, ich bringe nur neue Salbe für den Verletzten und wollte mich erkundigen, wie es ihm geht.«

Ignatius kam es vor, wie eine Fügung der heiligen Maria. Sie schickte die ihren aus, wenn sie gebraucht wurden. Sie gab ihm eine kleine Verschnaufpause in der Sorge um den Franzosen, indem sie Johanna sandte. Dafür könnte man bestimmt auch eine Ausnahme machen und die junge Frau zur Tür hinein lassen. Vielleicht nicht gerade zur Vordertür. Aber wenn er sie hier durch die Gittertür in den Hof ließ, konnte sie durch die Küche und von dort aus direkt in die Kammer des Kranken gelangen, ohne dass es jemand bemerkte.

»Moment, Fräulein Johanna, ich hole nur kurz den Schlüssel zum Tor.«

Johanna hatte sich ganz unnötig den Kopf darüber zerbrochen, wie sie diesem Franzosen unbeobachtet seinen Brief zurückgeben konnte. Ignatius hatte sie ohne Umschweife einfach zu ihm vorgelassen. Bei ihrem letzten Besuch im Kloster war es ihr noch verwehrt gewesen, das Gebäude überhaupt zu betreten. Und jetzt stand sie ganz allein im leeren Gang vor der Kammertür des Franzosen.

Sie klopfte. Einmal. Und noch einmal. Es kam keine Antwort. Etwas unbehaglich war ihr schon zumute. Sollte sie einfach die Kammer betreten, ohne ein »Herein« gehört zu haben? Anderseits, warum sollte sie unverrichteter Dinge wieder gehen? Wer wusste schon, ob sie noch einmal so weit vorgelassen würde. Also fasste sie sich ein Herz und öffnete die Tür.

Eine einfache Kammer lag vor ihr. Durch ein winziges, vergittertes Fenster fiel ein fahles Licht in den Raum. Die kahlen steinernen Wände bargen nur ein grobes Holzbett, eine Truhe und einen Schemel. Das Einzige, was an der Wand hing, war ein kleines Holzkreuz über dem Bett gegenüber der Tür. Es war kühl innerhalb der dicken Mauern. Johanna schlug fröstelnd die Arme um den Körper. Sie trug nur ihr kurzärmeliges Reitkleid.

Wie verloren sah auch der Mann in dieser kargen Kammer aus. Er lag schlafend auf seinem Lager. Sein Atem ging ruhig. Er trug keine Kutte. Nur ein leichtes Tuch bedeckte seinen Körper. Doch er hatte es im Schlaf verschoben, sodass sie sah wie sein Oberkörper nackt darunter hervorlugte. Wie schön er war, sein Körper. Es war eine Schande, wie die Dornen der Brombeersträucher sich in seine Haut eingegraben hatten. Zuvor, so schien es, hatte keine einzige Narbe diese makellose Haut entstellt. Sie näherte sich ihm, versuchte kein Geräusch zu verursachen, damit er nicht aufwachte. Sie wollte ihn nur noch eine Weile so betrachten.

Sein Oberkörper und die Arme waren feingliedrig und doch muskulös. Sie war versucht, darüber zu streichen, wie sie es bei Argos nach einem langen Ritt tat, um zu prüfen, ob er seine Läufe überanstrengt hatte. Sie näherte sich ihm weiter. Ignatius hatte erzählt, dass er wieder bei Bewusstsein war. Seine Brust hob und senkte sich in regelmäßigem Takt. Sie beobachtete das feine Muskelspiel. Nur die tiefen Kratzer spannten bei jeder Atembewegung. Seine dunklen Haare ragten störrisch in jede mögliche Richtung unter dem Verband hervor. Die Kopfwunde aber schien fast verheilt zu sein, jedenfalls zeichnete sich keine nässende Stelle unter dem sauberen Tuch ab.

Nun rührte er sich. Sollte sie sich bemerkbar machen? Sie überbrückte die Entfernung zu ihm mit einem letzten Schritt und berührte ihn sanft am linken Oberarm. Mit ihrer Hand strich sie kurz über die glatte warme Haut und spürte darunter seine festen Muskeln. Dann wich sie schnell wieder einen Schritt zurück. Plötzlich fühlte sie sich wie das kleine Mädchen, das einst heimlich von Sigrids Kuchen genascht hatte.

Er öffnete die Augen. Sie weiteten sich für einen kurzen Moment, als er sie erblickte. Was sprach aus ihnen? Erstaunen? Neugier? Angst?

»Bitte erschrecken Sie nicht.«

Er blieb ruhig liegen. »Où est Ignatius?«

»Er ist in seinem Kräutergarten. Ich bin gekommen, um Ihnen neue Medizin zu bringen.«

»Vous êtes Joanna.«

Er hat sich nach ihr erkundigt, fuhr es ihr durch den Kopf. Nun, sie wusste ja auch etwas über ihn. »Und Sie sind Monsieur de Montfort, n'est-ce pas?«

Jetzt blickte er doch erschrocken. Er richtete sich auf.

»Schon gut, ich werde Ihr kleines Geheimnis bewahren.«

»Woher wissen Sie es?«

»Nun«, sie zögerte. »Sie haben etwas verloren.« Sie griff in ihre Rocktasche, holte den Brief hervor und reichte ihm das Papier, dem immer noch ein Hauch des Duftes dieser Frau anhaftete. Er griff hastig danach, warf einen Blick darauf und presste ihn mit der flachen Hand an seine Brust.

Er musste diese Frau sehr lieben. Ein Stich der Enttäuschung fuhr Johanna ins Herz, als der kleine Funken Hoffnung in ihr erstarb, von dem sie nicht einmal gewusst hatte, dass er da war, bevor sie diese Kammer betreten hatte.

»Oh, pauvre Ignatius. Ich habe es ihm vorgeworfen, den Brief verloren zu haben.« Er blickte wieder zu ihr auf. Sie verfing sich in dem Blick dieser tiefgrünen Augen. Wie töricht von ihr. Aber sie konnte sich nicht davon losreißen.

»Merci bien, Joanna, er ist sehr wertvoll für mich.«

Wie schön sich ihr Name anhörte, wenn er ihn aussprach.

Jetzt hatte sie es also geschafft. Sie hatte ihm den Brief zurückgegeben. Sie konnte, nein, sie sollte wieder gehen.

»Ich habe frische Salbe mitgebracht. Darf ich Ihre Wunden versorgen?« So viel zu ihrem hehren Vorsatz.

»Mais oui! Das ist sehr liebenswürdig von Ihnen, Madame.«

Sie hatte tatsächlich frische Salbe mitgebracht. Das war ja der Vorwand gewesen, ihn zu besuchen. Also holte Johanna den Tiegel hervor. Der Mann legte sich wieder hin, schloss die Augen.

Also gut, sprach sich Johanna im Stillen Mut zu. Das ist nichts anderes, als eine Kratzwunde bei Argos zu versorgen oder die Gesichtswunde von Wyk.

Sie setzte sich auf den Rand des Betts und begann vorsichtig die kühlende und entzündungshemmende Paste auf die einzelnen Kratzer aufzutragen. Sie vermied es, ihn erneut anzublicken, spürte aber, dass er seine Augen wieder geöffnet hatte und sie beobachtete.

»Vous êtes très silencieuse. Bei unserem letzten Zusammentreffen waren Sie dagegen eine richtige commère.«

Wie hatte er sie jetzt genannt? Klatschbase! Sie warf ihm einen wütenden Blick zu. Er aber lachte. Er nahm sie nur auf den Arm. Verunsichert senkte sie ihren Blick wieder.

»Ich glaube, Sie brauchen gar keine weitere Pflege mehr!« Sie nahm den Tiegel und verschloss diesen. Wollte aufstehen. Doch er richtete sich auf und hielt sie zurück, umfasste ihren Arm.

»Pardon, verzeihen Sie mir. Gehen Sie bitte noch nicht.« Schnell lockerte er seinen Griff um ihren Arm und begann ihn sanft zu liebkosen. Es überraschte sie, wie rau seine Hand war, aber sie wich nicht vor seiner Berührung zurück. Ihre Blicke trafen sich wieder, und all ihre Bedenken waren fort. Er war ihr jetzt ganz nah. Sie konnte sich nicht rühren, selbst wenn sie gewollt hätte.

Unvermeidbar legten sich seine Lippen sanft auf die ihren. Seine Hand fuhr ihr nun durch das lange Haar, ertastete darunter ihren Nacken. Wie tausend kleine Nadelstiche lief bei jeder seiner Berührungen ein Schauer durch ihren Körper.

Er ließ sich zurück auf das Bett sinken und zog sie mit sich. Doch noch bevor ihre Lippen sich wieder trafen, sah sie auf dem Bett den Brief. Sein Duft stieg ihr in die Nase. Abrupt stieß sie sich von ihm ab. Was tat er da? Und warum ließ sie das geschehen? Wie die Nymphe Kalypso es mit Odysseus getan hatte, so hatte er sie verführt. »Sie haben doch eine Frau. Ich bin kein leichtes Mädchen, Monsieur, mit dem Sie so etwas machen können.«

»Eine Frau? Madame, wieso sagen Sie das?« Er flüsterte. Und Traurigkeit umströmte ihn plötzlich wieder, so als sei er an etwas erinnert worden. Wie wünschte sie, dass sie Unrecht hatte.

»Der Brief riecht immer noch nach ihrem Parfüm, Monsieur, halten Sie mich nicht zum Narren!«

»La lettre? Ah non, sie ist – war meine Schwester.«

Und dann begann er zu erzählen. Mit jedem seiner Worte, so schien es, fiel eine schwere Last von ihm ab.

Johanna saß einfach nur da, hörte ihm zu. Seine Stimme war das Einzige, was noch zu existieren schien, das Einzige, was wichtig war in ihrem Leben. Mit jedem weiteren Wort wusste sie, dass es ihr von nun an unmöglich sein würde, ihn zu vergessen.

Er war in Düsseldorf bei der Armée de Sambre-et-Meuse stationiert gewesen, während sich seine Familie in der Vendée dem Aufstand der königstreuen Landbevölkerung gegen die Revolutionstruppen anschloss. Sein Jugendfreund Rochejaquelein, mit dem er gemeinsam diente, verließ die republikanischen Truppen und ging zurück in die Vendée, um an der Seite seiner Familie zu kämpfen. »Er flehte mich an, mitzukommen. Aber ich konnte nicht. Ich war mir sicher, dass die Republik den richtigen Weg ging.«

Johanna sah, wie sehr ihn die Erinnerung quälte. Die Furchen in seinem Gesicht gruben sich tiefer ein, und der Grund für seine Traurigkeit wurde offensichtlich. Er legte sein Leben in ihre Hand. Nie zuvor hatte sich ihr jemand so offenbart, ihr so vertraut. Dabei kannte er sie gar nicht. Konnte es sein, dass er das Gleiche fühlte wie sie? Dass schon seit ihrer ersten Begegnung eine Vertrautheit zwischen ihnen bestand, als hätten sie sich ein Leben lang gekannt? Sie hinterfragte es nicht, nicht in diesem Moment. Sie hörte zu, und sie verstand.

Mit Rochejaquelein und einigen anderen erfahrenen Offizieren an der Spitze fügten die Vendéer den Revolutionstruppen einige empfindliche Niederlagen zu. Doch die Republik schlug hart zurück und gewann schnell die Oberhand. »Rochejaquelein war zu diesem Zeitpunkt bereits seit zwei Jahren tot. Doch das war dem Konvent nicht genug. Er beschloss die Vernichtung der Vendée. Und das hat mich immer noch nicht veranlasst, zurückzugehen und ihren Kampf zu unterstützen. Jetzt gibt es meine Heimat nicht mehr. Alle sind tot. Meine Schwester.« Er unterbrach sich, wischte mit der Hand über sein Gesicht. »Ich habe alle im Stich gelassen. Ich hätte dort sein sollen und mit ihnen sterben.«

Sie konnte seine Schuld nicht lindern. Gegen diesen Schmerz war kein Kraut gewachsen, ließ sich keine Salbe anrühren. Alles, was sie tun konnte, war, ihn in ihre Arme zu schließen.

22.

Zehn Tage später

Das schrille Läuten der Glocke zerschnitt die vorabendliche Stille der Aue. Der Kahn lag wie üblich auf der anderen Seite des Flusses, was natürlich daran lag, dass der Müller aus Oberauel, der die Siegfähre betrieb, dort wohnte. Für einen dauerhaften Fährbetrieb war dieser Abschnitt der Sieg nicht genügend genutzt. Schließlich gab es ja auch die Brücke bei Allner. Nur das Kloster Bödingen sorgte dafür, dass überhaupt eine Fähre hier lag. Thomas Pauls wartete geduldig bis sich auf der anderen Seite etwas regte. Er hatte seinen Lederrucksack geschultert, in dem er sorgsam die Falle verstaut hatte. Denn wenn er schon drüben auf der Bödinger Seite war, wollte er im dichten Wald dort auch etwas fangen, das den Tisch der Familie bereichern konnte. Der eigentliche Grund für die Überfahrt war aber, dass er seine Arbeitskraft bei der Weinlese anbieten wollte. Seit Johanna ihnen den französischen Schreiner gebracht hatte, musste er nicht beim Wiederaufbau der Scheune helfen.

Seine Mutter bestand darauf, dass er die Schule besuchte, üblicherweise ging er dann nachmittags seinem Bruder auf dem Hof zur Hand. Aber die neue Saat war längst ausgebracht, und so trat er dort nur Reinhard auf die Füße. Es wurde Zeit, dass sein großer Bruder endlich heiratete und eine eigene Familie gründete. So war es kaum auszuhalten mit ihm. Er war in letzter Zeit ständig gereizt. Ein Wunder, dass er sich ganz gut mit Wyk verstand. Fehlte nur noch eine Frau für ihn. Früher hatte Thomas immer gedacht, dass sein Bruder einmal Johanna heiraten würde. Sie war doch eigentlich schon ein Mitglied der Familie gewesen, so oft war sie zu Besuch. Jetzt wusste er natürlich, dass das nicht möglich war. Schließlich war sie die Tochter des Lehnsherren. Dennoch glaubte Thomas, dass Reinhard im Stillen ein Auge auf sie geworfen hatte. Vielleicht war das der Grund, warum er sich nicht darum scherte, eine andere Frau zu finden, die er heiraten konnte.

Seine Schwestern waren bereits verheiratet. Mechthild mit einem der Bauern aus Oberauel. Wenn Reinhard sich aber weiterhin immer nur in die Hofarbeit stürzte und keines der Ernte- oder Kirchenfeste besuchte, würde er vielleicht ewig allein bleiben, und es würde Thomas sein, der den Hof einmal übernehmen würde. *Was mach ich mir einen Kopf.* Zurzeit konnte er seiner Familie am besten helfen, wenn er Reinhard aus dem Weg ging.

Der Lohn für die Hilfe bei der Lese war zwar mager, aber es war eine der wenigen Möglichkeiten um die Familienkasse aufzubessern. Und das war dringend notwendig. Für das Bauholz, das sie benötigten, um die Scheune neu zu errichten, war noch nicht genug Geld beisammen, auch wenn Johanna ihnen einen Pachtaufschub ermöglicht hatte.

Jemand tauchte am Kahn auf.

»Fährmann, hol über!« Thomas unterstützte seinen Ruf mit einer ausschweifenden Armbewegung und der Mann erwiderte den Gruß. Er schwang sich auf den Kahn nahm den langen Stecken und stach ins Wasser. Nachdem sich der Nachen ruckartig in Bewegung gesetzt hatte, glitt er bei jedem neuen Einstechen gemächlich mit der Strömung näher ans diesseitige Ufer heran. Als er anlegte, sah Thomas, dass es der Müller selbst war, der die Fähre bediente.

»Ah, der junge Pauls. Was treibt dich denn auf die richtige Seite?« Müller Heuser sprach scherzhaft das aus, was jeder über die eigene Seite des Flusses dachte. Thomas sprang auf die Fähre.

»Will mich für die Weinlese oben in Bödingen anbieten.«

»Na, dann setz dich. Es geht los. Ich muss zurück in die Mühle. Bin allein heute. Meine Jungs sind auch oben in Bödingen, um sich für die Lese zu melden.«

»Das freut mich aber. Mit Christian arbeitet es sich gut. Bei seiner Größe kann er die hoch hängenden Trauben übernehmen.«

Der Müller musste lachen. »Du wirst dich wundern, wenn du Anton siehst, der ist fast schon genauso groß geworden.«

Die Fähre wurde an einem dicken Seil, welches zwischen beiden Ufern locker gespannt war, geführt. Die Überfahrt erfolgte aber mittels reiner Muskelkraft, indem der Fährmann den langen Stecken in den Flussgrund stach und den Kahn so vorwärts schob.

An der anderen Seite angekommen, reichte Thomas dem Müller einen Kreuzer für seine Mühe.

»Danke, Junge. Und denke daran, mir einen Passierschein des Klosters mitzubringen, wenn du für die Lese meine Dienste täglich brauchst – hörst du? Ich muss doch über alle Fahrten Buch führen für das Kloster. Und wenn ich dann zu wenig in der Kasse habe, gibt es Ärger.« Die Laune des Müllers war merklich gesunken. »Ist ganz schlimm geworden, seitdem der von Hatzfeld die Klosterbewirtschaftung übernommen hat. Der Prior hat da immer mal ein Auge zugedrückt. Der hat das verstanden, dass ich eigentlich keine Zeit für so einen Schriftkram habe.«

»Ich werde bestimmt an den Passierschein denken, Herr Heuser. Bis heut Abend dann.«

Thomas begleitete Müller Heuser noch bis zu seiner Mühle, die etwas oberhalb der Sieg am Halberger Bach lag. Sie passierten die kleine Kapelle am Beginn des Alten Wegs. Die Schwester des Müllers und ihr Mann, ein Bauer hier in Oberauel, hatten die Kapelle bauen lassen.

Der Junge folgte, nachdem er sich vom Müller verabschiedet hatte, dem Bach weiter aufwärts, denn er wollte nicht den direkten Weg hoch nach Bödingen gehen. Wenn er sich von hinten über den Driesch zum Kloster begab, würde er, an einer weiteren vom Kloster betriebenen Mühle vorbei, in ein dichter bewaldetes Gebiet kommen. Dort hoffte er, unbemerkt seine Falle aufstellen zu können. Wenn er in den nächsten Tagen von der Lese heimging, konnte er die Falle regelmäßig kontrollieren. Aber er musste sich etwas überlegen, falls die beiden Söhne des Müllers denselben Weg mit ihm nach Hause gingen. Denn beim Wildern sollte er sich besser nicht erwischen lassen. Die Wälder hier auf der rechten Siegseite gehörten größtenteils zum Besitz der von Hatzfelds aus Allner. Nur ein kleiner Teil gehörte zum Kloster. So weit entfernt vom Schloss, hoffte der Junge, würde wohl keiner der Forstaufseher des Grafen vorbeischauen und nach Wilderern suchen. Den Verlust von ein paar Hasen würde der Graf schon verkraften können. Die Vornehmen waren doch eher auf größere Beute aus, wie Hirsche oder Keiler.

Im Bödinger Ort passierte Thomas die Kirche. Aus dem Gasthof gegenüber schallte lautes Gelächter durch die offen stehende Tür. Aber der Junge ließ sowohl den Gasthof als auch Kirche und Kloster hinter sich. Er ging direkt weiter zum Hardthof. Er hatte bereits im letzten Jahr bei der Weinlese geholfen und wusste, dass er sich dort zu melden hatte, um seine Dienste anzubieten.

Als er den Hof betrat, war bereits eine Schar von Helfern eingetroffen. Schon von Weitem erkannte er den hellrot gelockten Schopf von Christian Heuser. Der Müllerssohn war nur ein Jahr älter als er, überragte aber wohl selbst Thomas' Bruder Reinhard. Christian und sein Bruder, der fast so groß, aber etwas weniger fussig[11] war, bildeten das Ende der Schlange. Thomas pirschte sich von hinten an die beiden heran. »Hallo, Christian, auch dieses Jahr wieder dabei?«

Erschrocken fuhr der lange Schlaks herum und erwischte dabei mit der Schulter seinen Bruder.

»Au!« Der Getroffene rieb sich die Nase.

»Was zur Hö…«, den Rest verkniff sich Christian, als er den Neuankömmling erkannte. »Thomas, musst du mich so erschrecken?«

»Tschuldige, hatte dich nicht so schreckhaft in Erinnerung.« Thomas deutet auf den anderen Jungen, der sich immer noch die Nase rieb. »Aber immer noch so tapsig wie ein Bär, wie ich sehe.«

»Pass bloß auf«, sagte Christian scherzhaft und schloss dann Thomas herzlich in die Arme. »Ja, bin auch wieder da dieses Jahr und hab meinen kleinen Bruder gleich mitgebracht. Hoffentlich ist der jetzt noch in der Lage zu arbeiten. Zeig mal her, Anton. Wird schon nicht so schlimm sein.«

Die beiden Kumpel erzählten sich von ihren Erlebnissen des letzten Jahres, und so verging die Zeit des Wartens schnell. Schon bald standen sie in der Scheune vor dem Tisch, der dort für die Zählung der Erntehelfer aufgestellt war. Wie im Jahr zuvor leitete Bruder Edrik die Lese. Bei ihm stand ein Mönch, der Thomas völlig unbekannt war.

23.

Henri war der Bitte Edriks, seine Abreise bis nach der Lese zu verschieben, im Grunde gern nachgekommen. Ihm graute vor der erneuten Einsamkeit der Straße. Bevor er hierhergekommen war, hatte er sich mit dieser Einsamkeit abgefunden, aber die Begegnung mit Johanna hatte ihm wieder Hoffnung gegeben, dass er vielleicht doch noch etwas Glück finden konnte. Zur gleichen Zeit aber machte ihm diese Hoffnung Angst. Er könnte es nicht verkraften, noch einmal einen geliebten Menschen oder einen Freund zu verlieren.

Edrik hatte ihm einen kleinen Aufschub für eine endgültige Entscheidung über seine Zukunft geboten. Die Zeit der Weinlese über konnte er verweilen. Auch würde es seinem Körper die Zeit geben, die er zu seiner Heilung brauchte. Denn zu sehr plagten ihn die immer noch ständig wiederkehrenden Kopfschmerzen. Meist ohne Vorwarnung traf es ihn heftig wie ein Blitz. Er wollte zumindest abwarten, dass die körperlichen Wunden abheilen würden, bevor er sich wieder den Anstrengungen und der Einsamkeit einer Wanderung ins Unbekannte aussetzen würde. Auch hoffte er insgeheim, Johanna noch einmal wiederzusehen. Und wenn es nur war, um sich von ihr zu verabschieden.

»Bruder Henri, notiert ihr bitte den Namen?« Edriks Hand berührte seinen Arm und riss ihn aus seinen Gedanken.

»Entschuldigt.« Henri richtete seinen Blick auf den groß gewachsenen Jungen, der darauf wartete, dass er seinen Namen in die vor ihm liegende Liste eintrug. »Würdest du den Namen noch einmal wiederholen?«

»Christian Heuser.« Der Junge zog den hinter ihm stehenden Knaben nach vorn. »Und mein Bruder Anton.«

Henri schrieb die Namen untereinander.

»Beide aus Oberauel«, ergänzte Bruder Edrik, und nachdem der ältere Junge zustimmend genickt hatte, notierte Henri auch den Ort neben den Namen.

Edrik wies die beiden ein. »Nächste Woche Montag beginnen wir mit der Lese. Christian, du warst ja schon letztes Jahr dabei. Wir sammeln uns direkt nach der Prim hier vor dem Hof. Ich oder Bruder Henri teilen euch dann in die einzelnen Lagen ein.«

»Danke, Pater, wir werden pünktlich hier sein.« Christian und sein Bruder traten zur Seite, um dem letzten in der Reihe Platz zu machen.

»Thomas Pauls, Pater. Aus Attenbach.«

Henri hielt inne. War das nicht der Ort, aus dem Johanna kam? Er notierte Namen und Ort.

Edrik wies auch diesen Jungen ein.

»Pater, ich habe noch eine Bitte.«

»Ja, Thomas?«

»Ich brauche einen Passierschein für die Siegfähre.«

»Ja, richtig.« Edrik fuhr sich nachdenklich über die Stirn. »Henri, wollt Ihr den jungen Pauls in das Kloster begleiten? Pater Markus sollten wir nicht mit dem Ausfüllen eines Passierscheins behelligen, aber Cornelius wird sicher die Zeit aufbringen. Er dürfte zu dieser Stunde noch in der Bibliothek anzutreffen sein.«

»Wenn wir hier fertig sind, gern, Bruder Edrik.« Er reichte ihm die Liste der Helfer, nachdem die Tinte der letzten Eintragung getrocknet war.

»Dann lass uns gehen, Junge.«

»Wir sehen uns Montag«, rief Thomas den beiden Rothaarigen zu, die auf ihn gewartet hatten.

»Thomas, c'est ton nom, hm? Dein Name, ja?« Henri wollte mehr über den Jungen erfahren. Vielleicht kannte er Johanna.

Der Junge nickte. »Ja, sind Sie etwa Franzose, Pater? Ich kann das auch. Je nom se Thomas.« Er grinste und blickte den Franzosen erwartungsvoll an.

»Je m'appelle Thomas«, korrigierte Henri den Jungen. »Woher kannst du das denn?« Vielleicht hatte Johanna ihn gelehrt? Hoffnung keimte in Henri auf.

»Hat der Wyk mir beigebracht.«

»Wer?«

»Wir haben einen französischen Schreiner!« Das hörte sich mächtig gut an, aber eigentlich sollte er ja nichts über ihn erzählen.

»Ein Schreiner?«

»Na ja. Das war er wohl mal, bevor er Soldat war und verletzt wurde.« Thomas legte sich die Hand auf den Mund. »Das hätte ich jetzt nicht sagen dürfen. Sie verraten das doch niemandem?«

»Nein, natürlich nicht«, versicherte er dem Jungen. Das konnte nur ein Deserteur sein wie er. Vielleicht könnte er über ihn erfahren, wie es Jourdan ergangen war. Wie es um den Feldzug stand.

»Wie lange ist er denn schon bei euch, dieser Franzose?«

Thomas kratzte sich am Kopf. »Ich soll wirklich nicht über ihn reden.«

»Ich verstehe.«

Sie erreichten das Kloster. Die Glocken läuteten schon zur Abendandacht. Henri sah, wie Ignatius durch den Kräutergarten zur Kirche hetzte. Der Franzose sprintete zum Tor, um ihn abzufangen. Ein stechender Schmerz fuhr ihm in den Schädel. »Merde«, fluchte er still, hörte das denn nie auf?

Ignatius eilte ihm bereits entgegen. »Aber was macht Ihr denn? Ihr sollt Euch doch noch nicht anstrengen.«

»Du, Ignatius«, sagte Henri.

»Ich soll mich nicht anstrengen? Das ist doch Unsinn.«

»Nein.« Henri musste lachen. »Wir waren schon beim Du angekommen.« Nachdem der Mönch ihn über Tage hinweg gepflegt und ihm das Essen in die Kammer gebracht hatte, schien die förmliche Anrede irgendwann nicht mehr passend zu sein.

Ignatius schlug sich gegen die Stirn. »Ja, natürlich. Also, du sollst dich noch nicht anstrengen. Diese Kopfwunden ...«

»Ja, ich weiß, die darf man nicht unterschätzen. Und alles braucht seine Zeit.«

»Genau.«

Henri rief Thomas zu sich. »Der Junge braucht einen Fährschein, den soll ich bei Cornelius besorgen.«

»Der ist schon in der Messe, und ich muss jetzt auch, sonst bin ich wieder zu spät. Warte bis nach der Messe.«

Ignatius verschwand in die Kirche.

»Du hast ihn gehört. Willst du warten?«

»Eigentlich kann ich nicht.«

»Du bist doch aus Attenbach? Ich könnte dir den Fährschein vorbeibringen. Morgen?«

»Das würden Sie tun?« Thomas blickte ihn mit großen Augen an. Dann stutzte er. »Nein, ich komme ihn mir morgen abholen.«

»Aber es ist wirklich kein Problem. Ich habe bis zur Lese nichts zu tun, und ein kleiner Spaziergang wird mir guttun.«

»Nee. Sie wollen nur den Wyk sehen. Ich hätte nichts sagen dürfen, Johanna wird mich umbringen.«

»Johanna?« Konnte es sein? Das Glockengeläut hatte inzwischen aufgehört und Gesang drang aus der Kirche zu ihnen.

»Ich muss gehen. Es ist spät.«

»Warte bitte.« Henri legte seine Hand auf die Schulter des Jungen.

»Was denn noch? Ich hole mir den Schein selbst ab.« Der Junge wandte sich zum Gehen.

Aber Henri musste es wissen. »Was meintest du damit, dass Johanna dich umbringen wird? Welche Johanna?«

»Die Tochter des Freiherrn zu Attenbach natürlich. Wer sonst?« Henris Gesicht musste wohl ein offenes Buch sein, denn Thomas hielt inne. »Warten Sie, sind Sie dieser Mann von dem sie erzählt hat? Dem sie die gleiche Paste angerührt hat wie dem Wyk?«

»Ja, ich habe sie getroffen. Sie hat mir geholfen.«

Jetzt grinste der Junge. »Sie hat allerdings nicht gesagt, dass sie auch Franzose sind. Ich hätt auch nie gedacht, dass Sie ein Pfaffe sind. Sie war so anders, als sie von Ihnen erzählt hat.«

»Wieso, was hat sie denn gesagt?«

»Ach, eigentlich gar nichts. Sie hat dem Wyk nur so eine Wundsalbe gebracht, und der hat sich total bedankt und so, und da hat sie gesagt, dass es keine Umstände mache, dass sie noch einen anderen Patienten habe, der die gleiche Salbe benötige.«

»Euer französischer Schreiner ist also auch verletzt?«

Thomas nickte. »Eine echt üble Wunde im Gesicht. Johanna meint, die ist bestimmt von einem Schwerthieb.« Er hielt inne. »Oh, ich erzähl schon wieder zu viel.«

Henri hob beschwichtigend die Hände. »Pass auf, Thomas. Was hältst du davon, wenn du Johanna einfach fragst, ob es in Ordnung ist, dass ich den Wyk treffe? Denn du hast recht, ich würde ihn gern treffen.« *Und Johanna möchte ich auch wieder treffen*, dachte er. *Vielleicht wird sie ja auch dort sein, wenn sie hört, dass ich zu Besuch komme.* Er hoffte es.

So könnte er sich von ihr verabschieden. Das schuldete er ihr. »Dann kommst du morgen vorbei und sagst mir Bescheid, ob ich mitkommen kann.«

Die Kirchenglocken erklangen erneut und Thomas schrak zusammen. »Ich muss jetzt echt gehen.«

»Und wirst du mir Bescheid geben?«

Er zuckte mit den Schultern. »Ich versuche es.«

24.

Wieder einmal lag Johanna in der Nacht wach, der Schlaf wollte nicht kommen. Es war bereits mehr als eine Woche vergangen, doch noch immer spürte sie seine Hände auf ihrem Körper. Rau und warm wie die Zunge einer Katze hatten sie ihre Arme und ihre Brüste erkundet, dann ihre Oberschenkel und den Bauch, sich immer tiefer vortastend, bis sie ihm Einhalt geboten hatte. Auch seinen muskulösen Körper, die glatte von den Kratzern versehrte Haut erforschte Johanna erneut in ihren Gedanken.

Dachte er auch an sie in dieser Weise? Ersehnte er eine erneute Berührung? Oder hatte er ihren Besuch an seinem

Krankenbett schon vergessen? Eine Kopfverletzung konnte solche Gedächtnisverluste hervorrufen. Aber nein, das war nicht möglich. Er war bei klarem Verstand gewesen, als er ihr von seinem Leid erzählt hatte, unendlich traurig, verloren, ja. Aber bei klarem Verstand. Dennoch hatte sie seitdem nichts mehr von ihm gehört oder ihn gar gesehen. Sie konnte ihm schlecht einen weiteren Besuch im Kloster abstatten. Was hätte sie für einen Grund? Aber warum versuchte er nicht, sich bei ihr zu melden? Er könnte doch bestimmt eine Ausrede finden, um das Kloster zu verlassen. Er war ja kein Gefangener. Er war nicht einmal ein fester Angehöriger des Klosters, nur ein Gast. Natürlich musste er auch vorsichtig sein, wollte er seine Tarnung nicht gefährden. So hatte er ihr, bevor sie gegangen war, das Versprechen abgenommen, kein Wort über seine wahre Identität zu verlieren. Es drohte nicht nur ihm der Tod. Auch alle, die ihm – gewollt oder nicht – Unterschlupf gewährt hatten, wären in Gefahr. Deserteuren wurde nirgendwo Gnade erwiesen. Der Herzog von Berg, Karl Theodor, war den Franzosen bestimmt nicht wohlgesinnt, nachdem sie seine Stammlande mit seinem Sitz Düsseldorf eingenommen hatten. Aber das waren nun einmal die Gepflogenheiten: Deserteure wurden entweder sofort getötet oder ausgeliefert.

Trotzdem blieb die Ungewissheit. Was hatte dem Franzosen ihre Zweisamkeit bedeutet? Verzehrte er sich ebenfalls nach ihr, oder war sie ihm nur ein Trost gewesen? Verfolgten die Gedanken an sie ihn auch in seine Träume?

Ihr Körper sehnte sich danach, erneut von ihm berührt zu werden, seine Muskeln unter ihren Händen zu spüren, die Wärme seiner Haut.

Erbost über sich selbst warf sie das Buch, welches sie gelesen hatte, um ihre Gedanken von ihm abzulenken, gegen das Kopfkissen und stand auf.

Johanna musste sich Luft machen. Aber sie konnte niemandem von ihm erzählen. Da half es nur noch, sich Rat bei ihrem Lehrer zu holen. Ein Brief an den lieben Thadaeus hatte ihr noch immer geholfen, die eigenen Gedanken wieder zu ordnen. *Oh, er wird ganz schön staunen, wenn er meine Worte liest.* Bisher hatte sie sich vehement gegen alberne Liebeleien ausgesprochen. Aber Thadaeus hatte ihr immer versichert, dass auch ihr früher oder später die Sinne von solchen Gefühlen vernebelt werden würden. *Nun, die Genugtuung sollen Sie ruhig haben, mein Freund.*

Sie setzte sich an den Sekretär und holte Feder und Tinte aus der Lade hervor.

Mein lieber Thadaeus,

Sie haben es ja immer gewusst, und nun ist es tatsächlich so gekommen. Ja, es muss wohl so sein. Hören Sie mich an, aber bitte verlachen Sie mich nicht allzu sehr. Ich habe einen Mann kennengelernt. Mein Herz fängt wild an zu schlagen und ein Schauer überläuft meinen ganzen Körper, wenn ich nur an ihn denke. Aber, ach, Thadaeus. Eine Verbindung mit ihm ist unmöglich, aus Gründen, die ich verschweigen muss. Mein Herz tut so weh. Ich weiß nicht einmal, ob ich ihn je wiedersehen werde. Ich belasse es dabei zu sagen, dass er nicht in meinen Kreisen verkehrt und man sich auch ansonsten nicht so einfach über den Weg läuft.
Stattdessen pflegt Maman die Beziehung zum jungen von Hatzfeld immer mehr. Der Herbstball steht bevor und er hat sich bereits auf meine Tanz-

karte eintragen lassen. So sehr ich mich nach der Berührung dieses einen verzehre, so widerlich ist mir der Gedanke, dass von Hatzfeld mich beim Tanze berühren wird. Warum nur ist das Schicksal so ungerecht? Warum kann der andere nicht ein geachteter Mann und eine gute Partie sein?

Nein, nein, Sie brauchen mir nicht auf diese Frage zu antworten. Ich weiß schon, was Sie sagen werden. Nämlich, dass ich mich dann erst gar nicht in diesen einen verliebt hätte. Sie sehen, Sie waren mir ein guter Lehrer. Ich kann mir meine Fragen selbst beantworten. Und sehen Sie, jetzt ist es heraus. Ja, ich bin verliebt, hoffnungslos verliebt. Eine dieser griechischen Tragödien, von denen Sie immer gesagt haben, es wäre viel Wahres an ihnen, und bei denen ich immer Schwierigkeiten hatte, die Menschen zu verstehen, weil sie so gegen jede Vernunft handelten. Erst jetzt, da ich ebensolche Gefühle erlebe, beginne ich zu begreifen.

Denken Sie nur, ich habe mir Schillers »Kabale und Liebe« aus dem Bücherschrank geholt und lese es bei Nacht, wenn mich der Schlaf nicht erreichen will. Meine Augen schmerzen schon vom Lesen bei dem schwachen Licht der Kerzen. Ja, so steht es um mich. Und nun dürfen Sie mich bedauern. Ich erwarte schnell ein paar Zeilen von Ihnen, irgendetwas, das mich an unbeschwerte Tage erinnert, da ich die Liebe noch nicht kannte. Mehr denn je vermisse ich Ihren täglichen Rat.

Ach, mein lieber Freund. Nun habe ich nur von mir geschrieben. Erzählen Sie mir bald auch, wie es Ihnen ergeht. Sind Sie immer noch wohl bei Ihrer neuen Stelle? Ist die kleine Isabelle wieder genesen, und macht Ihnen der junge August immer noch so viel Freude? Ich hoffe, bald von Ihnen zu hören.

Johanna

Sie faltete das Blatt und legte es in einen Umschlag. Mit dem Wachs der Kerze verschloss sie diesen. Morgen würde sie Franz bitten, den Brief nach Uckerath zur Poststation zu bringen.

Oder nein, sie würde ihn selbst dorthin bringen. Mutter wollte zwar unbedingt mit ihr zur Schneiderin fahren, um endlich ein Kleid für den Ball zu fertigen, doch sie war auf jede Möglichkeit bedacht, ihr auszuweichen, so sehr widerstrebte ihr der Gedanke an den Ball. Auch ihre Neugier auf die politischen Ränkespiele, die es dort geben mochte, war ihr vergangen. Von den Mönchen würden vielleicht der Abt, der ein Freund des Grafen war, und natürlich der jüngere Sohn des Grafen anwesend sein. Aber nicht derjenige, der ihr Denken zurzeit völlig beschäftigte.

Ja, morgen in aller Frühe würde sie zur Poststation reiten und den Brief aufgeben. Sie fühlte sich jetzt schon viel besser. Es hatte gutgetan, ihre Gefühle dem Papier anzuvertrauen. Sie blies die Kerze aus und legte sich wieder ins Bett, auf der Suche nach einem traumlosen Schlaf.

Am nächsten Morgen stand sie früh auf und machte sich noch vor dem Frühstück auf den Weg zur Poststation. Dadurch verpasste sie zwei Boten. Der eine brachte einen Brief für sie von Hermann Josef von Hatzfeld, was sie – hätte sie es gewusst – nicht von ihrer Entscheidung abgehalten hätte. Denn er hatte nur einen weiteren Besuch angekündigt, bei dem er ihr eine Auswahl von Ballkleidern präsentieren wollte.

Es schien ihm wirklich ernst mit ihr zu sein, auch wenn sie sich darauf überhaupt keinen Reim machen konnte. Der andere Bote hätte sie weit mehr interessiert. Er kam in den Hof gelaufen, als sie bereits den Weg nach Adscheid einschlug. Es war Thomas Pauls. Er verließ Gut Attenbach unverrichteter Dinge und ging zur Schule. Er zuckte die Schultern, dann würde er eben selbst entscheiden, dass der französische Mönch den Wyk besuchen konnte. Warum auch nicht? Die Scheune war so gut wie fertig, und Wyks Wunde war gut verheilt. Er hatte schon angekündigt, dass er verschwinden würde, sobald der letzte Nagel eingeschlagen war.

Nach einem halbstündigen schnellen Ritt durch Adscheid und die Kartoffelfelder auf der Adscheider Höhe hatte Johanna die Poststation in Uckerath fast erreicht. Das Fachwerkgebäude mit den Stallungen für die Postpferde lag an der Frankfurter Straße inmitten des kleinen Weilers. Eine Landfrau, die vor ihr zur Frankfurter Straße unterwegs war, zog einen Handkarren voller Äpfel durch den dicken Morast des Feldwegs. Johanna wartete, bis die Frau ihre Last auf die Pflasterung der Straße hochgezogen hatte, und blickte währenddessen an sich hinunter. Ihr Rock war übersät mit Matschflecken, die von den Hufen des Pferdes hochgespritzt waren. Da blieb ihr wohl ein Umkleiden nicht erspart, bevor sie mit ihrer Mutter loszog.

Auf der Hauptstraße passierte sie eine zweispännige geschlossene Kutsche Richtung Frankfurt. Ein paar weitere Landfrauen reihten sich gemeinsam mit der Apfelbäuerin ein. Sie alle wollten ihre Waren auf dem Markt ortseinwärts feilbieten. Die Poststation lag genau neben der Einbiegung der Adscheider Straße zur Frankfurter Straße und Johanna band Argos vor dem Stall an.

Das Stalltor war verschlossen, von einem Postreiter nichts zu sehen. So wandte sie sich direkt zum angrenzenden Posthaus, wo sie den Brief an ihren Freund und alten Hauslehrer Thadaeus abgeben konnte.

Seit dem Verlust der linksrheinischen Gebiete an Frankreich war die Postbeförderung über die Route von Köln nach Frankfurt, an der die Station in Uckerath lag, schwieriger geworden. Die Rheingrenze überschreitende Briefe wurden fast ausschließlich durch militärische Kuriere transportiert. Die Postreiter und Kutschen sollten zwar freies Geleit genießen, aber es kam oft vor, dass die sonst so zuverlässig mit der Kaiserlichen Postgesellschaft beförderten Sendungen verloren gingen.

Johanna betrat das Posthaus. Im Erdgeschoss befand sich ein Wartesaal für die Reisenden, der mit mehreren Bänken und ein paar Tischen vollgestellt war. Das Posthaus bot auch ein paar Zimmer für Übernachtungen, falls die Kutschen zu einem längeren Aufenthalt gezwungen waren, weil keine Pferde zum Wechseln da waren. Doch hauptsächlich wurde die kleine Station von Uckerath von den Postreitern besucht. Als Johanna den Wartesaal betrat, wurde sie von der Tochter des Postmeisters mit einem breiten Lächeln auf den vollen Lippen empfangen.

»Fräulein Johanna. Haben Sie wieder einen Brief für Thadaeus?«

»Guten Morgen, Maria, schön Sie zu sehen. Und Sie haben ganz richtig geraten, ich habe einen Brief für Thadaeus.« Johanna glaubte zu wissen, dass die hübsche Frau ein Auge auf ihren alten Hauslehrer geworfen hatte. Thadaeus war oft hier gewesen. Er stand in regem Briefkontakt mit Freunden und Bekannten aus ganz Europa. Johann Heinrich Voß, der Übersetzer von Homers »Ilias« und »Odyssee« war nur einer von ihnen.

Johanna zog den Brief an ihren ehemaligen Hauslehrer aus der Rocktasche.

»Ihr Kleid ist ja ganz voller Dreck. Ich hole schnell etwas zum Reinigen«, sagte Maria. Sie war etwas älter als Johanna, wirkte aber mit ihren roten Wangen, den rötlichen Haaren und einer kleinen Stupsnase jünger.

»Nein, schon gut, Maria. Es wird sowieso wieder schmutzig, wenn ich zurückreite. Durch den Regen ist alles voller Schlamm.«

»Ja, die Postkutsche war auch noch gar nicht hier. Sie ist schon wieder überfällig, obwohl das eher nicht an den schlechten Straßen liegt. Ich fürchte, sie wird die Route bald gar nicht mehr fahren.«

»Ich habe im ›Tagblatt‹ gelesen, dass es viele Überfälle auf die Kutschen gab. Wissen Sie, was dahintersteckt?«, fragte Johanna.

»Nein, nicht wirklich. Mein Vater vermutet die Franzosen dahinter, aber auch deren Kurierreiter sind schon überfallen worden.« Sie atmete tief ein. »Die Kaiserliche Post wird es immer schwerer haben, Postreiter zu finden. Erst vor einer Woche kam der Peter Hofstadter ganz geschunden vorbei und hat hier sein Pferd getauscht. Sie kennen doch den Hofstadter aus Kircheib?«

»Nein, den kenne ich nicht, Maria.«

»Na, wie dem auch sei. Der Peter hat sich erst seit zwei Jahren als Postreiter der Kaiserlichen Reichspost verdingt, als die linksrheinischen Routen noch offen waren. Jetzt wird es zunehmend schwieriger, diese Gebiete zu erreichen. Wichtige grenzüberschreitende Depeschen werden nur noch über die Militärpost versandt. Aber der Peter hat es bis zuletzt immer wieder gewagt, die Post bis Köln hineinzutragen. Jetzt macht er es nicht mehr. Das ist ihm zu gefährlich geworden. Die Postreiter werden ja sogar hier schon überfallen.«

»Ich habe davon gelesen.«

»Na, bisher waren es hier hauptsächlich französische Militärkutschen. Aber man kann nie wissen. Sie brauchen sich jedoch keine Sorgen zu machen, Fräulein Johanna. Der Thadaeus lebt ja in Frankfurt.«

»Ja, da haben Sie wohl recht.« Johanna lächelte. »Und die Postkutsche ist noch nicht gekommen, sagen Sie?«

»Nein.« Maria schüttelte den Kopf. »Also geht Ihr Brief bestimmt noch mit der heutigen Post mit.«

Johanna übergab der jungen Frau den Brief an Thadaeus.

»Ich komme die Tage wieder rein und schau nach, ob eine Antwort da ist.«

»Bestimmt, er schreibt ja immer so schnell zurück.« Sie senkte den Kopf und heftete den Blick auf den Boden. »Ich meine … Sie wissen schon.«

Johanna lachte. »Das wissen Sie sicherlich besser als ich, Maria.«

25.

Die folgenden Tage verbrachte Henri überwiegend zusammen mit Edrik. Gemeinsam bereiteten sie die Lese vor. Die Kelter fand innerhalb der Klostermauern im Klosterhof statt. Hier stand die große Baumkelter, die er bei seinem ersten Rundgang mit dem ernsten Mönch schon besichtigt hatte. Jetzt überprüfte er sie genauer. Sie war in einem guten Zustand und es waren nur kleinere Ausbesserungsarbeiten von Nöten.

Trotz der Arbeit mit Edrik entkam Henri, der mehr und mehr seine Gesundheit zurückerhielt, den Hauptgebeten und Messen nun nicht mehr. Die Mönchsrobe und all die damit verbundenen Lügen wurden ihm dabei immer verhasster. Die misstrauischen Blicke von Markus begannen wieder. Nicht selten ließ er deshalb mit fadenscheinigen Argumenten die Gebete aus oder zog sich auf seine Kammer zurück, um dem Anschein nach allein zu beten.

In diesen stillen Stunden dachte er aber nicht nur an Johanna, sondern auch an seinen Freund und Kommandanten Jourdan. Er hatte sein Kommando niedergelegt. Das hatte Charles Wyk ihm erzählt, der tatsächlich einer Division unter direktem Kommando des Obergenerals angehört hatte. Nach seiner Verwundung war er zurückgefallen und konnte nicht mehr mit dem Heer mithalten. Aber das Jourdan wegen der verheerenden Niederlagen am oberen Rhein und in der Schlacht von Würzburg gegen die Österreicher in Ungnade gefallen war, das hatte er noch mitbekommen.

Henri hatte Jourdan nach Niederschlagung des Aufstands in der Vendée um seine Entlassung gebeten, aber der hatte ihm diese Bitte nicht gewährt. Nun hatte Henri einen Brief an ihn geschrieben. Das war vielleicht eine Brücke in sein altes Leben. Da Jourdan nicht mehr sein Kommandant war, konnte er ihm vielleicht helfen. Er wollte nicht mehr auf der Flucht sein, wollte nicht mehr in dieser Robe umherlaufen, die so wenig zu ihm passte, dass es sich anfühlte, als brenne sie ihm die Haut weg. Vielleicht wüsste sein alter Freund Rat. Wenn Jourdan ein gutes Wort für ihn einlegte, würde man ihm eventuell Pardon gewähren. Er legte vermutlich zu viel Hoffnung in diesen Plan, aber er würde es versuchen. Schließlich hatte er nichts mehr zu verlieren. Jourdan hatte ihn als einen Ratgeber geschätzt, hatte ihm ermöglicht, weg von der kämpfenden Truppe in die taktische Reihe zu wechseln, immer an seiner Seite. Jourdan hatte ihm vertraut. Durch seine Desertation hatte Henri vor allem auch seinen Kommandanten hintergangen. Er wollte sich ihm nun zumindest erklären. Also hatte er den langen Brief an Jean-Baptiste Jourdan nach Paris gesandt. Ob er ihn schon erreicht hatte? Ob er ihn überhaupt erreichen würde?

Leider hatte er bei seinem Treffen mit Wyk Johanna nicht wiedersehen können. Thomas hatte versucht sie zu sprechen, sie jedoch nicht angetroffen, sodass sie gar nichts von Henris Besuch auf dem Paulshof gewusst hatte. Vielleicht sollte er auch ihr einen Brief schreiben. Heute begann die Lese und er würde Thomas wieder treffen. Der Junge könnte doch den Briefboten spielen.

Die Trauben in seinen Händen riefen Erinnerungen an lang vergangene unbeschwerte Zeiten wach. Damals war er mit seiner Schwester durch die Reihen der Weinstöcke geschritten. Er trug einen geflochtenen Weidenkorb auf dem Rücken, den seine Schwester nach und nach mit den saftig-schweren Trauben füllte. Die Kinder hatten Spaß daran,

Jérôme und den anderen Erntehelfern zur Hand zu gehen. Die ein oder andere Traube wanderte in den Mund anstatt in den Korb.

Hier, weiter nördlich, waren die Trauben nicht so süß, wie er sie aus seiner Erinnerung kannte. Aber die Arbeit war die gleiche. Gemeinsam mit einer Schar von Erntehelfern, darunter auch Thomas, schritten sie Reihe um Reihe ab, sammelten die Trauben und brachten sie zum Hardthof, wo sie in die Pferdekarren verladen wurden, um dann zur Kelter in den Klosterhof gebracht zu werden.

»Henri, wollt Ihr nicht lieber das Verladen und Keltern mit mir beaufsichtigen?«, hatte Bruder Edrik ihn erstaunt gefragt, als er sich am Morgen nach Sonnenaufgang gemeinsam mit den angeworbenen Erntehelfern einen der Weidenkörbe auf den Rücken geschnallt hatte.

»Später komme ich gern dazu«, antwortete er, »aber erst möchte ich ein Gefühl für die Lese bekommen. Es ist lange her, wisst Ihr.«

Edrik ließ ihn gewähren. So war es beschlossene Sache. Am Morgen würde er bei der Lese helfen, und erst nach der Vesper, die alle Helfer gemeinsam auf dem Platz vor der Scheune des Hardthofs verbrachten, würde er an Edriks Seite das Verladen und die Baumkelter im Klosterhof beaufsichtigen. Auch auf diese Arbeit freute er sich. Der mächtige Arm der Kelter mit seinem Stempel musste durch Drehen auf das Kelterbecken heruntergesenkt werden. Hierzu wurden die Kräftigsten unter den Helfern abgestellt, wie etwa die beiden Jungs des Müllers Heuser. Edrik hatte die Helfer entsprechend eingeteilt. Die Heuser-Brüder fuhren jeweils mit zum Klosterhof, sobald die Pferdekarren gefüllt waren, wo Edrik auf sie wartete. Nachdem der Most gepresst war, wurden die gefüllten Fässer in die Vorratskeller des Klosters gebracht. Hier herrschte Ignatius.

Henri, Edrik und Ignatius hatten am Sonntag die Keller besichtigt und Platz für die neuen Fässer geschaffen. Aber nicht einmal Edrik wagte Ignatius in seinem Reich zu widersprechen. In den Vorrats- und Weinkellern führte der ein eisernes Regiment. Etwas, das Henri von seinem beleibten, gemütlichen Freund noch nicht kannte. Er musste daher schmunzeln, als er Ignatius bei der Vesper mit einem großen Korb in den Hardthof kommen sah, wo alle Helfer am frühen Nachmittag zusammensaßen, um eine kurze Pause einzulegen. Wer für das Kloster arbeitete, musste sich auch an diese Pause halten, in der gemeinsam gegessen und anschließend gebetet wurde.

»Ihr seid aber früh dran mit der Vesper. Ich hoffe, ihr habt noch Zeit für eine Stulle von meinem frisch gebackenen Brot?« Der Mönch ließ seinen Korb durch die Reihen geben. Die Junker und Helfer brachen sich jeweils ein Stück Brot ab, während Ignatius Streifen von einem Stück Schinken abschnitt und jedem reichte. Dazu schenkte Edrik Wein vom Vorjahr aus.

Henri setzte sich neben Thomas. Er wollte ihn bitten, den Brief für Johanna mitzunehmen.

»Gibt's das jetzt hier jeden Tag?«, fragte der Junge den Franzosen.

Henri blickte Hilfe suchend zu Ignatius, der die Frage des Jungen auch gehört hatte.

»Nein, wie immer nur am ersten Tag, fürchte ich. Und am letzten Tag natürlich, wenn wir ein kleines Fest mit allen feiern und den neuen Wein probieren.«

Die Stimmung war gut. Die Sonne hatte sich am späten Morgen durch die hartnäckige Wolkendecke hindurchgekämpft und wärmte die Pausierenden mit ihrer milden Herbststrahlung. Einer der Junker stimmte ein Lied an:

Bekränzt mit Laub den lieben vollen Becher
Und trinkt ihn fröhlich leer, und trinkt ihn fröhlich leer
Zu ganz Europia, ihr Herren Zecher,
Ist solch ein Wein nicht mehr, ist solch ein Wein nicht mehr[12]

Henris Gedanken schweiften ab. Der fröhliche Gesang und die milde Sonne formten ein Bild von Johanna vor seinem inneren Auge. Er sah sich selbst mit ihr Hand in Hand zwischen den Weinreben schlendern. Sie pflückte eine der Trauben und steckte sie ihm in den Mund.

»Henri … Henri, Bruder?« Ignatius stieß ihn an und hielt ihm ein Stück Brot vor die Nase. »Magst du noch eine Stulle?«

»Ah non«, sprach er gedankenverloren, nahm dann aber, einer plötzlichen Eingebung folgend, das Brot aus der Hand des verdutzt dreinblickenden Freunds. Er stieß den neben ihm sitzenden Thomas Pauls an. »Vielleicht möchtest du es?«

»Äh, ja klar. Danke schön.« Ein breites Grinsen unterstrich die Freude des Jungen, den Henri aus einer Unterhaltung mit Christian Heuser herausgerissen hatte.

»Sag, hast du Mademoiselle Joanna inzwischen treffen können?« Henri sprach leise. Sowohl das Wissen, das er und der Junge über Wyk teilten, als auch ihre gemeinsame Bekanntschaft mit Johanna waren für keine fremden Ohren bestimmt.

Thomas kaute auf einem großen Bissen Brot und schüttelte den Kopf.

»Würdest du für mich einen Brief an sie überbringen?«

Er zuckte mit den Schultern. »Klar, mach ich. Geben Sie ihn mir mit, ich kann heut Abend auf dem Nachhauseweg bei ihr vorbeigehen.«

Henri blickte in die Runde. Es sollte nicht jeder mitbekommen, dass er dem Jungen einen Brief zusteckte. Der Sänger beendete sein Lied und Applaus brauste auf.

Thomas zog seinen Rucksack heran, der hinter ihm stand. »Stecken Sie ihn einfach hier rein.«

Henri blickte noch einmal herum, aber niemand beachtete ihn. Ignatius füllte dem Sänger gerade erneut den Becher, damit seine Stimme gut geölt bliebe. Also fingerte Henri den Brief aus seiner Innentasche und steckte ihn Thomas in den Rucksack. Der nahm einen weiteren Biss von dem noch warmen Brot und wandte sich wieder seinem Freund Christian zu.

26.

»Genug gefaulenzt, sattle mir meinen Schimmel!«, wies Hermann Josef von Hatzfeld schroff den Pferdeknecht zurecht. Der hatte in der noch leicht wärmenden Sonne vor dem Stall gesessen und schläfrig an einem Strohhalm gekaut. Der Junge sprang auf und stürzte in den Stall, um seine Aufgabe zu erfüllen. Der Grafensohn schritt vor dem Stall auf und ab und klopfte ungeduldig mit den Fingern auf seinen Zylinder, den er in der Hand hielt. Er kam geradewegs von einer Unterredung mit seinem Vater.

Ob ich auch die Meldung über den neuerlichen Überfall auf die Postkutsche im »Rhein-Sieg-Anzeiger« gelesen habe. Pah. Nein, und Hermann Josef konnte seinem Vater nicht berichten, ob der Überfall wieder auf den Freiherrn von Attenbach zurückging. Nein, er hatte ihn seit der Unterredung auf dem Schloss nicht mehr gesehen. Ja, er hatte sich um dessen Tochter bemüht. Aber bei seiner Aufwartung war er ja nur der affektierten Mutter und ihrer unmöglichen Tochter begegnet. Wie sollte er sich beim Freiherrn ins Vertrauen schmeicheln, wenn er ihn nicht zu Gesicht bekam?

Dann müsse er sich eben noch mehr um die Tochter bemühen, war die Antwort und Aufforderung des Grafen gewesen.

Immerhin konnte er seinem Vater berichten, dass er sich schon erneut bei dem Weib angekündigt hatte, um ihr ein Ballkleid zu bringen. Er hatte Nagel ein paar Kleider aus dem Fundus seiner verstorbenen Mutter raussuchen lassen, aus denen sie eines wählen sollte. Für seine Stiefmutter kam das Auftragen der alten Roben nicht in Betracht, und so hatten sie wenigstens noch einen Nutzen. Ihm graute allerdings auch schon davor, der Widerspenstigen die Kleider vorzuführen. Immerhin war sie so gebaut, dass sie hineinpassen müsste. Ihre Mutter würde bestimmt entzückt sein. Die war leicht zu umgarnen. Aber die Tochter war ein schwereres Kaliber. Gleichzeitig konnte er es nicht verleugnen, dass gerade das ihn auch ein wenig reizte. Zumindest machte sie ihm seine Aufgabe nicht leicht.

Deshalb hatte er sich nach der Ansprache seines Vaters entschlossen, offensiver zu werden. Sie hatte davon geredet, dass dieser Apotheker ihr Freund sei. Offensichtlich lag ihr etwas an diesem Wicht. Nun denn, er würde die Frau mit guten Taten überzeugen.

Der Pferdeknecht kam mit dem Schimmel aus dem Stall geeilt. »Herr von Hatzfeld, Ihr Pferd.«

Hermann Josef entriss ihm die Zügel und setzte den Zylinder auf. Er saß auf und ritt aus dem Schlosshof heraus und auf direktem Wege über die Brücke auf die andere Siegseite. Von dort aus folgte er dem Fluss, passierte Gut Attenbach, um sich dann den Berg hoch nach Blankenberg zu begeben, wo der sogenannte Apotheker seinen miesen Laden führte.

Durch den zügigen Ritt belebt, begann Hermann Josef tatsächlich Freude an seiner Aufgabe zu entwickeln. Ja, konnte man es nicht taktische Kriegsführung nennen? Er schlug dem Feind quasi eine Finte. Ließ ihn zunächst unbeachtet liegen und wiegte ihn in Sicherheit, während er versuchte einen Verbündeten des Feindes auf seine Seite zu ziehen.

Als er aber die Tür zur Apotheke aufstieß und die unsägliche Glocke läutete, musste er wieder an seinen kläglich verendeten Hund denken.

Reiß dich zusammen. Er schüttelte die qualvolle Erinnerung ab. Wenn diese ganze Farce hier vorbei war, schwor er sich, würde er diesen Mann schon noch zur Rechenschaft ziehen. Der Landdinger konnte sich schon die Finger nach dem Quacksalber lecken. Jetzt aber hatte der Wurm erst noch einen anderen Zweck zu erfüllen.

»Werter Herr Katen«, begrüßte er den kleinen Mann mit weit ausgestreckten Armen, »ich hoffe, Sie empfangen mich noch in ihrem Laden. Ich fürchte, ich habe Abbitte zu leisten.« Er deutete gar eine Verbeugung an.

»Oh, Herr von Hatzfeld … welch Ehre …«, stammelte der völlig überrumpelte Apotheker. »Aber ich verstehe nicht ganz.«

»Aber, aber, Herr Katen. Sie wissen schon. Bei meinem letzten Besuch habe ich mich nicht ganz wohl verhalten. Ich möchte mich ganz einfach bei Ihnen entschuldigen.« Die

Worte klebten an seiner Zunge, doch er brachte sie heraus, und das auch noch mit einem Lächeln auf den Lippen. *Vielleicht sollte ich beim Königlichen Nationaltheater in Berlin vorstellig werden, statt meine Ausbildung in der preußischen Armee fortzusetzen.* Bei dieser Vorstellung fiel ihm das aufgesetzte Lächeln sogar noch leichter.

»Aber das ist doch nicht nötig, Herr von Hatzfeld. Es ist schon alles vergessen.« Katen knetete seine Hände. Wenigstens schien dem Winzling die ganze Vorstellung noch unangenehmer zu sein, als ihm selbst.

»Nein, nein. Sie hatten ganz recht. Wissen Sie, das gescheite Fräulein von Attenbach hat mir die ganze Angelegenheit vor Augen geführt. Und als Wiedergutmachung möchte ich zuerst einmal meine Schulden bei Ihnen begleichen.«

Hatzfeld zog eine Börse aus der vorderen Tasche seiner Weste und fingerte einen Reichstaler heraus, den er demonstrativ in die Luft hielt und dann auf die Theke legte. »Eine ganz erstaunliche junge Frau, diese Johanna von Attenbach, nicht wahr, Herr Katen? Und so gescheit.«

»Ja, wie recht Sie haben, Herr von Hatzfeld. Sie hat so ein großes Herz. Man kann sich keine Bessere vorstellen.«

Keine Bessere, ha. Er musste nur an die pralle Anna von der Schenke in Müschmühle denken.

Katen nahm vorsichtig, so als ob er dem Frieden noch nicht traute, den Reichstaler an sich.

»Nur zu, Katen. Er gebührt Ihnen. Und jetzt brauche ich noch Ihren Rat, mein Lieber.«

»Meinen Rat?«

»Ja, in Bezug auf das Fräulein Johanna. Sehen Sie. Ich werde sie zum Ball führen und suche noch nach einem passenden Geschenk. Was glauben Sie, Katen? Sie kennen doch ihren Geschmack. Wäre ein Duftwässerchen das Richtige?«

»Ein Duftwasser. Ja, natürlich. Oh, da hätte ich etwas. Einen Moment.«

Der Apotheker drehte sich zu einer Vitrine um, öffnete die Glastür und entnahm einen kleinen Flakon. »Hier, dieses Duftwasser habe ich aus den eigens von Fräulein Johanna geernteten Lavendelblüten destilliert. Das wird ihr sicher gefallen.«

»Eigens geerntet.« Kurz schnellten von Hatzfelds Augenbrauen in die Höhe. *O mein Gott,* dachte er, *im Boden wühlt sie auch noch wie ein Landmann.*

»Ganz hervorragend! Das nehme ich.«

»Gern.« Der Apotheker wickelte den Flakon vorsichtig in ein Stück Papier ein und reichte ihn über die Theke an seinen Kunden.

Nachdem der Grafensohn bezahlt hatte, sprach er noch einmal seine Entschuldigung für die vergangenen Unannehmlichkeiten aus. Man musste nur in Übertreibungen schwelgen, und schon wurde einem alles geglaubt. Dann konnte er sich endlich verabschieden.

»Und bestellen Sie dem Fräulein Johanna bitte meine allerherzlichsten Grüße«, säuselte der Apotheker ihm hinterher.

Von Hatzfeld hob seinen Zylinder. »Natürlich, Katen. Und seien Sie versichert, dass ich Sie von nun an wärmstens weiterempfehlen werde.« *Insbesondere dem Landdinger werde ich dich anempfehlen,* dachte er. Damit verließ Hermann Josef von Hatzfeld zufrieden die Apotheke und war sich sicher, eine Schlacht in diesem Krieg zu seinen Gunsten entschieden zu haben.

27.

Wieder war fast eine Woche vergangen, und noch immer hatte sie nichts von Henri gehört. Sie hatte wirklich versucht, ihn zu vergessen. Aber immer wieder ertappte sie sich bei der geringsten Kleinigkeit dabei, dass es sie an ihn erinnerte. Der Rosmarin in ihrem Garten hatte die Farbe seiner Augen. Als Sigrid einen Kuchen backte, dachte sie an ihren letzten Brombeerkuchen und daran, dass sie ihn beim Sammeln der Beeren gefunden hatte.

Sie musste das sein lassen. Das konnte so nicht weitergehen. Nur von Hatzfeld hatte ihr einen Boten geschickt. Hatte sich für heute Nachmittag angekündigt, um ihr ein Ballkleid zu bringen. Zumindest ersparte es ihr das lästige Ausmessen bei der Schneiderin.

Aber vorher wollte sie noch einmal zur Poststation reiten, um zu sehen, ob ein Antwortbrief von Thadaeus angekommen war.

Argos wartete, schon fertig gesattelt, nur darauf, dass sie aufstieg, als Thomas Pauls in den Hof gerannt kam.

»Thomas, warum bist du denn nicht in der Schule?« Johanna nahm die Hand vom Sattelknauf und wartete auf eine Antwort des Jungen, der schnaufend vor ihr stand.

»Bin spät dran, muss hoch nach Blankenberg«, er holte mehrmals Luft und rieb sich den Schweiß von der Stirn. Er war offensichtlich das ganze Stück vom Hof bis nach Attenbach gelaufen.

»Jetzt hol erst einmal richtig Luft, bist ja ganz außer Atem. Was gibt es denn so Dringendes?«

»Hab etwas für dich. Gestern hab ich es nicht mehr

geschafft, musste noch die Kuh melken, nachdem ich aus Bödingen wieder da war, weil der Reinhard sich die Hand geklemmt hat.«

Johanna horchte auf. »Du warst in Bödingen?«

»Ja, die Weinlese ist angelaufen und ich habe mich zum Helfen gemeldet.« Der Junge war wieder bei Atem. »Den kleinen Obolus, den es gibt, können wir dieses Jahr gut gebrauchen.«

Dann begannen die Kirchenglocken aus Bödingen vom Berg her zu schallen. Die Glocken aus der Blankenberger Kirche waren hier unten meist nicht zu hören, da das Läuten mit dem Wind in die andere Richtung fortgetragen wurde. Attenbach und seine Ländereien gehörten zum Kirchspiel Bödingen. Aber Schule und Gottesdienste wurden der einfacheren Erreichbarkeit wegen in Blankenberg besucht. Nur zum eigenen Begräbnis wurde man über die Sieg nach Bödingen geschippert.

»Oh nein, die Glocken. Ich werde zu spät kommen.« Der Junge kramte etwas aus der Hosentasche »Hier, den soll ich dir geben.« Er reichte ihr einen Brief.

Johanna nahm ihn entgegen. »Ich kann dich doch schnell mitnehmen, Argos wird es nichts ausmachen.«

Doch der Junge schüttelte den Kopf. »Schon, gut. Schaffe ich schon.«

Johanna starrte auf den Brief. Sie musste das Papier erst entfalten, da Thomas es mehrmals geknickt hatte, damit es in seine Hosentasche passte. Auf dem zerknitterten Papier prangte in schwungvollen Lettern ihr Name. Sie blickte wieder auf. »Von wem …?« Doch der Junge war schon wieder aus dem Hof gelaufen.

Johanna drehte den Brief auf die Rückseite. Dort trug er ein Siegel des Klosters Bödingen. Konnte es sein, dass es ein Brief von ihm war? Sie wagte es nicht zu hoffen. Sie blickte sich um. Es war niemand zu sehen, doch das musste nichts heißen. Diese Nachricht wollte sie nicht in dem Gefühl lesen, beobachtet werden zu können.

»Argos, du musst dich noch ein wenig gedulden. Bald werden wir zur Poststation reiten. Aber erst muss ich noch diesen Brief hier lesen. Bin gleich wieder da, mein Guter.« Sie band das Pferd an den vor dem Stall verlaufenden Holmen an und sputete ins Haus zurück. Mit Herzklopfen erreichte sie den großen Treppenaufgang im Flur und wollte hoch in ihr Zimmer eilen. Da kam ihr die Mutter von oben entgegen.

»Johanna, wohin willst du denn schon wieder so früh am Tage?«

»Oh, Mutter.« Warum war Caroline so früh wach? »Ich will nur schnell zur Poststation reiten, ob ein Brief von Thadaeus da ist.«

»Du hast doch nicht vergessen, dass der junge Herr von Hatzfeld heute kommt?«

»Von Hatzfeld?« Johanna hatte im Augenblick nur Gedanken für einen Mann.

»Dein Ballkleid, mein Kind! Das kannst du doch nicht vergessen haben!«

Johannas immer noch abwesenden Gesichtsausdruck nahm Caroline zum Anlass ihr weiter auf die Sprünge zu helfen. »Aber er kommt doch, um dir Ballkleider zum Anprobieren zu bringen. Ich hab dich gestern noch daran erinnert.«

»Ja, ich weiß. Ich bin auch gleich wieder da, Mutter.«

»Korrespondierst du also immer noch mit diesem Hauslehrer?« Kopfschüttelnd ging Caroline an ihrer Tochter vorbei. »Das muss aber aufhören, wenn du erst die Ehefrau von Hermann Josef bist.«

»Ach, Mutter, nur weil er mich auf den Ball eingeladen hat, heißt das doch nicht, dass er mich gleich heiratet.«

»Nein, sicher nicht, wenn du dich weiterhin so verhältst. Bitte sei also pünktlich wieder zurück. Hörst du?«

»Ja, Mutter. Ich werde zu Mittag wieder zurück sein.«

Schnell verließ Johanna wieder das Haus, den Brief sorgfältig in ihrer Rocktasche verstaut. Hier würde sie keine Ruhe zum Lesen finden. Sie band Argos los und ritt aus dem Hof. Als sie außer Sichtweite des Rittersitzes war, zügelte sie den schnellen Schritt ihres Pferds, hielt an einer Wegbiegung an und stieg ab. Sie setzte sich unter einen großen Baum. Mit zitternden Händen holte sie den Brief hervor und zerbrach das Siegel.

Er war tatsächlich von Henri.

Ma chère Johanna,

Er nannte sie seine Teure. Sie bedeutete ihm etwas!

lange habe ich überlegt, was ich Ihnen schreiben kann – und darf. Ob es mir überhaupt erlaubt ist, Ihnen zu schreiben. Verantwortungsvoller wäre es sicherlich, wenn ich ohne ein weiteres Wort wieder aus Ihrem Leben verschwinden würde. Aber ich bin gut darin geworden, vor meiner Verantwortung davonzulaufen. Ich bin schwach und eigennützig. Nein, ich muss es anders sagen. Erst durch die Begegnung mit Ihnen habe ich überhaupt wieder die Kraft gefunden, so etwas wie einen Eigensinn zu empfinden. Vorher war ich nichts, keine Person. Keine Person, die ein Recht hat, irgendetwas zu empfinden. Doch Sie haben eine Gabe. Die Gabe, Zuversicht und Lebensmut zu vermitteln. Ich danke Ihnen unendlich dafür. Aber gerade deshalb werde ich Ihr

Leben nicht zerstören und Sie nicht mit in die tiefen Strudel des meinen mitziehen. Ich werde bald von hier fortgehen, und unsere Wege werden sich für immer trennen. Nun, da Sie mir die Kraft gegeben haben, wieder an mich selbst zu glauben, werde ich diese Kraft nutzen, um das Geschenk, das Sie mir zu geben bereit sind, abzulehnen – um Ihretwillen.

Was schrieb er denn da?

Sie müssen mich schnell vergessen. Aber ein Mal noch will ich Sie sehen. Wollen Sie mir diesen Wunsch gewähren? Können wir uns treffen? Am Tag des Weinlesefestes? Bruder Edrik sagte mir, dass es am Tag der heiligen Ursula von Köln stattfinden wird, am 21. Oktober. Es wird mich dann niemand vermissen. Es würde mir viel bedeuten.
Lassen Sie mir Ihre Antwort über den jungen Thomas zukommen. Er sagte mir, er sei Ihr Freund. Ich sehne einer Antwort entgegen.

À jamais votre ami
Henri

Am 21. Oktober. Der Tag vor dem Ball. *Oh, Henri.* Johanna drückte seinen Brief an ihre Brust. Wer sagte denn, dass er fort musste? Sicher würde sie einen Weg finden. Allein die Vorstellung, von ihm Abschied nehmen zu müssen und dann am nächsten Tag mit dem arroganten Hatzfeld zum Ball zu gehen. Nein, das konnte er ihr nicht antun. Er hatte sie doch »ma chère« genannt. Das hieß doch, dass er auch an sie dachte. Er empfand genau wie sie. Das war es, was zählte. Sie würde ihn überzeugen, hier zu bleiben. Jetzt da sie wusste, dass er sie auch wollte, war alles möglich.

Sie musste ihm unbedingt antworten. Und Thomas den Brief geben.

Johanna sprang auf. »Argos, er liebt mich, er liebt mich!« Sie schlang die Arme um den Hals des Pferdes. »Los komm, schnell zur Poststation.« Sie legte Argos die Zügel um den Hals und sprang in den Sattel. »En galop, mon cher.« Das Pferd setzte sich in Bewegung. Es spürte die überschwängliche Freude seiner Reiterin. »Ma chère! Ma chère. Ich bin ihm teuer. Alles wird gut«, flüsterte sie dem Rappen zu, während sie sich im schnellen Galopp nach vorne lehnte und sich zum Ohr des Tieres hinunterbeugte. »Erzähl es nur niemandem, mein Guter.«

Einen Brief von Thadaeus gab es nicht, aber das schmerzte sie nicht halb so viel, wie es noch vor Erhalt von Henris Nachricht der Fall gewesen wäre.

»Haben Sie vielleicht etwas Briefpapier hier, Maria?« fragte sie die Tochter des Postmeisters, die wieder Dienst tat. Wenn Sie einen Antwortbrief an Henri schreiben wollte, machte sie das am besten sofort. Dann konnte sie, bevor sie nach Hause ritt, den Brief schnell noch bei Thomas vorbeibringen. Der würde zwar schon bei der Lese in Bödingen sein. Aber seine Mutter konnte ihm den Brief heute Abend geben, damit er ihn morgen mitnahm.

»Ja sicher, hier.« Maria gab Johanna Papier und Federkiel.

Johanna setzte sich an den Tisch im Warteraum und schrieb. Es war ganz gut, dass sie nicht viel Zeit hatte, denn so musste sie sich auf notwendige Informationen beschränken. Ihre Gefühle auszudrücken wie der leidende Werther, dazu war sie noch zu unbedarft in Liebesdingen.

Lieber Henri,

auch ich habe viel an Sie gedacht. Deshalb empfing ich Ihre Zeilen mit großer Freude.
Treffen Sie mich am 21. Oktober zur sechsten Stunde nach Mittag am Mühlenteich in Halberg. Thomas wird den Weg dorthin wissen.
Ich werde voller Sehnsucht auf Sie warten.

Ihre Freundin
Johanna

Das musste reichen. Sie faltete das Papier und legte es vorsichtig in den Umschlag. Dann gab sie Maria den Federkiel zurück.

»Wollen Sie den Brief denn nicht hier lassen?«

»Nein, Maria, dieser Brief hat keinen so weiten Weg zurückzulegen.« Die Morgenglocken der nahe gelegenen Uckerather Kirche begannen zu läuten. »Oh, jetzt muss ich mich aber beeilen. Bis bald, Maria.«

Als die Tochter des Postbeamten ihren Abschiedsgruß sprach, trat Johanna auch schon zur Tür heraus. Sie nahm Argos' Zügel und führte ihn ein Stück die Straße hinunter, saß auf und ließ das Pferd in den Galopp gehen. Vielleicht schaffte sie es, auf dem Weg zum Paulshof noch einen Abstecher zum Apotheker in Blankenberg zu machen.

Nach einer halben Stunde erreichte sie die mittelalterliche Stadt Blankenberg. Die Kirchenglocken von St. Katharinen waren bereits verstummt. Der Marktplatz war menschenleer, bis auf einen Jungen, der quer über den Platz zur Schule rannte. Nach dem, was sie von Thomas über den neuen Lehrer gehört hatte, machte sich Johanna keine Sorgen, dass dem Jungen ob der Verspätung eine Tracht Prügel drohte. Sie ließ Argos vor der Apotheke anhalten und band ihn fest.

Als sie eintrat, schellte die Türglocke wie gewohnt und rief ihren Freund Heinrich Katen aus der hinteren Stube nach vorn in den Verkaufsraum.

»Johanna, welch eine Überraschung.« Der kleine Mann umrundete den Tresen, lief auf seine Freundin zu und umarmte sie.

»Heinrich, du verbreitest heute aber eine fröhliche Stimmung.«

»Meine liebe, beste Johanna, du wirst es mir nicht glauben, wenn ich dir erzählte, wer für meine gute Laune verantwortlich ist.« Er zog sie mit sich hinter den Tresen.

»Wir müssen darauf anstoßen.« Heinrich öffnete die Tür unter dem Tresen, in dem sein bestes Tröpfchen verborgen war, nahm die Flasche und zwei Gläschen hervor und schenkte ein. Johanna nahm eines der Gläser entgegen und die beiden stießen an.

»Und was gibt es nun zu feiern? Los, raus mit der Sprache, Heinrich. Spann mich doch nicht so lange auf die Folter.«

»Dein Zukünftiger war gestern hier, junge Dame. Und ich weiß nicht, was du mit ihm angestellt hast, aber er war lammfromm.«

»Wer war hier?« Johanna stockte der Atem. Ihre Gedanken waren bei seinen Worten unweigerlich zu Henri gesprungen. Aber das war natürlich blanker Unsinn.

»Na, der junge Herr von Hatzfeld, natürlich. Was glaubst du?«

»Und deshalb bist du gut gelaunt, das kann ich nicht glauben, Heinrich. Und wieso mein Zukünftiger? Verhüte, dass deine Worte noch etwas beschwören.« Johanna nahm einen kräftigen Schluck von dem hochprozentigen Tropfen, um solch einen Gedanken schnell wegzuspülen.

»Ach, Johanna. Vielleicht ist er doch kein so schlechter Kerl, wie wir gedacht haben. Oder dein wohltuender Einfluss hat jetzt schon bei ihm gefruchtet. Stell dir vor. Er hat sich bei mir entschuldigt!«

Er erzählte ihr von dem merkwürdigen Besuch am Vortag.

Johanna war wirklich überrascht. Sie konnte sich nicht vorstellen, dass ihre Worte solch einen Einfluss auf den Grafensohn gehabt hatten. Hatte er womöglich tatsächlich Absichten, sie zu ehelichen, und wollte sie wohlgesinnt machen?

»Ich weiß nicht, Heinrich. Ob man ihm trauen kann? Schließlich hat er sich erst einmal ganz schrecklich dir gegenüber verhalten. Es ist natürlich löblich, dass er sich entschuldigt hat, aber …«

»Und wenn er es nur gemacht hat, um dir zu gefallen, ist das nicht das schlechteste Motiv, Johanna. Denk mal drüber nach.«

»Vielleicht hast du recht. Ich fürchte nur, dazu ist es jetzt zu spät.« Sie machte eine bedeutungsvolle Pause und schaute, um seinem Blick auszuweichen, in das leere Glas, das sie in der Hand hielt. »Mein Herz ist vergeben«, flüsterte sie.

Oh, wie gut es tat, das auszusprechen. Viel besser, als es nur einem Blatt Papier anzuvertrauen. Irgendwie machte es ihre Gefühle wirklicher. Greifbarer. Als sie aber das erstaunte Gesicht des Apothekers erblickte, entsann sie sich plötzlich der Notwendigkeit der Geheimhaltung.

»Ich schweige still, Heinrich. Nimm es mir nicht übel, aber mehr kann ich dir nicht anvertrauen. Jetzt muss ich schnell los, bevor noch weitere Worte meinem Munde entfleuchen. Danke für den Stärkungstrunk. Ich kann ihn gebrauchen, werde ich doch gleich auf den geläuterten Grafensohn treffen. Er bringt mir ein Kleid für den Ball.« Sie verdrehte die Augen.

»Lass dich nur nicht auf einen Irrweg ein, Johanna. Manchmal muss man in einen sauren Apfel beißen im Leben, wenn man sonst gar nichts zu essen hätte, hörst du.«

»Schon gut, Heinrich, du kennst mich doch.«

»Eben, eben.«

Heinrichs fröhliches Gesicht war verschwunden. Aber Johanna musste weiter, wollte sie den Brief noch an den Boten übergeben.

Als sie endlich wieder auf dem heimischen Hof ankam, hatte Johanna eine nachdenklich stimmende Begegnung hinter sich gebracht. Mutter Pauls war merkwürdig zurückhaltend gewesen, als sie ihr den Brief für Thomas übergeben hatte. Johanna wusste nicht, was sie davon halten sollte. Eigentlich hatte sie auf dem Paulshof eine herzliche Begrüßung erwartet, da sie doch neben dem neuen Saatgut auch noch den Pachtaufschub für die Familie erreicht hatte. Ob der Wyk sich danebenbenommen hatte? Sie hatte ihn nicht gesehen, und Mutter Pauls hatte nicht über ihn gesprochen. Aber Johanna blieb nicht viel Zeit, weiter darüber nachzudenken, denn im Hof stand bereits die Kutsche des Grafen von Hatzfeld.

28.

Johanna brachte ihr Pferd in den Stall, wo sie Franz, den Sohn Tenhagens antraf. »Du bist ja schon aus der Schule wieder zurück. Ist es schon so spät?«, fragte sie den Jungen.

»Ja, die Schule ist schon seit einer Stunde zu Ende.«

»Oje, Franz. Dann bin ich aber wirklich zu spät dran. Kannst du Argos für mich versorgen?«

»Klar.«

»Und wie sehe ich aus? Schau mal. Hab ich irgendwelche Dreckspuren im Gesicht?« Sie beugte sich, Nase voran, zu dem Jungen hinunter.

»Äh, nö. Kein Dreck zu sehen.« Verschämt blickte Franz weg und nahm ihr die Zügel aus der Hand, um sich um das Pferd zu kümmern. Davon verstand er auf jeden Fall mehr.

Johanna strich ihr Kleid glatt und blickte an sich hinunter. Na gut, ein paar Schmutzflecken wies der Saum ihres Kleids schon auf. Aber das war ja kein Wunder bei dem feuchten Wetter der letzten Tage. Ach was, sie würde ja ohnehin irgendwelche anderen Kleider anprobieren.

»Danke, Franz.«

Sie schritt über den Hof an der Kutsche des Grafen vorbei. Die beiden weißen Stuten warteten recht vornehm und geduldig. Johanna dagegen wollte die Begegnung mit ihrem Verehrer und die Kleiderschau möglichst schnell hinter sich bringen. Mit Schwung öffnete sie die Tür zum Hintereingang des Ritterguts.

»Da sind Sie ja endlich. Wo waren Sie denn nur?« Sigrid, die Köchin, begrüßte sie schon auf der Türschwelle. »Der

Herr von Hatzfeld ist schon eine gute halbe Stunde hier, und Ihre Mutter ist schon ganz außer sich.«

»Ach, Sigrid. Ich kann es nicht ändern. Manche Dinge sind mir eben wichtiger als andere, denke ich. Ich meine es ja nicht böse.«

»Na, jetzt ist es wirklich nicht mehr zu ändern. Aber ab und zu sollten Sie einmal an das Wohlbefinden Ihrer Mama denken.« Sigrid schüttelte den Kopf »Na los, beeilen Sie sich.«

»Im Salon?«, fragte Johanna.

»Ja doch. Stecken Sie schnell den Kopf hinein, Kind, und zeigen Sie sich. Dann wartet die Gudrun schon in Ihrem Zimmer mit den Kleidern, die der Herr mitgebracht hat. Ach, die sind vielleicht schön.«

»Hast du sie schon gesehen?«

»Ja, ich habe Gudrun geholfen, sie hochzutragen.«

»Und welches gefällt dir am besten, Sigrid?«

»Ich weiß nicht recht …«

»Ach komm, Sigrid. Du weißt doch, dass ich für so etwas kein Auge hab. Und auf Mutters Rat möchte ich mich nicht verlassen.«

»Also gut. Ich finde, das Fliederfarbene würde am besten zu Ihnen passen. Und nun ab.«

Die Köchin verpasste ihr einen Klaps auf den Popo und Johanna eilte zum Salon, um ihren Verehrer und Wohltäter zu begrüßen, obwohl sie ihm diese Rolle immer noch nicht abnahm.

Noch einmal strich sie ihr Kleid glatt, holte tief Luft und drückte die Tür auf. Ihre Mutter und Hermann Josef von Hatzfeld saßen an der großen Tafel. Dampf stieg aus einer Teekanne auf. Dazu war Teegedeck für drei aufgetragen. Ihre Mutter nippte an ihrem Tee. Als Johanna eintrat, stellte sie die Tasse klirrend auf die Untertasse. »Da bist du ja endlich, Tochter.«

Hermann Josef, der mit dem Rücken zur Tür saß, erhob sich sofort und kam auf Johanna zu. »Wertes Fräulein Johanna. Ich habe schon sehnsüchtig auf Sie gewartet.« Johanna, reichte ihm ihre Hand und von Hatzfeld deutete einen Handkuss an.

»Entschuldigen Sie bitte meine Verspätung. Ich hatte noch eine dringende Post zu erledigen.«

»So?« Von Hatzfeld zog die Augenbrauen hoch.

Ihre Mutter war nun auch aufgestanden und ersparte Johanna eine Antwort. »Ach, Herr von Hatzfeld, nicht wirklich dringend.« Sie hakte sich bei ihm unter. Johanna kam diese Vertrautheit ihrer Mutter mit dem Grafensohn merkwürdig vor. Was hatten die beiden bloß schon alles miteinander vereinbart?

Caroline sinnierte fort: »Eine junge Frau muss sich in manchen Dingen einer alten Freundin zuwenden, um ihr die Nervosität bei gewissen bevorstehenden Treffen anzuvertrauen. Das kann dann manchmal zu einer äußerst dringenden Herzensangelegenheit werden, die nicht aufgeschoben werden kann, nicht wahr Johanna.« Sie blickte ihre Tochter an, die Augenbrauen hochgezogen.

Wenn sie wüsste, wie recht sie damit hat, dachte Johanna.

»Nun, dann sind Sie natürlich entschuldigt.« Hermann Josef deutete ein Lächeln an. »Aber, nun würde ich mich wirklich freuen, wenn Sie die Kleider anprobieren und vorführen, die ich mitgebracht habe.«

»Johanna, der Herr von Hatzfeld hat mir gerade anvertraut, dass die Kleider seiner verstorbenen Mutter gehörten. Gott hab sie selig.« Caroline bekreuzigte sich. »Das ist wirklich eine sehr wohlwollende Geste von Ihnen, werter Herr von Hatzfeld. Ich weiß gar nicht, wie wir Ihnen danken können.«

»Aber Caroline, Sie hatten doch versprochen mich Hermann Josef zu nennen.«

Die Freiherrin nahm ihr Taschentuch verlegen zum Mund. »Oh, natürlich. Verzeihen Sie mir, Hermann Josef.«

Johanna wurde das liebliche Gerede zu viel. »Ich werde mich dann mal zur Anprobe begeben.« Sie verließ den Salon und eilte die Treppe hinauf.

In ihrem Zimmer wartete bereits Gudrun auf sie. Die Kleider hatte die Magd auf dem Bett ausgebreitet.

»Oh, Fräulein Johanna. Sehen Sie nur. Sind sie nicht alle drei prächtig?«

Johanna konnte nicht anders, als ihr zuzustimmen. Es waren drei sehr edle Roben, doch Johanna fiel sofort diejenige ins Auge, die ihr die Köchin beschrieben hatte. Im Gegensatz zu den anderen zwei, die hochgeschlossen und aus schwerem Stoff genäht waren – eines hatte sogar noch ein Mieder –, war das fliederfarbene ein leichtes Chemisenkleid. Es war unterhalb der Brust gerafft, mit kurzen Ärmeln. Diese und der halbrunde Halsausschnitt waren mit feiner goldener Borte besetzt.

»Welches gefällt Ihnen denn am besten?«, fragte sie Gudrun.

»Oh, dieses dunkelgrüne hier mit dem samtenen Stoff fühlt sich so schön an. Und schauen Sie nur wie es glänzt. Darin würden Sie wie eine Prinzessin aussehen.«

»Also gut. Fangen wir damit an.«

Gudrun half ihr, es anzuziehen. Das dauerte ein Weilchen, weil es am Rücken mit unzähligen kleinen Haken verschlossen werden musste. Als die Magd alle geschlossen hatte, schnürte es ihr fast die Luft ab. Die Länge passte hervorragend, aber Hermann Josefs Mutter musste eine sehr zierliche Person gewesen sein. Denn obwohl Johanna schlank gebaut war, spannte es sehr an Brust, Hals und Po.

»Man sieht es aber gar nicht, dass es ein wenig eng ist. Der Stoff fällt so weit hinunter.«

»Man spürt es aber, Gudrun.« Sie stakste die Treppe hinunter wie ein Storch.

Unten am Treppenabsatz stand die Köchin und nickte wohlwollend. Die Wirkung des Kleides löste bei ihrer Mutter überschwängliche »Ohs« und »Ahs« aus. Hermann Josef hielt sich deutlich bedeckter und war von überraschender Ehrlichkeit.

»Nun, es ist annehmbar, aber Ihnen fehlt, mit Verlaub, ein wenig die Zartheit meiner Mutter. Ihr gab dieses Kleid Halt. Bei Ihnen wirkt es zu … hm, wie soll ich es sagen … pompös, möchte ich sagen.« Er nahm einen Schluck von seinem Tee. Johanna kam er sogar ein wenig vor wie ein Schneider. Vielleicht schlummerten tatsächlich verborgene Talente in ihm. Sie schätzte seine ehrliche Meinung.

»Genau das habe ich auch gedacht. Und es sitzt auch ein wenig straff, wenn ich das sagen darf. Ihre Mutter muss wahrlich eine sehr zarte Person gewesen sein.«

»Ja, das war sie wohl. So zart, dass sie sich nach der Geburt meines Bruders nicht mehr richtig erholt hat. Sie starb bereits als ich noch ein kleiner Junge war.« Plötzlich wirkte er sehr traurig und verletzlich. Vielleicht hatte sie ihn ja zu vorschnell beurteilt und er verbarg unter seiner harten Schale nur ein einsames Kind.

»Dieses Kleid trägt sie auf ihrem letzten Porträt, das mein Vater von ihr anfertigen ließ, kurz bevor sie von uns ging.« Er blickte an ihr vorbei durchs Fenster, das Richtung Allner lag.

»Es ist wunderschön, aber es ist vielleicht nicht das Richtige für den Ball«, sagte Johanna.

Ihre Worte holten ihn wieder ins Zimmer zurück. »Ja, Sie haben recht. Ich hätte es nicht mitbringen sollen.«

Johanna zog das zweite Kleid an, das zwar am Hals nicht hochgeschlossen war wie das erste, dafür aber mit einem

Mieder geschnürt wurde. Johanna fühlte sich darin wie eine allzu reife Erbsenschote. Dieses Kleid schien nicht mit traurigen Erinnerungen behaftet, doch sie bewegte sich darin vermutlich so steif, dass es Hermann Josef und sogar ihrer Mutter nicht zu gefallen wusste.

Als sie das letzte Kleid anzog, fühlte Johanna sich leicht und elegant zugleich. Der helle Lavendelton passte hervorragend zu ihren schwarzen Haaren. Das Kleid reichte bis zum Boden, und mit den Goldborten wirkte es sehr klassisch. Ja, Johanna fühlte sich wie die aus dem Buche gestiegene Nymphe aus Homers »Odyssee«. Nur schade, dass sie nicht ihren Franzosen damit verführen konnte, wie es Kalypso mit Odysseus getan hatte.

Auch Sigrid am Fuß der Treppe begrüßte ihre Erscheinung mit einem Lächeln, so breit wie ihr Gesicht.

Als Johanna den Salon betrat, sprühte ihre Mutter sofort vor Begeisterung. »Das ist es, Liebes. Als ob es für dich angefertigt worden wäre.«

»Ja, ich finde es auch sehr schön. Sie haben wirklich einen guten Geschmack bewiesen«, sagte Johanna zu Hermann Josef.

»So sei es denn.« Der Grafensohn war noch immer in Gedanken versunken. »Damit sind Sie angemessen genug gekleidet, um mich auf den Ball begleiten zu können.«

Johannas Augen weiteten sich kurz, sie zwang sich aber still zu sein. Sie wurde nicht wirklich schlau aus dem Mann. Aber sie wollte ihm zugutehalten, dass er vielleicht nur ein verwundetes Herz hatte und deshalb nach außen grob erschien.

»Hermann Josef, Sie bleiben doch, um mit uns zu speisen, nicht wahr?«

»Mutter, der Herr von Hatzfeld hat bestimmt noch dringende Dinge zu erledigen, und wir haben seine Zeit schon über Gebühr beansprucht.«

»Nein, eigentlich nicht. Aber ich weiß nicht, ob es sich anschickt, noch länger allein mit den Damen zu verweilen, wenn der Herr des Hauses nicht anwesend ist.«

»Oh, ich erwarte meinen Gatten alsbald. Er lässt sich nur selten die guten Speisen unserer Sigrid entgehen.«

Sie blickte zu ihrer Mutter und kräuselte die Stirn. Was redete Caroline da nur? Als ob man je mit dem Freiherrn rechnen konnte. Schon gar nicht regelmäßig. Ihre Mutter schreckte ja nicht mal vor Lügen zurück, nur um den von Hatzfeld noch länger hier zu halten. Dabei sehnte sie sich nach der Einsamkeit in ihrem Zimmer. Sie konnte es nicht erwarten, seinen Brief noch einmal zu lesen.

»Nun, wenn das so ist, nehme ich Ihre Einladung gern an, Caroline.« Von Hatzfeld hatte Gefallen daran gefunden, auf Attenbach zu verweilen. Oder womöglich in ihrer Nähe? War er wirklich an ihr interessiert?

»Ich werde mich umkleiden. Wenn Sie mich entschuldigen wollen, Hermann Josef. Maman.« Johanna war froh, dass sie so den Salon zumindest für eine kurze Zeit verlassen konnte. Die Luft hier wurde langsam, aber sicher zu stickig für sie. Und das lag dieses Mal nicht an einem zu engen Kleid. Erleichtert schloss sie die Salontür hinter sich und ging erneut auf ihr Zimmer, um sich ein einfaches Hauskleid anzuziehen und durchzuatmen. Henris Brief berührte sie mit ihren Lippen, sog seinen Duft ein und legte ihn dann unter ihr Kopfkissen.

29.

Thomas schaufelte hastig einen Löffel Grießbrei nach dem anderen in seinen Mund. Sein Bruder Reinhard hatte die Schüssel bereits geleert. Er stand vom Küchentisch auf und drückte der Mutter einen Kuss auf die Wange, bevor er hinausging. Viele Worte wurden am Tisch nicht gewechselt. Seit dem Tod des Vaters und nachdem im letzten Frühjahr auch Mechthild, die jüngere der beiden Schwestern, verheiratet worden und aus dem Haus war bestand der Haushalt der Pauls nur noch aus der Mutter Maria, Reinhard und Thomas.

Auch der Wyk war inzwischen weitergezogen. Die neue Scheune war fertig und seine Wunde war dank Johannas Salbe nahezu geheilt. Die Narbe würde er allerdings für immer zurückbehalten. Der Franzose hatte zwar nie mit ihnen am Tisch gegessen, das hatte Mutter nicht erlaubt. Aber Thomas hatte ihm abends, wenn er ihm Essen in den Stall gebracht hatte, immer ein wenig Gesellschaft geleistet. Sie hatten sich irgendwie verständigt, und so hatte Thomas sogar ein paar Brocken Französisch gelernt. Er würde ihre kauderwelschen Gespräche vermissen, da weder Reinhard noch seine Mutter zurzeit sehr gesprächig waren. Seit dem Brand war besonders Mutter Pauls sehr still. Und Reinhard war eben Reinhard.

Seitdem er zur Lese nach Bödingen ging und nicht zur Schule nach Blankenberg, musste Thomas viel früher aufstehen. Die Überquerung der Sieg mit der Fähre kostete Zeit. So richtig wach war er deshalb auch heute noch nicht. Aber der heiße Grießbrei weckte so langsam seine Geister.

»Meinst du, in deiner Falle ist wieder etwas gefangen?«, fragte seine Mutter, während sie Reinhards Schüssel wegräumte.

Thomas blickte zu ihr. Sie hatte selbst nichts von dem Brei gegessen. Morgens aß sie nicht mehr mit. Ihr sonst fülliges Gesicht wirkte eingefallen, Thomas schien es sogar, als sei sie kleiner geworden.

»Wir könnten eine kleine Aufbesserung unserer Vorratskammer gebrauchen. Sonst wird es auch heute Abend nur einen Grießbrei geben, fürchte ich.« Die Worte perlten eins nach dem anderen gleichförmig aus ihrem Mund ohne einen Unterschied zu machen.

»Bestimmt, Mutter. Hab die Falle gestern Abend noch einmal verstellt. Den alten Platz haben die kleinen Biester offensichtlich gemieden, nachdem ich dort eines erwischt habe.« Thomas wünschte sich sehr, dass er heute etwas mit nach Hause bringen konnte. Bisher hatte er nur einen Hasen gefangen. Doch beim Gedanken an den fetten Braten, den seine Mutter daraus zubereitet hatte, lief ihm das Wasser im Mund zusammen. Er wünschte sich das kleine Lächeln zurück, das der Hasenbraten ihr aufs Gesicht gezaubert hatte.

Der Junge kratze den letzten Löffel des warmen Breis aus der Schüssel. »Jetzt muss ich aber los. Und mach dir nicht so viele Gedanken, Mutter. Am Ende der Woche ist doch auch Zahltag bei der Lese.«

Thomas griff nach seiner Jacke und wollte zur Tür hinaus.

»Warte einen Augenblick, Thomas.« Sie öffnete eine Schublade im Schrank. »Fräulein Johanna war gestern hier und hat mir einen Brief für dich mitgegeben. Du wüsstest Bescheid, für wen er ist.«

Thomas nahm den Brief entgegen, steckte ihn sich in den Mund, um seine Jacke überzuziehen. »Hmhm«, murmelte er und nickte zustimmend. Er wandte sich zur Tür, steckte den Brief in die Jackentasche, doch seine Mutter hielt ihn erneut zurück.

»Das gefällt mir nicht, Junge. Ich möchte nicht, dass du dich da in irgendetwas einmischst. Du solltest dich von Johanna fernhalten.«

»Aber warum denn Mutter? Johanna war doch wirklich gut zu uns, da kann ich doch wohl einen kleinen Botendienst für sie erledigen. Hast du nicht selbst gesagt, dass wir uns ihr irgendwie erkenntlich zeigen müssen für den Pachterlass?«

»Ich weiß nicht, was auf dem Rittergut vor sich geht, Junge, doch die auf Attenbach sind sich wohl nicht ganz einig! Ich hab dir nichts davon erzählt, aber der Verwalter war vorgestern hier und wollte die Pacht einziehen.«

»Was?«, rief Thomas.

»Ich musste ihm unseren letzten Halfter Weizen geben. Zum Glück haben wir das neue Saatgut schon auf das Feld eingebracht.«

»Das kann nicht sein. Was hat Johanna dazu gesagt?«

»Ich hab ihr nichts erzählt. Und du machst das auch nicht. Hörst du? Das meine ich ernst. Ein Streit unter den Herrschaften wird nicht zum ersten Mal auf dem Rücken der Pächter ausgetragen. So ist das nun einmal.«

»Aber der Tenhagen ist doch nur der Verwalter und Johanna die Tochter des Freiherrn.«

»Es steht uns nicht zu, da zu urteilen. Wir wissen doch gar nicht, was dort vor sich geht und wer wirklich das Sagen hat.«

»Aber Johanna ist meine Freundin. Ich muss ihr das erzählen.«

»Thomas, jetzt ist aber gut. Du schätzt dich zu hoch ein. Wir werden immer den Launen der Herrschaften ausgesetzt sein. Auch Johanna ist da keine Ausnahme.«

»Nein, das glaube ich nicht!«, schrie er, riss die Tür auf und knallte sie hinter sich zu.

Draußen war es noch dunkel. Nur ein leichtes Morgengrau zeigte sich bereits am Himmel im Osten hinter der Burgruine. Die Luft war feucht, und der Junge begann Richtung Siegfähre zu laufen, erst langsam, dann immer schneller.

Wie konnte seine Mutter nur so schlecht von Johanna denken? Sie war doch immer gut zu ihnen gewesen. Hatte immer geholfen, wenn es nötig war. Selbst Medizin hatte sie ihnen schon oft gebracht, die sich sonst niemand aus der Familie hätte leisten können. Nein, er wollte das nicht glauben. Seine Mutter tat Johanna Unrecht. Er würde Johanna erzählen, dass der Verwalter hinter ihrem Rücken die von ihr ausgehandelten Pachterlässe eintrieb.

Die Glocke an der Fährstelle war von Tautropfen übersät. In ihnen spiegelte sich die gerade aufgehende Sonne zehnfach. Über der Sieg hingen Dunstfetzen, die nur langsam mit der Strömung flussabwärts zogen. Er läutete, doch das Geläut klang gedämpft.

Der Junge sah, dass Müller Heuser auf der anderen Seite des Flusses schon im Kahn stand. Gemächlich setzte der Mann den langen Holzschaft ein ums andere Mal in das Wasser, und der Kahn begann sich Thomas zu nähern.

»Du bist spät dran heute Morgen, Junge. Christian und Anton sind schon zum Silberling hoch.«

»Ja«, murmelte Thomas, »wurde aufgehalten. Werde mich wohl den Berg hinauf sputen müssen.«

Die Lese war anstrengend gewesen. Den ganzen Tag über war es nicht richtig hell geworden und die Nässe hing schwer in der Luft. Thomas' Kleidung war feucht. Hoffentlich war der Brief, den Johanna ihm mitgegeben hatte, noch lesbar. Er hatte den französischen Mönch den ganzen Tag über auch nicht gesehen. So brachte er die Post nach der Lese zum Kloster. Bruder Edrik hatte ihm, auf seine Nachfrage hin, erzählt, dass Bruder Henri heute die Kelter innerhalb der Klostermauern beaufsichtigte. Immerhin konnte er sich so vorzeitig von Christian und Anton verabschieden und nach seiner Falle sehen, auch wenn er eigentlich nichts sehnlicher wünschte, als so schnell wie möglich zu Hause vor dem Küchenfeuer zu sitzen. Er hätte die Tür nicht schlagen dürfen und Mutter einfach so stehen lassen. Aber er war wütend gewesen. Vielleicht hatte er heute ja wirklich etwas gefangen. Das würde Mutter schon wieder zum Lächeln bringen. Und sie würde nicht mehr so von Johanna reden.

Ignatius öffnete ihm das Klostertor. »Ah, der junge Thomas. Was führt dich schon wieder her. Hast deinen Fährschein verloren, was?«

Thomas schüttelte den Kopf, doch der dicke Mönch schwatzte weiter: »In deinem Alter war ich genauso. Hab ständig alles irgendwo liegen lassen. Einmal ist mir doch fast unsere alte Kuh Inge abhandengekommen, als ich sie zurück in den Stall führen sollte. Nun, komm rein, Junge. Ich bringe dich zu Cornelius, der kann dir einen neuen Fährschein ausstellen.«

»Aber ich habe nur einen Brief zu übergeben, Pater.«

»Nein, Junge. Ich bin doch kein Pater.« Ignatius schlug sich lachend auf den Bauch. »Bei meiner Schusseligkeit würde ich noch den Segen nach der Predigt vergessen, was?« Er lachte schallend und beugte sich zu Thomas runter. »Bin nämlich immer noch so wie früher.«

Thomas rollte die Augen und kramte den Brief aus seiner Jackentasche. Er wedelte mit ihm vor dem Gesicht des Mönches. »Ich brauche keinen Fährschein, ich habe einen Brief für den Franzosen Henri.«

»Bitte was?« Ignatius schaute irritiert auf das, was Thomas

ihm vor die Nase hielt. »Ach du lieber Gott, ja, wenn das so ist. Komm rein. Bruder Henri ist in der Küche. Wir haben ein kleines Gläschen von dem neuen Wein probiert.« Er zwinkerte Thomas zu. »Erzählt es aber nicht weiter, Junge.«

In der Küche saß der Franzose auf einem Schemel. Als er ihn sah, stand er auf und kam auf ihn zu. »Thomas. Bringst du Nachricht?«

»Ja, einen Brief.« Thomas reichte Henri das versiegelte Schreiben.

»Merci bien, danke.« Er warf einen Blick auf den Brief und steckte ihn dann, ohne ihn zu öffnen, unter seine Kutte. »Setz dich doch kurz zu uns und nimm auch einen Schluck. Die Lese war heut bestimmt nicht angenehm. Und so ein guter Schluck Wein wärmt dich.«

Thomas schüttelte den Kopf. »Nein, danke Pater. Ich muss nach Hause.«

»Hm, ja, verstehe. Und was macht dein Französisch?«

»Äh, mein Lehrer ist nicht mehr da.«

Die Augen des Franzosen weiteten sich. »So, das ist schade. Ich hätte ihn gern noch einmal getroffen.«

Ignatius blickte zwischen den beiden hin und her.

»Tja. Er war fertig … ähm, mit seinen anderen Arbeiten, und Mutter hat nicht mal genug zu essen für uns.«

Henri nickte. »Ignatius, was meinst du. Können wir dem Thomas für seine Familie eine Flasche des Federweins mitgeben? Er hat mir guten Botendienst erwiesen. Und ich würde mich gern erkenntlich zeigen.«

Ignatius zuckte zusammen und vom Hals zog sich eine leichte Röte ins Gesicht hoch. »Ja, warum nicht. Die wird wohl keiner vermissen, wenn wir einfach eine Flasche weniger in die Bücher eintragen.«

Ignatius drehte sich um, entnahm dem Regal eine der irdenen Flaschen und reichte sie dem Jungen. Thomas wollte sie entgegennehmen, da zog der Mönch sie noch einmal zurück. »Aber die Siegburger Pulle bring mir wieder, wenn ihr sie geleert habt, hörst du, Junge. Die Menge an Siegburger Steinzeug, die wir haben, ist gezählt. Auch wenn diese hier nicht zum Feinsten gehört, was wir haben.«

»Ja, mach ich. Vielen Dank.« Thomas nahm die bauchige Flasche in die Hände. Ganz glatt fühlte sie sich an, wie ein Flusskiesel. Sie wies zwar keine feinen Verzierungen auf wie einige der anderen, doch sie war glasiert, ganz anders als das grobe Steinzeug, das sie zu Hause benutzten. Vorsichtig steckte er die Flasche in den Rucksack.

»Danke noch mal.«

»Und denk an die Flasche!«

Er nickte. Die Großzügigkeit der Mönche machte ihn sprachlos. Wenn er jetzt noch einen Braten in der Falle fand, hätten sie heute Abend fast ein Festmahl. Dann konnte Mutter nicht mehr böse auf Johanna sein. Schließlich hätte er ohne seinen Botendienst für die Tochter des Freiherrn von Attenbach keine solch reiche Beute machen können.

Trotz des durch die Weinflasche schweren Rucksacks erreichte Thomas das Seeufer an der Halberger Mühle leichten Schrittes. Direkt hier, im angrenzenden Wald hatte er seine Fallen aufgestellt.

Als er den Forst betrat, hörte er Laub rascheln und blieb sofort stehen. Er war nicht mehr weit von der richtigen Stelle entfernt. Da war bestimmt etwas in seine Falle geraten oder wollte gerade hineinlaufen. Vorsichtig setzte er einen Fuß vor den anderen. Ein Ast knackte, als er auf ihn trat. Ein besonders guter Fallensteller war er wohl nicht. Jetzt konnte er nur noch hoffen, dass das Tier schon festsaß. Als er die Falle erreichte, atmete er erleichtert aus. In einer der eisernen Zangen hatte sich ein Hase verfangen. Als er auf das noch lebende Tier zuging, erstarrte es. Thomas sah, dass sich der Hase nur einen seiner Hinterläufe eingeklemmt hatte und sein Genick beim Zuschnappen der Falle nicht gebrochen worden war. Er bereitete dem Leiden des Tiers ein schnelles Ende, indem er ihm einen schweren Stein über den Kopf zog.

Als er sich hinunterbeugte, um den Hasen aus der Falle zu befreien, hörte er, wie sich Reiter auf dem Weg näherten. Das rhythmische Klappern der Hufe auf dem Schotter drang gedämpft durch die feuchte Luft zu ihm. Er duckte sich. Die beiden Reiter, die er nun durch das Dickicht ausmachen konnte, näherten sich von der Mühle her und ritten in Richtung Bödingen den steilen Weg zum Driesch hoch. Einen der beiden erkannte Thomas sofort an dessen Pferd. Die Blässe an der Stirn des schwarzen Hengstes leuchtete in der beginnenden Dunkelheit, als er sich frontal auf ihn zubewegte. Genau an der Stelle, an der sich Thomas hinter einen Haselbusch duckte, machte der Weg eine scharfe Linksbiegung. Als die Reiter hier ankamen, sah der Junge, dass er mit seiner Vermutung recht hatte. Der Freiherr von Attenbach, Johannas Vater, ritt an ihm vorbei. Thomas hielt den Atem an. Zwar war dieses Stück Wald nicht Attenbachs Land, doch wollte er sein Schicksal nicht herausfordern. Von niemandem, erst recht nicht von einem der Lehnsherrn, wollte er beim Wildern erwischt werden. Der Freiherr und sein Begleiter ritten weiter den Hügel hinauf und waren bald außer Sichtweite. Aber erst als nur noch die Geräusche des Waldes zu hören waren, wagte er sich mitsamt seiner im Rucksack sicher vor fremden Augen verborgenen Beute auf den Nachhauseweg.

30.

21. Oktober 1796.

»Und nun danken wir unserer lieben Frau Maria für den guten Ertrag in diesem Jahre.« Prior Gottbried hielt vor den im Klosterhof versammelten Erntehelfern und Chorbrüdern eine Rede im Rahmen der kleinen Feierlichkeiten am Ende der Lese. Die Chorbrüder standen hinter ihrem Abt, die Hände zum Gebet verschränkt. Die Laienbrüder Ignatius, Edrik und Henri saßen gemeinsam mit den Erntehelfern auf großen Holzbalken um einen Tisch voller Gaben, die Ignatius zusammengestellt hatte, nicht zuletzt ein paar große Schellen mit neuem Wein.

»Enden möchte ich mit den Worten des Gründers unseres Ordens Augustinus: ›Den Reinen ist alles rein. Alles was Gott geschaffen hat, ist gut, und nichts ist verwerflich, wenn man es mit Dank genießt; es wird ja geheiligt durch Gottes Wort und das Gebet.‹[13] Er deutete auf den reich bestückten Tisch. Die Chorherren setzten hinter die Gebete des Priors ein Amen, woraufhin dieser sich mit einer einladenden Geste an Ignatius richtete.

»Und nun schenk aus, Ignatius.« Diese Worte riefen einen fröhlichen Jubel der versammelten Helfer hervor. Am Ende des Weinfestes bekamen sie ihren Lohn ausgezahlt und durften von den Früchten ihrer Arbeit kosten.

Ignatius nahm eine der vollen Weinschellen vom Tisch. Sie war mit einer feinen Gravur verziert, einem Bild der Mutter Gottes. Er schenkte den frischen Wein an die versammelten Erntehelfer aus, die ihm steinerne Becher entgegenreckten. Dankesrufe und Anfeuerungen begleiteten sein Tun.

Thomas gab einen Siegburger Trinkspruch zum Besten: »Trink sittlich und nit hust darein!«[14]

Das löste lautes Gelächter aus, und Christian Heuser versetzte ihm einen gewaltigen Schlag auf den Rücken, das er beinahe seinen gerade gefüllten Becher Wein wieder verschüttete. »Den Spruch hast du wohl von deinem Bruder geklaut.«

Die Laune stieg weiter. Einige der Chorherren zogen sich aber schnell zurück, und auch Henri wurde zusehends nervöser. Er hoffte, sich bald davonstehlen zu können. Denn heute war der Tag, an dem er Johanna wieder treffen würde. Er sollte sich möglichst bald auf den Weg machen, solange Ignatius noch mit dem Ausschank beschäftigt war und ihn nicht vermissen würde.

Schon vorhin hatte er Thomas zur Seite genommen, als die Erntehelfer mit der letzten Fuhre Trauben, die traditionell gemeinsam vor den Augen aller gekeltert wurde, im Kloster eintrafen. Er hatte sich bei dem Jungen nach dem Weg zur Halberger Mühle erkundigt, denn den Mühlenteich hatte Johanna als ihren Treffpunkt auserkoren.

Nun war die Zeit also gekommen, Abschied zu nehmen von diesem Ort, der ihm – wenn auch nur für kurze Zeit – Zuflucht geboten hatte, und von ein paar Menschen, die er lieb gewonnen hatte. Ignatius und Edrik. Trotz aller Widrigkeiten hatte er wieder den Mut gefunden, Freundschaften zu schließen – und das, wer hätte es jemals von ihm denken können, zu Kirchenmännern. Und natürlich von Johanna.

»Wo bleibt der Nachschub?«, rief Christian Heuser und hielt seinen leeren Becher in die Luft. Seine Zunge war offenbar schon vom Wein gelöst. Ignatius, der nach der ersten

Runde neben dem Franzosen Platz genommen hatte, stand lachend auf, um eine weitere Runde auszuschenken. »Nur die Ruhe, junger Heuser. Es ist genug da.«

Die Gelegenheit sollte Henri nutzen, wenn er neugierige Nachfragen seines gutmütigen Freundes vermeiden wollte. Ignatius drehte ihm den Rücken zu. Der Franzose stand auf und verließ den Kelterhof. Er betrat das Kloster durch die offen stehende Tür des Sommerrefektoriums. Von dort aus ging er durch einen der langen Gänge zur Eingangspforte. Um zur Halberger Mühle zu gelangen, musste er so zwar das Kloster umrunden und würde dabei den Kelterhof an der äußeren Mauer noch einmal passieren. Doch hätte er den direkten Weg durch das dortige Tor genommen, wäre er beim Verlassen des Geländes unvermeidlich beobachtet worden. Er hatte bei den Festgästen hoffentlich den Eindruck erweckt, dass er sich, wie die Chorherren, in seine Kammer zurückzog. Er erreichte die Pforte und griff den Riegel, um sie zu öffnen.

»Ich hoffe doch, Ihr schleicht Euch endlich auf Nimmerwiedersehen davon, Franzose!«

Henri reagierte blitzschnell. Er wandte sich um und griff reflexartig an seine Hüfte. Doch seine Hand traf nur auf die dort baumelnde Kordel seiner Kutte und nicht auf das Schwert, das er als Soldat auch in der Nacht nicht abgelegt hatte.

»Pater Markus!« Langsam zog Henri seine Hand wieder zurück und strich seine Kutte glatt.

»Ganz recht. Ihr hattet wohl jemand anderen erwartet. Vielleicht jemanden, der Euch nicht so wohlgesonnen ist?« Der Mönch verzog seinen Mund zu einem dünnen Strich. Sollte das etwa ein Lächeln andeuten?

»N…nein.«

»Nun denn, was schleicht Ihr Euch also hier herum?«

Henri gewann seine Fassung nur langsam wieder. Aber er hatte schließlich keine verbotene Tür geöffnet. Außerdem musste er niemandem Rechenschaft ablegen. Markus spielte sich nur auf.

»Mir war nicht bewusst, dass ich schleiche. Und bevor ich weiterziehe, werde ich mich schon noch gebührend verabschieden. Ich weiß, zu welchem Dank ich Eurem Kloster gegenüber verpflichtet bin. Jetzt möchte ich mir nur ein wenig die Beine vertreten.« Er deutete eine Verbeugung an. »Wenn Ihr erlaubt.«

Der Pater verzog seinen Mund wieder zu diesem seltsam angedeuteten Lächeln, sagte aber nichts weiter. Er konnte es sich auch sparen, Henri wusste, dass er einen Fehler begangen hatte. Markus mochte ein selbstbezogener arroganter Mann sein, doch er war nicht dumm. Er hatte mit Sicherheit Henris unbedachte Reaktion bemerkt. Ohne ein weiteres Wort ging der Franzose zur Tür hinaus.

Erst als er den Driesch erreicht hatte, beruhigte sich sein Herzschlag.

Die Kirchturmglocken läuteten zur sechsten Stunde. Unterhalb des Driesch musste nach Thomas Beschreibung die Halberger Mühle liegen. Henri würde rechtzeitig am Treffpunkt ankommen. Wie aber sollte er der jungen Frau begegnen, die seit ihrem ersten Treffen seine Gedanken beherrschte? Vielleicht sollte er doch einfach ohne einen Abschied verschwinden. Diese Begegnung mit Markus soeben hatte ihm gezeigt, dass seine Maskerade jederzeit aufgedeckt werden konnte. Er brachte jeden in seinem Umfeld in Gefahr. Henri blieb stehen. Jetzt war noch Zeit kehrtzumachen. Johanna würde vergeblich warten. Doch würde er ihr nicht ohnehin Schmerzen zufügen, wenn er sie nur traf, um sich zu verabschieden?

Die Sonne verschwand in seinem Rücken langsam hinter den Baumgipfeln und warf ein unwirklich schönes Licht auf die Landschaft. Sie tauchte die sanfte Hügellandschaft in rötliches Licht. Das Grün der Weide und das Blau des Himmels zeichneten sich dunkel dagegen ab.

Es war keine Frage, sondern Gewissheit. Er musste sie noch einmal sehen, sich ihr Bild einprägen, damit er es in seinem Herzen bei sich tragen konnte, wenn er sich wieder auf seine einsame Wanderung begeben würde. Er wusste nicht wie, doch sie hatte es geschafft, dass er sein Herz wieder spürte. Der Abschied von ihr würde schmerzen, aber alles war besser als die dumpfe Leere, die zuvor auf ihm gelastet hatte.

Nur noch ein Mal wollte er in ihren Augen versinken dürfen. Noch ein Mal ihre warme Haut spüren, ihr über die wunderbar duftenden Haare streichen.

Er erreichte den Fuß des Driesch, und vor ihm breitete sich der bereits im Schatten liegende Teich aus. Das Wasser war vollkommen glatt. Rechts auf dem Damm thronte die Mühle, noch von der Sonne beschienen. Dahinter hörte er den plätschernden Mühlenbach. Der Beschreibung des Jungen nach, führte der Weg zum Treffpunkt nach links, weg von der Mühle, am Teich entlang. Dort irgendwo, im Übergang zum Wald, wartete Johanna auf ihn.

Henri setzte die Füße vorsichtig in den Schotter des Weges, wollte keinen Laut verursachen, fast so, als näherte er sich einem scheuen Reh, das bei dem kleinsten Geräusch fortspringen würde. Am Ende des Tages stimmten die Vögel ihr Abendlied an. Von allen Seiten erschallten ihre Rufe, so als ob sie die Sonne auffordern wollten, noch ein wenig zu verweilen. Je weiter er sich jedoch vom offeneren Gelände bei der Mühle entfernte und je tiefer er in den angrenzenden Wald eintauchte, desto stiller wurde es. Der Weg wandelte sich nach und nach in einen einfachen Pfad. Und auch das Plätschern des Mühlenbachs entfernte sich immer mehr.

Der Pfad wich vom See zurück und dichte Brombeerbüsche versperrten ihm nun den Blick auf das Wasser. Dann, ganz unvermittelt, lichtete sich das Gehölz wieder und dort, am Ende des Sees, sah er sie. Er blieb stehen und beobachtete, wie Johanna am Ufer eine Decke ausbreitete. Ihr einfaches dunkelgrünes Kleid schwebte über dem Waldboden. Ein einzelnes Blatt hatte sich in seinem Saum verfangen. Das lange schwarze Haar schmiegte sich in weichen Wellen an ihren schlanken Rücken. Henri blieb stehen und versuchte den Zauber dieses Augenblicks festzuhalten.

Als ob sie seine Anwesenheit spürte, wandte sie sich zu ihm um. Als sie ihn sah, umspielte ein Lächeln ihren Mund. Er konnte sich nicht rühren. Erst als sie ihre Hand nach ihm ausstreckte, lösten sich seine Muskeln und er lief auf sie zu. Als er sie erreicht hatte, nahm er ihre Hand in seine. Ohne sich aus den Augen zu lassen und ohne ein Wort zu wechseln, ließen sie sich auf die Decke sinken. Sie knieten einander gegenüber. Er nahm ihr Gesicht in seine Hände. Wie weich es war. Sanft zog er sie heran, bis sich ihre Lippen berührten. Sie schmeckte nach Beeren, und er wollte mehr von ihr kosten, doch eine Scheu überkam ihn. Würde er sie mit seinem Verlangen verschrecken? Es war so lange her, dass er eine Frau auf diese Weise berührt hatte. Und sie? War sie noch unberührt? Er schloss die Augen, sog ihren Duft noch einmal ein und zwang sich, seine Lippen von ihren zu trennen. Stattdessen versank er in ihren dunklen Augen. »Vous êtes belle.«

Keinerlei Scheu lag in ihrem Blick. Ihr Vertrauen in ihn ließ einen warmen Schauer über seinen Rücken und in seine Lenden gleiten. »Je vous aime.«

Sie legte ihm den Finger auf den Mund, führte ihre Hand dann auf die seine, denn noch immer hielt er ihr Gesicht. Sie schob seine Hände hinunter, forderte ihn auf, sie zu berühren, und er begann die Rundungen ihres Körpers zu erkunden. Und dann war ihre Berührung plötzlich überall. Warm und weich spürte er ihre Hände unter seiner Kutte, sein Gürtelband löste sich.

»Joanna, nicht«, hauchte er.

Sie beugte sich zu ihm vor, verschloss seine Lippen mit einem Kuss, tastete sich mit ihrem Mund weiter über seine Wange bis zu seinem Ohr. »Ich will dich aber spüren.« Ihr Atem glitt über seine Haut wie eine warme Meeresbrise. »Alles von dir.«

Er widerstand nicht mehr, ließ sich von der Woge mitreißen, streifte ihr das Kleid über die Schultern. Seine Küsse glitten von ihrem Mund über den Hals hinunter bis zu den sanften Erhebungen ihrer Brüste. Mit der Zunge umspielte er die dunkel in der Mitte dieser vollkommenen Hügel emporragenden Spitzen. Ein Stöhnen entfuhr ihr, hell und leicht wie dieser Abend. Sie umfasste seinen Kopf, seine Schultern, zog ihn in dieser Umarmung mit zu sich hinunter auf die Decke.

»Ich will dich in mir spüren.« Er fühlte den Druck ihrer Hände auf seinem Gesäß. Doch er benötigte diese Aufforderung nicht. Es verlangte ihn ebenso sehr nach dieser völligen Vereinigung. Als er in sie eindrang, entwich ihnen die Erleichterung darüber in einem gemeinsamen Stöhnen. Er spürte sie, alles von ihr, und er gab ihr alles von sich. So verschmolzen sie miteinander, bis sie sich wie ein einziges Wesen bewegten, im Einklang mit den Wogen der Welt.

Nachdem sie sich voneinander gelöst hatten, konnte Henri nicht sagen, wie spät es war. Es war dunkel geworden. Doch der Himmel war ungewöhnlich klar für die Jahreszeit, und ein voller Mond erhellte ihn. Sie lagen nebeneinander auf der Decke. Johanna hatte ihren Kopf auf seine Brust gelegt, und er sog den beerigen Duft ihres Haares ein.

Ein Pferd schnaubte und rief ihn zurück in die Wirklichkeit. Henri richtete sich erschreckt auf und blickte in Richtung des Lautes.

»Das ist nur Argos«, flüsterte Johanna ihm ins Ohr. Er sah ihr Pferd an einem nahen Baum angebunden stehen. Er hatte es zuvor nicht bemerkt. Alle seine Sinne waren auf Johanna gerichtet gewesen. Wie sollte er sich jemals von ihr trennen? Und doch lag genau das vor ihm.

»Ma chère.« Es bereitete ihm fast körperliche Schmerzen, doch es musste sein. Es hatte sich nichts geändert. Er musste fort von hier. Er musste sie verlassen. Und er musste es ihr sagen. Bald. Jetzt. Aber wie konnte er das jetzt noch? Sie waren eins gewesen, nicht nur ihre Körper waren es, sondern es schien keine Grenzen mehr zwischen ihnen zu geben. Nie hätte er es für möglich gehalten, jemals eine solche Nähe zu einem anderen Menschen zu fühlen. Ihre Zuversicht, ihr Lebenswille war zu seinem geworden.

In der Ferne erschallte ein Jagdhorn. Johanna richtete sich auf, stützte ihren Kopf auf die Hand auf und blickte ihn an. »Ich mag es, wenn du meinen Namen aussprichst. Bitte sag ihn.« Ihre Worte unterstützend drückte sie ihm sanft einen Kuss auf die Wange. Dann blickte sie ihn wieder erwartungsvoll an.

Wie konnte er diesen Zauber zerstören? Und er wusste, er würde die Enttäuschung genauso spüren wie sie. Er fühlte wie sie, er dachte wie sie.

»Joanna.« Lächelnd schloss sie die Augen.

»Joanna, ich muss dir etwas sagen«, versuchte er es erneut.

Sie öffnete die Augen wieder.

»Ich werde bald …«, sein Brustkorb zog sich zusammen, schnürte ihm die Worte in der Kehle fest, sodass er sie herauspressen musste, »sehr bald … fortgehen.« Er presste die Augen zu, in Erwartung ihrer Reaktion, doch die war anders als erwartet. Johanna setzte sich auf, legte die Hände auf seine Brust und begann voller Elan zu erzählen.

»Ja, mon cher, ich weiß, dass du das denkst. Aber ich habe einen anderen Vorschlag für dich. Pass auf: Es ist doch ganz einfach, du musst dich nicht länger hinter dieser lächerlichen Kutte verstecken.« Sie zupfte an dem rauen Stoff. »Du wirst zu uns auf das Rittergut ziehen.«

»Mais, Joanna. Das ist nicht möglich.« Jetzt richtete auch er sich auf, wollte ihr über das Haar streichen. Doch sie wehrte seine Hand mit ihrer ab.

»Natürlich ist es möglich. Mach dir keine Sorgen wegen meines Vaters. Wenn er hört, dass du ein Deserteur bist, wird er dich lieben.«

Bereits beim Aussprechen des Wortes verzogen sich seine Gesichtszüge. Sie verstand nicht, wie gefährlich es war, ihm zu helfen, dass es unmöglich war.

»Joanna, du begreifst nicht. Niemand kann es sich leisten, die Aufmerksamkeit der Republik mit offenen Gegenreden auf sich zu ziehen. Nicht dein Vater, nicht euer Herzog Karl Theodor. Du ahnst nicht einmal, welche Abkommen im Hintergrund zwischen euren Fürsten und Frankreich getroffen werden. Und das, was ich getan habe …« Er presste die Lippen zusammen. »Ich bin ein Feind der Republik geworden, als meine Familie sich gegen sie wandte. Solange ich Teil der Revolutionstruppen war, konnten sie darüber hinwegsehen. Doch mit meiner Flucht habe ich mein Schicksal besiegelt.«

»Aber du kannst nicht wirklich gehen wollen, du kannst mich nicht verlassen wollen«, unterbrach sie ihn. Ihre Augen begannen sich mit Tränen zu füllen, sie senkte ihren Kopf.

Er nahm ihr Gesicht wieder in beide Hände, hob ihren Kopf an, sodass er ihr wieder in die Augen schauen konnte. »Ma chère, aber ich will ja nicht gehen, ich muss. Wenn du wüsstest, wie sehr es mich schmerzt. Du hast mich vollkommen gemacht. Ohne dich bin ich nichts. Bitte weine nicht, Liebes.« Er fing ihre Tränen mit seinen Küssen auf.

Sie stieß ihn sanft von sich fort. »Dann nimm mich mit!«

Kurz schöpfte er Hoffnung. Konnte er sie mitnehmen? Wie sollte das gehen? Er hatte nichts, was er ihr geben konnte, er hatte ja nicht einmal ein Ziel. »Joanna, das geht nicht. Du kannst nicht alles aufgeben für mich. Deine Familie, dein Erbe …«

»Pah, Erbe. Ich bin doch nur eine Frau, Henri. Attenbach wird an einen meiner Cousins fallen. Es sei denn, ich heirate. Und was meinst du, wen man für mich vorgesehen hat?«

Er hatte keine Ahnung. Er wusste ja eigentlich nichts von ihr, ihrer Familie und ihrer Situation. Er hatte die ganze Zeit nur an sich gedacht. Er hatte sie überhaupt nicht verdient.

Sie schluckte und spie dann den Namen aus, als wäre er vergorene Milch: »Hermann Josef von Hatzfeld.«

Henri blickte erschreckt auf.

»Ja, ganz richtig. Der feine Herr Bruder von deinem Pater Markus. Na, siehst du welch schöne Zukunft auf mich wartet. Nimm mich mit, Henri.«

»Joanna …«

Weiter kam Henri nicht. Plötzlich wurde es laut. Äste zerbrachen, Rufe erschallten. Lautes Hundegebell. Und dann – ganz in ihrer Nähe – fiel ein Schuss.

31.

Thomas lag mit dem Gesicht im Dreck. Sein Atem kam stoßweise. Fast wäre er am Wasser der Pfütze erstickt, so sehr rang er nach Luft. Es war gar nicht mehr weit bis zur Halberger Mühle, wo er sich vielleicht hätte verstecken können. Doch er war nach der langen Flucht zu erschöpft, um sich noch bis dorthin durchzuschlagen. Er hatte nicht einmal die Kraft aufzustehen. Bestimmt seit einer Stunde irrte er schon durch den Wald, immer wieder war er gestolpert. Das anhaltende Kläffen der Hunde, die ihn jagten, hatte ihn vor Angst die Orientierung verlieren lassen. Eigentlich kannte er jeden Baum in diesem Forst. Aber als die Männer ihn entdeckt hatten, während er ein letztes Mal seine Falle überprüfen wollte, war er blindlings losgerannt. Auf Wilderei im Wald des Grafen stand der Tod. Ihm war das Risiko bewusst gewesen, aber wem würde schon auffallen, dass ein paar Hasen fehlten? Die hohen Jagdgesellschaften waren doch sowieso auf größere Beute aus. Doch das spielte jetzt alles keine Rolle mehr.

Er war starr vor Angst, konnte sich nicht bewegen. Das Kläffen der Hunde kam immer näher. Er konnte sich nicht mehr aufrichten, blieb einfach im Dreck der Pfütze liegen und ergab sich in sein Schicksal. Jetzt hörte er auch die Männer, die der Fährte der Hunde folgten. »Bleib stehen!« Dann fiel ein Schuss! *Warum nur?* Er lag doch schon völlig hilflos hier im Dreck.

Es war der Sohn des Grafen selbst mit seinen Männern, der ihn erwischt hatte. Er hoffte nicht auf Gnade von diesem Mann. Der Ruf von Unnachgiebigkeit eilte ihm voraus. Schon waren die Hunde bei ihm, dicht gefolgt vom Grafensohn.

»Gut gemacht, brave Hunde. Nein, lasst ab. Ferdinand, geh und halt die Bälger von dem Bürschchen fern, der gehört mir persönlich.«

»Jawohl, Herr von Hatzfeld.«

Der Junge nahm aus den Augenwinkeln wahr, wie einer der Männer die Hunde von ihm wegzog. Dann spürte er einen harten Griff an seinem Arm, und er wurde hochgezogen.

»So, nichtsnutziger Wilddieb, endlich haben wir dich erwischt. Wie heißt du?« Die kalte Stimme schallte in Thomas' Ohren, obwohl von Hatzfeld fast flüsterte. Der Junge traute sich nicht hochzublicken, doch die Reitstiefel des Mannes, auf die er seinen gesenkten Blick geheftet hatte, ließen keinen Zweifel offen. Das war Hermann Josef von Hatzfeld, der älteste Sohn des Grafen von Hatzfeld. Trotz der Jagd durch den Matsch des Waldes konnte der Junge sein verdrecktes Gesicht in der Spiegelung der Stiefel erkennen. »Los, sprich, wie ist dein Name.«

»Thomas, Herr, Thomas Pauls«, kam die Antwort des Jungen, gefolgt von einem Husten, auf das der Grafensohn keine Rücksicht nahm. Stattdessen fragte er unaufhörlich weiter: »Und wo kommst du her? Wo wohnt deine Familie? Los antworte.«

»Auf der anderen Seite der Sieg …« Der Junge wurde wieder durch ein Husten unterbrochen. Das Wasser aus der Pfütze war ihm bis in die Luftröhre gedrungen, und er bekam kaum Luft.

»Wir haben den Hof unten bei Stein gepachtet … gehört zum Lehen des Freiherrn von Attenbach.«

»Attenbach, natürlich. Wie der Herr, so das Geschirr.« Bedächtig nickte von Hatzfeld. Er legte die Hand ans Kinn und fuhr sich mit den Fingern über den Kiefer. »Es ist wohl ein Exempel zu statuieren. Ferdinand.« Er zeigte mit der Reitpeitsche auf seinen Begleiter. »Nimm den Bastard und stell ihn dort vor den dicken Baum.«

Der Mann tat wie geheißen. Thomas hing schwer in seinen Armen. Als er ihn vor den Baumstamm stellte und losließ, sackte der Junge in die Knie.

Von Hatzfeld brummte: »Dann muss es eben so gehen. Ferdinand, dein Gewehr.«

»Herr?«

»Mach schon, gib mir dein Jagdgewehr.«

»Aber es ist doch bloß ein kleiner Junge …« Trotz seines mageren Protests bewegte er sich auf von Hatzfeld zu, nahm das Gewehr von der Schulter. Hielt es aber noch fest.

»Hörst du schlecht? Du willst bestimmt nicht, dass ich mich noch einmal wiederholen muss.« Er schritt auf den Jagdaufseher zu und riss ihm die Waffe aus der Hand.

Thomas fing an zu wimmern. Das wollte der Grafensohn doch nicht wirklich tun. Es waren doch nur zwei Hasen gewesen. »Bitte nicht, Herr, bitte … O Mutter Gottes!« Sein Flehen ging in ein Schluchzen über.

Von Hatzfeld lud den Lauf, pustete hinein und legte die Waffe an.

»Halte!« Henri stürzte sich zwischen den Jungen und den Lauf des Gewehrs, die Arme abwehrend ausgestreckt. »Haltet ein!«, rief er nochmals.

Wenige Meter hinter ihm folgte Johanna. »Bei allen guten Geistern, sind Sie vollends von Sinnen, Hatzfeld?« Sie atmete schwer.

Von Hatzfeld wandte seinen Blick zu der Frau, seine Waffe weiterhin nach vorn, nun auf den Franzosen, gerichtet. Für einen Augenblick schwanden ihm die Sinne. *Was hat sie hier zu suchen?* Dann gewann er wieder die Oberhand. »Ihr geht besser aus dem Weg, Mönch.«

Johanna ging langsam auf den Grafensohn zu, ihre Arme ebenfalls ausgestreckt, die Hände beschwichtigend geöffnet. »Hermann Josef, was auch immer vorgefallen ist. Das kann man doch bestimmt anders regeln.«

Von Hatzfeld ließ sich ablenken, blickte wieder zu Johanna. Er sollte sich dieser Frau gegenüber liebenswert zeigen. *Warum noch einmal?* Ach ja. Sein Vater hatte ihm dies zur Aufgabe gemacht. Er würde sie morgen zum Ball führen. Richtig.

»Senken Sie die Waffe. Der Junge wird euch schon nicht entkommen. Und das würde doch nur die Stimmung morgen beim Ball verderben. Sehen Sie, ich müsste doch immer an diese grausame Szene denken. Das wollen Sie doch nicht, nicht wahr?«

Was wollte sie ihm denn da einflüstern? Sie war eine Hexe, ja eine Hexe! Er zog die Waffe wieder hoch. Aber nun richtete er sie auf dieses Weib.

»Stellen Sie sich mir nicht in den Weg!«, geiferte er. Spucketropfen rannen ihm aus dem Mund. Er sog sie mit einem schnalzenden Geräusch ein. »Es wird Ihnen leidtun. Ich verteidige hier das Recht meines Vaters.« Er ruckte mit dem Gewehr. »Verschwinden Sie und lassen mich meine Arbeit machen.«

Johanna wich langsam ein paar Schritte zurück.

Der Jagdaufseher kam ihr zu Hilfe. »Herr von Hatzfeld. Das ist doch das Fräulein Johanna. Sie hat nichts gemacht.« Ferdinand näherte sich seinem Herrn langsam, erreichte den Gewehrlauf und drückte die Waffe zu Boden.

Von Hatzfeld blickte zu ihm auf, die Augen zusammengekniffen. Er schien seinen Jagdaufseher im ersten Moment nicht zu erkennen, doch dann weiteten sich seine Augen.

Ferdinand nickte. »Ich werde die Waffe für Sie halten, Herr.«

Starr vor sich hinblickend ließ von Hatzfeld es geschehen, dass Ferdinand ihm die Waffe abnahm.

Erleichtert atmete Johanna aus. Sie schlich, von Hatzfeld nicht aus den Augen lassend, zu Thomas, der noch immer starr auf dem Boden vor dem Baum kniete. Henri stellte sich vor die beiden und schützte sie mit seinem Körper.

Von Hatzfeld blickte zwischen seinem Jagdaufseher und den dreien hin und her.

»Wir sollten den Jungen dem Landdinger übergeben, Herr.«

Der Grafensohn schloss die Augen, schüttelte ruckartig seinen Kopf, wie um einen schlechten Gedanken zu vertreiben. Dann räusperte er sich. »Ja, das werden wir. Der Bastard muss bestraft werden. Wir haben den Burschen bei der Wilderei erwischt. Ferdinand, zeig der Dame die Falle.«

»Die Verleumdung ist schnell, und die Wahrheit langsam.« Henri stand immer noch zwischen von Hatzfeld und Johanna, die bei Thomas kniete.

»Lass mich mit deinen Kirchensprüchen in Frieden. Hier brauchen wir ein weltliches Gericht, Mönch. Was mischt du dich überhaupt ein?«

»Ah non. Kein Kirchenspruch, gnädiger Herr, Voltaire.«

»Ha, ein Pfaffe der Voltaire zitiert. Das wird ja immer besser. Ferdinand, erkläre den beiden Freigeistern, wie es gewesen ist.«

Der Jagdaufseher legte sich die Waffe wieder über die Schulter und behielt schützend die Hand auf ihr. »Ja, Madame, Pater. Es ist leider so, wie der gnädige Herr es sagte. Der Junge wollte die Falle gerade einsammeln. Wir haben ihn gesehen, wie er sie an sich genommen hat, und als er uns sah, ist er geflohen.«

Johanna blieb neben Thomas knien. Sie hatte einen Arm über seine Schultern gelegt und streichelte ihn beruhigend, verfolgte aber gleichzeitig gebannt das Gespräch. Henri ging einen Schritt auf Ferdinand zu. »Aber es waren ja vielleicht nicht seine Fallen, n'est-ce pas? Vielleicht hat er sie ja nur gefunden?«

»Lassen Sie mich mit Ihren Spitzfindigkeiten in Ruhe«, mischte sich von Hatzfeld wieder ein. »Ich weiß, was ich gesehen habe.«

»Aber wirklich sicher sind Sie nicht – oder?« Johanna war aufgestanden und neben Henri getreten. »Und gewiss wollen Sie den wirklichen Schuldigen bestrafen. Wenn der Junge der Falsche ist, dann wird es weitere Fallen geben, die Ihre Hunde gefährden, Hermann Josef.«

»Ach ja? Dann lasst uns doch direkt den Bastard fragen.« Von Hatzfeld wollte an Henri vorbei zu Thomas. Doch der stellte sich ihm in den Weg.

»Lass deine Hände von mir, Pfaffe.«

Henri und Johanna wichen zurück zu Thomas.

Von Hatzfeld brüllte: »Hey, sind das deine Fallen, Bastard?«

Doch aus dem Jungen war kein vernünftiges Wort mehr herauszubekommen. Er hatte sich schluchzend an Henris Beine geklammert. »Bitte lassen Sie nicht zu, dass er mich mitnimmt.«

»Ich denke, wir können das hier nicht mehr klären«, sagte Johanna. »Wir werden den Jungen in die Obhut des Landdingers geben. Sie haben mein Wort, Hermann Josef. Schließlich steht er in den Diensten unseres Hauses. Das können Sie mir nicht verwehren.«

Hatzfeld fuhr sich wieder übers Kinn, sein Daumen fand den Weg zu seinem Mund und er begann sich auf den Nagel zu beißen. Als er sich dessen bewusst wurde, zog er die Hand schnell zurück. Strich sich über den Mantel. »Also gut, ich verlasse mich auf Sie.«

Er machte auf dem Absatz kehrt. »Komm, Ferdinand, hier gibt es nichts mehr für uns zu tun.«

Der Jagdaufseher nickte dem Mönch und Johanna zu. Er rief die beiden Hunde, die sich zwischenzeitlich abseits hingelegt hatten, und folgte seinem Herrn. Die Hunde kläfften noch einige Zeit, doch mit der Entfernung nahmen die Geräusche ab, und Johanna und Henri blieben mit dem Jungen in der Dunkelheit und der wieder eingekehrten Stille des Waldes zurück.

»Wie soll ich das nur seiner Mutter erklären?« Flüsterte sie zu Henri. Ihr Herz raste. »Komm, Thomas, wir bringen dich erst einmal nach Hause.«

Henri stützte den Jungen auf dem Weg zurück zur Halberger Mühle, wo Johanna ihr Pferd zurückgelassen hatte. Zusammen halfen die beiden Thomas auf das Pferd.

»Von hier aus schaffe ich es allein, Henri. Danke.«

Er fasste ihr an die Schulter, hielt sie zurück.

Sie blickte zu ihm auf. »Wie geht es jetzt weiter? Mit uns, meine ich? Kannst du deine Abreise nicht noch aufschieben? Zumindest bis das mit Thomas geregelt ist? Ich kann den Jungen jetzt nicht allein lassen.« Sie blickte zu Boden, dann ihm wieder in die Augen.

»Joanna.« Er nahm ihr Gesicht wieder in die Hände. »Du musst mich nicht überzeugen. Ich lasse dich jetzt bestimmt nicht im Stich. Natürlich bleibe ich noch, bis das vorbei ist. Ich werde dir helfen, den Jungen zu verteidigen.« Er küsste sie.

Sie fiel ihm in die Arme. Nach der Anspannung fühlte sie, wie die Kraft langsam auch sie verließ und ihr Körper schwer wurde. Sie wollte Henri nicht loslassen. Bis der Junge auf dem Pferd aufstöhnte.

»Ich muss los.«

»Bist du sicher? Soll ich dich nicht noch begleiten?«

»Nein, es geht schon. Argos wird uns sicher nach Hause bringen. Und morgen muss ich Thomas dem Landdinger übergeben. Ich habe es versprochen.«

»Dann werde ich morgen kommen und dich begleiten.«

»Nein, morgen ist doch der Ball. Wenn ich Thomas übergeben habe, muss ich mich sputen. Du kannst dir nicht vorstellen, wie lange es dauert, so ein dämliches Ballkleid anzuziehen.« Bei diesem absurden Gedanken rang sie sich wieder ein Lächeln ab. »Lass uns übermorgen treffen. Ja? Unten an der Siegfähre. Ich hole dich hab. Kannst du zur Mittagsstunde da sein?«

»Ich werde kommen.«

Sie küssten sich ein letztes Mal. Dann trennten sich ihre Wege.

32.

Die Klostertore waren längst verschlossen. Henri hoffte, Ignatius wäre noch in seiner Küche und würde ihn hineinlassen. Der Franzose betrat den leeren Klosterhof und ging direkt auf die Eisenpforte zu, die zum Kräutergarten führte. Hier hatte er den wohlbeleibten Mönch zum ersten Mal gesehen. Wie lang war das nun her?

Hinter dem Fenster der Küche flackerte noch ein Licht. Henri erklomm das Eisengitter des Tores und sprang hinunter auf den Kiesstreifen, der den gesamten Kräutergarten umgab. Die Steine knirschten beim Aufkommen, und er hoffte, das Geräusch würde niemanden wecken. Mit Schrecken dachte er an die überraschende Begegnung mit Pater Markus am Nachmittag zurück. Dieser Mönch schien seine Augen und Ohren überall zu haben. Er sollte sie aber besser auf seinen weltlichen Bruder richten. Dieser Hermann Josef war gefährlich. Und ihn sollte seine Johanna ehelichen müssen? Das konnte er nicht geschehen lassen. Aber was sollte er tun?

Trotz dieser lähmenden Fragen fühlte Henri sich lebendig wie lange nicht mehr. Er würde sich etwas einfallen lassen. Plötzlich schien alles wieder möglich. Er hatte ja auch diesem Jungen, Thomas, helfen können, einem Standgericht zu entgehen. Hätte er sich nicht mit Johanna dort getroffen und wären sie nicht eingeschritten, wäre der Junge womöglich jetzt tot. Sein und Johannas Eingreifen hatten einen Unterschied gemacht. Dabei spielte es keine Rolle, ob der Junge schuldig war oder nicht. Besser man riskiert, einen Schuldigen zu retten, als einen Unschuldigen zu verurteilen.[15]

Das Wichtige war doch, er hatte die Dinge in die Hand genommen. So, wie er es immer getan hatte, bevor … ja vor alledem … bevor der Tod seiner Familie ihn in einen Abgrund gestürzt hatte. Er hatte nichts mehr gefühlt, nichts mehr gewollt, nichts mehr getan, als vor sich selbst wegzulaufen. Was für ein Nichts er doch gewesen war. Johanna war die Einzige gewesen, die durch ihn hindurchgesehen hatte, sie hatte ihn aus diesem dunklen Loch der Verzweiflung herausgerissen. Und jetzt war er fast wieder … lebendig.

Mit wenigen Schritten überwand er den Kiesstreifen und

betrat den weichen Rasen, der zwischen den Kieswegen und den Beeten angelegt war. Hier konnte er geräuschlos gehen und erreichte geschwind die Küchentür. Ein Blick durchs Fenster zeigte ihm, dass Ignatius dort auf dem Schemel am Tisch saß, den Kopf auf den Armen ruhend. Der Gute. Er hatte auf ihn gewartet. *Ich sollte ihm die Wahrheit sagen*, schoss es ihm durch den Kopf. Ignatius war ihm zum Freund geworden. Er konnte ihm vertrauen. Und ihn anzulügen fiel ihm immer schwerer. Die Lage hatte sich geändert. Er würde noch einige Zeit hier bleiben. Und Ignatius verdiente es, die Wahrheit zu erfahren.

Henri klopfte an das Fenster, und sofort schreckte Ignatius hoch. Als er den Franzosen sah, breitete sich ein Lächeln auf seinem runden Gesicht aus und er eilte zur Tür, um ihm zu öffnen.

»Wo warst du denn so lange? Schnell, komm.« Er winkte ihn herein und schloss die Tür hinter ihm ab. »Du warst auf einmal vom Fest verschwunden, und Bruder Markus erzählte, dass du das Kloster verlassen hast. Aber ich hab ihm gesagt, dass du sicher nicht so einfach ohne Verabschiedung gehen würdest, das stimmt doch, oder?«

Er blickte Henri mit großen Augen an.

»Aber Ignatius, sicher wollte Pater Markus dich nur – wie sagt man? Se moquer-t-on – hereinlegen.«

»Ja, das sehe ihm ähnlich. Er ist so ein niederträchtiger Mann.« Er schlug sich die Hand vor den Mund. »Ich sollte nicht schlecht von ihm sprechen, aber manchmal glaube ich, sät er absichtlich Zwietracht.« Er nickte.

»Dennoch hat er mir einige merkwürdige Fragen über dich gestellt. Ich weiß wirklich nicht, was in ihm vor sich geht. Aber wo warst du denn nun wirklich?«

Henri erzählte Ignatius von dem Vorfall mit Thomas im Wald bei der Halberger Mühle.

»Ich wollte mich so langsam von hier verabschieden, weißt du, und bin durch die Gegend gewandert. Bei der Mühle unten in Halberg traf ich auf das Fräulein Johanna.«

Ignatius blickte bei der Erwähnung von Johannas Namen erstaunt auf. Und Henri versuchte sich zu erklären, ohne seine Liebe bloßzustellen. »Ich wollte mich auch von ihr verabschieden und bei ihr bedanken, Bruder. Wäre sie nicht gewesen, wäre der Überfall auf mich wohl nicht so glimpflich ausgegangen.«

»Da hast du wohl recht. Die gnadenreiche Mutter hat das Fräulein Johanna geschickt. Sie ist eine gute Seele.« Er nahm die angebrochene Flasche des Federweins aus dem Regal und füllte zwei Becher. »Setz dich doch. Im Sitzen lässt es sich besser erzählen. Und der Wein wird den Schrecken wegspülen.«

Die beiden setzten sich an den Tisch auf die einfachen Schemel und Henri berichtete weiter: »Wir hörten plötzlich Geräusche aus dem Wald, ein Schuss fiel. Gerade noch rechtzeitig konnten wir Herrn von Hatzfeld Einhalt gebieten, er hatte seine Büchse schon auf den jungen Thomas gerichtet. Wir konnten ein Standgericht verhindern. Aber die Sache ist noch nicht ausgestanden. Der Junge muss vor den Landdinger, und ich habe Fräulein Johanna versprochen, sie bei Thomas' Verteidigung zu unterstützen.«

»Oh, das ist ja alles schrecklich«, entgegnete Ignatius kopfschüttelnd. »In den Söhnen des Grafen herrscht ein solcher Zorn.«

»Ja, so muss es wohl sein.«

»Zumindest bleibst du uns dann wohl noch ein wenig erhalten?« Ignatius blickte den Franzosen erwartungsvoll an.

»Ja, mein Freund. Aber nun erzähl du, was hat der andere Bruder, der Pater Markus, denn für Fragen über mich gestellt?«

»Er fragte, ob ich bei deinen Sachen etwas Außergewöhnliches gefunden habe, als das Fräulein Johanna dich nach dem Überfall wieder zurückgebracht hat. Was kann er denn damit gemeint haben?«

»Ich weiß es nicht.« Konnte Markus seinen Brief gesehen haben? Hatte Edrik ihm etwas erzählt? »Was hast du ihm denn geantwortet?«

»Na, dass da nichts war, natürlich. Und dann fragte er noch, ob ich je eine Waffe an dir gesehen habe. Stell dir das mal vor.« Er bekreuzigte sich. »Ach ja, und ob du auch den Gebetsregeln folgst.«

Oh merde! Henri musste sich zusammenreißen es nicht laut auszusprechen. Einen scharfen Verstand hatte Bruder Markus, das musste man ihm lassen. Und war er nicht auch als Sohn eines Edelmanns aufgewachsen? Sicher hatte auch er die ein oder andere Lektion im Schwertkampf genossen und wusste ganz genau, was sein Griff an die Hüfte bedeutet hatte. »Was hast du erzählt?«

»Ich hab ihm gesagt, dass ihr Franziskaner doch einen anderen Gebetsrhythmus habt. Edrik erzählte mir einmal, dass einer seiner Cousins den Weg zu den Franziskanern gewählt hat und dass dort viel seltener am Tag zum Gebet gerufen wird.«

»Habe ich denn gegen eine Klosterregel verstoßen?«, fragte Henri. Er musste Ignatius einweihen. Nur dann könnte ihn sein Freund auch darauf hinweisen, wenn er etwas falsch machte.

»Du hast nur das Komplet, das Abendgebet, verpasst, als du aus dem Haus bist. Gerade am Ende der Weinlese ist es während des Komplets üblich, dem Herrn und unserer lieben Mutter besonderen Dank auszusprechen. Aber sicherlich ist das bei den Franziskanern anders, nicht wahr? Das ist ja auch nicht schlimm. Eigentlich müsste ich mir den

Vorwurf machen, dass ich es dir nicht gesagt habe. Das hat der Vater Abt mir sogar aufgetragen, dass ich dich in unsere Sitten und Gebräuche einführe.«

»Ignatius!« Ja, er musste es ihm sagen. Er konnte nicht zulassen, dass der gutmütige Freund sich nun selbst noch die Schuld dafür gab, dass Henri gar nichts wusste vom Klosterleben, ob Franziskaner, Benediktiner oder Augustiner. »Es ist nicht deine Schuld. So viel könntest du mir gar nicht erklären.«

Ignatius blickte auf. »Hm?«

Wie sollte er nur anfangen? »Ich möchte dich gern schon im Voraus um Verzeihung bitten, lieber Freund«, begann Henri und suchte nach den richtigen Worten. »Ich denke, es ist an der Zeit, dass du die Wahrheit über mich erfährst.«

»Wovon sprichst du?« Der Mönch rutschte unbehaglich auf dem Schemel umher.

»Ignatius, ich bin kein Franziskaner.«

»Aber …«

»Lass mich bitte aussprechen, mon ami.« Wenn er es jetzt nicht gleich hinter sich brachte, wusste er nicht, ob er noch einmal den Mut aufbringen würde. »Ich bin überhaupt kein Mann Gottes, Ignatius. Weder gehöre ich dem Franziskanerorden noch sonst einer Bruderschaft an.« Er machte eine Pause, fuhr dann aber entschlossen fort: »Ich bin Soldat.« Jetzt war es raus.

Ignatius schluckte. »Ich verstehe nicht, wie kann das sein? Ein Soldat?«

»Du hast schon richtig verstanden.« Henri stand auf und salutierte vor Ignatius. »Sous-Lieutenant Henri Benoît de Montfort vom zweiten Bataillon, Division Bonnard der Armée Sambre-et-Meuse.«

Ignatius wich zurück. »Du machst mir Angst, Henri.«

»Es tut mir leid, Ignatius. Aber du musst es begreifen.«

Er setzte sich wieder. »Vielleicht bin ich ja auch das nicht mehr. Ich habe meine Truppe verlassen.«

Immer noch schien der Mönch nicht ganz zu begreifen, deshalb wurde der Franzose lauter, fast schrie er ihn an, damit er es endlich begriff: »Ich bin ein Deserteur! Willst du es denn nicht verstehen?«

»Aber warum?«

»Weil ich feige bin. Ist das nicht der Grund, warum ein Soldat seine Kameraden im Stich lässt?«

»Das kann ich nicht glauben.« Er hob den Zeigefinger und schwang ihn hin und her. »Du hast mir doch eben noch erzählt, wie du dem jungen Thomas geholfen hast. Das war doch sehr mutig. Sich so zwischen von Hatzfelds Waffe und den Jungen zu stellen.«

»Das war etwas anderes.« Henri wollte sein Gegenüber wachrütteln, damit der Mönch endlich sah, was er wirklich war. »Ich brachte nicht den Mut auf, mich gegen die zu stellen, die meine Familie getötet haben, Ignatius! Stattdessen habe ich meine Uniform gegen diese Kutte hier eingetauscht.« Henri zerrte an dem rauen Stoff »Und bin geflohen aus Düsseldorf, bis hierher.«

Dann berichtete er dem Mönch von seiner Familie, die bei dem Aufstand der Vendée gegen die Revolutionstruppen getötet worden war. Von seiner Flucht aus Düsseldorf, wo seine Armee unter General Jourdan den Rhein überquert hatte und stationiert war. Wie er zuvor in dieser Armee große Siege gefeiert hatte, während sein Jugendfreund Henri de la Rochejaquelein den anderen Weg gewählt hatte und zurück in die Heimat gegangen war, um den Aufstand der königstreuen Vendée gegen die von Paris ausgesandten Revolutionstruppen zu unterstützen. Noch während Rochejaquelein die Vendéer anführte und Henri mit der Sambre-und-Maas-Armee nach den Niederlanden die linke Rheinseite eroberte, beschloss der Konvent die Vernichtung der Vendée. Dem blutigen Vormarsch waren die einfache Landbevölkerung und ihre wenigen adeligen Unterstützer, zu denen auch seine Familie gehörte, nicht gewachsen. Rochejaquelein fiel dem Ansturm schon vor zwei Jahren zum Opfer. Aber die Zerschlagung des Aufstands war dem Konvent nicht genug. Er schickte die Revolutionstruppen aus, um alle Beteiligten niederzumetzeln. Wie hätte er denn dieser Armee weiter dienen können?

»Du musst dich doch mir nicht erklären«, begann Ignatius nach einer Pause, »nur Gott. Und Gott ist gütig. Die ganze Familie zu verlieren. Das ist furchtbar, Bru…«, Ignatius unterbrach sich, »… mein Freund. Was musstest du alles erleiden. Ist es da nicht ganz natürlich, dass du zu Gott gefunden hast.«

Der Mann war wirklich unglaublich. »Ignatius, ich trage diese Kutte nicht, weil ich zu Gott gefunden habe. Ich wünschte, ich hätte es. Ich wünschte, ich könnte Gott um Vergebung bitten.« *Ein paar Gebete sprechen, und meine Seele wäre geläutert.* Er wünschte es sich tatsächlich. Aber vom Glauben an göttliche Gnade war er weiter entfernt als je zuvor. Dafür hatte er den Glauben an etwas anderes wiedergefunden. Den Glauben an sich. Und an die Menschen – zumindest an einige. Und Voltaire behielt auch hier wieder recht: Alle Würden dieser Welt wiegen einen guten Freund nicht auf.[16]

»Ich bitte nicht Gott um Vergebung, sondern dich, Ignatius. Dafür, dass ich dich belogen habe. Du hast mir gezeigt, dass es sich immer noch lohnt, für seine Ideale zu kämpfen. Du und Johanna.«

Er blickte den Mönch an, der still geworden war.

»Darf ich dich denn noch meinen Freund nennen?«

»Na ja, einen Bruder kannst du mich ja wohl nicht mehr nennen, nicht wahr?« Er lachte und die Spannung wich. »Aber wie soll ich das nur dem Vater Abt beibringen?«

»Ignatius, bitte, das darfst du nicht.«

»Aber das muss ich doch. Du wirst sehen, der Abt ist ein guter Mann. Er wird dich nicht verurteilen. Natürlich ist es falsch zu lügen. Wir … ich hätte dir auch geholfen, wenn du keine Kutte getragen hättest. So steht es in unseren Büchern geschrieben.«

»Davon bin ich überzeugt. Aber man weiß nie, wem man gegenübersteht. Ich bin zu vielen Menschen wie Pater Markus begegnet. Und ich kann es ihnen nicht einmal verdenken. Denn einem Deserteur zu helfen ist gefährlich.«

»Aber Pater Markus ist nicht der Abt. Noch hat der Prior Gottbried hier das Sagen. Und er muss davon erfahren, Henri. Vertrau mir.«

»Das tue ich, Ignatius. Das tue ich, wahrlich.«

»Dann lass uns jetzt auf unsere Kammern gehen. Es ist spät und Vater Gottbried schläft schon lange.« Ignatius erhob sich und reichte Henri seine Hand. Der nahm sie dankbar an. Sie traten in den Flur, um ihre Kammern, die beide im Nordflügel des Klosters lagen, aufzusuchen.

»Morgen gehen wir noch vor der Prim zum Prior und erzählen ihm alles. Er wird wissen, wie es weitergeht.«

»Danke, Ignatius. Ich bin froh, dass du es nun weißt.«

Etwas aufgewühlt, aber reinen Gewissens verabschiedeten sie sich zur Nachtruhe.

Den am anderen Ende des Flures stehenden Pater Markus, der sie aufmerksam dabei beobachtete, bemerkten die beiden nicht.

33.

Am Morgen wälzte sich Johanna, entgegen ihren Gewohnheiten, noch eine Weile im Bett. Ihren Geliebten würde sie heute nicht sehen können. Sie sehnte sich nach seiner Umarmung. So schwelgte sie mit geschlossenen Augen und unter der wärmenden Decke ihren Erinnerungen an gestern nach.

Sie fürchtete den heutigen Tag. Sie musste Thomas dem Amtmann übergeben. Am Abend zuvor, als sie den Jungen in die Obhut seiner Familie gegeben hatte, war ihr die Mutter Pauls mit solcher Kälte begegnet. So als ob sie Johanna für das verantwortlich machte, was geschehen war.

Johanna konnte es ihr nicht verdenken. Ihr Magen zog sich bei dem Gedanken zusammen, ihn nunmehr dem Schutz seiner Familie zu entreißen und dem Gesetz ausliefern zu müssen.

Es half nichts. Sie zwang sich aufzustehen. Sie streifte ihr Nachtkleid ab und betrachtete ihre Nacktheit im Spiegel der Kommode. Bei alldem, was gestern Abend sonst noch geschehen war, die Erinnerung an die Zweisamkeit mit Henri war ein Teil von ihr geworden. Fast spürte sie ihn immer noch in sich. Die Erinnerung war so frisch, dass es sich anfühlte, als sei er immer noch ganz nah bei ihr. Was immer auch passieren würde, ohne ihn würde sie sich nie mehr vollständig fühlen.

Sie nahm ein einfaches Wollkleid aus dem Schrank und kleidete sich an. Neben dem Schrank hing schon das fliederfarbene Ballkleid für sie bereit. Wie hohl ihr die Vorstellung eines Balls mit fröhlicher Musik in diesem Moment vorkam. Dennoch, sie musste die Chance nutzen, bei Hermann Josef von Hatzfeld ein gutes Wort für Thomas einzulegen. Schon wieder würde sie als Bittstellerin vor ihn treten müssen. Aber vielleicht konnte sie ihn dazu bewegen, von einer Anklage abzusehen. Allein deshalb musste sie sich auf dem Ball von ihrer besten Seite zeigen.

Als sie die Treppe hinunterlief, kam ihr Caroline schon entgegen.

»Da bist du ja. Es wird Zeit für das Frühstück, und gleich danach wird die Gudrun dir helfen, dich zurechtzumachen.«

»Mutter.« Johanna war erstaunt, Caroline so früh schon zu begegnen. Die meisten Tage hielt sie ihr Frühstück, wie bei verheirateten Damen üblich, im Bett ab. Aber heute war wohl tatsächlich ein besonderer Tag in vielerlei Hinsicht.

»Johanna. Du hast nicht schon wieder etwas vor, oder? Diesen Blick kenne ich.«

»Mutter, ich muss kurz weg. Ich esse später noch etwas. Aber es ist wirklich wichtig.«

»Es ist immer wichtig. Wie oft ich das schon gehört habe.«

»Diesmal ist es aber so. Es ist etwas Schlimmes geschehen gestern Abend.«

In diesem Moment kam ihr Vater aus dem Salon geschritten. »Können meine Weiber nicht einmal mit mir zusammen ein Frühstück einnehmen? Sonst lamentiert ihr immer, dass ich nicht da bin. Und jetzt lasst ihr mich hier allein sitzen.«

»Vater!« Den Freiherrn am Morgen zu sehen war noch ungewöhnlicher als der Mutter zu begegnen. Er weilte um diese Zeit entweder noch schlafend in seinem Zimmer oder war schon aufgebrochen. Wenn er überhaupt zu Hause und nicht auf Reisen war. Wenn ihr Vater sie und Thomas zum Landdinger begleiten würde. Das hätte Gewicht. Sie erzählte in kurzen Worten, was am Vorabend geschehen war. Natürlich ließ sie Henri hierbei unerwähnt.

»Vater, können Sie mitkommen? Der Landdinger wird beeindruckt sein, wenn der Lehnsherr selbst ein gutes Wort für den Sohn eines seiner Pächter einlegt.«

»Ach, Tochter, ich glaube nicht, dass der alte Proff zu Irnich gut auf mich zu sprechen ist.« Der Freiherr fuhr sich nachdenklich durch die Haare, die dadurch noch wüster fielen. »Wer weiß, vielleicht bin ich gar der Grund dafür, dass er mehr und mehr seinen Sohn die Amtsgeschäfte führen lässt. Ich hab ihm eine Menge Arbeit beschert zuletzt, fürchte ich.«

»Vater, wovon sprechen Sie?«

»Lass gut sein, Johanna. Mach das mal allein mit dem Thomas. Aber sei schnell wieder zurück. Ich kann die Nörgelei meines Eheweibes nicht länger ertragen.« Er deute fahrig auf seine Frau, die der Unterhaltung zwischen Vater und Tochter still zugehört hatte. »Gerade heute brauche ich meine Nerven beisammen.«

Johanna zuckte mit den Schultern. Sie hatte ohnehin nicht mit seiner Anwesenheit gerechnet. Sie verschwand schnell durch die Tür, bevor ihre Mutter noch einhaken konnte.

Im Hof hatte Tenhagen schon die Kutsche abgestellt, und sein Sohn Franz polierte sie. Johanna grüßte den Jungen kurz, als er von seiner Arbeit hochblickte.

»Soll ich den Argos satteln?«, fragte er.

»Mach ich schon selbst, danke, Franz. Mach du weiter, damit wenigstens die Kutsche nachher blinkt und blitzt für den Ball.«

Johanna ging in den Stall und sattelte Argos selbst. Der gebarte sich etwas widerwillig, da er nach dem langen Ausritt am Abend schon so früh wieder seinen Stall verlassen musste. Dann ritt sie geschwind zum Paulshof.

Als sie dort ankam, erwartete sie Reinhard Pauls schon vor dem Haus.

»Reinhard! Schön dich mal wieder zu sehen. Auch wenn die Umstände besser sein könnten.«

Die körperliche Arbeit hatte Thomas' Bruder verändert. Aus dem schlaksigen jungen Kerl ihrer Kindheitserinnerung war ein kräftiger Landmann geworden. Die Verantwortung für die Familie schien schwer auf ihm zu lasten. Auch ihm musste der erneute Brand zusetzen. Vor zwei Jahren hatte es schon einmal gebrannt bei den Pauls, der Vater war bei diesem Feuer umgekommen. Reinhard war damals nicht zu Hause gewesen. Sie hatten nie darüber gesprochen. Aber vermutlich machte er sich schwere Vorwürfe. Und nun auch noch die Sache mit Thomas. Wie er so mit gebeugten Schultern und gefurchtem Gesicht dastand, hatte er so gar nichts mehr mit dem älteren Bruder ihrer Freundin gemein, den sie als kleines Mädchen heimlich angehimmelt hatte. Sie waren beide erwachsen geworden. Beim Anblick von Reinhard wurde Johanna klar, wie sehr sie sich voneinander entfernt hatten und wie sehr sich ihr Dasein unterschied. Für die Pauls war das Leben ein täglicher Kampf. Und sie selbst machte sich Gedanken, wie schrecklich es wäre, mit jemandem verheiratet zu werden. Jetzt kam sie auch noch, um den Pauls ihren Jüngsten zu entreißen und ihn dem Amtmann zu übergeben.

»Johanna, musst du ihn wirklich mitnehmen? Es wird der Mutter das Herz brechen. Nach Vaters Tod …«

»Reinhard. Versteh doch. Ich habe mein Wort gegeben. Es war alles was ich tun konnte, um Thomas vor einem Standgericht zu bewahren. Wenn du von Hatzfeld gesehen hättest. Er war von Sinnen. Ich glaube, er hätte ihn wirklich erschossen.«

»Eigentlich ist es meine Schuld. Wenn ich genug erwirtschaften würde, dann hätte er dort gar nicht sein müssen …«

»Mach dir keine Vorwürfe. Das ist doch Unsinn. Nur lass mich diesmal helfen. Bitte.« Sie blickte ihn an. Er aber blickte zu Boden.

Es war auch alles gesagt. Als Johanna ihn umarmen wollte, wich er vor ihr zurück. Stattdessen ging er zum Haus und öffnete die Tür. »Ich bringe dich zu ihm. Mutter wird ihn nicht so einfach gehen lassen.«

Sie folgte Reinhard ins Haus. Mutter Pauls, die mit Thomas am Küchentisch gesessen hatte, sprang auf und kam ihnen entgegen. »So, sind Sie also gekommen, um ihn mir wegzunehmen. Das werde ich nicht zulassen.«

»Aber Frau Pauls, bitte. Ich bin nicht Ihre Gegnerin.«

»Ich wusste es schon immer, dass irgendwann einmal etwas Schlimmes daraus werden würde. Aber meine Kinder waren eh und je von Ihnen eingenommen. Von Anfang an.«

»Mama«, mischte Thomas sich ein, der schnell noch ein paar Löffel Hafergrütze in sich hineinschaufelte, als ob es das Letzte sein würde, was er je zu essen bekam. Zumindest schien er sich aber von seiner Erschöpfung erholt zu haben. Mit vollem Mund redete er weiter: »Sie will doch nur helfen.«

»Halt den Mund, junger Mann. Du hast schon genug angerichtet.«

»So lassen Sie mich doch helfen.« Johanna ging auf die ältere Frau zu.

»Nein. Ich werde Ihnen meinen Sohn nicht mitgeben. Vor dem Amtmann wird er niemals recht bekommen. Er wird zu seiner Schwester gehen.«

»Aber das geht nicht. Ich verspreche Ihnen, dass er eine gerechte Verhandlung bekommt. Ich werde alles daran setzen …«

»Pah, Sie können ja nicht einmal Ihren eigenen Stall sauber halten.«

»Wie bitte?« Johanna war wie vor den Kopf geschlagen. Wovon sprach sie? Woher kam dieser Zorn auf sie?

»Das tut nichts zur Sache. Wir kümmern uns um uns selbst. Auf Ihre Hilfe können wir verzichten.«

»Mama.« Thomas war aufgesprungen. »Jetzt lass sie doch in Ruhe. Begreif doch endlich. Ich will mir von ihr helfen lassen. Ich will nicht zu Irmgard. Ich will hierbleiben. Reinhard, sag doch auch mal was.«

Der zuckte mit den Schultern. »Ich weiß nicht. Mutter hat schon recht. Die Sache mit dem Verwalter. Die war ja auch nicht richtig.« Er blickte Johanna an, den Kopf gesenkt und die Hände in einer entschuldigenden Geste geöffnet.

Johanna wusste überhaupt nicht, wie ihr geschah. Sie hatte den Pauls doch einen Pachtaufschub beim Verwalter ermöglicht. Sie blickte Hilfe suchend zu Thomas. »Was ist denn eigentlich los?«

Der Junge druckste herum. Blickte zu seiner Mutter, zu Reinhard. Doch dann schoss es aus ihm heraus: »Euer Verwalter hat uns ausgenommen.«

»Thomas, halt den Mund. Sie soll lieber ihre eigenen Probleme lösen und uns in Ruhe lassen.«

»Nein, Mutter.« Er sprang auf. »Sie ist meine Freundin. Und sie und der Mönch haben mir gestern das Leben gerettet.« Thomas stellte sich neben Johanna.

Johanna legte die Hand auf seine Schulter. »Kannst du mich bitte mal aufklären, was überhaupt geschehen ist?«

»Das mache ich. Aber erst draußen. Hier ist die Luft zu dick.«

»Thomas, wenn du jetzt gehst …«

»Was dann, Mutter?«

Er nahm Johannas Hand und zog sie zur Tür. Mutter Pauls sank auf dem Stuhl zusammen und vergrub ihr Gesicht in die Hände. Johanna hörte noch ein Aufschluchzen und sah wie Reinhard tröstend die Hand auf die Schulter seiner Mutter legte. Im Freien atmete sie erst einmal durch. Sie blickte den Jungen an. »Also?«

»Du darfst es ihr nicht übel nehmen, Johanna. Sie ist nur besorgt.«

»Ich weiß, aber warum das Misstrauen mir gegenüber? Ihr kennt mich doch schon so lange. Ich hab mich bei euch immer zu Hause gefühlt. Viel mehr als …«, sie unterbrach sich. Mit einem Mal schien nichts mehr so, wie es gewesen war. Alles veränderte sich, sie selbst hatte sich verändert. Henri hatte sie verändert. Alles hatte so viel mehr Bedeutung gewonnen, seit sie ihm begegnet war.

Dann sprudelte es aus Thomas raus. Er erzählte ihr vom unerwarteten Besuch Tenhagens. Johanna traute ihren Ohren nicht. Das konnte er nicht gemacht haben, hinter ihrem Rücken.

»Und dann hat er unseren letzten Halfter Weizen genommen und auch noch den Schekel, den Mutter verwahrt hatte, um uns über den Winter zu bringen.«

»Oh, Thomas. Das tut mir so leid. Ich hätte das niemals von ihm gedacht. Er ist nicht sehr zuverlässig, aber dass er mir ins Gesicht lügt. Jetzt versteh ich jedenfalls die Reaktion deiner Mutter. Warum habt ihr mir das nur nicht gleich gesagt?«

»Ach, Mutter denkt, dass wir uns bei Streitereien ›da oben‹ …«, er rollte mit den Augen, »… raushalten sollen. Aber ich hab ihr gleich gesagt, dass das nicht richtig ist. Es war doch gut, dass ich es dir erzählt habe?«

»Ja, das war gut so. Ich werde das regeln.«

»Hab ich Mutter gleich gesagt, aber sie ist so anders seit Vaters Tod. Man kann nicht mehr mit ihr reden.«

»Sei nicht so hart zu ihr, sie hat Angst um dich.«

»Ich weiß.« Er verzog den Mund.

»Erst langsam begreife ich, dass man manchmal aus Angst davor, jemanden zu verlieren, den man liebt, Dinge tut, die man sonst niemals tun würde.« Ganz unbewusst legte sie dabei die Hand auf ihren Leib.

»Und jetzt mach dir keine Sorgen mehr. Es ist gut, dass du mir das mit Tenhagen erzählt hast, Thomas. Ich werde mich darum kümmern, auch wenn ich noch nicht den blassesten Schimmer habe, wie.«

Sie schob ihr Kinn nach vorne, bestieg Argos und reichte Thomas die Hand, um ihn ebenfalls hoch in den Sattel zu ziehen.

Thomas legte die Arme um sie, und sie spürte, wie er zitterte.

»Hab keine Angst. Der Landdinger ist nicht allzu streng. Derweil werde ich versuchen, den von Hatzfeld von seiner Anklage abzubringen. Wir werden sehen. Heute Abend auf dem Ball werde ich ihn treffen. Vielleicht ist morgen schon alles vergangen wie ein böser Traum.«

»Ich hab keine Angst. Nachdem ich gestern diese Flinte im Gesicht hatte, kann mich so schnell nichts mehr umwerfen.«

Sie hoffte wirklich, dass er es auch so meinte. Sie ritten los.

Thomas' Griff um sie wurde fester. »Außerdem muss man das auch mal so sehen: Immerhin werde ich in Gefangenschaft etwas zu essen bekommen – oder?«

»Ja, da bin ich mir sicher, Thomas. Und falls nicht, werde ich dir etwas von unserer Sigrid bringen.«

Von Stein aus, wo der Hof der Pauls lag, ging es bergaufwärts nach Blankenberg. Hier hatte der Landdinger seinen Amtssitz, direkt neben der Kirche. Auf ein Klopfen öffnete eine junge Magd die Türe und ließ Johanna und Thomas hinein. Sie geleitete die beiden in eine Stube, wo sie warten sollten.

Nach einer Weile kam der Amtmann, Franz Josef von Proff zu Irnich, persönlich.

»Fräulein Johanna. Was führt Sie zu mir? Sind Sie denn nicht schon in großer Vorbereitung für den Ball? Wenn ich da an meine liebe Gattin denke. Ich habe sie heute noch nicht zu Gesicht bekommen. Werde sie wohl erst heute Abend in allerfeinster neuer Klamotte sehen.«

»Ja, wir werden heute Abend auch zugegen sein.« Johanna zog Thomas nach vorne.

»Mein Sohn wird natürlich auch dort sein. Vielleicht haben Sie ja für ihn noch einen Platz auf Ihrer Tanzkarte frei.« Er hob eine seiner silbergrauen Augenbrauen und lächelte Johanna an. »Was führt Sie denn zu mir? Und wer ist dieser Bub?«

»Wir suchen Sie in einer offiziellen Angelegenheit auf, leider sehr unangenehm, Herr von Proff zu Irnich. Das hier ist Thomas Pauls. Es gibt eine Anklage von Hermann Josef von Hatzfeld gegen den Jungen wegen Wilderei.«

»Ein schwerer Vorwurf. Warum führt Herr von Hatzfeld die Anklage nicht selbst vor?«

Johanna berichtete von dem gestrigen Vorfall. »Ich habe mich für Thomas verbürgt und musste Herrn von Hatzfeld mein Wort geben, dass ich ihn heute in Ihre Verantwortlichkeit übergebe, bis die Sache aufgeklärt ist.«

»Nun, es ist gut, dass die Zuständigkeit des Amts Blankenberg respektiert wird. Danke für Ihre Mühen, Fräulein Johanna. Es scheint mir, ohne Ihr Eingreifen wäre es zu einem Standgericht gekommen. Es ist sehr nobel von Ihnen, sich so für den Jungen einzusetzen.«

»Mit Verlaub, aber das hat nichts mit Edelmut zu tun. Ich glaube an seine Unschuld, werter Herr von Proff zu Irnich.«

»Das wird sich zeigen. Zunächst einmal fehlt mir sowieso eine offizielle Anklage. Wenn ich Sie recht verstehe, wird eine solche durch das Haus Attenbach nicht erhoben?«

Johanna verneinte.

»Bis dies entschieden ist, werde ich den Jungen in Verwahrung nehmen.« Er erhob sich. »Thomas, bitte folge mir.«

Als er den Jungen wegführte, blickte der sich zu ihr um. Johanna versuchte, so viel Zuversicht in ihren Blick zu legen, wie es ihr möglich war. Dennoch zog sich ihr bei dem Anblick der Magen zusammen.

Wie vermutet, wurde sie auf Gut Attenbach schon sehnlichst erwartet. Die Kutsche stand bereit. Die Pferde waren aber noch nicht angespannt. Schließlich war es noch nicht einmal Mittag. Sie war also keineswegs zu spät dran und konnte sich bei Sigrid in der Küche noch eine Scheibe Brot und vielleicht etwas Käse oder Schinken gönnen, bevor sie sich zurechtmachen ließ. Franz nahm ihr die Versorgung von Argos ab.

»Gib ihm eine zusätzliche Lade Heu. Er hat es sich verdient.«

»Klar, mach ich.«

»Sag, Franz. Fährt dein Vater uns heute Abend zum Ball?«

»Ich denke schon.«

Nachdenklich ging sie ins Haus.

»Da bist du ja endlich. Ich habe Gudrun schon in dein Zimmer geschickt. Alles wartet nur auf dich.« Ihre Mutter begrüßte sie ungeduldig. Sie war schon fertig angekleidet, trug ihre dunkelgrüne Ballrobe, die ihre schlanke Taille betonte. Die Haare waren hochgesteckt, vorne rechts und links hingen zwei gelockte Strähnen hinunter.

»Sie sehen schön aus, Maman.« Johanna warf ihr einen Handkuss zu. »Ich brauche nur schnell etwas zu essen, dann bin ich bereit für meine Verwandlung. Aber an Sie werde ich nicht herankommen.«

Die Worte zauberten ein Lächeln auf das Gesicht ihrer Mutter.

Johanna bog schnell in die Küche, wo Sigrid eine Brotzeit für sie bereitete.

»Und zeigen Sie sich bitte noch einmal in dem Ballkleid, kleine Dame.«

»Natürlich, Sigrid. Du hast mir immerhin geholfen, das richtige Kleid auszuwählen.«

Gudrun hatte in Johannas Zimmer das Feuer angefacht und bereits ein Lockeneisen darin angewärmt.

»Oh, Gudrun, muss das sein?«

»Anweisung Ihrer Mutter, Fräulein Johanna.«

»Natürlich. Also gut. Womit fangen wir an?«

»Da der Wellenstab schon heiß ist, würde ich meinen, wir fangen mit Ihren Haaren an.«

Johanna setzte sich auf den Stuhl, den Gudrun in die Mitte des Zimmers vor den Kamin geschoben hatte. Aus Mangel an Dienstpersonal hatte ihre Mutter die Magd unter ihre Fittiche genommen und sie nach und nach auch in die Fertigkeiten einer Zofe eingeführt.

Zuerst ließ sich Johanna eine Weile schweigend von den geschickten Händen Gudruns verwöhnen. Sie hatte mit der spröden Frau nie so ein inniges Verhältnis aufgebaut wie mit Sigrid, die auch schon viel länger in Attenbachs Haushalt tätig war. Die Köchin war in Johannas Erinnerung schon immer da gewesen. Gudrun dagegen war als einfache Magd kurz vor dem Verwalter Tenhagen in ihren Dienst eingetreten. Das musste vor gut zehn Jahren gewesen sein. Der Franz war jetzt neun. Sie erinnerte sich, dass es, recht kurz nachdem ihr Vater Tenhagen als Verwalter eingestellt hatte, zu der Heirat zwischen den beiden gekommen war.

Nachdem Gudrun die rechte vordere Haarpartie Johannas in Locken gelegt hatte, heizte sie das Eisen wieder auf und nahm sich die linke Seite vor.

»Gudrun, darf ich dich etwas fragen?«

»Aber sicher, Fräulein Johanna.«

»Ich will wirklich nicht aufdringlich sein.« Sie knetete ihre Hände. »Sigrid erzählte mir kürzlich, dass dein Mann in letzter Zeit sehr dem Wein zugeneigt ist?«

Schweigen.

»Gudrun, ich werfe deinem Mann nichts vor. Ich mache mir nur Sorgen. Vor allem auch um dich und den Franz.«

»Sigrid hätte das nicht sagen dürfen.« Gudrun löste das Lockeneisen aus Johannas Haaren.

»Wirf es jetzt bitte nicht Sigrid vor. Ich habe ja auch selbst bemerkt, dass etwas nicht stimmt. Und sie hat mich nur bestätigt.«

Die Magd begann zu schluchzen. »Verzeihen Sie.«

»Aber, aber. Nun erzähl mal.« Johanna hatte sich zu ihr umgedreht.

»Es ist nicht leicht für mich. Er ist kein schlechter Mensch, mein Horst. Aber der Alkohol hat ihn verändert.« Gudrun wandte sich ab, um ihre Tränen vor Johanna zu verbergen.

»Bitte weine doch nicht, Gudrun. Setz dich erst mal aufs Bett. Hier.« Johanna stand auf, nahm den heißen Lockenstab aus Gudruns Händen und legte ihn zurück auf das Kamingitter. Dann schob sie die Magd auf ihr Bett.

Johanna war erstaunt über die heftige Reaktion von Gudrun. Sollte Tenhagen auch Frau und Sohn schlecht behandelt haben? Dass er sie mit der Pacht hintergangen hatte, war eine Sache, das wäre eine andere.

»Und nun erzähl. Hat er dir etwas angetan? Oder dem Franz?«

»Es war wirklich nur ein Mal. Vor ein paar Tagen. Ganz früh am Morgen war er schon gereizt. Und seine Hände zitterten so. Er schrie mich an, wo ich den Wein versteckt habe.« Sie rieb sich die Tränen aus dem Gesicht. »Ich hatte ihn nicht verborgen, es war einfach keiner mehr da. Aber er wollte nichts davon hören. Er hat dann sogar dem Franz vorgeworfen, den Wein genommen zu haben. Der Franz ist ein guter Junge, er würde seinen Vater niemals anlügen. Und doch wollte er die Wahrheit aus dem Jungen herausprügeln. Ich hab Franz von ihm fortgezogen, und dann hat er es an mir ausgelassen.«

»Gudrun, das ist ja furchtbar. Hast du dich verletzt? Ist dem Franz etwas geschehen? Du hättet zu mir kommen müssen.«

»Es geht schon, Fräulein Johanna. Es war gar nicht so schlimm.« Sie wollte aufstehen. »Nein, Gudrun. Ich werde dir gleich eine Salbe geben, mit der du dich und den Franz an den schlimmen Stellen einreiben musst. Hörst du?«

Sie nickte. »Aber versprechen Sie mir, dass Sie niemandem davon erzählen. Er wird es gewiss nicht wieder tun.«

Johanna nickte. »Vorerst wollen wir es auf sich beruhen lassen. Aber irgendetwas muss geschehen. Wer weiß, was sonst noch passiert.«

»Bitte lassen Sie ihn in Ruhe. Ich werde dafür sorgen, dass er sich in Zukunft benimmt.«

»Nun, Manches liegt vielleicht schon nicht mehr in deiner Hand, Gudrun. Ich fürchte, dein Mann ist mit einigen Dingen zu weit gegangen. Sieh du nur zu, dass er dich und den Franz in Ruhe lässt, ja?«

»Ja, Fräulein Johanna.«

Weitere Worte wurden zwischen den beiden Frauen nicht mehr gewechselt. Gudrun richtete Johannas Frisur und half ihr beim Waschen und einpudern. Zuletzt half sie ihr in das Kleid. Beide hingen sie ihren eigenen Gedanken nach.

34.

DIE KUTSCHE HOLPERTE in stetigem Tempo voran. Tenhagen, der vorn auf dem Kutschbock saß, war wenig erfreut über seine Aufgabe, hatte sich aber nach einem der seltenen Machtworte des Freiherrn dem Zwang ergeben, da das Rittergut nun einmal nicht über einen Kutscher verfügte. Johanna und ihre Mutter hockten sich in der Kutsche gegenüber. Attenbach war vorangeritten. Ihr Vater würde erst dann dazu zu bewegen sein, sich in eine Kutsche zu setzen, wenn er alt und krüppelig war. Johanna hätte liebend gern auch Argos genommen, doch selbst sie musste einsehen, dass es in ihrem neuen Ballkleid nicht möglich war zu reiten.

Sie war schweigsam und nachdenklich. *Oh, Henri. Was machen wir nur?* Schon sprangen ihre Gedanken wieder zu ihm. Es wurde ihr langsam alles zu viel. Die anscheinend unmögliche Liebe zu Henri. Die Probleme mit dem Verwalter. Sie musste ihn bald zur Rede stellen oder besser ihren Vater über seine Ungeheuerlichkeiten informieren. Am besten wäre es wohl, die Bücher zu überprüfen. Hatte der Verwalter diese Pacht als Einnahme eingetragen oder womöglich unterschlagen und gehofft, dass es durch den angeblichen Pachtaufschub nicht auffallen würde? Und was würde aus Tenhagens Frau und seinem Sohn werden? Die arme Gudrun. Sie fürchtete sich jetzt bestimmt, dass sie Mann, Heim und Arbeit verlieren würde. Das durfte auf keinen Fall geschehen. Johanna hoffte, dass sich ihr Vater nach diesem Ball, auf den zuletzt seine ganze Aufmerksamkeit gerichtet gewesen war, um die Angelegenheiten im eigenen Hause kümmern würde. Allein konnte sie das alles nicht mehr schultern. Ihr schwirrte der Kopf, je mehr sie darüber nachdachte. Sie wollte einfach nur fort von hier. Gemeinsam mit Henri. Und alle Sorgen hinter sich lassen. Aber jetzt konnte sie unmöglich Thomas Pauls im Stich lassen.

Alles zu seiner Zeit, Johanna. Nun musst du erst einmal diesen Ball hinter dich bringen und einen möglichst beruhigenden Einfluss auf von Hatzfeld ausüben. Vielleicht konnte sie ihn ja beim Tanz dazu bringen, die Anklage gegen den Jungen zurückzuziehen. Proff zu Irnich hatte doch durchblicken lassen, dass er die Angelegenheit nur weiterverfolgen würde, wenn eine offizielle Anklage gegen den Jungen vorgebracht würde. Wenn sie es also schaffte, von Hatzfeld dazu zu bringen, von einer solchen abzusehen, hätte sich zumindest eines ihrer Probleme in Luft aufgelöst.

Ihre Mutter beugte sich herüber und fingerte an ihrer Frisur herum.

»Bitte lassen Sie das, Mutter. Das Herrichten meiner Haare hat so viel Zeit in Anspruch genommen. Da kann gar nichts mehr falsch sitzen.« Sie reagierte abweisender, als sie es gewollt hatte.

Gudrun hatte ihr die vordere Haarpartie gescheitelt und die Seiten zu feinen Haarlocken geformt. Die langen hinteren Haare waren zu einem Dutt hochgesteckt worden, gehalten von einem Band, das aus dem gleichem Stoff war wie ihr Kleid.

»Ach, Kind. Nur noch diese Locke. Sie verdeckt dein rosiges Gesicht.« Sie ließ ihre Mutter machen, brauchte ihre Kraft für anderes.

»Wenn du wüsstest, wie stolz du mich machst. Du siehst so schön aus. Hermann Josef wird dich den ganzen Abend nicht aus den Augen lassen.«

»Mutter. Du hast ja keine Ahnung.« Johanna hoffte, dass es dem Grafensohn gestern bei der ganzen Aufregung gar nicht aufgefallen war, in welchem Zustand und in welcher Begleitung sie sich befunden hatte. Wenn er nur den entferntesten Verdacht geschöpft hatte, dass sie nicht mehr unschuldig war …! Nun, es würde sich bald zeigen, denn die Kutsche erreichte gerade die Siegbrücke. Sie würden gleich in den Hof von Schloss Allner einfahren.

Unzählige Öllampen auf hohen Pfählen beleuchteten den Pfad, über den ihre Kutsche auf den Schlosshof zufuhr. Auch der mit feinem Kies gefüllte Hof stach hell aus der Dunkelheit hervor. Der volle Mond am klaren Abendhimmel erblasste vor dieser Pracht. Tenhagen ließ die Kutsche vor dem Haupteingangsportal halten. Ein Diener öffnete ihnen die Tür und reichte ihnen eine weißbehandschuhte Hand, um ihnen beim Ausstieg behilflich zu sein.

Mutter und Tochter schritten gemeinsam die lange Treppe zum Eingang hinauf. Vom Freiherrn von Attenbach war nichts zu sehen. Caroline hatte ihren Mann gebeten, ihre Ankunft abzuwarten, damit sie zusammen mit dem Herren des Hauses Attenbach das Schloss betreten konnten. Aber sie ließ sich die Enttäuschung nicht anmerken, sondern ging, mit ihrer Tochter an der Seite, erhobenen Hauptes dem Eingangsportal entgegen. Die beiden Türflügel standen weit offen, auch hier befanden sich an beiden Seiten hohe Öllampen. Vor ihnen führte ein Gang zur ebenfalls weit geöffnete doppelflügeligen Tür zum Ballsaal des Schlosses Allner. Diener, alle in schwarzem Frack und weißen Handschuhen, wiesen ihnen den Weg.

Johannas Mutter drückte ihren Arm. »Ist das nicht prachtvoll, Liebes?«

Johanna musste eingestehen, dass auch sie beeindruckt war. Die weiß getünchten Wände waren mit prunkvollen Gemälden behangen. Mit Vasen aus feinem Porzellan und goldenen Kerzenleuchtern dekorierte Tische säumten den Flur. Der edle rote Teppich schmiegte sich an ihre Füße, konnte aber nicht verhindern, dass diese in den engen Tanzschuhen schon jetzt begannen zu schmerzen.

Ihre Mutter senkte die Stimme. »Bist du nicht überglücklich, Kind, bei dem Gedanken, dass du diesen Palast vielleicht bald dein Heim nennen kannst?«

»Mutter, bitte. Kannst du nur für diesen einen Abend einmal davon aufhören?« Johannas Geduld war strapaziert.

Endlich kamen sie zum Ballsaal, und dieser erschien ihr noch prächtiger als der Gang. Der Raum war bereits gefüllt. Ein Murmeln durchzog ihn und vergrößerte die Scheu, die Hallen zu betreten. Die Menge im Inneren beäugte neugierig jeden eintretenden Gast.

Der Teppich wechselte in glänzendes Parkett über, auf dem jeder von Johannas Schritten nachhallte. Eine Vielzahl von Tischen und Stühlen bewachte soldatengleich die bodentiefen Fenster auf der linken Seite des Saals. Hier standen und saßen die Damen in ihren Ballkleidern, eines prächtiger als das andere. Darunter fanden sich kaum noch weit ausladende und eng taillierte Roben, die meisten Kleider waren weich fließend und unter der Brust zusammengefasst. Dennoch fühlte sich Johanna mit einem Male wie ein Mauerblümchen am Wegesrand neben den stolzen und hoch aufgerichteten Rosensträuchern, die sie mit ihren spitzen Stacheln auf Abstand hielten, aber gleichzeitig einen betörenden Duft ausströmten.

Gegenüber der Fensterfront war die Atmosphäre gediegener. Hier fanden sich mehrere bequem wirkende Chaiselongues. Rechts und links eines wuchtigen Kamins prangte jeweils ein großes Gemälde, das eine Jagdszene zeigte. Auf dieser Seite des Saals standen die Herren beisammen. Die meisten trugen Kniehose und Frack über einem steifen, hochkragigen Hemd. Doch es gab auch einige Herren in Uniform. Johanna erkannte die prachtvolle preußische Montur mit der engen weißen Hose und ihrer leuchtend blauen Weste. Sogar einige österreichische Offiziere befanden sich darunter. Sie trugen nahezu vollständig weiße Uniformen, gelb und rot abgesetzt.

Am Ende des Saals saßen die Musiker auf einer niedrigen Empore. Über der gesamten Szenerie prangten sechs riesige Kronleuchter.

Direkt zu Beginn wurden die Gäste einer nach dem anderen von den Hausherren in Empfang genommen. Ein unscheinbar wirkender Mann in langen dunklen Pantalons und weißem Hemd mit Stehkragen stellte die Hereinkommenden vor. Das musste Bernhard Sauer, der Rentmeister von Schloss Allner, sein. Hinter ihm, in Reihe aufgestellt, begrüßten nacheinander der Hausherr Graf Franz Ludwig von Hatzfeld und seine junge Frau sowie sein Sohn Hermann Josef die Gäste. Beide Männer trugen prächtige preußische Uniformen. Die junge Gräfin war von atemberaubender Schönheit. Ihre cremefarbene Robe, die mit Goldrändern reichlich verziert war, passte wunderbar zu ihrem samtenen blonden Haar und ihrem hellen Teint. Ein mit Edelsteinen besetztes Collier bedeckte in ebenso strahlender Schönheit ihr zartes Dekolleté.

Sauer pochte mit einem Stock auf das Parkett. »Freifrau Caroline von Hallberg-Broich und Attenbach mit ihrer Tochter Johanna.«

Es war so weit. Caroline ließ Johanna den Vortritt. Die nahm die entgegengestreckte Hand des Grafen und machte einen Knicks. Der Graf deutete einen Handkuss an, richtete aber nicht das Wort an sie, stattdessen warf er einen Blick auf Johannas Kleid. Ihr wurde mit einem Mal wieder bewusst, dass sie die Chemise seiner verstorbenen Frau auftrug. Sie hielt die Luft an. Er entließ sie mit einem leichten Nicken, in dem sie Wohlwollen zu erkennen glaubte, und reichte sie weiter an seinen Sohn.

Hermann Josef nahm ebenfalls Johannas Hand.

»Ich hoffe doch, Sie haben Ihre Tanzkarte ausschließlich für mich reserviert, gnädiges Fräulein.« Er musterte sie von oben bis unten. »Das Kleid steht Ihnen wirklich ausgezeichnet. Viel besser als Ihr Aufzug von gestern Abend, wenn ich mir die Bemerkung erlauben darf.«

Johanna schielte zur ihrer Mutter hinüber. Die sprach noch mit dem Grafen. Also versuchte sie es, da er es schon selbst ansprach, auch mit einer direkten Herangehensweise. »Mit Verlaub, mein Herr, Ihr jetziger Aufzug steht Ihnen auch besser zu Gesicht als der gestrige.«

Er zog die hellen Brauen hoch, erwiderte aber nichts. Es war an der Zeit, Caroline zu begrüßen, und er entließ Johanna mit einem Handkuss.

»Ah, die Mutter steht der Schönheit ihrer Tochter in nichts nach. Seien Sie gegrüßt, werte Caroline.«

Johanna hörte zu und wunderte sich. Das hier war ein ganz anderer als gestern. Er wirkte völlig beherrscht und gelassen. Sie nahm es als gutes Zeichen für ihr Vorhaben. Vielleicht würde er wirklich vernünftig mit sich reden lassen.

Nach ihnen folgten bereits weitere Gäste, sodass Johanna und ihre Mutter sich von einem Diener an einen der Tische führen ließen. Hier waren bereits mehrere Damen anwesend. Johanna fand es merkwürdig, dass sich die Herren so von ihren Damen absonderten. Zwar fanden sich an der Fensterseite auch einige Herren. Doch als Johanna diese in Augenschein nahm, stellte sie fest, dass es vornehmlich Jünglinge oder Herren von niederem Stande waren, wie der Pastor und der Lehrer aus Blankenberg, die an einem der

Tische Platz genommen hatten und gerade von einem der Diener einen Begrüßungstrunk gereicht bekamen.

Eine der Damen eilte Mutter und Tochter entgegen. »Caroline, wie schön dich endlich wieder zu treffen. Wie lang ist es bloß her?«

Caroline schloss die Dame in ihre Arme. »Liebste Josefine. Wie sehr habe ich gehofft, dich hier anzutreffen. Wie war die Reise? Hoffentlich ohne Zwischenfälle?«

»Aber ja doch. Die Reise war sehr bequem. Wir sind schon vor zwei Tagen hier eingetroffen. Mein Gatte wollte unter keinen Umständen die Jagdgesellschaft verpassen. Der Ball, na ja, du weißt schon.« Sie führte die behandschuhte Hand vor den Mund.

»Ja, wie recht du hast. Da zeigt sich die Verwandtschaft. Mit meinem ist es genauso. Sieh nur, wie sie dort schon wieder zusammenstehen und argumentieren. Die Musik wird sich anstrengen müssen, die Herren zu übertönen.«

Die beiden Frauen lachten ausgelassen und umarmten sich noch einmal.

»Meine liebe Schwägerin, darf ich dir meine Tochter vorstellen. Sie ist erwachsen geworden. Das letzte Mal, als du sie gesehen hast, war sie ja noch ein Kind. Komm her Johanna. Das hier ist deine Base Josefine aus Jülich. Kennst du sie noch?«

Johanna deutete einen Knicks zur Begrüßung an.

»Ach, wie hübsch bist du geworden. Und welch ein schönes Kleid.« Josefine wandte sich wieder an Caroline. »Setzt euch doch zu uns. Wir haben so viel zu besprechen, was man nicht in Briefen ausdrücken kann. Obwohl ich unseren Briefwechsel sehr genieße. Komm. Wir haben einen der großen Tische ergattern können.«

Johanna folgte den beiden an den Tisch, wo ihr noch mehr weibliche Verwandtschaft aus Jülich vorgestellt wurde.

Johanna aber hörte den Gesprächen nicht zu, sondern setzte sich so, dass sie das Eintreffen der weiteren Gäste beobachten konnte.

Alsbald huschte ein Lächeln über ihr Gesicht. Gemeinsam mit ihrem Vater, dem Grafen Heinrich von Burgwinkel aus Mittelscheid, ihrem Bruder und der Mutter betrat ihre Bekannte Katrin den Saal. Endlich ein Lichtblick. Als die Familie von Burgwinkel den Begrüßungsreigen durchlaufen hatte, begab sich der Graf auf direktem Wege zu den anderen Herren. Die Damen von Burgwinkel und der junge Alfred blickten sich etwas verloren um.

Johanna rief die von Burgwinkel zu sich. Sie sah Katrin zwar nicht oft, nur auf den wenigen Bällen und Gesellschaften in der Gegend. Aber sie war etwa in Johannas Alter und ebenso wie sie noch unverheiratet. Unverheiratete junge Männer von ihrem Stande waren eben nur spärlich gesät auf dem Lande. Im Gegensatz zu Johannas war Katrins Position aber nicht hoffnungslos. Denn sie hatte einen jüngeren Bruder, der die Güter des Grafen einmal übernehmen würde und so notfalls auch seine Schwester versorgen konnte. Katrin war deshalb genauso unaufgeregt, wenn es um das verheiraten ging, wie Johanna selbst. Vielleicht hatte sie sich deshalb immer gut mit ihr verstanden.

»Katrin, schön dich zu sehen. Gräfin, setzen Sie sich doch zu uns.«

Die Gräfin sah mit einem Blick, dass sie der Gesellschaft ihres Familienoberhaupts fürs Erste verlustig gegangen war und nahm Johannas Einladung an. Ihre Mutter nahm die Gräfin gleich in die Damengesprächsrunde auf, und Johanna freute sich, in Katrin nun auch Gesellschaft für den Abend gefunden zu haben, bei der sie sich einmal Luft machen konnte, wenn ihr die strikten Benimmregeln zu viel wurden.

»Dein Kleid ist wunderschön, Johanna. Wo hast du es her? Meine Mutter hat mich stundenlang durch die Schneidereien geführt, und ich habe nicht so einen schönen Stoff gefunden.«

»Du Arme. Das ist mir zum Glück erspart geblieben. Du glaubst nicht, von wem ich die Chemise bekommen habe.« Johanna beugte sich zu Katrin hinüber. »Von Hermann Josef von Hatzfeld.«

»Dann ist es also tatsächlich wahr, was man so hört?«, fragte Katrin.

»Was hört man denn?«

»Na, dass du tatsächlich den großen Fang gemacht hast und den Grafensohn ehelichen sollst. Nun sag, hat er schon einen Antrag gemacht?«

Johanna schüttelte den Kopf. »Nein. So weit ist es noch nicht. Meine Mutter wünscht es sich sehnlichst und tut auch alles dafür. Und Hermann Josef habe ich in letzter Zeit häufiger gesehen, als mir lieb ist. Sieh nur, er hat meine komplette Tanzkarte beschrieben.« Sie zeigte Katrin das Büchlein. Es war in den gleichen Stoff geschlagen, aus dem ihr Kleid genäht war. »Aber einen Antrag hat es noch nicht gegeben. Zum Glück.«

»Aber warum denn zum Glück? Willst du ihn etwa nicht? Jede andere wäre glücklich. Und schau ihn dir doch an. Er ist wirklich ein sehr stattlicher Mann.« Mit einem Kopfnicken deutete sie in Richtung von Hermann Josef. »Und er ist immerhin der zukünftige Graf.«

»Ach, Katrin. Sicher sieht er stattlich aus. Diese preußische Uniform steht ihm auch gut zu Gesicht. Das kann ich nicht leugnen. Aber sein Charakter lässt zu wünschen übrig. Und du kennst mich. Ich gebe nicht gern meine Unabhängigkeit auf. Ich habe das Gefühl, dass er recht feste Vorstellungen von der Rolle seiner Ehefrau hat. Das würde bestimmt nicht gut gehen.« Dass zudem ihr Herz einem anderen gehörte, verschwieg sie.

Nach einiger Zeit ließ der Strom ankommender Gäste nach. Der Graf hieß die Musiker an aufzuspielen. Er eröffnete allerdings nicht den Tanz, sondern bedeutete seinem Sohn, die erste Menuettformation mit seiner Stiefmutter anzuführen, während er selbst sich zu den Männern am Kamin gesellte.

Johanna war froh, dass ihr so das Menuett erspart blieb. Tanzen war beileibe nicht ihr Metier und die wenigen Tanzübungen, die der gute Thadaeus ihr angetragen hatte, beschränkten sich auf englische und deutsche Tänze.

Nach und nach ergänzten Tanzpaare den Menuettreigen, wenn auch nur spärlich, denn die meisten der Herren standen beharrlich am Kamin zusammen. Der junge Alfred kam auf Johanna zu, da schob sich Katrin dazwischen und rettete sie.

»Aber Alfred, der erste Tanz gebührt wohl deiner Schwester.« Sie nahm die Hand des Bruders und zog den Jungen auf die Tanzfläche, nicht ohne ihrer Freundin ein Zwinkern zuzuwerfen. Johanna ließ sich dankbar auf einen Fauteuil fallen und betrachtete die feinen Tanzschritte, Verbeugungen und Blicke, denen sich die Tanzenden beim Menuett hingaben und die sie selbst immer in furchtbare Stolpereien und Verwirrungen gestürzt hatten.

Dem ersten Menuett folgten ein zweites und drittes. Nach dem zweiten gesellten sich die Geschwister von Burgwinkel wieder zu Johanna. Die Tanzfläche war immer noch sehr spärlich gefüllt. Auch Hermann Josef hatte nur ein Menuett mit seiner Stiefmutter getanzt und stand nun neben seinem Vater in der Männerrunde. Von der gegenüberliegenden Seite des Ballsaals beobachtete Johanna diese Versammlung mit wachsender Neugier. Die Gespräche wurden aufbrausender, ihr Vater stand in der Mitte dieser Runde und begann wild zu gestikulieren.

»Was besprechen die Herren wohl? Guck nur, Katrin. Findest du nicht, dass sie alle sehr aufgeregt wirken?«

»Ja, es ist eine Schande, dass keiner der Herren tanzt.«

Aber das war es nicht, was ihr Sorgen bereitete. Schon seit Wochen war ihr Vater angespannt, sie hatte die wichtige Unterredung im letzten Monat nicht vergessen, als sie mit ihm nach Allner geritten war, um Hermann Josef zu sprechen. Die Begegnung mit Henri, die Probleme mit Tenhagen und den Pauls, all das hatte für sie die prekäre Lage, in der sich die ganzen Rheinlande befanden, in den Hintergrund gerückt. Aber als sie nun die Männer und all die Offiziere dort zusammenstehen sah, wurde ihr dies mit einem Mal wieder bewusst. Die Lage blieb unvermindert ernst. Die Franzosen setzten ihre Vorstöße auf diese Rheinseite fort, auch wenn die Österreicher sie immer wieder zurückgedrängt hatten.

Die Herren diskutierten, und die Frauen erfuhren wieder einmal nichts. Dabei ging es doch um ihr aller Leben.

Vielleicht könnte sie ja mehr herausfinden, wenn sie den Gesprächen ein wenig lauschte.

Die Musiker hatten begonnen, den ersten Englischen aufzuspielen. Doch auch das führte nicht dazu, dass sich die Tanzfläche füllte.

»Lass uns ein wenig laufen. Komm.« Johanna zog Katrin mit sich, und die beiden schlenderten durch den Ballsaal, wobei Johanna versuchte, sich unauffällig der Männergruppe zu nähern.

»Die Gräfin ist wirklich eine Schönheit, was meinst du, Johanna?« Katrin betrachtete die junge Gattin des Grafen von Hatzfeld. Die tanzte mit einem Herrn, den Johanna nicht kannte, einen Englischen. Ihr weit ausladendes helles Kleid schwang mit dem Takt der Musik, und ihre Bewegungen waren so anmutig, dass es wirkte, als schwebe sie durch den Saal. Ihre hellblonden Haare trug sie offen, nur die vorderen Strähnen waren nach hinten zusammengebunden, sodass ihr makelloses Gesicht durch nichts verdeckt wurde. Sie überstrahlte die ganze Gesellschaft.

»Stell dir vor, wenn du Hermann Josef heiratest, dann ist deine Schwiegermutter jünger als du. Das wäre seltsam, nicht?«

Aber Johanna lag nun gerade wirklich nichts an solchem Tratsch. »Ich werde Hermann Josef nicht ehelichen. Da kannst du sicher sein. Und das hat rein gar nichts mit seiner Stiefmutter zu tun.«

»Du hast dich wirklich nicht verändert, Johanna. Liebst immer noch deine Unabhängigkeit.« Katrin hakte sich an ihren Arm. »Ich aber muss sagen, nach diesem Sommer und den durchziehenden Franzosen, habe ich meine Einstellung geändert. Ich kann meinem kleinen Bruder nicht ewig zur Last fallen. Und ich möchte weg von alldem hier. Mein Vater hat mir eine Heirat nahegelegt, mit einem entfernten Cousin aus Weimar, und ich bin diesem Gedanken nicht abgeneigt, weißt du.«

»Wirklich? Kennst du ihn denn überhaupt? Vielleicht ist er ja furchtbar hässlich. Oder vielleicht stottert er.« Johanna lachte.

»Ich kenne ihn nicht. Aber im Frühjahr wird es so weit sein. Zusammen mit Maman und Alfred werden wir der Familie in Weimar einen Besuch abstatten. Vater meint, da ist es sicherer für uns.«

»Du meinst wegen der Franzosen? Ich habe keine Angst vor ihnen. Sie sind auch nur Menschen, weißt du, und sie bringen viel Gutes mit sich. Schau dir ihre Gesetze an. Einfache Bauern unterliegen demselben Gesetz wie ein Fürst.«

»Nicht so laut, Johanna. Das ist ein verräterisches Gerede. Sie haben doch auch auf Attenbach einige Verwüstungen angerichtet, wie ich hörte. Sie bringen nur Unfrieden und stehlen.«

»Mein Vater sagt, dass in der Hinsicht alle gleich sind. Auch die österreichischen Truppen haben uns ausgeplündert. Es sind Soldaten, sie hatten Hunger.«

»Aber diese Franzosen machen ja selbst vor der Kirche nicht halt. Stell dir vor, ich habe gehört, in den linken Rheinlanden, in Bonn und Köln, da haben sie die ganzen Kirchen leer geräumt, die Devotionalien einfach verkauft, und die Gotteshäuser nutzen sie als Pferdeställe. Wie kannst du nur ein gutes Haar an ihnen lassen?«

»Ich sag ja nur, dass auch die Franzosen Menschen sind wie du und ich. Wenn du welche kennenlernen würdest, dann dächtest du auch so.«

»Ach, und du gehst in Paris ein und aus, was? Nur weil dein Vater schon so weit gereist ist, glaubst du nun zu wissen, wie ein Franzose ist? Ich habe gehört, sie essen sogar Frösche.«

»Ach, Katrin. Lass uns darüber nicht streiten bitte. Mir werden das langsam zu viele Fronten, an denen ich kämpfen muss.«

Die Freundin blickte Johanna fragend an.

»Was ich sagen wollte, war nur, dass es mir gerade sehr helfen würde, würde französisches Recht hier gelten. Dann müsste ich mir keine Gedanken machen, wie ich den Thomas Pauls retten kann. Der sitzt nämlich gerade beim Proff zu Irnich im Gefängnis und wartet auf seinen Prozess. Und das nur, weil er ein paar Hasen im gräflichen Wald gejagt hat. Was ist das nur für eine Regel, dass der Wald und alles Wild in ihm der Jagd durch den Adel vorbehalten ist. So etwas gibt es in Frankreich nicht mehr. Es ist also nicht alles schlecht, was von dort kommt, verstehst du.«

Katrin schlug sich die Hand vor den Mund und blickte sich um, ob jemand in Hörweite stand. »Johanna, nicht so laut, wenn dich jemand hört! Was mischst du dich auch immer in alles ein?«

»Die Pauls sind nun mal meine Freunde, und außerdem bin ich irgendwie da hineingeraten, weil ich gerade im Wald war, als Thomas erwischt wurde. Und zwar von Hermann Josef persönlich.«

»Oh, Johanna. Langsam kann ich deine Mutter verstehen, dass sie dich verheiraten will. Damit du nicht mehr solche Alleingänge machst. Ich würde mich das nie trauen.«

»Mutter konnte mich doch noch nie von etwas abhalten.«

»Ja, das ist wohl wahr.« Katrin schüttelte den Kopf. Ihre Freundin war schon immer anders gewesen. Aber vielleicht mochte sie sie deshalb von allen am meisten. Immer, wenn Johanna von ihren Abenteuern erzählt hatte, war es so gewesen, als ob sie selbst ein wenig von dieser Verwegenheit besitzen würde. Nur ohne wirklich in Gefahr zu sein.

»Komm, lass uns hören, was die edlen Herren zu bereden haben. Irgendetwas geht doch da vor.« Johanna zog Katrin weiter.

Inzwischen waren die Musiker bei den deutschen Tänzen angekommen. Aber weder Hermann Josef noch die anderen Herren schickten sich an, die Damen zum Tanze zu führen. Johanna wäre es nie in den Sinn gekommen, dass sie einmal so enttäuscht darüber sein würde, nicht mit Hermann Josef von Hatzfeld tanzen zu können.

Proff zu Irnich war auch bereits anwesend, aber er stand beim Lehrer und dem Pastor von St. Katharinen zu Blankenberg. Bestimmt würde er Hermann Josef heute Abend noch auf seine Anklage ansprechen. Vorher musste sie unbedingt mit dem Grafensohn reden.

Die beiden jungen Frauen waren nun ganz in der Nähe des Kamins angekommen.

»Wir sollten nicht lauschen, Johanna, das ziemt sich nicht.«

»Psst. Ich verstehe nicht, was sie sagen.« Johanna nahm ein Glas Wein von einem der Bediensteten, reichte ein weiteres an Katrin und stahl sich dabei noch etwas näher an die Gruppe heran.

Einer der Österreicher war recht aufgebracht. »Das wird Erzherzog Karl nicht gefallen. Damit bleibt die alleinige Bürde in diesem Krieg auf uns lasten. Das ist Ihnen klar. Und wir riskieren den Verlust wichtiger Gebiete. Wir können nicht an allen Fronten gleichzeitig kämpfen. Auch wenn im Süden die Dinge gut stehen.«

Ein Preußischer Offizier versuchte zu beschwichtigen: »Auch die preußische Armee kann nur an einer Front kämpfen. Und so leid es mir tut, Polen ist für Preußen die nähere Gefahr. Wir müssen zuerst unsere eigenen Grenzen sichern. Und bevor Ihr wieder Beschuldigungen ausstoßt – es ist wahr, ich versuche es zu rechtfertigen, aber ändern kann ich es nicht mehr. Der Friede ist längst beschlossen. Basel hat aber auch den Franzosen die linke Rheinseite gesichert, sodass sie wohl vorerst die Finger von Ihren Besitztümern lassen.«

Attenbach fuhr dazwischen: »Ha, und was war das noch im Juni? Und jetzt haben sie schon wieder den Rhein überquert. Siegburg ist immer noch besetzt. Die lassen ihre Finger von nichts. Das ist erst der Anfang.«

Auch Graf von Hatzfeld bekam etwas ab. »Ihr habt es die ganze Zeit gewusst, nicht wahr? Nach den Verhandlungen von Basel stand es fest, dass keine Hilfe von *Euren* Preußen zu erwarten ist. Ihr habt mich nur hingehalten. Die ganze Zeit.«

Heinrich von Hallberg-Broich aus Jülich, der neben Attenbach stand, legte beschwichtigend die Hand auf den Arm seines Bruders. »Ruhig, Theodor, lass den Leutnant doch ausreden. Vielleicht hat er noch Hilfe anzubieten.«

Der Graf erhob das Wort: »Ich hatte gehofft, dass trotz des Friedens von Basel noch Hilfe zu erwarten ist. Aber ich sehe, dass die Stärke des preußischen Heers nicht ausreicht, um momentan Truppen in die Rheingebiete zu schicken. Doch ich setze große Hoffnungen in Ihren Erzherzog Karl.« Er wandte sich dem österreichischen Leutnant zu. »Er hat schon einmal seine Stärke gegen die Franzosen bewiesen. Können wir weiter auf die Unterstützung der österreichischen Truppen hoffen, wenn es einen neuen Angriff gibt?«

»Wie ich schon sagte, auch unsere Truppen sind derzeit an mehreren Orten gebunden. In Süddeutschland haben wir einige weitere Siege errungen. Aber in Italien sieht es nicht gut aus. Wir müssen uns nun zuerst darauf konzentrieren.«

Das war von Attenbach zu viel. »Wie ich vermutet habe. All dieses Gerede führt zu nichts. Und unser Herzog hockt nach dem Verlust seiner Düsseldorfer Residenz mit seinem alten Hintern auf dem Thron in München und interessiert sich auch nicht mehr für uns. Wir sind auf uns allein gestellt, Hatzfeld. Sehen Sie es ein. Ich habe genug gehört.« Er wandte sich zum Gehen.

»Attenbach, so warten Sie doch. Ich versichere Ihnen, der Herzog wird sein Möglichstes tun, um das Herzogtum zu bewahren.«

Doch Attenbach winkte ab. Er ließ die versammelten Herren stehen. Ohne ein weiteres Wort stürmte er aus dem Saal, vorbei an seiner Tochter und einem Diener, den er streifte und dessen Tablett mit gefüllten Weingläsern ihm scheppernd aus der Hand fiel.

»Ich sehe, dein Vater zieht wieder die ganze Aufmerksamkeit auf sich«, meinte Katrin beiläufig.

Johanna blickte ihrem Vater schockiert nach. Ja, er konnte manchmal schroff sein. Aber den Grafen und die Offiziere so stehen zu lassen.

»Welch ein Affront, was glaubt er, wer er ist?« Das war der österreichische Offizier. »Kommen Sie, Leutnant Stadel, wir sind hier offenbar nicht gern gesehen.«

»Aber, aber.« Graf von Hatzfeld beruhigte die anwesenden Offiziere. »Lassen Sie ihn ziehen. Er ist ein aufbrausender Mensch, der wie wir alle um seine Besitztümer besorgt ist. Seien Sie versichert, dass wir den unermüdlichen Einsatz der österreichischen Verbündeten zu schätzen wissen. Und nun lassen Sie uns bitte das Ganze vergessen. Wir haben unsere Damen viel zu lange warten lassen.«

Die Österreicher ließen sich beruhigen. Ihr Vater war ja auch ein einfacher Freiherr, dessen Wort offenbar nur geringfügig mehr zählte als das eines Frauenzimmers. Immerhin hatte Johanna jetzt einen Überblick über die Lage bekommen. Vielleicht wusste ja auch Henri etwas. Er war schließlich in Düsseldorf stationiert gewesen. Sie würde ihn morgen darauf ansprechen.

Ihre Gedanken wurden unterbrochen durch Katrin, die sie anstupste und versteckt in Richtung des Grafen deutete, der sich mit seinem Sohn unterhielt.

Plötzlich blickten beide in ihre Richtung.

Einer der preußischen Offiziere kam auf Katrin zu. »Wollen Sie mir die Ehre des nächsten Tanzes erweisen?«

Sie blickte Johanna mit weit aufgerissenen Augen an, gleichzeitig lächelte sie bis über beide Ohren. Sie nahm die Hand des Offiziers und ließ sich auf die Tanzfläche führen.

Und dann stand Hermann Josef vor Johanna, und sie zögerte keinen Augenblick, dessen Hand zu nehmen und sich auf die Tanzfläche führen zu lassen. Das war endlich ihre Gelegenheit.

Ein Walzer wurde aufgespielt. Von Hatzfeld hielt ihre Hand so fest, dass es sie fast schmerzte, und sie war dankbar für ihre Handschuhe. Es war offensichtlich, dass er nicht in der Stimmung war, mit ihr zu tanzen. Jetzt bloß keinen falschen Schritt oder ein falsches Wort, sonst würde sie ihre Chance auf ein klärendes Gespräch verlieren.

»Sie haben lange auf sich warten lassen.« Gleichzeitig eine gepflegte Konversation zu führen und die Abfolge der Tanzschritte zu beachten bedurfte ihrer vollen Konzentration. Der Wein, den sie getrunken hatte, machte die Sache nicht leichter.

»Was?« Hermann Josef peitschte ihr das Wort ins Ohr, so kam es ihr immerhin vor. Sie musste sich zusammenreißen, um ihm nicht ebenso heftig zu antworten.

»Um Ihre Tänze bei mir einzufordern.« *Eins, zwei, drei, vier. Eins, zwei, drei, vier.* Das gedankliche Zählen hatte ihr Thadaeus eingebläut, damit sie es schaffte, den Takt zu halten.

»Als ob Ihnen etwas daran läge.«

»Jetzt tuen Sie mir aber Unrecht.« Das verlief gar nicht gut. Hatte er womöglich ihr Verhältnis zu Henri durchschaut? *Eins, zwei, drei, vier.*

»Ja, mag sein.«

Sie drehten sich schweigend weiter. Neben ihnen tanzte Katrin mit dem preußischen Offizier. Sie lachte, war leichtfüßig und wortgewandt zugleich. Die beiden schienen sich prächtig zu amüsieren. Aber wegen des Amüsements war Johanna nicht hier. Katrins Leichtigkeit beim Tanzen würde sie in diesem Leben nicht mehr erreichen, dazu war sie ihr bei der Anzahl an Tanzstunden hoffnungslos unterlegen.

Hermann Josef schien der Tanz aber genauso wenig zu gefallen wie ihr. Auf die Jagdgesellschaft wollte sie ihn nicht unmittelbar ansprechen. Also blieb sie bei dem Thema, das wohl auch ihn noch beschäftigte. Im Grunde war er doch ebenfalls vom Wohlwollen seines Vaters abhängig und versuchte ihm zu gefallen. Vielleicht konnte sie ihn ja so aus der Reserve locken. Sie würde ihm etwas anbieten, das ihn in den Augen seines Vaters gut dastehen ließ.

»Die Unterredung scheint nicht zu Ihrer Zufriedenheit verlaufen zu sein.«

Er wandte den Kopf zu ihr. »Bitte?«

»Es war nicht zu übersehen, dass Sie ein sehr *lebhaftes* Gespräch hatten. Und das Ende schien mir doch sehr abrupt.«

»Das Ende haben wir – mit Verlaub – vor allem Ihrem Herrn Vater zu verdanken.«

»Das war nicht zu übersehen. Vielleicht kann ich ja helfen. Ich habe einige Erfahrung im Umgang mit seinen Launen.«

Er blieb inmitten einer Drehung stehen. Johanna kam aus dem Tritt, und sie musste sich kurz an ihn klammern, um ihr Gleichgewicht zu behalten. Erst als die neben ihnen Tanzenden sie fast erreicht hatten, nahm er den Tanz wieder auf, um ein Zusammenstoßen zu vermeiden. Die Musik spielte inzwischen einen weiteren Deutschen auf. Ein weiterer Walzer. »Was wollen Sie andeuten?«

Ihr kam eine Idee. Vielleicht könnte sie das Problem mit Tenhagen gewinnbringend einsetzen. »Ich habe eine Information, die wertvoll für meinen Vater wäre. Wenn sie von Ihnen käme, hätte sie umso mehr Gewicht.«

»Sprechen Sie weiter.«

»Vielleicht sollten wir uns dazu setzen?« Sie konnte sich einfach nicht richtig konzentrieren, wenn sie gleichzeitig diesen Takt halten musste. Dabei sah es bei den anderen Paaren so leicht aus.

Er nickte und führte sie von der Tanzfläche hinunter zu einer Chaiselongue neben dem Kamin. Erleichtert, der Tanzfläche entkommen zu sein, nahm Johanna Platz.

Hermann Josef setzte sich neben sie und blickte sie direkt an. »Also?«

Das gefiel ihr nicht. Sie kam sich vor, wie in einem Verhör. Aber schließlich wollte sie auch etwas von ihm. Wie sollte sie nur anfangen?

Sie redete drauflos, um Zeit zu gewinnen: »Zuerst bitte ich um Ihre Verschwiegenheit Ihrem Vater gegenüber. Der Graf muss nichts von unseren Sorgen erfahren.«

»Ja, gut. Und weiter?«, antwortete er viel zu schnell.

»Erst habe ich noch eine Bitte.«

»Sprechen Sie. Aber ich warne Sie, strapazieren Sie meine Geduld nicht über Gebühr.«

Sie atmete noch einmal tief ein und schickte einen stillen Dank zu Sigrid, die ihr zu dem richtigen Kleid geraten hatte, einem ohne einschnürendes Mieder. »Es geht mir um den Vorfall von gestern. Ich möchte Sie bitten, die Anklage gegen Thomas Pauls fallen zu lassen.«

So viel zu ihrem Plan. Sie war einfach direkt herausgeplatzt mit ihrer Bitte. Aber dieser starre Blick machte sie nervös. Sie konnte nicht richtig denken. Er machte ihr Angst. Sie hatte ihn noch klar vor Augen, wie er gestern mit dem Gewehr vor ihrem Gesicht herumgefuchtelt hatte.

Er antwortete nicht sofort. Sie blickte ihm direkt in die Augen. Kein Blinzeln. Er musterte sie. Sie spürte, wie Hitze ihr ins Gesicht stieg. Warum sagte er denn nichts?

»Herr von Hatzfeld?«

»Der Wilderer also. Darum geht es Ihnen? Was kümmert es Sie überhaupt?«

Warum sollte sie es ihm sagen? Er würde es nicht verstehen. Also sprach sie ihm nach dem Mund: »Nun, er ist der

Sohn eines unserer Pächter. Und ich möchte verhindern, dass deren Verfehlungen auf unsere Familie zurückfallen. Mein Vater ist derzeit anderweitig so ausgelastet, dass er sich nicht selbst …«

»Ha, anderweitig ausgelastet, das kann man wohl sagen. Hält uns ganz schön zum Narren. Nimmt sich für seine Position erheblich zu viel heraus. Ich habe meinem Vater sofort gesagt, dass ich mich nicht unter meinen Ansprüchen verehelichen werde, aber ich muss Ihnen immerhin zugute halten, dass Sie es versuchen, Ihre Familie in besserem Licht dastehen zu lassen.«

Johanna musste sich zurückhalten, dass ihr die Hand nicht ausrutschte. Wie unverschämt, ihr so eine Beleidigung ganz unverfroren ins Gesicht zu sagen. Er nahm sich selbst viel zu viel heraus. Er konnte von Glück sagen, dass sie etwas von ihm wollte. Sie presste die Lippen zusammen und verkniff sich eine passende Antwort, senkte den Kopf und versuchte ihre Stimme unter Kontrolle zu halten. »Um zu meiner Bitte zurückzukommen, Herr von Hatzfeld, die Anklage?«

»Die Anklage, hm. Sie werden verstehen, wenn ich mir zuerst anhören möchte, für welch brisante Information ich auf mein Recht verzichten soll, den Wilderer zur Strecke zu bringen.«

Natürlich. Aber was sollte es. Sie würde auch auf sein Wort, hätte er es ihr gegeben, nicht vertrauen können. Also musste sie es riskieren. Sie würde, so gut es ging, das hilflose Weib spielen, welches den weltgewandten Herrn um Rat fragt.

Sie senkte die Augen, legte die Hand auf seinen Arm. »Es geht um unseren Verwalter, und ich weiß nicht, an wen ich mich sonst wenden kann, Hermann Josef.« Jetzt zu ihm aufblicken. »Meinen Vater kann ich damit nicht belasten, und vielleicht wissen Sie Rat, wie bei solchen Dingen vorzugehen ist.«

Thadaeus wäre gewiss stolz auf sie. Ja, sie fühlte sich fast wie eine Actrice in einem Stück von Goethe. Die Waffen der Frauen sind die Blicke.

»Ich bin ganz Ohr, Madame.«

»Unser Verwalter, Horst Tenhagen, ich befürchte er hintergeht uns. Er hinterzieht Pachten, und ich bin mir sicher, dass er die Bücher entsprechend gefälscht hat.«

»So, und wie kommen Sie zu dieser Erkenntnis?«

»Nun, ich habe mit einigen Pächtern geredet.«

»Natürlich. Ich vermute, diese Pauls gehören dazu. Schon mal darüber nachgedacht, dass die Aussagen von Wilderern nicht gerade vertrauenswürdig erscheinen?«

»Sie würden mich nicht anlügen.«

Er zog eine Augenbraue hoch. »Und was weiter?«

»Wie meinen Sie das, Herman Josef? Das ist alles. Bitte helfen Sie mir. Der Verwalter muss zur Rede gestellt werden. Oder tragen Sie es meinem Vater vor. Auf Sie wird er gewiss hören.«

»Das bezweifele ich.«

»Aber bedenken Sie, mein Vater wäre Ihnen gewiss dankbar, wenn Sie ihm helfen, die Untreue seines Verwalters aufzudecken.«

»Ich bitte Sie, Johanna. Wegen ein paar Pachten.« Er stand auf.

»Warten Sie doch.« Sie stand ebenfalls auf. Hielt ihn am Arm zurück.

»Was denn noch?«

»Was ist mit der Anklage? Werden Sie sie fallen lassen?«

»Wohl kaum. Im Gegenteil, ich werde sie erst recht vorbringen. Dazu war nämlich noch gar keine Zeit. Insofern muss ich mich wohl bei Ihnen bedanken, dass Sie mich daran erinnern.« Er zog seinen Arm fort, wandte sich von ihr ab und murmelte leise vor sich hin: »Ich hatte den Landdinger doch vorhin irgendwo gesehen.« Er blickte durch den Saal. »Ah, da ist er ja.«

Er ließ sie stehen, verschwand zur gegenüberliegenden Seite des Saals. Sie spürte, wie die Wut in ihr hochkochte, wollte hinter ihm her, bevor er den Proff zu Irnich erreichte. Sie musste ihm irgendwie Einhalt gebieten.

»Da sind Sie ja, Fräulein Johanna.« Plötzlich stand Katrins Bruder Alfred vor ihr.

»Ich kann jetzt nicht tanzen, Alfred.« Sie wollte den Jungen zur Seite schieben und hinter von Hatzfeld her. Er hatte den Landdinger fast erreicht.

»Nein, Sie verstehen mich falsch. Ihre Mutter schickt mich.«

»Bitte?« Das war wirklich ein schlechter Augenblick.

»Sie bat mich, Ihnen auszurichten, dass es Zeit sei, aufzubrechen. Der Freiherr warte bereits auf die Damen.«

»Aber …« *Natürlich,* kam es ihr in den Sinn. Die Damen des Hauses sollten nach dem Aufbruch des Freiherrn nicht alleine auf dem Ball verbleiben. Das schickte sich nicht. Es war sowieso hoffnungslos. Sie sah wie sich von Hatzfeld und der Proff zu Irnich unterhielten. Also würde die Sache vor Gericht ausgefochten werden. Aber von Hatzfeld würde sich wundern. Sie hatte Henri auf ihrer Seite. Hatte er nicht erzählt, dass er die Rechte studiert hatte, bevor er Soldat wurde? Sie atmete einmal kräftig durch und reichte Alfred ihren Arm.

»Ja dann, Alfred. Würden Sie mich zur Kutsche begleiten?«

Katrin winkte ihr beim Herausgehen noch zu. Sie tanzte immer noch mit dem preußischen Offizier. Zumindest für eine war dieser Ball nicht ein völliger Reinfall gewesen.

35.

Schweigend erstiegen die beiden Männer am frühen Morgen des folgenden Tages die Treppe zum ersten Obergeschoss der Abtei. Ihre Kutten schleiften über die ausgetretenen Stufen. Henri war unbehaglich zumute. Wie würde der Abt reagieren? Ignatius war ihm eng verbunden, und er musste dem Instinkt des Freundes trauen. Denn Henri selbst hatte Gottbried von Ottershagen nur am Tag seiner Ankunft im Kloster länger gesprochen. Er hatte den Prior zwar als einen gutmütigen Mann kennengelernt, der ihm ohne langes Nachfragen in seinem Kloster Unterschlupf angeboten hatte. Doch war er sich nicht sicher, ob der Mann nicht nur das Gute mit dem Nützlichen verbunden hatte, da er sich Henris Weinbaukenntnisse zu Nutze hatte machen wollen.

Dem Abt musste vorrangig das Wohlergehen seines Klosters am Herzen liegen. Die Beherbergung eines Deserteurs diente diesem Ziel mitnichten. Gut möglich, dass er keine weitere Nacht hier verbringen würde.

Nein, Henri konnte nicht mit der gleichen Zuversicht wie Ignatius in dieses Gespräch gehen. Aber er schuldete es seinem Freund, ihm diesen Wunsch zu erfüllen und den Abt mit ins Vertrauen zu ziehen. Er konnte nur hoffen, dass der ihn nicht sofort bei den Behörden melden würde und dass er noch ein paar Tage Zeit hätte, seinen Abschied hier vorzubereiten. Denn nach dem gestrigen Tag war es ihm unmöglich geworden, von hier zu verschwinden, ohne die Dinge geregelt zu haben.

Dies hier war seine Chance, wieder vor sich selbst und

der Welt bestehen zu können. Und dazu gehörte vielleicht auch, sich gegenüber dem Abt zu offenbaren.

Diese Erkenntnis aber verminderte nicht sein Unbehagen, als sie vor der massiven Holztür standen und Ignatius klopfte.

Gottbried von Oettershagen richtete sich von der Wasserschüssel auf, griff nach einem Handtuch und trocknete sich das Gesicht.

»Ignatius, was führt dich schon vor der Prim zu mir?« Sein Blick fiel auf den Franzosen. »Und du bist nicht allein, wie ich sehe. Kommt nur herein.«

Die Kammer des Abts war großzügiger und komfortabler ausgestattet als Henris Zelle. Ein großer Kamin beherrschte den Raum, in dem noch die Glut des Vorabends Wärme verströmte. Gegenüber prangte ein großes hölzernes Kreuz an der Wand über einem Betstuhl. Neben dem Bett und einem schweren Sekretär gab es noch einen Tisch mit drei Stühlen, auf die der Abt nunmehr mit einer Armbewegung hindeutete. »Nehmt doch Platz. Bis zur Prim haben wir noch eine halbe Stunde.«

»Danke, Vater. Ich bringe Euch Henri. Er möchte Euch etwas sagen. Ich habe ihm nämlich gesagt, dass Ihr ganz bestimmt am besten wisst, was man da machen kann. Und Ihr habt ja auch ein Recht, es zu erfahren. Und vor allem, bevor Pater Markus etwas merkt.«

Henri griff ein, bevor sein Freund sich und ihn um Kopf und Kragen redete. »Ignatius, bitte, ich sollte für mich selbst sprechen.«

Der Abt hatte sich an den Tisch gesetzt, noch immer das Handtuch in der Hand haltend. »Nun, jetzt habt Ihr meine Aufmerksam gewiss erregt. Was habt Ihr auf dem Herzen?«

Ignatius und Henri folgten dem Beispiel des Abts und

setzten sich ebenfalls. Henri räusperte sich. Wie sollte er nur anfangen? »Danke, dass Ihr mich anhört.«

»Aber, aber, nicht so bescheiden. Ihr wisst, ich lege durchaus Wert auf Eure Meinung. Insbesondere was den Weinanbau angeht. Habt ihr Euch vielleicht entschieden, für eine längere Zeit bei uns zu bleiben? Mein Wohlwollen ist Euch gewiss. Warum also die Vorsicht?«

»Nein, ich fürchte, ich muss Euch enttäuschen, Vater Abt. Und ich verdiene Euer Vertrauen nicht.« Henri unterbrach sich nach Worten suchend.

»Fahrt fort.«

»Ihr habt mich ohne viele Fragen bei Euch aufgenommen, als ich hier ankam. Ich würde Euch einen schlechten Dank erweisen, wenn ich Eure Güte länger als nötig beanspruchen würde, ohne Euch die Wahrheit über mich zu erzählen.«

Der Abt ließ den Franzosen nicht aus den Augen.

»Ich weiß nicht, wie viel Ihr vermutet, aber ich nehme an, dass Ihr Euch schon ein paar Gedanken über mich gemacht haben müsst.« Er fuhr sich durch die Haare. So hatte er sich zuletzt als kleiner Bub bei der Beichte gefühlt. »Es ist wohl für jeden offensichtlich, dass ich mich in Eurer Liturgie nicht besonders gut auskenne. Und diese Unwissenheit ist nicht der Tatsache geschuldet, dass ich einem anderen Orden angehöre.«

Er sah auf seine Hände. Zwang sich, sie ruhig zu halten. Aber er fühlte den Blick des Abtes auf sich ruhen. »Bevor ich weiterspreche, möchte ich Euch versichern, dass ich zu keinem Zeitpunkt Eurer Abtei Schaden zufügen wollte. Ich lege mein Leben jetzt in Eure Hände.« Er blickte dem Mann in die Augen.

Gottbried atmete tief durch und ein Lächeln umspielte seinen Mund, doch es breitete sich nicht bis zu seinen Augen aus. »Henri. Das ist genug. Sprecht bitte nicht weiter. Ich danke für Euer Vertrauen. Und ich versichere Euch, dass Bruder Markus mir schon einige Zweifel, was Euch betrifft, mitgeteilt hat. Ich gestehe, ich habe gehofft, dass er unrecht hat.«

Er stand auf, legte die Hände ins Kreuz und blickte aus dem Fenster. Noch einmal atmete er tief durch. »Eure Worte geben seinem Misstrauen nun recht. Das bedauere ich sehr. Dennoch habt Ihr unserer Abtei oder einem von uns nie einen Schaden zugefügt. Das halte ich Euch zugute und auch, dass Ihr uns mit guten Ratschlägen zur Seite gestanden habt. Ich werde Euer Vertrauen daher nicht enttäuschen. Dennoch muss ich es fragen: Gehe ich recht in der Annahme, dass Ihr uns bald verlassen werdet?«

»Ja, Vater. Bereits in wenigen Tagen.«

»Dann will ich nichts weiter wissen. Ihr versteht, dass ich Euch ansonsten nicht länger hier Unterschlupf gewähren könnte.«

»Aber Vater Abt.« Ignatius war ebenfalls aufgestanden.

»Lass nur, Ignatius.« Henri hielt ihn zurück. »Der Prior schenkt mir mehr Vertrauen, als ich verdient habe. Ich danke Euch.«

»Dankt mir nicht. Und lebt wohl.« Der Abt löste sich vom Blick aus dem Fenster und wandte sich ihm wieder zu. »Ich denke, wir werden nicht mehr die Gelegenheit haben, miteinander zu sprechen. Ich werde Eure Anwesenheit vermissen. Und ich bedaure, dass wir unser Gespräch über den Wein nicht wiederholen können.«

»Vielleicht zu einer anderen Zeit.«

»Ja, das möge Gott geben.« Der Abt trat auf ihn zu und reichte Henri seine Hand zum Abschied. »Es ist Zeit für die Prim. Die Glocken werden uns gleich rufen. Kommt doch ein letztes Mal mit zum Gebet. Das würde mir einige Diskussionen ersparen.«

»Ja, natürlich.« Henri nahm Gottbrieds Hand.

Schließlich wandte er sich noch an Ignatius, um ihn anzuweisen, den Franzosen auf den anstehenden Gottesdienst vorzubereiten.

Ignatius nahm Henri mit zu seiner eigenen Kammer, um ihm ein Gebetbuch zu holen. »Henri, es tut mir leid, ich dachte, Vater Gottbried ...«

Henri unterbrach ihn: »Mach dir keine Gedanken. Es ist besser ausgegangen, als ich hoffen konnte.«

Die Glocken läuteten und riefen sie zum Morgengebet.

»Oh, wir müssen uns sputen. Ich zeige dir schnell die Abfolge der Gebete.«

Ignatius' Kammer war ebenso karg ausgestattet wie Henris. Nur ein zusätzliches Holzbrett gab es, auf welchem neben dem Gebetbuch des Freundes noch zwei weitere Bücher standen, die sich mit Gartenbau und Kräutern beschäftigten.

Ignatius zeigte Henri die Abfolge der Gebete und Lieder für die Prim. Dann beeilten sie sich, um in die Kirche zu kommen. Sie nahmen die Abkürzung durch den Kräutergarten.

»Es tut mir so leid, Henri. Ich hätte dir nicht raten sollen, zum Abt zu gehen. Ich dachte, er würde Rat wissen. Stattdessen schickt er dich fort.«

»Oh, nein, mein Freund. Es war richtig, ihn aufzusuchen. Mache dir keine Vorwürfe und vor allem dem Abt nicht. Er ist ein gutherziger Mann. Aber auch er kann keine Wunder bewirken. Es gibt keinen anderen Ausweg. Ich kann nicht länger bleiben. Glaub mir, wenn es ginge, würde ich es liebend gern tun. Es gibt so viel, was mich hier hält. Viel zu viel.«

»Das Fräulein Johanna, nicht wahr?« Jetzt überraschte Ignatius den Franzosen und Henri blickte ihn erstaunt an.

»Wie …?«

»Ich bin nicht gar so einfältig, wie du glaubst, mein Freund. Nachdem du sagtest, dass du kein Mann Gottes bist, war es mehr als offensichtlich.«

Er schlug Henri freundschaftlich auf den Rücken. »Und nun komm, sonst erscheinen wir wirklich zu spät zum Morgengebet. Und wir wollen Markus doch keinen Grund geben, misstrauisch zu werden, nicht wahr?«

Henri war zu verdutzt, um zu antworten.

Die Prim war mithilfe von Ignatius Gebetbuch ohne Zwischenfälle vorübergegangen. Dennoch war Henri froh, als er die düstere Kirche verlassen konnte, und er sog nun die frische Morgenluft ein. Die aufgehende Sonne brachte zwar Licht, doch sie musste sich durch eine hohe Nebeldecke kämpfen und spendete noch keine Wärme. Doch Henri genoss, wie die frische Luft durch seine Lungen strömte. Seine Schritte waren federleicht. Es war richtig gewesen, sich Ignatius zu offenbaren und dem Abt, so weit er es hatte hören wollen. Er merkte, wie das ständige Lügen, ihn belastet hatte. Nun war eine kleine Last von ihm abgefallen, und er konnte sich mit neuer Kraft den Aufgaben stellen, die auf ihn warteten.

Alle Mönche hatten den Kirchvorplatz bereits verlassen und gingen ihren Arbeiten nach. Und Henri machte sich auf den Weg, einen kleinen Jungen vor einer Verurteilung zu retten. Die Juristerei war immer seine Passion gewesen. Wäre er nicht dem Wunsch seines Vaters gefolgt und Soldat geworden, hätte er sich dem Rechtsstudium gewidmet. Als er die Schule in Paris besucht hatte, war er den großen Köpfen in die Cafés gefolgt, um ihnen zu lauschen, hatte davon geträumt, sich mit ihnen vor Gericht mit Worten zu duellieren. In Paris war er auch mit den revolutionären

Ideen infiziert worden. Lange hatte er daran nicht mehr gedacht. Auf dem Weg zur Fähre nach Oberauel, wo er Johanna treffen würde, fand er endlich zurück zu seinem alten Selbst. Vielleicht brachte die Zukunft doch noch etwas für ihn. Vielleicht hatte das Schicksal doch noch etwas mit ihm vor, konnte er der Welt noch von Nutzen sein. War das aber auch zusammen mit Johanna möglich? Konnte er sie mitnehmen, wie sie es sich wünschte? Durfte er sich das wünschen?

Er sollte vom Grübeln ablassen und an die Arbeit gehen. Denn machte nicht die Arbeit das Leben erträglich?[17]

Henri bestieg den Kahn und setzte sich auf eine der harten Holzbänke. Johanna wartete bereits auf der anderen Uferseite. Das lange schwarze Haar hatte sie zu einem Zopf geflochten. Sie trug einen einfachen Reitrock. Neben ihr grasten zwei Pferde, deren Zügel sie fest in der Hand hielt. Ihr schwarzer Argos und eine Schecke.

»Sie hab ich hier aber noch nicht gesehen, Pater.«

Henri blickte zu dem hoch gewachsenen Fährmann auf, der begonnen hatte, den Kahn vorwärts zu schieben. »Auf der Durchreise?«, fragte er.

»Oui, auf der Durchreise.«

»Franzose, hm? Hab von einem französischen Franziskaner gehört, der im Bödinger Kloster sein soll.«

Henri nickte. »Das bin ich dann wohl.« Er richtete seinen Blick wieder auf die andere Uferseite.

»Vielleicht kennen Sie meine Jungs. Haben bei der Lese in Bödingen geholfen. Große, kräftige Jungs, und genauso ein roter Schopf wie ihr Vater.« Der Mann ließ mit einer Hand von seinem Staken ab und zeigte mit einem breiten Grinsen auf sein Haupt.

»Ja, ich erinnere mich an die beiden. Fleißige Söhne haben Sie.«

Henri hoffte, der Mann würde sich mehr auf das Kahnfahren verlegen. Er konnte es nicht erwarten, seine Johanna wieder in den Armen zu halten.

»Ja, gute Jungs sind sie. Sie sind mit dem Thomas Pauls befreundet. Sind immer mit ihm zusammen nach Bödingen zur Lese gegangen.«

Henri wurde hellhörig und blickte hoch.

»Hab gehört, was mit dem Jungen passiert ist. Ich glaub nicht, dass er so etwas macht. Seine Schwester ist hier in Oberauel verheiratet. Ich kenne den Bub, seit er laufen kann.«

Konnte das helfen bei Thomas' Verteidigung? »Vielleicht können Ihre Söhne ihm ja helfen. Wenn sie aussagen, dass sie ihn begleitet haben.«

»Ich weiß nicht. Ich will es mir nicht verderben mit Graf von Hatzfeld. Wichtige Leute, allesamt. Mit denen sollte man sich gut halten.«

Er konnte den Mann verstehen.

»Sie helfen dem Fräulein Johanna, den Jungen freizubekommen?«

»Sie sind ziemlich gut informiert, Fährmann.«

Der Mann grinste. »Man hört so einiges bei der Überfahrt.«

Es gab einen Ruck. Der Nachen hatte auf dem Ufer aufgesetzt.

»Wie viel schulde ich Ihnen?«, fragte Henri den Fährmann.

»Lassen Sie es gut sein. Kümmern Sie sich dafür um den Pauls-Jungen, Pater. Sie dürfen nicht glauben, dass ich ihm nicht helfen würde, aber …«

Henri nickte. »Danke.«

»Nicht dafür.« Der Fährmann legte wieder ab.

36.

Johanna kam ihm entgegen. Es kostete ihn unendliche Mühe, sie nicht sofort in die Arme zu schließen. Doch sie waren noch in Sichtweite des Fährmanns. Auch die Türme des Rittersitzes Attenbach besaßen einige Fenster zu dieser Seite. Wer wusste schon, ob nicht neugierige Augen dahinter verborgen waren. Auch Johanna war zurückhaltend. Doch sah er in ihren Augen das gleiche Verlangen aufblitzen, als sie ihm die Zügel der Schecke übergab und ihm dabei sanft über die Hand strich.

»Steig auf. Wir reiten hoch nach Blankenberg. Der Apotheker ist ein Freund von mir. Dort können wir ungestört reden. Ich habe Einiges zu berichten.«

Henri hatte Mühe, ihr zu folgen. Er hatte schon längere Zeit nicht mehr auf einem Pferderücken gesessen, und die Kutte hinderte ihn. Das Aufsitzen fiel ihm nicht leicht. Er musste den Stoff zuerst so weit hochziehen, dass sein Bein genügend Spielraum bekam, um es über den Pferderücken zu schwingen.

»Johanna, attends – warte!«

Sie war schon bis zum Rand der Aue vorgeritten und er hörte ihr hell klingendes Lachen. Es lockte ihn wie Sirenengesänge.

Er trieb sein Pferd an. Er genoss es, wieder im Sattel zu sitzen, versuchte Johanna im Galopp einzuholen. Sie war soeben um eine Wegbiegung verschwunden. Am Fuße einer Anhöhe wartete sie auf ihn.

»Du bist wohl eingerostet durch das viele Pilgern auf Mönchsfüßen!«, rief sie ihm zu.

Er dachte nicht daran, neben ihr anzuhalten. »Ach ja? Ich bin schon geritten, da lagst du noch in der Wiege, Madame.« Er schoss galoppierend an ihr vorbei.

Sie reagierte schnell. Überschwänglich wie zwei Fohlen jagten sie gemeinsam den Berg hoch. Hinter einer weiteren Wegbiegung tauchte ein Bauer mit seinem Karren auf.

»Vorsicht!«, schrie Johanna.

Henris Pferd scheute und richtete sich auf. Nur mit äußerster Mühe konnte er sich im Sattel halten. Schon war Johanna neben ihm, griff in das Zaumzeug des Tieres. »Ruhig, Martha.« Sie zog die Stute ganz nah an Argos ran. Die spürte die Nähe des anderen Pferdes und beruhigte sich.

»Passt doch auf. Beim heiligen Georg. Wollt ihr mich umbringen?« Das Gesicht des Bauern war puterrot und nass geschwitzt. Er war ein alter gebeugter Mann in einfachen Kleidern und mit schütterem Haar. Beim Versuch, den Reitern auszuweichen, waren einige der Äpfel von der Ladefläche seines Karrens gepurzelt. Er bückte sich danach.

»Fallobst. Sie werden mir vorwerfen, meine guten Äpfel wären Fallobst.« Er schüttelte seinen Kopf. Johanna und Henri sprangen vom Pferd und halfen ihm, die verlorenen Äpfel einzusammeln. »Es tut uns leid, Alter. Das Pferd ist mir durchgegangen.«

»Das hilft mir auch nicht weiter. Hier sehen Sie nur.« Er hielt einen der Äpfel in die Höhe. »Eine Druckstelle. Das ist Ihre Schuld.«

Johanna nahm einen Geldbeutel aus der Satteltasche und reichte dem Alten eine Münze. »Hier, guter Mann. Nimm den Schekel. Das sollte reichen, um den Verlust auszugleichen.« Sie reichte ihm die Münze und nahm zwei Äpfel vom Karren.

Der Alte biss mit seinen Backenzähnen auf das Geldstück. Dann stieß er ein heiseres Lachen aus und entblößte dabei große Zahnlücken. »Ha, so ein guter Preis für zwei Äpfel. Aber halten Sie Ihre Gäule in Zukunft besser im Zaum.« Er steckte den Schekel in die Westentasche, nahm seinen Karren und zog von dannen.

Henri blickte ihm hinterher. »Mürrischer Alter.« Er drehte sich zu Johanna. Plötzlich war ihr Gesicht ganz nah bei seinem. Er nahm es in beide Hände und küsste sie.

»Nun ist's genug.« Sie stieß ihn spielerisch von sich weg, gab ihm einen Apfel. »Lass uns weiterreiten. Es ist nicht mehr weit, und dann bekommst du deinen Kuss.«

Bald erreichten sie Blankenberg und die Apotheke. Sie banden die Pferde an den Holzzaun. Johanna nahm Henris Hand und zog ihn hinter sich her auf die Eingangstür zu.

»Warte Johanna. Sag mir bitte erst, was wir hier machen.«

»Ich erkläre dir alles. Lass uns erst einmal hineingehen. Und sorge dich nicht. Der Apotheker ist mein Freund.« Sie zog ihn weiter.

»Ich hoffe, du hast recht.«

»Vertraust du mir etwa nicht?«

»Doch, natürlich, aber ich mag es nicht, unvorbereitet zu sein. Du hast es bisher vielleicht nicht gemerkt. Aber normalerweise denke ich, bevor ich handele. Und ich bin gerade dabei, mein altes Selbst wiederzufinden.«

In diesem Moment schlug die Schulglocke. Die Tür zur Schule öffnete sich, und schon kamen ein paar Jungen herausgelaufen. Der Marktplatz würde gleich mit neugierigen Kindern voll sein.

»Also worauf wartest du? Lass uns hineingehen«, sagte Henri.

Lachend öffnete sie die Tür. Die Glocke ertönte.

Inmitten der Schubladen, Flaschen und Regale fiel der kleine Mann kaum auf, der aus einem hinteren Raum nun hinter dem Tresen erschien.

»Johanna, welch eine Freude.«

»Heinrich. Gut, dass du da bist. Darf ich dir Henri vorstellen. Henri das ist Heinrich Katen, der Apotheker des Ortes und ein sehr guter Freund von mir.«

»Pater. Sehr erfreut. Was kann ich für Sie tun?«

Henri nickte ihm zu. Er wollte erst einmal Johanna das Reden überlassen.

»Ach, Heinrich. Können wir in deine Stube gehen? Dann können wir die Sache besprechen. Ich brauche Hilfe. Mir wächst ja alles über den Kopf.«

»Ist etwas auf dem Ball passiert?«

»Ach, der Ball. Ja, dort auch. Ich weiß gar nicht, wo ich anfangen soll.« Johanna ging hinter den Tresen und umarmte den Mann, der ihr gutmütig über den Kopf strich. »Na, na, das wird schon wieder.«

Beim Anblick der beiden wurde Henri bewusst, unter wie viel Druck seine Johanna stehen musste. Sie wirkte immer so stark. Er würde alles tun, um ihr beizustehen. Das wurde ihm spätestens jetzt klar. Aber es beruhigte ihn auch zu sehen, dass sie in dem kleinen Apotheker wohl einen Freund hatte, der für sie da war, falls es ihm selbst nicht mehr möglich wäre.

Der Apotheker winkte ihm zu.

»Worauf warten Sie Pater? So wie sich das anhört, ist es wohl wieder einmal Zeit für einen kräftigen Schluck Kräutergeist.« Er öffnete eine Schranktür unterhalb des Tresens und holte eine Flasche hervor. Dann ging er voraus in die hintere Stube.

Hier erwartete sie ein Canapé mit einem Sofatisch vor einem Kamin, in dem frisches Holz gestapelt lag. Johanna und Henri nahmen auf dem Sofa Platz. Die Sitzfläche war ganz glatt von übermäßigem Gebrauch. Der Apotheker setzte sich, nachdem er von einem Buffet drei Gläser genommen hatte, auf einen Sessel. Er öffnete die Flasche mit einem schmatzenden Geräusch und goss die drei Gläser randvoll mit dem Kräuterlikör.

Erst nach der zweiten Runde ergriff Johanna das Wort: »Heinrich, von Hatzfeld hat endlich sein wahres Gesicht gezeigt.« Sie erzählte von der Jagd und wie Thomas nur durch ihr beider Einschreiten dem Tod entgangen war.

»Ich habe gehofft, Hermann Josef beim Ball dazu zu bringen, erst gar keine Anklage zu erheben. Aber dort ging alles durcheinander. Die Herren waren in Diskussionen mit preußischen und österreichischen Offizieren vertieft. Ich kam zuerst überhaupt nicht an ihn heran.«

»Worum ging es bei den Gesprächen?«, fragte Henri.

»Ich konnte nicht alles verstehen. Als sie sich gar nicht fürs Tanzen zu interessieren schienen, hab ich mich zusammen mit Katrin von Burgwinkel aus Mittelscheid neben die Herren geschlichen, um zu lauschen. Aber da war schon fast alles vorbei. Es ging wohl um Unterstützung, die sich Graf von Hatzfeld und mein Vater von den Preußen und Österreichern erhofft hatten, um einen Vormarsch deiner Landsleute hierher zu vereiteln. Sie, also wohl vor allem mein Vater, wollten Unterstützung gegen die nicht aufhörenden Angriffe. Aber die Preußen liegen im Kampf mit den Polen. Außerdem sind sie durch einen Friedensvertrag gebunden.«

»Der Frieden von Basel. Die linke Rheinseite wurde Frankreich zugesprochen«, sagte Henri.

»Ja, genau, das sagte dieser preußische Offizier, mit dem Katrin nachher getanzt hat.«

»Und die Österreicher?«, fragte Heinrich. »Sie haben doch im Juni schon die Franzen zurückgeschlagen, und auch in Süddeutschland schlagen sie sich nicht schlecht, wie man hört.«

»Erzherzog Karl hat uns tatsächlich Kopfzerbrechen bereitet«, sagte Henri.

»Ihr scheint eine Menge darüber zu wissen, Pater«, warf der Apotheker ein.

»Gleich, Heinrich, lass mich erst zu Ende erzählen.« Johanna legte eine Hand auf den Arm des Apothekers. »Also, die Österreicher ziehen ihre Kräfte wohl mehr und mehr nach Italien. Dort muss es einen neuen fähigen Feldherrn auf Seiten der Franzosen geben, der ihnen ziemlich zu schaffen macht. So hab ich das zumindest herausgehört.«

»Napoleon. Ein Korse und Jakobiner. Gefährlicher Mann. Ich weiß nur, dass er letztes Jahr in Paris den royalistischen Aufstand niedergeschlagen hat. Kurz bevor ich aus Düsseldorf weg bin, hörte ich, er wäre zum Kommandanten in Italien ernannt worden. Anscheinend ist er ein wirklich fähiger Mann, wenn er den Österreichern so zusetzt. Das hätte ich nicht gedacht.«

»Also meinst du, die Franzosen werden es immer wieder versuchen, hier einzumarschieren, wenn wir so schutzlos sind?«, fragte Johanna.

»Ich kann es mir vorstellen. Die Expansionsbestrebungen des Konvents sind enorm. Aber als ich noch in Düsseldorf war, gab es keine solchen Befehle. Jedenfalls keine, die mir zu Ohren gekommen wären«, sagte Henri.

»Könnte es sein, dass man sie dir nicht gesagt hat, wegen deiner Familie?«

»Glaube ich nicht. Ich besaß das Vertrauen meines Kommandanten Jourdan, und ich hatte meine Entscheidung getroffen. Wenn es auch die falsche war.«

»Würde mich jetzt mal jemand aufklären bitte.« Heinrich rutschte auf seinem Sessel nach vorn. »Johanna, warum weiß dieser Priester so viel über die militärischen Absichten des Feindes, und warum nennt er diesen Jourdan seinen Kommandanten?«

»Ach, Heinrich. Seine Mönchsrobe ist nicht echt. Er ist kein Kirchenmann.« Johanna blickte Henri an. »Wir müssen ihn einweihen. Ist das in Ordnung?« Henri nickte ihr zu.

»Einweihen? Was gibt es denn noch mehr?« Dem kleinen Mann standen plötzlich Schweißperlen auf der Stirn.

»Heinrich. Beruhig dich bitte. Ich habe dir doch erzählt, dass mein Herz vergeben ist.«

»Er?«

»Ja.« Sie zuckte mit den Schultern. »So ist es nun einmal. Und was die ganze Sache so schwierig macht, ist nicht seine falsche Robe, sondern dass er sich, na ja, unerlaubt von seiner Truppe entfernt hat.«

»Ein Deserteur? Bist du von Sinnen, Johanna?« Der Apotheker sprang auf und lief im Zimmer umher.

»Jetzt beruhige dich doch, Heinrich. Außer uns weiß das keiner, und es muss ja auch keiner erfahren.«

Henri nahm die Flasche und füllte die Gläser wieder. Er hatte das Gefühl, dass ein weiterer Schnaps angebracht war. »So ganz stimmt das nicht. Ich habe Ignatius eingeweiht und den Abt, und ich fürchte, Markus von Hatzfeld vermutet etwas.«

»Pater Markus! Schierling, Seidelblast und Eisenhut. Das wird ja immer schlimmer.«

Henri reichte dem Apotheker das Glas. Er schüttete es in einem Schluck hinunter.

»Ich habe Johanna versprochen, ihr mit dem Jungen zu helfen, Herr Katen. Danach werde ich von hier verschwinden.«

Johanna blickte ihn erschrocken an. Aber darauf konnte er im Moment nicht eingehen. Wie es mit ihnen weitergehen würde, würde sich irgendwie ergeben. Erst galt es, die aktuelle Situation zu meistern. »Solange bitte ich auch um Ihre Verschwiegenheit.«

Heinrich setzte sich wieder, tupfte sich mit einem Tuch die Schweißperlen vom Gesicht. »Natürlich werde ich nichts sagen. Ich bin nur besorgt. Und Johanna ist in manchen Dingen«, er suchte nach dem richtigen Wort, »unbedarft.«

»Ja, das habe ich auch schon festgestellt.«

»Pardon, meine Herren, ich bin auch noch da.«

Die Anspannung brach und alle drei lachten auf. Heinrich füllte die Gläser erneut, und Johanna berichtete von den weiteren Ereignissen auf dem Ball.

»Alles endete damit, dass mein Vater sich fürchterlich aufregte und wie ein großer Sturm mit Blitz und Donner den Saal verließ. Als ich endlich einen Tanz mit Hermann Josef ergatterte und ihm mein Anliegen betreffend Thomas vorbringen konnte, hat er …«, bei dem Gedanken an die Unverfrorenheit stieg schon wieder Wut in ihr auf. Sie schluckte sie mit dem Kräutergeist hinunter. »Er hat mich vorgeführt. Ich habe ihm von Tenhagen erzählt, um ihn ins Vertrauen zu ziehen, und zum Dank hat er mich stehen lassen und ist auf direktem Wege zum Proff zu Irnich gelaufen, um die Anklage vorzubringen.« Sie blickte die beiden Männer an. Sie fühlte sich, als ob sie alle im Stich gelassen hätte, vor allem Thomas.

»Ich hab es nur noch schlimmer gemacht. Wenn ich ihn nicht an die Anklage erinnert hätte. Vielleicht hätte er sie einfach vergessen.«

»Das glaube ich nicht«, sagte Henri. Er nahm ihre Hand, ließ sie aber schnell wieder los, als er Heinrichs Blick spürte.

Doch diese kleine Geste hatte Johanna gereicht, um neuen Mut zu fassen. Schließlich war ja noch gar nichts entschieden.

»Wir sollten zuerst zum Landdinger gehen und fragen, wie es steht. Er hat womöglich die Anklage gar nicht angenommen«, sagte sie.

»Ja, vielleicht hat sich ja schon alles in Wohlgefallen aufgelöst«, sagte Heinrich hoffnungsvoll, »bei mir hat Hatzfeld sich letztendlich ja auch entschuldigt. Ihr solltet sofort rübergehen.«

»Ja, das werden wir, Heinrich. Aber für den Fall einer Anklage möchte ich etwas in der Hinterhand haben. Haben wir eine Verteidigungsstrategie? Was können wir zu seiner Entlastung vorbringen?«

Henri antwortete: »Ich glaube, die beste Möglichkeit wäre, darauf zu plädieren, dass es keine Beweise für die Schuld des Jungen gibt. In dubio pro reo. Ich denke, dieses Prinzip gilt auch hier. Auf dem Weg hierher sagte der Fährmann, seine Jungs hätten Thomas täglich begleitet. Er hatte gar keine Möglichkeit, Fallen ungesehen aufzustellen.«

»Ja, und auch an dem Abend hat niemand dies bezeugen können. Weder von Hatzfeld noch sein Jäger haben etwas gesehen, das darauf hindeutet, dass es Thomas' Falle war und er sie nicht nur gefunden hat.«

»Das hört sich nach einem Plan an. Und nun geht zum Landdinger«, sagte der Apotheker.

Es war spät geworden, als Johanna Henri zurück zur Anlegestelle an der Sieg brachte. Sie hatte die Glocke am Ufer geläutet, um den Fährmann zu rufen. Der Klang hallte noch nach. Die Sieg zog im Mondlicht geruhsam ihre Bahn. Doch die Stimmung war getrübt, denn der Amtmann hatte ihnen mitteilen müssen, dass Hermann Josef von Hatzfeld tatsächlich noch auf dem Ball die Anklage gegen Thomas Pauls vorgebracht hatte. Ihm blieb also nichts anderes übrig, als den Jungen weiter in Haft zu halten. Für den nächsten Tag um 11:00 Uhr morgens hatte er eine Anhörung angesetzt, bei der er Johanna und Henri als Zeugen vernehmen wollte sowie den Jagdaufseher Ferdinand Scholten, der von Hermann Josef von Hatzfeld als Zeuge genannt worden war. Nach dieser Information hatten sie noch einmal bei Heinrich zusammengesessen und waren ihre Aussagen durchgegangen.

»Morgen früh zur gleichen Zeit hier?«, fragte Johanna.

»Oui, und ich werde mich noch einmal mit dem Fährmann unterhalten, ob seine Jungs etwas aussagen können.«

Sie blickte ihn an. Schon wieder mussten sie sich verabschieden. Wie gern würde er einfach in diesen Augen versinken. »Ich weiß nicht, wie du es anstellst. Es fällt mir mit jedem Mal schwerer, dich zu verlassen, ma chère.«

Es dämmerte schon und der Dunst des Flusses hüllte die beiden ein. Der Fährmann war noch nicht zu sehen, und so nutzte Henri das Dämmerlicht, um das zu tun, wonach er sich den ganzen Tag gesehnt hatte. Er schloss seine Geliebte in die Arme und für einen kleinen Augenblick gab es nur noch sie beide und alle Sorgen prallten an ihnen ab. Erst als in der Entfernung die stapfenden Schritte des Fährmanns in den Auenwiesen zu hören waren, löste er sich von ihr.

37.

Kühle Luft durchdrang ihn mit jedem Atemzug und schärfte seine Sinne. Dies war die richtige Nacht. Vom wolkenlosen Himmel warf der Vollmond ein waches Auge auf den Reiter und beleuchtete den Waldpfad. Der Atem des Pferdes erschaffte kleine Dunstwolken im kalten Mondschein. So klar wie die Nacht waren die Gedanken des Mannes. Er musste die Feinde zurückschlagen, die sich wie ein Geschwür über ganz Europa auszudehnen begannen. Es war niemandem zu trauen. Also musste er diesen Schlag allein durchführen. Denn er würde nicht tatenlos zusehen, wie sie sich auch hier, auf seinem Land, breitmachten, sich wie die Könige aufführten, die sie doch geschworen hatten abzusetzen.

Eine Eule schien seinen Gedanken mit ihrem dunklen, melodischen Ruf beizupflichten. Diese Feinde ließen sich nur auf hinterlistige Weise bekämpfen. Zu groß war ihr Einfluss schon geworden, als dass ein offener, sie konfrontierender Angriff erfolgreich sein könnte.

Der Reiter zügelte den schnellen Trab seines Pferdes, als er an den Rand der Stadt kam. Nun war es nicht mehr weit bis zur Station. Von einer leichten Anhöhe aus näherte er sich dem Ziel seines Anschlags, seine Flucht würde hinunter durch den Fluss führen. All das lag klar vor ihm. Bevor irgendjemand etwas merkte, würde er schon lange auf der anderen Flussseite sein. Es tat ihm nur leid, dass er das Schauspiel der heilenden Flammen nicht bis zum Ende würde ansehen können. Er würde aus der Ferne nur die Explosion hören, und der leichte Wind würde den Rauch zu ihm herübertragen, damit er auf diese Weise doch noch einen kleinen Moment lang teilhaben konnte.

Er kam um eine Biegung und sah die Station vor sich liegen. Im fahlen Mondlicht markierte die verhasste Flagge das Ziel seines Anschlags. Die Tricolore flatterte leicht im Nachthimmel. Der Reiter hatte schon in vielen Kriegen gekämpft und wusste, dass es vor allem die brennende Standarte sein würde, die dem Feind einen Schlag versetzte. Hierauf richtete er seinen Blick. Er malte sich aus, wie sie langsam von unten her Feuer fangen und dann in einer hellen Stichflamme ihr Leben aushauchen würde. Aber nun musste er sich zusammennehmen.

Er hatte zuvor alles gut ausgekundschaftet. Es würden nur zwei Soldaten im Wachraum sein. Einer von ihnen würde einen Rundgang zum Munitionslager machen. Das würde seine Chance sein. Es war ein Kinderspiel. Er band sein Pferd an einem dem Fluss zugewandten Baum fest und näherte sich dem feindlichen Stützpunkt von hinten. Hinter einer Buchenhecke, deren trockene farbige Blätter bereits den nahenden Winter ankündigten, kauerte er sich hin und wartete. Er überprüfte die Lunte und das Pulver. Die Zündbahn würde lang genug sein, um ihm Zeit für die Flucht zu lassen, aber nicht so lang, dass der zweite Wachhabende Verdacht schöpfen konnte. Er nahm die Schleuder, legte den erwählten Stein ein. Eine so alte Waffe würde den fortschrittlichen Feinden Einhalt gebieten.

Schließlich hörte er die vordere Tür knarren. Der Soldat schlenderte fast wie auf einem Spaziergang mit seiner Liebsten unbekümmert auf ihn zu. Er trug sein Gewehr mit Bajonett locker über die Schulter gehängt. Der Schlüsselbund baumelte ihm am Hosengurt. Wie hatten diese undisziplinierten Kretins bloß so viele Siege erreichen können? Es waren nur noch wenige Meter bis zur Tür des Waffenlagers.

Dort angelangt, schaute der Soldat sich noch einmal zu allen Seiten hin um. Aber in der Nacht war kein Geräusch zu vernehmen. Dann suchte er, die Stille durchschneidend, an seinem Bund nach dem richtigen Schlüssel. Als er ihn fand und in die schwere Eisentür einführte, traf ihn ein harter Schlag am Kopf. Der Soldat war sofort bewusstlos und sackte in sich zusammen. Der Schütze steckte die Steinschleuder in seinen Hosengurt und lief, jede Bewegung zuvor verinnerlicht, auf das Munitionslager zu. Den auf dem Boden liegenden Soldaten zog er mit sich hinein in die bereits geöffnete Kammer, in der im hineinfallenden Mondlicht Reihen von Pulverfässern sichtbar wurden. Den in einem Wandregal ordentlich aufgereihten Bajonetten und Säbeln schenkte er keine Beachtung. Er legte seine Lunte an die Fässer, dann quer durch den Raum, hinaus zur Tür über den Weg bis zur Hecke. Dort entzündete er sie und beobachtete die Wanderung der Flamme. Schließlich wandte er sich mit Bedauern, dem Schauspiel nicht beiwohnen zu können, ab und lief zu seinem Pferd. Als die Explosion die Stille der Nacht durchbrach, hatte er bereits den Fluss durchquert.

Er war am Rand eines kleinen Waldes angekommen, der einen einsamen See verbarg. Hier ließ er seinen Rappen noch einmal wenden und warf einen Blick zurück. Er schmeckte, wie sich langsam der beißende Geruch des Rauches mit seiner Atemluft vermischte. Erste Flammen schlugen aus dem Gebäude. Dann gab er seinem Pferd die Sporen und verschwand in die dichten Baumreihen.

38.

»Johanna. Wach auf!«

Sie spürte eine sanfte Berührung an ihrem Arm und öffnete die Augen. Es musste noch mitten in der Nacht sein. Nur eine Kerze leuchtete in der Dunkelheit. Ihre Mutter hielt sie in der Hand. Johanna war sofort hellwach.

»Maman? Was ist passiert?« Dann hörte sie es selbst. Donnerschläge? Nein. Es klang wie vor einigen Monaten bei der Schlacht von Uckerath. Aber viel näher. Kanonenfeuer!

»Sind die Franzosen zurück?« Henri! Wenn sie kamen, musste er sich verstecken oder sofort fliehen. Er durfte ihnen nicht in die Hände fallen. Ruckartig richtete sich Johanna auf.

»Ich weiß es nicht, Kind. Schnell, steh auf und zieh dir etwas über.« Die Haare hingen ihrer Mutter offen über die Schultern und leuchteten im Kerzenschein. Sie trug nur ihren Morgenrock. Sie musste von den Schüssen geweckt worden sein.

Da! Schon wieder eine Salve. Johanna zuckte zusammen.

»Wo ist Vater?«

»Er ist nicht hier. Ich habe ihn seit dem Ball nicht mehr gesehen.« Ein Vorwurf lag in der Stimme ihrer Mutter.

Johanna schnappte sich ihren Morgenmantel. »Wir müssen den Haushalt zusammenrufen.«

»Das macht Sigrid schon. Sie hat auch mich geweckt.«

Als Johanna und Caroline in die Küche traten, waren schon alle dort versammelt. Die Köchin, Tenhagen, Gudrun und ihr Sohn Franz. Der fing sich soeben eine Klatsche von Sigrid ein, als er die Finger nach einem auf der Anrichte stehenden Gebäck vom Vortag ausstreckte.

»Tenhagen. Wissen Sie etwas?« Caroline zog sich den Morgenmantel enger um den Hals. Es war ungewöhnlich kühl hier, jetzt da kein Küchenfeuer brannte.

Der Verwalter zuckte mit den Schultern. »Was weiß ich schon, Gnädigste?« Verachtung triefte aus seiner Stimme. Was erlaubte er sich? Außerdem schien er getrunken zu haben. Ein beißender Geruch stieg Johanna in die Nase. Sie musste würgen, schluckte ihre Vorbehalte aber mit dem sauren Geschmack hinunter. Jetzt war nicht die Zeit. In Notsituationen hatten sie sich immer auf ihren Verwalter verlassen können. »Tenhagen, wissen Sie, wo mein Vater ist?«

»Nein. Ich bin genauso unsanft von den Kanonen geweckt worden wie alle hier.«

»Reißen Sie sich zusammen, Mann. Wenn das wirklich die Franzosen sind, müssen wir Vorkehrungen treffen.«

»Heilige Mutter Maria. Sie werden uns alle töten!«, rief Gudrun. Sie war den Tränen nahe und zog ihren Sohn in eine enge Umarmung.

»Wir müssen herausfinden, was passiert ist.« Auch Carolines Stimme zitterte.

Inzwischen war der Kanonendonner abgeflacht. Nur noch vereinzelt kam es zu Explosionen. Anders als im Sommer. Da hatten sich die dumpfen Schüsse über mehrere Stunden hingezogen. Johanna begann zu zweifeln, wusste aber auch keinen Rat. Sie blickte Hilfe suchend zu Tenhagen. Trotz des Alkohols und ihrer Bedenken war er der einzige Mann im Raum. »Haben Sie einen Vorschlag?«

Er hob die Schultern. »Warum schauen wir nicht einfach nach?«

»Aber wie? wir wissen doch nicht einmal, woher die Explosionen stammen.«

»Dem Wind nach, kamen die Explosionen von Westen, flussabwärts. Vom oberen Salon aus sieht man vielleicht etwas.«

»Natürlich, Tenhagen. Das ist eine gute Idee.« Es war Caroline die antwortete. Johanna dachte, dass sie darauf auch hätte kommen können. So viel er auch getrunken haben mochte, er hatte seine fünf Sinne noch zusammen, das musste man ihm lassen.

»Gut, lasst uns nachsehen.« Johanna ging voran. Caroline folgte ihr und winkte Tenhagen herbei.

»Nun kommen Sie schon mit, Tenhagen.«

Johanna verdrehte die Augen und ging vorweg. Im Salon zog sie die Fensterschals beiseite und sofort fiel ihr der unnatürlich helle Nachthimmel im Westen auf.

Tenhagen und ihre Mutter kamen hinzu, und dann sahen sie es alle drei. Auf der anderen Siegseite, weiter flussabwärts, erhellte Feuerschein die Nacht.

Der Verwalter fand als Erster seine Stimme wieder: »Das muss Siegburg sein.«

»Aber die Franzosen halten Siegburg doch besetzt.«

Tenhagen nickte. »Die lagern dort ziemlich viel Pulver und Munition. Wenn das Feuer fängt …«

»Das würde die Explosionen erklären.« Johanna stimmte ihm zu und war bei allen Vorbehalten ihm gegenüber froh, dass er hier war. Auch wenn es eigentlich ihr Vater hätte sein müssen. Sie hätte es nicht gedacht, aber nach all den Jahren, schmerzte es immer noch, dass er seine Familie so oft im Stich ließ. Einem plötzlichen Bedürfnis folgend nahm sie ihre Mutter in den Arm. Sie musste das alles noch viel mehr treffen. Dankbar erwiderte Caroline die Umarmung. *Henri würde mich nie so im Stich lassen,* dachte sie und hoffte, dass es ihm gut ging. Stand er mit den Mönchen zusammen ebenfalls vor einem Fenster und blickte gen Westen? Sicherlich würden die Fratres jemanden ausschicken, um nachzusehen, was passiert war. Und genau das sollten sie auch tun. Vorher würden sie nicht erfahren, was wirklich im Gange war und ob sie sich verbergen mussten.

»Ich werde nach Siegburg reiten und nachsehen, was geschehen ist«, sagte sie in die Stille hinein. Sie wandte sich schon zum Gehen. Doch Caroline hielt sie zurück.

»Das wirst du sicherlich nicht machen, Johanna.«

»Aber wir müssen uns vergewissern, dass es kein Angriff ist. Wir können nicht einfach hier sitzen und warten, ob uns irgendwer Nachrichten bringt.«

»Das mag richtig sein. Aber du wirst hier bleiben. Herr Tenhagen wird das erledigen.« Sie blickte den Verwalter an.

»Aber Madame! Wenn es nun doch so ist, dass die Franzosen vorrücken. Wer ist dann hier, um Sie zu beschützen?«, stotterte er.

Der ist ja nur feige, dachte Johanna. »Dann könnten Sie allein wohl auch nicht viel ausrichten, Tenhagen. Wir werden hier alles vorbereiten. Falls wir uns verstecken müssen, werden sie nichts vorfinden.«

»Also gut, ich werde nachsehen.« Tenhagen stolzierte zur Treppe. »Zum Teufel mit den Weibern«, brummte er.

»Das habe ich nicht gehört«, sagte Caroline, die erst jetzt den Griff am Arm ihrer Tochter lockerte.

»Wir sollten wieder hinuntergehen.« Johanna reichte ihrer Mutter die Hand, und gemeinsam folgten sie dem Verwalter.

Als sie alle wieder in die Küche kamen, berichtete Johanna den anderen, was sie gesehen hatten.

»Ich werde nach Siegburg reiten und sehen, ob ich mehr in Erfahrung bringen kann«, sagte Tenhagen ganz so, als ob das sein Einfall gewesen war.

»Nein, das kannst du nicht. Was passiert dann mit uns?« Gudrun hatte sich noch nicht beruhigt.

»Es wird euch schon nichts passieren. Fräulein Johanna passt ja auf.« Er verzog seinen Mund zu einem halbseitigen Grinsen.

»Ich bin ja auch noch da.« Franz löste sich vom Rockzipfel seiner Mutter und stellte sich breitbeinig hin, die Arme in die Seiten gestemmt.

»Recht so, Franz«, rief Sigrid, »dann hast du dir auch deinen Sold verdient.« Sie schnitt ihm ein großes Stück von dem Gebäck ab, das noch immer unberührt auf dem Tisch stand.

Tenhagen verließ das Haus. Sie hörten seine schweren Schritte im Hof. Schwankte er etwa? Johanna hoffte, dass in dieser Situation trotzdem auf ihn Verlass war. Bevor er nicht mit beruhigenden Nachrichten zurückkam, würden sie alle kein Auge zumachen können.

In der Küche war die Anspannung weiterhin greifbar. Zu gut war ihnen allen der Schrecken des Sommers noch in Erinnerung. Zwar war der Rittersitz nur um einige Vorräte erleichtert worden, als die geschlagenen Franzosen durchgezogen waren. Doch andere waren nicht so glimpflich davongekommen.

»Dann werde ich uns mal eine Kanne Tee kochen. Das hat noch immer geholfen.« Sigrid hielt sie alle bei guter Laune.

»Und wir sollten vorsichtshalber den Schmuck und das Geld ins Kellerverlies schließen. Mutter kannst du das übernehmen?«

Caroline nickte, und Johanna richtete sich an Gudrun: »Weißt du, wo dein Mann die Pachtkasse aufbewahrt?«

»Wahrscheinlich bei den Büchern.«

»Dann lass uns rübergehen und auch die holen.« *Und Argos bringe ich in den hinteren Stall.* Johanna ließ die Magd vorausgehen.

»Du, Franz, bewachst unseren größten Schatz, bis wir wieder hier sind – unsere Sigrid.«

»Jawohl.« Franz salutierte, grinste dabei aber hämisch. Ein Krümel fiel ihm aus dem Mund.

39.

Die Mahlzeiten wurden immer schweigend eingehalten. Dennoch erschien ihm das Refektorium an diesem Morgen besonders still. Nur das Klappern der Löffel hallte durch den Saal. Ignatius hatte Suppe aus Weinmost gezaubert, die er mit Eigelb angedickt hatte, doch heute erhielt er dafür kein zustimmendes Nicken, kein Zungenschnalzen von seinen Brüdern.

Nach den Explosionen in der Nacht waren die meisten wach geblieben. Zu tief saß die Angst ihnen noch im Nacken. Erinnerungen an die Plünderungen im Sommer wurden durch die Gänge gewispert. Markus hatte in der ersten Hektik sogar versucht, den Prior anzustacheln, die Reliquien wieder in das Versteck beim Müller in Halberg zu bringen. Doch nachdem die Explosionen bald verklungen waren und sich Feuerschein über Siegburg erhoben hatte, hatte Prior Gottbried die Mönche aufgerufen, sich in der

Kirche zum Gebet zu versammeln, um die schmerzensreiche Maria um Hilfe und Beistand zu bitten.

Henri hatte all das verschlafen. Auch jetzt war er noch nicht da.

Ignatius hatte sich aber noch in der Nacht vergewissert, dass die Küchentür verschlossen und der Schlüssel wieder an seinem Platz war. Der Franzose war also sicher von seinem Treffen mit Johanna zurückgekehrt.

Nachdem die Mönche den Rest der Nacht gebetet hatten, überbrückten sie die Wartezeit auf Nachrichten nun mit einer Morgenmahlzeit. Mit dem ersten Morgengrauen hatte der Prior Bruder Edrik losgeschickt, um in Erfahrung zu bringen, was in Siegburg geschehen war.

Die Suppenteller waren inzwischen leer, und sie beendeten die Mahlzeit mit einem Gebet. Gerade als sie das Amen ausgesprochen hatten, wurde die Tür zum Refektorium aufgeworfen und Edrik stürzte herein.

»Es ist so, wie Ihr vermutet habt, Prior Gottbried!« Er setzte sich an die Tafel neben Ignatius. Sofort stieg Rauchgeruch in dessen Nase. Edriks Kleidung war davon durchzogen.

»Es ist das Munitionslager am Fluss. Ein Feuer muss das Pulver entzündet haben. Das ganze Gebäude ist zerrissen. Wohl zwei der Franzosen sind tot. Hab mit dem Fährmann gesprochen.« Er schnaufte.

»Großer Gott! Hilf, Maria, es ist Zeit, hilf, Mutter der Barmherzigkeit!« Die Versammelten schickten laut und im Stillen Stoßgebete gen Himmel.

»Trinkt erst einmal einen Schluck, und dann berichtet uns, Bruder.« Der Prior hatte sich erhoben und kam zum hinteren Teil der Tafel.

Plötzlich öffnete sich erneut die Tür. Henri betrat das Refektorium. Die Augen aller richteten sich auf ihn.

»Verzeiht mir. Die Glocken haben nicht geläutet.«

»Ihr scheint einen gesegneten Schlaf zu haben«, sprach der Abt, »setzt Euch, Henri. Und nun, Edrik, fahr bitte fort.«

Edrik wartete, bis sich Henri gesetzt hatte, und nahm einen Schluck von dem Wasser, das Ignatius ihm eingeschenkt hatte.

»Das Feuer wäre beinahe auf die Unterkunft der Soldaten übergesprungen. Und auch die Siegburger Mühle war in Gefahr. Die Siegburger und die Franzosen haben mit vereinten Kräften den Brand löschen können. Die Brücke hat keinen Schaden genommen. Sie ist weiterhin in der Hand der Franzen.«

Henri flüsterte zu Ignatius: »Was ist denn geschehen?«

»Ein Waffenlager der Franzosen in Siegburg ist heute Nacht niedergebrannt. Hast du denn gar nichts gehört? Es gab laute Explosionen.«

»Was? Nein! Ich habe nichts gehört.« Henri war blass geworden.

Ignatius beugte sich zu Henri. »Tote soll es auch gegeben haben.«

»Wollt Ihr uns vielleicht auch an Eurem Wissen teilhaben lassen, Bruder Henri?« Das kam von Markus.

Henri schüttelte den Kopf.

»Reg dich bloß nicht über Bruder Markus auf«, flüsterte Ignatius.

»Non, es ist nicht wegen Markus. Vielleicht kannte ich jemanden.« Henri schlug die Hand vor den Mund. Hatte er laut gesprochen?

»Bruder Henri, was habt Ihr uns denn nun zu sagen?« Markus hatte sich ebenfalls erhoben und kam ans Ende der Tafel.

»Lasst gut sein, Markus. Wir haben jetzt wichtigere Dinge zu überlegen.« Der Abt legte seinem Stellvertreter eine Hand auf die Schulter. »Nehmt Euch ein Pferd und reitet nach Schloss Allner. Die Zerstörung der Station wird nicht ohne Nachspiel bleiben. Besprecht Euch mit dem Grafen, was zu unternehmen ist, und sagt ihm unsere Unterstützung zu.«

»Ihr seid also auch der Meinung, dass das kein Unfall gewesen ist?«

»Das spielt keine Rolle. Die Franzosen werden auf jeden Fall eine Untersuchung fordern, und der Proff zu Irnich wird sich dieser Aufgabe annehmen müssen. Bringt in Erfahrung, was Euer Vater weiß, und bietet unsere Unterstützung an. Herzog Karl Theodor wird jede Hilfe benötigen, die er vor Ort erhalten kann.«

»Und das Kloster könnte verschont bleiben, wenn wegen der Entschädigung für den Verlust von Jülich verhandelt wird. Ich verstehe.«

»Der Herzog ist ein frommer Mann. Sicher wird er sich letztendlich auf andere Entschädigungen für den Verlust seiner Stammlande durch die Besetzung der Franzosen besinnen und sich nicht am Besitz der Kirche vergreifen. Aber es kann nicht schaden, wenn wir ihm zeigen, dass die Kirche ihm immer hilfreich zur Seite gestanden hat.«

»Ich mache mich sofort auf den Weg.« Markus schritt die Tafel entlang zur Tür. Als er bei Henri ankam, blieb er jedoch stehen und beugte sich hinab. »Verschwindet lieber schnell. Eure Franzosenfreunde werden bestimmt bald hier auftauchen und unangenehme Fragen stellen.«

Henri richtete sich auf, doch Ignatius hielt ihn am Ärmel zurück. Markus ging hinaus und schlug die Tür hinter sich zu.

Der Abt ergriff wieder das Wort: »Ignatius, bring Schüsseln für Edrik und Henri.«

»Ja, Vater Abt«. Ignatius stand auf und räumte die bereits leeren Teller zusammen, während Gottbried weitersprach.

»Wir müssen nachsehen, ob unser Wald durch das Feuer in Mitleidenschaft gezogen wurde. Ignatius, ich möchte, dass du das machst.«

»Sicher, Vater.« Ignatius stellte dampfende Suppenteller vor Edrik und Henri ab.

»Uns anderen bleibt nur das Gebet. Lasst uns für eine friedliche Lösung bitten, aber schließt auch die verstorbenen Franzosen mit in eure Gebete ein. Denn vor Gott sind wir alle gleich.«

Edrik setzte seinen Löffel ab. »Vater. Lasst mich mit Ignatius gehen. Auch unsere Weinhänge bei Siegburg sind nicht weit von dem Waffenlager entfernt. Ich will mich vergewissern, ob es dort Schäden gibt.«

»Einverstanden. Aber stärkt Euch zuerst an der Suppe.«

»Das werde ich.« Er nahm einen weiteren Löffel. Setzte dann noch einmal ab. »Vielleicht könnte mich Bruder Henri ja begleiten. Vier Augen sehen mehr als zwei.«

»Das halte ich nicht für eine gute Idee. In dem Punkt hat Bruder Markus wohl recht.« Gottbried verzog den Mund und blickte zu Henri. »Ihr solltet Euch in der nächsten Zeit bedeckt halten.«

Henri nickte.

Ignatius fand, dass Henri sehr still war. Und außerdem war es seiner Meinung nach nicht richtig, was der Abt da sagte. Henri hatte doch nichts getan, außer die Explosionen verschlafen zu haben. Und es waren vielleicht Bekannte von ihm gestorben. Dass Markus ständig auf ihm rumhackte, war das eine, aber der Abt? Er hatte sich ihm doch anvertraut. Sie behandelten ihn ja wie einen Verbrecher. Er hatte gar kein gutes Gefühl dabei, den Franzosen hier im Kloster zurückzulassen. Nachdenklich blickte er sich noch einmal zu Henri um, der den Kopf in die Hände gestützt am Tisch saß.

Bis auf Henri und Edrik verließen nun auch die anderen Mönche das Refektorium. Sie folgten dem Abt, der voraus in die Kirche ging, um zu beten.

Ignatius nahm die leeren Teller und verließ das Refektorium direkt hinter Bruder Cornelius, dem jungen Schreiber. Vielleicht konnte der ja ein Auge auf den Franzosen werfen, während er fort war. Er war ein gutmütiger Kerl, und Henri schien sich gut mit ihm zu verstehen. Während der Zeit seiner Genesung war der Franzose oft mit ihm in der Bibliothek zusammen gewesen. Die beiden teilten die Liebe zu Büchern.

»Bruder Cornelius, wartet einen Augenblick«, rief Ignatius, begleitet von dem Scheppern der Teller in seinen Händen.

»Ja?« Cornelius wandte sich um. Sein rötlicher Haarkranz leuchtete in der Sonne, die durch die Fenster des Kreuzganges hineinschien.

Aber dann fiel Ignatius nichts ein, was er sagen konnte. Cornelius würde sein Anliegen nicht verstehen, und Henri konnte doch auch selbst auf sich aufpassen. Markus war schließlich auch nicht im Kloster. Was sollte also passieren?

»Schon gut. Es ist doch nichts.«

Cornelius zuckte mit den Schultern und schloss die Lücke zu den vor ihm schreitenden Brüdern.

40.

»Sie haben mich rufen lassen, Vater?« Hermann Josef von Hatzfeld betrat das Arbeitszimmer des Grafen im ersten Obergeschoss des Schlosses. Sein Vater und sein gottesfürchtiger Bruder saßen sich gegenüber am großen Schreibtisch.

»Bruder.« Er grüßte Markus, ohne ihn eines weiteren Blickes zu würdigen.

»Setz dich, Hermann.« Sein Vater deutete auf den freien Sessel. Hermann Josef nahm neben dem ungeliebten Bruder Platz. Das war ein neues Bild. Fast schmunzelte er. Beide Brüder gemeinsam zum Vater zitiert.

»Was gibt es denn so Dringendes? Ich hatte gerade ein sehr schönes Rendezvous mit einer recht hübschen Dirne.«

»Davon wollen wir wirklich nichts hören, Bruder.«

»Ach ja? Hatte ich fast vergessen«, höhnte Hermann Josef, »du hast den fleischlichen Freuden ja entsagt.«

»Hört auf damit!«, schallte es von der anderen Seite des massiven Tisches. »Ich dachte, diese Streitereien wären ein für alle Mal beseitigt, nachdem ich euch getrennt hatte. Aber wie ich sehe, kann ich mich wohl nicht auf meine Söhne verlassen. Wir haben weiß Gott Wichtigeres vor der Brust als diese kindischen Machtspiele.«

»Verzeihen Sie, Vater. Sie haben natürlich recht.« Markus beugte sich nach vorn. »Ich komme auch mit Neuigkeiten über den Angriff auf das Waffenlager. Der Prior schickt mich.«

»Was für ein Angriff?« Hermann Josef blickte von seinem Bruder zu seinem Vater. *Mist, was ist mir bloß wieder entgangen? Und Markus ist natürlich voll und ganz im Bilde. Dabei hat der Tag so gut angefangen, als ich mit dem Gesicht zwischen den großen Brüsten dieser Frau aufgewacht bin. Wie war noch ihr Name?*

»Offensichtlich ist dir der Weinkonsum inzwischen auf die Ohren geschlagen, wenn du die Explosionen in der Nacht nicht gehört hast, Hermann. Bitte, Markus, würdest du deinem tumben Bruder die Lage erläutern. Mir fehlt dazu die Geduld.«

Während Markus erklärte, erhob sich der Graf von seinem Sessel und ging im Zimmer auf und ab. Seine Schritte hallten über die Holzdielen.

»Du solltest wirklich mit dem Wein mehr maßhalten«, begann Markus.

»Hör bloß auf. Ich habe nichts gehoben. Meine Dirne konnte nur nicht an sich halten und hat die ganze Nacht geschrien, während ich es ihr besorgt habe.«

Markus verzog das Gesicht. Aber zumindest hörte er auf, ihn zu belehren, und erzählte endlich, was passiert war: »Wie auch immer. Jemand hat heute Nacht das französische Munitionslager in Siegburg in die Luft gejagt, während du deinen Gelüsten nachgegangen bist.«

»Sackerlot. Das ist ja mal eine Neuigkeit. Eine gute, oder?« Hermann Josef blickte zu seinem Vater.

»Keine gute Nachricht. Im Gegenteil.« Der Graf fasste sich an die Augenbraue.

»Aber das schwächt die Franzosen doch. Ich verstehe das nicht. Wir sollten ein Fest feiern.«

»Natürlich. Das ist ja alles, was dich interessiert. Jagen und Feiern.« Jetzt stand auch Markus auf und ging hinüber zum Grafen. »Ich weiß gar nicht, warum du ihn hast rufen lassen, Vater.«

»Schluss jetzt, Markus. Wie oft soll ich noch den Zusammenhalt der Familie predigen? Wir müssen unser gemeinsames Vorgehen absprechen. Was sagt der Prior?«

»Er sagt seine volle Unterstützung zu. Er ist auch der Meinung, dass die Franzosen eine Untersuchung fordern werden und Herzog Karl Theodor nicht umhin kommen wird, Druck auf den Landdinger auszuüben. Wir sollten alles daran setzen, eine Aufklärung zu beschleunigen.«

»Hat der Abt gehört, wie viele Opfer es gibt? Und ist jemand in Mitleidenschaft gezogen worden außer den Franzosen?«

»Es ist nur das Lager betroffen. Zwei Franzen hat es in den Tod gerissen. Die Mühle und die nahe liegenden Gebäude konnten die Siegburger retten.«

»Dann ist es eindeutig, dass Frankreich das Ziel war. Und ich bin ganz der Meinung des Priors. Proff zu Irnich wird großen Druck bekommen.«

Das linke Auge des Grafen begann zu zucken. Er rieb sich nach wie vor die Stirn. »Wir bräuchten jemanden, dem man die Schuld zuschieben kann. Falls herauskommt, dass der Adel dahintersteckt, wird ein Sturm über uns hereinbrechen.«

»Aber Vater, wieso sollte das auf den Adel zurückfallen? Ich werde mich sofort beim Landdinger präsentieren und ihm meine Dienste anbieten. Meine Jäger werden die ganze Gegend durchkämmen und den Schuldigen schon finden. Dann haben wir nichts mehr zu befürchten.« Er konnte einen wilden Eber aufspüren und einen listigen Fuchs aus dem Bau locken. Da würde so ein kleiner Feuerleger ihm nicht entkommen. So konnte er sich seinem Vater gegenüber endlich beweisen.

»Das wird nicht nötig sein, Hermann. Ich habe eine ziemlich genaue Ahnung, wer dahintersteckt. Und hättest du ein wachsameres Auge auf ihn geworfen, wie ich es dir aufgetragen hatte, dann hätte dies alles nicht passieren müssen.«

»Sie wissen, wer dahintersteckt?« Markus war wohl genauso überrascht wie er, so wie er diese Frage ausstieß und den Vater dabei mit weit aufgerissenen Augen anstarrte.

»Ist das nicht offensichtlich?« Der Graf seufzte. »Ich habe mehr von meinen Söhnen erwartet.« Als der jüngere Bruder ansetzte, darauf zu antworten, zeigte er mit seinem Finger auf ihn. »Auch von dir, Markus.«

Warum muss Vater auch immer in Rätseln sprechen? Selbst Markus kann ihm wohl gerade nicht mehr folgen. Manchmal war Hermann geradezu angewidert von diesem überheblichen Getue.

Markus kräuselte die Lippen. »Beliebt es Ihnen denn, uns an Ihrer Allwissenheit teilhaben zu lassen, geehrter Vater?«

Auch Hermann Josef war inzwischen aufgestanden, und alle drei von Hatzfelds tänzelten auf dem Teppich in der Mitte des Raumes wie die Hähne in einem dieser Kämpfe, auf die die Bauern ihr Geld setzten. Nur dass es hier keine Zuschauer gab, die sie anfeuerten. Ob wohl jemand sein Geld auf ihn, Hermann, setzen würde? Na, wohl eher als auf den Gockel in dieser schäbigen Kutte. So viel traute er sich schon zu.

Der Graf seufzte. »Wer versucht denn schon den ganzen Sommer lang, uns einen Schlag gegen die französische Garnison aufzuschwatzen?« Er ging zu seinem Sekretär und nahm einen Stapel Papiere in die Hand, die er seinen beiden Söhnen hinhielt. »Wie sind wir an diese Depeschen hier gekommen, die uns von diesem neuen Wunderjungen der französischen Armee und seinen Erfolgen in Italien berichten?«

»Sie meinen Napoleon?«, versuchte es Hermann Josef.

»Der Feldherr, ja.« Er rieb sich über den Schädel. »Aber wie sind wir in den Besitz dieser Papiere gekommen?«

Markus erstarrte. »Der Freiherr von Attenbach?«

»Ja doch.« Der Graf warf die Papiere wieder auf den Tisch.

Doch Hermann Josef verstand immer noch nicht. »Der Freiherr hat diese Papiere besorgt und ist also für die Postkutschenüberfälle verantwortlich. Das wussten wir ja bereits.«

»Ja, Junge. Nun stell dich doch nicht dümmer als nötig. Was weiter.«

»Er hat das Waffenlager in die Luft gesprengt?«

Der Graf sparte sich eine Antwort, setzte sich stattdessen wieder an sein Pult und rieb sich die Augen. »Nachdem wir das nun klargestellt haben, würde ich gern eure Vorschläge hören. Setzt euch bitte wieder her. Es ist klar, dass dies nicht das Ergebnis der offiziellen Untersuchung sein darf.«

Markus hatte wieder Platz genommen. »Das würde auf den Adel zurückfallen und als Einladung zum Gegenschlag angesehen werden.«

Der Graf nickte. »Der Schwachkopf würde damit nur das erreichen, was er eigentlich vermeiden will. Nämlich die Aufmerksamkeit der französischen Armee wieder auf uns lenken, und das, wo sie eigentlich gerade an anderen Fronten kämpfen. Es ist so unnötig, das Ganze.« Er drehte sich zu Hermann Josef, der sich ebenfalls wieder gesetzt hatte. »Deshalb hatte ich dich inständig gebeten, ein Auge auf ihn zu haben, Hermann. Aber du hast es ja vorgezogen, dich in den Armen einer Dirne zu amüsieren.«

»Vater, das ist nicht …«

»Schweig still, ich will keine Entschuldigungen hören. Mach dir lieber Gedanken, wem wir diese Tat anhängen können. Wir bräuchten einen Fremden.«

»Ich kenne da jemanden«, warf Markus ein und rutschte auf seinem Stuhl nach vorne.

»Ich höre.«

»Im Kloster beherbergen wir seit einiger Zeit einen französischen Mönch. Angeblich ist er auf der Durchreise und hat bei uns nur eine Unterkunft gesucht. Doch irgendetwas stimmt mit ihm nicht. Ich weiß noch nicht genau, was es ist. Ich bin mir aber recht sicher, dass er mit einem Schwert umzugehen vermag. Jedenfalls wäre er wohl genau der Richtige. Ein Franzose auf der Flucht vor seinen eigenen Landsleuten, der sich rächen will.«

»Ja!« Hermann Josef nickte. »Der ist mir auch schon begegnet. Ein Mönch, der Voltaire zitiert. Wirklich komischer Kerl.«

Der Graf hob die rechte Augenbraue, während seine linke fortwährend zuckte. »Das hört sich wahrlich vielversprechend an. Aber das reicht noch nicht. Wir brauchen jemanden, der bezeugen kann, dass er diesen französischen Mönch bei der Tat gesehen hat. Ganz ohne Beweise wird sich Proff zu Irnich nicht abspeisen lassen. Er hat ein geradezu tugendhaftes Rechtsempfinden.«

»Ich werde Ferdinand holen. Ich schicke ihn oft nachts hinaus, um nach Wilderern Ausschau zu halten, nach dem Vorfall bei der Jagd.«

»Was für ein Vorfall?« Der Graf wurde hellhörig.

Richtig, er hatte davon noch gar nicht berichtet. »Ich habe bei der Jagdgesellschaft einen Wilddieb erwischt. Er hatte Hasenfallen aufgestellt, im Wald bei der Mühle in Halberg. Ich hab ihn vor den Landdinger bringen lassen.«

»Der wird jetzt allerdings anderes zu tun haben. Er bekommt einen Brandstifter von uns überstellt. Dein Jagdaufseher als Zeuge ist mir allerdings zu verfänglich. Wir brauchen einen völlig unbeteiligten Mann. Wie wäre es mit diesem Verwalter von Attenbach? Den musst du doch auch kennengelernt haben. Und er wird vielleicht nicht abgeneigt sein. Schließlich würde er damit seinen Herrn aus der Schusslinie nehmen.«

»Tenhagen. Ja, den kenne ich«, sagte Hermann Josef.

»Und meinst du, du kannst ihn dazu bringen, gegen diesen Franzosen auszusagen?«

»Ja. Ich denke schon.« Er dachte an Johanna. *Da hat das Weib sich tatsächlich mal als hilfreich erwiesen.* Ihre Anschuldigungen gegenüber dem Verwalter konnte er hervorragend als Druckmittel gegen ihn verwenden. »Er scheint dem ein oder anderen Schluck Wein nicht abgeneigt zu sein. Mit einem kleinen Geschenk lässt sich wohl vieles regeln.«

»Also gut, so ist es dann beschlossen.« Der Graf erhob sich wieder. »Du, Markus, gehst zum Landdinger und präsentierst ihm deinen Verdacht. Ihr werdet diesen Mönch dann gemeinsam verhaften. Du, Hermann, gehst zu diesem Tenhagen und überzeugst ihn, eine Aussage vor dem Landdinger zu machen. Damit hätte Proff zu Irnich erst einmal genug Grund, den Verdächtigen festzuhalten.«

Auf ihrem Weg die Treppen hinunter sprachen die ungleichen Brüder kein Wort miteinander. Als sie den Hof erreichten, erschallte die Glocke der Schlosskapelle und läutete die neunte Stunde des Tages ein. Hier trennten sich ihre Wege, ohne dass sie auch nur einen Blick gewechselt hätten.

41.

Tenhagen war nicht zurückgekommen. Stundenlang hatten sie alle gemeinsam in der Küche gehockt, Tee getrunken und waren bei jedem kleinen Geräusch aufgeschreckt. Zwar waren die Explosionen nicht wiedergekehrt und nach und nach hatte auch der helle Schein, der über Siegburg gelegen hatte, nachgelassen. Aber die Unruhe war nicht gewichen.

Irgendwann hatte Sigrid alle ins Bett geschickt. Doch obwohl Johanna erleichtert gewesen war, endlich von Gudruns Schluchzen verschont zu werden – die Magd hatte sich mehr und mehr in die Sorge um ihren Mann hineingesteigert –, fand sie keinen Schlaf. Sigrids starker schwarzer Tee war sicherlich ein Grund dafür. Vielmehr aber waren es die Sorge und Ungewissheit, die auch sie belasteten. Sie glaubte zwar nicht mehr daran, dass es einen Angriff der Franzosen gab, aber dennoch sorgte sie sich um Henri. Sie würde sich erst beruhigen, wenn sie ihren Geliebten wieder sehen und spüren konnte.

Den Rest der Nacht hatte sie daher in unruhigem Halbschlaf verbracht, von wilden Träumen durchzogen. Als sie erwachte, war sie sich nicht sicher, überhaupt geschlafen zu haben. Sie spürte jeden Knochen in ihrem Körper und ihre Augen konnte sie kaum offen halten.

Nun stand sie vor dem Spiegel, sah dicke Ringe unter ihren Augen. Das um die Brust enge Reitkleid zwackte sie, und ihre Haare hingen strähnig herab. Sie bürstete sie durch, band sich einen Zopf, den sie schließlich zu einem Dutt formte. Die Anhörung von Thomas war heute früh angesetzt. Aber zuvor wollte sie Henri treffen, um sich mit ihm zu besprechen.

Die Aussicht, Henri zu sehen, brachte sie auf Trab. Sie hastete die Treppe hinunter. Vielleicht war Tenhagen ja auch inzwischen zurück.

Sie betrat die Küche. Sigrid zog bereits wieder Brote aus dem Ofen.

»Ist er zurück?«

Die Köchin zuckte zusammen, und fast fiel ihr ein Brot vom Scheffel. »Johanna, um Himmels willen, immer so stürmisch. Und nein, niemand ist gekommen. Weder Ihr Vater noch Horst Tenhagen.« Sie legte das Brot in ein Holzregal und führte den Scheffel erneut in den Ofen.

»Und du, Sigrid? Hast du denn überhaupt keine Nachtruhe gehabt?«

»Ach, ich hätte doch keinen Schlaf finden können.«

Johanna knetete ihre Augen. Sie fühlte sich wie erschlagen und bewunderte die Energie der Köchin. Die Glocke der Standuhr aus dem Salon erschallte. Neun Schläge. Johanna musste sich sputen, um pünktlich am Treffpunkt zu sein.

»Sigrid, ich muss zur Anhörung von Thomas. Vielleicht erfahre ich da auch etwas über heute Nacht. Hältst du noch ein wenig durch, bis ich zurück bin?«

»Ja, natürlich. Aber ich lasse Sie nicht aus dem Haus, ohne einen Bissen zwischen den Zähnen. Für ein Brot mit frischer Marmelade muss noch Zeit sein.«

»Frische Marmelade? Sag bloß, die hast du auch noch gemacht?«

»Na, irgendwie musste ich mir ja die Zeit vertreiben. Und die restlichen Brombeeren mussten verarbeitet werden.« Sie ging zum Regal und nahm ein Glas heraus. Johanna sah, dass bestimmt zehn neue Gläser hinzugekommen waren.

Die Köchin schnitt von dem frischen Brot ab, beschmierte es dick mit Butter und Marmelade.

»Ach, Sigrid. Was würden wir nur ohne dich anfangen?« Johanna ging zu ihr hinüber und umarmte die gute Seele des Hauses. »Du bist die Beste.«

»Ach was.« Die füllige Frau winkte ab. Stattdessen reichte sie Johanna eine dicke Stulle Brot mit frischem Aufstrich.

Dankbar biss Johanna hinein. Sie hatte gar nicht bemerkt, wie hungrig sie war. »Köstlich.«

»Heute ist also die Anhörung von Thomas?«

»Ja, um elf. Vorher wollen wir besprechen, wie wir Thomas helfen können.«

»Wir?« Die Köchin sah Johanna fragend an, während sie sich die Hände an einem Küchentuch abwischte.

Johanna blickte zu Boden, einen Moment lang verunsichert. Sie musste wirklich vorsichtiger sein, mit dem, was sie sagte.

»Ja, Apotheker Katen hat mir seine Hilfe zugesagt.« Sie zögerte, aber es fiel ihr kein Grund ein, warum sie nicht die Wahrheit sagen sollte. Sie musste ja nur ein paar Details weglassen. »Und der Mönch aus Bödingen, dem wir es überhaupt zu verdanken haben, dass Thomas noch lebt, weil er zur rechten Zeit am rechten Ort war.«

»Ein Mönch aus Bödingen? Doch nicht etwa der fromme Bruder von Hatzfeld?«

»Doch nicht der, Sigrid!« Johanna lachte auf, »Der Franziskaner-Mönch ist ein Gast im Kloster. Aber ich habe dir doch davon erzählt.«

»Von Thomas und dem düsteren Grafensohn, ja. Aber von einem Franziskaner, der im Kloster zu Gast ist, höre ich jetzt zum ersten Mal.«

»Na, wie dem auch sei. Jedenfalls hat Henri auch seine Hilfe zugesagt.« Ihre Augen wurden für einen Moment groß und sie nahm schnell noch einen weiteren Biss von dem Marmeladenbrot. Vielleicht hatte Sigrid es ja nicht bemerkt.

»Henri, hm. So nennt sich dieser Mönch also.«

Natürlich war Johannas vertrauter Umgang mit dem Namen des Mannes der Köchin nicht entgangen. »Ja, so heißt er. Bruder Henri. Er ist gut bekannt mit dem Bruder Ignatius.«

»So, so.«

Johanna stopfte sich den Rest des Brotes in den Mund.

»Wo ist denn bloß der Tenhagen abgeblieben? Der kann was erleben, uns so warten zu lassen.«

»Dafür wird schon die Gudrun sorgen.« Sigrid schmunzelte und wandte sich wieder ihrer Arbeit am Ofen zu.

»Da bin ich mir nicht sicher. Hat dir Gudrun eigentlich mal etwas erzählt über ihn?«

»Habe ich ja schon gesagt, dass das mit dem Trinken immer schlimmer wird. Ich kann mir auch schon vorstellen, wo der Kerl abgeblieben ist. In der Dondorfer Kneipe treibt er sich mit Vorliebe rum in letzter Zeit.«

»Und hat sie auch mal erzählt, dass …«, Johanna zögerte, »dass er sie oder Karl angerührt hat?«

Sigrid hörte unvermittelt auf, den Ofen auszukehren, und drehte sich zu Johanna um. »Wie bitte? Schlägt er sie etwa?«

»Ich fürchte ja. Aber sag ihr nicht, dass ich dir das erzählt habe. Seitdem ich es weiß, kann sie mir nicht mal mehr in die Augen blicken.«

Die Köchin schien ihre letzten Worte gar nicht mehr gehört zu haben. Sie schüttelte den Kopf. »Das kann nicht sein. Das ist das Trinken.«

»Hab einfach ein Auge auf die beiden, ja?«

»Das werde ich.« Sie wandte sich wieder zum Ofen, murmelte aber weiter in sich hinein: »Kann ich nicht glauben. Warum erzählt mir Gudrun denn nichts?«

Johanna stopfte das letzte Stück ihres Brots in den Mund und spülte den Bissen mit einem Schluck Tee hinunter. »Ich muss los, sonst verpasse ich ihn noch.«

Das ließ die Köchin wieder aufblicken. »Den Mönch?«

»Ja, Sigrid. Den Mönch.« Johanna verzog das Gesicht.

»Liegt dir vielleicht noch etwas auf der Seele, was du mir sagen möchtest?«

Sigrid war hartnäckig, dass musste man ihr lassen. Nicht einmal der Streit der Tenhagens hatte sie auf eine andere Fährte gelockt. Aber so sehr sich Johanna danach sehnte, sich der guten Seele anzuvertrauen, dazu war die Zeit noch nicht reif.

»Was du wieder denkst.« Sie erhob sich vom Schemel und verschwand schnell aus der Küche und fort von den wachsamen Augen der Köchin.

Der Hof lag verlassen da. Im Stall begrüßte nur Argos sie mit dem Schütteln seiner Mähne. Weder das Pferd ihres Vaters noch die Stute, die normalerweise den Einspänner zog, waren da. Mit der lammfrommen Martha war der Verwalter in der Nacht fortgeritten und noch nicht wieder zurückgekehrt. Heute mussten Henri und sie also gemeinsam auf Argos nach Blankenberg reiten. Es hatte auch etwas Gutes. So konnte sie ihn bald ganz nah bei sich haben und seine wärmende Umarmung spüren, ohne zu großes Aufsehen zu erregen.

Mit geübten Griffen sattelte sie ihr Pferd und ritt zur Anlegestelle hinunter.

Alles war ruhig. Selbst der Fluss schlug kaum Wellen. Das Fährboot lag unberührt auf der anderen Uferseite. Sehnsüchtig blickte sie hinüber und erwartete die Ankunft ihres Geliebten. Doch außer ein paar Enten, die kwakend und platschend auf dem Fluss landeten und die Stille durchbrachen, näherte sich niemand.

»Hm, Argos, heute lässt sich unser Freund aber Zeit.« Sie strich dem Pferd über die Mähne. »Du magst ihn doch auch, oder?« Das Pferd schnaubte. Johanna nahm es als Zustimmung. Langsam wurde sie aber unruhig. Henri wollte ihr vor der Anhörung noch berichten, ob die Heuser-Söhne Thomas' Unschuld bezeugen konnten und auch bereit wären, für ihn auszusagen. Nun, er würde es ihr auf dem Pferderücken ins Ohr flüstern müssen, wenn sonst keine Zeit mehr blieb. Dann aber ertönte die Kirchenglocke aus Blankenberg. Schon kurz vor elf! Und noch immer nichts von Henri zu sehen. Es half nichts, sie musste los. Thomas brauchte sie jetzt.

Aber ein ungutes Gefühl machte sich in ihr breit. Hoffentlich war ihm nichts passiert. Er würde sie und den Jungen nicht ohne Grund im Stich lassen. Nicht nach Halberg.

Sie saß auf und warf noch einen letzten Blick zurück. Niemand war zu sehen.

In Blankenberg erwartete sie schon vor der Tür zur Amtsstube eine Überraschung. Nicht der Schimmel aus von Hatzfelds Zucht überraschte. Sie hatte nach seinem Auftritt beim Ball nicht mehr daran gezweifelt, dass Hermann Josef die Anklage gegen Thomas höchst persönlich vorbringen würde. Aber neben dem weißen Hengst, der vor dem Stall der Amtsstube angebunden war, stand die gute Martha! Sie ritt zum Stallgebäude, das nur aus einem offenen Holzverschlag bestand, und sprang ab. Ein Bursche kam ihr aus der hinteren Ecke entgegen, um ihr Argos abzunehmen. Ein Strohhalm steckte ihm noch im Haar. Sie übergab dem Jungen Argos Zügel.

»Wer ist mit der Schecke hier, Junge?«

»Kenn ich nicht, den Mann. Ist zusammen mit Herrn von Hatzfeld hier angekommen«, antwortete er mürrisch.

Tenhagen zusammen mit von Hatzfeld? Was geht hier vor? »Danke. Mein Pferd braucht nichts. Aber gib der Schecke etwas zu saufen. Sie sieht durstig aus.«

»Mach ich.«

Johanna ließ die Pferde zurück und ging zur Amtsstube. Sie warf noch einen Blick zurück über den Marktplatz. Auch wenn sie wusste, dass Henri es ohne Pferd so schnell nicht hierher schaffen konnte. Sie klopfte, und kurz darauf öffnete ihr ein hoch gewachsener Amtsdiener die Tür. Er schaute auf Johanna hinunter. »Was können wir für Sie tun, Gnädigste?«

»Ich komme zu spät. Ich hoffe, die Anhörung von Thomas Pauls hat noch nicht begonnen?«

»Und wer begehrt das zu wissen?«

»Ich bin Johanna von Attenbach und vertrete die Angelegenheiten von Thomas Pauls. Wenn Sie mich also bitte vorlassen würden. Ich bin geladen und habe mich nur etwas verspätet.«

Der Mann schürzte die Lippen. »Tut mir leid, aber die Anhörung des Wilderers ist verschoben worden.«

»Aber der Herr von Hatzfeld ist doch bereits da. Er bringt die Anklage vor.«

»Ja schon. Aber nicht deshalb. Wenn Sie bitte in der Stube warten wollen, Fräulein. Ich werde Sie rufen, wenn die Verhandlung Pauls' ansteht.«

»Aber es ist elf, und ich bin geladen. Bitte lassen Sie mich vor.« Sie reckte sich. Versuchte an dem Mann vorbei einen Blick in den Verhandlungssaal zu erhaschen. Aber hinter ihm erstreckte sich lediglich ein Flur mit mehreren Türen. Sie konnte nicht ausmachen, welche davon zum Gerichtssaal führte.

»Auch an den Vorfällen der Nacht bin ich interessiert. Schließlich ist es unser Verwalter, der dort offenbar etwas vorzubringen hat?« Sie sagte es ins Blaue hinein, aber wenn sich das wirklich als wahr erweisen sollte, überspannte Tenhagen seine Befugnisse. Er hätte zuerst seine Dienstherren informieren müssen, was immer er herausgefunden hatte.

»Ich fürchte, Ihr Vater hätte einen Anspruch darauf, gehört zu werden. Ihnen kann ich es nicht gestatten.« Er wies ihr stattdessen den Weg zur Wartestube, die nach links vom Gang abzweigte.

Sie machte keine Anstalten, seinen Anweisungen zu folgen. Sie musste ihn irgendwie überzeugen. Erst vor Kurzem war sein Dienstherr vom Herzog in den Reichsfreiherrenstand erhoben worden. Der Adelstitel ihrer Familie war bei Weitem der ältere. Sie musste versuchen, ihn einzuschüchtern, damit er darüber hinwegzusah, dass sie eine Frau war.

»Mein Vater ist aber nicht da, und ich kann es wohl kaum erlauben, dass ein Bürgerlicher die Angelegenheiten unserer Familie vertritt, werter Herr – wie war noch gleich Ihr Name?«

»Walterscheid.« Immerhin hatte er seinen Arm gesenkt, der die ganze Zeit über auf die geöffnete Tür gezeigt hatte. Aber er stand weiterhin stoisch im Gang und versperrte den Weg zum Gerichtssaal.

»Also, Herr Walterscheid, sicherlich könnte ich erst eine Depesche zum Kurfürstlichen Hof schicken, doch es scheint mir, so lange kann die Angelegenheit nicht warten.«

Er kniff die Augen zusammen und blickte zu ihr hinunter. Der Moment schien ewig zu dauern. Sie hörte ihn praktisch denken.

»Das wird sicher nicht notwendig sein. Kommen Sie doch mit. Die Amtsstube liegt in dieser Richtung.« Er ging voran.

Johanna schickte einen leisen Gruß zu ihrem alten Hauslehrer. Er hatte sie immer belehrt, wie wichtig die Kenntnis der örtlichen politischen Ränkesysteme war. Einmal hatte sie ihm an den Kopf geworfen, dass es doch für sie als Frau völlig nutzlos sei, von solchen Dingen etwas zu wissen. Er hatte ihr geantwortet, man müsse sich damit gerade als Frau oder als Mann von geringem Stand auskennen. Mangelnder Einfluss ließe sich nur durch einen Überfluss an Wissen wettmachen. Wenn das alles hier vorbei war, würde sie Thadaeus einen langen Brief schreiben.

Der Amtsdiener geleitete sie in den Saal. Zuallererst sah sie Thomas auf einer Bank hocken. *Also findet die Anhörung doch statt!* Gerade wollte sie protestieren, als Hermann Josef von Hatzfeld, der bei ihrem Eintreten kurz verstummt war, seine Rede wieder aufnahm.

»Herr Proff zu Irnich. Kann ich trotzdem fortfahren? Es kann nicht mehr lange dauern, und Sie wären schon im Bilde.«

Proff zu Irnich saß an der Stirnseite des Raumes hinter einem mächtigen Tisch und wiegte den Kopf. Thomas, rechts davor, sackte immer tiefer in seine Bank. Und in erster Reihe auf einem Stuhl hockte Tenhagen zusammengekauert. *Schläft der etwa?* Ein Arm hing ihm schlaff herunter, und erst als von Hatzfeld seine Worte mit einem Schlag auf das Stehpult untermalte, zuckte er zusammen und richtete sich auf. *Nein, der schläft nicht. Der ist besoffen!*

Der Landdinger räusperte sich. »Also gut.«

Von Hatzfeld fuchtelte mit den Händen. »Wie schon gesagt, hat der Graf mich vorausgeschickt, um die Lage zu erklären. Glücklicherweise haben wir bereits den Schuldigen gefunden. Er wurde in flagranti erwischt, wie er versuchte, nach dieser schrecklichen Tat zu entkommen, und dieser Mann hier …«, er zeigte auf Tenhagen. Der sprang plötzlich auf und wäre dabei zu Boden gefallen, hätte ihn von Hatzfeld nicht am Ärmel gepackt. »Also, dieser Mann hier, Horst Tenhagen, Verwalter auf Gut Attenbach, kann das bezeugen.«

Johanna blickte mit offenem Mund von einem zu anderen.

Von Hatzfeld rüttelte an Tenhagens Arm. »Sprechen Sie, Mann.«

Der straffte sich und versuchte, seine schwere Zunge in den Griff zu bekommen. »Jaawojll, Herr. Jenau so war's jewesen.«

Der Landdinger ergriff das Wort. »Herr von Hatzfeld. Ich glaube der Herr Tenhagen sollte erst einmal wieder bei klarem Kopf sein, bevor ich eine Aussage aufnehmen kann. Ich schlage vor, wir verschieben diese Sache und lassen den jungen Pauls hier nicht länger warten. Das Fräulein Johanna ist jetzt ja auch anwesend, sodass wir uns dem Vorwurf der Wilderei widmen sollten, der da im Raume steht.«

Thomas winkte zaghaft zu ihr herüber, und ein Lächeln huschte über sein Gesicht. Johanna nickte ihm zu und bemühte sich gleichzeitig das Gehörte zu verstehen. Sie reckte ihren Kopf nach oben und versuchte etwas von dem immer noch neben ihr stehenden Amtsdiener zu erfahren.

»Was ist denn überhaupt geschehen? Geht es hier um die Explosionen von heute Nacht?«

Er neigte sich zu Johanna runter und flüsterte: »Ja, ein Waffenlager der Franzosen in Siegburg ist vollständig abgebrannt. Zwei Tote. Offenbar ein Anschlag, wie der Herr von Hatzfeld berichtet hat. Und den Schuldigen haben sie auch schon dingfest gemacht.«

Johanna keuchte. Wer würde denn so etwas tun? Und der Tenhagen als Zeuge. Das konnte ja gar nicht sein. Er war doch erst nach dem Anschlag aufgebrochen! Johanna musste das sofort richtigstellen. Wenn der Tenhagen sich jetzt auch noch einer Falschaussage schuldig machte. Doch von Hatzfeld kam ihr dazwischen.

»Herr Proff zu Irnich. Mit Verlaub. Aber diese Angelegenheit ist dringlicher. Mein Vater hat umgehende Nachricht an den Herzog geschickt.«

»Ja, natürlich. Das streite ich ja gar nicht ab. Aber mir fehlt momentan noch ein Angeklagter. Oder wollen Sie dafür auch noch den Jungen verantwortlich machen, Herr von Hatzfeld?«

Thomas zuckte zusammen.

Hermann Josef antwortete: »Wie ich schon sagte, wird Ihr Sohn sicherlich bald mit dem Schuldigen hier auftauchen.«

»Wie dem auch sei. So lange schlage ich vor, verhandeln wir …«

Die Tür zum Saal öffnete sich. Der Sohn des Amtmanns betrat den Raum. Hinter sich her – in Ketten – zog er einen Mann. Johanna sah die braune Kutte und das pechschwarze Haar, das ihm schweißnass in die Stirn hing. Sie schlug die Hände vor den Mund, um nicht aufzuschreien. Es war Henri!

42.

SCHON AM FRÜHEN MORGEN war Thomas mit einem mulmigen Gefühl im Magen aufgewacht. Da waren zum einen die Explosionen in der Nacht gewesen, die ihn unsanft geweckt hatten. Würde die französische Armee wieder hier durchziehen? Wenn ja, musste er nach Hause. Reinhard würde jede Hand brauchen, und er war hier zur Untätigkeit verdammt.

Dann kehrte die Stille zurück. Und bald stand seine Anhörung bevor. Früher hatte er immer gelacht, wenn seine Schwester Irmgard von Vorahnungen und bösen Omen geredet hatte. Jetzt, allein in der Kammer, in die man ihn gesteckt hatte, war er nicht mehr sicher, dass es so etwas nicht gab. Diese dumpfen Schläge der Nacht waren ihm jedenfalls durch Mark und Bein gezogen. Sie taugten sehr gut dazu, ein Grummeln in seinem Bauch hervorzurufen. Und das kam nicht vom Hunger.

Die Magd des Amtmannes war gut zu ihm gewesen und hatte ihn reichlich mit Essen versorgt. Überhaupt war seine Kammer hier größer als die daheim. Auch wenn er die seit dem Auszug seiner Schwestern nicht mehr mit dem Bruder teilen musste. Aber hier war die Tür verriegelt. Das machte die Kammer so viel kleiner.

Es war nicht recht. Es waren nur zwei Hasen gewesen, die er in der ganzen Zeit der Lese hatte fangen können. Nicht mal im Traum würde der Graf die vermissen. Und seine Familie litt Hunger, während die Edlen dicke Wildschweine und Fasane auf den Tisch bekamen.

Nein, es war nicht recht, dass er hier eingesperrt war. Das hatte Johanna auch gesagt. Sie und der Franzose würden ihm helfen, dass er wieder nach Hause konnte.

Warum war dann dieses komische Gefühl in seinem Bauch? Irmgard hatte so eine Vorsehung damals kurz vor dem Tod des Vaters gehabt. Hatte ihr auch der Bauch gegrummelt?

Seine düsteren Gedanken wurden von dem Knirschen unterbrochen, das das Öffnen der schweren Holztür seiner Gefängniskammer mit sich brachte. Dieses Geräusch war ihm in den letzten zwei Tagen vertraut geworden. Es war verbunden mit einer Mahlzeit und vor allem mit ein wenig Gesellschaft durch Susanna. Die Magd des Amtmanns. Sie war gar nicht viel älter als er selbst und eine Waise, die deshalb schon in jungen Jahren für sich selbst sorgen musste. Der Amtmann und dessen Frau hatten sie vor einem Jahr aufgenommen, und seitdem arbeitete sie als Magd im Haus. Was Thomas nicht wusste, war, dass Johanna dem Mädchen am Tage als sie ihn beim Amtmann abgeliefert hatte, ein paar Silbergroschen zugesteckt hatte. Aber nicht nur das veranlasste Susanna, gut zu dem Jungen zu sein. Sie mochte die Gesellschaft von Thomas. Es war für sie die einzige wirklich freie Zeit des Tages. Und sie genoss es mit einem fast Gleichaltrigen zu plaudern. So blieb sie regelmäßig bei ihm, bis er seine Mahlzeit aufgegessen hatte. Und auch an diesem Morgen begrüßte Susanna den Jungen mit einem Lächeln. Sie schloss die Tür hinter sich, stellte die Mahlzeit, die sie mitbrachte, auf einem Schemel ab und setzte sich zu Thomas aufs Lager.

»Hast du auch den Kanonendonner gehört, heute Nacht? Ich hatte solche Angst. Ich dachte, die Franzmannen sind zurück.«

»Was ist denn passiert?«

»Weiß nicht genau. Der Landdinger war schon früh auf, hat nicht mitgefrühstückt, sondern Berichte entgegengenommen. Der Amtsdiener kommt aus Stein und stand als

Erster vor der Tür, um zu berichten. Frau Proff zu Irnich erzählte es uns dann.«

»Was denn, sag schon, ich hab fast gar nicht mehr schlafen können nach dem Krach.« Thomas rieb sich die Augen.

»Ja, schon gut. Also, hör mir auch zu. Und sieh mich an, wenn ich mit dir rede.« Sie stubste ihn an. Thomas verzog das Gesicht.

»Ja, Mutter.« Er grinste.

Susanna streckte ihm die Zunge raus.

»Jetzt hör schon zu. Es hat wohl einen Brand in Siegburg gegeben. Ein Lager der Franzosen oder so. Aber die gnädige Frau sagte, wir brauchen uns nicht fürchten. Für uns besteht keine Gefahr.«

»Kanonenfeuer hört sich anders an, ich hab mich nicht gefürchtet«, sagte Thomas.

»Dafür siehst du aber miserabel aus heute Morgen. Doch ich hab was, um dich aufzumuntern.« Sie nahm das Tablett vom Schemel. »Schau, frische Brotstullen mit Käse und Schinken.« Sie reichte Thomas den Teller. »Und dazu warme Milch mit Honig. Na, was sagst du?«

»Danke«, antwortete Thomas, doch die Freude, die er normalerweise beim Anblick von gutem Essen hatte, wollte sich nicht recht einstellen, sodass er nur ein gequältes Lächeln auf seine Lippen brachte. Der Käse roch richtig gut, und der Schinken erst. Richtig dicke Scheiben lagen auf dem dunklen Brot. Heute jedoch bekam er kaum einen Bissen herunter, und nur, um Susanna nicht zu enttäuschen, würgte er das Frühstück hinunter.

»Hab keine Angst, Thomas. Es wird schon alles gut gehen. Ich weiß, heut ist deine Verhandlung. Aber der gnädige Herr hatte, bevor die Nachrichten aus Siegburg kamen, eine fröhliche Miene aufgezogen. Und das hat er nie, wenn er jemanden verurteilen will. Er ist ein gerechter Mann. Mach dir keine Sorgen.« Sie stupste ihn an. Und Thomas ließ sich ein wenig von der Zuversicht des Mädchens anstecken. Die Honigmilch tat ihr übriges. Die Süße und die Wärme vertrieben sogar das Grummeln in seinem Bauch. Solch etwas Gutes hatte er zuletzt bekommen, als er einen schlimmen Husten hatte und seine Mutter den Honig von Johanna als Medizin bekommen hatte.

»Ist Jo schon da?«, fragte er. Wenn er ihr Gesicht sehen konnte, würde es ihm bestimmt noch besser gehen.

»Wenn du das Fräulein von Attenbach damit meinst, nein. Es ist erst neun. Bis zur Anhörung ist es ja noch Zeit.«

»Warum bist du eigentlich immer so nett zu mir?«, platzte es aus ihm heraus.

»Na, gefällt dir das etwa nicht?«

»Doch, natürlich. Aber ich bin ja hier als ein Übeltäter.« Er senkte den Kopf.

»Ach, wenn du wüsstest, was ich schon alles gemacht habe, bevor mich der Herr Proff zu Irnich bei sich aufgenommen hat.«

»Echt?« Er traute sich, sie wieder anzublicken. »Aber du bist bestimmt nie deshalb angeklagt worden.«

»Oh doch. Was glaubst du, wie ich in den Haushalt des Amtmanns gekommen bin? Ich hatte einen Laib Brot gestohlen. Aber ich war nicht schnell genug, und der Bäcker hat mich erwischt und vor den Landdinger gebracht. Doch statt mich zu verurteilen, hat der Proff zu Irnich mich aufgenommen!«

Thomas schwieg. Er schöpfte Hoffnung. Zum Henker mit Vorahnungen! Das war etwas für seine Schwester, er war doch schon fast ein Mann.

»Du siehst, er ist ein guter Mann. Ich bin mir ganz sicher, er wird dich auch frei lassen.«

»Ja, vielleicht hast du recht.«

»Oh, jetzt muss ich aber wieder gehen.« Susanna sprang auf, nahm das leere Geschirr von Thomas entgegen und ließ den Jungen mit seinen Gedanken allein zurück.

Nach einer ihm ewig erscheinenden Zeit, hatte ihn dann der Amtsdiener abgeholt. Der Mann war enorm groß gewachsen. Er überragte bestimmt sogar den Christian Heuser um Kopfeslänge. Gesprochen hatte er nicht, sondern ihn regelrecht in das Amtszimmer geschoben. Als ob man nicht mit ihm sprechen könnte. Er würde kaum abhauen. Wohin sollte er, außer nach Haus? Er musste sich auf eine Bank setzen. Der Proff zu Irnich kam kurz darauf ebenfalls und setzte sich hinter sein mächtiges Pult. Er würdigte ihn keines Blickes, sondern grub sich in Papiere ein. Auch suchte Thomas vergeblich nach der fröhlichen Miene des Mannes, von der Susanna erzählt hatte. Mit jeder Minute, die verging, drängten sich wieder dunkle Vorahnungen nach vorn und Thomas rutschte unruhig auf der harten Bank hin und her. Der Amtsdiener hatte sich ihm gegenüber vor der Eingangstür des Saals postiert und starrte mit dumpfem Blick in den weiten Raum hinein.

Die Tür sprang auf. Der Amtsdiener musste einen Satz nach vorn machen, um zu vermeiden, dass die Klinke sich ihm in den Rücken bohrte.

»Was? Wer kommt unangemeldet hier herein?«, rief er nachdem der erste Schrecken von ihm abgefallen war. Seine Hand hielt er am Schwert, das ihm am Hosenbund hinabbaumelte.

»Wohl kaum unangemeldet, Mann. Wenn auch in einer anderen Angelegenheit.«

Thomas' Ankläger, der Sohn des Grafen von Hatzfeld, hatte den Saal betreten.

Er legte seine Hand auf eine ihm aus dem Hosenbund

ragende Pistole, als er den Amtsdiener passierte. »Das Schwert lassen Sie besser stecken«, spie von Hatzfeld dem Mann entgegen.

Als Thomas die Pistole sah, sank er in sich zusammen. Er hatte im Wald gemerkt, wie locker dem Grafensohn die Waffe in der Hand lag. Er drückte sich so tief wie möglich in die Bank. Der Amtsdiener protestierte wortlos und ließ seinen Blick fragend zwischen dem Landdinger und von Hatzfeld hin und her wandern. Noch bevor Proff zu Irnich ihm Anweisungen geben konnte, öffnete sich die Tür erneut, und der Verwalter von Attenbachs fiel mit der Tür in den Saal. Walterscheid reagierte schnell und fing den Mann auf.

»Daaanke aauch. Janz schöön uuneben der Boden.«

Thomas beobachtete das Ganze starr wie die Eisschicht auf einem Wassereimer im Winter. Wenn er nur ganz still war, würden sie ihn vielleicht einfach vergessen. Jedenfalls richtete sich die Aufmerksamkeit aller nun erst einmal auf den Tenhagen. Der war sturzbesoffen. Warum war der überhaupt hier? Thomas hoffte nicht, dass Johanna den Kerl zu seiner Verteidigung geschickt hatte. Das würde sie doch nicht tun. Nicht nachdem der sie hintergangen hatte.

»Was ist denn bitte schön hier los? Von Hatzfeld erklären Sie sich. Warum schleppen Sie mir den Mann hier an?« Der Landdinger war aufgestanden.

»Ein wichtiger Zeuge, Herr Proff zu Irnich. Wenn es auch zurzeit nicht den Anschein hat.« Er blickte zurück zu dem Mann, der sich nur durch die Unterstützung des Amtsdieners auf den Füßen hielt, wie es schien. Mehrfach langte Tenhagen zu den Schultern des hoch gewachsenen Mannes hinauf, um sofort wieder abzugleiten. Der Amtsdiener fasste ihn am Unterarm und hielt ihn fest.

»Heute Nacht war er bei klarem Verstand und hat alles gesehen.« Von Hatzfeld ließ sich nicht beirren.

»Was kann er denn heute Nacht bitte gesehen haben, was den vorliegenden Fall betrifft? Diese Nacht hat der Thomas Pauls hier in seiner Zelle verbracht. Das kann ich höchst selbst bezeugen.« Der Landdinger deutete auf den Jungen.

Zum ersten Mal schien ihn jemand zu bemerken, doch obwohl die Augen von Hatzfelds voller Hass aufblitzten, als er des Jungen ansichtig wurde, ruhte sein Blick nur kurz auf ihm. »Der Wilddieb muss warten, Herr Landdinger. Der Graf schickt mich, Ihnen Neuigkeiten zum Überfall in Siegburg zu bringen. Wir haben den Übeltäter erwischt, und dafür steht der Herr Tenhagen als Zeuge zur Verfügung.«

»So? Dann will ich Sie anhören. Walterscheid, führen Sie Herrn Tenhagen bitte auf den Stuhl hier vorn. Der Mann kann ja kaum stehen.«

Der Amtsdiener stützte Tenhagen und platzierte ihn auf einen Stuhl unmittelbar vor dem Pult des Landdingers.

Von Hatzfeld blieb stehen und ergriff erneut das Wort: »Wenn ich also beginnen darf zu berichten, was überhaupt geschehen ist.«

»Das hat Ihr Bruder schon getan, als er heute Morgen hier war. Kommen Sie zur Sache.« Proff zu Irnich strich über die Papiere vor sich. »Erklären Sie mir bitte erst einmal, was genau dieser Verwalter bezeugen soll. Warum sind Sie hier, wenn es nicht um die angesetzte Anhörung geht?« Er klopfte auf die Papiere.

»Das wollte ich ja gerade sagen. Wir haben den Schuldigen für den Anschlag auf das Waffenlager ausfindig machen können und …«

Eine Glocke ertönte und unterbrach von Hatzfeld.

»Was denn jetzt? Das geht ja heute zu wie in einem Taubenschlag.« Proff zu Irnich hieß Walterscheid an, die Eingangstür zu öffnen.

»Ah, das wird Ihr Sohn sein«, sagte von Hatzfeld. »Das sollten wir abwarten, denn dann haben Sie auch Ihren Angeklagten.«

»Na, das wird sich zeigen.«

Gebannt richteten sich alle Augen auf die Tür. Aber nicht der Sohn des Landdingers betrat den Raum, sondern der Amtsdiener gefolgt von Johanna.

Endlich, dachte Thomas. Wenn von Hatzfeld nicht eine andere Sache vorgebracht hätte, wäre seine Verteidigerin bestimmt zu spät gewesen und er längst verurteilt. Jetzt musste er dem von Hatzfeld wohl noch dankbar sein, dass er hintenangestellt worden war. Thomas lächelte Johanna jedenfalls erleichtert zu. Von Hatzfeld aber schien tatsächlich jemand anderen erwartet zu haben. Denn genervt bat er erneut um das Wort.

»Herr Proff zu Irnich. Kann ich trotzdem fortfahren? Es kann nicht mehr lange dauern, und Sie wären schon im Bilde.«

Es folgte eine Unterhaltung, der Thomas nicht mehr recht folgen konnte. Er bemühte sich vergeblich Johannas Aufmerksamkeit zu erlangen und winkte zu ihr hinüber. Doch sie unterhielt sich mit dem langen Walterscheid. Warum kam sie denn nicht zu ihm herüber? Er fühlte sich auf seiner Bank völlig allein, obwohl der ganze Raum voller Menschen war.

Thomas schreckte aus seinen Gedanken auf, als sich die Tür zum Saal erneut öffnete. Diesmal war es der Sohn des Landdingers. Aber wen führten er und Pater Markus aus Bödingen denn dort nun herein, und das in Ketten? Das musste ja ein ganz übler Bandit sein. Vielleicht der berüchtigte Postkutschenräuber, der seit einiger Zeit sein Unwesen trieb. Aber nein, das war doch der französische Mönch! Henri. Sein Retter. All seine Hoffnung verschwand. Wenn sie einen ehrwürdigen Pater verhafteten und vor den Landdinger schleiften, was würden sie dann mit ihm anstellen? Thomas sprang auf. Setzte sich wieder, als der Franzose zu ihm blickte. Der hielt ihn mit seinen Augen fest, so als ob er bei *ihm* Hilfe suchte! Auch als der Sohn des Landdingers Henri nach vorne zerrte und von Hatzfeld ihn von der anderen Seite hielt, riss der Blick zu Thomas nicht ab.

»Was hat das zu bedeuten?« Johanna trat nach vorn. Sie stellte sich vor das Pult des Landdingers und blickte Hermann Josef von Hatzfeld im Vorbeigehen an, also ob sie ihn töten wollte. »Proff zu Irnich, können Sie mir erklären, was vor sich geht? Dieser Mann ist hier auf mein Geheiß, um mir bei der Verteidigung von Thomas Pauls zu helfen. Ich habe Ihnen doch davon berichtet. Warum ist er in Ketten?«

Statt des Amtmanns antwortete von Hatzfeld: »Verteidigung, ha! Ein Verbrecher ist das. Und da bedenke man, dass ich mich von diesem Kerl habe überreden lassen, von dem Wilddieb abzulassen. Sie haben einen merkwürdigen Umgang, wenn ich das nebenbei bemerken darf, Gnädigste.«

Der Amtmann schlug auf den Tisch. »Ich darf doch bitten. In diesem Saal habe noch immer ich das Sagen. Wir wollen uns jetzt erst einmal alle beruhigen und uns setzen.«

Der Sohn des Proff zu Irnich drückte Henri auf einen der Stühle runter und setzte sich selbst neben ihn. Auch Pater Markus folgte dem Aufruf des Landdingers. Nur Johanna und Hermann Josef von Hatzfeld standen noch und blickten sich hasserfüllt an.

»Alle. Damit meine ich auch Sie beide.« Von Hatzfeld ließ sich zögernd auf den Stuhl zwischen Henri und Tenhagen nieder. Johanna nicht. »Wie kann ich mich setzen? Ich will erst wissen, was das alles zu bedeuten hat.«

»Bitte, Fräulein Johanna. Wir werden versuchen, es aufzuklären. Ich erwarte genauso wie Sie eine Erklärung. Aber setzen Sie sich doch.«

Johanna nickte und blickte sich um. Die Reihe von Stühlen gegenüber dem Pult des Landdingers war besetzt. Kurzerhand setzte sie sich neben Thomas, schlang einen Arm um ihn und zog ihn zu sich heran. Sie musste sich einfach irgendwo festhalten.

»Karl Theodor«, sprach der Landdinger seinen Sohn an, »würdest du dich bitte erklären.«

»Ja, Vater.« Karl Theodor von Proff zu Irnich erhob sich. »Ich darf von Anfang an berichten?« Er blickte seinen Vater an. Der nickte ihm zu.

»Gut, Pater Markus bat heute Morgen, dass man ihn ins Kloster Bödingen begleite. Er habe gesicherte Informationen, dass sich der für den Anschlag in Siegburg Verantwortliche im Kloster aufhalte. Ich sollte ihn dingfest machen. Er sei ein französischer Mönch, der sich in Bödingen verstecke. Der Pater habe ihn schon seit seiner Ankunft …«, er drehte sich zu Pater Markus, »helft mir aus, seit wann weilt dieser Mönch bei Ihnen in Bödingen?«

»Seit etwa vier Wochen.«

»Ja, genau. Nun, seit Beginn seiner Anwesenheit sei ihm der Mönch immer wieder aufgefallen. Auf dessen genaue Verhaltensweise will ich jetzt nicht eingehen, dass wird in einem Prozess zu klären sein. Jedenfalls sei der Beschuldigte in der Nacht nicht im Kloster gewesen. Es gibt zumindest keine Beweise dafür.«

»Non, ce n'est pas vrai.« Henri erhob sich, doch von Hatzfeld zog ihn zurück und stob ihn hart an. »Sei still!«

Proff zu Irnich schlug erneut mit der flachen Hand auf den Tisch, zog seine Augenbrauen hoch und strafte von Hatzfeld mit einem strengen Blick. »Die Reglementierungen treffe immer noch ich hier, Herr von Hatzfeld. Keine Zwischenrufe mehr, sonst werde ich Sie des Saales verweisen.«

Als er sich an Henri wandte, senkte er seine Stimme: »Bruder Henri, so heißen Sie doch? Ich werde Sie anhören. Ich möchte aber zuerst wissen, was Ihnen vorgeworfen wird. Im Übrigen bitte ich darum, Deutsch zu sprechen. Noch ist das unsere Amtssprache.«

Henri nickte.

Der Sohn des Amtmanns fuhr mit seinem Bericht fort: »Der ehrwürdige Abt stellte sich zunächst dagegen, dass wir seinen Gast abführen, aber Bruder Markus berichtete, dass es einen Augenzeugen gäbe, so musste auch er sich fügen. Wir fanden den Mann in seiner Kammer und er ist ohne Gegenwehr mitgekommen.«

»Warum dann die Fesseln? Und nur wegen eines Augenzeugen, der augenscheinlich sturzbesoffen ist. Das soll alles sein, was sie vorzubringen haben?« Johanna war aufgesprungen.

»Nun, da ist etwas Wahres dran«, stimmte der Landdinger ihr zu. »Ich schlage vor, wir warten bis der Herr Tenhagen seinen Rausch ausgeschlafen hat. Hiermit setze ich eine neue Anhörung für morgen früh an.«

»Aber Sie können ihn nicht einfach gehen lassen. Er wird fliehen.« Nun stand auch von Hatzfeld wieder.

»Ich werde den Beschuldigten für den einen Tag hierbehalten. Bruder Henri, sind Sie damit einverstanden?«

»Ob er damit einverstanden ist?« Von Hatzfeld schlug sich auf die Stirn. »Das fragen Sie den Mann? Das kann ja wohl nicht Ihr Ernst sein. Hier steht viel zu viel auf dem Spiel, als dass sie diesen schweren Vorwurf so abtun können.«

Pater Markus griff ein. »Bruder, der Landdinger hat recht. Der Zeuge ist nicht vernehmungsfähig.« Für den Rest senkte er seine Stimme, sodass nur Hermann Josef ihn hören konnte: »Da hast du wieder einmal volle Arbeit geleistet.«

»Wie hätte ich das denn sonst …«

»Sei einfach still.« Er räusperte sich. »Herr Proff zu Irnich. Ich gebe Ihnen völlig recht. Ich denke, es ist das Beste für alle, wenn sich die Gemüter erst einmal beruhigen. Zorn ist kein guter Richter, wie mein Vater immer sagt.«

»Ihr Vater ist ein kluger Mann, Pater.« Proff zu Irnich klopfte auf das Pult.

»Walterscheid, bringen Sie den Mönch in unsere Zelle. Und dann würde ich gerne die Anhörung bezüglich Thomas Pauls durchführen. Deshalb sind wir ja eigentlich alle hier.«

Der lange Amtsdiener kam auf Henri zu und wollte ihn aus dem Saal führen. Johanna aber trat dazwischen, berührte Henri am Arm. Die beiden blickten sich kurz in die Augen, bevor sich Johanna an den Landdinger wandte.

»Herr Proff zu Irnich, bevor die Anhörung von Thomas Pauls stattfinden kann, muss ich mit Henri sprechen. Sie erinnern sich, er ist auch Zeuge in diesem Vorfall und hat wichtige Informationen die Verteidigung des Jungen betreffend.«

»Also gut. Außerdem fehlt noch ein weiterer Zeuge.« Der Landdinger blätterte in den Papieren, die die ganze Zeit unbenutzt auf seinem Tisch gelegen hatten. »Wo ist der Jagdaufseher?« Er hielt den Finger auf eines der Papiere. »Ferdinand Scholten. Ich hatte ihn auch geladen. Herr von Hatzfeld?«

»Ich werde ihn sofort rufen lassen«, antwortete der Grafensohn.

»Gut. Wir unterbrechen die Sitzung für, sagen wir – eine Stunde. Ist das ausreichend?«

Von Hatzfeld nickte, und Johanna atmete tief aus. »Ja, vielen Dank.«

Und auch Thomas spürte die Erleichterung. Jetzt würde sicher alles gut werden. Johanna würde bestimmt eine Lösung wissen.

43.

»Ich muss fliehen«, sagte Henri.

»Aber du bist unschuldig. Wir werden das beweisen«, entgegnete Johanna.

Walterscheid hatte sie alle drei in Thomas' Zelle gebracht und die Tür verriegelt. Jetzt waren sie allein, aber der Amtsdiener stand womöglich noch draußen vor der Tür. Deshalb flüsterten sie.

»Ja, vielleicht ist es zu beweisen. Ignatius kann vermutlich aussagen, dass ich die ganze Nacht in meiner Kammer gewesen bin. Er hat mir den Schlüssel zum Hintereingang durch die Küche dagelassen. Bestimmt hat er gesehen, dass er wieder da ist. Und da alle bezeugen können, dass ich am Morgen im Kloster war …«.

»Siehst du, es wird alles gut werden. Erst einmal holen wir Thomas hier raus. Dann werde ich sofort zu Ignatius gehen.«

»Johanna, du verstehst nicht.« Er ergriff ihre Hände. Die beiden standen in dem kleinen Raum. Thomas hatte sich auf sein Bett gesetzt und lauschte stumm ihrer Unterhaltung. »Es spielt keine Rolle, ob ich etwas mit diesem Anschlag zu tun habe oder nicht. Sie brauchen einen Schuldigen. Und ich bin das perfekte Opfer.«

»Wie meinst du das? Und wen meinst du mit ›sie‹?«

»Die Grafenfamilie. Den gesamten Adel, womöglich deinen Vater.«

»Nein.« Sie entzog ihm ihre Hände, drehte sich weg. Henri kam ihr nach, sprach eindringlicher und doch sanft: »Johanna, es ist nichts, was ich ihnen vorwerfen kann. Meine Landsleute werden Druck machen. Ein Waffenlager zerstört und tote Bürger. Das werden sie nicht ungesühnt lassen. Euer Herzog wird sich erklären müssen.«

»Karl Theodor selbst? Aber wir sind doch nur ein unbedeutendes kleines Eckchen seines Reiches. Der hat sich noch nie hier eingemischt.«

»Er wird keine Wahl haben. Er wird sich dem Konvent erklären müssen.«

»Aber der Proff zu Irnich wird niemanden verurteilen, der unschuldig ist.« Sie kreuzte die Arme vor der Brust, nicht bereit das Unausweichliche zu akzeptieren.

Henri legte die Hände auf ihre Schultern, schüttelte sie leicht. »Versteh doch, Johanna. Wir haben nicht viel Zeit. Ich muss fliehen. Und es wird nur diese eine Möglichkeit geben. Ich brauche deine Hilfe.«

»Du tust mir weh.« Sie zog sich aus seiner Umklammerung zurück und setzte sich neben Thomas auf das Bett, versenkte ihr Gesicht in die Hände. »Das kann doch alles nicht wahr sein. Ich will nicht, dass du fliehen musst. Ich habe gedacht, wenn das alles mit Thomas vorbei ist, können wir zusammen …« Sie unterbrach sich.

Thomas legte seinen Arm um sie. »Johanna, bitte nicht weinen.«

Henri begann, auf und ab zu laufen. Jetzt war alles doch so gekommen, wie er befürchtet hatte. Es gab nur eine Möglichkeit, die Dinge noch in Ordnung zu bringen: die Anhörung von Thomas. Sie mussten den Jungen freibekommen. Dann, am Ende der Verhandlung, musste er fliehen. Er durfte zu seiner eigenen Anhörung nicht mehr hier sein. Denn dann würde aufgedeckt werden, dass er ein Deserteur war. Es würde keine Rolle mehr spielen, ob er am Anschlag schuldig war oder nicht. Dann erwartete ihn die Guillotine. Nur wenn er entkam und sich verbergen konnte, konnte Johanna seine Unschuld beweisen.

»Johanna. Weißt du einen Ort, wo ich mich verstecken kann, wenn ich es schaffe zu entkommen?«

Sie blickte auf. Aber Thomas antwortete für sie: »Die Halberger Mühle?«

Hoffnung keimte in ihren Augen auf. »Ja, das könnte gehen. Die gehört zum Kloster Bödingen. Der Müller ist ein Verwandter von Bruder Ignatius.«

»Das kann funktionieren«, sagte Henri und setzte sich neben Johanna. »Wirst du mir helfen?«

»Ja, natürlich.« Wie sollte sie nicht?

»Es wird nicht einfach werden.«

»Ich würde alles tun, daran darfst du niemals zweifeln.« Sie blickten sich an und vergaßen für einen Moment, dass sie nicht allein waren. Ihre Lippen fanden zueinander.

Thomas räusperte sich. Er hatte ja schon so etwas vermutet. Aber es zu sehen? Ein Mönch in seinem Habit in einer leidenschaftlichen Umarmung mit einer Frau. Und dann Johanna. Er hatte allen Unmöglichkeiten zum Trotz immer irgendwie gehofft, dass es sein Bruder Reinhard sein würde. Er rutschte auf dem Bett hin und her, wusste nicht, wohin er blicken sollte. Wollte der Franzose nicht soeben noch seine Flucht planen? Und jetzt hatten die beiden nichts Besseres zu tun als das? Wie seine Schwester Mechthild und ihr Walter, bevor sie geheiratet hatten. Er räusperte sich nochmals. »Ich will ja nicht stören. Aber wie will er hier denn überhaupt rauskommen?«

Sie ließen von einander ab und schauten beide zu Thomas. »Er hat recht, Henri. Hast du einen Plan?«

Ja, den habe ich. Noch vor ein paar Wochen hätte er sich ohne Gegenwehr in sein Schicksal ergeben. Jetzt war alles anders. Johanna hatte es verändert. Er stand wieder auf, konnte nicht mehr stillsitzen. Es gab noch viel zu besprechen.

»Wenn Thomas freigesprochen wird – und davon gehe ich aus –, glaub mir Junge, es wird alles gut werden.« Er blickte den Jungen an und begann dann wieder durch den Raum zu gehen. »Also, nach dem Freispruch wird es einen Aufruhr geben. Von Hatzfeld wird das nicht einfach akzeptieren. Vielleicht muss der Amtsdiener auch eingreifen, um ihn zu beruhigen. Falls es zu ruhig bleibt, müsst ihr versuchen, die Situation aufzuheizen. Johanna, weißt du etwas, womit du von Hatzfeld reizen kannst?«

Johanna lachte auf. »Das ist nicht schwierig. Das kann ich ohne Probleme.«

»Gut. In dem Aufruhr wird niemand merken, wenn ich mich durch die Hintertür hinausbegebe.«

»Und dann nimmst du Argos. Er steht im Stall«, sagte Johanna, die langsam daran glaubte, dass es funktionieren konnte.

Der Franzose nickte.

»Im Gang, der zu diesem Raum führt, habe ich eine Tür gesehen. Sie müsste nach draußen führen.« Er blickte zu Thomas.

»Ja, aber die ist verschlossen, glaub ich«, antwortete der Junge.

»Das ist allerdings ein Problem. Ich kann es nur durch den Hinterausgang versuchen. Sonst müsste ich quer durch den Saal an allen vorbei.«

In diesem Moment öffnete sich die Zellentür. Johanna erschrak, war die Zeit schon vergangen? Aber es war nur die Magd. Sie brachte etwas zu trinken.

»Susanna!« Ein Lächeln huschte Thomas über das Gesicht. Das Mädchen senkte verlegen seinen Kopf und stellte eine Karaffe und drei Becher auf dem kleinen Tisch ab. »Der Proff zu Irnich schickt mich mit Wein.«

Schon wandte sie sich wieder zum Gehen, da hatte Johanna eine Idee. »Warte einen Moment, Susanna.« Das Mädchen blieb stehen. »Wir brauchen deine Hilfe.«

»Aber gern, Madame. Zu Diensten.« Sie machte einen Knicks.

»Das ist keine Anordnung. Verstehst du? Es ist nicht ganz rechtens. Du musst das nicht machen, wenn du nicht willst.«

Das Mädchen riss die Augen auf, aber sie nickte.

Johanna fuhr fort: »Es geht um Henri.« Sie zeigte auf den Franzosen. »Er wurde verhaftet wegen des Anschlags heute Nacht.«

Bevor Johanna fortfahren konnte, platzte Thomas dazwischen: »Er ist es nicht gewesen. Er wird mir helfen freizukommen, und dann wollen sie ihn verhaften. Das dürfen wir nicht zulassen, Susanna.« Er blickte einen Augenblick verschämt zu Boden, doch dann überkam ihn neuer Mut. Er dachte daran, was sie ihm über sich erzählt hatte. »Du wirst uns doch helfen?«

»Thomas, sie soll es selbst entscheiden. Das Einzige, was du tun müsstest, Mädchen, wäre, die Hintertür, die zum Stall führt, aufzuschließen. Könntest du das? Weißt du, wo der Schlüssel ist, und kommst du an ihn heran?«

Susanna sagte kein Wort, nickte aber wieder.

»Und würdest du das tun?«

»Bitte. Tu es für mich«, sagte Thomas.

»Es würde niemand davon erfahren?«, fragte Susanna.

Johanna antwortete: »Niemand wird es erfahren.«

»Ich mache es.« Entschlossen presste sie die Lippen zusammen.

Als das Mädchen gegangen war, blieb nicht mehr viel Zeit. Und sie hatten noch kein Wort über Thomas' Anhörung verloren.

»Henri, konntest du noch mit den Heusers sprechen? Stehen sie als Zeugen zur Verfügung?«, fragte Johanna.

»Ich weiß es nicht. Ich sprach gestern Abend den Vater auf der Fähre. Er wollte bei seinen Jungs nachfragen und mir heute Morgen Bescheid geben. Aber …«

»Ja, dazu kam es nicht mehr. Du wurdest vorher verhaftet. Wenn ich es nicht besser wüsste, würde ich meinen, das alles sei ein Komplott. Soll ich schnell reiten und sehen, ob ich die beiden Söhne finden kann?«

Thomas mischte sich ein: »Was sollen die denn sagen können? Ich bin ja nicht immer mit ihnen zusammen gewesen. Allein, als ich mit Ihnen ins Kloster bin, um den Brief abzuholen …«

Henri und Johanna blickten sich bei der Erwähnung ihres Briefwechsels kurz an. Johanna glitt ein Lächeln über die Lippen. Thomas verdrehte die Augen.

Johanna schüttelte kurz den Kopf und war sofort wieder bei der Sache. »Aber was haben wir denn dann in der Hand?« Panik ergriff sie. Sie hatte Thomas' Familie versprochen, dass alles gut werden würde.

»Ganz ruhig.« Henri war nun in seinem Element. »Wir müssen nicht beweisen, dass er unschuldig ist. Die Schuld muss bewiesen werden.«

»Aber ich hab ja die Falle aufgestellt«, flüsterte Thomas und fuhr sich durch die Haare. »Es ist ja alles meine Schuld.«

»Und genau das darfst du nicht sagen, Thomas. Du hast die Falle gefunden, als du – ich weiß nicht was …«

»Beeren?«, warf Johanna ein.

»Ja, auf der Suche nach Beeren hast du die Falle gesehen und mitgenommen, verstehst du?«

»Aber Lügen ist eine Sünde.«

»Das ist kein Gottesgericht, sondern ein weltliches. Meinetwegen beichte deine Sünden später, aber vor diesem Amtmann darfst du die Wahrheit verschweigen. Das ist in Ordnung.«

Johanna nickte und legte die Hand auf Thomas' Schulter. »Ja, er hat recht, Thomas. Das ist in Ordnung. Es waren ja nur ein paar Hasen, und ihr leidet Hunger. Was wäre das für ein Recht, wenn du dafür bestraft würdest? Das kann auch nicht der Wille Gottes sein.«

»Aber darauf kommt es auch gar nicht an. Das kann nicht unsere Strategie sein, das Recht selbst zu ändern. Wir müssen es uns nur zu Nutze machen. Dieser Jäger hat gesagt, dass er nicht gesehen hat, dass Thomas die Fallen aufgestellt hat. Und auch von Hatzfeld selbst hat nichts gesehen. Toute méchanceté vient de faiblesse – Alle Bosheit kommt von der Schwachheit.[18] Er wollte mit seinem Standgericht Tatsachen schaffen, weil er weiß, dass er im Fall einer Verhandlung nichts beweisen kann. Wir werden nicht viel tun müssen, wenn der Amtmann wirklich ein gerechter Mann ist.«

»Das ist er.«

Henri nickte. »Dann wird er nicht anders können, als Thomas freizusprechen.«

»Wirklich?« Thomas war nicht so überzeugt, auch hatte er nicht viel von dem verstanden, was der Franzose gesagt hatte. Aber es hatte sich überzeugend angehört. Es waren ja nur zwei Hasen gewesen. Und wenn Gott nicht gewollt hätte, dass er eine Mahlzeit mit nach Hause brachte, dann hätte er die Hasen ja einen Umweg laufen lassen. Der Franzose verstand etwas von der hohen Gerichtsbarkeit. Das würde doch den Landdinger beeindrucken. Hoffte er zumindest.

»Du wirst sehen, mein Junge. Hab keine Angst.«

»Also gut.« Er blickte von Henri zu Johanna. Auch sie nickte und strich ihm über das Haar, so wie es Mutter immer machte.

44.

»Wie ich sehe, sind diesmal alle da.« Der Blick des Landdingers glitt über den Amtssaal, den er soeben betreten hatte. Die Anwesenden hatten sich erhoben, mit Ausnahme von Walterscheid, dem Amtsdiener, der ohnehin die ganze Zeit stand. Wenn nötig, konnte er so schnell eingreifen.

Proff zu Irnich nahm hinter seinem Pult Platz und legte seine Dokumentenmappe auf dem glatt polierten Holz ab. Vor ihm standen Federkiel und Tintenfass. Die würde er erst später benötigen, am Ende, wenn er seinen Richterspruch festhalten musste. Jetzt wollte er sich erst einmal anhören, was der Ankläger vorzubringen hatte.

Die Anwesenden setzten sich ebenfalls wieder. Hermann Josef von Hatzfeld im Zentrum der vordersten Stuhlreihe unmittelbar vor dem Pult. Daneben, zu seiner Linken, der Jagdaufseher, wie hieß er noch gleich? Proff zu Irnich schlug seine Dokumentenmappe auf und las die Anklageschrift. Hier war es ja: »Zeuge der Anklage: Ferdinand Scholten, Alter: 30 Jahre, 1. Jäger und Jagdaufseher im Dienst des Grafen von Hatzfeld auf Schloss Allner.«

Links vom Grafensohn, in vorderster Reihe, aber nahe der Angeklagten, saß das Fräulein Johanna, aufrecht und ihren Blick in Vertrauen auf ihn gerichtet. Ihre Haltung drückte ebenso viel Stolz aus wie die des Grafensohns. Dennoch war sie sich nicht zu schade, mit den einfachen Leuten Umgang zu pflegen. Ja, sie war eine bemerkenswerte Person, wie sie sich so für den Sohn eines der Pächter ihrer Familie einsetzte. Und sicher gab der Landdinger ihr recht damit, dass das Vergehen, das dem jungen Thomas Pauls vorgeworfen wurde, gerade in diesen Zeiten der Nahrungsknappheit, nicht von großer Schwere war. Dennoch – so stand es in den Gesetzen – war es ein Verstoß, der mit dem Tod bestraft werden konnte. Auch wenn das schon lange nicht mehr so praktiziert wurde. Von Hatzfeld hätte dieses Recht auch standrechtlich vor Ort ausüben können.

Der Landdinger hätte wirklich gern gesehen, wie sich diese temperamentvolle junge Dame zwischen das Gewehr und den Jungen geworfen hatte. Nun, er wollte sich die Geschichte einmal anhören. Bevor er die Verhandlung eröffnete, fiel sein Blick noch auf den Angeklagten selbst. Thomas Pauls saß auf der Anklagebank und seine Augen fuhren rastlos durch den Raum. Er wagte es wohl nicht, zu ihm zu schauen. Er hat Angst, der Junge. *Keine Sorge*, wollte er ihm sagen, *selbst wenn deine Schuld hier erwiesen wird, werde ich dich schon nicht zu hart bestrafen. Dein Leben, das verdankst du deiner tapferen Herrin und dem fremden Mönch dort neben dir. Diesem Gotteswink werde ich mich gewiss nicht entgegenstellen.*

Tja, dieser Mönch, er blätterte erneut in seinen Unterlagen. Die Aussagen zu Henris Fall waren in einer anderen Mappe abgelegt, die sein Sohn bearbeitete. Ein ungleich schwierigerer Fall. So weit war es inzwischen gekommen. Sein Sohn war für die wichtigen Fälle zuständig. Er selbst verhandelte einfachen Diebstahl, Mundraub und dergleichen. Nun, es war gut so.

Hier stand es. Zeuge für die Verteidigung: »Bruder Henri, Franziskaner, Alter: 25 Jahre. Gast im Kloster Bödingen.« Hm, Bruder Henri. Wie war denn sein bürgerlicher Name? Müsste der nicht auch in den Unterlagen sein? Nun, sollte sich sein Sohn darüber den Kopf zerbrechen. Jetzt ging es um den Jungen. Hinter Thomas Pauls und Bruder Henri stand Amtsdiener Walterscheid. Guter Mann, der Walterscheid. Es waren wirklich alle da. Es war an der Zeit zu beginnen.

Proff zu Irnich räusperte sich. »Herr von Hatzfeld, ich darf Sie nunmehr bitten, Ihre Anklage vorzubringen.«

Der Angesprochene erhob sich. »Gern, Herr Proff zu Irnich.« Er langte mit fuchtelnder Bewegung hinunter zu seinem Jäger. Der reichte ihm eine Falle. »Mit dieser Falle hier …«, er hob sie in die Luft, »… habe ich den Jungen dort drüben …«, er zeigte auf den Angeklagten, »… in flagranti in meinem Wald erwischt. Ich bin mir sicher, dass das der Wilderer ist, der schon seit einigen Wochen in unserem Wald sein Unwesen treibt und allerorts seine niederträchtigen Fallen aufstellt.« Von Hatzfeld wurde mit jedem Wort lauter. »Einer meiner Jagdhunde wurde bereits Opfer dieser Fallen.«

»Das ist ja lächerlich«, warf Johanna ein, »der Junge ist womöglich auch noch schuldig am Elend der ganzen Welt.«

Der Landdinger schlug mit der flachen Hand auf den Tisch. »Ich darf um Ruhe bitten, Fräulein Johanna, Sie bekommen noch die Möglichkeit auszusagen. Wir wollen erst einmal die Anklage hören.«

»Danke, Euer Ehren.« Von Hatzfeld setzte sich und verzog seine Lippen zu einem halbseitigen Grinsen.

»Herr von Hatzfeld, habe ich Sie richtig verstanden? Sie wollen die Anklage ausweiten auf den Vorwurf der besonders schweren Wilderei. Es geht Ihnen also nicht nur um den hier zur Anhörung gebrachten singulären Tatvorwurf vom …«, er las wieder in der Anklageschrift nach, »… vom 21. Oktober dieses Jahres?«

»Das ist richtig, Euer Ehren«, sagte von Hatzfeld.

»Ein schwerer Vorwurf.« Nun musste der Landdinger doch seinen Federkiel bemühen. Er ergänzte die Anklageschrift um den erweiterten Vorwurf.

Thomas brach der Schweiß aus. Er flüsterte zu Henri: »Das ist nicht gut, oder? Ich war das nicht, ehrlich!«

Henri klopfte leicht auf den Oberschenkel des Jungen und sprach ebenfalls im Flüsterton: »Keine Angst, Thomas, das ändert nichts.«

Nachdem er die neuen Vorwürfe niedergeschrieben hatte, ergriff der Landdinger wieder das Wort: »Können Sie für diese Vorwürfe Beweise vorlegen?«

»Euer Ehren, da ist zum einen diese Falle. Darf ich?« Er stand auf, um die Falle dem Landdinger zu bringen.

»Nur zu.« Der Landdinger winkte ihn heran und Hermann Josef legte ihm die Falle auf das Pult.

Proff zu Irnich nahm sie prüfend in die Hände und legte sie dann zur Seite. »Weiter?«

»Mein Jagdaufseher hier kann bezeugen, dass der Junge es war. Er war dabei, als wir den Wilddieb erwischt haben. Und …«

»Herr von Hatzfeld, noch habe ich hier kein Urteil gesprochen. Wären Sie deshalb so freundlich und betitelten den Angeklagten entweder mit seinem Namen oder mit den Worten ›der Angeklagte‹.«

»Ja, also gut, Ferdinand war dabei, als wir *den Angeklagten* mit dieser Falle erwischt haben. Und er kann bezeugen, dass seit Wochen immer wieder Fallen in unseren Wäldern auftauchen.«

»Nun, dann will ich das auch von ihm hören.« Der Proff zu Irnich blätterte eine Seite in seiner Mappe um. »Herr Ferdinand Scholten, bitte erheben Sie sich.«

Der Angesprochene stand auf.

»Sie haben gehört, was Herr von Hatzfeld gesagt hat?«

Scholten nickte.

»Gut, dann schildern Sie doch zunächst bitte, was sich am 21. Oktober abends zugetragen hat.«

»Also. Das war so.« Er räusperte sich. »Es war der Tag der großen Herbstjagd. Die Jagdgesellschaft hatte sich am Nachmittag in Bewegung gesetzt. Die Hunde voran, gefolgt von uns Jägern und Herrn von Hatzfeld.« Er blickte zu seinem Dienstherrn hinüber. »Sie müssen wissen, der Herr von Hatzfeld reitet bei der Jagd immer an vorderster Front.«

»Ja, ja, das glaube ich gern.« Der Landdinger wollte von solchen Jagdgesellschaften nichts wissen. Das war etwas für die jüngeren Leute. Aber auch sein Sohn war nicht geladen gewesen zu dieser edlen Gesellschaft. »Was geschah weiter?«

»Die Gesellschaft folgte uns dicht auf. Wir waren auf einen fetten Eber aus. Ein paar Hirsche und Fasane hatten wir Jäger schon am frühen Morgen geschossen für das Festmahl. Für die große Jagdgesellschaft sparen wir uns immer die Treibjagd auf.«

»Schon gut, kommen Sie zum Punkt, Mann.«

»Ja, Euer Ehren. Im Wald oben am Driesch, da wo es nach Winterscheid abzweigt, fand der Herr plötzlich die Falle dort.« Er zeigte auf das Eisengestell, das noch auf dem Pult des Landdingers lag.

»Er hat wirklich einen scharfen Blick, der Herr von Hatzfeld. Der Herr zeigte sie mir und hielt mich an, die Führung der Jagdgesellschaft dem Peter zu übertragen, unserem zweiten Jagdführer. Die sind dann weiter durch den Wald Richtung Stockum gezogen. Mit zweien der Hunde blieben wir zurück.«

»Wer ist ›wir‹?«

»Na, der gnädige Herr und ich mit unseren Pferden und den beiden Hunden. Herr von Hatzfeld wollte die Falle beobachten und sehen, wer kommt, um sie zu überprüfen.«

»Wegen dieser kleinen Falle hat der Herr von Hatzfeld die Jagdgesellschaft ziehen lassen?«, fragte Proff zu Irnich.

»Nun ja, Sie müssen wissen, dass wir seit Wochen nach diesem Wilderer suchen. Wir hatten schon an verschiedenen Fallen gewacht. Bis dahin hatten wir keinen Erfolg. Diese neue Chance wollte der Herr sich nicht entgehen lassen.«

»Verstehe, fahren Sie bitte fort.«

»Ja, wir konnten nicht direkt an der Falle warten. Mit den Pferden und so, das wäre ja aufgefallen. Da wäre der Wilddieb sicher nicht gekommen. Also sind wir ein Stück zurück zum Hof von den Vogts gegangen. Von dort hat man einen ganz guten Blick über die Obstwiese zum Waldstück, wo die Falle stand. Da haben wir gewartet.«

»Ja, und weiter?«

»Nach einer Stunde oder zwei kam der Junge dort.« Er zeigte auf Thomas. »Er kam aus Bödingen und schlug erst den Weg nach Halberg ein. Dann ging er aber vom Weg ab in den Wald hinein, genau dorthin wo die Falle stand.« Er machte eine Pause und holte Luft. »Wir auf die Pferde und zu ihm hin. Und dann stand er dort, die Falle in der Hand. Als er uns sah, ließ er das Ding fallen und floh in den dichteren Wald hinein, schlaues Bürschchen, da konnten wir mit den Pferden nicht folgen. Aber wir hatten ja die Hunde, und die ließen wir los und folgten ihm zu Fuß, bis wir ihn gestellt haben.«

Seine Worte hallten in der Stille des Saals nach.

Der Landdinger ergriff das Wort: »So, so. Nun. Das war in der Tat eine beeindruckende Schilderung. Sie können sich wieder setzen. Ich will hören, was der Angeklagte dazu zu sagen hat. Thomas, bitte steh auf.«

Der Junge blickte zu Johanna, die ihm zunickte.

»Also, was hast du dort gemacht im Wald? Der Weg nach Winterscheid liegt doch nicht auf deinem Nachhauseweg, oder?«

»Nein, nicht direkt, Euer Ehren.« Thomas schluckte. Jetzt durfte er bloß nichts Falsches sagen.

»Warum warst du dort? Ist das tatsächlich deine Falle, die du kontrollieren wolltest?«

»Nein, Euer Ehren. Ich kam von der Weinlese und war tatsächlich nach Hause unterwegs, aber dann wollte ich noch ein paar Beeren sammeln. Deshalb hab ich die Abzweigung genommen.«

»Pah, Beeren sammeln, das ich nicht lache«, spie von Hatzfeld aus.

»Bitte, Herr von Hatzfeld. Sie konnten ausreden, nun ist der Junge dran.«

Von Hatzfeld verzog das Gesicht, blieb aber still.

»Also, Thomas, erzähl bitte weiter.«

»Ich hab die Büsche am Waldrand abgesucht, da hab ich die Falle entdeckt. Gutes Eisen war das, Euer Ehren. Die konnte ich nicht stehen lassen. Unsere Scheune war doch abgebrannt, da konnten wir alles an Baumaterial gebrauchen. Also hab ich sie genommen. Und dann kamen auf einmal die beiden Reiter auf mich zu. Schnell wie Franzengeschosse, und die Hunde vorweg. Mann, haben die ein Gebell von sich gegeben. Da hab ich das Ding fallen lassen und bin gerannt, weiß nicht, wie lange. Bis ich nicht mehr konnte. Bin hingefallen, und dann waren die Hunde über mir. Das war alles so schrecklich, ich hab ja kaum noch Luft bekommen und …«

»Schon gut, Junge. Es ist gut. Ich denke, wir sind jetzt alle im Bilde.« Der Landdinger warf einen strengen Blick zu von Hatzfeld.

Auch Henri legte eine Hand auf die Schulter des Jungen.

Kopfschüttelnd fuhr Proff zu Irnich mit der Verhandlung fort: »Wir machen erst einmal mit Fräulein Johanna weiter. So wie ich das verstehe, war das der Moment, in dem Sie und Bruder Henri dort angekommen sind.«

Johanna stand auf. »Ja, Euer Ehren. Wir konnten verhindern, dass Herr von Hatzfeld den Jungen an Ort und Stelle erschießt.«

»Sie können aber nicht sagen, ob dies die Falle des Jungen ist, sehe ich das richtig? Sie sind ja erst später hinzugekommen.«

»Das ist richtig.«

»Gut, Sie können sich wieder setzen, Fräulein Johanna.« Der Landdinger wandte sich an Henri: »Und Sie, Bruder Henri, können Sie noch etwas beisteuern?«

Henri erhob sich. »Zum angeblichen Tathergang nicht, fürchte ich. Auch ich bin – wie das Fräulein Johanna – erst am Ende hinzugestoßen. Wenn ich aber eine rechtliche Meinung äußern darf? Bevor ich dem Ruf der Kirche und dem Wunsch meines Vaters gefolgt bin, war es ein Studium der Rechtswissenschaften, das ich angestrebt hatte. Ich habe also eine – wenn auch bescheidene – Vorbildung in diesem Bereich.«

Proff zu Irnich zog die Augenbrauen hoch. In dem Mann steckte offensichtlich noch einiges mehr. *Er wird sich gut verteidigen können, wenn es an ihm ist. Ich werde Karl Theodor vorwarnen müssen.* Umso interessierter war er an dem, was der Mönch hier zu sagen hatte. »Nur zu. Wenn die Rechtsprechung Ihrer Republik sich auch in manchen Dingen von der unsrigen unterscheidet, im Grunde fußen sie doch beide auf dem guten alten römischen Recht, nicht wahr?«

»Danke, Euer Ehren. Da haben Sie wohl recht.« Henri würde es kurz machen. Der Proff zu Irnich schien zu wissen, worauf es ankam, er wollte ihn nur in seiner Meinung unterstützen, sollte er sich von dem Grafensohn eingeschüchtert fühlen. »Es gibt meiner Ansicht nach und nach dem, was ich von den Schuldvorwürfen vernommen habe, wohl keinen stichhaltigen Beweis für die Schuld von Thomas Pauls. Keiner der Zeugen konnte bestätigen, dass der Angeklagte die Falle aufgestellt hat. Weder die Aussage des Anklägers noch die der Zeugen können die Aussage des Angeklagten widerlegen, nämlich, dass er die Falle ganz einfach gefunden hat. Eine Schuld kann dem Jungen nicht nachgewiesen werden.«

»Aber er ist ja geflohen. Wenn er unschuldig wäre, hätte er ja nicht davonlaufen brauchen.« Von Hatzfeld stand auf, ging zum Pult des Landdingers und unterstützte seine Worte mit einem Schlag auf dasselbige. Amtsdiener Walterscheid kam einen Schritt von seiner Position hinter der Anklagebank nach vorn und stellte sich neben den Landdinger.

»Ich darf doch bitten, Herr von Hatzfeld. Setzen Sie sich wieder, oder ich muss den Amtsdiener bitten, Sie zurück zu ihrem Stuhl zu begleiten.«

Zähneknirschend begab sich der Grafensohn wieder zurück.

»Bruder Henri, können Sie hierzu eine Stellungnahme abgeben?«, bat der Landdinger den Franzosen.

»Die Flucht des Jungen ist wohl genauso wenig ein Beweis für seine Schuld. Wer würde in dieser Situation nicht fortlaufen? Zwei Hunde und zwei berittene Männer stürzten auf ihn zu. Ich bleibe dabei: Es gibt keinen Beweis für die Schuld des Jungen. Ein Freispruch wäre die logische Konsequenz.« Henri setzte sich wieder.

»Wenn ich dazu auch noch etwas sagen darf, Euer Ehren.« Das kam nun von Johanna. »Es ist nicht viel, was ich noch beisteuern kann. Aber ich kann zumindest bestätigen, dass dort, wo die Falle nach Aussage des Herrn Scholten wohl aufgestellt war, große Brombeerbestände sind. Es wäre also nicht ungewöhnlich, dort auf der Suche nach Beeren den Wald zu betreten. Ich selbst pflege dorthin zu gehen. Die Büsche sind herrenlos und frei zugänglich.«

»Womöglich wollen Sie nun auch noch sagen, die Falle sei von Ihnen, nur um diesen Bengel in Schutz zu nehmen«, platzte es aus von Hatzfeld heraus.

»Ich berichte nur, was wahr ist, Herr von Hatzfeld, während Sie sich in Ihrem blinden Hass auf den erstbesten stürzen, um sich Genugtuung und Rache zu verschaffen für Dinge, für die niemand etwas kann, außer Ihnen selbst.«

»Was erlauben Sie sich?« Er stand auf, wandte sich aber

direkt an den Landdinger: »Ich denke, Sie haben genug gehört. Der Junge ist schuldig. Wir haben den Tathergang geschildert. Sprechen Sie das Urteil.«

»Ich habe in der Tat genug gehört und kann ein Urteil sprechen. Wenn sich bitte alle von Ihren Plätzen erheben würden.«

Die zurückgeschobenen Stühle knirschten über den Parkettfußboden. Das Geräusch klang in Thomas' Ohren nach. Jetzt würde es zählen. Würde Henri recht behalten? Konnte der Landdinger dem Druck des Grafensohns standhalten und ihn wirklich freisprechen? Mit weit aufgerissenen Augen stand er da und versuchte zu verstehen, was der Proff zu Irnich sprach. Der lächelte Thomas an, bevor er das Blatt hochnahm, auf dem er die ganze Zeit geschrieben hatte. Hatte Susanna nicht gesagt, es sei ein gutes Zeichen, wenn der Landdinger lächelt?

»Meine Dame und die Herren Anwesenden. Nach der Beweisaufnahme konstatiere ich, dass es dem Angeklagten nicht nachgewiesen werden konnte, die ihm vorgeworfenen Taten zu minder schwerer Wilderei oder zu schwerer Wilderei in mehrfacher Ausführung mittels Fallen begangen zu haben. Im Namen unseres Landesherren Karl Theodor, Kurfürst von der Pfalz und Herzog von Jülich-Berg, spreche ich den Angeklagten Thomas Pauls von allen Anklagepunkten frei.«

Hatte er richtig verstanden? Er blickte zu Henri, der lachte und nickte ihm zu, und auch Johanna strahlte über das ganze Gesicht. »Du bist frei, Thomas.«

Von Hatzfeld strahlte nicht. Sein Gesicht war zu einer grotesken Maske verzogen. Langsam bewegte er sich nach vorne. Aber er sprach nicht laut wie zuvor, sondern flüsterte fast: »Das wird Konsequenzen haben, Proff zu Irnich. Dessen können Sie sich sicher sein.«

»Nun wollen Sie mir drohen? Von Hatzfeld, mäßigen Sie sich. Das ist unter Ihrer Würde, mein Herr.«

»Unter meiner Würde, ja. Soweit mir bekannt ist, sind Sie es, der unter meiner Würde ist. Reichsfreiherr.« Er sprach den Titel des Landdingers wie ein Schimpfwort aus. »So ein Titel kann ganz schnell wieder abhandenkommen.«

Johanna musste gar nicht viel machen, der Urteilsspruch hatte – wie Henri es vorausgeahnt hatte – seine Wirkung auf von Hatzfeld nicht verfehlt. Sie blickte Henri an. Der nickte ihr zu. Noch ein kleiner Schubser. Die Situation war noch nicht unübersichtlich genug, dass Henri durch den Hinterausgang verschwinden konnte. Doch was konnte sie tun? Zuerst einmal wollte sie Thomas in Sicherheit wissen und winkte den Jungen zu sich.

»Wenn mein Vater dem Kurfürsten erst diesen Franzosen als Präsent überreicht, dann schuldet er ihm einen Gefallen. Sicherlich gibt es fähigere Männer als Sie für diesen Posten Proff zu Irnich. Ich werde alles dafür tun, dass dies der Gefallen sein wird, den er ihm erweist.«

Der Landdinger war kreidebleich geworden.

Es musste etwas passieren, jetzt lenkte das Ekel die Aufmerksamkeit erst recht auf Henri. Thomas war inzwischen neben ihr, sie legte beschützend den Arm um den Jungen. »Hermann Josef, kommen Sie runter von Ihrem hohen Ross. Das steht Ihnen nicht. Ein wahrer Mann von hohem Stand vermag sich dessen würdig zu erweisen und seine Fehler einzugestehen. Ich denke, Sie sollten dem Proff zu Irnich nicht drohen. Er hat nur seine Arbeit gemacht.«

»Ein Weib und denken, ha!«

»Ich denke sogar noch mehr. Der Junge hier verdient Ihre

Entschuldigung. Schließlich haben Sie ihn zu Unrecht …« Weiter kam sie nicht.

»Zu Unrecht! Ich werde dir zeigen, was der Junge verdient.« Sein Zorn steigerte sich. Er wandte sich vom Landdinger ab und stürzte auf Thomas zu. Johanna schob den hinter sich. »Ich hätte ihn sofort erschießen sollen. Weg, du Hexenweib!« Er versuchte Johanna wegzuschieben, sie stemmte sich aber gegen ihn. »Noch einmal lass ich mich nicht von dir bezirzen. Weiche!« Spucke sprühte ihm aus dem Mund.

Der Amtsdiener sprintete von hinten heran und zerrte an von Hatzfelds Weste.

»So halten Sie ihn doch zurück, Walterscheid!«, rief Proff zu Irnich.

Schmerzhaft drückten die Hände von Hatzfelds Johannas Arme, doch sie hielt ihn auf, so konnte sich Thomas vor dem tobenden von Hatzfeld in Sicherheit bringen und hinter ihr vorbei zum Vorderausgang laufen. Sie hoffte inständig, dass auch Henri inzwischen die Flucht hatte ergreifen können. Lange würde sie nicht mehr standhalten. Selbst die vereinten Kräfte von Walterscheid, der immer noch hinter von Hatzfeld stand und an ihm zerrte, und ihre konnten den Rasenden nicht viel länger bremsen. Der Mann war von Sinnen.

Thomas hatte die Tür erreicht. Dann ein Aufschrei des Landdingers: »Walterscheid, der Mönch! Er ist weg!«

Der Amtsdiener lockerte seinen Griff um von Hatzfeld. Johanna konnte den Grafensohn allein nicht mehr halten, und er stürzte Thomas hinterher. Dann hörten sie alle die Hufe eines Pferdes auf dem Pflaster vor der Amtsstube. Thomas rannte zur Tür hinaus, durch den Gang auf den Marktplatz. Von Hatzfeld folgte ihm dicht auf. Ihm hinterher stürzten Walterscheid und Johanna und zuletzt auch der

Proff zu Irnich. Als Einziger blieb Ferdinand Scholten im Amtssaal zurück. Sprachlos.

Als Johanna auf den Marktplatz stürzte, sah sie Henri in seiner braunen Tracht auf Argos davonreiten. Fast hatte er es geschafft. Nur noch ein kleines Stück und er würde das Ende der Straße, die bergab vom Marktplatz wegführte, erreichen. Dort schlug sie eine Kurve und führte in den schützenden Wald. Keiner würde ihn dann mehr sehen können.

Von Hatzfeld hatte Thomas fast erreicht. Der zeigte wild gestikulierend, um von sich abzulenken, auf den fliehenden Franzosen. Es tat tatsächlich Wirkung. Von Hatzfeld stoppte und sah Henri in der Ferne.

Er wusste nicht mehr genau, warum, aber er musste diesen Mann stoppen. Er zog seine Pistole. »Den erwisch ich!« Er streckte seinen Arm aus, blickte über seinen langen Arm hinweg. Sein Finger lag am Abzug.

»Neeein!«, rief Thomas, und in dem Augenblick, in dem von Hatzfeld abzog, schmiss sich der Junge in die Schussbahn.

Der Schuss traf Thomas mitten in die Brust. Er fiel zu Boden. Der Staub des Pflasters wirbelte hoch, dort wo er zum Ruhen kam. Johanna wollte schreien, doch es drang kein Laut aus ihrer Kehle.

45.

JOHANNA PRESSTE MIT BEIDEN HÄNDEN auf die Wunde in seiner Brust. Sie konnte dem Blutstrom keinen Einhalt gebieten. Der Lebenssaft des Jungen quoll zwischen ihren Fingern hindurch. Sein Atem ging so flach, dass sie ihn kaum noch spüren konnte. In ihrem Rücken hörte sie andere schluchzen. Aber keiner sagte ein Wort. Dann öffnete Thomas die Augen einen Spalt weit, und als er versuchte zu sprechen, rann ihm das Blut auch aus dem Mund. Sie beugte sich zu ihm hinunter, um zu verstehen.

»Ist er …«, röchelnd holte er Luft, »… entkommen?«

»Ja, Henri ist in Sicherheit. Du hast ihn gerettet.« Sie schluckte. Tränen rannen über ihr Gesicht. *Ja, du hast ihm das Leben gerettet, Thomas*, dachte sie. *Aber zu welchem Preis? Das ist alles falsch. Du warst derjenige, der gerettet werden sollte. Warum*?

»Ist es … schlimm? Es tut so weh.«

»Das bekommen wir schon wieder hin«, log sie. Gott mochte ihr die Lüge verzeihen. »Sieh nur, da kommt schon der Apotheker Katen mit einer Medizin. Gleich wirst du keine Schmerzen mehr spüren. Leg deinen Kopf zurück. Du musst dich jetzt ausruhen.«

Noch einmal öffnete er kurz die Augen und blickte Johanna an. »Danke«, hauchte er.

Er lehnte sich zurück. Dann ging ein Zittern durch seinen ganzen Körper. Johanna hielt ihn fest. Seine Muskeln erschlafften, und Johanna wusste, er spürte nun keinen Schmerz mehr. Sie hob seinen Oberkörper an und drückte ihn an sich, wiegte ihn. Wie lange sie so dakniete, konnte sie nicht sagen. Sie dachte zurück. Thomas war wie ein kleiner Bruder für sie gewesen. Damals als sie im neuen Jahr zum Paulshof gelaufen war, um seiner Schwester Mechthild ihr neues Buch, die »Odyssee«, zu zeigen. Die Verse vorzulesen. Sie war – wie so oft – zum Frühstück reingeplatzt. Thomas saß am Tisch, aß seine Hafergrütze, und als sie und Mechthild kurz nicht auf ihn aufpassten, stieß er die ganze Schüssel vom Tisch. Das war ein Getöse gewesen. Mutter Pauls hatte mit Mechthild geschimpft, doch eigentlich war es doch Johannas Schuld gewesen. Ja, ihre Schuld. Mutter Pauls hatte ganz recht, sie brachte nur Unglück über die Familie. Wie sollte sie ihr nun unter die Augen treten und ihr ihren toten Sohn zurückbringen?

Erst, als sie spürte, wie Katen eine Hand auf ihre Schulter legte, schrak sie aus der Erinnerung hoch. »Johanna. Es ist gut. Du kannst ihn loslassen. Er ist nun an einem besseren Ort.«

Ihre Tränen waren versiegt. Stattdessen stieg ein unbändiger Zorn in ihr auf. Sie legte den leblosen Körper des Jungen vorsichtig zurück auf das Pflaster. Ja, sie hatte Thomas da hineingezogen, um Henri zu helfen. Aber nicht sie hatte geschossen. Sie war es nicht gewesen, die Thomas überhaupt auf die Anklagebank gebracht hatte. Johanna stand auf und drehte sich um. Hinter ihr auf dem Marktplatz standen sie alle und hatten untätig zugeschaut. Proff zu Irnich und sein Sohn hatten von Hatzfeld zwar umringt. Doch der hielt erhobenen Hauptes immer noch diese Pistole in der Hand. Einzig Susanna, die kleine Magd, war auf die Knie gesunken und schluchzte in die vors Gesicht geschlagenen Hände, sodass ihr ganzer Körper zitterte. Für all die anderen war Thomas doch nur der jüngste Sohn eines unbedeutenden kleinen Landmanns gewesen.

Dafür würde von Hatzfeld büßen müssen, sie würde dafür sorgen, dass er zur Rechenschaft gezogen wurde. Das war das Letzte, was sie noch für Thomas tun konnte. Sie fasste an ihre Schulter, wo noch immer die Hand ihres Freundes Katen lag. Aber das hier war allein ihre Sache. Sie nahm seine Hand in ihre, drückte sie kurz und ließ sie los. Dann ging sie langsam, aber gezielt auf den Mann zu, der das alles zu verantworten hatte. Was maßte er sich an, sich überall als Richter aufzuspielen, gar als Vollstrecker? Von Hatzfeld erwiderte ihren Blick nicht, sondern schaute sich um. Blickte dann auf die Pistole, die er immer noch hielt, so als ob er überlegte, sie auch gegen Johanna einzusetzen. Noch ein paar Schritte, und sie würde ihn erreichen.

»Landdinger, walten Sie Ihres Amtes. Halten Sie diese Furie von mir ab«, rief er und wich einen Schritt zurück. Die Pistole, die er immer noch unschlüssig vor sich hielt, entriss ihm der junge Proff zu Irnich, und der Landdinger selbst hielt ihn am Arm, sodass er nicht weiter zurückweichen konnte.

Johanna kam weiter auf ihn zu, hob ihre Hände zu Fäusten. Er duckte sich, versuchte, seine Arme vor sich kreuzend, sein Gesicht zu schützen, als fürchtete er, Gottes Zorn würde über ihn hinwegfegen. Doch statt mit den Fäusten auf sein Gesicht einzuschlagen, öffnete sie ihre Hände und schmierte Thomas' Blut, das noch dick an ihnen haftete, auf sein weißes Hemd. Überall hinterließ sie die roten Spuren, so als ob sie damit die Schuld, die sie fühlte, auf ihn abwälzen könnte. Vielleicht würde auch er einmal Reue zeigen. Sie ließ von ihm ab.

»Dieses Blut klebt an Ihnen, mein Herr. Jetzt können es alle sehen«, spie sie aus. Dann drehte sie sich von ihm weg und rief es über den Platz: »Seht es euch an und vergesst es niemals!«

Sie beugte sich zu Proff zu Irnich und flüsterte: »Jetzt können Sie ihn in Ketten legen, Euer Ehren. Ist es nicht zur Abwechslung mal schön, jemanden zu verhaften, der die ihm vorgeworfene Tat auch begangen hat?«

»Aber ich habe nur meine Pflicht getan – ich wollte den Flüchtigen aufhalten«, von Hatzfeld wischte mit seinem Taschentuch an seinem Hemd und versuchte die Blutflecken zu entfernen. »Was kann ich dafür, dass der Bengel sich dazwischenwirft? Verdient hat er es außerdem.«

»Das reicht, von Hatzfeld.« Der Landdinger rüttelte an ihm, sodass er mit seinen Wischversuchen aufhören musste.

»Was denn, Landdinger? Sie wollen mich doch nicht wirklich verhaften? Ihr habt es doch alle gesehen!«, schrie er über den Platz. »Ich wollte den Flüchtigen aufhalten. Ihr seid unfähig und habt ihn entwischen lassen. Es blieb mir keine Wahl. Er musste aufgehalten werden.« Er schüttelte den Amtmann von sich ab. »Das mit dem Jungen war ein Unfall.« Von Hatzfeld blickte um sich, die Augen weit aufgerissen.

»Das ist nicht wahr!«, rief plötzlich Susanna in die Stille. »Der Franzose ist nicht schuldig, Thomas hat mir das gesagt, und er würde nicht lügen. Niemals.« Sie begann erneut zu schluchzen.

Von Hatzfeld fühlte sich in die Enge getrieben. »Und wenn schon, dann war der Franzose es eben nicht. Aber mein Vater hat ihn dazu bestimmt. Deshalb durfte er nicht entkommen. Tot wäre er sogar noch besser, dann kann er nichts mehr leugnen. Seht ihr denn nicht, dass ich schießen musste?« Er blickte von einem zu anderen, packte den jungen Proff zu Irnich am Kragen, schüttelte ihn. »Verstehen Sie denn nicht? Wir brauchen einen Schuldigen. Der Graf hat alles genau geplant.«

Der junge Proff zu Irnich schubste ihn von sich weg.

»Was sagen Sie da?« Der Landdinger schüttelte ungläubig den Kopf. »Graf von Hatzfeld wollte uns einen Unschuldigen präsentieren, nur damit wir gegenüber dem Kurfürsten einen Vollzug melden können? Hast du das gehört, Karl Theodor?«

»Ja, Vater. Ich kann es nicht glauben.« Er stieß Hermann Josef an. »Sprechen Sie, warum habt Sie uns dieses Possenspiel gegeben, und was ist mit diesem Zeugen Tenhagen?«

»Ach, mit ein bisschen Alkohol und Versprechungen war dem leicht beizukommen.« Von Hatzfeld wischte mit den Fingerkuppen über die Stelle, an der der junge Amtmann ihn berührt hatte. »Außerdem konnte er seinem Herren einen Dienst erweisen.«

»Was soll das denn heißen?«, fragte Johanna.

Abschätzig blickte von Hatzfeld zu ihr herüber. »Ja, hatten Sie im Ernst gedacht, ich würde mich für Sie interessieren? Alles nur Fassade, meine Dame. Sollte mich an Sie dranhängen, damit ich Ihren Vater im Auge behalten kann.«

Das war zu viel. Was erlaubte sich der Kerl? Erst Henri, und nun wollte er ihren Vater in seine Intrigen hineinziehen. Aber er hatte sich in seiner Prahlerei doch selbst verraten. »Euer Ehren, der Mann lügt ja, wenn er den Mund aufmacht. Aber eines hat er zugegeben. Er wusste das Bruder Henri unschuldig ist und hat dennoch geschossen – er ist also voll und ganz verantwortlich dafür, dass Thomas …« Nein, Sie konnte es nicht aussprechen. »Sie müssen ihn verhaften.« Ihre Stimme war nur noch ein Flüstern.

»Die Logik eines Frauenzimmers. Es bleibt ein Unfall.«

Nein, sie würde gar nicht hinhören. Sie verließ sich auf von Proff zu Irnich. Er würde nicht länger darauf hören, was ihm von der Grafenfamilie eingeflüstert wurde.

Doch der Landdinger zögerte. »Verstehen Sie mich nicht falsch, Fräulein Johanna. Herr von Hatzfeld wird sich dem noch stellen müssen. Da bin ich mir sicher. Aber ich fürchte, es haben sich jetzt bezüglich des Überfalls auf das französische Lager so viele Ungereimtheiten ergeben, dass diese Untersuchung Vorrang hat. Und um dies aufzuklären, benötigen wir – wie es scheint – die Mithilfe des Grafen.«

»Sie glauben doch nicht etwa diese neuen Anschuldigungen, die dieser Lügner nunmehr gegen meine Familie ausstößt, Herr Proff zu Irnich? Er versucht doch nur seinen Kopf zu retten.«

»Was ich glaube, spielt im Moment keine Rolle. Ich weiß nur, dass wir unter Zeitdruck stehen. Sosehr ich enttäuscht bin, dass mir hier von der Grafenfamilie falsche Verdächtige vorgeführt werden – in einem haben sie recht: Die Depesche des Herzogs wird nicht lange auf sich warten lassen. Wir müssen bald etwas präsentieren. Und ich meine damit, den und die wirklichen Schuldigen, von Hatzfeld. Ich werde die Sache selbst in die Hand nehmen. Mein Sohn, natürlich gemeinsam mit dir.« Er blickte Karl Theodor an. »All unsere Aufmerksamkeit gilt nun dieser Untersuchung.«

»Vater, dann sollten wir zuerst einen Suchtrupp nach dem flüchtigen Mönch ausschicken. Ich denke nicht, dass er schon vollständig entlastet sein kann.«

»Nein, das wird nicht nötig sein. Ich denke nicht, dass er allzu weit kommt.« Der Landdinger blickte zu Johanna. »Ich will diesen Zeugen hören und Ihren Vater. Und der Graf soll sich mir persönlich erklären. Ich schlage vor, wir versammeln uns alle morgen auf Schloss Allner. Von Hatzfeld – unter der Bedingung, dass Sie Ihren Vater darauf vorbereiten und unseren Besuch ankündigen, werde ich Sie jetzt ziehen lassen.«

»Aber was ist mit Thomas? Wir können nicht einfach über seinen Tod hinweggehen. Das ist nicht rechtens!« Johannas Stimme überschlug sich. »Was soll ich seiner Familie sagen?«

»Fräulein Johanna, bitte beruhigen Sie sich. Thomas wird nicht vergessen werden. Das verspreche ich. Und ich werde es persönlich seiner Familie erklären.«

Was bleibt mir übrig? Ich muss ihm vertrauen.

»Karl Theodor«, sprach er seinen Sohn an, »wir werden die Untersuchungen jetzt selbst führen und uns nicht länger angebliche Ergebnisse präsentieren lassen. Morgen werden wir als Erstes diesen Tenhagen verhören und den Freiherrn von Attenbach.«

»Aber mein Vater ist … verreist.« Verflucht, wo war ihr Vater wirklich? Konnte es sein, dass er tatsächlich etwas mit diesem Anschlag zu tun hatte? Sie war sich plötzlich nicht mehr so sicher.

»In seinem eigenen Interesse sollte er alsbald zurückkehren. Falls er morgen nicht wieder da ist, werden wir zunächst nur den Verwalter verhören. Auch er wird sich erklären müssen. Er sollte ja zumindest da sein. Richtig?« Das ging an von Hatzfeld. Der hatte »seinen« Zeugen ja offenbar nach Hause geschickt, seinen Rausch auszuschlafen.

»Ja. Tenhagen sollte in seinem Bett liegen.«

»Gut. Danach werden wir mit oder ohne den Freiherrn nach Schloss Allner ziehen. Und dann erwarte ich auch gespannt die Erklärungen Ihres Vaters, von Hatzfeld.«

»Wie es Ihnen beliebt, Proff zu Irnich.« Von Hatzfeld deutete einen Diener an, sein verzogener Mundwinkel zeigte aber, was er wirklich davon hielt. »Dann darf ich mich also nun entfernen, Euer Ehren?« Auch diese Worte trieften vor Hohn.

Johanna zog sich der Magen zusammen. Sie musste sich zusammenreißen, um nicht auf den Mann loszugehen und ihm die Augen auszukratzen.

»Ja, verschwinden Sie, und vergessen Sie nicht, Ihren Jagdaufseher mitzunehmen.«

Scholten hatte sich während des ganzen traurigen Schauspiels im Hintergrund gehalten. Zu oft hatte er die Launen seines Herrn zu spüren bekommen. Und gerade schien der Herr einiges einstecken zu müssen. Da wollte er nicht in seiner Nähe sein und die Schläge weitergereicht bekommen. Von Hatzfeld zog ihn am Kragen und machte sich mit ihm zusammen auf den beiden Pferden auf und davon.

Johanna wandte sich ab, um ihnen nicht nachsehen zu müssen. Sie konnte immer noch nicht ganz begreifen, dass er so einfach davonkommen sollte.

Der Landdinger atmete tief durch, bevor er wieder sprach: »Und nun werde ich den traurigen Weg zur Familie Pauls antreten.«

»Ich werde mitkommen.« Johanna konnte diese Botschaft nicht einem Fremden allein überlassen, auch wenn sie Bedenken hatte, dass die Pauls sie jetzt nicht mehr als Freundin betrachten würden.

Heinrich Katen kam auf sie zu. »Wirst du das schaffen, Johanna? Soll ich dich begleiten?«

»Nein, Heinrich. Da muss ich allein durch. Das zumindest bin ich Thomas schuldig.«

Der Apotheker nickte.

Der Landdinger bestimmte: »Wir nehmen meinen offenen Wagen. Dort können wir den Jungen hineinlegen. Karl Theodor, lass das Pferd anspannen.«

46.

»WARTE DOCH, JOHANNA!«, rief Reinhard ihr nach. Doch sie musste raus aus der Stube der Pauls. Mutter Pauls war allzu deutlich gewesen, als Johanna es gewagt hatte, ihr jetzt noch unter die Augen zu treten. Sie hatte keinen Ton gesagt, war nicht in Tränen ausgebrochen. Sie hatte sie mit einem kalten Blick bedacht und sie von Thomas' Leichnam weggestoßen. Proff zu Irnich hatte Thomas hineingetragen und auf den Küchentisch gelegt. Ihn hatte sie nicht fortgeschickt. Aber selbst wenn die Mutter es geduldet hätte, Johanna selbst hatte den Anblick des toten Jungen dort auf dem Tisch nicht länger ertragen können, still und blutverschmiert. Die Kehle hatte es ihr zugeschnürt. Als sie nun nach draußen trat, sog sie die kühle Luft ein, doch es half nichts. Ein Würgereiz überkam sie plötzlich. Sie presste die Hand vor den Mund, musste sich übergeben.

»Johanna.« Sie spürte Reinhards Hand auf ihrer Schulter. Sie suchte nach einem Tuch in ihrer Rocktasche, aber das, was sie herauszog, war noch von Thomas' Blut durchtränkt, wie auch ihr ganzer Rock. Wieder überkam sie der Brechreiz und sie beugte sich über und erleichterte sich nochmals. Reinhard reichte ihr ein frisches Taschentuch. Dankbar nahm sie es entgegen und wischte sich über den Mund.

»Geht es wieder?«

»Oh, Reinhard. Es tut mir so leid. Das alles. Thomas. Ich wollte ihm doch nur helfen, euch allen und …« Die Stimme versagte ihr.

»Johanna, es ist doch nicht deine Schuld. Mutter meint es nicht so. Seit Vaters Tod, du weißt es doch. Thomas war alles, wofür sie noch lebte.« Er wandte sich von ihr ab, sprach in den leeren Hof hinein, über den sich die beginnende Dämmerung legte wie ein Leichentuch: »Vielleicht, wenn ich dir mehr entgegengekommen wäre. Das Saatgut, wir konnten es gut gebrauchen. Aber ich war zu stolz. Wenn ich deine Hilfe angenommen hätte, der dumme Junge hätte nicht den großen Jäger spielen müssen. Ich war …«

Johanna spürte seine Zerrissenheit. Das alles war nicht seine Schuld, nicht ihre Schuld. Warum war es denn so schwierig? Warum war es unmöglich für die Pauls, Hilfe von ihr anzunehmen? Nur weil sie einfache Landleute waren und sie eine Edle? Männer wie von Hatzfeld waren dafür verantwortlich. Sie hielten die Grenzen zwischen den Menschen aufrecht. Nein, er hatte nicht nur die Waffe geführt, die Thomas getötet hatte.

Sie schaute zu Reinhard. Er blickte immer noch in die Weite, kein Ziel vor Augen. Einer Eingebung folgend, ging sie auf ihn zu und umarmte ihn. Erst schrak er zurück, ließ sich dann aber in die Umarmung sinken. Gemeinsam standen sie eine Weile schweigend da, und für einen Augenblick waren die Unterschiede zwischen ihnen vergessen. Es war wieder so wie früher, als sie noch Kinder waren und Johanna mit Reinhards Schwestern wie mit Ihresgleichen gespielt hatte. Doch dann knarrte die alte Holztür der Stube. Schnell brachen sie die Umarmung auf, so als hätten sie sich aneinander verbrannt. Proff zu Irnich trat hinaus auf den Hof.

»Es ist besser, wenn ich nun gehe«, sagte Johanna.

»Ja, wir sollten die Familie in der Trauer allein lassen.« Der Landdinger nickte. »Reinhard, Ihre Mutter braucht Sie jetzt.«

Reinhard wandte sich noch einmal an Johanna: »Vielleicht ist es besser, wenn du dich vorerst von hier fernhältst.«

Johanna spürte wieder wie sich ihre Kehle zuschnürte. Die Nähe von eben war verschwunden. »Nur für die nächste Zeit«, versuchte er die harten Worte abzuschwächen.

»Ich verstehe schon«, brachte sie mühsam hervor, und dann wandte sie sich um und ließ die beiden Männer im Hof zurück. Sie dachte, sie hätte alle Tränen geweint, als sie über Thomas' Leichnam gebeugt war. Aber nun flossen sie ihr wieder in Strömen über das verquollene Gesicht. Es gab nur einen Menschen, den sie jetzt ertragen konnte. Ohne sich noch einmal umzublicken, lief sie los.

Warum dauert es bloß so lange? Henri musste feststellen, dass Geduld nicht mehr zu seinen Tugenden gehörte. Er schritt in der Kammer unter dem Dach der Mühle umher wie ein Hund im Käfig. Begeistert war der Müller nicht gewesen, Henri zu verstecken. Aber als der Ignatius erwähnt hatte, waren seine Züge weich geworden und er hatte nachgegeben. Auf seinen Großneffen hielt er offenbar viel.

Dennoch musste Henri ihm das Versprechen abgeben, in der Kammer unter dem Dach zu bleiben, bis er selbst mit Ignatius zurück war.

Je länger er aber darauf warten musste, dass Johanna kam, desto schwieriger wurde es, das Versprechen einzuhalten. In der Kammer gab es kein Fenster. Nur durch die kleinen Ritzen und Löcher zwischen den Dachziegeln fielen Sonnenstrahlen, die kleine Punkte und Linien auf den strohbedeckten Boden warfen. Aber mit der untergehenden Sonne wurde auch dieses Licht fahler, und er begann sich schreckliche Sorgen zu machen. Johanna sollte längst hier sein. So hatten sie es doch verabredet. Nachdem sich die Aufregung seiner Flucht gelegt hätte und die Männer ausgeströmt wären ihn zu suchen, hätte sie unbeobachtet losziehen können. Zuerst wollte sie Thomas nach Hause begleiten und dann zur Halberger Mühle kommen und Argos abholen. Denn würde das Pferd hier beim Müller gefunden werden, wäre sein Versteck aufgeflogen.

Was war nur passiert? Er hatte den Schuss gehört, den man hinter ihm abgefeuert hatte, doch er war schon zu weit weg gewesen, als dass er hätte getroffen werden können. Es war ihm niemand gefolgt. Hatte man Johanna nun anstatt seiner festgehalten? Das konnte er keinesfalls zulassen. Wenn sie nicht bald kommen würde, musste er zurück und sich stellen.

Er blieb stehen. War da nicht ein Geräusch? Schritte? Ja, und jetzt ein Klopfen.

»Herr Marqua?« Das war Johanna! Sie war gekommen. Endlich. Doch der Müller war noch nicht zurück, und die Tür hatte Marqua verriegelt. Henri schlüpfte durch die Falltür und die Leiter hinunter, rannte die Treppe zum Erdgeschoss hinab. »Johanna? C'est toi?«

»Henri?«

»Oui, ma chère. Warte, die Tür ist verriegelt.« Ein Schlüssel hing an einem Haken oberhalb des Balkens, hatte der Müller ihm gesagt. Henri blickte hinauf, sah den Schlüssel in der Ecke hängen. Er langte nach oben. Ein schwerer eiserner Schlüssel, seine Hände zitterten, als er ihn in das Schloss steckte. Endlich sprang die Tür auf.

Johanna stand vor ihm, ihr Rock blutverschmiert!

»Was ist passiert?«

Ohne ein Wort sank sie in seine Arme. Ein Schluchzen ließ ihren Körper erbeben. Sie war ganz kalt. Er zog sie ins Haus hinein und schloss die Tür. Sie ließ ihn nicht los.

»Johanna, chère.« Er schob sie sanft von sich, um sie anblicken zu können. Ihre Augen waren verquollen. »Bist du verletzt?« Er blickte auf ihren blutigen Rock, der Stoff aber schien unversehrt.

»Mit mir ist nichts«, sagte sie. »Thomas.« Sie sank wieder in seine Arme.

»Was ist mit Thomas?«

»Er ist tot!«

»Quoi?«

Sie stieß ihn weg und schrie: »Er ist tot!«

»Aber wieso? Was ist passiert?«

»Von Hatzfeld hat auf dich geschossen.«

»Ich habe den Schuss gehört.«

»Thomas hat sich dazwischengeworfen.« Tränen begannen ihre Augen zu füllen. »Die Kugel hat ihn genau in die Brust getroffen. Sein kleiner Körper. Es hat ihn fast zerrissen. Ich konnte nichts mehr für ihn tun.«

Er zog sie wieder in seine Arme. Unfähig zu sprechen, ihren Blick zu ertragen. Was hatte er nur getan? Es war sein Plan gewesen.

Henri führte sie von der Tür weg, weiter ins Haus hinein. Sie ließ es mit sich geschehen, so als ob sie keinen eigenen Willen mehr hätte. In diesem Zustand hatte er sie noch nie gesehen. Sie war doch die Stärkere von ihnen beiden. Hatte Lebensmut für sie beide gehabt.

Er schob Johanna die Leiter zur Dachkammer hoch. Vorsichtig setzte sie einen Fuß vor den anderen, als ob ihre Beine schwer wie Blei wären. Henri war froh, sie heil nach oben gebracht zu haben. War sie vielleicht doch verletzt worden?

»Johanna, ist wirklich alles in Ordnung? Bist du doch verletzt?«, fragte er.

»Mit mir ist nichts.« Doch ihr Verhalten strafte ihre Worte Lügen. Ihr Gesicht verlor alle Farbe und sie drehte sich von ihm weg, sah die Schüssel, die ihm Marqua für seine Notdurft in die Kammer gestellt hatte, und übergab sich in sie.

Henri lief zu ihr und stützte sie, überschüttete ein Tuch mit dem Wasser aus einer Flasche, die er ebenfalls bekommen hatte, und reichte es Johanna. Dankbar nahm sie es an. Ihr Gesicht gewann langsam an Farbe zurück. Und dann brach der Redefluss aus ihr hinaus: »Ich weiß nicht, was mit mir los ist. Es muss das ganze Blut sein. Eigentlich macht mir das ja nichts aus. Wahrlich habe ich schon viele blutende Wunden versorgt. Aber …«

»Oui, aber es ist Thomas' Blut, und er ist tot, nur weil er mich schützen wollte. Es tut mir so leid Johanna. Verzeih mir.«

»Nicht du auch noch. Warum wollen sich denn alle die Schuld dafür geben?«

Henri verstand nicht. Blickte sie nur an. Er hätte es verstehen können, wenn sie seine Berührung nun verabscheuen würde. Doch zu seiner Überraschung zog sie ihn eng an sich.

»Halte mich. Lass mich nie wieder los.« Und er hielt sie. Wie könnte er nicht? Jetzt war es an ihm, der Stärkere zu sein.

»Komm Joanna. Setzen wir uns.«

Er breitete eine Decke auf dem Strohlager aus und nahm stützend ihre Hand, damit sie sich niederlassen konnte. Dann setzte er sich neben sie. Legte seinen Arm um sie, und sie begann zu erzählen. Nach und nach erzählte sie alles, was geschehen war, nachdem er davongeritten war, von den neuen Verdächtigungen, die von Hatzfeld ausgestoßen hatte und die sich gegen Johannas Vater richteten. Bis zu dem Punkt, als sie Thomas zu seiner Mutter gebracht hatten.

Henri hörte einfach nur zu. Als sie dann schwieg, sah er, dass sie völlig erschöpft in seinen Armen eingeschlafen war.

Henri blieb wach. Seine Gedanken rasten. Auch wenn Johanna es nicht so sah, er war für Thomas' Tod mitverantwortlich. Wieso war von Hatzfeld überhaupt bewaffnet in diese Verhandlung gekommen? Wie hatte er das übersehen können? In Gerichtssälen seiner Heimat waren Waffen verboten. Und nun die erneute willkürliche Beschuldigung von Johannas Vater. Intrigen und Gewalt, das war es, was dieses Ständesystem hier immer noch mit sich brachte. Als er darüber nachdachte, umarmte er erneut die Ideale der Demokratie, die sich sein Land blutig erkämpft hatte und die er während seiner Zeit in Paris in sich aufgesogen hatte. Mit einem Mal überkam ihn ein so starkes Verlangen nach seiner Heimat.

Im Schlaf schmiegte sich Johanna ganz eng an ihn. Er konnte sie nicht allein lassen. Er wünschte, er könnte sie aus dieser Hölle rausführen und mit nach Paris nehmen. Doch er konnte ja selbst nicht mehr zurück. Und er konnte auch nicht mehr einfach davonlaufen. Das hatte er sich geschworen. Man musste sich den Dingen stellen, um sie besser zu machen.

Doch die Situation war hoffnungsloser als je zuvor. Falls wirklich der Vater von Johanna hinter dem Anschlag steckte, wie von Hatzfeld angedeutet hatte, ergab es Sinn, dass der Graf einen außenstehenden Schuldigen präsentieren wollte. Henri war sich sicher, dass Pater Markus seinen Namen ins Spiel gebracht hatte.

Was wäre denn, wenn der falsche Mönch von hier fortging und der Mann, der er wirklich war, zurückkam?

Nach einer Weile, er wusste nicht, wie lange sie so dagelegen hatten, hörte er, wie Müller Marqua zurückkam. Unverkennbar hatte er seinen Neffen im Schlepptau. Ignatius' sonore Stimme tönte bis in die Dachkammer hinauf. Mit einem Mal wusste Henri, was zu tun war. Vorsichtig, um Johanna nicht zu wecken, erhob er sich von dem Strohlager. Er schlich zur Luke und stieg hinunter.

47.

Im Erdgeschoss der Mühle angekommen, folgte er den Stimmen der beiden Männer. Müller Marqua und Ignatius saßen in der Küchenstube. Das Kaminfeuer brannte. Sie hörten ihn und verstummten, aber Ignatius' Gesichtszüge entspannten sich, als er Henri sah. Er rückte seinen Stuhl zurück und kam auf ihn zu.

»Henri. Ich dachte, dass ich dich nie wiedersehen würde.«

Sie fassten einander an den Unterarmen, und Henri spürte, wie sich durch den Händedruck des Freundes Zuversicht in ihm ausbreitete. Mit Ignatius' Hilfe würde alles gut gehen. Irgendwann musste sich das Schicksal ja einmal zu ihren Gunsten drehen.

»Als Cornelius mir erzählte, der Sohn des Landdingers und der Markus wären zusammen gekommen und hätten dich in Ketten abgeführt, wollte ich es nicht glauben. Aber der Abt unterrichtete uns dann bei der Vesper. Du sollst für den Anschlag in Siegburg verantwortlich sein! So ein Blödsinn!« Er stemmte die Arme in seine breiten Seiten und schüttelte den Kopf. »Ich sagte dem Vater Abt, dass sei nicht wahr. So was würdest du niemals machen. Außerdem warst du ja in der Kammer, als es passierte, nicht? Das habe ich gesagt, aber der Abt meinte nur, das läge jetzt nicht mehr in Gottes Hand, sondern ein weltliches Gericht müsse darüber entscheiden. Ich hätte mich sofort zu dir auf den Weg gemacht, aber da kam Pater Markus zurück, und der Abt wollte, dass er ihm Bericht erstattet. Er bat, dass ich abwarte, bis er mehr wisse. Also ...«

»Es ist gut, Ignatius, beruhige dich. Du hättest nichts ändern können.«

»Aber was ist denn geschehen? Wieso soll dich der Ohm verstecken?«

Henri berichtete ihm und dem Müller, was geschehen war. »Und das traurige Ende meines Plans ist ein unschuldiges Opfer. Thomas ist tot. Erschossen. Und Hermann Josef von Hatzfeld hat die Waffe abgefeuert. Er wollte mich treffen, und der Junge hat sich dazwischengeworfen.«

»Heilige Mutter Maria!« Der Mönch bekreuzigte sich und ließ sich wieder auf den Stuhl fallen. Dann legte er die Hände vor sein Gesicht und versank in ein stilles Gebet.

»Ich werde euch wohl mal allein lassen«, flüsterte Müller Marqua. Er hatte sich vom Tisch erhoben und verließ die Stube. Im Türrahmen drehte er sich noch einmal um. »Ich betreibe zwar die klösterliche Mühle, aber ein Gespräch mit diesem Gott habe ich aufgegeben, nachdem er mir mein gutes Weib und den ungeborenen Sohn genommen hat.«

Henri blickte ihm nach. Dieser Mann hatte den Glauben, den er selbst nie besessen hatte, verloren. Er fragte sich, was schwerer wog. Der Franzose ging zum Tisch, legte kurz die Hand auf Ignatius' Rücken und nahm dann den frei gewordenen Platz ihm gegenüber ein. Er wartete, bis Ignatius sein Gebet beendet hatte. Das Feuer im Kamin knisterte. Henri stierte, scheinbar ruhig, in die Flammen, aber seine Gedanken rasten.

Il est dangereux d'avoir raison dans des choses où des hommes accrédités ont tort. Wie immer kam Voltaire ihm in den Sinn. *Es ist gefährlich, in Dingen recht zu haben, in denen die etablierten Autoritäten unrecht haben.*[19] Der Graf hatte unrecht mit seiner Beschuldigung ihm gegenüber. Das war klar. Aber sich offen gegen ihn stellen, das würde niemand. Was also, wenn er es so aussehen lassen würde, als ob Graf von Hatzfeld recht hatte? Ein französischer Mönch namens Henri hatte diesen Anschlag begangen. Ein solcher Mönch würde so schnell als möglich die Flucht ergreifen. Also würde Henri dem Grafen genau diesen Gefallen tun und den französischen Mönch verschwinden lassen. Wenn sich die Wogen dann geglättet hätten, konnte er als der wiederkommen, der er wirklich war. Als Henri Benoît de Montfort.

Aber wie konnte er fortgehen, ohne Johanna? Er konnte sie auf der Flucht nicht mitnehmen. Aber er würde ihr ein Versprechen geben, dass er wiederkommen würde. Sie musste ihm vertrauen. Doch würde sie das? Er konnte ihr ja nicht einmal erklären, was er vorhatte. Er wusste es ja selbst nicht. Das würde sich irgendwie ergeben. Erst einmal musste der Mönch verschwinden, und mit ihm alle Lügen, die er um sich herum aufgebaut hatte – und er wusste auch schon, wer ihm dabei helfen würde.

Ignatius hatte sein Gesicht noch in beide Hände gelegt. Es war wohl ein recht langes Gebet, welches er still vor sich hin sprach. Henri blickte sich in der Küchenstube um. Er benötigte Feder und Tinte. Außer ein paar Schüsseln und Kochgeschirr neben dem großen Ofen an der Wand und einem Vorratsregal sah er jedoch nichts. Er stand auf und wollte den Müller suchen, da kam der auch schon zurück.

»Ist alles in Ordnung? Sie sind so still geworden.«

Henri deutete mit dem Kopf auf den betenden Ignatius.

»Hm, verstehe«, brummte Marqua und zog die Augenbrauen hoch.

»Herr Marqua, haben Sie Feder und Tinte? Ich muss einen Brief schreiben.«

»Feder und Tinte?« Er schüttelte den Kopf. »Einen Kohlestift könnte ich Ihnen geben. Damit schreib ich die Halfter auf, die ich pro Tag mahle. Zahlen kann ich schreiben. Mit den Buchstaben hapert es manches Mal.«

»Aber wie machen Sie Ihre Buchhaltung?«, fragte der Franzose erstaunt.

»Das läuft alles über das Kloster. Die Mühle gehört mir ja nicht. Ich mahle und arbeite für die Kirchenherren. Man könnte fast sagen, Ignatius ist mein Herr und Meister!« Er lachte laut auf.

Ignatius räusperte sich. »Was gibt es zu lachen, Ohm?«

»Nichts, nichts, Junge. Ich hole dann mal etwas zu schreiben für Sie.« Der Müller verschwand.

»Was hast du vor, Henri?«

»Ignatius, du musst etwas für mich tun. Ich habe eine Nachricht für den Grafen von Hatzfeld.«

»Den Grafen? Aber wie kann ich da helfen. Die werden mich nicht vorlassen.«

»Nein, mein Freund. Du musst die Nachricht nicht selbst dorthin bringen. Aber Pater Markus. Er ist doch der Sohn des Grafen.«

»Markus! Oh weh, das gefällt mir gar nicht.«

»Du musst Markus nur bitten, die Nachricht seinem Vater zu übergeben. Und es ist eilig. Du musst Markus überzeugen, es sofort zu tun.«

»Hm, er wird wissen wollen, was darin steht.«

»Das kann er. Wenn er den Brief liest, wird er wissen, dass es eilig ist und dass es nicht zu seinem Nachteil sein wird.«

»Und was wird drinstehen?«

»Dass ich, der Mönch Henri, die Schuld für den Anschlag auf mich nehme.«

»Aber …«

»Lass mich erklären: Ich werde die Schuld auf mich nehmen und von hier weggehen. Der französische Mönch wird ein für alle Mal verschwinden, verstehst du!« Die Worte kamen hart und schnell aus seinem Mund. Denn Henri merkte, dass es genau das war, was er schon lange wollte.

Diese Verkleidung anzunehmen war von Anfang an ein Fehler gewesen. Noch so ein Fehler, den er begangen hatte. Aber jetzt war das vorbei. Keine Lügen mehr. Keine Fehler mehr. Wenn er zurückkam, würde er seine Identität nicht mehr leugnen, sich nicht wieder und wieder von seiner Familie abwenden. Er wusste noch nicht wie, aber er würde eine neue Existenz aufbauen, und zwar auf seiner alten. Kein Mönch, kein Soldat. All das war er nicht mehr, war er nie wirklich gewesen. Und dann würde er zurückkommen und es wert sein, von Johanna geliebt zu werden.

»Der Graf wird darauf eingehen. Ich liefere ihm genau das, was er braucht. Dafür verlange ich ein Pferd, Kleidung und Verpflegung, etwas Geld, damit ich fortgehen kann. Und die Zusicherung, dass man mich nicht ernsthaft verfolgt.«

»Aber du bist doch unschuldig, oder nicht? Und was ist mit Fräulein Johanna?«

»Ja, was ist mit mir?«

Henri und Ignatius drehten sich zur Tür. Da stand sie und blickte den Franzosen aus großen Augen an. Aber ihre Augen waren ohne Glanz in ihrem immer noch blassen Gesicht.

»Joanna!«

»Du wirst also einfach so gehen?«

»Es ist die einzige Möglichkeit, lass es mich erklären.«

»Erklären? Was gibt es da noch zu erklären? Ich habe dir geglaubt! Ich habe dir vertraut!«

»Joanna, versteh doch.« Er ging auf sie zu, wollte ihre Hände umfassen, doch sie zog sie weg.

»Ich verstehe es ja. Es war einfach alles gelogen.« Sie drehte sich von ihm weg.

»Nein, ma chère. Ich komme wieder.«

Sie lief zur Haustür.

»Warte bitte! Lass mich erklären!«

Noch einmal drehte sie sich zu ihm um, aber in ihren Augen lag eine furchtbare Traurigkeit, und ihre Stimme klang müde. »Ich brauche keine Erklärungen. Du läufst fort. So wie du es schon so oft getan hast. Aber pass auf, denn am Ende findest du immer nur dich selbst.« Sie wandte sich wieder ab.

»Nein, Joanna. Diesmal ist es anders. Ich hole dich. Ich weiß noch nicht wie, aber ich werde zurückkommen!«

Doch sie hörte ihn nicht mehr, so laut strömte ihr das Blut in den Ohren. Warum ließen sie alle allein? Erst Thomas, jetzt Henri. Und ihr Vater, ihr Vater hatte sie ihr Leben lang im Stich gelassen. Sie hatte gedacht, Henri wäre anders. Es war zu viel für sie. Sie wehrte sich nicht mehr gegen die Tränen. Sie riss die Tür auf.

Henri war dicht hinter ihr. »Warte Joanna! Ich muss wissen, dass du auf mich wartest!«

Doch sie lief nach draußen in die Dunkelheit der Nacht, schaute sich nicht um nach ihm. Sie ertrug es nicht, noch einmal sein Gesicht zu sehen. Warum sollte sie ihm eine Zusicherung geben, die sie niemals bekommen würde? Er sollte genauso leiden wie sie. Sie rannte schneller, sah kaum den Boden vor ihren Füßen. Sie wollte nur noch weg von hier. Wo war Argos?

Als Henri die Tür erreichte, hielt ihn plötzlich eine starke Hand am Arm zurück.

»Lassen Sie sie gehen.« Müller Marqua hatte ihn gepackt.

»Aber ich muss sie noch einmal sehen, ich muss es ihr erklären! Alles hängt davon ab.«

»Und wenn Sie nicht wiederkommen, Mann?« Der Müller wusste, wie es war, auf etwas vergeblich zu hoffen. Nach der Totgeburt hatte seine Frau wochenlang im Kindbett gelegen, und er hatte gehofft, hatte so gehofft, dass sie sich wieder erholen würde. Er hatte gebetet, jeden Tag, hatte ihre

Hand gehalten. Sie war immer schwächer geworden, war mit jedem Tag mehr geschwunden, und doch hatte er diese Hoffnung bis zuletzt gehabt. Das war das Schlimmste gewesen. Er sah eine solche Liebe auch zwischen Fräulein Johanna und dem Franzosen. Und er wusste, dass für Johanna die Hoffnung auf ein Wiederkommen des Mannes, den sie offenbar liebte, das Schlimmste sein würde.

»Ich werde wiederkommen«, sagte der Franzose noch einmal.

»Ja, vielleicht, aber wenn nicht? Dann wird sie ihr ganzes Leben darauf warten und hoffen. Ist es das, was Sie für sie wollen?«

Hatte er recht? Henri sackte in sich zusammen. Er versprach sich und der ganzen Welt, dass er wiederkommen würde. Aber wenn nicht? Wenn ihm etwas passieren würde? Und es konnte viel passieren auf dem Weg, der vor ihm lag. Vieles konnte es ihm unmöglich machen zurückzukehren. Dann wäre es tatsächlich das Beste für Johanna, keine Versprechungen zu hören. Mit ihrem Leben weiterzumachen. Er konnte nur hoffen, dass er rechtzeitig zurückkommen würde. Zu einem Zeitpunkt, zu dem sie noch auf ihn warten und ihm verzeihen würde.

»Sehen Sie? Und nun schreiben Sie Ihren Brief, Mann. Hier, ich hab das Papier gebracht.« Marqua schloss die Tür.

Der Franzose ließ es geschehen. Er nahm das Blatt und den Kohlestift und ließ sich vom Müller zurück in die Küchenstube führen. Er hörte nur noch die Hufe des Pferdes auf dem Kies. Sie entfernten sich schnell.

48.

Argos fand den Weg allein. Sie gab sich völlig in seine Obhut und schloss die Augen. Das linderte ein wenig die stechenden Schmerzen, die ihren Kopf durchfuhren, immer, wenn sie sich erlaubte, an ihn zu denken. Daran zu denken, dass er von ihr wegging. Wie alle anderen. Wie Thomas. Aber der Gedanke an den Jungen schmerzte noch mehr.

Das Pferd verlangsamte seinen Schritt und hielt schließlich an. Unschlüssig tänzelte es. Sie hatten die Sieg erreicht, die fast lautlos im Mondlicht dahinfloss. Die Stille des Flusses erschien Johanna unwirklich. Das Wasser sollte doch aufgewühlt sein, das Kiesbett zerwühlt von starken Stromschnellen, wie es nach einem heftigen Regen der Fall war, sodass es unmöglich war, sie mit dem Pferd zu durchwaten. Doch der Fluss war völlig unberührt von den Schicksalsschlägen, die Johannas Leben durcheinandergewirbelt hatten. Wie kalt und unnahbar ihr die ganze Welt mit einem Mal vorkam. Sie schauderte.

Sie drückte die Knie in Argos Seiten, um ihn voranzutreiben. Zögernd begann er, in das Wasser zu waten. Vielleicht spürte er ihren plötzlichen Widerwillen.

»Komm schon, stell dich nicht so an«, sagte sie mehr zu sich selbst als zu dem Pferd. Der Rappe strauchelte plötzlich, war in eine Unebenheit im Kiesbett getreten. Und Johanna war so in ihre düsteren Gedanken getaucht, dass sie nicht schnell genug reagierte. Sie rutschte zur Seite, versuchte noch, sich am Sattelknauf festzuhalten. Doch es war zu spät. Sie fühlte die Leere unter sich, einen Moment schien sie zu schweben, bevor die sie ins Wasser eintauchte. Die Kälte nahm ihr die Luft. Argos stieg erschreckt auf, stakste nach vorne. Johanna, die die Zügel noch festhielt, wurde mitgezogen. Schließlich hielt das Pferd. Jetzt war es ein Glück, dass der Fluss gemächlich dahintrieb. Sie schaffte es, sich aufzurichten. Das Wasser stand ihr bis zur Hüfte. Mit ihr schien alles in Ordnung zu sein. Nur die Kälte zog durch die schwer herunterhängenden Kleider und durch ihren ganzen Körper. Aber was war mit Argos? Hatte er sich verletzt? Er schnaubte und schüttelte unruhig Hals und Kopf.

Sie legte eine Hand auf den Hals des Pferdes.

»Ruhig, mein Freund. Lass uns erst einmal hier heraus kommen.« Sie ging voran und führte das Pferd auf die andere Seite des Flusses. Wenn er jetzt auch noch verletzt wäre. Das würde sie sich niemals verzeihen. Sobald sie das Ufer erreicht hatten, fuhr sie sofort tastend über die Vorderläufe des Pferdes. Sie spürte keine Verhärtung, auch blieb Argos ruhig und schien bei der Berührung keine Schmerzen zu fühlen. Er schien in Ordnung. Sie führte ihn noch einige Schritte und beobachtete seinen Gang. Kein Lahmen war zu erkennen. Argos war unversehrt. Erleichtert fiel sie dem Tier um den Hals.

»Oh, mein Lieber. Es tut mir so leid. Das war alles meine Schuld. Aber das wird nicht mehr passieren, ich verspreche es dir.«

Dem Pferd wurde die Umarmung zu viel. Es tänzelte.

»Schon gut. Ich lass dich ja schon wieder los.« Noch einmal strich sie ihm über den Hals, saß wieder auf. »Schnell nach Hause. Mir ist auch kalt.«

Der Sturz hatte sie wachgerüttelt, und auf dem letzten Stück des Weges bis zum Gut schöpfte sie neuen Mut. Sie würde sich nicht unterkriegen lassen. Unabhängig davon, ob Henri wiederkommen würde oder nicht, sie musste sich auf sich selbst verlassen. Er würde immer ein Teil von ihr sein. Aber sie wollte auf eigenen Beinen stehen. Nicht von einem Mann abhängig sein. Hatte sie das nicht schon immer so gesehen? Die Begegnung mit Henri hatte ihr gezeigt, dass es diese Liebe, für die man vielleicht alles aufgeben würde, tatsächlich gab. Was immer es für Heiratspläne gab, die ihre Mutter sich für sie wünschte. Diese waren jetzt noch unmöglicher für sie als zuvor. Doch sie würde nicht daran zerbrechen. Sie würde dafür sorgen, dass von Hatzfeld für Thomas' Tod Verantwortung übernahm. Und sie musste ihrem Vater von Tenhagen erzählen und von den Verdächtigungen, die gegen ihn erhoben wurden. Die von Hatzfelds hatten offenbar einen Feldzug gegen ihre Familie und ihre Lieben begonnen. Sie würde sich aber niemals kampflos ergeben. Nein, sie war wie eine Wildsau, die ihre Jungen schützte. Und die Grafenfamilie würde ihren ganzen Zorn zu spüren bekommen.

Als sie in den Hof einritt, begann der Morgen schon zu dämmern. Sigrid kam aus der Küche gestürzt und eilte ihr entgegen.

»Endlich! Was ist nur passiert? Wo waren Sie denn die ganze Nacht? Himmel! Ganz nass sind Sie!«

Johanna stieg vom Pferd, und sofort war die Köchin neben ihr, fasste ihre Arme. »Schnell, kommen Sie hinein, Sie müssen die Kleider ausziehen. Sonst holen Sie sich noch den Tod.«

»Lass nur, Sigrid. Mir fehlt nichts. Aber es gibt schlimme Nachrichten.«

»Was ist passiert, Kind?«

»Gleich, ich muss erst Argos versorgen.«

»Nein. Das Pferd kann der Franz versorgen.« Sigrid ließ sie los und rief in Richtung Stall: »Franz! Fraanz! Ach, ist bestimmt eingeschlafen, der Jung. Fraanz!«

Die Stalltüre knarrte und der Sohn der Tenhagens streckte den Kopf heraus.

Franz kam heraus und nahm Johanna die Zügel ab. Sie strich dem Tier noch einem über den Hals.

»Reib ihn gut trocken, Franz.«

Sigrid zog sie ins Haus.

»Frau von Attenbach, kommen Sie schnell! Johanna ist wieder da!«, rief die Köchin, sobald sie das Haus betreten hatten. Caroline kam aus dem unteren Salon.

»Johanna, mein Gott, was ist passiert? Sigrid, mach sofort ein heißes Bad fertig.«

»Ja, gnädige Frau.« Sigrid lief in die Küche.

Johanna hörte, wie sie den Ofen anheizte und wohl einen großen Topf aufsetzte. Doch sie war ungeduldig. Sie konnte jetzt nicht ruhig in einem Bad liegen. »Mutter, ist Vater wieder zurück?«

»Ja, er kam diese Nacht. Ist sofort auf sein Zimmer verschwunden.«

Johanna atmete erleichtert durch. Jetzt ließ sie sich von ihrer Mutter nach oben in ihr Ankleidezimmer führen, wo auch die große Wanne stand.

»Ich muss ihn sofort sprechen.«

»Das kann warten, Johanna, jetzt zieh erst einmal deine Kleider aus.«

Sie war durchgefroren, und das nasse Kleid hing schwer an ihr herunter. Sie musste niesen.

»Was ist denn bloß passiert?«, fragte Caroline während sie Johannas Kleidung zum Trocknen auf eine Kleiderstange hängte. »Hier, zieh dir erst einmal den Morgenmantel über.«

»Ich habe nicht aufgepasst, Mutter. Bin in der Sieg gelandet.«

Caroline wandte sich abrupt zu ihr um. »Bist du vom Pferd gestürzt? Lieber Gott! Ich hab dir immer gesagt, dass das einmal passieren wird. Warum kannst du nicht wie jedermann die Fähre nehmen? Lass dich anschauen, hast du dir etwas gebrochen?«

Sie fing an, ihre Tochter abzutasten, doch Johanna stieß ihre Hände von sich und zog den Morgenmantel eng um sich. Ihr war der Gedanke plötzlich unangenehm, dass die Mutter sie berührte, wo zuvor Henris Hände entlanggeglitten waren.

»Mit mir ist nichts Mutter. Es ist etwas ganz anderes passiert, etwas Schreckliches.«

Caroline blickte sie entsetzt an. »Sprich.«

In diesem Moment kam Sigrid zur Tür rein und trug einen großen Topf mit heißem Wasser. Sie schnaufte, als sie ihn auf der Kante der Wanne absetzte. Dann kippte sie das Wasser in die Wanne und füllte diese mit dem danebenstehenden Eimer kalten Wassers weiter auf. Sie fühlte die Temperatur und gab etwas Badesalz mit hinein. Mutter und Tochter blickten sich stumm an, während die Köchin mit dem Bad beschäftigt war.

»Das Bad ist bereitet. Schnell hinein. Es wird guttun.«

Johanna ließ den Morgenmantel an sich hinuntergleiten und stieg in das Bad.

Ihre Mutter wartete immer noch auf eine Erklärung, aber die Köchin schaute zufrieden.

»Jetzt setze ich schnell noch einen Kräutertee auf. Dann wird das schon wieder.« Sie wollte schon zur Tür hinaus, da hielt Johanna sie zurück.

»Warte bitte, Sigrid. Du musst auch hören, was ich zu berichten habe.« Es fiel ihr schwer, an den Mittag zurückzudenken, während die wohlige Wärme des Bades sie langsam umfing. An das Blut, das immer noch an ihren Händen zu kleben schien. Unwillkürlich fing sie an, die Hände im Badewasser zu reinigen. Wenn sie es jetzt aussprach, würde dann der Schmerz hervorbrechen, den sie in ihrem Inneren einzuschließen versucht hatte?

»Die Verhandlung …«, begann sie.

»O mein Gott, sie haben Thomas verurteilt.« Sigrid schlug die Hände vor den Mund.

»Viel schlimmer. Thomas …«, sie stockte, brachte es nicht über die Lippen. Nicht noch einmal.

»Kind, lass es heraus.« Die Stimme ihrer Mutter wurde weich. »Wir können dir nicht helfen, wenn du uns nicht lässt.«

Natürlich hatte sie recht. Sie musste sich denen anvertrauen, die noch da waren. Ihrer Mutter, Sigrid, Heinrich. Sie war nicht allein. Also teilte sie ihren Schmerz: »Thomas ist tot!«

Und dann brach es aus ihr heraus und sie erzählte, was passiert war. Nur ihr Verhältnis zu Henri hielt sie aus der Erzählung heraus, auch wenn Sigrid vielleicht etwas vermutete.

Als sie geendet hatte, war das Badewasser kalt geworden, und sie verlegten ihr Gespräch nach unten in die Küche, wo Sigrid dann tatsächlich einen Tee bereitete.

»Ist Tenhagen zurückgekommen?«, fragte Johanna.

»Ja, heute Mittag kam er völlig betrunken hier an. Ich glaub, ohne Martha hätte er gar nicht zurückgefunden. Er fiel vom Pferd und blieb im Hof liegen. Franz und Gudrun haben ihn reingebracht. Seitdem hab ich ihn nicht mehr gesehen.«

Die Köchin seufzte. »Dass er vor dem Landdinger einfach so lügt! Der Alkohol ist des Teufels. Er macht schlimme Dinge mit den Menschen.« Sie bekreuzigte sich.

»Ich glaube nicht, dass es nur der Wein ist.« Johanna traute Tenhagen keinen Deut mehr. Da war ja nicht nur diese Falschaussage, sondern er hatte auch die Pacht der Pauls' eingezogen, und vielleicht war das nicht die einzige. Sie musste unbedingt mit ihrem Vater sprechen und ihm davon berichten. Und nicht nur davon, auch von diesen ungeheuerlichen Anschuldigungen der von Hatzfelds. »Mutter, ich muss Vater sprechen. Kannst du ihn nicht holen? Es ist wirklich ernst.«

»Ich weiß nicht.« Ihre Mutter strich sich mit den Händen über die Arme. »Du weißt, wie er sein kann.«

»Aber es betrifft uns alle. Das habe ich euch noch nicht erzählt.« Johanna blies in ihre Tasse und nahm einen Schluck von dem Tee.

»Was denn noch? Ist denn nicht schon genug Leid geschehen?« Sigrid schenkte ihr Tee nach.

Johanna räusperte sich. »Bevor von Hatzfeld abgezogen ist, hat er eine Anschuldigung gegenüber Vater ausgesprochen.« Sie unterbrach sich. Schritte waren auf der Treppe zu vernehmen. Alle drei Frauen blickten zur Tür.

49.

»Vater!« Johanna sprang auf, öffnete die Küchentür, schlug sie ihrem Vater fast vors Gesicht. »Wo waren Sie denn bloß? Ich habe wichtige Neuigkeiten. Es ist so viel geschehen!«

»Und die Küche ist der richtige Ort für den Austausch wichtiger Neuigkeiten?«

»Ja sicher! Sigrid und Mutter sind auch hier.« Sie hielt ihm die Tür auf.

»So?« Er betrat die Küche. Sigrid erhob sich schnell. Der Schemel, auf dem sie gesessen hatte, fiel um. »Verzeihung, Herr.«

Sie machte einen unbeholfenen Knicks. Den Herrn im Hause zu sehen war bereits ein seltener Anlass, ihn aber in der Küche zu haben … Schnell richtete sie den Schemel wieder auf, wollte ihn dem Herrn anbieten, fand ihn dann aber nicht angemessen und blickte hilflos zu Johanna.

Der Freiherr indes begann lauthals zu lachen. »Schon gut, Sigrid. Der Schemel ist völlig ausreichend. Ich habe schon auf härteren Stühlen gesessen in so manch einem Wirtshaus. Hab sogar meist ganz aufs Sitzen verzichtet und bin direkt vom Stehen in die Waagerechte verschwunden.« Wieder lachte er aus vollem Halse, während er den Schemel heranzog und sich breitbeinig darauf setzte.

»Wenn ich jetzt auch noch so eine Tasse Tee bekomme, bin ich ganz zufrieden.« Er schlug auf den Tisch, sodass die drei Tassen, die schon darauf standen, erzitterten. »Und bereit zu hören, was meine Tochter so Wichtiges zu erzählen hat.«

»Sehr wohl, Herr.« Sigrid holte, froh, dass man ihr eine Aufgabe zugewiesen hatte, eine neue Tasse aus dem Regal und füllte sie mit frischem Tee.

Währenddessen wandte sich Attenbach seiner Frau zu, die still sitzen geblieben war. Er legte einen Arm um sie. »Weib, komm mal her. Hast du mich denn auch vermisst? Oder nur unser Töchterchen, hm?« Er zog sie zu sich und drückte ihr einen Kuss auf die Wange, dass es schmatzte.

Sie lehnte sich zurück, entzog sich ihm aber nicht völlig. »Ich bitte dich. Nicht hier.«

»Ha, prüde wie eh und je, mein Weib.«

»Wirklich, Attenbach.« Sie schüttelte den Kopf. »Du solltest dir lieber anhören, was Johanna zu sagen hat.«

»Na, denn. Ich bin ganz Ohr.« Er blickte zu seiner Tochter hoch, die stehen geblieben war.

»Vater, es ist viel passiert, seit Sie fort sind.«

»Was denn, wie lange war ich denn weg? Seit diesem schrecklichen Ball sind doch gerade mal drei Tage vergangen, oder nicht?«

»Ja, aber seither haben sich die Ereignisse überschlagen. Was haben Sie überhaupt mitbekommen, Vater? Wissen Sie von dem Anschlag in Siegburg?«

Als Antwort öffnete er ruckartig seine Hand, die eben noch den Henkel der Teetasse umfasst hatte, und begleitete die Bewegung mit einem Ausruf: »Puff!«

»Theodor!« Caroline zog sich aus seiner Umarmung zurück. »Wir dachten alle, es sind wieder die Franzosen, die uns angreifen. Wir haben die ganze Nacht kein Auge zugetan, und du warst nicht da.« Sie bekreuzigte sich. »Du kannst das nicht mit einem ›Puff‹ abtun.«

»Nun sei mal nicht noch frömmer als gewöhnlich, Frau.«

»Vater. Wo waren Sie denn überhaupt? Offenbar wissen Sie ja, was vorgefallen ist.«

»Das, Tochter«, er zeigte mit dem Finger auf sie, »geht dich nichts an.«

»Es geht mich schon etwas an. Denn Graf von Hatzfeld erhebt schwere Anschuldigungen gegen Sie. Wissen Sie das auch, Vater?«

»Was? Nein, welche Anschuldigungen?«

»Er lässt verlauten, dass Sie für diesen Anschlag verantwortlich sind!« Sie erwartete ein Donnerwetter. So einen

Auftritt, wie er ihn auf dem Ball hingelegt hatte, als er den Saal lärmend verlassen hatte. Doch Attenbach blieb die Ruhe selbst.

»So, tut er das, der Graf.«

»Das ist alles, was Sie dazu zu sagen haben? Der Graf beschmutzt Ihre Ehre, die Ehre unserer ganzen Familie.«

»Pah, Ehre interessiert mich nicht. Hohles Wort.« Attenbach winkte ab.

Aber Johanna ließ nicht locker. »Es ist nicht nur das. Der Graf hat sogar mit der Hilfe unseres Verwalters vor dem Landdinger intrigiert, um jemand Unschuldigen für diese Tat sühnen zu lassen.«

Jetzt hatte sie plötzlich seine volle Aufmerksamkeit. Er blickte erstaunt zu ihr hoch.

Johanna fuhr fort: »Obwohl er anscheinend glaubt, dass Sie dahinterstecken. Er hat Tenhagen über seinen *werten* Sohn Hermann Josef überredet, falsches Zeugnis abzulegen. Offenbar ist er der Meinung, in unserem Haus sei so wenig Ehre vorhanden, dass unsere Bediensteten leicht für eine solche Sache gewonnen werden können.«

»Moment.« Attenbach war aufgestanden. »Kannst du das noch einmal wiederholen? Er hat jemand anderen für die Sprengung des Waffenlagers büßen lassen? Wen?«

»Was spielt es für eine Rolle, Vater? Alles was ich mit Sicherheit weiß, ist, dass derjenige unschuldig ist.«

»Natürlich ist der unschuldig.«

Attenbach trat gegen den Schemel. Caroline zuckte zurück.

»Aber wen haben sie an den Pranger gestellt, möchte ich wissen. Wen schieben die Feiglinge vor?«

»Einen französischen Mönch namens Henri. Er hat im Kloster Bödingen Zuflucht gefunden und … ist ein Freund geworden. Er hat mir und Thomas geholfen.«

Attenbach bemerkte Johannas Zögern nicht, aber Sigrids Blick ruhte auf ihr.

»Ein französischer Mönch? Wie passend. Der kommt ja gerade recht für den feinen Herrn von Hatzfeld.« Attenbach begann in der Küche auf und ab zu laufen. »Und was hat Tenhagen damit zu tun?«

Johanna erzählte von Tenhagens Auftritt vor dem Landdinger und dem anschließenden Prozess, der in dem verhängnisvollen Tod von Thomas endete.

»Das ist aber nicht alles. Tenhagen hat außerdem Pachten hinterzogen. Offenbar um seinen Alkoholkonsum zu finanzieren. Wir haben da ein ganz großes Problem, Vater. Das ist die andere Sache, über die ich dringend mit Ihnen sprechen muss.«

»Ja, Tenhagen ist mir wohl zuerst einmal eine Erklärung schuldig.« Attenbach sprach nur mehr mit sich und war mit einem Satz an der Küchentür.

»Ich komme mit«, sagte Johanna.

»Johanna, lass doch Vater machen«, sagte ihre Mutter, die auch aufgestanden war und versuchte sie zurückzuhalten.

Doch Johanna würde sich jetzt von nichts mehr ausschließen lassen. Sie lief ihrem Vater nach. Der marschierte über den Hof und donnerte schon gegen die Tür des Nebengebäudes, zog sie auf, ohne eine Antwort abgewartet zu haben, und trat ein. Gudrun und Franz saßen am Tisch.

»Wo ist er?«, fragte Attenbach.

Gudruns Blick fiel unwillkürlich auf die Tür zur Schlafkammer. Attenbach zögerte nicht. Johanna sah noch, wie ihr Vater im Nebenzimmer verschwand.

Gudrun und Franz starrten mit weit aufgerissenen Augen auf die Tür. Johanna blieb bei ihnen stehen, und gemeinsam lauschten sie den Geräuschen, die aus der Kammer zu ihnen drangen.

Attenbachs Stimme dröhnte durch die Tür: »Los, hoch mit dir.« Sie hörten ein Knarren. Tenhagens Stöhnen.

»Mann, du kannst ja nicht mal gerade hocken. Vielleicht hilft dir das.« Sie hörten klatschende Schläge, zwei, drei.

»Herr, bitte aufhören.« Tenhagens Stimme klang heiser.

»Ist es also wieder der Alkohol?«, schrie Attenbach. »Ich dachte, ich hätte mich klar ausgedrückt. Die Verwalterstelle gibt es nur, wenn du die Finger von dem Zeug lässt. Wie lange geht das schon?«

Keine Antwort. Zumindest war in der Küche nichts davon zu hören.

»Also stimmt alles, was man dir vorwirft.«

Wieder war nichts zu hören.

»Ich schlage vor, du packst deine Sachen zusammen.«

»Aber Herr, Sie können mich nicht einfach vor die Tür setzten. All die Jahre.«

Attenbach schnitt ihm das Wort ab: »Ach, wäre das so schlimm, Mann? Belüg dich doch nicht selbst. Du wärst Frau und Kind los. Das ist es doch, was du willst. Mit Verantwortung kannst du nicht umgehen. Ich hab gedacht, es wäre der Alkohol, aber du bist einfach ein Nichtsnutz.«

Gudrun schluchzte auf und verbarg ihr Gesicht in den Händen.

»Nein. Bitte. Es ist nur der Alkohol. Ich schwöre bei Gott, ich geb ihn auf. Ich werde mich bessern.«

»Ja, das wirst du. Aber dabei wird Gott dir nicht helfen. Das mach ich lieber selbst. Pack deine Sachen, hab ich gesagt. Du kommst mit mir. Wir brechen auf, sobald ich wieder zurück bin. Heute Abend noch.«

»Aber wohin?«

»In den Krieg, Tenhagen. Das wird dich ernüchtern. Wein macht langsam, und im Krieg ist Langsamkeit gleichbedeutend mit dem Tod.«

Die Tür flog auf und der Freiherr schritt durch die Küche.

Gudrun stand auf, griff ihn an der Schulter. »Herr, bitte. Nehmen Sie mir nicht meinen Horst. Was soll ich denn ohne ihn machen?«

Attenbach schlug die Hand der Frau weg. »Du solltest froh sein, dass du ihn los bist. Stattdessen flennst du. Verstehe einer die Weiber.« Kopfschüttelnd ging er hinaus.

Johanna nahm Gudrun in den Arm. Doch die entzog sich ihr und ging zu ihrem Sohn, nahm seinen Kopf in den Arm.

»Lassen Sie mich. Das ist alles nur Ihre Schuld. Sie hätten es Ihrem Vater nicht sagen müssen. Und jetzt nimmt er mir meinen Mann weg. Wovon soll ich denn leben? Und was ist mit Franz?« Sie begann bitterlich zu weinen.

»Beruhige dich doch. Du warst doch schon vorher hier Magd, warum sollte sich das ändern? Ich werde dafür sorgen, dass du hierbleiben kannst. Du hast immer gut gearbeitet. Und dein Franz ist ein wahrer Schatz, so viel er mir schon geholfen hat. Ihr werdet hier immer gut versorgt sein.«

»Gehen Sie einfach. Lassen Sie uns allein.«

Konnte sie denn gar nichts richtig machen? Alles, was sie anfing, endete in einer Katastrophe. »Bitte verzeih. Ich wollte nur das Richtige tun.«

»Gehen Sie endlich.«

Johanna stiegen die Tränen hoch. Als Tenhagen in die Küche hineinwankte, war sie schon nicht mehr da.

Johanna erwischte ihren Vater noch auf dem Hof. Er sattelte sein Pferd.

»Vater, was haben Sie vor?«

»Ich werde dem Grafen einen letzten Besuch abstatten.«

»Aber wollen Sie denn nicht auf den Landdinger warten? Ich sollte Ihnen ausrichten, dass er kommt, um mit Ihnen gemeinsam beim Grafen vorzusprechen.«

»Proff zu Irnich ist mir egal.« Attenbach zog den Bauchgurt fest. »Aber mit dem Grafen habe ich noch etwas zu resolvieren. Ich bin anscheinend der Einzige, der hier die Dinge in die Hand nimmt, und brauche den feinen Herrn nicht, um meine Spuren zu verwischen. Das werde ich ihm klarmachen. Die Franzosen sollen sehen, dass ihnen hier Wind entgegenbläst, wenn sie sich an unserem Land vergreifen wollen. Eine andere Sprache verstehen sie nicht. Ein französischer Mönch. Das ich nicht lache. Von Hatzfeld kuscht vor allem und jedem, treibt Versteckspielchen. Das werde ich nicht zulassen. Sie sollen wissen, wer dahintersteckt. Die ganze Welt soll es wissen, und vor allem die Franzosen sollen es wissen. Einen Attenbach führt man nicht so vor.«

»Vater?« *Was redet er denn da für wirres Zeug?*

Er stieg auf sein Pferd, aber sie stellte sich ihm in den Weg.

»Was denn noch, Johanna?«

»Ich werde mitkommen.«

»Nein. Du bleibst hier und kümmerst dich um alles. Du schaffst das schon.«

»Was soll ich schaffen?«

»Na, hast du es immer noch nicht kapiert? Ich dachte, du hast so ein kluges Köpfchen?«

»Sie wollen wirklich in den Krieg ziehen?«

»Ja, bei den Österreichern habe ich schon angeworben. Die sind dankbar für jede Hand. Außerdem glaube ich, es ist besser, wenn ich mich hier eine Zeit nicht blicken lasse. Sackerlot. Das muss man dem Grafen lassen. Er ist schnell im deduzieren.«

»Sie waren das wirklich Vater, nicht wahr? Sie haben das Waffenlager zerstört!«

»Ja, natürlich war ich das. Das war es, was ich die ganze Zeit schon machen wollte. Die Franzosen müssen raus aus Siegburg. Ich wollte es ja nicht allein machen. Aber der feine

Graf und seine tumben Preußen waren sich zu schade dafür. Also hab ich es allein gemacht. Auch wenn sie das noch nicht vertrieben hat.«

»Darum ging es beim Ball.«

»Kluges Kind.«

»Aber warum? Die Franzosen in Siegburg sind keine direkte Bedrohung für uns. Wir haben uns mit den Soldaten dort doch arrangiert.«

»Warum, warum? Liegt das nicht auf der Hand. Wir müssen die Franzosen hinter den Rhein zurückdrängen. Sie breiten sich sonst immer weiter aus. Die Brücke bei Siegburg müssen wir unter unsere Kontrolle bekommen, sonst werden sie immer wieder vorstoßen. Das kann ich nicht zulassen.«

»Aber was können Sie allein schon ausrichten?«

»Nun, zumindest hab ich ihnen gezeigt, dass man hier nicht kampflos aufgibt und wir nicht freiwillig unser Land übergeben, so wie die Kölner und Bonner. Die haben die neuen Herren ja praktisch hereingebeten. Und deshalb sollen sie es auch wissen. Dass es der Adel ist, der gegen sie aufbegehrt. Dass sie hier nicht so leichte Beute machen können.«

Johanna dachte an Henri und an das, was er ihr über seine Familie erzählt hatte. Wie der Aufstand der Royalisten unter Unterstützung des Adels im eigenen Land blutig niedergeschlagen wurde. Die Aktionen des Vaters würden die Franzosen nicht aufhalten, wenn sie vorhatten, auch diese Seite der Rheinlande für sich einzunehmen. Aber sie sagte es nicht. Er würde ihr nicht zuhören. Aber ein kleiner Hoffnungsschimmer machte sich breit. Wenn ihr Vater sich öffentlich schuldig bekannte, konnte Henri dann bleiben?

»Vater, was wird mit uns, wenn der Landdinger Ihr Schuldanerkenntnis annimmt?«

»Keine Sorge, Johanna.« Er langte zu ihr hinunter, strich über ihre Wange. »Mach nicht so ein Gesicht. Ich sagte doch, ich werde einige Zeit von hier verschwinden, nachdem ich die Dinge klargestellt habe. Ich fürchte so oder so, dass der Graf mich nicht öffentlich beschuldigen wird. Er wird sich durchsetzen gegenüber dem Landdinger. Nichts desto trotz gibt es für mich hier derzeit nichts zu tun. Die Kämpfe haben sich nach Süddeutschland verlagert. Da werde ich jetzt gebraucht.«

»Aber was ist mit dem Gut? Wenn du auch Tenhagen mitnimmst?«

»Nun, das überlasse ich ganz dir, Johanna. Du traust dir das doch zu, oder? Mischst dich ja schon überall ein. Ich übergebe dir das Steuer, nicht wahr?«

Manchmal verfiel ihr Vater in die Seemannssprache, er war weit gereist, auch zur See. Johanna fühlte plötzlich eine Leere, so als würde sie fallen. Aber war es nicht das, was sie schon immer gewollt hatte? Verantwortung übernehmen. Auch als Frau. Sie konnte mit Zahlen umgehen. Nicht nur das hatte Thadaeus ihr beigebracht. Vielleicht konnte sie gar ihren alten Lehrer zurückholen. Wenn es nun ihr allein oblag, das Gut in Abwesenheit ihres Vaters zu führen. Ihr würde schon etwas einfallen. Sie nickte. Sie würde das schaffen.

»Dann ist ja alles geklärt. Ich werde dem feinen Grafen zuerst die Hölle heiß machen. Sag Sigrid, dass sie meine Sachen zusammenpacken soll. Und sieh zu, dass Tenhagen fertig ist. Der Franz soll die Pferde bereit machen. Wenn ich wiederkomme, will ich sofort aufbrechen.«

So schnell wollte er gehen. Alles stehen und liegen lassen. Und sie würde allein vor diesem Scherbenhaufen stehen. Vielleicht konnte er ja noch etwas für sie tun. Vielleicht würde ihr Henri erhalten bleiben. Sie griff an den Zügel des Pferdes, um ihn noch zu halten. »Vater. Zwei Bitten habe ich noch.«

»Was denn?«

»Wenn Sie beim Grafen ein gutes Wort einlegen könnten für den Mönch. Er heißt Henri. Wie Sie ja wissen, ist er unschuldig.«

»Dir scheint viel an ihm zu liegen. Mir soll es recht sein. Ich werd es versuchen. Und was noch?«

»Sehen Sie zu, dass Hermann Josef nicht so einfach davonkommt. Er hat einen Jungen getötet. Den Sohn eines unserer Pächter.«

»Hm.« Der Freiherr nickte.

Gerade in diesem Moment kamen von Proff zu Irnich und sein Sohn auf den Hof geritten. Attenbach ritt ihnen entgegen. »Hey, Landdinger, ich hörte, Sie wollen mich zum Grafen begleiten. Dann folgen Sie mir.«

Johanna sah, wie die beiden Männer ihre Pferde wendeten und dem Freiherrn nachfolgten. Sie blickte den drei Reitern noch nach. Dann ging sie zurück ins Gutshaus, um ihrer Mutter die Nachrichten zu überbringen und Sigrid anzuweisen. Es blieb nicht viel Zeit.

50.

»Herr, warten Sie bitte einen Augenblick.« Jagdaufseher Scholten lief Hermann Josef von Hatzfeld nach, als er diesen den Hof überqueren und auf den Schlosseingang zugehen sah. Der Herr war nach der Verhandlung nicht mit zum Schloss gekommen, hatte wohl außerhalb übernachtet, und Scholten war froh ihn noch sprechen zu können, bevor er zu seinem Vater ging. Im Schlosshof waberten Nebelfetzen, die die Schritte des Grafensohns auf dem Kies dämpften.

»Was ist denn, Scholten?« Hermann Josef blickte sich zu dem Mann um, ohne stehen zu bleiben, den Mund zu einem dünnen Strich verzogen. Durch den morgendlichen Ritt hatte sich die Feuchtigkeit in sein Haar gelegt, sodass es silbrig glitzerte. Er war schon wieder zu spät dran. Es war schwer gewesen, sich den warmen Rundungen von Anna zu entreißen, in deren Umarmung er gestern Abend Vergessen gesucht hatte. Sein Vater war deutlich gewesen, was passieren würde, sollte er sich »nicht am Riemen reißen«. Am Riemen reißen – ha, als ob er ein einfacher Schuster wäre.

»Der Graf hat mich gestern Abend noch zu sich gerufen. Ich denke, das sollten Sie wissen, Herr.«

»Mein Vater? Was wollte er?« Hermann Josef blieb stehen.

»Er wollte wissen, was gestern passiert ist – bei der Verhandlung.«

Vater misstraut mir. »Und?«

»Ich habe ihm gesagt, was ich gesehen habe. Das war doch in Ordnung?«

»Ja, ja. Was wollte er denn genau wissen?«

»Was bei der Jagd passiert ist, als wir den Jungen erwischt haben.«

Warum interessiert ihn gerade das? »Was hast du erzählt?«

»Das, was ich schon dem Herrn Richter bei der Verhandlung gesagt habe. Genau so, wie es gewesen ist.«

»Guter Mann.« Hermann Josef sprach es, und ließ seinen Jagdaufseher stehen. Aber er war dankbar, dass zumindest ein Mann ihm treu ergeben zu sein schien. Jetzt musste er sich aber wirklich sputen.

Und wieder stand er also vor seines Vaters Arbeitszimmer und zog sich die Weste zurecht, atmete tief durch. Sollte sich das denn nie ändern? Er war ein erwachsener Mann. Er würde sich diesmal gegenüber seinem Vater behaupten. Was auch immer der wieder auszusetzen hatte. Er hatte doch nur in seinem Sinne handeln wollen gestern. Und der Graf war deutlich darin gewesen, dass er diesen Franzosen bestraft sehen wollte. Warum sollte das jetzt alles falsch sein? Nur weil sich dieser Bengel in die Schussbahn geworfen hatte? Was konnte er denn dafür? Außerdem hatte der Wilderer so wenigstens seine gerechte Strafe erhalten. Freispruch! Dieser Proff zu Irnich hatte ja keine Ahnung. Ja, das würde er seinem Vater sagen. Der Mann gehörte abgesetzt, der war doch unfähig. Um sich zu bestärken, rief er sich noch einmal das Bild der üppigen Brüste von Anna in Erinnerung und trat ein.

Zur Begrüßung zog der Graf seine Taschenuhr aus dem Revers, klappte sie auf und warf einen langen Blick auf das Ziffernblatt. Sein linkes Augenlid zuckte. Er klappte die Uhr wieder zu und wies seinen Sohn mit einer Handbewegung an, sich zu setzen. Er sagte keinen Ton. Hermann Josef setzte sich also und versank tief im Sessel, den der Graf vor seinem Schreibtisch für Gäste reserviert hatte.

Dann rief er sich aber seinen Vorsatz wieder in Erinnerung. Er würde sich nicht mehr einschüchtern lassen. Er war kein kleiner Bub mehr. Das konnte die Dirne bezeugen. Es brauchte einen Mann, um eine Frau so zum Stöhnen zu bringen.

»Vater, ich habe über gestern nachgedacht«, setzte er an.

»Das bezweifele ich.«

Nein, er würde sich diesmal nicht beirren lassen. Er richtete sich auf, so gut das in dem tiefen Sessel möglich war. »Der alte Landdinger ist unfähig. Wir sollten Herzog Karl Theodor hierüber informieren. Er wird ihn absetzen müssen.«

»Sollten wir das?«

»Nun.« Hermann Josef blickte seinen Vater unschlüssig an.

Der verzog keine Miene. »Ja, das sollten wir. Wir können uns nicht den hanebüchenen Urteilen eines alten verwirrten Mannes unterwerfen. Es ist sicherlich nicht schön, aber doch notwendig. Das habe ich von Ihnen gelernt, Vater. Man muss den Mut haben, auch unpopuläre Entscheidungen zu treffen.«

»So, das hast du also von mir gelernt?« Das eine Augenlid des Grafen zuckte unablässig, auch, als er nun die andere Augenbraue hochzog. »Wenn du mir jetzt noch erläutern würdest, wie du zu diesem Urteil über unseren Landdinger gekommen bist.«

»Ja, natürlich.« Sein Vater hörte ihm zu. Diesmal schien er den richtigen Weg eingeschlagen zu haben. »Das Urteil im Wildereiprozess gegen diesen Pauls-Jungen war eindeutig falsch. Sie haben doch selbst mit Scholten gesprochen. Proff zu Irnich hat sich von diesem Franzosen und von dem Weib einwickeln lassen. Vielleicht ja sogar noch mehr.« Wenn er recht darüber nachdachte, hatte er sich womöglich wirklich von der Attenbach-Hexe bestechen lassen. So musste es gewesen sein.

»So, und was meinst du wohl damit?«

»Ich kann es nicht beweisen, aber es ist womöglich Geld geflossen.«

Der Graf schlug auf den Tisch.

»Genug von diesem Schwachsinn, Hermann Josef!« Er stand auf und begann umherzulaufen. »Ich frage mich wirklich, was ich falsch gemacht habe. Ich hätte nicht gedacht, dass ich meine Söhne so erzogen habe, dass sie die Schuld für alles immer nur bei anderen suchen. Du stellst dir nicht einmal die Frage, ob deine Reaktionen vielleicht überzogen sind, oder gar falsch.«

»Aber …«

»Nichts ›aber‹. Ich habe tatsächlich mit Scholten gesprochen. Hermann Josef, wirklich – wegen ein paar Hasen machst du so ein Aufhebens?«

»Aber das war ja nicht das erste …«

»Hörst du dich denn selber reden?«

»Der Junge ist doch aber schuldig, ich bin mir ganz sicher. Und Sie haben immer gesagt, dass Unrecht im Kleinen seinen Anfang nimmt. Der Wilderer durfte nicht freigesprochen werden.«

»Und deshalb hast du ihn dann selbst gerichtet?«

»Das …«

»Ja, das!«

»Nein. Das war ein Unfall.« Hermann Josef stand ebenfalls auf und hob die Hände. Er versuchte das Geschehen nachzustellen.

»Lass es! Ich kann es mir vorstellen.« Der Graf wandte sich von seinem Sohn ab. »Jetzt müssen wir sehen, wie wir das richtigstellen. Du hast mich in Erklärungsnöte gebracht, aber ich werde mir das Heft nicht aus der Hand nehmen lassen. Unser Problem bleibt bestehen.« Er ging auf seinen Schreibtisch zu, nahm einen Brief und schlug mit der anderen Hand dagegen, dass es klatschte. »Wie vorhergesagt habe ich heute Morgen eine Depesche des Kurfürsten erhalten. Er verlangt die Aufklärung des Anschlags in Siegburg. Wir müssen ihm eine Antwort geben, die uns alle vor Schlimmerem bewahrt. In dieser Situation können wir es uns nicht erlauben, den Landdinger abzusetzen.«

»Aber den Wilddieb hat er nicht …«

»Hermann, fängst du schon wieder damit an? Ich dachte, ich hätte mich klar ausgedrückt. Ich mache mir ja selbst Vorwürfe. Wahrscheinlich hat euch beiden einfach die Mutter gefehlt. Ich hoffe, mit meinem nächsten Sohn wird alles besser.«

Hermann Josef blickte auf.

»Ja, du vermutest richtig. Deine Stiefmutter ist guter Hoffnung.« Die Gesichtszüge des Grafen wurden weicher. Auch sein Augenlid hörte auf zu zucken.

Hermann Josef stieg die Hitze ins Gesicht. »Und jetzt … jetzt brauchst du mich nicht mehr?«

»Red keinen Unsinn, Hermann. Du bist und bleibst mein Ältester und mein Erbe. Deshalb möchte ich dich ja auch einbeziehen. Also hör zu. Wir müssen vorbereitet sein, wenn der Landdinger und Attenbach gleich kommen. Wir müssen eine Lösung finden. Ich bitte dich, halte dich zurück und lass diesen Wilderei-Unsinn außen vor. Und erwähne keinesfalls den toten Jungen. Das bringt uns in Erklärungsnöte, und gegenüber Attenbach möchte ich gerade das vermeiden. Wir müssen ihm gegenüber in der stärkeren Position bleiben. Und ihm nichts in die Hand geben, womit er verhandeln kann.«

»Ich soll also möglichst gar nichts sagen. Das ist es, was Sie von mir wollen? Sie haben mich gar nicht rufen lassen, um meine Meinung oder einen Vorschlag zu hören.«

»Richtig. Und jetzt versteh das bitte nicht wieder falsch. Ich möchte, dass nur die wichtigen Dinge zur Sprache kommen. Unser oberstes Anliegen ist immer noch, diesen Franzosen dingfest zu machen. Hier, lies die Depesche von Karl Theodor selbst.« Er reichte das Dokument seinem Sohn.

Das Siegel des Kurfürsten von der Pfalz und Herzogs von Jülich-Berg prangte auf dem Brief. Hermann Josef faltete ihn auseinander und begann zu lesen.

»Die Franzosen machen ihm Druck«, stellte er fest.

»Genau wie ich es befürchtet hatte.« Der Graf nickte. »Sie verlangen eine schnelle Aufklärung, sonst werden sie selbst eine Untersuchung einleiten.« Hermann Josef reichte die Depesche zurück an seinen Vater.

»Verstehst du jetzt, dass wir alle an einem Strang ziehen müssen? Es hilft gar nichts, jetzt den Landdinger abzusetzen – ohne Grund wohlgemerkt. Außerdem hat der Alte ja den Hauptteil der Verantwortung schon an seinen Sohn abgetreten.«

Hermann Josef nickte. Vermutlich hatte sein Vater recht. Und er schien ihm ja doch noch etwas zuzutrauen. Immerhin hatte er ihn die Depesche lesen lassen, und er schickte ihn nicht weg. Er sollte bei der Unterredung anwesend sein. Oder etwa nicht? Er führte seine Hand zum Mund und begann an seinem Daumennagel zu kauen.

»Hermann Josef. Deine Hand! Aus dem Alter bist du wirklich heraus.«

Schnell zog er die Hand zurück. Das war eine Angewohnheit, die er überwunden hatte. Dachte er.

»Also, kann ich mich auf dich verlassen, Sohn?«

Er nickte nochmals. »Ja, Vater.«

In diesem Moment klopfte es an der Tür. Rentmeister Sauer steckte seinen Kopf herein. Die Herren wären dann jetzt da.«

»Schicken Sie sie herein, Sauer.«

»Sehr wohl.« Sauer verschwand wieder.

»Dann lass es uns angehen. Komm, wir nehmen die Herren am Besprechungstisch in Empfang. Setzt dich neben mich, mein Sohn.«

Hermann Josef reckte seinen Kopf in die Höhe und ein Lächeln huschte über sein Gesicht, als er neben seinem Vater Platz nahm.

Die Tür flog auf und Freiherr von Attenbach sowie der Landdinger und dessen Sohn betraten das Arbeitszimmer.

»Da sind Sie allerdings einem gräflichen Bären aufgesessen, Proff.« Attenbach und von Proff zu Irnich gingen voran durch die breite Tür. Der Freiherr klopfte dem Amtmann mit der flachen Hand auf den Rücken, drehte sich zum jungen Proff zu Irnich um. »Und Ihr Sohn hat sich auch noch daran beteiligt. Dürfte sich nicht gut machen in seinen Analen. Und das gleich zu Beginn einer so vielversprechenden Laufbahn. Nicht wahr?« Attenbach ließ sein kehliges Lachen folgen, welches Hermann Josef schon beim letzten Mal durch Mark und Bein gefahren war.

Jetzt wusste er auch, woran ihn das erinnerte. Sein Ausbilder bei der preußischen Armee hatte seinen Stock, mit dem es nicht nur einmal Prügel gegeben hatte, ständig über die Knopfreihen seiner Uniform gleiten lassen, *krrk, krrk – krrk, krrk*. Ja, genauso hörte es sich an, wenn Attenbach lachte. Widerlich.

»Attenbach, nun warten wir doch erst einmal ab, was Graf von Hatzfeld uns zu sagen hat.«

»Ah ja, das haben wir gleich, da sitzen ja schon zwei der werten Herren. Einer fehlt. Wenn ich mich recht erinnere, gibt es da doch noch den frommen Bruder. Ha! Zumindest was seine Kleidung angeht. Ansonsten steht er den anderen wohl in keiner Teufelei nach. Nicht wahr?«

Sein kehliges Lachen erschallte wieder. *Krrk, krrk.* Ein Schauer lief Hermann Josef den Rücken runter.

»Ich darf doch bitten, Freiherr. Wollen wir nicht versuchen, wie gestandene Männer miteinander zu reden? Das sollte wohl möglich sein. Nehmen Sie bitte Platz.« Der Graf deutete auf die freien Stühle.

Hermann Josef hatte den Freiherrn noch nicht oft zu Gesicht bekommen. Sehr zu seinem Leidwesen hatte er sich besonders rar gemacht, als er ihn im Auge behalten sollte. Aber wenn er auf der Bildfläche erschien, hörte er sich offenbar gern selbst reden. Und dann dieses Lachen. Unheimlicher Vogel. Da wunderte man sich ja nicht mehr, dass auch seine Tochter nicht ganz richtig war und sich nicht zu benehmen wusste. Er würde dieser Hexe zu gern beibringen, wie sich ein rechtes Weib zu verhalten hatte. Ja, vielleicht konnte er ihr die Anna ja mal vorbeischicken, um ihr Manieren beizubringen. Bei diesem Gedanken huschte ein Lächeln über sein Gesicht.

»Hermann Josef?«, wisperte sein Vater.

»Was denn, Vater?« Er hatte nicht mehr zugehört. Die Herren hatten inzwischen Platz genommen. Attenbach ihnen gegenüber und der Landdinger und sein Sohn zu je einer Seite des Freiherren.

»Herr von Proff zu Irnich. Vielleicht könnten Sie Ihre Frage noch einmal wiederholen. Der junge Herr von Hatzfeld scheint etwas abwesend zu sein. Nicht wahr?« Zum Glück grinste Attenbach jetzt nur, ohne einen weiteren Laut von sich zu geben.

»Ja, natürlich«, sagte der alte Landdinger und fuhr lauter fort: »Ich hatte gefragt, ob der Herr von Hatzfeld seinen Vater über den Ausgang der Verhandlung aufgeklärt hat – und über die folgenden traurigen Ereignisse.«

Hermann Josef räusperte sich. *Nur nicht den Wilddieb*

erwähnen. »Ja, das habe ich. Ganz so, wie Sie es mir aufgetragen haben.«

»Und was haben Sie zu Ihrer Rechtfertigung zu sagen, Graf? Hat uns Ihr Sohn die Wahrheit gesagt? Haben Sie uns tatsächlich mit diesem französischen Mönch ein unschuldiges Opfer präsentiert?« Das kam nun vom jungen Proff zu Irnich.

Das Augenlid des Grafen begann wieder zu zucken. »Ich verstehe nicht ganz. Würden Sie sich etwas präziser ausdrücken, bitte.«

»Was ich wissen möchte, ist, ob stimmt, was Ihr Sohn …«, er deutete auf Hermann Josef, »… im Beisein meines Vaters und meiner Wenigkeit ausgesprochen hat, nämlich dass der französische Mönch unschuldig ist am Anschlag in Siegburg und er uns nur präsentiert wurde, um von dem wahren Schuldigen abzulenken.«

»Nicht so kompliziert.« Der Landdinger mischte sich ein. »Wir fragen uns, ob Sie tatsächlich wissen, dass der Franzose unschuldig ist? Wollten Sie, dass wir einen Unschuldigen verurteilen?«

»Moment.« Der Graf hob seine Hand, er drehte sich zu Hermann Josef um und zischte ihn an: »Was hast du erzählt?«

Hermann Josef zog die Schultern hoch. »Ich, ich weiß nicht.« Er blickte in die Runde. Alle Blicke waren nun auf ihn gerichtet. »Da… das, was ich dir berichtet habe?« Sein Daumen wanderte unwillkürlich zu seinem Mund.

Schweigen. Dann ergriff erneut der junge Proff zu Irnich das Wort: »Nun, Hermann Josef, Sie scheinen da ein paar Lücken in Ihrer Erinnerung zu haben, wie es mir scheint. Aber darum geht es jetzt nicht. Es gibt genug Zeugen, die Ihre Worte gestern vernommen haben. Graf von Hatzfeld, wir wollen eine konkrete Aussage, ob es zutrifft, was Ihr Sohn gestern angedeutet hat. Wissen Sie, wer hinter dem

Anschlag steckt? Wenn ja, ist es Ihre Pflicht, uns den Schuldigen zu nennen.«

»Nun, meine Herren.« Der Graf legte die Hände an den Fingerkuppen zusammen. Räusperte sich. »Ich weiß es nicht, aber es deutet doch Einiges darauf hin, dass es dieser französische Mönch ist. Mein Sohn hat Ihnen, soweit ich weiß, einen Zeugen genannt.«

»Der Zeuge, mit Verlaub, war stockbesoffen und konnte gestern keine klare Aussage treffen. Ich konnte mich aber vergewissern, dass er bei dem Vorfall überhaupt nicht anwesend gewesen sein kann. Folglich kann er auch niemanden identifizieren.«

Von Hatzfeld blickte zu Hermann Josef. Sein Augenlid zuckte heftig.

»Ihr Sohn hingegen hat schwere Vorwürfe erhoben. Sowohl bezüglich Ihrer Person Graf – nämlich, dass das alles Ihr Plan gewesen sei – als auch bezüglich des Herrn von Attenbach.«

Das kehlige Lachen des Freiherrn erschallte.

»Ich glaube, wir können das jetzt hier abkürzen, nicht wahr!« Attenbach stand auf, warf seine Hände in die Höhe. »Ich gebe alles zu. Ich war es, der dieses vermaledeite Waffenlager in die Luft gejagt hat. Ich gestehe. Und ich gestehe, dass es unüberlegt war. Ich hätte besser gleich die Brücke gewählt.«

»Attenbach, lassen Sie das sein.« Der Graf hatte sich ebenfalls erhoben, stützte seine Hände an den Tisch und lehnte sich zu ihm hinüber. »Das können wir nicht so darstellen. Wir bringen uns alle in Gefahr.«

»Papperlapapp! Wir sind nicht mehr oder weniger in Gefahr, wenn ich mich dafür verantwortlich erkläre oder so ein dahergelaufener Mönch als Schuldiger präsentiert wird. Die Franzosen müssen in ihre Schranken verwiesen werden. Das habe ich getan. Sie werden es sich nun zweimal überlegen, ob sie erneut nach hier vorstoßen oder ob sie sich eine leichtere Beute suchen, nicht wahr?«

»Attenbach, wenn Sie bei dieser Aussage bleiben, werde ich nicht umhinkommen, Sie festzunehmen.« Der alte Proff zu Irnich war nun auch aufgestanden.

Hermann Josef blickte von einem zum anderen. Das lief nicht so, wie sein Vater es geplant hatte.

»Das werden Sie nicht tun. Ich bleibe dabei. Wir dürfen unserem Landesherrn die Wahrheit nicht so präsentieren. Es darf niemand aus unseren Reihen sein, sonst laden wir den Zorn aus Düsseldorf auf uns.« Er warf den Brief des Kurfürsten auf den Tisch vor den Landdinger.

»Die Franzosen verlangen schnelle Aufklärung, sonst werden sie selber Untersuchungen einleiten. Und das wird sie hierher führen.« Er zeigte mit dem Finger auf den Freiherrn. »Genau das, was Sie vermeiden wollten, Attenbach, haben Sie heraufbeschworen.«

»Nun regt euch alle mal nicht auf. Ich habe vor, von hier zu verschwinden. Ihr könnt die Schuld also ohne Probleme auf mich schieben. Dann können die Franzosen versuchen, mich zu finden. Und zwar bei den Österreichern. Habe schon bei den Truppen in Süddeutschland angeheuert. Beschmutzt also mal nicht eure feinen Culotten. Ich bin eigentlich schon gar nicht mehr hier.«

In diesem Moment flog die Tür auf. Markus von Hatzfeld kam hereingestürzt.

»Vater, das sollten Sie sich ansehen.« Er hielt ein Papier in die Höhe und nickte dann in die Runde. »Die Herren.«

»Markus, was bringst du uns?« Der Graf ging auf seinen jüngeren Sohn zu.

»Einen Brief von diesem Mönch, dem Franzosen, Henri. Er bietet einen Handel an!«

»Einen Handel?«

»Ja, hier, lesen Sie selbst, Vater.« Er reichte dem Grafen das Papier.

Während er las, waren die Augen aller auf ihn gerichtet.

»Das hier«, er hielt den Brief in die Höhe, »könnte die Antwort auf unser Problem sein. Sicher, wir alle müssten ein paar Zugeständnisse machen, aber eine Überlegung dürfte es wert sein.«

»Sprechen Sie nicht in Rätseln, Graf. Lesen Sie vor«, verlangte der Landdinger.

Der Graf las, und als er geendet hatte, folgte ein kurzes Schweigen.

Proff zu Irnich war der Erste, der sprach: »Er bietet an, sich schuldig zu bekennen, warum? Wir wissen nun, wer der wirkliche Täter ist.« Er blickte mit zusammengepressten Lippen auf Attenbach.

Graf von Hatzfeld entgegnete ihm: »Nun, entweder hat er etwas anderes zu verbergen und nutzt die Situation zu seinen Gunsten, schließlich verlangt er neben einem unbehelligten Abzug auch noch Pferd und Verpflegung.«

Markus ergriff das Wort: »Ich kann mir denken, was es sein könnte. Ich konnte den Mann in den letzten Wochen kennenlernen. Das ist kein Kirchenmann, dessen bin ich mir sicher, und er ist geübt im Umgang mit Waffen.«

»Ein Deserteur, natürlich«, warf Hermann Josef ein, froh, dass die Aufmerksamkeit inzwischen von seinen Verfehlungen abgewichen war.

»Was ist Ihre zweite Ahnung, Graf?«, fragte der junge Proff zu Irnich.

»Nun, vielleicht kennt er ebenfalls den wahren Schuldigen und will ihn schützen.« Der Graf blickte zu Attenbach, der still geworden war.

»Fragt mich nicht nach diesem Franzosen. Ich weiß nichts von ihm. Meine Tochter hingegen scheint Gefallen an ihm gefunden zu haben. Also kann ich mir vorstellen, dass beide Vermutungen zutreffend sind.«

Ha, die Hexe hat Gefallen an dem Mönch gefunden. Deshalb sind die beiden zusammen aufgetaucht und haben mich an der rechtmäßigen Hinrichtung des Wilddiebs gehindert. Ich habe doch geahnt, dass da was im Busch steckt. Hermann Josef merkte nicht, dass sein Daumennagel wieder den Weg zwischen seine Zähne gefunden hatte.

Der Graf nickte. »Ja, möglich. Und wie verfahren wir nun?«

Der Landdinger ergriff das Wort: »Unter diesen Bedingungen, wenn der Franzose selbst diesen Vorschlag macht, kann ich mir vorstellen, ihn als Schuldigen gegenüber dem Kurfürsten darzustellen, was meinst du Karl?«

Sein Sohn nickte. »Wir würden ihn ja ziehen lassen und somit niemanden Unschuldigen verdingen. Wer würde Pferd und Proviant zur Verfügung stellen?«

»Das dürfte kein Problem sein. Ich übernehme das«, sagte der Graf. »Attenbach, würden Sie versichern, nicht mit Ihrem Wissen hausieren zu gehen?«

»Das, mein lieber Graf, würde ich allerdings an die ein oder andere Bedingung knüpfen, nicht wahr?«

»Treiben Sie es nicht zu weit.«

»Ich will eine Wiedergutmachung für den Tod eines meiner Pächter.«

Der Graf nickte. »Das ist Ihr gutes Recht. Was verlangen Sie?«

»Wie gesagt werde ich eine Weile von hier verschwinden. Ich gehe wohl recht in der Annahme, dass Ihnen das nicht widerstrebt?«

»Weiter, was wollen Sie?«

»Meine Tochter wird die Leitung des Gutes in meiner Abwesenheit übernehmen. Ich will, dass ihr keine Steine in den Weg gelegt werden.«

Hermann Josef richtete sich auf. Seine Gedanken rasten. *Sie wollen diesen falschen Mönch laufen lassen, und das Hexenweib wird die Leitung des Guts übernehmen. Die beiden zusammen sind doch für meine Misere verantwortlich, sie haben den Freispruch des Wilderers erreicht und mich in Misskredit gebracht. Und jetzt sollen sie einfach so davonkommen und sogar belohnt werden?*

Sein Vater legte ihm eine Hand auf die Brust.

»Das ist alles?«, fragte der Graf.

»Nicht ganz. Ihr missratener Sohn.« Er deutete mit einer Kopfbewegung in seine Richtung. »Ich verlange, dass er bestraft wird. Ich verzichte auf jegliche Entschädigung für den Tod meines Pächters, aber ich verlange insoweit Gerechtigkeit.«

Das ist zu viel. Was maßt dieser Mörder sich an? »Vater, der Mann hat uns all die Probleme hier bereitet, er kann ja wohl kaum über mich urteilen.«

Attenbach schien ihn gar nicht zu hören, sondern sprach weiterhin nur mit dem Grafen: »Er sollte zu seinen Taten stehen, das tue ich auch. Ist nicht mein Problem, dass keiner mein Schuldanerkenntnis annehmen will, nicht wahr?« *Krrrk, krrk*, ertönte es aus seiner Kehle.

»Vater, Sie lassen sich doch nicht von ihm erpressen?« Hermann Josefs Stimme überschlug sich.

»Schweig.« Der Blick seines Vaters war vernichtend.

»Glauben Sie mir, Attenbach, nach dem, was ich heute über meinen Herrn Sohn erfahren habe, bin ich selbst geneigt, ihm eine bessere Erziehung angedeihen zu lassen. Wäre Ihnen genüge getan, wenn ich ihn zurück nach Preußen schickte? Die Armee kann jeden gebrauchen, und der Drill wird ihm guttun.«

»Vater, das können Sie doch nicht tun. Mich wollen Sie bestrafen, und diesen falschen Mönch lassen Sie so einfach laufen?« Es war nur noch ein Wispern, das er herauszubringen vermochte, und es wurde auch noch von Attenbachs Lachen übertönt. *Krrrk, krrk*.

Als die Herren Proff zu Irnich und Freiherr von Attenbach das Schloss verlassen hatten, zog Markus seinen Bruder zur Seite, ohne dass der Vater es merkte.

»Folge mir, Bruder. Ich werde den Handel mit dem Franzosen ausführen, aber man wird mich nicht direkt zu ihm führen. Der fette Ignatius steht mit ihm in Kontakt.«

»Und was soll mir das helfen?« *Was hat Markus vor? Er hat mir noch nie etwas ohne Eigennutz erzählt.*

»Dein Hass macht dich wie immer blind, Bruder. Folge einfach dem Pferd und dem Proviant. Beides wird dich zu dem Franzosen führen.«

51.

»Nun ist es also so weit.« Henri, Ignatius und Müller Marqua standen am nächsten Morgen auf dem Weg, der entlang des Mühlenteichs und hoch zur Nutscheidstraße führte.

»Driesch« nannten die Bödinger die Anhöhe, die vor ihm lag. Dort oben begann der Nutscheid. Diesen alten Handelsweg wollte Henri einschlagen. Der Müller hatte ihm erzählt, die Trasse würde ihn bis nach Frankfurt bringen.

Das Pferd wippte unruhig mit dem Kopf und wieherte. Es spürte, dass die Abreise kurz bevorstand. Der Müller hielt die Zügel und klopfte dem Tier beruhigend auf den Hals, während Ignatius und Henri sich gegenüberstanden, um sich Lebewohl zu sagen.

Gestern war alles schnell gegangen. Ignatius hatte Henris Schreiben an Markus übergeben, und der hatte es natürlich sofort gelesen. Doch wie der Franzose es geahnt hatte, hatte es etwas Gutes, denn der jüngste Sohn des Grafen war sofort nach Schloss Allner geritten, um den Brief an seinen Vater zu übergeben. Und Henris Schreiben hatte seine Wirkung nicht verfehlt. Es hatte nicht lange gedauert, und Markus war samt dem beladenen Pferd zurück zum Kloster gekommen.

Markus hatte verlangt, das Pferd und des Grafen Zustimmung zu dem Handel persönlich an den Franzosen zu übergeben, doch Ignatius hatte sich nicht beirren lassen. Er selbst war zu Henri in die Mühle gekommen. Alles war also wie von Henri vorhergesehen abgelaufen. Ignatius hatte seinen Teil erfüllt und klopfte sich innerlich auf die Schulter. Dennoch war er traurig, denn gleichzeitig hieß der Erfolg des Handels, dass es nun Zeit für den Abschied war.

Graf von Hatzfeld hatte sich nicht lumpen lassen. Die braune Stute schien ein gutes Reittier zu sein. Ihre Satteltaschen waren voll beladen mit einem zweiten Satz Kleidung, Proviant für einen langen Ritt und ein paar Münzen, um den Proviantbeutel wieder auffüllen zu können. Hemd und Hose, wie Henri sie auch jetzt trug, waren schlicht aber von guter Qualität. Daneben würde ihn der Reitmantel auch im Regen trocken und warm halten. Wie auf ein Stichwort fing es aus dem düster verhangenen Morgenhimmel an zu tröpfeln. Henri war vor allem froh, die Sandalen, die zur Mönchstracht gehörten, losgeworden zu sein. Stattdessen trug er nun ein Paar feste Stiefel.

»Nun ist es Zeit, Abschied zu nehmen«, sagte Henri. »Aber es wird kein Abschied für immer, mein Freund.«

»Deine Worte in Gottes Ohr. Ich werde für deine gesunde Rückkehr beten. Auch wenn ich nicht weiß, wie die aussehen soll. Ich fürchte, die Tore unseres Klosters werden für dich auf immer geschlossen bleiben. Du hättest das Gesicht von Pater Markus sehen sollen, als er mir das Pferd samt Ausrüstung übergeben hat. Gern hat er das nicht getan.«

»Und du bist sicher, dass er dir nicht gefolgt ist?«

»Aber ja, ich hab Edrik gebeten, mit ihm über neue Absatzmöglichkeiten für unseren Wein zu sprechen. Nachdem die Lese so ertragreich verlaufen ist, können wir einen Teil des Weins ja verkaufen.« Er hob den Finger, um seine List zu unterstreichen. »Erst als Edrik Markus in das Gespräch vertieft hatte, bin ich hierher gekommen.«

»Das war eine gute Idee, Ignatius.«

Zufrieden stricht sich der Mönch über den Bauch. »Ach, ich glaube, dass Markus im Grunde doch froh sein wird, dich endgültig los zu sein. Allein Maria weiß, warum er so einen Hass auf dich hat, Henri.«

»Ah, oui, ich bin froh, das nicht mehr ergründen zu müssen, Ignatius. Aber sein Gesicht hätte ich schon gern noch gesehen.« Henri musste trotz der Abschiedsstimmung lachen.

»Nun ist es aber Zeit. Ich will heute noch ein gutes Stück des Weges hinter mich bringen.« Er ging auf seinen Freund zu, legte ihm die Arme auf die Schultern. Doch er blickte an ihm vorbei den Weg hinunter. »Versprich mir, gut auf sie aufzupassen, Ignatius.«

»Ach, das Fräulein Johanna. Sie wird nicht kommen, um dich zu verabschieden. Ich konnte ihr nicht Bescheid geben. Es ging doch alles so schnell. Hätte ich es dennoch versuchen sollen?«

»C'est bien. Es ist gut, Ignatius. Es ist besser so.« Henri sah zum Müller hinüber, der dem Gespräch lauschte und jetzt nickte. Der junge Franzose hatte die mahnenden Worte Marquas noch im Ohr und wusste, dass der recht hatte. Aber warum fiel es ihm dann so schwer, sie ohne einen richtigen Abschied zu verlassen? Ihre letzten Worte waren endgültig gewesen. Doch wenn er nicht zurückkehrte, wäre es besser so für sie. »Du hast alles richtig gemacht, mein Freund.«

»Gut. Ich meine, es ist natürlich nicht gut. Die Johanna wird sehr traurig sein, wenn sie erfährt, dass du wirklich fortgegangen bist.«

»Du passt auf sie auf, ja? Und du musst ihr sagen, dass ich wiederkomme, um sie zu holen oder um hierzubleiben, wenn es die Zeiten erlauben. So, wie wir es besprochen haben.« Er warf noch einen Blick auf den Müller. Er wusste, dass er es nicht gutheißen würde, ihr Hoffnung zu machen. Aber er brauchte das Gefühl, dass sie auf ihn wartete, ihn nicht vergessen würde. Er würde wiederkommen, er wusste nicht wann und unter welchen Umständen. Aber er würde es möglich machen. Denn sie war das, was er wollte, alles was er noch wollte. Sie hatte seinem Leben einen neuen Sinn gegeben. Das wollte, das durfte er nicht verlieren.

»Versprich es mir, Ignatius.« Er blickte dem Mönch in die Augen und schüttelte ihn leicht an den Schultern, um seinen Worten Nachdruck zu verleihen.

»Aber ja, Henri. Ich verspreche es bei unserer leidvollen Mutter Maria, voll der Gnaden.« Er löste sich aus Henris Umarmung, um sich zu bekreuzigen. »Ich werde ihr zur Seite stehen.« Ein Grinsen breitete sich vorsichtig auf seinem runden Gesicht aus. »Du kennst mich. Sie wird dich nicht vergessen können, ich werde ja von nichts anderem sprechen als von meinem guten Freund Henri. Nicht?«

»Ja, das wirst du wohl.« Henri konnte nicht anders, als sich dem Lachen des Freundes anzuschließen. »So sei es denn.«

Die beiden umarmten sich ein letztes Mal. Dann nahm Henri die Zügel vom Müller entgegen und stieg auf.

Ignatius Augen wurden feucht. Er blickte hoch zu den Wolken. »Ach nein, dieser Regen.« Er griff in die Seitentasche seiner Kutte, um sein Taschentuch zu greifen.

»Ach herrje, den hätte ich doch fast vergessen.« Statt des Taschentuchs zerrte er einen Umschlag hervor.

»Henri, warte. Der ist gestern im Kloster für dich abgegeben worden.« Er hielt ihm den Brief hin.

Henri hielt die Zügel kurz, langte zu Ignatius hinunter und nahm das Papier entgegen. Der Poststempel war aus Paris. Er drehte das Papier, und als er das Siegel erblickte, zog er die Augenbrauen hoch. »Danke Ignatius.«

»Liest du ihn denn nicht?«

»Später, mein Freund. Wenn ich jetzt nicht reite, fürchte ich, dass ich mich nicht mehr losreißen kann.« Er warf noch einen Blick zurück. Dort, hinter dem Hügel, lag die Sieg und auf der anderen Seite das Gut Attenbach.

Er schob den Brief unter seinen Mantel und hob die Hand zu einem letzten Gruß. Das Pferd setzte sich in Bewegung und Henri ritt ein Stück am Mühlenteich entlang. Hier war die Stelle, an der sie sich geliebt hatten. All seine Sinne zogen ihn zurück zu diesem Ort, doch er zog den Zügel des Pferds in die andere Richtung und ritt weg vom See zum Driesch hinauf und weiter auf die alte Nutscheidstraße, die ihn bald aus dem Herzogtum Berg hinausbringen würde. Erst wenn er die Grenzen des Herzogtums hinter sich gelassen hatte, würde er es wagen, eine Rast zu machen. Denn wer wusste schon, ob sich der Wind nicht wieder drehen würde und der Graf es sich anders überlegte. Auch dafür hatte er Vorkehrungen getroffen. Er hatte mit Ignatius und dem Müller verabredet, dass sie einen anderen Weg wiesen, sollte nach ihm gefragt werden. Sie würden sagen, er hätte die Sieg überquert und sei wohl nach Norden unterwegs. Dennoch wollte er kein Risiko eingehen. Und auch erst bei der ersten Rast würde er lesen, was Jourdan ihm geantwortet hatte. Denn der Brief, den er sicher vor Nässe unter seinem Reitmantel verbarg, trug das Siegel seines Generals. Er hoffte sehr, dass er immer noch einen Freund in Jourdan hatte. Allein die Tatsache, dass er ihm geantwortet hatte, sprach doch dafür. Sonst hätte er sicherlich nicht die Mühe und die Gefahr auf sich genommen, einem Feind der Republik zu schreiben.

»Allez!« Er klopfte dem Pferd auf den Hals. »Ich bin gespannt, was der alte General mir zu sagen hat.« Den Blick nach vorn gerichtet, ritt er auf dem Nutscheid in den Wald hinein.

Er macht Krach wie eine ganze Horde Wildschweine, dachte Hermann Josef. *Es wird nicht schwer sein, ihm zu folgen.*

Wie sein Bruder vorhergesagt hatte, brauchte er nur dem fetten Mönch zu folgen, der das Pferd samt prall gefüllter Satteltaschen zu dem Franzosen brachte. Bei der innigen Umarmung des Fetten mit dem Franzosen hätte er beinahe die schnell hinuntergeschlungene letzte Mahlzeit wieder hervorgewürgt. Aber weder die beiden noch der Müller hatten ihn bemerkt. Hinter einer Gruppe von Bäumen hatte er sie von der oberhalb des Mühlenwegs gelegenen Wiese beobachtet. Seitdem folgte er dem Franzosen in einigem Abstand. Der war auf die Nutscheidstraße eingeschlagen, und er konnte ihm, ohne die Sicht halten zu müssen, leicht folgen. Wildenburg oder das Fürstentum Nassau wären die wahrscheinlichsten Ziele. Der Franze wusste ja nicht, dass Wildenburg auch unter der Herrschaft der von Hatzfelds stand. Ha! So weit würde er gar nicht kommen.

Wo er auch hinwollte, er musste eine geraume Zeit der alten Römerstraße folgen. Sein Vater hatte dem Franzosen mit der braunen Stute zwar ein gutes Pferd gegeben, aber sein Schimmel konnte leicht mithalten. Und irgendwann würde der Verräter eine Rast einlegen. Dann würde er büßen. Hermann Josef griff bei diesem Gedanken an seinen Gürtel und strich über den glatt geschliffenen Griff seiner Jagdbüchse. *Schon die letzte Kugel war für dich bestimmt.* So hatte zumindest der wildernde Bastard sein gerechtes Ende gefunden. *Aber bei der nächsten Kugel ist niemand da, der sich dazwischenwerfen kann. Diesmal entkommst du mir nicht.*

52.

Die Strasse liess sich gut reiten. Marqua hatte nicht übertrieben. Henri kam zügig voran. Die Wolken hingen zwar noch schwer am Himmel, aber der Regen hatte aufgehört. Die Dämmerung würde bald einsetzen. Am Nachmittag meinte er, eine genügende Distanz überbrückt zu haben, um vor einer Verfolgung sicher zu sein. Eigentlich rechnete er auch nicht damit. Wenn der Graf ihn immer noch belangen wollte, wäre er erst gar nicht auf den Handel eingegangen.

Als Henri an eine kleine Lichtung im Wald kam, ließ er sein Pferd anhalten, befreite es von seinem Sattel und machte selbst eine Rast. Er streckte sich ausgiebig. Bei allem, was ihm heilig war, sein Hintern schmerzte. So einen ausgedehnten Ritt hatte er lang nicht mehr gemacht. Er mochte an die drei lieue métrique[20], zwölf Kilometer, zurückgelegt haben. Bald dürfte er in der Nähe der nächsten Ortschaft sein. Der Müller hatte den Namen erwähnt. Waldbröl. Ja, das war es wohl. Aber hier würde er sich ohnehin noch nicht in eine Ortschaft hineinwagen. Der Graf hatte ihn mit einer Schlafrolle ausgestattet, wie er es gewünscht hatte. Da es auch noch leidlich warm für diese Zeit des Jahres war, würde er einen Schlafplatz im Freien wählen. Vielleicht würde er über die Nacht gar hier bleiben. Das Pferd hatte sich schon auf das saftige Wiesengras gestürzt. Einen viel besseren Rastplatz würde er nicht finden.

Henri legte den Sattel auf den Boden und setzte sich, daran angelehnt, hin. Nach einem kräftigen Schluck aus der Wasserflasche und einem Biss in ein Stück Käse zog er Jourdans Brief aus der Manteltasche. Er betrachtete den Adressaten: »An Bruder Henri, Kloster Bödingen, Herzogtum Berg«. Er musste schmunzeln, Jourdan hatte sich sicherlich gewundert. Aus allen möglichen Verkleidungen hatte er gerade die eines Mönches gewählt. Er drehte den Brief, fuhr mit dem Daumen über das Siegel. Jourdan benutzte noch das Siegel des Generals der Sambre-und-Maas-Armee, obwohl Wyk Henri berichtet hatte, dass er sein Kommando niedergelegt hatte.

Nun, dachte er, *was haben Sie mir zu sagen, alter Freund?* Er nahm den Dolch aus seinem Hosenbund und öffnete den Brief. Er steckte die Waffe, auf die er als Teil seiner Ausrüstung bestanden hatte, wieder in die Lederhalterung am Hosenbund und begann zu lesen.

Mein Freund,

ich hoffe, meine Zeilen erreichen Sie wohlbehalten. Sie wohnen in einem Kloster und nennen sich Bruder Henri? Das hat mich doch sehr erstaunt. Was ist geschehen? Ich erinnere mich nur zu gut an Ihre hitzigen Debatten mit Varrant, dem unverbesserlichen Katholiken unter uns. Er war der Einzige, der sich dagegen sträubte, die Kirchenhäuser in den erzkatholischen Deutschen Landen für unsere Zwecke zu vereinnahmen. Sie haben ihm immer Ihren innig geliebten Voltaire um die Ohren gehauen: »Ein Mönch als Mönch taugt nur dazu, den Lebensunterhalt seiner Landsleute zu verzehren.«
Ah, wie ich Ihre Gesellschaft vermisse, Henri, und Ihren Ratschlag.

Oui, Jourdan, dachte Henri. *Ich vermisse Sie ja ebenso.* Gebannt las er weiter.

Bei Würzburg hat er mir besonders gefehlt, Ihr Rat. Auch wenn Sie immerzu behauptet haben, Ihnen fehle es an einem soldatischen Herzen, Ihr taktisches Denken ist unvergleichlich. Sichert haben Sie von der Schmach erfahren? Die Österreicher haben uns Niederlage um Niederlage zugefügt, schienen uns immer einen Schritt voraus zu sein. Schließlich mussten wir uns wieder hinter den Rhein zurückziehen. Vielleicht wäre es nicht anders gekommen, wenn Sie noch dort gewesen wären. Erzherzog Karl, so jung er ist, steht Ihnen in nichts nach. Vielleicht braucht es einen solch jungen Geist in der Kriegsführung, heutzutage. Wie dem auch sei. Ich habe das Kommando über die Sambre-et-Meuse niedergelegt und bin nach Paris zurückgegangen. Aber das haben Sie ja sicherlich schon gehört, sonst hätten Sie Ihren Brief nicht nach Paris gesendet. Das würden Sie mir jetzt sagen, wären Sie hier. Ja, ich vermisse Sie wirklich. Es ist bereits so weit, dass ich unsere Gespräche allein führe.

Aber, aber Jourdan, nun flunkern Sie. Selten hatte er zuvor einen nüchterneren und ehrlicheren Menschen erlebt als seinen General. Dieser sarkastische Ton war neu. Auch er hatte sich verändert. Dennoch musste er schmunzeln.

Wie dem auch sei. Ich mache natürlich das Beste aus der Situation. Irgendwann werde ich die Vorwürfe, die man mir nach Amberg und Würzburg gemacht hat, widerlegen. Spätestens wenn ich meine Memoiren schreibe. Dann hoffe ich übrigens, Sie wieder an meiner Seite zu haben. Sie können sich so viel besser ausdrücken als ich.

Der General wurde wohl auf seine alten Tage träumerisch. Jourdan wusste so gut wie Henri, dass der wohl niemals zurückkehren konnte. Auch nicht, um ihn bei seinen Memoiren zu unterstützen, wenn dies auch noch etliche Jahre in der Zukunft lag. *Sie sind vielleicht gerade zehn*

Jahre mein Senior, General. Dennoch tat es gut zu wissen, dass er ihm seine Flucht offenbar nicht übel nahm. Er las weiter.

Während meine Memoiren aber noch warten können, benötige ich Ihre Hilfe in Bezug auf ein neues Vorhaben in kürzester Zeit und auf einem Gebiet, in welchem Sie mich bei Weitem übertreffen. Es treibt mich in die Politik, mein Freund und Ratgeber. Ja, Sie hören richtig. Ich habe mich für den Rat der Fünfhundert aufstellen lassen. Und jetzt komme ich mit meiner Bitte an Sie. Ich brauche Ihre Hilfe bei dieser ganzen Wahlkampfsache. Und wenn ich gewählt werde, benötige ich Ihre Hilfe noch mehr. Das ist es doch, was Sie immer wollten – an der Gesetzgebung mitwirken. Parlamentsarbeit. An den Entscheidungen des Konvents beteiligt sein. Das biete ich Ihnen. Denn wer könnte mich hier besser beraten als mein treuer Weggefährte Henri Benoît de Montfort? Schlagen Sie mir diesen Wunsch nicht aus, Henri. Kommen Sie nach Paris.

Aber wie sollte das möglich sein? War Jourdan von allen guten Geistern verlassen? *Ich bin desertiert.* Allein das Wort zu denken ließ Furchen auf seinem Gesicht entstehen. *In Paris würde man mich sofort der Guillotine übergeben.* Selbst wenn die Schreckensherrschaft gebrochen war. Was dachte Jourdan sich nur? Es sei denn, er hätte … Henri schluckte. Das konnte nicht wahr sein. Schnell überflog er die letzten Zeilen.

Hüten Sie Ihre Zunge, falls Sie mich nun der Narretei bezichtigen wollen. Ihre Bedenken sind gänz-

lich unberechtigt. Wie ich Ihrem Brief entnehmen konnte, gehen Sie fälschlicherweise davon aus, ich hätte Ihnen Ihre Auszeit, so möchte ich es nennen, öffentlich vorgehalten. Nein, wirklich. Das ist das Einzige, das ich Ihnen vorwerfen kann, dass Sie glauben konnten, ich hätte Sie zum Fahnenflüchtigen erklärt. Ich war und bin wie Sie und Ihre Familie in meinem Herzen immer Royalist. Gott behüte, dass dieser Brief in die falschen Hände fällt. Die Vorgänge in der Vendée gereichen keiner Armee zur Ehre. Und Sie waren im Gegensatz zu mir – wie so oft – konsequent in Ihrem Handeln. Nur müssen Sie eins wissen und dies bitte auch so kundtun, falls Sie zurückkommen – was ich inständig hoffe: Die Wahrheit ist doch, dass ich Sie auf eine Erkundungsmission in feindliches Gebiet geschickt habe, von der Sie leider nicht wieder zurückgekehrt sind. Ich machte mir wirklich große Sorgen um Sie. Sicherlich sind Sie in Gefangenschaft geraten. Mussten sich als Mönch tarnen. So war es doch. Wenn es Ihnen also nun möglich ist, Ihren Mönchstalar abzulegen – ich hoffe sehr, er ist nur eine Tarnung, sonst nehme ich augenblicklich mein Angebot zurück –, wenn es Ihnen also möglich ist, die Dinge aus dem Weg zu schaffen, die Sie daran hindern, nach Paris zurückzukehren, dann bitte ich Sie inständig, kommen Sie. Angefügt finden Sie meine Anschrift. Ich erwarte Sie.

Jean-Baptiste Jourdan

Fassungslos ließ Henri das Papier sinken. *Verzeihen Sie mir, General. Ich konnte nicht auf solchen Großmut hoffen.* Wenn er das wirklich für ihn getan hatte. Es würde alles ändern. Alles zum Guten wenden. Er musste es nur bis Paris schaffen. Jourdan könnte ihn als seinen persönlichen Berater aus der Sambre-et-Meuse abkommandieren. Und dann, wenn er einen Freiraum hatte, könnte er zurückkommen, um Johanna zu holen. *Wenn du mich dann noch willst, ma chère.* Henri hielt Jourdans Brief an die Brust, hob den Kopf gen Himmel und schloss die Augen. Gab es doch einen Gott? Einen Gott, der ihm sogar wohlgesonnen war? Selbst Voltaire hatte an eine göttliche Macht geglaubt.

Vielleicht hatte Ignatius ja ein gutes Wort für ihn eingelegt. Henri mochte diesen Gedanken.

»Was denn, ist der falsche Mönch doch noch fromm geworden? Ha!«

Henri hatte ihn nicht kommen hören.

»Nur zu, sprich ruhig noch ein letztes Gebet. Ich bin ja kein Unmensch, ha!«

Hermann Josef von Hatzfeld. Henri hatte nicht gedacht, dass er diesen Schurken noch einmal wiedersehen würde. Erst recht nicht so schnell. Er musste ihm gefolgt sein. Wollte das zu Ende bringen, was Thomas mit seinem Opfer verhindert hatte.

»Ja, guck sie dir gut an, die Büchse. Sie wird das Letzte sein, was du siehst.«

Henri stand langsam auf. Die Hände nach vorn gerichtet. Jourdans Brief immer noch in der einen Hand.

»Halten Sie ein. Das ist doch nicht notwendig, ich werde Ihnen nicht mehr in die Quere kommen.«

»Ruhe. Du hast genug geschwafelt. Den Nichtsnutz von Landdinger konntest du damit vielleicht beeindrucken, mich nicht.«

»Aber Ihr Vater hat ...«

»Ruhe, hab ich gesagt. Ich hab genug von dir. Und mein Vater interessiert mich nicht mehr.«

Henri hörte den Schuss und sah, wie sich eine kleine Rauchschwade von der Büchse löste. Er spürte keinen Schmerz, nur die Wucht des Einschlags, die ihn nach hinten warf. Ein, zwei Schritte taumelte er zurück, dort aber lag sein Sattel – und mit einem weiteren Schritt traf er auf ihn. Das, was der Schuss allein nicht vermocht hatte, erledigte der Sattel. Henri verlor das Gleichgewicht und fiel rücklings über das harte Leder. Er riss die Arme nach hinten, um sich abzufangen, und jetzt merkte er, dass sein linker Arm ihm nicht gehorchte. Erstaunt blickte er auf seine Schulter und sah ein klaffendes Loch. Henri nahm das alles wahr, als ob er sich selbst von einem hohen Baum aus betrachtete. Er spürte, dass ihm keine Zeit blieb. Er musste etwas tun. Schon lud von Hatzfeld die Büchse nach. Wenn es ihm gelang, einen weiteren Schuss auf Henri abzufeuern … Mit der rechten Hand drückte er sich auf die Knie hoch und richtete sich auf, ohne von Hatzfeld aus den Augen zu lassen. Er war zwar durch seine Bettruhe nach der Kopfverletzung noch nicht ganz in seiner alten körperlichen Verfassung, doch immer noch stark. Denn Jourdan hatte immer darauf bestanden, dass er mit den einfachen Soldaten trainierte, auch wenn er nicht mehr in das aktuelle Kampfgeschehen eingreifen musste. Wofür hatte er seinem General noch alles zu danken?

Hatzfeld hatte das Pulver in die Büchse gefüllt und begann zu fuchteln, als er sah, wie Henri wieder auf die Beine kam. Er ließ die Kugel fallen, bückte sich. Das war Henris Gelegenheit, seine einzige Gelegenheit. Er griff nach seinem Messer, sprang auf den Grafensohn zu und drückte ihn zu Boden. Er versuchte, Hatzfeld zu umklammern und am Boden zu halten, doch dessen rechter Arm war frei, weil Henri mit dem linken keine Kraft aufbringen konnte. Ein wildes Gerangel folgte. Von Hatzfeld schlug mit der Büchse auf Henris Kopf ein, Henri versuchte dem harten Holzschaft zu entgehen, doch es war nicht möglich, wenn er Hatzfeld weiter umklammert hielt. Also ließ er los, immer noch das Messer haltend, und versuchte, ihn mit dem rechten Arm von sich wegzuhalten. Als Hatzfeld frei war, sprang er auf. Henri versuchte nach hinten wegzukriechen. Von Hatzfeld stürzte sich auf den am Boden Liegenden. Gerade noch schaffte Henri es, das Messer vor sich zu heben. Der Grafensohn konnte seinen Ansturm nicht mehr bremsen und drückte sich die Klinge mit seinem eigenen Gewicht in den Körper. Das Gesicht von Hatzfelds war genau vor Henris. In dem Moment, als die Klinge in den Körper des Mannes drang, weiteten sich seine Augen vor Erstaunen. Ein Röcheln entfuhr ihm. Ein Blutrinnsal lief ihm aus dem Mund. Dann brach er über dem Franzosen zusammen, rührte sich nicht mehr.

Henri drückte den vom Tod schweren Körper des Grafensohns hoch und rollte sich unter dem Mann weg. Jetzt erst fuhr ihm der Schmerz in die verletzte Schulter. Jede kleine Bewegung setzte eine Explosion von Pein frei. Er musste den Arm ruhig stellen, sonst würde er keinen Meter reiten können. Und er musste die Blutung stillen. Er merkte förmlich, wie er von Minute zu Minute schwächer wurde, mit jedem Tropfen Blut, der seinen Arm hinablief. Er fühlte mit der rechten von hinten an seine Schulter. Auch dort klaffte ein Loch. Zumindest musste die Kugel wieder ausgetreten sein. Das war zum einen gut. Zum anderen, wusste er, vermehrte es die Blutung.

Sein Pferd war noch da. Es war bei dem Schuss nicht durchgegangen, sondern graste weiterhin ein paar Meter entfernt. Er kniete sich vor den Sattel, öffnete die Tasche mit der sauberen Kleidung und zog das Hemd heraus. Damit versuchte er sich notdürftig zu verbinden. Doch das würde nur kurz helfen. Das Blut sickerte zügig durch den Stoff. Er würde Hilfe brauchen. Schnell. Er nahm den Sattel, den Brief von Jourdan und lud alles auf sein Pferd. Dann ging er nochmals zurück zu dem Leichnam von Hatzfelds. Er stieß ihn mit den Füßen auf den Rücken, zog das Messer aus seinem Bauch, wischte es an seinem Hemd ab und steckte es zurück in seien Hosenbund. Die Pistole rührte er nicht an.

Irgendwie schaffte es Henri, sich auf das Pferd zu wuchten. Es setzte sich in Bewegung. Für einen kurzen Moment, nachdem er Jourdans Brief gelesen hatte, schien sich alles zu fügen. Und nun war Paris für ihn weiter entfernt als je zuvor. *Pardon, ma chère. Es tut mir so leid, Joanna.*

53.

Das Gut kam ihr so leer vor. Drei Tage war es nun her, dass ihr Vater mit Tenhagen abgereist war. Zwar hatten die Männer sich auch zuvor nie oft blicken lassen, doch nun schienen auch die Frauen nur noch durch das Haus zu schleichen. Eine gedrückte Stimmung hatte sich breitgemacht. Und das Wetter schloss sich an. Seit drei Tagen hatte es ununterbrochen geregnet. Aber Johanna konnte dem Haus nicht mehr so einfach entfliehen, sich mit Argos von dannen schleichen, sich den Wind durch die Haare wehen lassen oder dem Apotheker einen Besuch abstatten. Der Verwalter hatte ihr eine enorme Aufgabe zurückgelassen.

Bevor sie sich über eine Bewirtschaftung des Gutes Gedanken machen konnte, musste sie herausfinden, wie es überhaupt um die wirtschaftlichen Verhältnisse bestellt war. Es half nichts, sie musste sich den bislang vom Verwalter unkontrolliert geführten Büchern widmen. Diese hatte Tenhagen auch nicht, wie er ihr hatte weismachen wollen, zur Prüfung gegeben. Einen Buchhalter hatten diese Zahlenkolonnen schon lang nicht mehr gesehen, wie sie schon nach den ersten paar Seiten feststellen musste. Im ersten Moment hatten sie die eng beschriebenen Seiten überfordert, ja ihr war der Schweiß ausgebrochen, als Tenhagen ihr die drei schweren Bände auf den Tisch geworfen hatte, bevor er mit dem Vater abgezogen war. Sein hämisches Grinsen war ihr nicht entgangen. Und sie hatte trotzig das Kinn nach vorn geschoben, obwohl sie Angst bekommen hatte, dass das doch zu viel für sie sein würde.

Zuerst hatte sie sich voller Elan den Büchern gewidmet, hatte sie mit in den oberen Salon genommen, dort, wo Vaters großer Sekretär stand. Das erste Buch verzeichnete den Grundbesitz des Rittergutes, die Lage der einzelnen Landstücke, wer Pächter war und wie sie genutzt wurden. Alle Änderungen waren chronologisch aufgeführt. Sie hatte zuerst nach Eintragungen zum Paulshof gesucht. Diesen Hof kannte sie von allen am besten, und sie konnte die Zahlen mit konkreten Vorstellungen verbinden. Das Land, welches die Pauls bewirtschafteten, umfasste sieben Hektar an Fläche und hatte bereits zum Lehen des Rittergutes gehört, als ihr Vater den Besitz erworben hatte, also vor fünfzehn Jahren. Seit jeher war auf den Ländereien, die allesamt in der fruchtbaren Siegaue lagen, Getreide angebaut worden, jeweils im Wechsel Weizen, Roggen und Hafer. Vieh besaßen die Pauls nur für den Eigenbedarf.

Die letzte Änderung hier war die Eintragung des Pächterwechsels vor zwei Jahren, nachdem Vater Pauls umgekommen war und Reinhard die Führung des Hofs übernommen hatte. Die Pauls hatten wirklich viel mitgemacht. Und was hatte das Rittergut getan, um seinen Pächtern unter die Arme zu greifen? Sie blätterte im zweiten Buch, welches die Erträge und Pachteinnahmen des gesamten Lehens der letzten fünf Jahre enthielt. Sie blätterte zwei Jahre zurück, suchte wieder die Eintragungen zu Pächter Pauls. Sie hatten die Pacht in üblicher Höhe leisten müssen. Und das, obwohl der Brand damals auch einen großen Teil der Ernte vernichtet hatte, neben dem schweren Verlust des Familienoberhaupts. Wie hatten sie überhaupt die Pacht leisten können? Sie würde Reinhard fragen müssen. Vielleicht hatten sie sich verschuldet. *Das wird sich alles ändern.*

Sie blätterte weiter nach vorn und überprüfte die zuletzt eingetragenen Pachteinnahmen. Was hatte Tenhagen bezüglich der Pauls eingetragen? Sie wusste von Maria Pauls, dass er die Pacht bei ihnen eingezogen hatte – trotz des vereinbarten Aufschubs. Hastig blätterte sie weiter. Befeuchtete ihre Finger, um die dünnen Blätter besser fassen zu können, schlug Seite um Seite um, bis sie den September des Jahres 1796 erreichte. Sie überlegte. Wann genau war Tenhagen dort gewesen? Es musste im Oktober gewesen sein?

Es klopfte an der Tür des Salons. Sigrid kam herein, ein Tablett mit Tee und Gebäck vor sich. »Fräulein Johanna, ich habe etwas von Ihrem Kräutertee bereitet.«

Johanna blickte kaum vom Buch auf. »Stell es drüben auf den Tisch.« Sie zeigte auf den Platz am Fenster, wo Mutters

Sessel stand. Verwaist. Caroline hatte sich seit drei Tagen auf ihr Zimmer zurückgezogen, wandelte nur manchmal früh morgens im Morgenmantel in das Esszimmer. Aber nicht, um dort mit ihr und Sigrid zu frühstücken, was die beiden ohnehin in der Küche machten. Sie blickte nur in den dunklen Raum hinein, wohl um zu schauen, ob ihr Ehemann wieder zu Hause sei. *Auch das kann nicht so bleiben*, dachte Johanna, *aber zuerst muss ich diese unendlichen Zahlenreihen ordnen.*

Sigrid hatte den Tee inzwischen am Fenster abgestellt. »Johanna, machen Sie doch eine Pause. Das kann nicht gut für die Augen sein, wenn Sie nur ständig auf diese Bücher blicken.«

»Ach, Sigrid. Ich verspreche, ich werde gleich den Tee trinken, aber erst muss ich das hier verstehen.« Sie klopfte mit der flachen Hand auf das geöffnete Buch. *Die Lese hatte schon begonnen*, dachte sie, *aber es war auf jedem Fall vor dem Ball, also irgendwann Anfang Oktober*. Johanna blätterte weiter.

Da war es! Anfang Oktober hatte Tenhagen begonnen, die Pachten einzuziehen. Zu einem weiteren Hof in Stein, dem der Familie Wissman, hatte er sechs Malter Roggen und fünf Malter Weizen eingetragen. Danach kam der gesuchte Eintrag. Neben dem Namen »Pauls« prangte lediglich ein Strich. Er hat die Pauls'sche Pacht unterschlagen, hatte sich die Einnahme genommen, aber nichts ins Buch eingetragen.

»Ich hatte recht!«, rief Johanna, sprang auf und blickte sich im Salon um. Sie wollte Sigrid ihren Fund mitteilen, doch der Raum lag leer vor ihr. Sie hatte gar nicht mitbekommen, dass die Köchin längst wieder gegangen war.

Vor dem Fenster dampfte der Tee. Sie ging hin und schenkte sich eine Tasse ein, sog den würzigen Kräuterduft ein. Draußen war alles grau in grau. Die Gutsgebäude bildeten blasse Schemen, an denen ihr Blick nicht haften blieb. Ihre Gedanken rasten. Maria Pauls hatte Tenhagen einen Schekel gegeben und ihren letzten Malter Weizen. Der musste in der Scheune stehen. Den Schekel hatte er wohl schon verflüssigt und sich einverleibt. Jetzt, da alles in ihrer Verantwortung lag, konnte sie den versprochenen Pachterlass für die Pauls wirklich machen. Zuerst würde sie den Malter Weizen zurückgeben. Johanna nippte an dem Tee, ging mit der Tasse zum Sekretär zurück und nahm sich wieder das Grundbesitzverzeichnis vor. Anhand des Paulshofes hatte sie die Systematik verstanden. Die vereinbarten Pachtabgaben waren sehr unterschiedlich. Hier waren Malter Korn als Jahresabgaben vereinbart, dort Eier, wiederum andere zahlten ihre Pacht mit Lebendvieh. Schweine und Hammel waren darunter. Andere Pächter lieferten Maße an Butter. Einige wenige nur gaben keine Naturalabgaben, sondern Geld. Der Hof in Lauthausen, der zu ihrem Lehen gehörte, zahlte vier Reichstaler jährlich.

Gut Attenbach selbst betrieb keinerlei eigene Landwirtschaft, von Johannas Kräutergarten einmal abgesehen und den paar Hühnern und Kühen, die sie mit frischer Milch und Eiern für den eigenen Verbrauch versorgten. Was hatte Tenhagen mit den ganzen Naturalien angestellt? Sie hatte sich nie Gedanken darüber gemacht. Er musste sie entweder unmittelbar zum Markt oder zu anderen Abnehmern gebracht haben.

Sie nahm sich das dritte der Bücher vor. Hier waren die gesamten Einnahmen verzeichnet und wie sie verwendet wurden. Am Ende des Jahres ergab sich der tatsächliche geldwerte Ertrag des gesamten Lehens. Johanna nahm einen weiteren Schluck Tee, und langsam begann sie einen Plan zu fassen. Doch sie würde Hilfe brauchen, um ihn in die Tat umzusetzen. Zum einen, um die anderen Pächter davon zu überzeugen. Zum anderen, um die Verhandlungen mit den Mühlen und den Käufern zu führen. Es musste jemand sein, der sich mit den üblichen Preisen auskannte. Und sie hatte auch schon eine sehr genaue Vorstellung davon, wer das sein konnte.

Die Beschäftigung mit den schnöden Zahlen in den Büchern hatte einen weiteren Nutzen für Johanna. Versank sie nicht in die Bücher und fesselte ihre Gedanken mit Zahlenspielen und Strategien, schweiften sie in jeder freien Minute ab. Von ihrem Vater hatte sie erfahren, dass Henri dem Grafen einen Handel angeboten hatte, die Schuld auf sich zu nehmen und zu verschwinden. Im Gegenzug wurde er nicht verfolgt. Graf von Hatzfeld war auf den Handel eingegangen. Und Henri war wirklich fortgegangen. Er hatte sie verlassen. Nach allem, was passiert war! Dieser Gedanke schmerzte sie so sehr, dass sie jeden Tag seit der Abreise der Männer bis spät in die Nacht über den Büchern saß, nur um nicht wach im Bett liegen zu müssen, wo die Gedanken an ihn sie nicht ruhen lassen würden.

Es stand ihr noch eine weitere schwere Aufgabe bevor. Thomas' Beerdigung würde morgen stattfinden. In Bödingen, wie es Brauch war.

Von Reinhard hatte sie erfahren, dass Mutter Pauls es nicht gern sehen würde, wenn sie zur Beerdigung käme. Trotzdem würde sie hingehen. Vorher musste sie sich aber von Thomas verabschieden. Sie wollte ihn noch einmal sehen, ohne das viele Blut. Deshalb machte sie sich jetzt auf den Weg zum Paulshof. Es regnete zwar, aber ein wenig frische Luft auf dem Rücken von Argos würden ihr guttun. Und wenn es nur das kurze Stück bis Stein war. Vielleicht würde sie danach noch hoch zu Heinrich reiten. Sie blickte in den Spiegel. Ja, wirklich. Ganz blass war sie schon geworden in nur drei Tagen, die sie über Bücher gebeugt verbracht hatte.

Die Tür gab ihr gewohntes Knarzen von sich, als Johanna sie aufdrückte. Doch nichts, was sich dahinter verbarg, war ihr noch vertraut. Es kam ihr vor, als stünde Reinhard auf der anderen Seite und drückte mit seinem ganzen Gewicht dagegen, so viel Kraft musste sie aufwenden, um sie aufzustoßen. So hatten sie als Kinder gespielt. Reinhard auf der einen Seite und Mechthild und sie auf der anderen, als Reinhard versuchte die gefräßigen Gören vom Essenstopf seiner Mutter fernzuhalten. Damals war das alles ein Spiel für sie gewesen. Nicht für Reinhard aber, jedenfalls nicht ganz nur ein Spiel, denn die Pauls mussten immer darben, und trotzdem hatten sie sie immer mitessen lassen. Sie hatte Mutter Pauls nie dafür gedankt. Vielleicht war es an der Zeit, Abbitte zu leisten. Für sie war diese Freundschaft mit den Kindern der Pauls immer eine Selbstverständlichkeit gewesen.

Die Tür gab nach. Dahinter lag die einfache Küchenstube, in der sie so viele fröhliche Kindheitstage verbracht hatte. Sie vermied es, die Augen auf das Zentrum der Stube zu richten. Stattdessen schweifte ihr Blick zuerst in eine Ecke, wo der Ofen stand. Immer hatte dort etwas geköchelt, einer von Mutter Pauls' Eintöpfen oder der morgendliche Grießbrei. Jetzt war der Ofen kalt.

Die Regale auf der anderen Seite hielten die irdenen Schalen und das wenige Porzellan, welches nur zur Weihnachtszeit auf den Tisch kam. Alles hatte seinen Glanz verloren.

Als sie nichts mehr fand, worauf sie ihren Blick richten konnte, zwang sie sich, zum Tisch in der Mitte zu schauen. Es nahm ihr den Atem, die Kälte des Raumes umfasste sie schlagartig. Sie konnte sich nicht mehr rühren.

Dort auf dem Tisch lag er. Dort hatte man ihn aufgebahrt. Er war doch noch viel zu jung.

Das Loch in seiner Brust war nicht zu sehen. Er trug seine unversehrte Sonntagskleidung, die alles überdeckte. Seine Hände waren gefaltet, die Augen geschlossen. Heißer Zorn stieg plötzlich in ihr hoch. Von Hatzfeld war davongekommen, zurück in die Preußische Armee sollte er gehen. Das war seine ganze Bestrafung für diesen Mord. Ihr wurde übel.

Sie versuchte alle Gedanken an den Mörder zu verdrängen, bevor sie sich dem Körper des Jungen näherte. Sie strich ihm über die Stirn. Zog ihre Hand schnell wieder zurück. Die Haut war eiskalt. Übelkeit schwappte wieder hoch. Diese Kälte machte seinen Tod so fassbar, wie es nichts anderes konnte. Dennoch war es gut, dass sie gekommen war. Jetzt konnte sie um ihn trauern. Anders als um Henri. Der hatte sie freien Willens verlassen, zurückgelassen. Mit alldem hier musste sie allein fertig werden.

Sie stand eine Weile da und blickte auf Thomas. Noch einmal berühren konnte sie ihn nicht. Aber im Tod sah er friedvoll aus. Die Tür knarzte hinter ihr. Sie schaute zurück und sah Reinhard eintreten. Er stellte sich neben sie, legte ihr eine Hand auf die Schulter. Schweigend standen sie eine Weile nebeneinander.

»Er ist jetzt bei Gott. Es geht ihm gut. Lass ihn gehen, Johanna.«

Sie nickte schweigend.

»Komm mit raus.«

Gemeinsam gingen sie nach draußen. Standen wieder – wie ein paar Tage zuvor – in dem kleinen Innenhof. Die Scheune schien ihr größer als zuvor. Wyk hatte gute Arbeit geleistet. Durch den Regen hatten sich große Pfützen im Hof gesammelt.

»Kommst du zur Beerdigung?«, fragte Reinhard.

»Deiner Mutter wird es nicht recht sein.«

»Mutter wird nicht bemerken, dass überhaupt jemand dort ist. Sie ist völlig teilnahmslos. Nicht einmal mit mir hat sie ein Wort gesprochen, seit …«

»Wo ist sie jetzt?«

»Bei Pfarrer Weingarts.«

»In Blankenberg? Aber die Beerdigung ist doch in Bödingen.«

»Ja, schon, aber sie weigert sich zum Kloster hochzugehen. Sie macht allen Vorwürfe, nicht nur dir. Wenn Thomas nicht zur Lese nach Bödingen gegangen wäre, wäre das alles nicht passiert, sagt sie.«

»Ich dachte, sie spricht nicht.«

»Hat sie alles Weingarts erzählt. Er ist der Einzige, mit dem sie spricht. Kam gestern vorbei. Meinte, Mutter bräuchte einen Arzt. Etwas für die Nerven. Aber wie sollten wir das bezahlen?«

»Ich könnte etwas beim Heinrich Katen in der Apotheke besorgen. Wenn sie nicht wüsste, dass es von mir kommt …«

»Ja, vielleicht.«

»Das ist wirklich kein Problem, Reinhard. Du hast selbst gesagt, ihr hättet meine Hilfe annehmen sollen. Dann tue es wenigstens jetzt.«

Er drehte sich von ihr weg. Fuhr sich mit der Hand durchs Haar. Plötzlich beugte er sich zurück und brüllte in den Himmel: »Gott, ich kann nicht mehr!«

Johanna fühlte den Schrei in ihrem Inneren vibrieren. Konnte ihn nachfühlen. Am liebsten hätte sie auch ihre ganze Trauer herausgeschrien. Sie fühlte sich ihrem Freund aus Kindertagen so nah wie lange nicht mehr. Beide kämpften sie mit dem Verlust, und ihnen beiden schien die auf ihnen lastende Verantwortung zu viel zu werden. Doch im

Gegensatz zu Reinhard hatte sie die Möglichkeiten, etwas zu ändern. Und er konnte ihr helfen und sich und seiner Familie gleich mit. Sie ging zu ihm. Fasste seinen Arm. Er lehnte sich an sie. Die Wärme der Berührung war tröstend. Für sie beide.

»Reinhard. Es gibt eine Möglichkeit, wie wir uns gegenseitig helfen können.«

Er blickte sie verständnislos an. *Hier ist nicht der richtige Ort dafür,* dachte Johanna. »Komm, wir gehen zum Apotheker hoch und holen Medizin für deine Mutter. Dort im Trockenen werde ich dir alles erzählen.«

»Aber ich kann nicht weg. Die Totenwache.«

»Es wird nicht lange dauern. Bis heute Abend bis du längst zurück.«

54.

ZU THOMAS' BEERDIGUNG war Johanna zusammen mit Sigrid, Gudrun und Franz gegangen, zu Fuß. Mit der Fähre hatten sie übergesetzt. Der Müller und Fährmann Heuser hatte viel zu tun an diesem Tag und konnte so selbst nicht zur

Beerdigung kommen, aber seine Söhne waren da. Ihre rötlichen Schöpfe ragten über die Trauergemeinde hinaus, als sie dem Sarg zur letzten Ruhestätte von Thomas Pauls folgten.

Auch der Lehrer und die Schüler aus Blankenberg waren gekommen. Franz hatte sich der Gruppe angeschlossen.

Direkt hinter dem Sarg schritt Familie Pauls, Mutter Maria in der Mitte, gestützt von Reinhard und Mechthild. Auch Irmgard, die ältere Schwester, war gekommen. Johanna hatte sie fast nicht erkannt, so lange hatte sie sie nicht mehr gesehen; seit sie nach Ruppichteroth eingeheiratet hatte. Sie war hochschwanger und an ihren Rockzipfeln hingen zwei Kinder von vielleicht drei und vier Jahren.

Wie gern wäre sie zu ihren Freundinnen gelaufen, insbesondere zu Mechthild, aber das musste warten. Sie wollte Mutter Pauls das ersparen. Sie sollte ohne Störung trauern, und Johannas Anblick würde ihr nur zusätzlichen Schmerz verursachen. Vielleicht konnten die Enkel Maria Pauls aus ihren schwermütigen Gedanken bringen, wenn Irmgard ein paar Tage auf dem heimischen Hof bliebe. Die Medizin würde ihr übriges tun. Mutter Pauls war eine starke Frau und sie würde auch diesen Schicksalsschlag überwinden, da war Johanna sich sicher. Und die Kräutermischung, die Heinrich Katen ihr für Mutter Pauls gegeben hatte, würde sie dabei unterstützen. Eine Mischung aus Johanniskraut und Ginseng, einer Wurzel, die aus Asien stammte und mit der Johanna daher nicht sehr vertraut war. Aber Heinrich hatte in den höchsten Tönen davon gesprochen. So hatte Johanna gleich auch etwas von der Mischung für ihre Mutter mitgenommen. Sie hatte so viel weniger verloren, stand noch in Briefkontakt mit ihrem Mann, und doch glaubte Johanna, dass ihre Mutter sehr viel schwerer mit der Trübsal zu kämpfen hatte als Maria Pauls.

Reinhard, Heinrich Katen und die Heuser-Jungen trugen den Sarg. Sie hatten das Grab erreicht, den Sarg in das Erdloch gesenkt, und der Abt selbst hielt nun die Grabrede. Johanna, die ganz hinten in der Menschenmenge stand, konnte nicht hören, was er sagte. Sigrid und Gudrun hatten sich näher zum Grab begeben, und Johanna stand allein da. Ihre Gedanken schweiften ab. Sie ließ das gestrige Gespräch mit Reinhard Revue passieren. Er hatte ihrem Plan zugestimmt. Zögerlich, ja, aber er sah ein, dass sich etwas ändern musste und dass sich die Dinge auch für ihn und seine Familie so zum Besseren wenden konnten.

Johanna war zuversichtlich, dass sie zusammen mit Reinhard die anderen Pächter dazu bringen konnte, ganz auf den Getreideanbau zu setzen. Denn das war ihr Plan. Weg von der Vielzahl an Gütern und den unterschiedlichen Arten der Pachtleistungen, hin zu einer einheitlichen Geldpacht. Denn für den Verkauf und die Verwaltung von so vielen verschiedenen Gütern war Attenbach nicht ausgerichtet. Es bedeutete einen viel zu großen Aufwand. Wenn sie allerdings die Pächter vom ausschließlichen Getreideanbau überzeugen und gleichzeitig gute Konditionen für sie bei den Mühlen aushandeln konnte, dann wäre allen gedient. Das musste sie nun zuallererst angehen, noch vor der anstehenden nächsten Aussaat. Da die Mühlen in Halberg und Oberauel beide dem Kloster Bödingen angehörten, musste sie beim Abt vorsprechen. Wenn alles so lief, wie sie es sich vorstellte, konnte sie mit dem Kloster einen Handel abschließen, der das Mahlen des Getreides vorsah, und gleichzeitig einen Käufer für das Mehl finden. Denn zumindest das Kloster Bödingen backte traditionell viele Brote für die Pilger, die alljährlich zum Marienfest kamen. Daneben plante Johanna das Mehl über die Mühlen direkt an die umliegenden Bäckereien zu liefern und so feste Abnehmer zu finden. Die Pächter würden entsprechend von den Mühlen, also dem Kloster, entlohnt werden und ihren Pachtanteil dann in Geld an Attenbach abtreten.

Ihr Plan hing vom Wohlwollen des Klosters ab. Aber hier hatte sie zwei Trümpfe in der Hand. Da war der direkte Zugang zum Kloster über Ignatius. Außerdem hatte ihr Vater erreicht, dass der Graf ihr seine Unterstützung bei der Gutsführung zugesagt hatte. Und Das Kloster war eng mit Schloss Allner verbunden. Dennoch wollte sie es zuerst über Ignatius und den Abt direkt versuchen. Das Kloster würde ebenso davon profitieren wie Gut Attenbach und ihre Pächter.

So in ihre Gedanken versunken, zuckte Johanna zusammen, als sie plötzlich ihren Namen hörte.

»Fräulein Johanna«, flüsterte Ignatius, der neben ihr aufgetaucht war. »Mein Beileid. Ich habe für Thomas gebetet, er ist jetzt bei unserer lieben Mutter Maria. Sie wird sich seiner annehmen.«

»Danke, Ignatius«, sagte sie, aber ihr fuhr ein Stich ins Herz. Zum Glück hatte sich Pater von Hatzfeld von der Beerdigung ferngehalten und dem Abt die Predigt überlassen. Schließlich hatte sein Bruder den Jungen erschossen. Johanna versuchte ihren Groll zu unterdrücken, doch zeigte sich ihr Schmerz wohl nur allzu deutlich auf ihrem Gesicht. Zumindest schien Ignatius etwas bemerkt zu haben.

»Er wird zu Ihnen zurückkommen«, flüsterte der Mönch.

Johanna dachte zuerst, er fasele über die Auferstehung. Manchmal redete Ignatius ausschweifend daher. Doch dann wurde ihr klar, von wem er sprach.

»Das soll ich Ihnen sagen. Er denkt immer an Sie. Und Sie müssen ihm vertrauen. Henri steht zu seinem Wort.«

»Darum ist er also weg? Ganz ohne ein Lebewohl.« Es klang härter, als sie gewollt hatte. Es war ja nicht Ignatius' Schuld.

»Er konnte sich doch nicht mehr verabschieden. Es musste ja alles so schnell gehen. Aber er hat mir gesagt, dass ich ein Auge auf Sie werfen soll, bis er wiederkommen kann.«

»So, hat er das?« Sie merkte selbst, wie bitter sie war. Sie hatte versucht, die Gedanken an Henri zu verdrängen, und jetzt redete Ignatius von ihm, unaufhörlich. Vielleicht sollte sie den gutgläubigen Mönch doch umgehen und direkt den Abt ansprechen, damit sie ihn nicht mehr hören musste, den Namen, der ihr so viel Schmerz bereitete. Ein Stich fuhr ihr in den Unterleib und sie krümmte sich.

»Fräulein Johanna, ist alles in Ordnung? Oh, Sie sind ja ganz blass. Kein Wunder, bei all dem, was passiert ist in den letzten Tagen, das macht uns allen zu schaffen.« Er nahm ihren Arm, und sie stützte sich dankbar für einen Moment auf.

»Schon gut, Ignatius. Tuen Sie mir nur einen Gefallen und sprechen nicht mehr von ihm.«

»Aber ich habe es ihm versprochen.«

»Bitte, Ignatius. Lassen Sie es einfach.«

Für einen Moment wirkte er gekränkt. Immerhin war er für diesen Moment ruhig, und gemeinsam lauschten sie Prior Oettershagen, der gerade mit seiner Trauerrede endete. Die Trauergäste näherten sich nunmehr, einer sich windenden Blindschleiche gleich, dem Grab und der Familie, um ihre Kondolenz auszusprechen. Sigrid und Gudrun waren schon ein gutes Stück weiter vorn, und sie selbst wollte Mutter Pauls nicht zu nahekommen. Deshalb blieb sie stehen und ließ die hinter ihr Wartenden vorbeiziehen.

Auch Ignatius blieb zurück, offenbar gewillt, seiner Aufgabe, sich um Johanna zu kümmern, gerecht zu werden. Er stützte sie immer noch. Doch als sich von hinten ein anderer Mönch näherte, ließ er ihren Arm los. Ihre kurze Schwäche war auch längst vorüber.

Johanna hatte den Mann schon ein- oder zweimal gesehen, sein rot leuchtender Haarschopf und der volle Bart waren zu ungewöhnlich für einen Mönch, als dass man den Anblick vergessen konnte. Doch sie kannte seinen Namen nicht. Er flüsterte Ignatius etwas ins Ohr. Der schlug sofort seine Hand vor den Mund. Was war nun wieder geschehen? Die Züge in dem sonst so fülligen Gesicht schienen vor ihren Augen nach unten gefallen zu sein. Auch Johanna wurde bleich.

»Was ist passiert?«, wisperte sie. Für einen Moment blitzten die geliebten grünen Augen auf. Gab es Neuigkeiten von ihm? Schlimme Neuigkeiten?

Ignatius und der Rothaarige tuschelten weiter. Sie konnte nichts verstehen.

Ignatius deute auf den Abt. »Er ist fertig. Sei so gut, Bruder Cornelius, und begleite du den ehrwürdigen Vater zurück zum Kloster.«

Cornelius nickte und begann sich an den Trauergästen vorbei zum Abt vorzuarbeiten. Johanna blickte ihm nach. Seine Tonsur glänzte im fahlen Morgenlicht inmitten des roten Schopfes.

»Ist etwas mit Henri? Er ist tot, nicht wahr?« Sie zerrte an Ignatius Kutte. »So sagen Sie doch etwas!«

Ignatius sah das Entsetzen in ihren Augen. Schnell nahm er ihre Hände und besänftigte sie. »Nein, nein. Es ist nichts mit unserem Freund. Beruhigen Sie sich, Fräulein Johanna.« Er zog sie mit sich. »Kommen Sie mit. Ich erzähle es, aber nicht hier.«

Er schritt voran und sie folgte ihm.

Sie saßen in Ignatius' Küche im Kloster. Der beleibte Mönch hatte sie hierin verfrachtet und ihr zuerst von einer kräftigen Brühe zu essen gegeben, die immer noch auf dem Ofen stand und ihren würzigen Duft im ganzen Raum ausbreitete. Johanna hatte sich erst geweigert, etwas von der Suppe zu nehmen. Ein Brechreiz machte sich breit, ihr Magen war, wie sie in den letzten Tagen schmerzlich herausgefunden hatte, offenbar ihr wundester Punkt, wenn es um das Verdauen schlechter Nachrichten ging. Aber Ignatius hatte ihr erneut versichert, dass nichts mit Henri geschehen war. Erst danach hatte sie einen kleinen Becher der Suppe gelehrt, und Ignatius behielt auch hierin recht. Es hatte ihr gutgetan.

Inzwischen war der rothaarige Cornelius wieder zu ihnen gestoßen. Johannas Magen hatte sich beruhigt, und jetzt lauschte sie dem Bericht des Bruders.

»Der Reiter von Schloss Allner kam gleich nach der Totenmesse.« Bruder Cornelius führte einen Löffel von der Brühe zum Mund. Schmatzend sprach er weiter: »Er wollte zu Pater Markus. Ich hab ihm gesagt, dass der nicht gestört werden wolle, bis die ganze Trauerhorde wieder fort sei, wie er es mir aufgetragen hatte.« Wieder nahm er einen Löffel. »Die ist ja wieder echt köstlich, Ignatius.«

»Danke, aber nun fahre bitte fort. Sonst muss ich dir die Suppe wegnehmen. Die ist nämlich eigentlich für das Komplet vorgesehen.«

Auch Johanna wurde ungeduldig und ihr Körper verkrampfte sich.

»Schon gut. Also, ich sagte, dass ich ihn nicht rufen könne, wenn ich nicht wüsste, dass es wirklich wichtig sei. So sei es mir aufgetragen. Der Pater wünschte, nicht gestört zu werden. Nun, da schmiss er es mir um die Ohren: Der Bruder des Paters sei tot, ob das wichtig genug sei!«

»Hermann Josef?«, platzte Johanna heraus. Ein merkwürdiges Gefühl breitete sich in ihr aus. War es Erleichterung? Es konnte kein Unheil mehr von ihm ausgehen. »Was ist passiert?«, fragte sie.

»Nun, das habe ich erfahren, als ich den Mann zu Pater Markus geführt habe. Denn er wartete nicht ab, bis ich mich entfernt hatte. Von Hatzfelds Pferd kam gestern ohne Reiter zurück. Ganz abgewetzt und durchnässt, so als sei es schon Tage unterwegs. Man hat seine Jäger ausgeschickt, ihn zu suchen. Der Jagdführer hatte wohl eine Ahnung, wohin sein Herr aufgebrochen war. Und man hat den Herrn dann auf dem Nutscheid gefunden. Kurz vor Waldbröl. Erstochen.«

»Auf dem Nutscheid?« Ignatius begann seinen Bauch zu reiben. »Merkwürdig.«

»Was ist merkwürdig, Ignatius? Sie wissen doch etwas«, rief Johanna. Sie hatte ein ungutes Gefühl.

Doch Ignatius blickte zu Cornelius, wollte zuerst mehr erfahren. Das verstärkte Johannas schlechtes Gefühl noch. Wenn Ignatius vor Cornelius nicht sprechen wollte, dann musste es etwas mit Henri zu tun haben.

»Weiß man, was passiert ist?«

Cornelius schlürfte den letzten Rest der Suppe aus und sprach schmatzend weiter: »Nicht genau. Er hielt seine Büchse in der Hand. Hatte sie wohl auch einmal abgefeuert. Vermutlich ist er überfallen worden. Auf den Straßen lungert überall Gesindel. Die Übeltäter konnten wohl keine Beute machen, denn das Pferd war ja durchgegangen.«

»Aber er hatte noch seine Waffe«, merkte Johanna an. »Die hätten ihm irgendwelche Halunken wohl weggenommen.«

Cornelius zuckte mit den Schultern.

»Wie dem auch sei. Die von Hatzfelds werden es schon rausfinden. Markus ist jedenfalls mit dem Boten sofort weg. Gab mir noch mit auf den Weg, dass ich den Abt informieren soll. Mehr hab ich nicht mitbekommen.«

Cornelius leerte seinen Teller, bemerkte nicht die nachdenkliche Stille, die sich in der Küche breitgemacht hatte, sondern sinnierte weiter: »Ich sag mal, er hat seine gerechte Strafe bekommen. Was man so hört, hat er ja einiges verbrochen. Das kommt davon, wenn man meint, das Gesetz in die eigene Hand nehmen zu können. Am Ende werden sie alle von Gott gerichtet.«

Er bekreuzigte sich. Dann rückte er vom Tisch ab, bedankte sich für die Speise und stand auf.

»Jetzt muss ich zum Abt. Er bat mich darum, ihn bei den Schreibarbeiten zu unterstützen, solange Pater Markus fort ist.«

Er deutete eine Verbeugung gegenüber Johanna an und verschwand.

»Was ist so merkwürdig, Ignatius?«, platzte Johanna raus, noch ehe sich die Tür geschlossen hatte.

Er legte den Finger auf den Mund. »Nicht so laut, Fräulein Johanna.« Ignatius stand auf und drückte die Tür ins Schloss.

»Die heiligen Hallen hier haben so manches Mal Ohren, wie ich in letzter Zeit feststellen musste. Unser Freund hat mich darauf aufmerksam gemacht.«

»Ignatius, bitte, was wissen Sie?«

»Ich weiß gar nichts.« Er winkte ab.

»Aber Sie sagten doch, es wäre etwas merkwürdig. Was ist mit dem Nutscheid?« Dann überkam sie die Erkenntnis mit einem Schlag, und sie musste ein Würgen unterdrücken. »Das ist der Weg, den Henri eingeschlagen hat, nicht wahr? Er ist nicht nach Norden gezogen, wie Sie erzählt haben.«

Ignatius rutschte unbequem auf dem Stuhl umher. »Nein, ist er nicht.«

»Also ist er über den Nutscheid weggegangen. Aber wie konnte Hermann Josef das wissen?«

»Es wusste niemand außer mir und dem Onkel, und ich schwöre bei der heiligen Maria, unserer schmerzhaften Mutter, dass ich nichts erzählt habe.«

Johanna glaubte ihm, und sie war sich sicher, dass auch der Müller Marqua seinen Mund gehalten hatte.

»Er ist dir gefolgt, Ignatius.«

»Oh!«

»Ja, so muss es gewesen sein. Dass von Hatzfeld gerade jetzt einem Überfall zum Opfer fällt, wäre ein zu großer Zufall. Und er hat einen Schuss abgegeben.« Johanna sprang auf. Das war zu viel. Das durfte nicht sein. War Henri verletzt?

»Aber man hat nur den Hermann Josef von Hatzfeld gefunden. Wenn Henri etwas passiert wäre, Gott bewahre, dann hätte man doch auch ihn gefunden.«

»Ja, vielleicht. Vielleicht auch nicht.«

»Er wird wiederkommen. Ich bin mir sicher. Sie dürfen nicht an ihm zweifeln.«

»Ignatius, ich glaube Ihnen ja. Und ich glaube ihm. Aber was ist, wenn er es nicht mehr kann?«

»Das dürfen Sie nicht denken. Das wird Sie krank machen. Haben Sie Zuversicht. Gott wird es richten. Das weiß ich.«

»Ich wünschte, ich hätte Ihre Zuversicht, Ignatius.« Sie fasste seine Hände. »Aber ich kann mich nicht darauf verlassen. Ich muss ihn vergessen. Hören Sie? Bitte sprechen Sie nicht mehr von ihm.«

»Aber …«

»Versuchen Sie es zumindest.« Johanna wusste, dass er nicht aufhören würde. Und sie insistierte auch nicht weiter, denn es tat gut, wenn jemand vom ihm sprach. Und außer Ignatius gab es niemanden, der ihren Kummer verstand. Außerdem, wenn er Henri ein Versprechen gegeben hatte, auf sie aufzupassen, dann sollte er es auch einhalten.

»Sie könnten mir tatsächlich mit etwas helfen, Ignatius. Ich brauche eine Audienz bei eurem Abt. Ich habe geschäftliche Dinge mit ihm zu besprechen.«

55.

Sechs Monate später

Sie ritt an den Feldern entlang, die zum Paulshof gehörten. Argos schnaufte mehr als gewöhnlich. Vielleicht spürte er die zunehmende Last seiner Reiterin. Johanna hatte es sich seit den ersten wärmeren Frühjahrstagen im neuen Jahr zur Gewohnheit gemacht, die Felder der Pächter zu begutachten. So kamen ihr Rappe und auch sie nach den dunklen Wintermonaten wieder ans Sonnenlicht. Auch die frische Luft tat ihr gut.

Den Winter über hatte sie viel mit der Übelkeit kämpfen müssen. Die hatte sich mit dem neuen Jahr aber gelegt. Bis dahin und auch während der einsamen Weihnachtstage waren alle so sehr mit ihrem eigenen Kummer beschäftigt, dass es wohl niemandem aufgefallen war. Auch die sonst so aufmerksame Sigrid hatte sich Johanna nicht aufgedrängt.

Jetzt aber machte sie sich langsam Sorgen, dass sie ihre Schande nicht viel länger verbergen konnte. Denn so wie die Ähren in diesem April zu sprießen begannen, so wuchs auch das Kind in ihr. Sie trug fast nur noch die weiten Chemisenkleider. Ihre Reitkleider hatte sie bereits selbst an der Taille weiten müssen. Sie konnte ja schlecht Gudrun darum bitten. Dennoch, bald würde die Zeit kommen, da das alles nicht mehr helfen würde. Und was dann?

Ein kühler Wind wehte ihr über die Felder ins Gesicht und sie zog den Reitmantel enger zu. Das östliche Feld des Paulshofs, welches sie gerade passierte, war mit Winterweizen bepflanzt. Die beiden Arbeiter, die Reinhard eingestellt hatte, bearbeiteten den Boden mit Hacken, um unliebsamen Nebenbewuchs zu entfernen. Als sie sie kommen hörten, unterbrachen sie ihre Arbeit und blickten auf.

»Wie macht sich die Saat?«, rief sie ihnen zu, obwohl sie es selbst sah: Der Weizen war auf diesem Feld, welches der Frühlingssonne ganztägig ausgesetzt war, schon weiter entwickelt, und es zeigten sich nicht nur dünne Reihen mit Schösslingen wie auf dem Roggenfeld des Pächterhofs in Stein, sondern schon ein dichter grüner Teppich.

»Sie meinen im Vergleich zu gestern, Frau von Attenbach?«, rief einer der Arbeiter.

Heute war ihr nicht nach Scherzen zumute. Sie wollte gar nicht wissen, was sie hinter ihrem Rücken über sie scherzten. Womöglich sahen sie sie als eine Edle, die sich für diesen kleinen Korsen hielt, der einen Sieg nach dem anderen gegen die Österreicher einholte. Die Tagblätter waren voll davon.

»Macht weiter. Das Unkraut liebt dieses Wetter genauso wie wir.«

Sie zuckten mit den Schultern und wandten sich wieder ihrer Arbeit zu. Aber sie wollte sich ja auch gar nicht beschweren, was die Felder betraf. Die Pächter hatten auf Johannas Ideen erstaunlich positiv reagiert. Die meisten von ihnen hatten noch im Herbst Getreide ausgesät. Einige, die zuvor hauptsächlich Rüben, Kohl und Kartoffeln angebaut hatten und den Feldern eine Winterruhe angedeihen lassen wollten, hatten erst jetzt im April Sommergetreide gesät. Pächter Bachmann, der den von Gut Attenbach am weitesten entfernten Hof in Merten bewirtschaftete, war an diesem Montag der Letzte gewesen, der eingesät hatte.

Aber Johanna machte sich nichts vor. Dass die Pächter ohne Ausnahme mitgezogen hatten, war vor allem Reinhards Verdienst gewesen. Er war einer von ihnen und er sprach mit Begeisterung von den Möglichkeiten, die sich ihnen allen bieten würden. Auf ihn zu bauen war genau das Richtige gewesen. Eine der wenigen Entscheidungen, die sie nicht bereute.

Inzwischen wohnte Reinhard sogar auf Attenbach. Mutter Pauls war kurz nach der Beerdigung zu Irmgard, ihrer Ältesten, nach Ruppichteroth gezogen.

Johanna und Reinhard hatten viel zu besprechen und zu planen, und vor allem hatten sie beide alle Pächter persönlich aufgesucht, um sie für die neuen Ideen zu gewinnen. Mutter Pauls in ihrer Trauer allein auf dem Hof zurückzulassen wäre unverantwortlich gewesen, und so waren alle erleichtert gewesen, dass Irmgard ihr anbot, zu ihr und ihrer Familie zu ziehen. Die drei Enkelkinder würden das Übrige tun, um sie aus dem tiefen Tal der Trauer wieder ins Leben zurückzuholen.

Johanna und Reinhard waren abends stets spät, in der Dunkelheit, von den Pächtern zurückgekommen und Reinhard hatte immer darauf bestanden, sie nach Attenbach zu begleiten, bevor er selbst zu seinem Hof zurückkehrte. So hatte sie ihm eines Tages vorgeschlagen, nach Attenbach zu ziehen. Das Rittergut bot genug Platz, vor allem seit Tenhagen fort war. Reinhard musste nicht allein auf seinem Hof bleiben, und auf Attenbach war endlich wieder ein Mann im Haus. Sie konnten zudem viel leichter ihre Besprechungen führen, ohne sich erst zu verabreden. Und für die Bewirtschaftung des eigenen Hofs hatte er die zwei Wanderarbeiter angestellt, die die tägliche Arbeit erledigten.

Sie hob ihre Hand zum Gruß, doch die beiden waren schon wieder über das Feld gebeugt.

»Komm, Argos, hier werden wir nicht gebraucht.« Sie drückte dem Tier leicht die Knie in die Seiten und es setzte sich wieder in Bewegung.

Johanna hatte gegenüber Reinhard darauf bestanden, diesen Weg ganz offiziell einzuschlagen, und ihn als Verwalter eingestellt. An Weihnachten hatte sie ihm einen Vertrag vorgelegt, der alles besiegelte. Er bekam eine jährliche Entlohnung und brauchte keine Pacht zu leisten. Die Erträge seines Hofs konnte er vollständig als Gewinn vereinnahmen. Das Angebot war zu gut gewesen, um es abzulehnen.

Bei diesem Gedanken huschte Johanne doch noch ein Lächeln über das Gesicht. Sie hatte bei all ihren Überlegungen nicht ahnen können, dass sich Reinhard und Gudrun so hervorragend verstehen würden. Sie glaubte, dass Gudrun mit dafür verantwortlich war, dass Reinhard ohne zu zögern unterschrieben hatte und nach Attenbach gezogen war.

Argos machte einen Satz über den Bach, der von der Stein'schen Mühle her kam. Über ihr ragten die Felsen empor, die die Burgruine von Blankenberg trugen. Johanna spürte einen Tritt in ihrem Bauch. Der Sprung hatte *sie* geweckt. Johanna war sich sicher, dass es ein Mädchen war. Als sie ihre Schwangerschaft bemerkt hatte, war sie zuerst einfach nur glücklich gewesen. Das konnte ihr niemand nehmen. Was immer das Schicksal dem Vater dieses Kindes zugedacht hatte, etwas von ihm würde für immer bei ihr bleiben. Bei der ganzen Übelkeit, die sie in den ersten Monaten begleitet hatte, hätte sie ihr Glück doch laut herausschreien mögen. Deshalb war es ihr nie in den Sinn gekommen, eines der Kräuter zu nehmen, von denen sie wusste, dass sie eine Blutung und den Verlust des Kindes hervorrufen würden. Auch hatten die ständigen Worte und die Zuversicht von Ignatius ganz tief in ihrem Inneren die Hoffnung aufkeimen lassen, dass Henri noch lebte und zurückkehren würde. Alles würde gut werden und sie könnte ihm nicht nur ihre Liebe schenken, sondern auch die Geborgenheit einer neuen Familie. Eine Wiedergutmachung des Schicksals für seinen Verlust.

Doch mit dem Wachsen ihrer Leibesfülle schwand dieses Fünkchen Hoffnung nach und nach, denn es kam kein einziges Wort, keine einzige Nachricht von ihm. In all den Monaten hatte niemand etwas von dem Franzosen gehört, auch Ignatius nicht. Ihr war bewusst geworden, was es bedeutete, wenn sie ihr Kind gebar, ohne verheiratet zu sein. Eine Schande, die alles, was sie in der kurzen Zeit erreicht hatte, zunichtemachen würde. Eine Heirat mit einem anderen kam nicht infrage. Wer würde sie nehmen wollen? Gerade die von Hatzfelds würden diese Schande nicht mittragen, ganz gleich was Johannas Vater gegenüber dem Grafen ausgehandelt hatte. Außerdem war der Graf von Hatzfeld nach dem Tod Hermann Josefs nach Berlin in die Preußenarmee zurückgekehrt.

Nur Pater Markus war noch hier, und es bedurfte erheblicher Mühe auf der Seite von Ignatius und dem Abt, um ihn davon abzubringen, die Vereinbarungen über die Nutzung der Klostermühlen und den Aufkauf eines großen Teils der Getreideerzeugnisse ihrer Pächter wieder zurückzunehmen. Sie hatte das alles mit dem Abt Oettershagen aushandeln können. Hatte die Zeit des Aufruhrs, die der Tod Hermann Josefs für die Grafenfamilie mit sich brachte, genutzt, um mit dem Abt selbst zu verhandeln. Pater Markus hatte sich intensiv in die Ermittlungen zur Aufklärung des Todes seines Bruders eingebracht. Trotz aller Bemühungen aber konnte der Fall nicht aufgeklärt werden. Man vermutete einen Überfall durch unbekannte Wegelagerer, wie sie oft vorgekommen waren.

Und nachdem zwischen Gut Attenbach und dem Kloster alles schriftlich in Vertragsform besiegelt war, konnte Pater Markus es nicht mehr rückgängig machen.

Ein Einspänner kam die Blankenberger Straße hinuntergerattert. Auf der Ladefläche wurden die Kisten durchgeschüttelt. Sie enthielten vermutlich die Frühjahrsernte. Grünkohl und Feldsalat. Der ältliche Bauer, der auf dem Bock saß und mürrisch den Gaul antrieb, würdigte sie keines Blickes. Nicht alle hatten Johannas Ideen gutgeheißen. Andere Pächter und Landbesitzer fühlten sich ungerecht behandelt, da ihnen die Klostermühlen nicht frei zur Verfügung standen. Johanna zuckte die Schultern. Sie ließ den Karren vorbeiziehen. Das Knirschen der Holzräder, wie sie sich über den Schotter mühten, schmerzte in ihren Ohren. In ihrem Bauch fühlte sie einen erneuten Tritt. Ihre Tochter mochte diese Lautstärke nicht.

Als der Karren fort war, richtete sie ihre Gedanken wieder auf ihr dringendstes Problem. Sie konnte nicht fort von Attenbach und vielleicht einen Cousin in der Ferne ehelichen, wie Katrin von Burgwinkel es getan hatte. Ihre einzigen Cousins lebten in Jülich, also auf französischem Gebiet. Und bei allem, was sie gehört hatte, hatte die Jülicher Familie sich inzwischen ganz gut mit den Besatzern eingerichtet. Sie wusste von ihrer Mutter, dass sie sich nach dem Ball auf Schloss Allner und der überstürzten Abreise ihres Vaters nicht mehr mit ihnen in Verbindung gesetzt hatten. Sie konnten sich zurücklehnen und warten bis Attenbach ihnen ganz von allein zufallen würde. Sie brauchten nicht erst eine in Schande gefallene Cousine zu ehelichen. Die Zeit spielte für sie.

Was also blieb ihr? Vielleicht wüsste Heinrich Katen einen Rat. Sollte sie ihn einweihen? Sie streichelte über ihren Bauch.

»Keine Angst, meine Kleine«, flüsterte sie besänftigend. »Ich würde dir nie etwas antun. Du gehörst zu mir, was auch immer passiert.« Aber irgendetwas musste sie sich einfallen lassen.

»Komm, Argos, wir machen kehrt.« Sie würde Heinrich nicht einweihen. Noch nicht. Sie zog an den Zügeln und das Pferd drehte sich und sprang zurück über den Steinbach. Ihr Weg führte heute nicht nach Blankenberg. Sie wollte nach Bödingen. Vielleicht hatte Ignatius ja eine Nachricht erhalten. Sie hatte ihn seit Tagen nicht besucht, auch weil er seit Kurzem immer weniger Zeit für sie zu haben schien. Eine Zeit lang waren sie sich täglich begegnet. Getreidelieferungen, die Nutzung der klösterlichen Mühlen und die Mengen, die das Kloster Bödingen selbst von ihrem Getreide erwerben würde, waren zu besprechen. Aber jetzt stand das Kompassionsfest bevor, wie alljährlich am vierten Freitag nach Karfreitag. Es wurde wieder eine große Anzahl von Pilgern erwartet. Johanna hatte das Gefühl, die Menge an Pilgern wurde in diesen kriegerischen Zeiten sogar größer anstatt kleiner. Nun, seit dem Überfall auf von Hatzfeld hatte es keine weiteren Übergriffe gegeben. Das Herzogtum Berg schien von der Welt vergessen und verlassen. Was hatte sie nur gedacht? Was in aller Welt sollte jemanden wie Henri, wenn er überhaupt noch lebte, veranlassen wieder hierher zurückzukehren? Sie sollte sich nicht darauf verlassen. Die letzten Monate hatten gezeigt, dass sie sehr gut allein zurechtkam. Dennoch würden ihr ein paar aufmunternde Worte von Ignatius guttun. »Argos, lass uns nach Bödingen reiten.«

56.

WÜRZIG-SÜSSER DUFT ZOG AUS DER KÜCHE durch die offene Tür bis hinaus in den Kräutergarten. Ignatius hob den Kopf und schnupperte. Es war Zeit, die ersten Brote für das Kompassionsfest aus dem Ofen zu holen. Es waren nicht mehr ganz zwei Wochen bis zum Fest.

Die Früchte- und Kräuterbrote, die er regelmäßig für diesen Anlass buk, ließen sich lange aufbewahren. Das war gut so, denn sonst würde er nicht alle Pilger satt bekommen.

Der Mönch nahm den Korb voller Thymian, den er frisch geerntet hatte, vom Boden auf. Er griff nochmal in das frische Kraut und nahm einen tiefen Zug von dem belebenden Duft. Obwohl der Winter mild gewesen war, wuchs so früh im Jahr nur der Thymian. Die restlichen Kräuter würde er aus der Vorratskammer nehmen, wo sie in großen Trockensträußen von den Deckenbalken hingen oder in lichtgeschützten Kisten in den Regalen standen. Getrocknete Zwiebeln, Dill, Petersilie und Kümmel. Er eilte in die Küche, um die ersten Früchtebrote aus dem Ofen zu scheffeln. Das Rezept für die Früchtebrote stammte noch vom alten Bruder Honoratius. Die Kräuterbrote waren Ignatius' eigene Kreation, auf die er besonders stolz war. Er wollte noch vor der Vesper und vor dem Bereiten des Abendessens eine verfeinerte Rezeptur, die eben auch frischen Thymian enthielt, ausprobieren. Der Teig ruhte schon fertig auf dem warmen Ofen. Nur die Kräuter fehlten noch, bevor er den Ofen erneut füllen konnte. Aber erst musste er die Früchtebrote herausholen.

Er nahm den Scheffel, da öffnete sich die Tür zur Küche und Bruder Cornelius steckte seinen Kopf hinein. »Vater Abt bittet dich zu sich, Ignatius.«

»Um diese Zeit?«

»Ja, am besten sofort. Er hat gleich eine Unterredung mit dem Gasthauswirt Breuer wegen der Unterbringung der Pilger. Vorher will er dich sprechen.«

Was konnte Prior Gottbried von ihm Dringendes wollen? Der Abt war genauso eingespannt in die diesjährige Planung für das Kompassionsfest wie Ignatius. Pater Markus hatte sich nach dem Tod seines Bruders und der Abreise des Grafen von Hatzfeld nach Berlin mehr und mehr aus den Verwaltungsangelegenheiten des Klosters zurückgezogen. Er war mehr auf Schloss Allner anzutreffen als im Gotteshaus. Nach den Osterfeierlichkeiten war er sogar selbst nach Berlin gereist – zur Taufe seines Halbbruders. Und das gerade vor dem Kompassionsfest! Nicht, dass Ignatius ihn vermisste. Im Gegenteil, seit Johanna ihre Verhandlungen mit dem Abt geführt hatte und er hinzugezogen worden war, war er vom einfachen Küchenmeister zum Cellerar aufgestiegen. Er bestimmte die Mengen an Mehl, die das Kloster selbst abnehmen würde. Denn obwohl die Pachthöfe des Klosters Getreide lieferten, mussten sie jedes Jahr Weizen zukaufen, um den großen Bedarf für die Versorgung der Pilger, die vor allem zum Kompassionsfest kamen, zu decken. Auch für dieses Jahr hatten sie teuer einkaufen müssen, denn das Getreide von Gut Attenbach stand ja noch nicht zur Verfügung.

Der Vorschlag, das Getreide von Johannas Pächtern kostenlos in den Klostermühlen mahlen zu lassen und im Gegenzug für einen erheblich geringeren Preis zu kaufen, war von ihm gekommen. Also gut, eigentlich stammte die Idee von seinem Ohm, dem Müller Marqua, aber Ignatius hatte sie dem Abt vorgetragen.

Seitdem hatte Prior Gottbried ihm mehr Verantwortung übertragen, und die Planung der Pilgerspeisung und die Versorgung des Klosters lagen nun ganz allein in seinen Händen. Er konnte selbstständig eine Anfrage beim Münzmeister aufgeben, wenn etwa die Salz- oder Gewürzvorräte aufgefüllt werden mussten oder sich herausstellte, dass der Bedarf an Fleisch größer wurde. Er glaubte nicht, dass Pater Markus hierzu seine Zustimmung gegeben hätte. Also sollte er doch so lange wegbleiben, wie es ihm beliebte. Ignatius weinte ihm keine Träne nach.

Und auch Johanna schien wieder aufzublühen. An Weihnachten hatte er die junge Frau erstmals wieder so strahlend gesehen wie vor alledem. Vor dem Tod von Thomas und bevor Henri verschwunden war. Aber in letzter Zeit war sie ihm wieder seltsam niedergeschlagen vorgekommen. Dabei hatte er sein Versprechen nicht vergessen. Er hatte stets ein Auge auf sie gehabt, nur von Henri sprach er ihr gegenüber nicht mehr gern, denn er hatte das Gefühl, dass es sie eher trauriger und verzweifelter machte, wenn er ihr wieder und wieder zusicherte, dass der Franzose bald zurückkehren würde. Vielleicht lag auch nicht mehr so viel Überzeugungskraft in seinen Worten, weil er selber die Hoffnung verloren hatte? Immerhin hatte er in all der Zeit kein Lebenszeichen seines französischen Freundes erhalten. Selbst der Ohm Marqua sagte ja schon, er solle endlich aufhören von ihm zu sprechen, gerade gegenüber dem Fräulein Johanna. Und dann hatte er sie auch noch im Kräutergarten stehen lassen müssen, als sie vor ein paar Tagen bei ihm vorbeischaute. Er hatte zur Vesper gemusst. Denn wegen der vielen Arbeit hatte er sie bereits die drei Tage zuvor ausfallen lassen. Vielleicht hätte er in diesem Moment besser auf den alten Honoratius hören und die Gebete den Chorherren überlassen sollen. Johanna hatte wirklich verzweifelt dreingeblickt, aber was konnte er schon tun? Alles, das er ihr sagen konnte, waren doch nur leere Worte.

»Ich muss nur schnell die Brote rausholen, sonst verbrennen die mir«, rief er nun dem rothaarigen Mönch zu.

»Beeil dich«, sprach Cornelius und war auch schon wieder zur Tür hinaus. Auch der Rothaarige war mehr als zuvor eingespannt. Neben seiner Bibliothek zog ihn der Abt bei den Verwaltungstätigkeiten für das Kloster hinzu, wenn Markus, wie gerade, wieder einmal in persönlichen Angelegenheiten unterwegs war.

Ignatius zog die Brote aus dem Ofen und legte sie zum Abkühlen eins nach dem anderen auf das Holzgitter, das er über den Tisch gelegt hatte. Dann verschloss er die Ofentür, wischte sich den Schweiß von der Stirn und machte sich schnellen Schrittes auf den Weg zum Abt.

Was mochte der von ihm wollen? Es musste etwas Wichtiges sein, denn der Abt legte bei allen Pflichten, die die Vorbereitungen des Schmerzensfestes mit sich brachten, Wert darauf, dass die Mahlzeiten pünktlich von allen gemeinsam eingenommen wurden. Wenn er das Abendessen noch rechtzeitig fertig auf den Tisch bringen wollte, musste eben das Vespergebet für ihn ausfallen. Wieder einmal. Wirklich vermissen tat er nur das Singen. Das Herausschmettern der Choräle war befreiend für ihn. Es machte ihn glücklich, und glücklich arbeitete es sich auch besser. Eine Prise Glück war die Geheimzutat jedes seiner Rezepte.

Er klopfte an die Tür zur Kammer des Abts. Ein kräftiges »Herein« erschallte von der anderen Seite. Ignatius Stimmung hob sich sogleich. Der Abt war aufgelebt, seit er wieder aktiver in der Leitung des Klosters war. Den ganzen Winter über hatte er nur einen Rheumaanfall gehabt, der ihn für ein paar Tage ans Bett gefesselt hatte. Ignatius hatte schon immer geglaubt, dass Pater Markus einen schlechten

Einfluss auf seinen väterlichen Freund ausübte. Sein Missmut legte sich wie eine düstere Aura um alles und jeden.

»Vater Gottbried, Ihr habt mich rufen lassen?«

»Ja, Ignatius. Setz dich.« Er deutete auf den Stuhl ihm gegenüber. Auf seinem Sekretär lagen Papiere verstreut, offenbar wild durcheinander. Doch der Prior langte mit einem gezielten Griff nach einem noch verschlossenen Brief und hielt ihn in die Höhe.

»Der ist heute mit der Post gekommen.«

Ignatius verstand nicht recht, warum der Abt ihm seine Post zeigte. Denn es musste sich um die persönliche Post des Abtes handeln oder um offizielle Post für das Kloster. Alle persönliche Post des Tages wurde nach dem Prandium im Refektorium von Cornelius an die Brüder verteilt.

»Du wunderst dich?« Der Abt musste Ignatius' Überraschung an seinem Gesicht abgelesen haben.

Ignatius nickte.

»Dieser Brief ist für dich, Ignatius. Ich hielt es für besser, ihn dir persönlich zu geben und nicht vor aller Augen.«

»Aber … von wem?«, stammelte Ignatius, dem erneut die Schweißperlen auf der Stirn standen, obwohl es im Zimmer des Abts nicht so warm war wie gerade noch vor dem Ofen.

»Nun, der Brief ist, wie du siehst, noch verschlossen, Stempel und Siegel aber sind französisch, und ich hätte da so eine Vermutung, von wem der Brief stammt.«

Er reichte ihm den Brief. Als Ignatius danach greifen wollte, zuckte der Abt wieder zurück. »Keine Geheimnisse, Ignatius. Egal, worum es geht, du weißt, dass du mir vertrauen kannst?«

Ignatius schluckte. »Ja natürlich, Vater.«

Er hatte noch nie einen versiegelten Brief erhalten. Überhaupt hatte er nur selten Post. Außer ihm konnte in der

Familie nur seine älteste Schwester einigermaßen schreiben und lesen. Von ihr erhielt er ab und zu ein paar Zeilen, wenn es etwas Neues von zu Hause zu berichten gab. Die Geburt eines Kindes oder vor ein paar Jahren traurige Nachrichten, als seine Mutter gestorben war.

Ehrfürchtig nahm er den Brief vom Abt entgegen. Ein feines Papier war das. Vorne auf dem Umschlag thronte in fein geschwungenen Lettern sein Name: Bruder Ignatius Kleefeld und ein Poststempel »de Paris«. Seine Augen weiteten sich. Er blickte hoch zum Abt. Der lächelte und nickte ihm aufmunternd zu. Ignatius drehte den Umschlag auf die andere Seite und warf einen Blick auf das Siegel. Rotes Wachs verschloss den Umschlag und er erkannte ein großes »M« in der Mitte des Siegels umringt von einer Weinrebe. Er ließ seinen Daumen über das kalte Wachs gleiten und zögerte.

»Nur zu, Ignatius, sonst wirst du kaum erfahren, was darin steht.«

Er brach das Siegel und entfaltete vorsichtig das Papier.

57.

Johanna sass über die Bücher gebeugt im Arbeitszimmer ihres Vaters. Nachdem sie anfänglich den Sekretär im oberen Salon genutzt hatte, war sie im neuen Jahr mit den Büchern in dieses Zimmer umgezogen. Vater hatte es selten genutzt. Sie hatte zuerst die Möbel verstellt. Den wuchtigen Schreibtisch hatte Reinhard ihr aus der Mitte des Raumes vor das Fenster geschoben. Jetzt konnte sie vom Schreibtisch aus die Burgruine von Blankenberg sehen.

Es gab noch einen Schrank, in dem sie die Buchhaltungsunterlagen, Urkunden und Verträge bewahrte. Und einen ausladenden Kamin mit einem Sessel. Den alten Wandteppich, der eine abscheulich blutige Jagdszene zeigte, hatte sie abgehängt und dafür ein von ihrer Mutter gesticktes und gerahmtes Bild aufgehängt, das eine Blumenvase mit einem Strauß Sommerblumen zeigte.

Johanna grübelte über den Zahlen. Sie hatte alle Pächter neu aufgelistet, die Feldgrößen dazu notiert, die Sorte Getreide, die sie angepflanzt hatten, und wann dies erfolgt war. Sie hatte Reinhard gebeten den durchschnittlichen Ertrag jedes Pächters, gemessen an der Größe des Landes, zu prognostizieren. Er hatte sich schwergetan, da der Ertrag stark von den Witterungsbedingungen abhängig war. Doch die Zahlen brauchte sie, um die Höhe der Pacht berechnen zu können. Sie hatte eine reine Geldpacht vereinbart, und sie wollte die Höhe jedem Pächter im Einzelnen vor der Ernte mitteilen. Abweichungen waren natürlich je nach Ernteerfolg möglich. Doch sie brauchte eine ungefähre Grundlage.

Die Zahlen drehten sich vor ihren Augen. Ärgerlich schob sie das Buch zurück und blickte aus dem Fenster.

»Hm, hm!«

Johanna schreckte hoch, wandte ihren Kopf zu dem Räuspern und sah Reinhard im Zimmer stehen.

»Gott, du hast mich erschreckt.«

»Ich habe geklopft«, sagte Reinhard.

»Hab ich nicht gehört.« Sie rieb sich die Augen. »Was willst du?«

»Ich komme gerade von Müller Marqua. Er möchte etwas mit uns besprechen, am besten morgen früh.«

»Wollen sie nun doch eine Mühlenabgabe von uns? Das können sie nicht machen, sie haben einen Vertrag unterschrieben.« Sie stand auf, reckte ihr Kinn nach vorne. Das würde sie nicht akzeptieren.

»Nein, beruhige dich. Er will nur etwas absprechen, wegen der Nutzungszeiten seiner Mühle, damit nicht alle auf einmal kommen. Ihm fehlt Lagerplatz.«

»Kannst du das nicht allein machen, Reinhard?«

»Er möchte es mit uns beiden besprechen.«

Sie seufzte und ließ sich in den Sessel vor dem Kamin fallen. »Ach, Reinhard. Manchmal weiß ich wirklich nicht, ob ich das alles schaffe. Wenn du nicht da wärst …«

Reinhard zog den Sesselstuhl vom Schreibtisch und setzte sich zu ihr.

»Na ja, beim Rechnen bin ich dir keine große Hilfe, fürchte ich.«

Johanna lachte. »Ja, selbst Mechthild macht dir da etwas vor. Sie war immer gut im Rechnen.« Sie fuhr sich mit den Fingern über die Augen.

»Vielleicht kann sie mich unterstützen«, sagte sie ohne selbst von dieser Idee überzeugt zu sein. Mechthild stand kurz davor, ihr erstes Kind zu bekommen. *Tja, wär hätte das gedacht, meine alte Freundin. Dass wir unser erstes Kind fast gleichzeitig erwarten.*

Mit dem kleinen Unterschied, dass es für Mechthild eine reine Freunde war. Sie hatte mit dem Walter Eich einen guten Mann gefunden. Die Familie besaß eigenes Land, und außerdem schien er ihr wirklich in Liebe zugetan.

Reinhard setzte an, um ihr diese fixe Idee auszureden. Doch sie hatte es ja gar nicht ernsthaft in Erwägung gezogen.

»Spar dir die Worte, Reinhard. Ich weiß, dass sie zu Hause unabkömmlich ist. Ich muss meine Angelegenheiten schon selbst regeln. Aber ich hatte nicht geglaubt, dass das mit so viel Papierkram verbunden sein würde. Ich hab sogar schon daran gedacht, Thadaeus zurückzuholen.«

Reinhard kräuselte die Stirn. »Wen?«

»Na meinen alten Hauslehrer. Den kennst du doch noch?«

»Hatte der nicht etwas mit der Fuss von der Post in Uckerath?«

»Reinhard, bist du von Sinnen. Maria ist nur ein paar Jahre älter als ich.«

»Ja, weiß ich. War ja mit ihr in der Schule. Hübsch ist sie.«

»Du hattest wohl ein Auge auf sie geworfen?« Johanna schubste ihn an, und sie mussten beide lachen.

»So gefällst du mir schon besser«, sagte Reinhard. »Der Ausflug morgen zu Marqua wird dir guttun.«

»Immer um mich besorgt.«

»Du bist ja jetzt mein Arbeitgeber.«

»Jetzt lenke mal nicht so von dir ab. Gudrun gefällt dir, oder?«

Reinhards Lachen verschwand abrupt. Stattdessen wurde sein Gesicht feuerrot.

»Na, da hab ich wohl den Nagel auf den Kopf getroffen.« Sie grinste.

»Ach, ich vergucke mich immer in die Falschen.«

Johanna hoffte nicht, dass sie dazu zählte. Früher, als sie noch ganz jung waren, da hatten immer sie und Reinhard herhalten müssen, wenn es um Hochzeitsspiele ging.

»Ich glaube aber, dass Gudrun dich auch sehr mag. Jedenfalls ist sie viel besserer Laune, seitdem du auf das Gut gezogen bist.«

»Johanna, lass das. Sie ist verheiratet.«

»Im Ernst, ich glaube nicht, dass wir Tenhagen jemals hier wiedersehen werden. Er hat gar nichts von sich hören lassen. Nicht eine einzige Nachricht. Nicht einmal in Vaters Briefen hat er einen Gruß ausrichten lassen für seine Frau und seinen Sohn.« Sie erschrak über die Bitterkeit in ihrer Stimme. Aber als sie die Worte aussprach, war ihr wieder bewusst geworden, dass auch ein anderer in all den Monaten kein Lebenszeichen von sich gegeben hatte. Was, wenn Henri sie genauso vergessen hatte, wie Horst Tenhagen seine Familie? Ihr Vater hatte in seinem letzten Brief eine Andeutung gemacht, dass Tenhagen die Nächte nicht nur im Lager der Soldaten verbrachte.

»Ja, vielleicht. Aber es ändert nichts, ob er wiederkommt oder nicht. Gudrun bleibt eine verheiratete Frau. Ich werde mich nicht versündigen.«

Oh, Reinhard, dachte sie. *Wenn es um das Versündigen geht, bin ich dir weit voraus.* Sie legte eine Hand auf ihren Bauch. *Ich wünschte, ich wäre stärker gewesen und hätte widerstanden. Ich sollte dich nicht drängen, in die gleiche Schande zu fallen.*

»Du hast recht. Reinhard. Lass uns von etwas anderem sprechen. Du bist wirklich ein viel besserer Mensch als ich.«

Reinhard blickte zu ihr. Dann senkte er seine Augen wieder. »Wir haben nie darüber gesprochen«, er räusperte sich. »Du und dieser Franzose.«

Nein, sie konnte nicht mit ihm darüber sprechen.

»Es ist genug.« Johanna erhob sich vom Sessel. »Ich werde mich zurückziehen. Es ist spät. Wann erwartet uns Marqua morgen?«

Auch Reinhard hatte sich erhoben. »Entschuldige, Johanna, ich wollte nicht aufdringlich sein.«

Sie sah seinen verzweifelten Blick. »Schon gut, ich kann nur nicht darüber sprechen.«

»Verstehe schon.«

»Wir haben wohl mehr gemeinsam, als man glauben sollte.« Sie lächelte traurig.

»Wir bekommen das hin. Alles. Irgendwie.«

Er klang so zuversichtlich. Johanna fluchte über sich selbst, dass sie das Gespräch auf Gudrun gelenkt hatte. Aber sie wünschte sich sehr, dass zumindest diese zwei Menschen ihr Glück finden würden. Reinhard hatte es verdient. Und Gudrun würde in Reinhard einen besseren Mann finden, als Tenhagen es je sein konnte.

»Übrigens«, sagte Reinhard, »Gudrun hat dein Kleid genäht. Soll ich dir ausrichten. Dieses helle. Beim Waschen hat sie gesehen, dass es eingerissen war. Sie fragt, ob sie es morgen, bevor wir zum Müller reiten, bringen kann, damit du es anprobierst.«

Oh nein. Es hatte einen Grund, dass es eingerissen war. »Muss das sein? Kann das nicht warten?«

»Aber deine Mutter hat es ihr aufgetragen. Du sollst das auf dem Kompassionsfest tragen, sagt sie.«

Seit wann war es beschlossene Sache, dass sie zum Kompassionsfest ging? Die Feier der Leiden der schmerzhaften Mutter. Wie treffend.

»Abt Oettershagen hat uns alle eingeladen. Es wäre unhöflich, nicht hinzugehen. Immerhin fußt deine Geschäftsidee auf dem Wohlwollen des Klosters.«

»Und wieso weiß ich nichts davon? Wann hast du denn den Abt getroffen, wenn ich mal fragen darf.«

»Nicht den Abt, Ignatius hat es mir ausgerichtet.«

»Und wann hast du ihn getroffen?«

»Heute, er war beim Müller.«

»Ach ja?« *Und da dachte ich, der hat alle Hände voll zu tun mit seinen Vorbereitungen für das Fest.*

»Dann muss es wohl so sein. Also schick mir Gudrun morgen früh vorbei.« Sie wandte sich zur Tür. »Tu mir einen Gefallen und räum die Bücher in den Schrank, ja?«

»Wird gemacht, Madame.«

Sie schüttelte den Kopf. Plötzlich war Reinhard ja wieder blendend gelaunt. Von sich konnte sie das nicht behaupten. Was sollte sie Gudrun sagen, wenn die Magd feststellte, dass das Kleid Johanna zu eng geworden war? Missmutig verließ sie das Zimmer.

58.

Er hielt sein Gesicht in die Morgensonne und schloss die Augen. Nahm einen tiefen Atemzug und ließ die frische

Luft langsam durch seine Nase fließen, versuchte vergeblich, den Duft ihres Haares darin wiederzufinden.

Es hatte eine Zeit gegeben, da es die Erinnerung an diesen Geruch von Beeren war, die ihn am Leben gehalten hatte. Unbewusst führte er seine Hand an die linke Schulter. Sie schmerzte nicht mehr, aber die volle Beweglichkeit hatte sie nicht wiedererlangt. Über Schulterhöhe konnte er den linken Arm nicht mehr heben. Es war ein kleiner Preis dafür, dass er überlebt hatte, dass er es nach Paris und wieder zurück geschafft hatte. Ja, er hätte seinen ganzen Arm dafür gegeben, um sein Versprechen einzulösen.

Gestern Abend war er angekommen. Wie in seinem Brief an Ignatius angekündigt, hatte er sich zum Müller von Halberg begeben. Es war ein guter Ort, um sie wiederzutreffen. Hier, wo er sie das letzte Mal gesehen hatte. Ignatius hatte seinen Brief offenbar erhalten, denn Marqua war nicht überrascht gewesen, ihn zu sehen. Bis dahin hatte er nicht wissen können, ob sein Schreiben das Ziel erreicht hatte, denn er hatte keine Antwort abgewartet, sondern war der Post sofort hinterhergereist.

Das gleichmäßige Plätschern des Wassers über dem Mühlenrad wurde von stapfenden Schritten im Kies in seinem Rücken übertönt. Er wusste gleich, wer sich ihm näherte. Ein Lächeln legte sich auf seine Lippen, er öffnete die Augen und drehte sich um.

»Du bist es wirklich!«

Ignatius. Er hatte sich nicht verändert. Das Gesicht vom Fußmarsch gerötet, kam er auf den Franzosen zu und schlang die Arme um ihn.

»Vorsicht, du erdrückst mich ja«, nuschelte Henri unter dem Stoff der Kutte hindurch. War der ungestüme Mönch etwa noch beleibter geworden?

»Entschuldige, entschuldige, Bruder Henri.« Ignatius

rückte von ihm ab, hielt ihn aber immer noch an beiden Oberarmen fest und ließ den Blick von seinen kurz geschnittenen Haaren hinunter bis zu den eleganten Reitstiefeln gleiten.

»Nicht mehr dein Bruder, aber immer noch dein Freund, wie ich hoffe.«

»Ein ganz schön feiner Pinkel bist du geworden. Hab dich ja fast nicht erkannt.«

»Dann darf ich mich Euch vorstellen«, er verneigte sich und vollführte mit der rechten Hand spielerisch eine vornehm kreisende Handbewegung. »Bürger Henri Benoît de Montfort.«

Ignatius ließ von ihm ab. »Dö Mo… was?«

Der Franzose lachte und klatschte dem Freund mit der flachen Hand auf den breiten Rücken.

»De Montfort, mein Freund, de Montfort. Aber das kleine Wort ›citoyen‹ ist viel wichtiger.« Als er sah, wie Ignatius die Stirn kräuselte, übersetzte er: »›Citoyen‹, Bürger, ich darf mich tatsächlich wieder Bürger der Republik nennen, durfte es die ganze Zeit, wenn man es genau nimmt, nur habe ich das nie zu hoffen gewagt.«

»Aha! Na, egal, Hauptsache ist doch, dass du zurück bist.« Es war offensichtlich, dass Ignatius die Bedeutung dessen, was Henri ihm gesagt hatte, nicht begriff, aber machte nicht genau das diesen Mann aus? Er scherte sich nicht darum, ob sein Gegenüber hoher Herkunft, Bauer, Bürger, deutscher Nation oder Franzose war. Es scherte ihn nicht einmal darum, ob er einem wahren Christen oder einem Ungläubigen gegenüberstand. Für ihn war das Menschsein genug. Wahrlich, um ihn zu ergründen, hätte selbst Voltaire die Stirn in Falten legen müssen. Dieser Mann lebte die französische Égalité von Natur aus.

Unbeirrt ließ Ignatius seine Redeflut über ihn fließen: »Ich hatte ja fast selbst den Glauben daran verloren. Obwohl ich natürlich jeden Abend für dich gebetet habe. Zu unserer schmerzhaften Mutter. Ich glaube, sie hat dich ganz besonders in ihr gutes Herz geschlossen.« Ignatius unterstrich seine Worte mit einem kräftigen Nicken. »Oh ja, so muss es sein. Die heilige Mutter hat mich schon immer erhört, wenn ich für dich gebetet habe, Henri.«

»Das will ich gern glauben. Es hat nicht viel gefehlt, und ich hätte es nicht mal über die Grenzen des Herzogtums Berg geschafft. Es gleicht wirklich einem Wunder, dass ich jetzt hier vor dir stehe.« Der Franzose deutete auf seinen Arm.

»Du musst alles erzählen. Von Hatzfeld …«

»Gemach, dafür wird noch Zeit genug sein, ich brenne zuerst darauf, etwas anderes zu erfahren.«

Henri trat von einem auf den anderen Fuß, sodass sich seine Stiefel tiefer in den Schotter hineingruben. Er hielt es nicht länger aus, er musste es wissen.

»Wie geht es ihr?«

Jetzt war es an Ignatius, eine verschwörerische Miene aufzusetzen und ihn zappeln zu lassen. Aber er verriet sich durch ein Lächeln. Und dann schaffte er es auch nicht mehr, an sich zu halten, und plapperte darauflos. Henri hatte Schwierigkeiten, ihm zu folgen. Nach den Monaten, die er unter seinen Landsleuten verbracht hatte, musste er sich erst wieder an den Klang der deutschen Sprache gewöhnen, vor allem wenn er einem so geschwätzigen Mönch gegenüberstand.

»Es geht ihr gut, glaube ich. Also, sie ist nicht krank oder so. Aber gerade in letzter Zeit war es, als ob sie aller Lebensmut verlassen hat. Zuerst die viele Arbeit, aber jetzt, wo alles auf den Weg gebracht ist – der Vertrag mit dem Kloster … Sie hat ja das ganze Lehen auf den Kopf gestellt. Alle auf Getreideanbau zu bringen, und dann soll es nur noch eine

Geldpacht geben. Das alles hätte sie bestimmt nicht ohne Reinhard Pauls geschafft, er lebt jetzt auch auf Attenbach.«

Henri zog die Augenbrauen zusammen. Er war dumm gewesen. Zu glauben, sie würde auf ihn warten. Sie wusste ja nicht einmal, ob er noch lebte. Vielleicht hätte er ihr doch eine Nachricht schicken sollen. Zu spät. Natürlich hatte sie einen anderen zum Mann genommen.

»Oh, verzeih. Das wolltest du alles gar nicht wissen. Es geht ihr gut. Es geht ihr gut. Sie wird gleich hier sein. Ich habe es so gemacht, wie du geschrieben hast. Ich habe sie nicht mehr selbst gesehen, seit ich deinen Brief bekommen habe. Wahrscheinlich ist sie schon böse auf mich, weil ich mich so oft verleugnen habe lassen. Aber du kennst mich gut, ich hätte meinen Mund wirklich nicht halten können. So wird es eine wunderbare Überraschung für sie. Ich habe Reinhard gebeten, sie unter einem Vorwand zur Mühle zu bringen. Es ist alles gut, mein Freund. Mach bitte nicht so ein Gesicht.«

Natürlich würde ihr Mann sie nicht allein herkommen lassen, um ihn zu treffen.

»Wer ist dieser Reinhard überhaupt?«, murrte Henri.

»Der Reinhard Pauls? Thomas' älterer Bruder«, sagte Ignatius.

»Sie hat sich ihm verpflichtet gefühlt, ist es so? Wegen des Tods des Jungen. Ich habe sie also praktisch in seine Arme getrieben. Natürlich. Hat sie ihn deshalb zum Mann genommen?«

»Was redest du denn da? Reinhard ist der neue Verwalter von Attenbach. Zum Mann genommen …« Ignatius schüttelte den Kopf. »Er ist immer noch einer ihrer Pächter.«

»Das würde sie wohl nicht davon abhalten, ihn zu ehelichen.«

Ignatius lachte. »Das wohl nicht. Aber was hab ich denn die ganze Zeit geredet, hast du mir denn nicht zugehört?

Sie hat dich vermisst. Auch wenn sie versucht hat, es zu verbergen. Ich habe nicht aufgehört, von dir zu erzählen. Nur zuletzt schien sie mir ein wenig trauriger geworden zu sein. Vielleicht begann sie, die Hoffnung aufzugeben. Es gab wirklich allzu lange keine Nachricht von dir.«

»Es tut mir leid. Ich hätte mich früher melden sollen.«

Aber es war so viel passiert. Zu Anfang war er gar nicht dazu in der Lage gewesen. Kaum bei Bewusstsein, hatte er Paris mit letzter Kraft erreicht. Er hatte zwar noch im Herzogtum Berg eine kräuterkundige Alte gefunden. *Oui, gefunden, vor die Füße bin ich ihr gefallen. Reines Glück war es.* Sie hatte seine Schusswunde notdürftig versorgt. Aber er musste schnell weiterziehen, gerade nach seiner Begegnung mit von Hatzfeld. Dessen Tod hätte wohl jede Abmachung zwischen Henri und dem Grafen zunichte gemacht. Egal, ob es seine Schuld war oder nicht. Also musste er schon am nächsten Morgen weiter. Die Alte hatte ihn gewarnt. Aber er hatte keine Wahl gehabt. Die Wunde hatte sich natürlich trotz aller Kräuterkünste entzündet. Er wusste nicht, wie er es bis nach Paris geschafft hatte. Den letzten Teil des Weges musste er im Delirium verbracht haben. Er hatte absolut keine Erinnerung mehr daran.

Eines Tages hatte er in einem feinen Pariser Federbett sein Bewusstsein wiedererlangt – im Hause von Jourdan. Der hatte ihm später berichtet, dass die Pariser Stadtwache ihn zu ihm gebracht hatte. Er hatte immerzu den Namen seines Generals genannt, als die Wächter ihn mehr tot als lebendig an den Toren aufgefunden hatten.

Das war im Dezember letzten Jahres gewesen. In der langen Zeit bis zu seiner vollständigen Genesung hatte er es nicht gewagt zu schreiben. Ein kleiner Rückfall, eine erneute Entzündung der Wunde, und es wäre um ihn geschehen gewesen. Er hätte nur eine vergebliche Hoffnung geschürt.

Immerhin hatte seine Verletzung die Legende bekräftigt, dass Jourdan Henri auf einen Spitzel-Auftrag in Feindesland geschickt hatte, sodass er immer als vermisst und nie als fahnenflüchtig gegolten hatte.

»Nur ein Brief und alles wäre viel einfacher für sie gewesen. Für mich übrigens auch. Ich zumindest hab Trost in meinen Gebeten gefunden.« Ignatius schob das Kinn nach vorn. Aber dann breitete sich ein Lächeln über sein Gesicht aus. »Du glaubst es nicht, aber ich habe, um mich abzulenken, ein paar neue Rezepte erdacht. Du musst unbedingt mein Kräuterbrot kosten.«

Ignatius strich sich über den Bauch. Er war wirklich ein unerschütterlicher Optimist, dieser Mönch.

»Das werde ich gern.« Henri sah, dass er seinem beleibten Freund nicht viel erklären musste, aber Johanna verdiente eine Erklärung, dafür, warum er so lang geschwiegen hatte, wieso er sich auch nach seiner Genesung nicht gemeldet hatte. Er würde ihr liebend gern alles erklären, wenn sie ihn nur anhören würde, wenn sie ihn überhaupt noch wollte. Selbst wenn sie noch keinen zum Ehemann genommen hatte. Er wandte sich wieder an Ignatius: »Johanna, sie weiß also nicht, dass ich hier bin? Was denkt sie, warum sie herkommt?«

»Reinhard hat ihr gesagt, der Müller wolle sie wegen des Ablaufs der Getreideernte sprechen. Weißt du, unser Kloster hat mit Gut Attenbach einen Vertrag geschlossen – Johannas Getreide wird ohne Kosten gemahlen, und wir nehmen auch direkt einen Teil davon ab –, dafür bin ich übrigens ganz allein verantwortlich. Markus ist ja auch jetzt gar nicht mehr so oft da. Der Graf ist zurück nach Preußen und …«

»Ignatius, später. Wann kommt sie?«

»Na …«, die Glocken von Bödingen begannen zur vollen Stunde zu läuten, »… jetzt.« Ignatius bekam große Augen.

»Oh, heilige Mutter. Du musst dich verstecken. Es soll doch eine Überraschung sein, und du willst sie bestimmt auch erst einmal alleine treffen.«

Ignatius begann sich hektisch im Kreis zu drehen, schob Henri in Richtung Mühle. »Ach nein, wir hatten ja gedacht, dass du dich erst einmal verbirgst … hinten am Mühlenteich.« Seine Stimme überschlug sich.

In diesem Moment kam Müller Marqua. »Es hat doch schon elf geschlagen. Hast du dich wieder verplappert, Ignatius? Du solltest Henri doch nach hinten ins Wäldchen schicken. Sie kennen den Weg?«

Henri nickte.

»Gut, dann schnell, bevor sie kommt.«

»Aber wie …?«

»Wir machen das schon. Sie wird dorthin kommen.«

Oui, ich kenne diesen Ort, dachte Henri und verfiel in einen Laufschritt.

59.

Johanna hatte das Gefühl, dass mittlerweile jeder auf ihren Bauch starrte. Selbst die Augen von Wilhelm Heuser schienen sie noch zu verfolgen, nachdem er sie auf dem anderen Siegufer abgesetzt hatte.

Sie hatten sich entschieden, zu Fuß zur Halberger Mühle zu gehen. Reinhard saß nicht gern auf einem Pferderücken, und er hatte sie schon allein zu Marqua schicken wollen, doch sie wollte ihn bei dem Gespräch mit dem Müller dabeihaben. Sie waren in den letzten Monaten zu einem guten Geschäftspaar zusammengewachsen. Sie verstanden sich blind, er hatte für ihre Theorien stets eine praktische Umsetzung gefunden. Sie hantierte mit den Zahlen, er lieferte ihr die Kenntnisse zu den unterschiedlichen Wachstumsphasen der Getreidesorten. Das ungezwungene Verhältnis zwischen ihnen, wie in ihrer Kindheit, war zurück und Johanna hatte den Austausch mit ihm sehr zu schätzen gelernt.

Vielleicht wäre er ja auch der Richtige, um ihr Problem zu besprechen? War dies sogar der richtige Moment, dies zu tun?

»Alles in Ordnung, Johanna?«, fragte Reinhard.

»Ja, sicher, was soll sein?« Natürlich war ihm aufgefallen, dass sie nachdenklich und still war. *Warum sprichst du es nicht einfach aus?* Aber es kam ihr nicht über die Lippen.

»Du bist so still. Ist es wegen gestern Abend? Ich hätte dich nicht auf den Franzosen ansprechen sollen.« Er senkte den Kopf.

»Unsinn, Reinhard. Du kannst mich auf alles ansprechen, das weißt du. Es ist alles in Ordnung.«

Sie liefen am Halberger Bach entlang. Kaum zu glauben, dass dieses kleine Rinnsal die Kraft hatte, zwei Mühlen zu betreiben – die in Oberauel und die Halberger Mühle, der sie sich jetzt immer weiter näherten. Beide Mühlen gehörten zum Kloster, aber für Attenbachs Getreide kam nur die in Halberg infrage. Die Oberaueler Mühle war eine Ölmühle.

»Wenn du es sagst«, murrte Reinhard.

Sie hatte zu schroff auf seine Frage nach Henri reagiert. Sie sollte ihn besser in alles einbeziehen. Ja, sie würde heute Abend eine Familienzusammenkunft einberufen. Sigrid, Gudrun und Reinhard. Denn das war jetzt ihre Familie. Und ihre Mutter natürlich. Die aber hatte sich nach der überstürzten Abreise des Freiherrn noch immer nicht erholt. Allen Nerventinkturen und Tees zum Trotz, die Johanna und Sigrid ihr verabreicht hatten. Sie hatte sich mehr und mehr zurückgezogen und verließ ihre Kammer kaum noch. Johanna war mit ihrer Weisheit am Ende. Auch Heinrich Katen hatte keine Idee mehr gehabt. Wer weiß, vielleicht würde ja das Kind sie aus ihrer Starre reißen. Wenn es erst da wäre. So, wie Irmgards Kinder Maria Pauls guttaten. Jetzt aber konnte und wollte Johanna ihre Mutter nicht auch noch mit dieser Schande belasten, und es war wohl auch kein guter Ratschlag von ihr zu erwarten.

Aber die restlichen Mitglieder des Haushalts hatten ein Recht darauf, es zu erfahren. Denn die Schande würde sie alle betreffen. Auch würde sie es nicht mehr lange verbergen können. Heute Morgen noch hatte sie Gudrun mit einer Ausrede stehen lassen und es so umgangen, das genähte Kleid anzuprobieren. Aber die Ausreden gingen ihr langsam aus.

»Reinhard, du hast recht. Etwas ist nicht in Ordnung.«

Er drehte seinen Kopf ruckartig zu ihr.

»Ich würde es aber gern euch allen zusammen sagen. Heute Abend. Kannst du Gudrun und Sigrid Bescheid geben?«

»Ja, sicher. Worum geht es denn Johanna?«

»Du musst dich schon bis heute Abend gedulden.«

Er nickte. »Vielleicht hat es sich ja heute Abend auch schon erledigt.«

Johanna zog ihre Augenbrauen hoch. »Was meinst du damit?«

Doch Reinhard ließ ihre Frage mit dem Wasser des Halberger Bachs zurück zur Sieg plätschern. Sie hatten die Mühle erreicht. »Sieh nur, wer da ist.«

Johanna blickte nach vorn. Ignatius stand auf dem Schotter vor der Mühle und winkte ihnen zu.

»Was geht hier vor, Reinhard? Es scheint mir, als hättest du ihn hier erwartet?«

»Wie kommst du denn darauf?«

Etwas stimmte nicht. Erst sah sie Ignatius wochenlang nicht, und jetzt stand er wie zufällig hier an der Mühle, da sie mit seinem Ohm verabredet war. Nun, das sollte er ihr einmal erklären. Sie beschleunigte ihre Schritte und ging geradewegs auf den Mönch zu.

»Was machen Sie denn hier, wenn ich fragen darf, ehrwürdiger Bruder?« Eine kleine Stichelei zur Begrüßung schien ihr gerade recht.

»Fräulein Johanna, wie schön Sie zu sehen. Ich wollte dem Ohm nur einen Besuch abstatten, aber er ist nicht da.«

»Und da dachte ich, dass Sie so mit den Vorbereitungen für das Kompassionsfest zu Gange sind, dass Sie keine Zeit mehr für niemanden haben, nicht mal für mich.«

»Ach, das. Das war eine ungünstige Zeit, als Sie zuletzt im Kloster waren. Ich musste doch zur Vesper.« Er rollte mit den Augen. »Durch die ganzen Vorbereitungen musste ich die Messe schon ein paar Mal ausfallen lassen. Aber es hat sich gelohnt. Sie müssen unbedingt mein neues Kräuterbrot probieren. Sie kommen doch zum Kompassionsfest?«

Johanna schüttelte nur den Kopf. Das war die Höhe, er redete noch mehr um den heißen Brei herum als sonst. Es hatte wohl keinen Sinn, weiter nachzuhaken, und Reinhard kam ihr auch zuvor.

»Der Müller ist nicht da?«, fragte er.

»Nein, er hat mich hier stehen lassen, um Bescheid zu geben. Er musste nach hinten zur Bachmündung. Die Dämme an der Einmündung dort sind beim letzten Regen wohl zusammengebrochen. Im Winter morsch geworden das Holz. Sie sollen zu ihm kommen, Fräulein Johanna.«

»Und die musste er jetzt reparieren? Wo er sich mit uns verabredet hat?«, Johanna zweifelte.

»Ja, er kann wohl auch Hilfe bei der Reparatur gebrauchen. Während er dort die Bretter wieder einführt, muss hier unten der Abfluss erhöht werden, um den Druck zu vermindern. Können Sie mir dabei helfen, Reinhard? Dafür braucht man wohl mehr als zwei Hände. Und er hat mir aufgetragen, dass das Fräulein Johanna ihm Bescheid geben soll, wenn wir bereit sind.«

»Ich dachte, er wollte mit uns die Mahlprozedur nach der Ernte besprechen.« Ignatius war wirklich der Einzige weit und breit, der sie noch Fräulein Johanna nannte. Sie blickte zu Reinhard.

Der zuckte mit den Schultern. »Lass es uns hinter uns bringen, dann werden wir hören, was er zu sagen hat.«

»Ja, bitte, Fräulein Johanna. Es dauert auch nicht lang, hat er gesagt.«

Johanna sagte nichts mehr, sondern stapfte kopfschüttelnd drauflos. *Marqua wird mir das erklären müssen.* Als Botenjunge war sie noch nie eingesetzt worden.

Der Wald leuchtete vor frischem Grün. Und der Boden war hier, an der Stelle, wo sie sich geliebt hatten, übersät von Maiglöckchen. Henri aber hatte kein Auge für die weiß getupfte Wiese. Er stapfte zwischen die Bäume und wieder zurück, seine Augen auf den Pfad gerichtet, den sie entlangkommen würde – *wenn* sie kommen würde.

Sollte er sich ihr sofort zeigen oder hinter den Bäumen verborgen halten? Vielleicht sollte er ihr entgegengehen? *Mon dieu,* rief er im Geiste den Gott an, an dessen Existenz er nicht glauben wollte. So aufgewühlt war er nicht einmal gewesen, als er die Stimmenauszählung für den Konvent verfolgt hatte.

Nach seiner Genesung war er mit all seinen noch verbliebenen Kräften in den Wahlkampf für Jourdan eingestiegen. Noch bettlägerig hatte er einige seiner Wahlkampfreden korrigiert. Seinem General lag viel daran, in den Rat der Fünfhundert gewählt zu werden. Und Henri war es Jourdan schuldig gewesen, ihm seine volle Unterstützung zu geben, für alles, was er ihm verdankte. Es war nicht weniger als sein Leben. Aber Henri wusste auch, dass Jourdan genau der richtige Mann für den Konvent wäre. Er war ein loyaler Unterstützer der Republik, ohne seine royalistischen, konservativen Werte vergessen zu haben. Genau das, was die Republik brauchte, wie Henri fand, denn nach dem Terreur war eine Stabilisation der Kräfte innerhalb des Konvents notwendig. So brauchte es auch nicht viel Zutun seinerseits. Ein paar Gespräche mit den unterschiedlichen Fraktionen. Es gab eine große Anzahl von Wahlmännern in Paris, die die Verbrechen in der Vendée als das sahen, was sie waren: eine perverse und unnötige Machtdemonstration gegenüber den royalistischen Kräften in der Republik, gegenüber dem eigenen Volk.

Henri war für Jourdan deshalb so wertvoll, weil er beide Lager repräsentierte. Er war von Anfang an strenger

Republikaner gewesen. Nicht ohne Grund war er seinem royalistischen Jugendfreund Rochejaquelein nicht in die Heimat gefolgt, um sich gegen die Republik zu erheben. Er war der Revolution treu geblieben. Der größte Fehler seines Lebens war das gewesen, aber es war eine Entscheidung für seine Ideale gewesen. Anderseits hatte der Terreur in seiner Heimat, bei dem er seine ganze Familie verloren hatte, ihn auch zu einem Leidensgenossen der konservativen Kräfte gemacht. Er war also zum idealen Vermittler geworden. Es war keine große Frage, ob Jourdan in den Rat der Fünfhundert gewählt würde. Dennoch war er bei der Auszählung nervös gewesen, er bangte für Jourdan und für die Republik.

Nichts gegen die Aufregung, die seine Beine jetzt unaufhörlich in Bewegung hielt. Er hatte sich wieder hinter ein Brombeergebüsch zurückgezogen. Da, hatte es nicht geknackt? Er lauschte. Näherten sich da ihre Schritte? Nein, er musste sich vertan haben. Da war kein Laut außer dem Rauschen des Windes in der Blätterdecke über ihm und dem Plätschern des Baches, der hier in den Mühlensee mündete. Sie würde nicht kommen.

Er hätte ihr schreiben sollen. Ihr wenigstens ein Lebenszeichen von sich geben. Aber er wollte erst über seine Zukunft Bescheid wissen. Doch auch als er die Gewissheit des Wahlsiegs für Jourdan gehabt hatte und sein General ihm das Angebot gemacht hatte, weiterhin an seiner Seite zu arbeiten, hatte er ihr nicht geschrieben. Denn dann war die Ungewissheit gekommen, ob sie es ihm übel nehmen würde, dass er sich nicht gemeldet hatte. So war er den Weg über Ignatius gegangen. Hatte ihm geschrieben und ihn gebeten, ein Treffen mit ihr zu arrangieren. Einen Brief direkt an sie hätte sie vielleicht nie beantwortet.

Jetzt hörte er aber etwas. Henri entschloss sich, ihr entgegenzugehen. Er war so weit gekommen, er war zurückgekommen. Jetzt musste er auch diesen letzten Schritt noch gehen. So oder so, es würde die quälende Ungewissheit beenden. Er hoffte, dass Ignatius' Fürsprache über die langen Monate hinweg ausreichend gewesen war. Er hoffte so sehr, dass die Liebe nicht in Hass oder Verachtung gegen ihn umgeschlagen war. Das würde ihn ein zweites Mal an den Rand des Todes bringen. Er brauchte sie. Erst ihre Liebe hatte seine Schuld weggeschwemmt. Wenn sie ihn liebte, dann konnte er auch sich selbst wieder lieben, sich verzeihen.

Johanna trat aus dem schmalen Waldweg hinaus auf die offenere Wiese hinter dem See, ihren Blick nach rechts auf die Bachmündung gerichtet. Sie konnte ihn noch nicht ausmachen.

Sie sah genau so aus, wie er sie in Erinnerung hatte. Nur ihr Gesicht war voller geworden, ein rötlicher Schimmer lag auf ihrer Haut, die zuvor hell wie Elfenbein und fast durchscheinend gewirkt hatte. Oder war das nur ein Trugbild, das ihre Hochsteckfrisur ihm vorgaukelte? Nein, sie war erwachsener geworden. Ihre Stirn kräuselte sich.

»Marqua, wo sind Sie denn?«

Dann wanderte ihr Blick und traf auf ihn. Ihre Augen weiteten sich, sie sog scharf die Luft ein. Ein einziges Wort entsprang ihren roten Lippen: »Nein!«

Sie drehte sich um und begann zu laufen.

Henri sprang ihr hinterher. »Joanna, warte!«

Sie lief weiter, ohne sich nach ihm umzudrehen, aber er näherte sich ihr. Ein Ast, den sie im Vorbeigehen weggeschlagen hatte, traf ihn ins Gesicht. Er zuckte zurück.

»Johanna, warte doch!«

Dann war er bei ihr, langte nach ihrem Arm. Sie zog ihn weg, versuchte weiterzulaufen. Doch er hielt sie, gemeinsam blieben sie schließlich stehen. Sie schien sich zu ergeben, schien zu schwach, um sich gegen ihn zu wehren. Er würde sie nicht mehr loslassen, nie mehr. Sie drehte sich von ihm weg, schlug die Hände vor das Gesicht. Ein Schluchzen entfuhr ihrer Kehle. Henri umfasste sie, drehte sie sanft zu sich um.

»Sch, Joanna. Es ist gut. Ich bin wieder bei dir. Ich habe es doch versprochen.«

Er legte seine Hände auf die ihren, schob diese sanft von ihrem Gesicht.

»Schau mich an.«

Sie hob ihren Kopf, öffnete die Augen.

»Henri?«

Er nickte. Sie hob ihre Hand, strich sanft über seine Wange, wo ihn zuvor der Ast getroffen hatte. »Du blutest.«

»Das ist nichts.«

Sie blickte auf ihren Finger, wo sich eine Blutspur zog. Sie begann zu zittern. »Das wollte ich nicht, es tut mir leid.«

Henri nahm ihr Gesicht in beide Hände. »Sch, Joanna.«

Ihre Augen waren groß und dunkel wie die eines verschreckten Rehs. Wie hatte er ihr das antun können? Wie hatte er sie so lange allein lassen können, ohne ein Wort? Er musste von Sinnen gewesen sein. Tränen rannen ihr über das Gesicht. Er fing sie mit seinen Küssen auf.

»Nicht weinen. Mir tut es leid. Unendlich leid. Kannst du mir verzeihen?«

Ihre Lippen trafen sich. Erst hielt sie still, und sein Herz verkrampfte sich. Sie würde ihm nicht verzeihen, liebte ihn nicht mehr. Doch dann, ganz vorsichtig, begann sie seinen Kuss zu erwidern. Die Welt um sie herum verschwand, und sie wurden eins mit dem Wasser, den Bäumen und der Luft. Alle Last fiel von ihm ab.

Er streichelte ihr Gesicht. Es war wirklich voller geworden, weiblicher und reifer wie ein rotwangiger Apfel.

»Dann verzeihst du mir?«

Sie nahm seine Hand und legte sie auf ihren Bauch.
»Wir verzeihen dir.«
Als die Bedeutung ihrer Worte ihn erreichte, heilte sie alle Wunden in seiner Seele. Wohin auch immer sein Weg ihn führen würde, wofür auch immer sie sich entscheiden würden, sie würden es gemeinsam tun, gemeinsam und zusammen mit ihrem Kind, als eine Familie.
Sie gehörten zusammen.
Wie hatte er je daran zweifeln können?

Dramatis personae

Franzosen:

Henri Benoît de Montfort, französischer Adeliger und Offizier der Revolutionsarmee. Desertiert nach einem Schicksalsschlag aus der Sambre-und-Maas-Armee und flüchtet als Franziskanermönch getarnt in das rechtsrheinische Herzogtum Berg. Versucht vor seiner Verantwortung davonzulaufen, doch seine Schuldgefühle holen ihn ein.

Jehanne Benoît de Montfort, seine Schwester

Henri du Vergier, comte de la Rochejaquelein*†, französischer Adeliger und Anführer des Aufstandes in der Vendée, ein Jugendfreund von Henri

Jean-Baptiste Jourdan*, General der Armee Sambre-und-Maas, die Düsseldorf als einzige deutsche Stadt auf der rechten Rheinseite besetzt hält

Charles Wyk, Deserteur und Schreinermeister

Rittergut Attenbach:

Theodor Freiherr von Hallberg-Broich und Attenbach*

Caroline Freifrau von Hallberg-Broich und Attenbach

Johanna, ihre Tochter, ungezügelter Freigeist, ohne gesellschaftliche Zwänge aufgewachsen unter den Kindern der Pächter ihres Vaters. Ihr Vater hat ihr eine umfassende Bildung zuteilwerden lassen. Wehrt sich gegen die Konventionen ihres adeligen Standes und die Einschränkungen, denen Frauen unterliegen. Zieht ihre Studien im Bereich der Kräuterheilkunde und einen Ausritt auf ihrem Pferd Argos jedem Ball vor.

Sigrid Holter, Köchin auf Gut Attenbach

Horst Tenhagen, Verwalter auf Gut Attenbach

Gudrun Tenhagen, seine Ehefrau und Magd auf Gut Attenbach

Franz, ihr Sohn und Stallbursche auf Gut Attenbach

Thadaeus Hausmann, ehemaliger Hauslehrer von Johanna, nun wohnhaft in Frankfurt

Pächter von Gut Attenbach:

Hof in Stein:
Karl† und Maria Pauls
Ihre Kinder:
Reinhard, führt nach dem Tod des Vaters den Hof
Irmgard, verheiratet nach Ruppichteroth
Mechthild, verheiratet nach Oberauel mit Walter Eich
Thomas, jüngster Sohn

Weiterer Hof in Stein:
Familie Wissmann

Hof in Merten:
Familie Bachmann

Jülicher Familie:

Heinrich Freiherr von Hallberg-Broich, älterer Bruder des Freiherrn von Attenbach

Josefine Freifrau von Hallberg-Broich, seine Frau

Schloss Allner:

Franz Ludwig Graf von Hatzfeld*, Kommandant in der preußischen Armee, bewohnt Schloss Allner mit seiner Familie mehrere Monate im Jahr, meist zur Jagdsaison

Luise Maria Gräfin von Hatzfeld-Schönstein†, seine verstorbene erste Frau

Hermann Josef von Hatzfeld, ältester Sohn und Erbe des Grafen von Hatzfeld und seiner verstorbenen Ehefrau

Pater Markus Ernst von Hatzfeld, jüngerer Sohn des Grafen und seiner verstorbenen Ehefrau, stellvertretender Prior im Kloster Bödingen

Friederike Gräfin von der Schulenburg-Kehnert, verehelichte von Hatzfeld*, zweite Ehefrau des Grafen von Hatzfeld, Stiefmutter seiner beiden Söhne

Bernhard Sauer*, Rentmeister von Schloss Allner

Gotthilf Nagel, Haushofmeister auf Schloss Allner

Ferdinand Scholten, Jagdaufseher auf Schloss Allner

Kloster Bödingen:

Chorherren:
Prior Gottbried Oettershagen*, gutmütiger Abt des Klosters mit einer Passion für guten Wein und den Waldbau, befreundet mit dem Grafen von Hatzfeld

Pater Markus von Hatzfeld, sein ehrgeiziger Stellvertreter

Pater Cornelius Sugg*, Schreiber und Leiter der Bibliothek

Sieben weitere, nicht namentlich genannte, Chorherren

Laienbrüder:
Bruder Ignatius Kleefeld, Küchenmeister mit guter Singstimme

Bruder Honoratius†, sein Vorgänger

Bruder Edrik Kern, Leiter des klösterlichen Weingutes

Bruder Henri, französischer Franziskaner, Gastarbeiter im Kloster Bödingen

Andere:

Peter Wilhelm Marqua*, Müller der Halberger Klostermühle, Onkel von Ignatius

Wilhelm Heuser, Müller der Klostermühle in Oberauel und Fährmann

Christian und Anton, seine Söhne

In Blankenberg:

Franz Josef Reichsfreiherr von Proff zu Irnich*, Amtmann beziehungsweise Landdinger des Amts Blankenberg

Anna Eleonora Reichsfreifrau von Mosbach*, genannt Breidenbach, seine Frau

Karl Theodor von Proff zu Irnich*, sein Sohn und stellvertretender Amtmann

Heinrich Katen, Apotheker und Freund von Johanna

Pfarrer Johann Matthias Weingarts*, Pfarrer der Kirche St. Katharinen in Blankenberg

Barthel Orth*, Lehrer der Schule in Blankenberg und Küster in St. Katharinen

Egon Walterscheid, Amtsdiener im Amt Blankenberg
Susanna, Magd bei Franz Josef von Proff zu Irnich

Weiterer Adel und Hochadel:

Heinrich Graf von Burgwinkel, aus Mittelscheid

Elisabeth Gräfin von Burgwinkel, seine Frau

Katrin, ihre Tochter, eine Bekannte von Johanna

Alfred, ihr Sohn

Karl Theodor, Kurfürst von der Pfalz und von Bayern und Herzog von Jülich-Berg*, nach dem Verlust seiner Stammlande in Düsseldorf an die Franzosen hat er sich in seine Münchner Residenz zurückgezogen.

Weitere Bürgerliche:

Maria Schrader, Tochter des Postmeisters aus Uckerath

Peter Hofstadter, ein Postreiter

Christine Breuer, Tochter der Familie des Gasthofs Breuer in Bödingen

Namentlich nicht genannter Wirt des Gasthauses in Müschmühle

Anna Ditscheid, seine Magd

Mit * gekennzeichnete Figuren beruhen auf historischen Persönlichkeiten.

Anmerkungen

1. »Die Zeit heilt alle Wunden«, Voltaire (1694–1778), aus »Der ehrliche Hurone«, Kapitel 20.
2. »Ein Mönch als Mönch taugt nur dazu, den Lebensunterhalt seiner Landsleute zu verzehren«, »Mais un moine, en tant que moine, n'est bon qu'à dévorer la substance de ses compatriotes«, Voltaire (1694–1778), aus »Der Mann mit den vierzig Talern«.
3. Das »Komplet«, lateinisch »completorium«, ist das letzte der Stundengebete eines Tages. Im Kloster Bödingen wurde vor dem Abendessen mit dem Komplet begonnen und dieses nach dem Essen fortgesetzt. Siehe Gabriel Busch, »Bödingen ist eine Wallfahrt wert«, Reckinger Siegburg 1981, S. 176.
4. Voltaire (1694–1778), aus »Die Prinzessin von Babylon«, IV.
5. »Das ist mein Gebot, dass ihr einander liebt«, Johannes 15, 12. Aus einer Handschrift des Klosters Bödingen, »De fraterna caritate«, siehe Gabriel Busch, S. 205 f.
6. Das »Refektorium« ist der Speisesaal eines Klosters.
7. Das Herzogtum Berg war verwaltungstechnisch in mehrere Ämter eingeteilt, die zugleich Verwaltungs- und Gerichtsbezirke waren. Eines davon war das Amt Blankenberg. Der oberste Dienstherr war der vom Landesherrn eingesetzte »Landdinger« oder »Amtmann«. Aus dem Wort »Amtmann« entwickelte sich später das Wort »Beamter«.
8. Goethe (1749–1832), aus »Die Leiden des jungen Werther«.

9. Aus einer Handschrift des Klosters Bödingen, »De fraterna caritate«, siehe Gabriel Busch, S. 206.
10. »Man kann einen Esel zwar an den Bach treiben, aber ihn nicht dazu bringen, dass er auch säuft«, altes Bödinger Sprichwort, siehe Gabriel Busch, S. 73.
11. Der kölsche Begriff »fussig« bedeutet »rothaarig«, ein »Fuss« ist eine rothaarige Person.
12. »Rheinweinlied«, Matthias Claudius.
13. Aus den Grundsätzen des Augustinerordens, die sich gegen eine übertriebene Askese aussprachen, entsprechend einer aus den Paulus-Briefen entnommenen Grundhaltung, siehe »Beiträge zur Geschichte der Stadt Hennef«, Band 8, S. 339.
14. Siegburger Trinkspruch, entnommen aus dem Gedicht »Tischzucht« von Hans Sachs (1494–1576), siehe »Beiträge zur Geschichte der Stadt Hennef«, Band 8, S. 356.
15. »Qu'il vaut mieux hasarder de sauver un coupable que de condamner un innocent«, Voltaire (1694–1778), aus »Zadig oder Das Schicksal«, Kap. 6.
16. »Toutes les grandeurs de ce monde ne valent pas un bon ami«, Voltaire (1694–1778), aus »Jeannot und Colin«.
17. »Arbeiten wir, ohne zu grübeln; das ist das einzige Mittel, das Leben erträglich zu machen«, »Travaillons sans raisonner, c'est le seul moyen de rendre la vie supportable«, Voltaire (1694–1778), aus »Candide«.
18. Rousseau (1712–1778), aus »Emile I«.
19. Voltaire (1694–1778), aus »Catalogue pour la plupart des écrivains français qui ont paru dans Le Siècle de Louis XIV, pour servir à l'histoire littéraire de ce temps«, »Le Siècle de Louis XIV«.
20. Die »lieue métrique«, »metrische Leute«, ist ein altes französisches Längenmaß. Sie beträgt circa vier Kilometer.

Weitere Krimis finden Sie auf den folgenden Seiten und im Internet:

WWW.GMEINER-SPANNUNG.DE

DAGMAR HANSEN
Jungfernmord

978-3-8392-2317-8 (Paperback)
978-3-8392-5803-3 (pdf)
978-3-8392-5802-6 (epub)

AUF MÖRDERJAGD Als sich die Linnicher Herbergswirtin Edith im Frühjahr 1354 auf den Weg zur Burg Gripekoven macht, plant sie ihre geschäftstüchtige, aber säumige Magd zurück nach Hause zu holen. Doch sie kommt zu spät, das Mädchen ist tot. Obgleich sich die Belagerung der Burg anbahnt, bleibt Edith fest entschlossen, den Mörder ihrer Magd zu entlarven. Bald muss sie feststellen, dass der unerbittliche Feind nicht nur vor den Burgmauern lauert.

GMEINER SPANNUNG

WWW.GMEINER-VERLAG.DE
Wir machen's spannend

LIEBLINGSPLÄTZE AUS DER REGION

JÖRG SCHMITT-KILIAN
Von Koblenz zu Rhein und Mosel

978-3-8392-1279-0 (Buch)
978-3-8392-3883-7 (pdf)
978-3-8392-3882-0 (epub)

STOLZE BURGEN, TIEFE TÄLER Erobern Sie eine der zahlreichen Burgen und genießen Sie die überwältigenden Ausblicke von den Rhein- und Moselhöhen. Lassen Sie sich von Günther Jauchs Kellermeister in die Geheimnisse des Weinbaus einführen, besuchen Sie den Schmetterlingsgarten sowie das Schloss von Fürstin Gabriela zu Sayn-Wittgenstein und genießen Sie die Aussicht am Lieblingsplatz von Thomas Anders. Jörg Schmitt-Kilian zeigt die Region um Rhein und Mosel aus seiner ganz persönlichen Perspektive; auch Einheimische und Zugereiste werden neue Lieblingsplätze entdecken.

GMEINER KULTUR

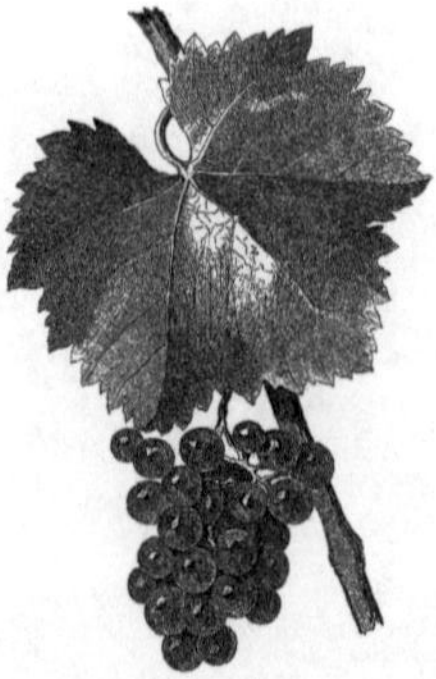